Franziska Stalmann

Champagner und Kamillentee
Lieber die Taube in der Hand

Zwei Romane in einem Band

Piper München Zürich

Von Franziska Stalmann liegen in der Serie Piper außerdem vor:
Die Schule macht die Mädchen dumm (1323)
Champagner und Kamillentee (1541)
Lieber die Taube in der Hand (1788)

Taschenbuchsonderausgabe
1. Auflage Juni 2000
2. Auflage September 2000
© 1992 und 1998 Piper Verlag GmbH, München
Umschlag: Büro Hamburg
Stefanie Oberbeck, Katrin Hoffmann
Foto Umschlagvorderseite: Britt Evlanson / Image Bank
Foto Umschlagrückseite: Barbara Mauersberger, München
Gesamtherstellung: Clausen & Bosse, Leck
Printed in Germany   ISBN 3-492-23066-0

Champagner und Kamillentee

I

Der Tag, an dem mein Mann mir sagte, daß er Vater wird, war ein Märztag. Einer von diesen schmutzig-braunen Märztagen mit grauem Himmel, aber die Vögel machen sich bemerkbar und etwas in der Luft sagt einem, daß bald Frühling sein wird. Das blaue Band wird wieder flattern, und alles wird grün und hell und fruchtbar und mehret sich.

Komischerweise war das der erste Gedanke, der mir durch den Kopf ging: Genau wie bei Rüdiger. Noch sieht man nichts, er sieht aus wie sonst, aber bald wird auch er fruchtbar sein (obwohl er das ja schon gewesen ist) und sich mehren, und ein blaues oder rosa Band flattert. Ein alberner Gedanke, ein blöder Vergleich, aber ich habe eine Neigung zu solchen Vergleichen, und dann fiel mir in dem Moment einfach nichts anderes ein. Ich starrte ihn nur an, und dieses verdammte Band flatterte durch meine Gedanken.

»Was ist mit dir?« fragte Rüdiger besorgt und nahm meine Hand, und fast hätte er mir den Puls gefühlt, aber er hielt sich gerade noch zurück. Was soll schon sein, dachte ich, und das Band verschwand wieder aus meinem Kopf: Du hast mir bloß gerade gesagt, daß du ein Kind bekommst, und infolgedessen sitze ich hier mit einem etwas dämlichen Gesichtsausdruck.

»Was soll schon sein?« fragte ich. »Was hast du erwartet? Daß ich dich beglückwünsche?« Und dann fing ich an zu weinen.

»O Gott, nein, natürlich nicht«, sagte er hastig. »Ich finde es ja auch schrecklich, daß ich dir das sagen muß, aber ich dachte, es wäre besser, ich sage es dir gleich und direkt, ohne viele Umschweife. Ich dachte, das ist das Beste für uns beide.«

Das Beste für uns beide wäre, wenn du nicht mit irgendeiner anderen Tussi ein Kind bekommen würdest, dachte ich und weinte weiter. Er stand zögernd auf und ging in die Küche und kam mit der Haushaltspapierrolle zurück und hielt sie mir vorsichtig hin.

»Ich sollte dir vielleicht erstmal erklären, wie das alles passiert ist«, sagte er. Ja, das solltest du wirklich tun, dachte ich, das ist

5

eine phantastische Idee, das ist sicher das Beste für uns beide, wenn du mir mal ganz direkt und ohne Umschweife erklärst, wie das passiert ist.

»Also, ich bin doch in dieser Fortbildung für Körper-Harmonie und Muskel-Balance, und da habe ich eine Frau kennengelernt, und erst war da gar nichts, und dann hat sich was entwickelt zwischen uns. Ich habe mich ja sehr dagegen gewehrt, ich wollte doch die Nähe zwischen dir und mir nicht zerstören. Aber da hat sich eben, wie gesagt, was entwickelt, und dann konnte ich irgendwann gar nicht anders, als mich darauf einlassen, und ich war innerlich ganz zerrissen, wirklich –«

Ich schniefte laut und putzte mir die Nase. Jetzt redet er schon wie diese Psycho-Fritzen, dachte ich, von wegen sich einlassen und was entwickelt und Nähe und so. Hätte er doch nie mit diesen verdammten Kursen angefangen, wäre er doch bloß ein netter, einfacher Arzt geblieben, mit nichts als Spritzen und Tabletten und netten, einfachen Operationen im Kopf, statt diesem ganzen Kram von Psychosomatik und Körper-Harmonie.

»Und dann ist sie schwanger geworden«, sagte ich.

»Ja, ich weiß auch nicht, wie das passieren konnte«, sagte Rüdiger und guckte mich an wie jemand, der einem Mysterium begegnet ist und nun hofft, daß man ihm eine Erklärung dafür bietet. »Es hätte gar nicht passieren dürfen, zu diesem Zeitpunkt, meine ich, und das ist es ja auch, was mich so betroffen macht, so ganz tief innen, weißt du –«

»Ist sie auch Ärztin?« fragte ich.

»Nein«, sagte er, »sie ist Psychologin.«

Psychologin, auch das noch. Ist das vielleicht Ihre Art von Therapie, Frau Psychologin, anderen Frauen die Männer wegzunehmen, dachte ich, und dann auch noch schwanger zu werden, zu ganz unmöglichen, mysteriösen Zeitpunkten?

»Und wie alt ist sie?« fragte ich. Rüdiger zögerte. »Oder weißt du das etwa nicht?«

»Doch«, sagte er, »sie ist 29.«

O Gott, 29, auch das noch. 29 und Psychologin und schwanger, und es hat sich was entwickelt zwischen ihr und Rüdiger, was ganz Tiefes und Mysteriöses. Und ich bin 39 und komme mir angesichts all dieser Umstände vor wie 90.

6

Rüdiger ahnte offenbar, was ich dachte – immerhin ein Fortschritt nach all diesen Psycho-Kursen. Früher hätte man ihm das, was man denkt, auf große Tafeln schreiben und vor die Nase halten müssen, damit er es begreift.

»Bitte, Ines«, sagte er und sah mich eindringlich an mit seinen schönen grauen Augen, die ich so liebe, und diesem zerknirschten Gesichtsausdruck, den ich auch so mag an ihm. »Du darfst nicht denken, daß es deswegen ist, weil sie so jung ist, meine ich. Im Gegenteil, ich finde, der Altersunterschied ist eher ein Problem – ich meine, da ist so ein unterschiedliches Niveau an Erfahrungen und Wissen und Lebensgefühl, und so ein selbstverständliches Verstehen ohne viele Worte, wie wir das haben, das ist viel schwieriger.«

Ein gemeinsames Niveau habt ihr jedenfalls gefunden, dachte ich, und da habt ihr euch offenbar ganz gut verstanden, auch ohne viele Worte.

»Und wie geht das jetzt weiter?« fragte ich.

»Ja, also«, sagte er, »gut, daß du davon sprichst. Das ist wirklich ein großes Problem, mit dem wir alle drei sehr vorsichtig umgehen müssen. Sie will das Kind unbedingt haben, und das verstehe ich auch. Und ich will mich da auch nicht vor der Verantwortung drücken, ich will mich da wirklich einlassen, so schwer mir das fällt, ich meine, wegen uns...«

Mir wurde innerlich grau und kalt. Aber wie das manchmal so ist in schrecklichen Situationen: Ich war plötzlich ganz ruhig und klar und konnte denken und reden wie diese Leute im Film, die inmitten schlimmster Katastrophen immer noch frisch frisiert sind und adrette, frisch frisierte Dialoge sprechen.

»Übersetz mir das doch mal«, sprach ich kühl und beherrscht, »was heißt das genau: dich wirklich einlassen? Alimente zahlen? Oder mit ihr zusammenleben? Oder sie heiraten? Oder was?«

»In letzter Konsequenz wird es das wohl bedeuten«, sagte Rüdiger und sah mich ernsthaft und bewegt an, so ernsthaft und bewegt, wie die Situation nun mal war.

»Ah ja, ich verstehe«, sagte ich, kühl und beherrscht, »damit wären die Grundfragen geklärt. Aber da wäre noch ein winziges Problem: Bevor du sie heiraten kannst, müßtest du dich von mir scheiden lassen, oder sehe ich das falsch? Aber vielleicht besprechen wir diese nebensächlichen Detailfragen lieber morgen, oder?«

»Liebes, bitte«, sagte Rüdiger drängend, »geh doch nicht so ironisch und distanziert damit um. So kommen wir doch nicht weiter, wenn wir alle unsere Gefühle wegstecken. Das macht es doch für uns alle nur schlimmer!«

Wenn ich jetzt sage: Nenn mich nicht Liebes, dann rede ich wirklich wie diese Leute im Film. »Wenn ich meine Gefühle nicht wegstecken würde«, sagte ich, »dann würde ich dich umbringen oder uns beide oder die Einrichtung zerschlagen. Wäre dir das lieber?«

»Da hast du auch wieder recht«, sagte er, »vielleicht ist es fürs erste wirklich besser, wenn wir jetzt ins Bett gehen und morgen weiter darüber reden.«

»Wie heißt sie eigentlich?« fragte ich.

»Du kennst sie bestimmt nicht«, antwortete er ausweichend.

»Das will ich auch nicht hoffen. Ich will nur wissen, wie sie heißt.« Ich sah seinen unsicheren Blick. »Keine Sorge. Ich rufe sie nicht an und schreibe keine anonymen Briefe und warte auch nicht vor ihrer Tür, um sie zu erschießen.«

»Sie heißt Clarissa. Clarissa Maiwald.«

»Wieso, zum Teufel, heißt sie Clarissa?«

»Das weiß ich doch nicht, Liebes«, sagte Rüdiger und sah mich zweifelnd an. »Der Name ist doch ganz gleichgültig.«

Nein, ist er nicht. Sie taucht auf wie im Märchen, sie zaubert mir meinen Mann weg wie im Märchen, sie zaubert ein Kind her wie im Märchen, und sie heißt wie im Märchen. Clarissa Maiwald, auch das noch. Scheiße.

Ich lag im Bett und dachte. Ich wollte nicht denken, aber die Gedanken rollten durch meinen Kopf wie kleine graue Panzer, unablenkbar, ohne Ende. Rüdiger hatte mir ein Schlafmittel angeboten, und ich hatte es genommen, eines von diesen neuen pflanzlichen Mitteln. Es half nicht. Aber wahrscheinlich hätte auch eine ganze Wagenladung gutes altmodisches Valium nicht geholfen.

Rüdiger hatte auch gesagt, daß es mir sicher lieber wäre, wenn er in seinem Zimmer schlafen würde. Ich hatte noch nicht darüber nachgedacht, was mir lieber wäre, aber ich wußte, daß es Rüdiger auf jeden Fall lieber war, in seinem Zimmer zu schlafen. So richtig schön fest schlafen – ich hatte sein leises Schnarchen gehört, als ich nochmal ins Bad ging –, ohne eine Frau an seiner Seite, die entweder ironisch oder hysterisch ist und ihn womöglich mitten in der Nacht weckt, um Detailfragen zu besprechen.

Im Badezimmerspiegel hatte ich mich lange angeschaut. Das war so ziemlich das Schlimmste, was ich tun konnte, aber ich mußte einfach noch ein bißchen in der Wunde herumstochern. Aschblondes Haar (Rüdiger nennt es immer honigblond, aber an diesem Abend war es eindeutig aschefarben), blasse Haut, geschwollene Augen, rote Nase, und an Hals und Dekollete die roten Flecken, die ich immer kriege, wenn ich mich aufrege. Außerdem mindestens drei Kilo zuviel und die vor allem auf den Hüften, was man aber nicht sieht, weil ich sie unter gutgeschnittenen Hosen und gutgeschnittenen Jacketts verstecke.

Wahrscheinlich ist diese märchenhafte Clarissa auch noch eine märchenhafte Schönheit, dachte ich. Braunhäutig und dunkelhaarig, wie aus Tausendundeiner Nacht – und nicht breithüftig und kleinbusig wie ich, sondern natürlich schmalhüftig und großbusig. Und diese feinen Falten um die Augen hat sie natürlich auch nicht, kann sie gar nicht, mit 29. Solche braunhäutigen Typen kriegen überhaupt nicht so früh und auch nicht so viele Falten wie Leute mit blasser dünner Haut, und rote Flecken kriegen sie natürlich auch nicht. Scheiße!

Ich schlich wieder ins Bett, vorbei an Rüdigers entspanntem Schnarchen. Ich machte die Augen zu, und die Panzer rollten wieder und stellten mir schreckliche Fragen.

Was machst du jetzt? fragten sie. Du bist alt und aschblond und dick und häßlich und wirst 40. An deinem vierzigsten Geburtstag wirst du ein Single sein, wie es so schön heißt, ein gräßlicher Ausdruck. Und außerdem eine geschiedene Frau, von ihrem Mann verlassen wegen einer Jüngeren.

Und diese Jüngere kriegt auch noch ein Kind, sagten sie. Du hast all die Jahre kein Kind gekriegt, irgendwie hat das nie geklappt, es war euch auch nicht so wichtig, Rüdiger sowieso nicht. In diese Welt will ich keine Kinder setzen, hat er immer gesagt. Aber die andere wird sofort schwanger, noch dazu an einem

9

ganz unmöglichen Zeitpunkt, und plötzlich ist es Rüdiger wichtig, er will sich darauf einlassen, und es macht ihm auch nichts aus, das Kind in diese Welt zu setzen.

Und was machst du beruflich? fragten sie. Germanistik und Geschichte hast du studiert, wolltest Journalistin werden oder vielleicht auch Lehrerin. Aber dann hat Rüdiger die Praxis aufgemacht, und du hast ihm geholfen die ersten Jahre, hast die Termine und den Empfang gemacht, am Anfang sogar die Buchhaltung. Du hattest keine Lust mehr, zur Uni zu gehen, es war viel schöner, morgens gemeinsam mit Rüdiger in die Praxis zu fahren, es war so schön, dieses Zusammenarbeiten, dieses Zusammen-was-Aufbauen. Du hast das Studium abgebrochen, wozu Lehrerin werden oder Journalistin, du hattest ja Rüdiger, ihr würdet gemeinsam leben und arbeiten bis ans Ende eurer Tage.

Und als die Praxis ohne dich lief, da hast du angefangen, ein bißchen zu schreiben, nette kleine Artikel, Film- und Fernsehrezensionen, Buchbesprechungen, manchmal auch was Größeres. Der Feuilletonchef beim »Abendblatt« ist ein Patient von Rüdiger, aber natürlich nimmt er es nicht nur deswegen, er findet wirklich, daß du gut schreibst. Eine nette Nebenbeschäftigung ist es jedenfalls, ein bißchen Geld extra, auch wenn man es eigentlich nicht nötig hat. Aber wie willst du davon leben? Und wird dir der Feuilletonchef immer noch die kleinen Aufträge geben, wenn du nicht mehr Rüdigers Frau bist, sondern seine Geschiedene? Wenn du ihn nicht mehr hier und da freundschaftlich triffst, auf Festen oder bei kulturellen Ereignissen, weil du dann nämlich nicht mehr dabei bist? Weil dann nämlich Clarissa-Märchenfrau dabei ist?

Irgendwann wurden die Panzer leiser und langsamer und stellten keine Fragen mehr und hörten auf, durch meinen Kopf zu rollen.

Als ich aufwachte, war es zwölf Uhr mittags. Typisch Schlafmittel, erst wirken sie gar nicht, dann wirken sie zu gut. In der Küche war der Tisch gedeckt, mit allem Drum und Dran: Kaffee in der Thermoskanne, Grapefruit, ein Ei, sorgsam in eine Serviette gewickelt. Daneben ein Zettel: »Guten Morgen, Liebes. Ich bin um halb sieben zurück. Wollen wir dann essen gehen? Dein Rüdiger.«

Na schön. Wenn du so spielst, als wären wir in einem B-Film, dann spiele ich eben mit. »Nenn mich nicht Liebes«, schrieb ich darunter. Ich goß mir eine Tasse Kaffee ein und holte das Branchentelefonbuch. P wie Psychologen, P wie Psychotherapeuten.

Es waren mehrere engbedruckte Seiten, und viele hatten nur ganz kleingeschriebene Eintragungen, also mußte ich sorgfältig suchen. Aber ich fand es bald. Eine große Anzeige, schwarz umrandet, gut sichtbar. Gemeinschaftspraxis, stand da, darunter zwei Männernamen, ein Dr. med. und ein Dipl. Psych., dazu die Spezialgebiete. Der Dr. med. machte psychoanalytische Therapie, der Dipl. Psych. Gestalt- und Gesprächstherapie. Und dann als dritte: Dr. Clarissa Maiwald, Gesprächs- und Körpertherapie.

Ach, sieh mal einer an, Doktor ist sie auch noch, dachte ich. Schönheitskönigin, Fruchtbarkeitswunder, Super-Therapeutin und Doktor. Einfach umwerfend, die Dame. Aber im Grunde war es mir schon egal. Meinetwegen hätte sie auch noch Millionärin sein können, oder sonstwas Großartiges.

Ich wählte die angegebene Nummer und fragte die freundliche Dame, die sich meldete, ob ich Frau Dr. Maiwald sprechen könnte. Nein, das könnte ich leider nicht, sagte die Dame mit nicht nachlassender Freundlichkeit. Frau Dr. Maiwald sei gerade in der Mittagspause. Sie käme aber immer so gegen halb drei zurück, um Telefongespräche erledigen zu können. Wenn ich also dann anrufen würde, würde ich sie mit Sicherheit erreichen.

Ich war um viertel nach zwei vor der Praxis. Ein schönes, altes Haus, neben der eichernen Haustür ein Messingschild, das über die Gemeinschaftspraxis Auskunft gab. Ich wartete in einer gegenüberliegenden Toreinfahrt. Auch das war wie in einem schlechten Film, aber was soll man machen, wenn sich das eigene Leben plötzlich als schlechter Film entpuppt? Aufstehen und das Kino verlassen?

Es gab viele Passanten auf der Straße, und ich musterte sie alle genau. Eine schöne, dunkelhaarige Frau kam auf mich zu, und ich starrte sie an, aber sie ging an mir vorbei die Straße hinunter. Ich hörte einen Mann lachen. Er stand zusammen mit einer Frau vor dem Buchladen im Nebenhaus. Der Mann lachte wieder und sagte: »Also hör mal, Clarissa, glaubst du wirklich,

11

das wäre das Richtige?« Clarissa lachte auch, ein helles, fröhliches Lachen, aber was sie antwortete, konnte ich nicht verstehen.

Sie gingen an mir vorbei, und ich versuchte so zu tun, als ob ich nach jemandem Ausschau hielte und warf nur immer wie zufällig einen Blick auf Clarissa, wie man das eben macht, wenn man auf jemanden wartet, und es kommen gerade irgendwelche Passanten vorbei.

Sie war keine schwarzhaarige, dunkelhäutige Schönheit aus Tausendundeiner Nacht. Aber es war fast genauso schlimm. Sie war eine von diesen zarten, elfenhaften Blondinen. Und wenn ich sage Blondine, dann meine ich nicht Aschblond oder im besten Falle Honigblond, sondern dieses seltene echte Silberblond, und dazu feine Naturlocken, nicht Glatthaar Marke Spargelschale wie bei mir. Und sie war elfenhaft: diese feingliedrige schmale Sorte von Frau mit Schuhgröße 37 und Kleidergröße 36 oder schlimmstenfalls 38 und zarten, feinen Händen und Fingern, deren Zartheit durch lauter feine, zarte Ringe nur noch betont wird.

Die Art von Frau, die einem anvertraut, welche Schwierigkeiten sie hat, Kleider in ihrer Größe zu finden, außer manchmal was ganz Besonderes im Ausverkauf, das bleibt ja oft liegen in dieser Größe, oder sie geht in die Teenager-Abteilung, da findet sich hier und da auch was Schickes. Und dabei lächelt sie lieblich mit ihren feingeschnittenen Lippen in ihrem zarten, feingeschnittenen Gesicht. Und man selber sitzt da und starrt sie an und hat das Gefühl, zur Sorte Elefantenfrau zu gehören: riesengroß und fett, mit klobigen Händen und groben Gesichtszügen, die man lieber nicht zu einem Lächeln verzieht, weil man sonst noch häßlicher aussieht.

Ich stand in meiner Toreinfahrt und sah diese Elfenkönigin in schicken Klamotten aus der Teenagerabteilung oder dem Ausverkauf an mir vorüberziehen, die Straße überqueren und in der Eichentür neben dem Messingschild verschwinden. Und ich hatte nur einen, und wieder einen blöden Gedanken im Kopf: Was für ein schönes Paar.

Nicht sie und der Typ, mit dem sie lachend in der Tür verschwand. Sie und Rüdiger. Rüdiger ist auch schmal und schlank

– und groß, ein dunkler, schlaksiger Typ wie Anthony Perkins, nur daß er sehr viel attraktiver ist als Anthony Perkins. Und er sieht immer gut aus, um nicht zu sagen elegant, ganz gleich, was er anzieht, weil er sich so selbstverständlich und locker bewegt. Genau wie Clarissa. Gott, was müssen die schön aussehen zusammen. Und was werden sie für schöne, feingliedrige, elegante Kinder kriegen, die beiden.

Ich ging nach Hause, schwerfällig und dick. Unterwegs kaufte ich mir eine Flasche Sekt, und die trank ich dann langsam aus, Glas für Glas, mit Eiswürfeln drin, damit ich nicht warten mußte, bis der Sekt kalt war. Dann ging ich in den Keller und holte mir die Flasche Champagner, die da lag, für besondere Gelegenheiten. Sie war schon kalt, und ich brauchte keine Eiswürfel.

Als Rüdiger um halb sieben nach Hause kam, ausnahmsweise pünktlich, war ich beschwipst und verheult, rotfleckig im Gesicht und dumpf im Kopf. Er sagte, er hätte einen Tisch bestellt in dem teuren französischen Restaurant, in das wir manchmal gingen, und ob ich mich nicht schnell frischmachen wollte. Ich wollte mich nicht schnell frischmachen, weil ich mich nicht schnell frischmachen konnte. Ich würde mich nie wieder frischmachen können. Ich ging nach oben, zog mich aus, sah nicht in den Spiegel, legte mich ins Bett und wartete auf die kleinen grauen Panzer. Aber sie waren gnädig: Sie kamen nicht, sie stellten keine Fragen, sie ließen mich schlafen.

Rüdiger machte Nägel mit Köpfen, wie immer, wenn er sich wirklich auf etwas einläßt. Er war von zärtlicher, mitfühlender, schuldbewußter Freundlichkeit mir gegenüber, was mich wahnsinnig gemacht hätte, wenn mir nicht alles egal gewesen wäre. Gleichzeitig aber organisierte er planvoll, bedacht und zeitsparend unsere Trennung.

»Natürlich bin ich an allem schuld«, sagte er, »das vergesse ich keinen Moment. Und deshalb wäre es sicher richtiger, wenn ich ausziehe und du hier bleibst. Aber ich habe mir überlegt: Was sollst du allein in dem großen Haus? Das würde dir sicher nicht gut tun. Weißt du was: Ich besorge dir eine schöne Wohnung, zwei bis drei Zimmer mit Balkon zum Beispiel. Ich habe einen

Patienten, der ist Makler, der findet sicher was. Natürlich bezahle ich das alles, auch den Umzug, und an Möbeln nimmst du mit, was du willst. Was meinst du? Wäre das nicht besser so?«

Ich sagte, ja, das fände ich auch besser so, und ich sprach nicht aus, was ich dachte, und was auch er dachte, daß er nämlich das große Haus sehr gut brauchen konnte, für Clarissa Super-Frau und Clarissas Super-Kind und für die anderen Kinder, die vielleicht noch kommen würden.

Ein harter Brocken war die Frage einer schnellen Scheidung, aber auch den bewältigte er mit Umsicht und Eleganz. »Weißt du, ich finde das wirklich schrecklich für uns, wenn es nun alles so schnell geht«, sagte er mit gefühlvoller Stimme, »ich hätte es weiß Gott lieber anders. Aber mir geht es hier einfach um das Kind, das doch nun wirklich nichts dafür kann. Ich fände es nicht richtig, wenn es unehelich zur Welt kommt.« Er dachte einen Moment nach. »Aber andererseits habe ich wohl kaum das Recht, mich nach meinen Gefühlen und Wünschen zu richten. Wenn du es anders willst, wenn du noch ein bißchen warten willst, dann werde ich das natürlich akzeptieren. Das ist nur selbstverständlich. Und fair.«

Ach Gott, dachte ich, jetzt ist er auch noch fair und rücksichtsvoll und akzeptiert mich und bringt Opfer. Er behandelt mich, als wäre ich behindert oder leicht verrückt, und wenn ich das hier noch lange mitmache, dann bin ich es wahrscheinlich wirklich.

Ich sagte, daß ich auch fände, daß das Kind nicht darunter leiden sollte, und daß mir eine schnelle Scheidung auch lieber wäre.

Er atmete erleichtert durch. »Da bin ich froh, daß du das auch so siehst. Ich werde natürlich alles organisieren und bezahlen, das ist klar. Ich würde sagen, wir nehmen nur einen Rechtsanwalt, es gibt ja keine Streitpunkte, da brauchen wir keinen zweiten Anwalt, außer natürlich für die Verhandlung, aber das ist eine formale Sache.« Aha, er hat sich also schon informiert.

»Natürlich werde ich dich finanziell versorgen, deine Miete zahlen und Unterhalt, großzügig natürlich, bis du beruflich auf eigenen Füßen stehst.« Wenn er noch einmal *natürlich* sagt, flippe ich aus. Was ist an dieser ganzen Sache eigentlich natürlich?

»Aber das kriegst du alles schriftlich, das wird alles festgelegt, und ich bin auch ganz sicher, daß du es beruflich leicht schaffst. Du brauchst dir keine Sorgen zu machen.«

Ich machte mir keine Sorgen. »Außer daß ich meine Saxophonstunden und die Metro nicht bezahlen kann, mache ich mir nämlich keine Sorgen«, sagt Toddy in meinem Lieblingsfilm »Viktor-Viktoria«. Außer, daß ich den Mann, den ich liebe, verliere, und das Haus, in dem ich wohne und überhaupt alles, was mein Leben ausmacht, habe ich mir nämlich keine Sorgen gemacht. Und die habe ich mir eigentlich auch nicht gemacht, weil ich gar nicht auf die Idee gekommen wäre, daß es passieren könnte. Aber jetzt ist es passiert, und ich kann nichts dagegen tun, also warum sollte ich mir Sorgen machen? Außerdem bin ich tot, mein Herz ist tot, mein Kopf auch, und Tote machen sich keine Sorgen.

Rüdiger war umso lebendiger. Was er in diesen Monaten leistete, hätte sicher Aussicht, ins Buch der Rekorde aufgenommen zu werden, etwa als *Schnelligkeits- und Effektivitätsrekord im Wechsel der Ehefrau*. Seine Praxis lief weiter wie bisher, aber außerdem konferierte er mit seinem Rechtsanwalt, mit diversen Maklern, sah sich ständig Wohnungen an und setzte sich offenbar auch intensiv mit seiner Rolle als werdender Vater auseinander – was ich weiß, weil ich eines Tages im Handschuhfach seines Autos einen Stapel Bücher fand, mit Titeln wie: *Hausgeburt – ja oder nein? Vaterwerden – Vatersein, Du und dein Kind*, und all so was.

Natürlich traf er auch Clarissa. Niemals abends oder am Wochenende, das nicht, dazu war er zu dezent. Aber eine Zeitlang rief ich jeden Mittag in seiner Praxis an, und aus dem verlegenen Ton, in dem die Sprechstundenhilfe sagte, der Herr Doktor sei gerade in der Mittagspause, war deutlich herauszuhören, mit wem er in der Mittagspause war.

Clarissa wurde nicht wieder erwähnt zwischen uns, Clarissa nicht und das Kind auch nicht. Manchmal schien es fast so, als gäbe es sie gar nicht, als wäre ein fremdartiger, seltsamer Geist in Rüdiger gefahren, ein Dibbuk oder ein Dschin, der ihn dazu bewegte, so aktiv zu sein, Wohnungen zu suchen und mit Rechtsanwälten zu reden. Als müßte man nur mit dem Finger schnippen oder das Zauberwort finden, und Rüdiger wäre wieder wie früher und alles andere auch. Aber dann dachte ich an den Nachmittag vor der Gemeinschaftspraxis und die Elfenkönigin, und dann wußte ich, daß es für mich kein Zauberwort mehr gab.

Planvoll organisierte Rüdiger mich und unser gemeinsames Leben aus dem Haus heraus. Ich könne praktisch alle Möbel haben, sagte er, außer vielleicht den alten Bücherschrank seines Vaters, den würde er gerne behalten. Wie er sich das vorstellte, mit den Möbeln eines Fünfzimmerhauses eine Zweizimmerwohnung zu möblieren, fragte ich gar nicht erst. Und was die Bücher beträfe, so hätte er seine schon mal aussortiert, und die uns gemeinsam gehörten, könnte ich auch gerne alle mitnehmen.

Und ob ich nicht auch die Dias und den Dia-Apparat haben wolle? Stellte er sich vor, ich würde mich über die einsamen Abende meines demnächst beginnenden Single-Daseins hinwegtrösten, indem ich mir die Bilder unserer Urlaubsreisen betrachtete? Ich fragte nicht.

Und natürlich Bettwäsche und Handtücher und Geschirr und Vasen und Töpfe und Bügeleisen und Bilder und was weiß ich. »Bitte nimm doch wirklich alles, was du brauchst«, drängte er, »und wie ist es mit den Terrassenstühlen? Die würden doch sicher gut auf einen Balkon passen!«

Es war nicht Großzügigkeit und auch nicht Schuldbewußtsein, was ihn so freigebig machte. Er wollte ein neues Leben anfangen, und darum sollte alles verschwinden, was mit mir und unserem Leben zu tun hatte. Und wäre ich nicht sowieso tot gewesen, dann hätte mir das schrecklich weh getan.

Gott sei Dank war ich tot. Denn unter seiner Geschäftigkeit und seiner gleichbleibenden Freundlichkeit und Rücksichtnahme pulsierte die Vorfreude auf das neue Leben. Ich hörte es in seinem Lachen, ich sah es an seinen Bewegungen. Er war nie zuvor so lebendig und – verdammt noch mal – attraktiv gewesen wie jetzt, außer vielleicht in der ersten Zeit unserer Beziehung. Er versuchte es zu verbergen und sich dem Ernst der Situation entsprechend ernst und gemessen zu verhalten, aber es gelang ihm nicht immer.

Manchmal saß er im Wohnzimmer, zeitunglesend, und ließ die Zeitung sinken und betrachtete träumerisch den Raum. Diesen Raum, den ich so liebte, mit seinem gelben Teppichboden und den weißen Vorhängen und den klaren Möbeln, in dem immer die Sonne schien, weil er Fenster nach allen drei Sonnenseiten hatte. Und ich wußte, wovon er träumte: von Clarissa und dem Kind in diesem Raum, und wie er ihn ausstatten würde, Holzfußboden und Berberteppiche (für die er eine Vorliebe hat, ich aber nicht), und überhaupt etwas rustikaler (wofür er eine Vorliebe hat, ich aber nicht) und viele, viele Pflanzen (wofür er eine Vorliebe hat, ich aber nicht).

Wenn er merkte, daß ich ihn ansah, dann nahm er ganz schnell den ernsten gemessenen Ausdruck an und sah wieder in die Zeitung. Und wäre ich nicht sowieso tot gewesen, in solchen Momenten wäre ich gestorben.

Schließlich fand er auch die Wohnung für mich. Es war nicht so schnell gegangen, wie er erwartet hatte, und ich spürte seine Nervosität darüber, daß dieser Teil seines »Wie-richte-ich-mir-ein-neues-Leben-ein«-Planes nicht funktionierte.

Er kam abends nach Hause, an einem dieser Aprilabende, an denen man den Frühling geradezu schmerzlich im Körper spürt. Er hatte eine Magnumflasche Champagner dabei (Veuve Clicquot gelb, mein verdammter Lieblingschampagner) und einen Riesenstrauß gelber Rosen und Freesien (meine verdammten Lieblingsblumen, außer daß die Rosen früher immer rot gewesen waren).

Er kam über den Gartenweg, strahlte, schwenkte die Flasche und den Stauß und rief: »Surprise, surprise!« Und ich hatte plötzlich nur einen Gedanken im Kopf, natürlich wieder einen blöden, geradezu goldmedaillenverdächtig blöd: Alles ist vorbei, dachte ich, als ich ihn da kommen sah, strahlend und schön (Anthony Perkins ist ein Penner dagegen), es ist vorbei, es ist aus mit Clarissa, er hat sich von ihr getrennt, er weiß wieder, daß er nur mich liebt, es ist ihm doch noch klargeworden. Lieber Gott ja, das ist die Überraschung, das muß sie sein, und das will er jetzt feiern!

»Ich habe deine Wohnung gefunden«, sagte er, »die schönste Wohnung der ganzen Stadt, sie wird dir gefallen, und jetzt fahren wir gleich rüber und schauen sie an und trinken den Champagner. Ich hole nur schnell zwei Gläser, die lassen wir gleich

da, da hast du dann schon zwei der wichtigsten Einrichtungsgegenstände! Sollen wir die Blumen auch mitnehmen?«

Und auch gleich dalassen? dachte ich. Und mich am besten
auch gleich dalassen?

Aber es war wirklich eine schöne Wohnung, eigentlich viel zu
schön für eine Tote. Zwei Zimmer, großer Balkon, große Küche,
das Bad in Weiß gefliest, nach hinten Ostseite, nach vorne West-
seite, die Straße ruhig und mit Bäumen bestanden.

»Das liebst du doch so«, sagte Rüdiger begeistert, »Ost- und
Westsonne und dann die schönen weißen Fliesen und der große
Balkon. Und die Bäume da, das sind Linden, ich habe die Haus-
meisterin gefragt, die magst du doch auch so!«

Klar, dachte ich, wenn man die Alte schon so vornehm und
dezent abtötet, dann muß man ihr wenigstens ein anständiges
Mausoleum besorgen, eines, das ihr gefällt und in dem sie sich
wohlfühlt. Eins mit Linden davor. Sonst kannst du keine Eiche
von einer Pappel unterscheiden, und es interessiert dich auch
nicht besonders, aber hier hast du dich schon mal vorsorglich
erkundigt, ob da auch die richtigen Bäume stehen, damit ich bloß
nicht nein sage.

Rüdiger hatte erstaunlicherweise nicht daran gedacht, Tisch
und Stühle mitzunehmen, die man dann auch gleich hätte dalassen können. Wir setzten uns auf den Boden ins größere Zimmer,
machten die Balkontüre auf und tranken den Champagner. Es
war wirklich ein schönes Zimmer.

Immerhin, dachte ich, das Mausoleum ist schön und geschmackvoll, immerhin. Tot sein und dann noch ein häßliches
Mausoleum, das hält ja keiner aus. Und ich war zum erstenmal
ein bißchen erleichtert.

»Und was kostet sie?« fragte ich.

»Sie ist außerdem wirklich günstig«, sagte Rüdiger. »Fürs erste brauchst du dir ja deswegen keine Gedanken machen, da
zahle ich, ganz klar. Aber sie ist auch noch erschwinglich, wenn
du dich beruflich selbständig gemacht hast.«

Wenn du nicht mehr blechen mußt, das meinst du doch,
dachte ich.

»Und am ersten Mai kannst du einziehen«, sagte Rüdiger und
stieß schon wieder mit mir an. »Aber du rührst kein Stück an,

kein Buch, nichts. Das lassen wir alles machen, von Umzugsspe-
zialisten, die packen alles ein und stellen es genauso wieder hin.«

»Ach, und die andere Überraschung«, sagte er und war so auf
der Begeisterungsschiene, daß er sich nicht mehr bremsen
konnte. »Im Juni haben wir Scheidungstermin, das steht jetzt
auch fest!«

Und dann können wir heiraten, müßtest du jetzt eigentlich
sagen, wenn dir nicht gerade noch eingefallen wäre, daß die falsche Frau vor dir sitzt, das ausrangierte Exemplar. Aber das
kannst du ja morgen nachholen, in deiner Mittagspause, und
diesmal mit der Richtigen.

Wir saßen da und stießen immer wieder an und tranken die
Flasche aus und feierten, daß Rüdiger es geschafft hatte, mich in
knapp drei Monaten loszuwerden, ohne Komplikationen, ohne
Verzögerungen und dazu noch sehr dezent, auf die ganz feine
englische Art.

II

Ich wurde das erstemal wieder ein bißchen lebendig, als ich am ersten Morgen in meiner neuen Wohnung aufwachte. Ich hatte das Bett ins Ostzimmer gestellt, und die Sonne schien rein und malte das Fensterkreuz an die Wand. Ich lag einfach nur da und faltete die Hände auf der Brust und sah auf die Wand mit der Sonne drauf. Da hängst du nie ein Bild hin, dachte ich, die Wand gehört der Sonne, das ist die Sonnenwand.

Das Zimmer war noch kahl, keine Bilder, keine Gardinen. Rüdiger hatte mir unbedingt die Gardinen aufhängen wollen, die weißen aus unserem Wohnzimmer, die wollte er natürlich auch nicht mehr haben. »Komm, laß mich das noch schnell machen«, hatte er gesagt. »In der Länge passen sie fast, und sauber sind sie auch, und dann ist es getan.« Aber ich wollte nicht. Wenigstens, was die Gardinen anging, wollte ich mein neues Leben frisch beginnen. Ich wollte nicht den Geruch meines alten Lebens, der noch im Stoff hing, mit hinübernehmen, und auch nicht die Länge, die in mein altes Wohnzimmer paßte. Ich würde sie erst reinigen lassen und neu umnähen und dann aufhängen.

Aber ich würde heute ein paar Bilder aufhängen. Das hatte Rüdiger eigentlich auch tun wollen. Rastlos war er damit beschäftigt gewesen, alles, aber auch alles, fertig zu machen. Er hatte mir die Lampen montiert, den Schrank so hingerückt, wie er stehen mußte, die Terrassenstühle samt Tisch auf dem Balkon aufgestellt und schnell noch ein paar Blumenkästen besorgt, obwohl ich das eigentlich auch nicht wollte.

Ich hatte das Gefühl, er wollte mich fix und fertig installieren, gut verpackt und eingerichtet, damit er mich dann wirklich hinter sich lassen und sein neues Leben anfangen konnte. Mir alle Probleme aus dem Weg schaffen, damit ich ihm keine machen würde.

Schließlich war nichts mehr zu tun. »Also, dann gehe ich mal«, sagte er und bewegte sich unsicher auf die Wohnungstür zu. »Ich rufe dich an.« Und er drehte sich so linkisch um und und winkte auf eine so seltsame, ungeschickte Art, wie ich es noch nie bei ihm gesehen hatte.

Ich wußte nicht, was ich sagen sollte. Was sagt man, wenn man nach dreizehnjähriger glücklicher Ehe (das hatte ich jedenfalls gedacht) von seinem Mann plötzlich in ein hübsch eingerichtetes Mausoleum überführt und dort belassen wird? Wenn man weiß, daß unten im Wagen die Flasche Champagner liegt, mit der er zu einem zarten, elfenhaften Wesen, einer werdenden Elfen-Mutter fährt, um mit ihr die neugewonnene Freiheit zu feiern?

Eigentlich müßte man sagen »Hau bloß ab, du Scheißkerl!«. Ich sagte statt dessen »Danke für alles«, vermutlich eine der blödesten Bemerkungen, die ich mir in dieser Zeit habe zuschulden kommen lassen. Seine war der meinen würdig: »Nichts zu danken«, murmelte er und verschwand im Treppenhaus.

Vielleicht denkst du jetzt mal zwei Minuten nicht an Rüdiger, sagte ich zu mir und stand auf. Einen Vorteil hatte die neue Situation: Ich konnte wieder nackt herumlaufen. Nicht, daß ich ständig nackt herumlaufe, nur morgens und abends ins Bad und wieder zurück. Seit dem Tag, an dem Rüdiger mir von Clarissa erzählt hatte, hatte ich das nicht mehr getan. Ich hatte mir immer vorgestellt, daß er mich anschauen und mich vergleichen würde mit ihrer schlanken Schönheit und sich fragen, wie er es mit so einem fetten, häßlichen Trampel überhaupt so lange ausgehalten hatte.

Ich ging durch den Flur, und vor dem großen Spiegel, der aus unserer Diele stammte, wo wahrscheinlich bald etwas Rustikales seinen Einzug halten würde (es sei denn, Clarissa stand auf art deco oder Postmoderne), fiel mir ein weiterer Vorteil der Situation ins Auge: Ich war kein fettes Trampel mehr, denn Tote essen ja auch nichts. Ich war schlank geworden. Das war mir in den letzten Monaten ebenso egal gewesen wie alles andere, doch jetzt freute ich mich zum erstenmal ein bißchen darüber. Alt und aschblond und Fältchen um die Augen, aber immerhin schön schlank. Jetzt war nicht mehr ich die Elefantenfrau, sondern Clarissa würde es bald sein, dick und rund und schwerfällig. Obwohl sie wahrscheinlich zu der Sorte Frau gehört, von der mein Vater immer sagte: »Die hat einen Fußball verschluckt.« Was bedeutete, daß sie auch in der Schwangerschaft schlank und

21

schmal blieben und bloß diesen hübschen Kugelbauch hatten. Scheiße.

Denk doch nicht schon wieder an Clarissa, sagte ich zu mir, denk lieber daran, daß Elisabeth nachher kommt und daß du noch Kuchen kaufen mußt. Johannisbeerkuchen mit Baiser und einem wirklich guten Mürbeteigboden, was anderes ißt sie ja nicht.

Elisabeth stand pünktlich um drei vor der Tür, elegant und großartig wie immer, hinter sich einen halb verdutzten, halb verärgerten Taxifahrer, der einen großen Karton trug und sich offensichtlich fragte, wie er eigentlich dazu kam, das schwere Ding zwei Stockwerke hochzuschleppen.

»Ines, mein liebes Kind«, sagte Elisabeth und küßte mich. »Würden Sie das bitte dahin stellen?« wies sie den Taxifahrer an. »Und vielen Dank für Ihre Freundlichkeit.«

Elisabeth ist ungefähr so grandios wie Katharina die Große, was nicht heißt, daß sie auch als Prinzessin zur Welt gekommen ist. Das Gegenteil ist der Fall: Ihre Mutter hatte einen winzigen Kolonialwarenladen, ihr Vater war Bahnbeamter. Aber ihre Mutter hatte das Selbstbewußtsein und das Temperament von Katharina der Großen und so brauchte Elisabeth sich nur noch das entsprechende Benehmen zuzulegen.

Aber ihr Name gefiel ihr nicht. Es war ein schwer auszusprechender polnischer Name, denn ihre Urgroßeltern waren polnische Einwanderer gewesen. Also heiratete sie einen Mann, dessen Name ihr besser gefiel: Er hieß Walter von Coulin. Er besaß außerdem eine Schokoladenfabrik, was Elisabeth auch gut gefiel. Alles andere muß ihr nicht so gefallen haben, denn sie ließ sich nach zwei Jahren scheiden. Sie hatte aber anscheinend bei Walter von Coulin einen tiefen Eindruck hinterlassen, denn er zahlte ihr bei der Scheidung einige zehntausend Mark, was er eigentlich gar nicht mußte. Meine Mutter, die mir das alles erzählt hat, wußte nie so genau, wieviel Geld es gewesen war, und anscheinend hatte Elisabeth sie auch über den Scheidungsgrund im Dunkeln gelassen, aber meine Mutter vermutete, daß dieser Grund im Schlafzimmer zu finden sei, was ich als Kind nie verstand.

Elisabeth investierte das Geld in Minigolfplätze und wurde eine erfolgreiche Geschäftsfrau. Irgendwann verkaufte sie alle diese Minigolfplätze und zwar, bevor Minigolf aus der Mode kam, und legte ihr Vermögen äußerst geschickt an. »Elisabeth weiß, auf welcher Seite das Brötchen gebuttert ist«, hatte meine Mutter immer gesagt, mit einer Mischung aus Bewunderung und ein bißchen Neid. Elisabeth war die beste Freundin meiner Mutter und für mich so etwas wie eine »Nenn-Tante« und außerdem Ersatz-Mutter, in Notfällen, und seitdem meine Mutter tot ist, ist sie noch mehr Ersatz-Mutter.

»Nun möchte ich erst mal sehen, wie du wohnst«, sagte sie und ließ sich alles zeigen. Es fand ihren Beifall: »Apart, großzügig geschnitten, hell, ruhig – wirklich nicht schlecht. Hat das dieser Mann aufgetan, von dem du dich scheiden läßt?«

Seitdem sie von der Sache mit Clarissa weiß, ist Rüdiger für sie nur noch *dieser Mann, von dem du dich scheiden läßt.* Zwar ist er ja wohl eher der Mann, der sich von mir scheiden läßt, und das, so schnell er nur kann, aber das ist ein Faktum, das Elisabeth nicht in Betracht zu ziehen wünscht, wie sie überhaupt diese ganze unerfreuliche Angelegenheit, wie sie es nennt, nicht eingehender zu betrachten gewillt ist.

Ich war zu ihr gefahren, damals, am Tag, nachdem ich die zwei Flaschen Sekt getrunken hatte, verkatert und verheult, und hatte es ihr erzählt. Elisabeth hatte zugehört, die Augenbrauen hochgezogen und diverse Male »Ach« gesagt. Sie verfügt über eine ganze Skala von »Achs«, die ihre Reaktion darstellen, wenn sie etwas langweilig, dumm, überflüssig oder so abscheulich findet, daß die menschliche Sprache davor verstummt. Diese »Achs« waren Abscheulichkeits-Achs gewesen und zugleich die endgültige und grundsätzliche Aburteilung des Dr. Rüdiger Dohmann.

Was nicht bedeutet, daß Elisabeth mitleidlos oder desinteressiert wäre. Sie fing sofort an, sich um mich zu kümmern. Sie schickte mir Bücher, von denen sie annahm, daß sie mich ablenken könnten, und Blumen, von denen sie wußte, daß ich sie liebte, zum Beispiel sündteuren Treibhausflieder. Sie schleppte mich ins Kino in Filme, die mich tatsächlich manchmal für Sekunden Rüdiger und die gottvolle Clarissa vergessen ließen, und sie lud mich zum Essen ein und bestellte Sachen, die ich auch im Todeskampf noch mit Genuß hinuntergewürgt hätte: Rinds-Carpaccio beispielsweise oder diese kleinen würzigen Nordseekrabben.

»So«, sagte sie, nachdem sie sich auf dem Sofa niedergelassen und den Johannisbeerkuchen inspiziert hatte, »und wie steht es nun mit der Scheidung?«

»Das ist alles klar. Wir haben einen Termin im Juni.«

»Ach«, sagte Elisabeth, »so schnell.«

»Du weißt doch, warum.«

»Ich kann es mir vorstellen. Aber geht auch alles in Ordnung? Bekommst du alles, was du brauchst und was dir zusteht? Hast du einen guten Rechtsanwalt?«

Ich war einmal mit Rüdiger bei unserem Rechtsanwalt gewesen. Er war ein väterlich und vertrauenswürdig wirkender Mann, mit grauen Haaren und Bart und bayerischem Witz und bayerischer Gelassenheit. »Da machen Sie sich nur keine Sorgen, gnädige Frau«, hatte er gesagt, »das werden wir schon alles bestens erledigen, Ihr Gatte und ich.«

»Doch, ich habe einen guten Rechtsanwalt«, sagte ich und wünschte, sie würde aufhören, von der Scheidung zu reden, weil das so ungefähr das Letzte war, worüber ich reden und woran ich denken wollte. »Du brauchst dir wirklich keine Gedanken zu machen.«

»Das hoffe ich«, sagte Elisabeth und stach mit der Gabel in den Johannisbeerkuchen. »Ich habe dir übrigens etwas mitgebracht. Bist du so lieb und holst die Kiste rein, die im Flur steht.«

Die Kiste war tatsächlich sehr schwer und klirrte heftig. »Ich dachte mir, das würde dir guttun«, sagte Elisabeth, als ich sie geöffnet hatte und eine halbe Flasche Veuve Clicquot herauszog.

»Natürlich immer nur eine auf einmal, du sollst ja keine Trinkerin werden. Aber Champagner ist einfach das Beste, was man trinken kann, besonders in schwierigen Situationen. Champagner und Kamillentee natürlich, zwei wirklich gesunde und saubere Getränke«, sagte sie und betrachtete befriedigt die Tasse Kamillentee, die vor ihr stand. Er stammte aus der Apotheke, war teuer, handverlesen und so sauber, wie man ihn sich nur wünschen konnte. »Alles andere vergiftet nur, Kaffee, Tee, Wein oder Bier. Du solltest jetzt nur das Beste zu dir nehmen, das bringt Energie.«

»Ich weiß ja«, sagte ich und lachte, denn das ist ein altes

Thema von Elisabeth, und wenn man sie so ansieht, schlank und elegant, mit ihrer feinen Haut und den kräftigen grauen Locken, dann muß es ein exzellentes Mittel sein. »Aber ob ich es mir auch leisten kann?«

»Kamillentee wirst du dir ja noch leisten können, von dem, was dieser Mann dir zu zahlen hat«, sagte Elisabeth. »Und für den Champagner sorge ich... Jedenfalls fürs erste«, fügte sie nach kurzem Nachdenken hinzu. Denn Elisabeth ist in Gelddingen ein vorsichtiger Mensch, außer natürlich in Notsituationen, da sieht sie nicht auf den Pfennig.

Am nächsten Morgen rief ich Jürgen Flohse an, den Feuilletonchef beim »Abendblatt«. Rüdiger war nicht müde geworden, mich dazu zu drängen. »Und ruf unbedingt gleich Jürgen an«, hatte er immer wieder gesagt, »gleich Montagmorgen. Ich bin ja sicher, daß du dich beruflich schnell etablieren wirst, aber du mußt natürlich selbst die Kontakte knüpfen. Und damit kannst du nicht früh genug anfangen. Bitte versprich mir, daß du ihn anrufst.« Ich versprach es ihm. »Und gleich Montagmorgen«, fügte er hinzu, und ich versprach auch das, obwohl ich genauso gut wußte wie er, daß Jürgen montagmorgens nicht ansprechbar ist, weil er seine Wochenenden mit einer seiner diversen Freundinnen in Saus und Braus zu verbringen pflegt.

Ich tat es trotzdem, weil ich es Rüdiger versprochen hatte, und siehe da, an diesem Montagmorgen quoll Jürgen nur so über vor Fröhlichkeit und Begeisterung über meinen Anruf. »Ines, was für eine Überraschung, wie schön, von dir zu hören«, sagte er und redete weiter in einem Ton, als habe er seit Wochen auf nichts anderes gewartet, und als sei ich die verlorene Tochter und außerdem ein bißchen behindert.

Eins war klar: Rüdiger hatte mit ihm gesprochen und um die Extra-Super-Spezialbehandlung gebeten für die arme, verlassene Ehefrau. Denn als ich vorsichtig fragte, ob er vielleicht was für mich hätte, und ich hätte mir auch ein paar Themen überlegt, und ob wir mal darüber sprechen könnten, da reagierte er, als hätte ihm Ernest Hemingway persönlich die Zusammenarbeit angeboten – und zwar nach der Verleihung des Literaturnobelpreises. »Spitze, wunderbar, genau, was ich brauche«, sagte er, und sein Ton wurde noch falscher, »ein paar wirklich gute Themen und dann deine Schreibe! Wunderbar! Laß mich mal grade nach einem Termin schauen – ach, weißt du was: Komm gleich heute mittag rüber und wir gehen zusammen essen.«

Es hätte nur noch gefehlt, daß er mir einen Wagen samt Chauffeur rübergeschickt hätte, um mich abzuholen. Ich sagte auch »wunderbar« und »sehr gerne« und »danke dir« und legte überwältigt auf. Dann zog ich mich sorgfältig an und schminkte mich sorgfältig und betrachtete meine Haare und beschloß, vorher noch schnell zum Friseur zu gehen. Wenn sie einem schon Gnadenbrot zu fressen geben, dann will man wenigstens einen angenehmen Anblick bieten, während man es kaut.

Jürgen ist sonst eher ein zurückhaltender, um nicht zu sagen muffeliger Mensch, aber an diesem Tag bot er alles auf, was er an Herzlichkeit und Verbindlichkeit zu bieten hatte.

»Wie schön, dich zu sehen, Ines«, sagte er und küßte mich auf beide Wangen, was er sonst nur tut, wenn er beschwipst ist. Er bewunderte ausgiebig mein Aussehen (toll siehst du aus, also, ich meine, du hast ja schon immer toll ausgesehen, aber jetzt!), freute sich unendlich darüber, daß ich für ihn schreiben wollte und führte mich in ein teures Restaurant. Jürgen ist sonst auch eher sparsam und ganz sicher strapaziert er sein Spesenkonto nicht damit, zweitrangige freie Mitarbeiterinnen mit Delikatessen zu verköstigen. Wahrscheinlich kriegt er bei Rüdiger die nächsten paar homöopathischen Behandlungen, die die Kasse ja leider nicht zahlt, umsonst, dachte ich, und fand mich ziemlich gemein bei diesem Gedanken.

»Bitte nimm doch auch eine Vorspeise«, drängte er, »und wie wär's mit frischen Himbeeren danach?« Und er bestellte, ganz gegen seine Gewohnheit, weil er während der Woche immer alkoholfrei und pflichtbewußt lebt, einen guten Wein.

Wir aßen und tranken und besprachen meine Themen, und er fand sie alle toll und überhaupt alles wunderbar. Und zwischendurch sah er mich immer wieder vorsichtig und forschend an.

Schließlich hielt er es nicht mehr aus. Er betrachtete angelegentlich seine Himbeeren, und dann guckte er mich wieder so an und sagte: »Und wie geht's dir sonst?«

»Gut«, sagte ich. Wenn du glaubst, du kriegst jetzt die Jammerarie der verlassenen Ehefrau gratis mitgeliefert, nur weil du mich mit teurem Futter vollstopfst, dann hast du dich getäuscht.

»Ja, also, das ist nicht zu übersehen, natürlich«, sagte er, »aber ich meine wegen –« Er brach ab und sah mich fragend durch seine runde Goldrandbrille an, dem einzigen Relikt aus seiner bewegten 68er-Zeit, in der er Abkehr von allem Konsum geschworen hatte. Heute trägt er edle Lederjacken und teure Seidenhemden in wunderbaren Farbtönen und handgefertigte Schuhe und fährt ein komisches kleines Auto, das ich immer für einen biederen Mittelklassewagen gehalten hatte, bis Rüdiger mir erklärte, daß es ein Maserati ist.

»Du meinst wegen Rüdiger«, sagte ich und traf eine Entscheidung. Früher oder später werde ich sowieso mit euch allen darüber reden müssen, also warum nicht gleich? Fragt sich nur, welche Version ich dir bieten soll? Die Tote aus dem Mausoleum, die von ihrem Mann in einer rekordverdächtigen Aktion entsorgt worden ist? Die sich als tolle Frau verkleidet hat, damit du nichts merkst, und die bloß eins will, nämlich daß du ihr Arbeit gibst? Oder lieber die brave kleine Frau, die die Zähne zusammenbeißt und dabei auch noch tapfer lächelt? Oder die Überlegene, die das Ganze von einem höheren Standpunkt betrachtet – am besten einem psychologischen? So, wie Rüdiger euch die Geschichte wahrscheinlich erzählt, mit einer kräftigen Portion Psychologie und Esoterik und Beziehungsgequatsche und weiß der Teufel was garniert.

Wollen wir doch mal sehen, ob ich das nicht auch kann – und wenn es nur wäre, um dich zu ärgern.

»Ja, weißt du«, sagte ich also und sah ihn ernsthaft an, »das war natürlich alles nicht einfach für uns beide (ha, ha). Aber im Grunde bin ich ganz froh darüber, weil diese Geschichte mit Clarissa (o Gott, ich spreche den Namen aus!) etwas aufgebrochen hat zwischen Rüdiger und mir, diese Beziehungslosigkeit zwischen uns, die ist uns wirklich bewußt geworden (klingt einfach toll). Weißt du, ich glaube, Beziehungen haben ihre Zeit, ihr natürliches Ende, und wenn man das übersieht oder nicht akzeptieren kann...« Ich ließ den Satz in der Luft hängen, denn mir fiel nicht so schnell ein, was dann passiert.

»Das sind doch im Grunde ganz natürliche psychologische

Prozesse«, fuhr ich fort, »und ich bin eigentlich sehr erleichtert
darüber, daß Rüdiger uns das bewußt gemacht hat. Das hat uns
beiden sehr gut getan. Ich fühle mich jetzt sehr viel lebendiger und
offener (Tätärätä!).«

Ich fürchtete fast, ein bißchen zu dick aufgetragen zu haben,
aber Jürgen merkte nichts. Im Gegenteil, er starrte mich beeindruckt und bewundernd und auch ein bißchen enttäuscht an. Es
hätte ihm wahrscheinlich besser gefallen, eine gebrochene, verlassene Ehefrau trösten und aufrichten zu können, aber dies faszi-
nierte ihn auch. Er ist eben Journalist und hat einen Nerv für gute
Geschichten, ganz gleich, wie erstunken und erlogen sie sind.

»Also, das finde ich ja toll, daß du das so siehst, Ines«, sagte er,
als er wieder Luft bekam. »Rüdiger hat ja auch so was Ähnliches
gesagt, aber daß du so damit umgehst…«

Das hat er dir natürlich nicht gesagt. Er hat wahrscheinlich auf
seine einfühlsame Weise angedeutet, daß die arme kleine Ines
damit schreckliche Probleme hat und das alles noch verarbeiten
muß.

»Ach, weißt du«, sagte ich und setzte noch einen drauf, »das
habe ich Rüdiger auch nicht erzählt, daß ich im Grunde erleichtert
bin. Er war ja doch sehr im Streß, mit Clarissa und dem Kind, und
dann die Loslösung aus unserer Beziehung, das hat ihn sehr bela-
stet. Da wollte ich ihn nicht überfordern.«

»Ja, natürlich, das verstehe ich«, sagte Jürgen und verstand
natürlich gar nichts. Er war ganz eindeutig auch ein bißchen überfordert, von Ines der Großartigen, Ines der Wunder-Frau, die so
rücksichtsvoll gewesen war, den armen Rüdiger nicht zu über-
strapazieren.

Er hatte fürs erste von diesem Thema genug, Gott sei dank. Er
aß endlich seine Himbeeren auf, und als er damit fertig war und
sich ein bißchen erholt hatte, sagte er: »Also, den Beitrag über die
Ausstellungen, den du vorgeschlagen hast, machen wir auf jeden
Fall. Ich sage dir noch, wann ich es brauche, und wegen der anderen Themen rufe ich dich an.«

Er hatte es plötzlich eilig, zahlte, fragte, ob er mich irgendwohin mitnehmen könne, küßte mich schon wieder auf beide
Wangen, murmelte: »Du bist wirklich eine tolle Frau«, und verschwand zu seinem komischen kleinen Auto.

Ich sah ihm nach, wie er da ging, knapp so groß wie ich, die Haare schon ein bißchen grau, ein bißchen zu dick, weil er so gerne ißt und – ach Gott, kein Vergleich mit Rüdiger...

Klar, dachte ich, echt toll, die verlassene Frau hat ihre schauspielerischen Qualitäten entdeckt, weil sie nämlich keine Lust hat, als armes, dummes, bald vierzigjähriges Opfer gehandelt zu werden. Und jetzt begibt sich die tolle Frau wieder in ihr Mausoleum und hängt ein paar Bilder auf und kauft vorher vielleicht noch ein paar Geranien, damit Rüdigers Blumenkästen nicht so dumm und leer rumstehen.

Ich sollte nicht immer wieder sagen ›Mausoleum‹, denn eigentlich war alles gar nicht so schlimm in der ersten Zeit nach der Trennung. Wenn ich vorher überhaupt daran gedacht hatte, wie es wohl sein würde, hatte ich mir immer so etwas wie den nächsten Kreis der Hölle vorgestellt. Eine noch schrecklichere Art von Hölle, als ich sie schon mit Rüdiger gehabt hatte.

Aber so war es nicht. Natürlich war ich nicht so wunderbar lebendig und offen, wie ich es Jürgen auf die Nase gebunden hatte, aber ich war auch nicht mehr so tot. Es machte mir wirklich ein bißchen Spaß, meine Wohnung fertig einzurichten, die Bilder aufzuhängen und die Gardinen, die Balkonblumen zu pflanzen und mir dies und das zu kaufen: einen neuen Bettüberwurf zum Beispiel aus wunderbar glänzendem cremefarbenen Stoff und schöne Kissen mit Chintz-Rosen drauf für mein Sofa. Ich ordnete meine vielen Bücher nach Sachthemen und richtete mir meine Arbeitsecke gemütlich ein und kaufte mir eine sündteure, wunderschöne Chromlampe.

Ich war auch erleichtert. Erleichtert, Rüdiger nicht mehr sehen zu müssen, mit seiner unterdrückten Freude auf Clarissa und das Kind und seiner Geschäftigkeit und seiner schuldbewußten, rücksichtsvollen Freundlichkeit mir gegenüber, die nur unzulänglich verdeckte, wie egal ich ihm plötzlich geworden war. Es war erleichternd, morgens aufzuwachen und die Sonnenwand zu betrachten und zu wissen, daß er nicht schon pfeifend im Badezimmer plätscherte oder womöglich schon das Frühstück gemacht hatte und mich mit diesem distanziert-freundlichen »Guten Morgen« begrüßen würde und mir diesen

29

distanziert-freundlichen Kuß geben würde, als sei ich irgendeine Cousine von ihm, die er zwar ganz gerne mag und auch gern zu Besuch hat, aber wenn sie dann wieder abfährt, wird er auch ganz froh sein.

Nein, ich machte mir mein Frühstück selber in meiner hellen Küche, die auch nach Osten lag, und trug dabei den neuen Kimono mit dem Rosenmuster statt des alten Frotteebademantels, in dem ich Rüdiger in der letzten Zeit immer gegenübergesessen hatte. Und ich steckte eine Bach-Kassette in den tragbaren Kassetten-Recorder mit Radio und zwei Lautsprechern zu beiden Seiten, den Rüdiger mir besorgt hatte, weil er sich, bei aller sonstigen Großzügigkeit, von seinem edlen Gerät doch nicht hatte trennen wollen. »Dir ist ja dieser besondere Klang nicht so wichtig, nicht wahr«, hatte er gesagt und ich hatte ihm recht gegeben.

Wir sahen uns selten, und auch das erleichterte mich. Er rief nur an, wenn es um Sachfragen ging, um die Scheidung zum Beispiel, oder wenn er im Haus noch irgendwas gefunden hatte, das mir gehörte, und daß er offenbar nicht schnell genug loswerden konnte. »Das willst du doch sicher haben«, sagte er dann, »ich bring's dir heute abend vorbei, wenn es dir recht ist.« Dann kam er und sagte, wie gut ich aussähe, und wie schön die Wohnung wäre, und wie es mir denn ginge? Und ich sagte: gut, und wie geht es dir? Doch ja, es ging ihm auch gut, er konnte nicht klagen. Bißchen viel Arbeit in der Praxis vielleicht, aber das kennst du ja. Und ich sagte: Willst du nicht einen Moment reinkommen? Möchtest du was trinken? Und er sagte jedesmal: Eigentlich sehr gerne, aber leider ginge es heute nicht, vielleicht nächstes Mal, aber heute hätte er gar keine Zeit. Und dann ging er wieder, und ich war im Grunde erleichtert.

Es erleichterte mich auch, wie unsere Freunde reagierten. Es heißt ja immer, daß es der Frau zum Nachteil gerät, wenn ein Paar sich scheiden läßt, und daß sie dann nicht mehr eingeladen und überhaupt links liegen gelassen wird. Aber so war es nicht. Ich hatte sie alle ziemlich vernachlässigt in den schrecklichen Monaten mit Rüdiger, nie angerufen und Einladungen abgesagt, und als sie dann wußten, was los war, hatten sie sich wohl nicht mehr getraut. Aber nun konnte ich mich vor Besuchen und Einladungen kaum retten.

Carola und Rolf zum Beispiel. Rolf ist ein ganz alter Freund von Rüdiger, und Carola und ich hatten uns gleich gut verstanden, und so wurden wir auch zu viert gute Freunde. Wir machten oft zusammen Urlaub, und die Kinder von Rolf und Carola sind unsere Patenkinder.

Carola rief sofort an, nachdem ich umgezogen war, und kam sofort, als ich sie einlud. »Ach, ich bin ja so froh, daß wir wieder Kontakt haben«, sagte sie, nachdem sie erst mein Aussehen und dann die Wohnung bewundert hatte. »Und daß es dir so gut geht! Ich habe mir wirklich Sorgen um dich gemacht. Also, ich muß dir sagen, ich habe Rüdiger ja wirklich gern, aber was er da gemacht hat – oder ist es dir lieber, wir reden nicht darüber?«

Ich sagte, nein, es mache mir gar nichts aus.

»Also, wir waren entsetzt, Rolf und ich. Einfach so, von heute auf morgen, und dann auch noch mit dieser komischen Psychologin. Ich kenne sie ja nicht, aber Rolf hat sie mal gesehen. Kein Vergleich mit dir, hat er gesagt.«

Dann muß Rolf an dem Tag blind gewesen sein, dachte ich, aber rede nur weiter, ich höre es einfach gern, daß ihr Clarissa häßlich findet und Rüdiger gemein.

»Und Rüdiger – entschuldige den Ausdruck, aber ich finde ihn einfach widerwärtig. Ich will ihn im Moment überhaupt nicht mehr sehen, und ich weiß auch nicht, ob ich weiter mit ihm befreundet sein kann. Rolf hat da auch Schwierigkeiten. Ich habe ihn jedenfalls nicht zu meiner Geburtstagsfeier eingeladen, das war mir völlig unmöglich. Aber du kommst doch bestimmt, nicht wahr?«

Ich sagte, ja, ich würde sehr gerne kommen, und dann hörte ich ihr zu, wie sie weiter in diesem Ton redete, und wie auch all die anderen Freunde Clarissa völlig unmöglich und Rüdiger gemein und gefühllos und hinterhältig fanden, und es war Balsam auf meine Seele. Wir saßen auf dem Balkon, denn es war ein warmer Mai, und wir sahen in das frische Grün der Lindenbäume und tranken Elisabeths Champagner, und Carola sagte immer wieder, wie toll ich aussähe, und ob ich Lust hätte, mit ihnen dieses Jahr in die Toscana zu fahren, und wenn sie ehrlich sein sollte, dann hätte sie fast das Gefühl, es sei sehr gut für mich, Rüdiger los zu sein. Wenn natürlich die Umstände wirklich schrecklich gewesen seien, was sie Rüdiger nie verzeihen würde.

Und wenn ich auch ehrlich sein soll, dann hatte ich an diesem champagnerseligen Abend auf dem Balkon auch fast das Gefühl, es sei tatsächlich sehr gut so und eigentlich das Beste, was mir hätte passieren können.

Das Gefühl wurde noch stärker auf Carolas Geburtstagsfeier. Fast alle unsere gemeinsamen Freunde waren dort (eigentlich haben wir nur gemeinsame Freunde), und ich wurde mit Wärme und Zuneigung und Respekt begrüßt. Alle waren angelegentlich daran interessiert, wie es mir ginge; und ich sähe so gut aus, und sie hätten schon von Carola gehört, was für eine entzückende Wohnung ich hätte. Und was würde ich nun beruflich machen? Ach ja, das Schreiben, natürlich, da sei ich ja sehr begabt, da würde ich sicher sehr gefragt sein.

Manche übertrieben es ein bißchen, und ich kam mir wieder mal vor, als sei ich leicht behindert; aber dann dachte ich, ich sollte nicht so kritisch sein, und nach ein paar Gläsern Sekt war ich das auch nicht mehr, sondern fand sie alle nur lieb und freundlich und fühlte mich wunderbar aufgehoben.

Ich trank noch mehr Gläser Sekt, und so störte es mich auch nicht besonders, als Karl anfing, so komisch zu reden. Karl ist auch Arzt, Gynäkologe, und hat eine dicke Praxis in der besten Gegend. Karl selbst ist auch dick, mit großen, klobigen Händen, und fährt einen dicken Wagen, und ich habe mich immer gefragt, wie auch nur eine Frau auf dieser Welt es über sich bringen kann, sich ihm zur Untersuchung anzuvertrauen.

Karl hatte sich anerboten, mir was vom Büffet mitzubringen, und nun saß er neben mir auf dem Sofa, und wir aßen Roastbeef mit Remoulade und Pastete und Salate. »Es freut mich ja wirklich, daß es dir so gut geht«, sagte er, und freudig bejahte ich diese Feststellung – etwa zum fünfzigsten Mal an diesem Abend.

»Vielleicht kann ich dir irgendwie behilflich sein«, sagte er. »Du schreibst doch, und ich kenne den Verleger einer Medizin-Zeitung – soll ich mit dem mal sprechen, willst du den kennenlernen?«

Ich fragte mich zwar, was um alles in der Welt ich über Medizin schreiben sollte, aber ich wollte nicht unhöflich sein, schließlich meinte er es gut, und dann war ich auch schon ein bißchen beschwipst, und also sagte ich wieder freudig ja.

»Das ist gut«, sagte er, »sehr vernünftig von dir. Paß auf, laß uns das demnächst mal besprechen, ich komme mal abends bei dir vorbei, nächste Woche irgendwann, ich rufe vorher an.«

Ich wußte nicht, was da zu besprechen war, aber wie sollte ich jetzt noch nein sagen? Ich sagte also, es wäre mir recht, er solle auf jeden Fall vorher anrufen, und warum auch nicht, warum sollte Karl nicht mal vorbeikommen?

»Sehr gut«, sagte er, »ich bringe was Ordentliches zu trinken mit, Champagner magst du doch gerne, oder? Und dann bereden wir alles in Ruhe.« Und er prostete mir zu und sah mir eindringlich in die Augen.

Mir wurde ein bißchen unbehaglich, Champagner und dieser Blick, und drüben stand seine Frau, Helga, blaß und dünn und trotz der teuren Kleider, die sie trägt, immer geschmacklos und unmöglich angezogen. Sie guckte so rüber, aber was ist schließlich dabei, wenn ich mit Karl rede und wir uns zuprosten, er meint es gut und ist bloß ein bißchen ungeschickt, wie immer...

Ich merkte erst am nächsten Morgen, wie viele Gläser Sekt ich getrunken hatte. Ein kleiner Kater saß auf meiner Schulter, und es dauerte ziemlich lange, bis ich angezogen war und Kaffee getrunken hatte. Ich mußte mir ein Taxi nehmen, damit ich den Termin beim Rechtsanwalt nicht verpaßte. Rüdiger hatte mich gebeten, noch einmal mitzukommen, damit wir die Scheidungsvereinbarung besprechen und unterschreiben konnten.

Der Rechtsanwalt war aufgeräumt wie immer: »Einen schönen Guten Morgen, gnädige Frau«, sagte er und drückte mir fest die Hand, »welchen Glanz bringen Sie in diese Räume!«

Wenn du wüßtest, dachte ich, wie ich mich fühle, hoffentlich verstehe ich nachher überhaupt, wovon du redest.

Es beruhigte mich, Rüdiger zu sehen. Er sah wesentlich grauer und übernächtigter aus, als ich mich fühlte, was zwar seiner Attraktivität keinen Abbruch tat – eher im Gegenteil –, aber wenigstens war er nicht glücklich und schwungvoll und aktiv. Er drückte mir einen müden Kuß auf die Backe und sagte nur: »Hallo, wie geht's?«

»Also, dann wollen wir gleich in medias res gehen«, sagte der Anwalt und rieb sich die Hände und glich durch muntere Geschäftigkeit aus, was uns beiden daran fehlte.

»Hier haben wir zunächst einmal die übliche Scheidungsvereinbarung. Bitte, lesen Sie das sorgfältig durch und dann bitte ihre Unterschrift.« Ich versuchte mich auf den Text zu konzentrieren. Es stand irgend etwas darin von wegen Hausrat verteilt und keine gegenseitigen Ansprüche mehr, auch dann nicht, wenn ein Partner der Sozialhilfe anheimfällt, und daß ich aus dem Mietvertrag mit allen Rechten und Pflichten entlassen wäre und so was.

»Einverstanden?« fragte der Rechtsanwalt, und ich sagte: ja, sicher, warum sollte ich auch nicht einverstanden sein, und unterschrieb.

»Dann haben wir als nächstes den Versorgungsausgleich, was die Rente anbetrifft. Das ist natürlich selbstverständlich, daß Ihnen das zusteht, gnädige Frau, darüber brauchen wir gar nicht zu reden.« Wunderbar, dachte ich, das ist mir auch das Liebste, wenn ich über all dies Zeug nicht reden brauche.

»Und nun kommen wir zum Ausgleich, was den Zugewinn betrifft«, sagte der Rechtsanwalt und wurde noch munterer und auch Rüdiger schien ein bißchen aufzuwachen. »Also, da ist natürlich schon viel geleistet worden, diese ganzen, zum Teil sehr wertvollen Einrichtungsgegenstände, die Ihnen zur Verfügung gestellt wurden, gnädige Frau.« Er studierte eine Liste. »Ich sehe hier einen Barockschrank und diverse Möbel und zwei Teppiche und ein Rosenthal-Geschirr, beträchtliche Werte. Also, da hat Ihr Gatte ja kaum Ansprüche geltend gemacht –«

»Das war doch selbstverständlich«, murmelte Rüdiger.

»Nun ja, selbstverständlich«, sagte der Rechtsanwalt und wiegte das Haupt. »Also, juristisch gesehen... Wie auch immer, sehr großzügig jedenfalls. Die Frage ist jetzt, gnädige Frau: Erheben Sie weitere Ansprüche auf Ausgleich des Zugewinns?«

Ich hatte plötzlich das Gefühl, ich wäre eine gräßliche Blutsaugerin, und er würde mich fragen, ob ich vielleicht Anspruch darauf erheben würde, meinem armen Mann noch mehr Blut abzuzapfen. Eigentlich hatte ich die ganzen Möbel und Sachen gar nicht gewollt, Rüdiger hatte sie mir praktisch aufgedrängt; aber von seinem Standpunkt hatte der Rechtsanwalt sicher recht, ich hatte schon sehr viel bekommen. Und dann zahlte mir Rüdiger Miete und Unterhalt und überhaupt, was sollte ich denn noch beanspruchen? Vielleicht das Auto, wo ich gar nicht Auto fahre? »Nein, nein«, sagte ich, »ich erhebe keine weiteren Ansprüche.«

Rüdiger atmete durch und der Rechtsanwalt auch, und ich hoffte, daß damit nun alles geregelt war. »Wunderbar, gnädige Frau«, sagte der Rechtsanwalt, »damit wäre alles geregelt. Wenn Sie nur noch hier unterschreiben wollen. Ich wünschte, ich hätte nur solche Klienten wie Sie beide, da wäre mein Leben auch einfacher. Sie können sich nicht vorstellen –«

»Dann können wir ja gehen, nicht wahr«, unterbrach Rüdiger. »Oder gibt es noch was?«

»Nein, nein«, sagte der Rechtsanwalt, »alles wunderbar in Ordnung. Wir sehen uns dann beim Termin. Ein Kollege von mir wird Sie vertreten, gnädige Frau, ein sehr kompetenter Mann, Sie brauchen sich gar keine Sorgen zu machen.«

Warum glauben sie nur immer alle, daß ich mir Sorgen mache?

»Ich wäre gerne noch mit dir essen gegangen«, sagte Rüdiger, als wir draußen waren. »Aber ich habe heute leider keine Zeit. Laß uns doch noch mal zusammen essen, bevor die Verhandlung ist.« Ich sagte »gerne, ruf mich an« und war froh, wegzukommen. Der kleine Kater auf meiner Schulter erinnerte mich daran, daß es am besten wäre, noch mal ins Bett zu gehen und zwei Stunden zu schlafen. Und außerdem konnte ich Rüdigers müdes Gesicht nicht sehen. Sicher, die Sache mit Clarissa und überhaupt alles war schrecklich für mich gewesen, aber so, wie er aussah, ging es ihm offenbar auch nicht gut, und dann war er ja wirklich sehr großzügig gewesen, und vielleicht hatte er jetzt Geldsorgen mit der neuen Wohnungseinrichtung und all dem.

Ich ging zu Fuß nach Hause, das Wetter war wunderbar – in diesem bemerkenswerten Mai war es das ständig –, und versuchte, keine Schuldgefühle zu haben und kein Mitleid.

Es gelang mir tatsächlich, keine Schuldgefühle zu bekommen und kein Mitleid zu haben. Aber was noch wichtiger war: Ich hatte auch kein Selbstmitleid, ich war nicht furchtbar verzweifelt, ich fühlte mich nicht furchtbar verlassen. Ich war ganz ruhig, ruhig und manchmal fast fröhlich und richtete mich in meiner neuen Situation ein, ohne Dramatik, ohne Schrecken, ohne Schmerzen.

Es erstaunte mich, daß es so leicht war. Ich arbeitete ohne Schwierigkeiten, schrieb erst den Artikel über die Ausstellungen und dann noch einen, und Jürgen Flohse akzeptierte sie beide, auch ohne Schwierigkeiten. Er war von gleichbleibender Freundlichkeit. Zwar lud er mich nicht wieder zum Essen ein, was ich auch gar nicht wollte, aber wenn ich anrief, war er immer zu sprechen und hatte immer Zeit. »Nur weiter so, Ines«, sagte er dann, »und wenn du wieder was hast, ruf nur an.«

Ich kaufte mir neue, flottere Klamotten. Ich hatte eher klassische Sachen getragen, schöne Jacketts und edle Hosen und edle Pullover. Dazu edlen, einfachen Silberschmuck, wie Rüdiger ihn liebte. Jetzt hatte ich plötzlich Lust auf bunte, ausgefallene Sachen, und ich konnte sie tragen, so schlank, wie ich geworden war.

Ich ließ mir auch die Haare schneiden. Meine Frisur war auch klassisch gewesen, Seitenscheitel, glatt, halblang – Rüdiger mochte das so. »Du hast so schöne Haare«, hatte er immer gesagt, »die soll man auch sehen. Bloß kein Firlefanz.«

Aber als ich mit den neuen Klamotten bei meinem Friseur auftauchte, da sagte er, nachdem er mir die Haare gewaschen und mich sinnend betrachtet hatte: »Wie wär's denn mal mit was ganz Anderem? Diese schönen Kurzhaarschnitte, die jetzt in Mode sind – so was würde Ihnen bestimmt stehen. Das kann sich nicht jede leisten, aber Sie haben wirklich den Kopf dafür.«

Er brachte einen dicken Frisurenkatalog und blätterte darin herum: »Sehen Sie hier«, sagte er, »daran habe ich gedacht: Feder-Look. Ganz kurz, durchgestuft, und dann so fedrig ins Gesicht gekämmt.«

Ich zögerte. Ich sah mich im Spiegel an – man sieht ja immer furchtbar aus beim Friseur, die nassen Haare an den Kopf geklatscht, bleich und hohläugig und faltig und ungefähr fünfzig

36

Jahre älter. Ich blickte auf die Dame im Feder-Look mit dem edlen Kopf und dem faltenlosen Gesicht und sagte: »Ja.« Und dann sah ich beklommen zu, wie meine Haare fielen, bis fast nichts mehr davon übrig war, wie mir schien.

Aber er hatte recht gehabt. Als er fertig war, sah ich zwar nicht ganz so jung und faltenlos aus wie die Dame im Katalog, aber fast. »Wirklich phantastisch«, rief er aus, und das war nicht nur geschäftliche Begeisterung. »Zum Kurzhaarschnitt braucht man natürlich ein etwas ausgeprägteres Make-up«, fügte er hinzu. »Tanja, komm doch mal – Tanja soll Ihnen das gleich mal machen, natürlich auf Kosten des Hauses.« Und während Tanja mit diversen Pinseln an meinem Gesicht beschäftigt war, schleppte er Ohrringe an, diese großen, auffallenden Modeschmuck-Ohrringe, die Rüdiger immer so gräßlich gefunden hatte. »Also zu dem Schnitt würde so was natürlich toll passen«, sagte er und hielt sie mir an, »und Sie können so was tragen.«

Ich trat schließlich auf die Straße hinaus, mit Feder-Look auf dem Kopf und Tanjas gekonntem Make-up im Gesicht und an meinen Ohren baumelten silberfarbene Ohrringe mit wilden afrikanischen Ornamenten. Ich guckte in jede Schaufensterscheibe und jeden Spiegel, und ich sah tatsächlich toll aus und zehn Jahre jünger und fast nicht wiederzuerkennen.

»Kaum wiederzuerkennen«, sagte Carola, als wir uns das nächste Mal trafen, »und du siehst so viel jünger aus! Also, ich würde so was auch gerne mal ausprobieren, aber Rolf ist dagegen.«

Nur Elisabeth war nicht so begeistert. Sie musterte mich kritisch und stellte dann majestätisch fest: »Du hast dir die Haare schneiden lassen.«

»Sieht es nicht toll aus?« fragte ich mit dieser falschen Überschwenglichkeit, die man annimmt, wenn man sowieso weiß, daß der andere es bestimmt nicht toll finden wird.

»Hm«, sagte Elisabeth. »Es liegt nicht unbedingt auf meiner Linie. Aber eins muß ich zugeben: Du kannst so was tragen.«

Ich hatte Elisabeth zum Essen eingeladen und alle Anstrengungen auf ein Menü konzentriert, das ihren Ansprüchen gerecht werden konnte, was keine leichte Sache war, weil ich nur schnell und einfach kochen kann, aber nicht großartig und kompliziert. Aber ich wollte mich für die Essenseinladungen revanchieren, mit denen sie mich in den schrecklichen letzten Monaten mit Rüdiger am Leben erhalten hatte.

Ich hatte Kochbücher gewälzt und Stunden auf dem Markt zugebracht und sogar probegekocht. Jetzt konnte ich ihr gebratene Austernpilze auf Eichblattsalat präsentieren und Ossobuco, was sie besonders gern ißt und was mich beinahe zur Verzweiflung gebracht hatte, und danach Zitronensorbet mit frisch geriebener Zitronenschale. Elisabeth hatte sich auch nicht lumpen lassen und eine Flasche Champagner mitgebracht.

Wir saßen im Wohnzimmer an meinem Schreibtisch, den ich für diesen Anlaß geräumt hatte, und draußen blühten die Linden, und hin und wieder kam der Duft durch die offene Balkontür herein, und Elisabeth goutierte mein Essen, Gott sei Dank. »Nicht schlecht, dieses Ossobuco«, sagte sie, »nahezu perfekt.« Das war das beste Lob, das sie spenden konnte, denn wenn sie, kritisch wie sie ist, etwas total perfekt findet, dann muß man befürchten, daß sie krank ist.

Es war alles wunderbar, nur leider mußte Elisabeth wieder mit ihrem Lieblingsthema anfangen. »Und wie ist das nun mit der Scheidung?« fragte sie, als sie ihr Eis aufgegessen hatte, sogar mit einem Schuß Wodka darin, nachdem sie sich die Flasche hatte zeigen lassen und festgestellt hatte, daß Wodka dieser Marke immerhin auch ein ziemlich sauberes Getränk ist.

Oh nein, dachte ich, nicht wieder die Scheidung, daran will ich einfach nicht denken. »Alles in Ordnung damit«, sagte ich munter, in der schwachen Hoffnung, sie würde sich so davon abbringen lassen, »alles wunderbar geregelt. Wirklich, Elisabeth, es gibt überhaupt keine Probleme damit.«

»Wann ist der Termin?« fragte sie unbeirrt.

»In einer Woche, am 25.«, sagte ich. »Laß uns nicht drüber reden, bitte, es verdirbt mir den schönen Abend.«

»So was ist zu wichtig, als daß man es einfach wegschieben sollte«, erklärte Elisabeth. »Was ziehst du an?«

»Keine Ahnung – das ist doch auch völlig egal«, sagte ich. »Am liebsten würde ich überhaupt nicht hingehen. Ich bringe es ganz schnell hinter mich, und dann gehe ich in den Stadtpark und lege mich unter einen Baum und sterbe. Ach, Elisabeth, laß uns nicht davon reden, bitte!«

»So ähnlich habe ich mir das vorgestellt«, sagte Elisabeth. »Du steckst den Kopf in den Sand – diese Neigung hatte deine Mutter auch manchmal.« Sie bekam einen strengen, geschäftsmäßigen Ausdruck im Gesicht. »Aber so geht das nicht. Erstens: Wir werden nachher aussuchen, was du anziehst. Was wirklich Gutes, in dem du dich wohlfühlst. Und nicht diese großen Ohrringe, sondern was Ordentliches. Du kriegst meine Diamant-Ohrstecker. In schwierigen Situationen ist es sehr wichtig, was man trägt.«

»Dressed to kill«, sagte ich und kicherte schwach.

»In diesem Falle nicht«, antwortete sie ernsthaft, »in diesem Falle eher: dressed to survive. Und dann der nächste Punkt: Wie kommst du hin, und was machst du danach?«

»Ach, ich fahre mit der U-Bahn hin«, sagte ich. »Und danach wollte Rüdiger mit mir vielleicht noch eine Tasse Kaffee trinken, wenn er Zeit hat. Eigentlich hatten wir uns vorher noch mal treffen wollen, aber er hat es nicht geschafft.«

»Ach«, sagte Elisabeth mit Nachdruck und zog die Augenbrauen hoch und sah nun fast gefährlich aus. »Das kommt gar nicht in Frage. Du wirst nicht mit der U-Bahn hinfahren, und du wirst nachher auch nicht mit diesem Mann in irgendeiner schmierigen Kneipe Kaffee trinken, falls dieser Mann Zeit hat. Ich werde dich hinbringen und dort auf dich warten und nachher gehen wir zu Beutler.«

Bei Beutler kostet jeder Atemzug fünf Mark, vom Essen gar nicht zu reden, und im allgemeinen ist Elisabeth der Meinung, daß sie es nicht nötig hat, solchen Leuten ihr schwerverdientes Geld in den Rachen zu werfen.

»Nur was für ein Wagen?« überlegte Elisabeth und betrachtete mich nachdenklich. »Taxi paßt nicht. Es sollte schon etwas Ordentliches sein.«

Ich hatte keine Ahnung, wovon sie redete, und es war mir auch egal. Ich rührte in meinem Eis und wünschte mir, sie wäre etwas weniger zupackend und organisationsfreudig und würde mich in Ruhe und in Sack und Asche zu meiner Scheidung gehen lassen und sich um ihre eigenen Angelegenheiten kümmern.

»Ich weiß!« sagte Elisabeth. »Ich bitte Marga um den grünen Wagen.«

Marga ist eine Schulfreundin von ihr. Sie hat einen Mann geheiratet, der geradezu unanständig viel Geld verdient, und verfügt infolgedessen über eine riesige, protzige Villa im Prominentenvorort und diverse teure Schlitten. Marga selbst ist auch protzig und eingebildet und hat eine schrecklich schrille Stimme. Ich kann sie nicht leiden, und Elisabeth mag sie auch nicht besonders, aber man soll alte Kontakte nicht einschlafen lassen, sagt sie immer, man weiß nie, wann man sie braucht.

»Siehst du mal«, sagte Elisabeth triumphierend, »man soll alte Kontakte nicht einschlafen lassen. Der grüne Wagen ist genau das Richtige für diese Gelegenheit.«

Der grüne Wagen war tatsächlich das einzige, was mir an Marga gefiel. Ich interessiere mich sonst nicht für Autos, aber dieses war ein Jaguar in jenem dunklen Oliv, das man kaum beschreiben kann, mit wunderbaren gelbbraunen Ledersitzen und Holz-Armaturenbrett und dieser hübschen silbernen Figur auf der Kühlerhaube. Viel zu schön für die blöde Marga, hatte ich immer gedacht, wenn ich ihn sah, aber vielleicht hatte Elisabeth recht: genau das Richtige für meine Scheidung. Und jedenfalls besser als in den Stadtpark zu gehen und unter einem Baum zu sterben.

»Also gut«, sagte ich gnädig, »wenn du meinst.«

»Eben«, bemerkte Elisabeth. »Glaubst du, es wäre möglich, daß ich noch ein Glas Champagner bekomme?«

Es regnete am Tag meiner Scheidung, dieser volle Juni-Regen, unter dem die Blüten schwer werden und Gras und Blätter leuchtend grün. Ich hatte angezogen, was Elisabeth befohlen hatte: das anthrazitgraue Leinenkostüm, die rostfarbene Seidenbluse, graue Schuhe und graue Tasche. Und die Diamantohrstecker. Ich war sorgfältig geschminkt, und der Lippenstift paßte genau zur Bluse.

»So gefällst du mir«, sagte Elisabeth zufrieden, als ich in den Wagen stieg. Der Chauffeur hatte mich mitsamt Schirm an der Haustür erwartet, zum Auto geleitet und mir die Tür aufgehalten. Mir war scheußlich zumute, aber es ist sicher besser, sich in einem solchen Auto schrecklich zu fühlen als in der U-Bahn.

»In spätestens einer Stunde hast du es hinter dir«, sagte Elisabeth und nahm sogar meine Hand, was sie nur selten tut. »Und mach dir keine Sorgen, wenn es länger dauert, ich warte.«

Rüdiger stand in der Halle des Gerichtsgebäudes und studierte die Anschläge auf einem schwarzen Brett. Er trug seinen alten Humphrey-Bogart-Trenchcoat, den ich so liebe, und darunter einen auffallend eleganten Anzug.

»Seit wann trägst du Anzüge?« fragte ich.

»Ach, ich dachte, bei dieser Gelegenheit«, sagte er verlegen. Ich wußte, daß er solche Anzüge nicht mochte. Nicht mal bei unserer Hochzeit hatte er sich dazu breitschlagen lassen, obwohl es meiner Mutter wesentlich lieber gewesen wäre. Aber anscheinend mochte Clarissa solche Anzüge.

»Was hast du denn mit deinen Haaren gemacht?« fragte er.

»Ach, ich wollte mal ganz was anderes haben«, sagte ich und wurde auch ein bißchen verlegen. »Früher gefiel es mir eigentlich besser«, sagte Rüdiger, »aber wenn du es so magst.«

Immerhin, dachte ich, Anzug hin, Haare her, wir sind noch mal ein schönes Paar, du und ich, bei dieser letzten Gelegenheit, mindestens so schön wie du und Clarissa.

Der Rechtsanwalt kam munteren Schrittes durch die Halle auf uns zu. Er war in noch gehobenerer Stimmung als sonst, anscheinend machten Scheidungen ihm Spaß. »Da sind Sie ja schon«, sagte er, »wie schön, daß alle pünktlich sind. Darf ich Ihnen meinen Kollegen vorstellen? Ihr Anwalt, gnädige Frau, der Form halber jedenfalls.«

Der Kollege war ein großer, dünner, traurig blickender Mann, der uns stumm die Hände schüttelte. »Na, dann wollen wir mal«, sagte unser Anwalt, »fünfter Stock, Zimmer 507, hier ist der Aufzug.«

Wir warteten in einer kleinen Halle mit großen Fenstern, Baustil Fünfzigerjahre, und saßen auf häßlichen Stühlen um einen häßlichen Tisch, auch Fünfzigerjahre. Der traurige Anwalt stand am Fenster und starrte in den Regen, und unser fröhlicher Anwalt kramte in seinen Papieren und machte aufmunternde Bemerkungen. Rüdiger saß da und sah vor sich hin, und ich saß auch da und sah vor mich hin. Ich hatte vergessen, mich darüber zu informieren, welche Art von Konversation man macht, während man auf seine Scheidung wartet.

»Wie geht es Clarissa?« hätte ich zum Beispiel fragen können, oder »Was macht die Schwangerschaft? Verläuft alles normal?« oder »Wie willst du dich denn jetzt einrichten?«

Diese Frage rutschte mir dann tatsächlich über die Lippen.

»Was meinst du?« fragte Rüdiger und schreckte auf. »Wie du dich jetzt einrichten willst«, wiederholte ich und wünschte, ich hätte den Mund halten können.

»Na ja, wie soll ich das sagen«, sagte Rüdiger unbehaglich. »Ich dachte an Naturholz, helle Eiche, weißt du, ähnlich wie in der Praxis, und den Boden neu auslegen, das Gelb paßt dann wohl nicht mehr so recht –«

»Berber«, sagte ich.

»Ja, genau«, sagte er, »und einen Kamin will ich einbauen lassen, Cla –«

Er stoppte gerade noch rechtzeitig. Clarissa will gern einen Kamin haben, sie steht anscheinend auch aufs Rustikale, na wunderbar, da paßt ihr ja gut zusammen. Und wo, zum Teufel, kommt das verdammte Kinderzimmer hin? Wahrscheinlich in mein Gästezimmer mit den englischen Blumengardinen und dem passenden Bettüberwurf. Aber natürlich, die Blumengardinen müssen raus, da muß jetzt was Nettes, Kindgerechtes rein.

»Das ist sicher sehr schön«, sagte ich mühsam und stand auf und ging zum Fenster und stellte mich neben den traurigen Rechtsanwalt und sah auch in den Regen hinaus. Kamin, Scheiße, Kinderzimmer, Scheiße, dachte ich, und die Tränen stiegen mir hoch. Aber dann sah ich unten im pladdernden Regen den Jaguar stehen, grün und edel und warm und sicher. Da saß jemand drin, der mir nie etwas über Kamine und Kinderzimmer und Clarissa erzählen würde, und wenn ich das hier hinter mir hätte, dann würde ich auch nie wieder etwas davon hören müssen. Und die ganze Zeit, bis wir aufgerufen wurden, stand ich da und starrte auf den grünen Wagen.

Der Richter war ein junger, gutaussehender, freundlicher Mann. Das Zimmer war sehr klein, und wir saßen im Halbrund vor seinem Schreibtisch. Ich hatte mir das Ganze mehr wie in »Zeugin der Anklage« vorgestellt, naiv wie ich war, aber daß es so einfach und informell war, erleichterte mich. Der Richter fragte uns nach den Personalien und schaute unsere Pässe an und

42

fragte noch allerlei anderes und diktierte alles gleich auf Band. Ich hörte nur mit halbem Ohr zu und wünschte mir, es wäre vorbei, und ich könnte durch die Tür gehen und die Treppe runter und im Jaguar verschwinden.

»Also, die Unterhaltszahlungen sind klar«, sagte der Richter, »und der Versorgungsausgleich auch. Wie ist es mit dem Zugewinnausgleich? Da haben wir hier –«

»Meine Mandantin verzichtet auf einen Ausgleich des Zugewinns«, sagte der traurige Anwalt, und der freundliche nickte nachdrücklich.

»Tatsächlich«, sagte der Richter.

»Die entsprechenden Vereinbarungen sind getroffen und unterschrieben«, sagte mein Anwalt, »sie liegen bei den Akten.«

»Ah ja, ich sehe«, sagte der Richter, »tatsächlich.«

Red' doch nicht so lange, dachte ich, es ist alles klar, mach' ein Ende, damit ich hier rauskomme.

»Also da möchte ich Frau Dohmann doch selber dazu hören«, sagte der Richter. »Sie wollen wirklich auf den Ausgleich des Zugewinns verzichten? Sind Sie da auch voll informiert?«

Der fröhliche Anwalt zuckte mit den Füßen, sagte aber nichts.

»Ja, sicher«, sagte ich, »ich bin genau informiert.«

»Und Sie wollen wirklich verzichten?«

»Ja«, sagte ich und versuchte, mit fester, überzeugender Stimme zu sprechen. »Ich will verzichten.«

»Na gut«, sagte der Richter und ließ seinen Blick über Rüdiger und die beiden Anwälte gleiten. Sie saßen alle drei sehr ruhig da und sahen ihn ernst an. Er sah wieder zu mir. »Wenn das Ihr klarer Entschluß ist?«

»Ja«, sagte ich, »das ist es.«

Dann ging alles sehr schnell. Er diktierte noch verschiedenes in sein Mikrofon, fragte, ob Rechtsmittel eingelegt würden, oder ob die Scheidung gleich rechtskräftig sein solle, und wir alle vier nickten heftig. Und dann sagte er »das wär's« und gab uns die Hand, und wir waren endlich draußen.

»Na, sehen Sie, das war doch halb so schlimm«, sagte unser Anwalt fröhlich. »Den Rest regele ich dann mit Ihrem Gatten, gnädige Frau, auch die Kosten natürlich, nicht wahr, Herr Dr. Dohmann?«

»Natürlich«, sagte Rüdiger und nickte und sah sehr erleichtert aus. »Wollen wir noch einen Kaffee trinken?« fragte er. »Ich habe zwar nicht mehr viel Zeit, aber da unten ist gleich ein Bistro.«

»Ich muß leider sofort weg«, sagte ich, »tut mir sehr leid« – weil ich nämlich sonst zusammenbreche oder anfange zu schreien oder zu weinen oder euch in die fröhlichen und traurigen und erleichterten Gesichter schlage.

Ich sagte »Danke« und »Auf Wiedersehen« zu dem fröhlichen und zu dem traurigen Anwalt – wofür eigentlich »Danke«? Und bloß kein Wiedersehen! Ich sagte »Also, mach's gut« und »bis bald« zu Rüdiger – was sollte er gut machen, und was hieß bis bald, bis wann? Ich schüttelte den Anwälten die Hand und konnte mich gerade noch zurückhalten, das auch bei Rüdiger zu tun, und dann lief ich die Treppen hinunter, fünf Stockwerke, denn auf den Fahrstuhl hatte ich nicht mehr warten können.

Unten stand der grüne Wagen, hinter der Scheibe sah ich verschwommen Elisabeths Gesicht. Sie öffnete die Tür und zog mich rein und sagte zum Chauffeur: »Fahren Sie bitte.«

Es war warm und gemütlich und roch nach Leder, und Elisabeth küßte mich und drückte mir einen riesigen Blumenstrauß in den Arm. »Wie wäre es mit einem Glas Champagner?« fragte sie und öffnete eine silberne Kühlbox, die neben ihr auf dem Sitz stand. Ich drückte meine Nase in die Blumen und sog den Duft der Freesien ein und nahm einen Schluck Champagner. Der Wagen surrte leise durch den Regen. Ich hatte es hinter mir. Jetzt konnte es nur noch besser werden.

III

»Was hast du getan?« fragte Elisabeth in so scharfem Ton, daß der Oberkellner bei Beutler zusammenzuckte.

Beutler war wirklich sehr fein. Ein kleiner, dunkler Raum mit edler, weißleuchtender Tischwäsche und Kristallgläsern auf den Tischen. Außerdem gab es, zum Hof hinaus, Fensternischen: die Fenster bunt verglast und die Nischen ausgestattet mit braunen Lederbänken. Ziemlich altmodisch eigentlich, aber umso feiner.

Elisabeth bestellte eine Veuve Clicquot und Austern. »Oder möchtest du lieber Kaviar?« fragte sie. Ich sagte, ich wollte auch Austern, obwohl ich sie nicht mag. Ich hatte sie nur einmal gegessen, auf der Hochzeitsreise mit Rüdiger in die Bretagne, und ich fand, sie schmeckten wie in Salzwasser getränkte Weichtiere, was sie ja auch sind. Aber es paßte: Austern zur Hochzeit und Austern zur Scheidung.

Wir hatten das erste Glas Champagner getrunken und die ersten Austern geschlürft (igitt), als Elisabeth fragte: »Und wie habt Ihr das nun finanziell geregelt bei der Scheidung?«

Ich schaute gerade träumerisch in meinen Rosen-und-Freesien-Strauß, für den uns der feine Oberkellner eine Vase besorgt hatte: »Alles in Ordnung, Elisabeth. Ich bekomme Versorgungsausgleich für die Rente und Unterhalt für die nächsten drei Jahre, und Rüdiger zahlt auch die Miete.«

»Und sonst?« fragte Elisabeth.

»Was noch?« fragte ich und betrachtete die Austern und überlegte, ob ich noch so einen teuren Salzwasser-Lappen essen sollte.

»Was ist mit dem Zugewinn-Ausgleich?«

»Das ist alles geregelt. Ich habe so viele Möbel bekommen und Geschirr und Teppiche. Da wäre nur noch das Auto gewesen, aber was soll ich damit? Ich habe auf jeglichen weiteren Zugewinn-Ausgleich verzichtet«, sagte ich und war stolz, daß ich diese schöne Formulierung so herausbrachte.

»Was hast du getan?« fragte Elisabeth und sah mich an wie Katharina die Große den Fürsten Potemkin angesehen hatte, nachdem ihr klargeworden war, was es mit den Potemkinschen Dörfern auf sich hatte.

Der feine Oberkellner kam und räumte die Austernteller ab und brachte das Bœuf Bourguignon. Elisabeth sah mich immer noch so an. Ihre Hände waren zu Fäusten geballt zu beiden Seiten des Tellers.

»Ich habe auf den Zugewinn-Ausgleich verzichtet«, sagte ich und griff nach der Gabel.

Elisabeths Hände streckten sich und schlugen flach auf das Tischtuch. »Sie haben dich also über den Tisch gezogen«, sagte sie, »sie haben dich reingelegt, sie haben dich übers Ohr gehauen!« Was sollte ich darauf sagen? Wenn sie solche umgangssprachlichen Wendungen in solchem Übermaß benutzt, dann sagt man am besten gar nichts mehr. Ich beschäftigte mich mit meinem Bœuf Bourguignon.

Elisabeths Zeigefinger klopfte heftig auf den Tisch: »Du hast nichts bekommen als Möbel und Geschirr und Rentenausgleich und Unterhalt? Und was ist mit der Praxis? Und was ist mit all den Bauherrenmodellen, die Rüdiger die ganze Zeit gekauft hat?«

»Ich verstehe dich nicht«, sagte ich und legte die Gabel auf den Teller. Wie kann man Beutlers feines Bœuf Bourguignon essen, wenn gegenüber Katharina die Große sitzt und mit dem Finger auf den Tisch klopft und fragt, was mit dem Zugewinn-Ausgleich ist?

»Die Praxis!« sagte Elisabeth. »Die habt ihr doch gekauft und all diese Bauherrenmodelle, diese Wohnungen in Freiburg und Landshut und was weiß ich wo! Das gehört dir doch auch alles! Das ist doch mindestens eine Million wert! Und davon hast du keinen Pfennig bekommen? Das ist doch der Ausgleich des Zugewinns! Darauf hast du einfach verzichtet?«

»Daran habe ich gar nicht gedacht«, sagte ich, »und schließlich hat Rüdiger das Ganze ja gekauft, von dem Geld, das er mit der Praxis verdient hat.«

»Aber du hast die Praxis mit aufgebaut! Du hast dein Studium abgebrochen dafür! Du hast ihn versorgt, du warst immer für ihn da, du hast dich ganz auf ihn konzentriert!« Elisabeth blickte angelegentlich auf das buntverglaste Fenster und beugte sich rüber und öffnete es.

Sie atmete tief durch und sah mich an. Sie war wirklich eine schöne Frau mit ihren fast siebzig Jahren. Die grauen Locken schick kurzgeschnitten, das schmale Gesicht mit den braunen Augen und der kühngeschwungenen Nase dezent geschminkt. Sie atmete noch mal durch: »Aber was soll ich jetzt noch sagen? Und wenn du in der ganzen Zeit mit Rüdiger nur zum Fenster hinausgeschaut und dir Pelzmäntel gekauft hättest – du hättest ein Recht auf das Geld gehabt, nach dem Gesetz. Du hättest ungefähr eine halbe Million bekommen und dir nie mehr Sorgen zu machen brauchen! Aber ihr habt ja auf Rechtsmittel verzichtet und die Scheidung ist rechtskräftig?«

»Ja«, sagte ich.

»Gut, gut, gut«, sagte Elisabeth, »reden wir nicht mehr darüber. Laß uns essen.«

Ich wollte auch nicht mehr darüber reden und lieber essen. Aber es beschlich mich ein komisches Gefühl, das ich genausowenig verstand wie dieses ganze Gerede über Geld und Zugewinn-Ausgleich. Und ich erinnerte mich an den Blick des Richters. Er hatte mich fast genauso angesehen wie Elisabeth eben.

Ich fuhr zu meinem Vater. Er wußte immer noch nichts von der ganzen Geschichte. Es war leicht gewesen, ihn nichts merken zu lassen, denn er ruft mich nie an, außer vielleicht im Notfall. Er hält nicht viel vom Telefon, wenn es um persönliche Beziehungen geht, und ist außerdem der Meinung, daß Eltern ihre erwachsenen Kinder nicht mit Telefonanrufen drangsalieren sollten. Eine Rücksicht, die ich immer etwas übertrieben gefunden hatte, aber in den letzten Monaten war ich froh darüber gewesen. Ich hatte ihn wie üblich alle zwei Wochen angerufen, immer dann, wenn ich einigermaßen sicher sein konnte, daß ich das »Wie geht es dir, Vater?« und »Was machst du?« und die Antworten auf seine Fragen mit normaler, munterer Stimme herausbringen würde.

Er wartete am Bahnhof auf mich. Es ist ein hübscher alter Bahnhof in einer hübschen kleinen Stadt. Ich stand am Zugfenster und sah auf den Bahnhof mit den bunten Blumenkästen in den Fenstern und sah meinen Vater da stehen, in seinem ordentlichen, grauen Mantel, mit dem grauen Hut, still und ruhig und mit diesem gedankenverlorenen Ausdruck im Gesicht, den er oft hat, seit meine Mutter tot ist. Ich versuchte, nicht zu weinen, und ich schaffte es auch, indem ich den Atem anhielt und der Kloß in meiner Kehle noch größer wurde. Aber er merkte es doch.

»Ist etwas passiert, Ines?« fragte er, nachdem ich ihn geküßt hatte. »Ich erzähl's dir nachher«, sagte ich, und er nickte und nahm meinen Koffer und hielt mir den Arm hin, damit ich mich unterhaken konnte. »Das Wetter ist so schön, und dein Koffer ist ja auch nicht schwer«, sagte er, »laß uns zu Fuß gehen.«

Wir gingen durch die samstäglich stillen Kleinstadtstraßen mit den gepflegten Häusern in den blühenden Gärten. Unser Haus steht auch in so einer Straße: eine kleine Villa aus den dreißiger Jahren, darum der Garten, mit den Blumenbeeten meiner Mutter, die mein Vater sorgfältig pflegt, und den Linden, die sie so geliebt hatte.

»Ich habe letzten Herbst so eine Kiefer gepflanzt, wie deine Mutter sie immer haben wollte«, sagte er, als wir den Gartenweg hinaufgingen. »Ich zeig sie dir nachher. Jetzt komm erst mal rein. Du willst dir sicher die Hände waschen, und ich bringe den Koffer rauf und hole den Kaffee.« Er hatte im Wohnzimmer einen perfekten Kaffeetisch gedeckt, mit Blumen und zum Geschirr passenden Papierservietten, die sorgsam gefaltet unter den Kuchengabeln lagen. Er brachte den Kaffee in einer Thermoskanne und betrachtete prüfend den Tisch: »Fehlt noch was?«

»Es ist alles wunderbar«, sagte ich und ließ mir Kaffee einschenken und gedeckten Apfelkuchen auflegen, den er gekauft hatte, weil er weiß, daß ich ihn mag.

»Und nun erzähl mir, was passiert ist«, sagte er. Ich kaute auf dem Apfelkuchen herum und schluckte ihn runter und sagte: »Rüdiger hat mich verlassen wegen einer anderen Frau, die ein Kind von ihm erwartet. Er wollte eine schnelle Scheidung, damit er sie heiraten kann. Letzte Woche sind wir geschieden worden.«

Er saß ganz still da und sah auf den Apfelkuchen und schien seinen Ohren nicht zu trauen. Was ja auch kein Wunder ist.

»Warum hast du mir das nicht früher gesagt?« fragte er.

»Wie hätte ich dir das denn am Telefon erzählen sollen, Vater? Ich hätte dir bloß was vorgeheult, und du hättest dir Sorgen gemacht.«

»Ja, sicher«, sagte er, und sein Blick wanderte zum Fenster und verlor sich. Ich wußte, was er dachte: Wäre Ruth doch bloß hier. Sie wüßte, was zu tun ist. Sie würde das Kind in den Arm nehmen und es trösten und sich furchtbar aufregen und irgendwie alles in Ordnung bringen.

Er seufzte und sah mich an: »Es tut mir sehr leid für dich, Ines. Wann ist das denn passiert?«

»Im März«, sagte ich. »Ich meine, im März hat Rüdiger mir gesagt, was los ist.«

»Und wie habt ihr das mit dem Haus gemacht?«

»Rüdiger hat mir eine sehr schöne Wohnung besorgt, und ich habe alles mitnehmen können, was ich wollte. Es ist ja einfach praktischer, wenn Rüdiger im Haus bleibt, weil –«

»Ja, sicher«, sagte er. »Und wovon wirst du leben?«

»Rüdiger zahlt mir Unterhalt und die Miete«, sagte ich, »bis ich soweit bin, daß ich vom Schreiben leben kann.«

»Hm«, sagte er, und ich wußte, was er dachte. Er hat sehr klare Vorstellungen davon, wie ein vernünftiger Beruf aussieht, einer, von dem man leben kann, und das Schreiben gehört gewiß nicht dazu.

»Wenn du Geld brauchst, sag mir Bescheid«, sagte er und stand auf und ging zur Bücherwand. »Ich glaube, ich brauche jetzt einen Cognac. Ich hätte nie gedacht, daß Rüdiger so was – ich meine, ich hatte immer den Eindruck, daß ihr glücklich seid.«

Ach Gott ja, Vater, dachte ich, den Eindruck hatte ich auch, und ich hätte auch nie gedacht, daß Rüdiger so was macht. »Gibst du mir bitte auch einen Cognac?« sagte ich.

Wir saßen da und tranken den Cognac und sahen durchs Fenster in den Garten. Es war eines von diesen großen Panoramafenstern, die in den sechziger Jahren Mode gewesen waren, und paßte eigentlich gar nicht zum Haus, aber meine Mutter hatte es unbedingt haben wollen. Sie hatte so gerne hier gesessen und in ihren Garten gesehen.

Ich konnte nicht einmal denken: Wie gut, daß sie das nicht mehr erleben muß. Daß ihr das erspart geblieben ist. Diesen Trost hatte ich nicht. Denn meine Mutter liebte es, sich mit den Abgründen und Tragödien des Lebens zu befassen, sie von allen Seiten zu betrachten und sie mit viel Elan und Gefühl zu bewältigen.

Sie hatte Rüdiger immer gern gehabt, aber in dem Moment, wo er ihrer Tochter etwas zuleide getan hätte, hätte sie ihn mit sämtlichen Verfluchungen dieser Welt belegt und ihn für immer abgeschrieben. Sie hätte sich alles haarklein berichten lassen, sie hätte Haß und Verachtung über Rüdiger und Clarissa ausgeschüttet, sie hätte einleuchtend belegt, warum das nicht gutgehen könne und ebenso überzeugend erklärt, warum ich schließlich als strahlende Siegerin aus diesem Schlamassel hervorgehen würde.

Sie hätte der festen Überzeugung Ausdruck gegeben, daß ich alsbald eine sehr erfolgreiche Journalistin sein würde und daß eine so attraktive und intelligente Frau wie ihre Tochter auch sonst keine Probleme haben würde. Und mein Vater hätte hier und da den Kopf geschüttelt, und ich hätte gesagt: »Mutter, du übertreibst mal wieder.« Und sie hätte gesagt: »Jochen, hol doch mal eine wirklich gute Flasche Wein rauf. Schwierige Situationen erfordern gute Getränke.« Und wir hätten zusammengesessen und geredet und getrunken und schließlich auch gelacht und alles wäre halb so schlimm gewesen.

Mein Vater seufzte. »Komm«, sagte er, »laß uns durch den Garten gehen.« Und wir gingen durch den Garten und betrachteten die Rosen meiner Mutter und ihren Lavendel und die blühenden Jasminsträucher, die sie gepflanzt hatte, und er zeigte mir den Komposthaufen, den er angelegt hatte, und erklärte mir genau, wie man das machen muß.

»Jetzt mache ich uns was Gutes zu essen«, sagte er. »Ich habe da einen Rehbraten entdeckt, tiefgefroren, aber wirklich erstklassig. Und dazu Spätzle und Rotkohl. Und ich hole uns einen guten Wein aus dem Keller.«

»Ja, Vater«, sagte ich und strich über seinen Arm, »das ist eine gute Idee.«

Er ist sehr stolz auf seine hausfraulichen Fähigkeiten. Er hatte nie einen Finger im Haushalt gerührt, solange ich denken kann, doch selbst wenn er es gewollt hätte, meine Mutter hätte ihn nicht gelassen. Nach ihrem Tod stand er hilflos da, lebte aus Dosen, brachte irgendwann, wenn er nichts mehr zum Anziehen hatte, die dreckige Wäsche in die Wäscherei und ließ das Haus vergammeln, bis ich kam und saubermachte.

Aber eines Tages raffte er sich auf. Er untersuchte den Staubsauger und fand heraus, wie man Staubsaugerbeutel wechselt. Er untersuchte das Bügeleisen und fand heraus, daß es Dampf von sich gibt, wenn man Wasser in die kleine Öffnung gießt. Er las die Gebrauchsanweisung der Waschmaschine und studierte das Schaltbrett.

Er entdeckte den Supermarkt und war fasziniert: Hier gab es alles, was man brauchte, man mußte nur so einen kleinen Wagen nehmen und herumfahren und es einsammeln: »Erstklassig organisiert!« Und all die freundlichen Verkäuferinnen, die nichts lieber taten, als diesem netten, älteren Herrn zu erklären, welches der beste Schinken ist und was sie gerade im Sonderangebot da haben. Die aufblühten, wenn er sie um umfassende Information darüber bat, welches Putzmittel man wofür braucht und was sie ihm da empfehlen könnten. Wenn ich ihn anrief, berichtete er begeistert von der modernen Technik, die es ermöglicht, Tiefkühlgerichte herzustellen, die man nur im Plastikbeutel ins kochende Wasser wirft, und schon hat man ein ganzes Menü auf dem Teller. Er kaufte so fortschrittliche Geräte wie elektrische Tischstaubsauger und Zwiebelschneideautomaten.

Vor allem verliebte er sich in die Kaffeegeschäfte, in denen man außer Kaffee auch Goldschmuck und Regenschirme und Badelaken und Bücher und weiß Gott was alles kriegt. »Das ist wirklich sehr praktisch«, sagte er dann am Telefon, »was es in diesen Läden alles gibt. Ich habe da heute eine Salatschleuder gefunden und einen sehr schönen Schirm für dich. In dieser modernen Welt ist es wirklich kein Problem, einen Haushalt zu führen.«

Wir aßen also Rehbraten, der tatsächlich gut schmeckte, obwohl er mitsamt der Soße aus dem Plastikbeutel kam, und Spätzle, die auch gut schmeckten und auch aus dem Plastikbeutel kamen. Wir tranken Wein und stießen an, und dann versuchte er aufmunternd zu lächeln, was aber mißlang und eher hilflos aussah.

Und wir sprachen über alles außer Rüdiger und Clarissa und das Kind und was ich nun machen würde: Über Hügelbeete zum

Beispiel, so eines wollte er sich nämlich anlegen, und dann hatte er ein sehr interessantes Buch über die deutsche Geschichte gelesen, das würde er mir mitgeben, und im Kaffeegeschäft hatte er ein sehr schönes Badelaken gekauft für mich, das lag oben in meinem Zimmer.

Und wir dachten an meine Mutter und warum zum Teufel sie gestorben war.

Als ich drei Tage später wieder fuhr, hatte sich mein Besitztum um ein wirklich sehr schönes Badelaken erweitert und um ein Set von Handtüchern aus dem Kaffeegeschäft (»Das kannst du jetzt doch sicher brauchen«, hatte er gesagt, und war nicht davon zu überzeugen gewesen, daß ich mit Handtüchern bis an mein Lebensende eingedeckt bin). Und um einen Scheck über fünfhundert Mark. Der hatte am letzten Morgen neben meiner Kaffeetasse gelegen, und ich hatte wieder gesagt: »Aber Vater, das brauche ich doch wirklich nicht!«, und er hatte gesagt: »Wenn du es jetzt nicht brauchst, dann leg es dir zurück. Irgendwann wirst du es mal brauchen können.«

Ich lehnte am Fenster und winkte, als der Zug abfuhr, und stand da und winkte auch, mit so einer steifen Armbewegung, wie ein alter General, und hatte wieder diesen abwesenden Ausdruck im Gesicht.

Zu Hause regnete es. Das Licht in meiner Wohnung war grau, und in den Ecken lagen Schatten. Ich machte alle Lampen an und zog die Vorhänge zu und packte den Koffer aus und stopfte die Kaffeegeschäft-Handtücher in die Waschmaschine. Ich holte mir eine von Elisabeths Champagnerflaschen aus dem Kühlschrank und setzte mich aufs Sofa und machte die Flasche auf und sah auf das Beckmann-Plakat an der gegenüberliegenden Wand. Ich hatte es in Frankfurt gekauft, zusammen mit Rüdiger. Wir hatten eine kleine Fahrt gemacht, einfach so, das liebte er: »Laß uns irgendwo hinfahren«, hatte er gesagt, »nach Frankfurt zum Beispiel.« Wir waren ganz langsam gefahren, auf Landstraßen, hatten die Landschaft bewundert und in kleinen Gasthöfen gegessen und zweimal übernachtet: in einem romantischen Schloßhotel und dann in Rothenburg, auch sehr romantisch. Es war wunderschön gewesen. Es war im letzten Sommer gewesen.

Ich starrte auf das Bild von Beckmann: Ein kleiner Platz, umgeben von Häuserreihen, expressionistisch schief, und es ist früher Morgen, und ein paar fröhliche, beschwipste Leute gehen nach Hause, und ganz vorne sitzt eine Katze. Und die Farben ganz zart, himbeerfarben und türkis und hellgelb und alles vom Morgengrau überzogen.

Ich sah lange auf das Bild und trank den Champagner. Das Grau in der Wohnung war fort und die Schatten in den Ecken auch, aber in mir stieg ein Grau hoch und dunkle Schatten und etwas Furchtbares, das ich nicht erkennen konnte und das um so beängstigender war.

Das Telefon klingelte. »Hallo, Ines, Herzchen!« sagte Carola in ihrer manchmal etwas übertriebenen Art, »wie geht es dir? Hast du scheidungsmäßig alles hinter dir? War es schlimm?«

Ich sagte, nein, es wäre nicht schlimm gewesen, und ich wäre auch froh, es hinter mir zu haben.

»Na siehst du«, sagte Carola munter, »jetzt kann es nur noch aufwärts gehen. Und wie ist das nun mit der Toscana? Du kommst doch mit, oder? Es ist natürlich ein bißchen eng mit den Kindern auf dem Rücksitz, aber das macht dir doch sicher nichts aus, oder? Und wir haben ein wunderschönes kleines Bauernhaus gemietet, in einer herrlichen Gegend, mit Swimming-Pool und allem!«

Ich hatte eigentlich mitfahren wollen, aber plötzlich wußte ich, daß es nicht ging: mit den Kindern auf dem Rücksitz und die ganze Zeit mit Carola und Rolf. Sie waren nicht gerade ein glückliches Paar, ganz im Gegenteil. Sie sprachen zwar nie über ihre Schwierigkeiten, aber Rolfs genervte Stimme und Carolas scharfe, wenn sie miteinander redeten, hatten mir immer Schauder über den Rücken laufen lassen. Und ich wußte auch, daß Rolf sich auf seinen vielen Fortbildungen nicht nur beruflich fortbildete. Aber immerhin, sie waren ein Paar, ganz gleich, wie unzufrieden und frustriert sie waren, und sie würden es auch bleiben, und sie hatten zwei süße Kinder, und Rolf würde nie ankommen und Carola sagen, daß er nun leider Vater eines Kindes werden würde und infolgedessen eine schnelle Scheidung brauchte.

Ich sagte also, daß es mir sehr leid täte, aber mir wäre im Moment einfach nicht danach, irgendwohin zu fahren, so gerne ich natürlich mit ihnen zusammen wäre, aber ich müßte innerlich ein bißchen zur Ruhe kommen, und das würde sie doch sicher verstehen – und so fort mit diesem ganzen Psycho-Quatsch.

Aber er wirkt eben immer. Carola stellte ihre Stimme von Munterkeit auf Mitgefühl um und sagte, das würde sie sehr gut verstehen, so leid es ihr täte, und vielleicht wäre ein bißchen Konzentration auf das eigene Selbst wirklich das Beste für mich und ob ich nicht mal Tai Chi machen wolle, das mache sie auch, und es würde sie wunderbar ausbalancieren.

Ich sagte, das könnte ich ja mal versuchen, und sie sagte, vor den Ferien würden wir uns dann leider nicht mehr sehen, sie hätte noch so viel zu tun, aber sie würde sich melden, wenn sie zurückkämen, so Mitte August: »Bis dann also, und mach's ganz gut, Ines, Herzchen!«

Ich machte es ganz gut in diesem Sommer, in Anbetracht der Tatsache, daß es der erste Sommer seit fünfzehn Jahren war, in dem ich allein war, in dem ich nicht mit Rüdiger irgendwohin fuhr oder mit ihm ein paar ruhige Wochen in unserem Garten verbrachte.

Ich ging in alle Museen und Ausstellungen, und ich las viel und ging ins Kino, schließlich mußte ich über den Kulturbetrieb informiert sein, wenn ich darüber schreiben und davon leben wollte. Ich überlegte mir eine Reihe von Themen und schickte sie Jürgen Flohse, und er akzeptierte zwei davon und sagte, wir könnten dann mal im September darüber sprechen, wenn er aus dem Urlaub zurück sei, sie seien ja nicht so tagesaktuell, daß man sie gleich bringen müsse.

Ich ging fast jeden Tag ins Schwimmbad und legte mich in die Sonne, und ich wurde tatsächlich ein bißchen braun, was ich noch nie gewesen war, und meine Haare waren nun nicht mehr aschblond, sondern kriegten sehr schöne Sonnensträhnen, und ich sah wirklich nicht schlecht aus, jedenfalls nicht wie eine fast vierzigjährige, ausgemusterte Ehefrau.

Nur eines war schlimm: Das Grau verdichtete sich, die Schatten nahmen Gestalt an. Sie wurden zu einem großen grauen Tier. Es kam nie tagsüber, aber dafür mit enervierender Regelmäßigkeit in den frühen Morgenstunden. Jeden Morgen um fünf wachte ich auf, und da hockte es im morgendlichen Zwielicht und starrte mich an. Mein Herz klopfte, und ich war hellwach, und furchtbare Bilder zogen durch meinen Kopf: Rüdiger und Clarissa beim Standesbeamten, er schlank und groß und dunkel, und sie schlank und zierlich und silberblond, mit diesem hübschen kleinen Fußballschwangerschaftsbauch. Welche Trauzeugen hatten sie wohl gehabt? Welche von unseren Freunden waren dabeigewesen? Und wo hatten sie nachher gefeiert? Ich sah eine fröhliche, kleine Feier, dezent natürlich, nichts Großes, den Umständen entsprechend, aber umso fröhlicher.

Ich sah die beiden auf unserer Terrasse sitzen, ein Glas Champagner trinken (oder vielleicht mag Clarissa gar keinen Champagner?) und sich glücklich anschauen oder den Schmetterlingen nachblicken, die von dem Schmetterlingsstrauch angezogen werden, den ich gepflanzt habe.

Ich sah die beiden im Bett: Liebe in der Schwangerschaft, durchaus normal und durchaus empfehlenswert, sofern bei der werdenden Mutter alles gut läuft, natürlich ist in den späteren Monaten der Bauch vielleicht im Wege, aber da gibt es viele schöne Möglichkeiten, Sexualität trotzdem zu genießen. Ich hatte alles über diese Möglichkeiten gelesen, in einem der Bücher, die ich in Rüdigers Handschuhfach gefunden hatte, gierig hatte ich es in mich hineingefressen, unter einem schmerzhaften Zwang und mit dem Gefühl, das ein Mensch haben muß, der sich nackt in Brennesseln wälzt oder brennende Zigaretten auf dem Arm ausdrückt.

Ich lag erstarrt und mit Herzklopfen im Bett und sah es vor mir, wie sie sich liebten, alle diese verdammten Möglichkeiten. Und der Schmerz brannte in mir, mehr als alle Brennesseln und alle Zigarettenglut dieser Welt.

Ich sah auch mich in diesen Morgenstunden, und da war ich nicht mehr schlank und braun und sommerblond, sondern alt und grau und häßlich. Vierzig wirst du im Oktober, raunte das graue Tier, und was hast du geschafft in deinem Leben? Du hast keinen Beruf, keine Karriere, keine Kinder, du bist leer und taub, eine taube, unfruchtbare Nuß. Eine leere Hülle. Ab jetzt geht es abwärts, was man bis vierzig nicht geschafft hat, das schafft man nicht mehr.

Und die Liebe? Die Männer? Männer wollen junge Frauen, das weißt du doch, das steht in jeder Zeitung. Denk an Rolf, wie der nach Zwanzigjährigen guckt, wenn Carola es nicht merkt. Früher hast du immer mitleidig und ein bißchen hochmütig den Kopf geschüttelt, wenn so was in der Zeitung stand oder Freunde erzählten, daß da wieder irgendein Endvierziger eine viel jüngere Frau geheiratet hat. Oder daß es Mode wird unter den Prominenten, ganz junge Frauen zu heiraten, Yves Montand zum Beispiel und diese dreißig Jahre Jüngere, die ein Kind von ihm bekommen hat. Dich ging das ja nichts an, du hattest einen Mann, der dich liebte und den du liebtest und mit dem du alt werden wolltest, du konntest in aller Ruhe vierzig werden.

Und jetzt? Kein Mann will eine Vierzigjährige. Du wirst eine alleinstehende Frau werden, eine, die von anderen bemitleidet wird, du wirst versuchen, dich jung zu halten und doch ein bißchen komische Figur werden, eine, die man gerne zum Kinderhüten holt, aber sonst lieber nicht einlädt.

So raunte das graue Tier, eine Stunde, zwei Stunden, bis ich erschöpft einschlief und erst wieder aufwachte, wenn die Sonne schon prall ins Zimmer schien.

Tagsüber ging ich ins Schwimmbad und in Ausstellungen und las und räumte in meiner Wohnung rum und aß gemütlich auf dem Balkon, und alles war in Ordnung. Und ich vergaß das graue Tier. Aber jeden Morgen kam es und saß da und sprach mit mir und brachte mich zur Verzweiflung.

Mitte August rief Rüdiger an. »Wie geht es denn so?« fragte er. »War's schön in der Toscana?«

»Wieso?« fragte ich.

»Ich dachte, du wärest mit Rolf und Carola in der Toscana gewesen«, sagte er, »die wollten doch unbedingt, daß du mitfährst.«

»Das kann man so nicht sagen, daß sie es unbedingt wollten«, sagte ich, »sie hatten mich eingeladen.« Aber ich ahne jetzt, wer es unbedingt wollte, dachte ich, und wer sie auf die Idee gebracht hat. Ich glaube, es wäre gut für Ines, wenn sie ein bißchen rauskommt, hast du zu Rolf gesagt, und der hat es pflichtschuldigst an Carola weitergegeben, und die hat mich pflichtschuldigst eingeladen. Der Rettet-Ines-vor-dem-Wahnsinn-und-Rüdiger-da-vor-daß-sie-ihm-auf-die-Nerven-fällt-Club. Ha!

»Und du?« fragte ich. »Warst du weg?«

Er antwortete gar nicht darauf. Es war ja auch eine blöde Frage. Mit einer hochschwangeren Frau, die Anfang September ihr erstes Kind erwartet, fährt man schließlich nicht in Urlaub. Man bleibt schön zu Hause und macht Urlaub im eigenen Garten.

»Ich rufe wegen der Krankenversicherung an«, sagte er, »du bist immer noch bei mir mitversichert, aber das geht jetzt natürlich nicht mehr.« Nein, natürlich nicht. Das gibt's wahrscheinlich nur im Orient, Sonderangebot: Krankenversicherung für Sie und zwei bis vier Ehefrauen Ihrer Wahl.

»Nein, natürlich nicht«, sagte ich. »Ich hätte mich längst darum kümmern müssen. Entschuldige.«

»Ach, das macht doch nichts«, sagte er mit dieser gräßlichen Großzügigkeit, aus der nichts anderes herausklang, als daß ich ihm egal war, und ihm infolgedessen auch nichts, was ich tat, etwas ausmachen konnte. Außer natürlich, ich würde mich vor seine Schwelle legen und beschließen, dort zu sterben, so daß sie immer über mich hinwegsteigen müßten, wenn sie das Haus des Neuen Glücks betraten oder verließen.

»Weißt du was?« sagte er. »Ich schicke dir mal meinen Versicherungsagenten rüber, der kümmert sich darum und sagt mir dann auch Bescheid, wenn alles klar ist.«

Damit du, Gott bewahre, nicht noch mal mit mir telefonieren mußt oder ich dich womöglich anrufe. Was würde deine Sprechstundenhilfe dann wohl sagen: »Ihre erste Frau ist am Apparat« oder »die ehemalige Frau Dohmann möchte Sie sprechen, Herr Doktor« oder was?

Der Versicherungsagent war einer von diesen Mittdreißigern, die aussehen, als wären sie gerade eben konfirmiert worden, tatsächlich aber ungemein erfolgreiche Geschäftsleute sind, was wahrscheinlich auch damit zusammenhängt, daß sie diesen unschuldigen, frischkonfirmierten Eindruck machen. Man traut ihnen nichts Böses zu und macht gern Geschäfte mit ihnen.

»Ich habe hier eine sehr vorteilhafte Privatversicherung für Sie«, sagte er, und dann schilderte er das, was diese Versicherung im Krankheitsfalle für mich zu tun bereit war, in so warmen Tönen, daß ich am liebsten sofort krank geworden wäre, um in den Genuß des wunderbaren Einbettzimmers, der Pflege des kompetenten Personals und der Fürsorge des erfahrenen Chefarztes zu kommen. In so ein wunderbares Krankenhaus würde sich das graue Tier bestimmt nicht hineinwagen, und ich würde meine Morgenstunden wieder für mich haben.

Die Tatsache, daß Versicherungen vierzigjährige Frauen noch weniger mögen als der Rest der Welt (ehe man sich umguckt, kriegen sie Brustkrebs und haben Totaloperationen und Depressionen), bewältigte er mit großer Eleganz. Er stellte es so hin, als ob die Versicherung alle anderen vierzigjährigen Frauen nicht mag, auf mich aber ungeduldig gewartet hat.

»Sie gehören ganz einfach zu den Kunden, die man sich nur wünschen kann, wenn ich mal ganz offen sein darf, Frau Dohmann«, sagte er und sah mich auch ganz offen an. »Eine kurze Untersuchung bei Ihrem Hausarzt ist mehr als genug. Er soll nur diesen Bogen ausfüllen und ihn mir dann zuschicken.«

Dieses Wunderwerk an Versicherung sollte 398 Mark kosten – angesichts dessen, was die Versicherung für mich zu leisten bereit war, praktisch nichts, man mußte eher befürchten, daß sie noch zuzahlen müßte. Was sie aber sehr gern tun würde, weil sie mich als Kundin einfach liebte. Das sagte er natürlich nicht so, aber er vermittelte den Eindruck, daß es so wäre.

»Und wie sieht es mit der Altersversorgung aus?« fragte er. »Ich weiß, man denkt nicht darüber nach, wenn man jung ist, wenn es noch in weiter Ferne liegt…« Er trug ein bißchen dick auf, aber wenn man bald vierzig wird und der geliebte Gatte einen gerade hat sitzen lassen, dann frißt man auch so was.

»Nur ein paar Informationen, wenn es Ihnen recht ist«, fügte er hinzu, als er meinen satten Gesichtsausdruck sah, »Sie können es sich dann ja in Ruhe überlegen.«

Es endete damit, daß ich einen Vertrag über eine Lebensversicherung unterschrieb, die womöglich noch wunderbarer war als die Krankenversicherung. Sie kostete auch 400 Mark, aber dafür würde ich mein Alter in absolutem Luxus verleben.

»Ich wünschte, wir hätten nur Kunden wie Sie, Frau Dohmann«, sagte er, nachdem er mir einen weiteren, etwas dickeren

Fragebogen für meinen Hausarzt ausgehändigt hatte und sich verabschiedete. »Klare, präzise, kompetente Entscheidungen, das macht uns die Arbeit leicht.« Keine Frage, ich war der Star der Versicherungen, und auch mein Versicherungsagent liebte mich.

Ich wartete sehnsüchtig darauf, daß der August zu Ende ging. Die Stadt lag unter bleierner Hitze und schien wie ausgestorben, abgesehen von den Touristen, die in den Cafés saßen oder Sehenswürdigkeiten bestaunten. Alle Freunde waren verreist, niemand rief an. Elisabeth war dieses Jahr nach Mauritius geflogen, von wo sie viele bunte Postkarten mit allerdings sehr kurzem Text schickte, denn für ihre große majestätische Handschrift war einfach zu wenig Platz. Carola war zurück, und ich hatte sie angerufen, aber sie hatte so viel zu tun – »Du kannst dir nicht vorstellen, wie das Haus aussieht und der Garten, wenn man ein paar Wochen weg war, und dann wollte ich auch noch die Kinderzimmer streichen lassen« –, daß wir uns erst für Anfang September verabredeten.

Im September würde alles besser werden. Sicher, Anfang September kam das Kind zur Welt, aber das ging mich schließlich nichts mehr an, ich würde einfach nicht dran denken, ich lebte jetzt mein eigenes Leben. Ich meine, ich würde tagsüber nicht daran denken, morgens würde mich natürlich das graue Tier daran erinnern, aber damit würde ich auch noch fertig werden.

Unsere Freunde würden mich wieder anrufen und einladen (eigentlich waren es jetzt meine Freunde, denn mit Rüdiger wollten sie ja nichts mehr zu tun haben), und vor allem würde ich sie alle einladen. Ich hatte es mir oft und gern überlegt, wenn ich auf meinem Balkon saß: ein wunderschönes Fest mit einem großen Büffet und Sekt und Wein und Bier, und ich würde eine schöne Einladung entwerfen, und sie würden alle meine schöne Wohnung sehen und wie gut es mir geht. Ich wollte es sobald wie möglich machen, noch im September, da würde es wohl noch warm genug sein, um auf dem Balkon zu sitzen.

Ich würde auch Jürgen Flohse dazu einladen, wir würden kurz über die Themen sprechen, welche als nächste dran waren, und ich würde wieder Arbeit haben und schreiben können.

Ich hatte lange darüber nachgedacht, ob ich dieses Fest nicht zu meinem vierzigsten Geburtstag Ende Oktober machen sollte. Den würde ich ja auch groß feiern, also warum nicht beides zusammen? Aber dann entschloß ich mich, zwei Feste zu feiern. Schließlich fing jetzt ein neues Leben an für mich, und das konnte man nicht genug feiern, oder?

IV

Ich hatte mein Fest für den 20. September geplant. Ich hatte eine schöne Einladungskarte entworfen, bunt, und Farbkopien davon machen lassen, ziemlich teuer, aber schließlich feiert man nicht jeden Tag sein neues Leben. Dreißig Einladungen hatte ich verschickt und lange Listen gemacht, was ich alles kaufen und besorgen mußte.

Das mit der Geburt des Kindes war nicht einfach gewesen, aber ich hatte es verkraftet. Rüdiger hatte mich am 3. September angerufen. Er war ziemlich verlegen, aber er rettete sich in das psychotherapeutische Offenheits-Ideal.

»Ich wollte es dir selber sagen, Ines«, sagte er, »ich dachte, das ist klarer und besser, als wenn es dir irgendwann jemand anders erzählt.« Er hatte die gepreßte Stimme, die man bei schwierigen Nachrichten nun mal hat, ganz gleich, wie psychisch offen man ist. »Also, das Kind ist gestern auf die Welt gekommen.«

»Herzlichen Glückwunsch«, sagte ich etwas schwach. »Was ist es denn?«

»Es ist ein Mädchen.«

»Und wie heißt es?« fragte ich.

»Sarah«, sagte Rüdiger. Ach verdammt, so hätte ich mein Kind auch gern genannt. »Sarah Alexandra Jennifer«, fügte er mit einem Unterton von Stolz hinzu, als hätte er sich die Namen selber ausgedacht.

Ich fand diesen Rattenschwanz blumenreicher Namen, den sie dem unschuldigen Wesen anhängen wollten, etwas übertrieben, aber ich sagte: »Sehr schön. Und Sarah Dohmann, das klingt ja auch gut.«

»Ja, nicht wahr«, sagte Rüdiger freudig. Und anscheinend fand er die Situation nun so entspannt, daß er hinzufügte: »Wir hätten sie auch gern noch Ines genannt, aber ich war nicht sicher, ob dir das recht ist.«

»Ja, das verstehe ich«, sagte ich, nun schon sehr mühsam. Aber er merkte nichts, denn er fuhr fort: »Die Geburt ging Gott sei Dank schnell. Drei Stunden, das ist wenig für eine Erstgeburt.«

»Ja, natürlich«, sagte ich, als hätte ich mein Leben lang nichts anderes getan, als Kinder zu kriegen, und wäre voll informiert darüber, wie lange Erstgeburten dauern und was da lang und kurz ist.

»Und wir sind gleich wieder nach Hause gegangen«, sagte Rüdiger. »Es war eine ambulante Geburt. Ich glaube, es ist sehr wichtig, daß man die ersten Tage nicht in einer sterilen Klinik erlebt.«

»Mhmhm«, sagte ich. Seine Vorstellungskraft und sein Einfühlungsvermögen müssen etwas gelitten haben in den letzten Monaten, dachte ich, besser gesagt: Sie haben sich anscheinend in Luft aufgelöst. Er plaudert doch tatsächlich mit mir über die Vorteile einer ambulanten Geburt. O Gott, nein!

Aber nun hatte er wohl doch etwas gemerkt. Erst war Stille, und dann sagte er: »Ja, also, das wollte ich dir sagen. Es war doch richtig so?«

»Ja, doch«, sagte ich. »Vielen Dank.« Lieber Himmel, ich war seiner wert. Ines Dankeschön Dohmann. Er erzählt mir mit unverhohlener Begeisterung von der Geburt seines Kindes, und ich bedanke mich auch noch dafür. Wir sollten Eintritt verlangen und das Ganze als absurdes Theater aufziehen.

Er schien auch zu finden, daß wir noch ein bißchen absurdes Theater spielen könnten. Er fragte nämlich: »Und wie geht es dir?« Wie soll es mir gehen, hätte ich antworten können. Du hast mir bloß gerade voll Stolz und Freude von der Geburt deines Kindes erzählt und was für schöne Namen ihr ihm gegeben habt und weiß der Teufel was alles, und wie erwartest du nun, daß es mir geht? Aber so was Ähnliches hatte ich schon mal gesagt, damals, als ich erfuhr, daß dieses Kind auf dem Weg war, und ich wollte mich nicht wiederholen.

»Sehr gut«, sagte ich.

»Ach, das ist schön«, sagte er, »wunderbar. Na, dann mach es weiter so gut, und ich melde mich wieder.«

Wann, dachte ich. Wenn es abgestillt wird oder die ersten Zähne kriegt oder wann? »Ja, mach das«, sagte ich.

Ich trank zwei Flaschen von Elisabeths Champagner danach, und am Ende der zweiten Flasche mußte ich lachen. Es war zu absurd gewesen, und wenn die Tragik so komisch wird, dann ist sie weniger tragisch. Ich ging ins Bett und stählte mich innerlich: Womöglich würde ich überhaupt nicht schlafen können, und das graue Tier würde mir die ganze Nacht Gesellschaft leisten. Aber so war es nicht. Ich schlief sogar sehr gut, und das graue Tier guckte morgens nur mal kurz um die Ecke und verschwand dann wieder.

»Ines, mein liebes Kind«, sagte Elisabeth und küßte mich und überreichte mir einen Blumenstrauß: perlmuttfarbene Rosen und wunderbar duftende weiße Freesien. Elisabeth entledigte sich ihres edlen Stoffmantels – »man kann einfach keinen Pelz mehr tragen, alle sehen einen so scheel an, und vielleicht haben sie auch recht damit« –, und inspizierte das Büffet. »Sehr gut«, sagte sie und rückte eine Gabel gerade. »Und wie sieht es mit den Getränken aus?«

»Sekt, Bier, Wein«, sagte ich, »und natürlich Champagner für dich. Deine private Geheimflasche steht im Kühlschrank, und bitte bediene dich selber, wenn ich nicht dazu komme. Aber jetzt trinken wir erst mal ein Glas zusammen, bis die anderen kommen.«

Ich erzählte ihr von Rüdigers Kind, während wir Champagner tranken und warteten, und sie quittierte meinen Bericht mit diversen »Achs« und hier und da hochgezogenen Augenbrauen. Zwischendurch klingelte ein paarmal das Telefon. Freunde sagten ab, weil sie krank geworden waren oder irgendwas mit den Kindern war oder ein dringender Geschäftstermin. Das war nur natürlich. Wenn man dreißig Leute einlädt, dann sagen immer ein paar ab und andere kommen nicht, ohne abzusagen, aber es genügt ja auch, wenn zwanzig kommen.

»Hattest du nicht gesagt um sieben?« fragte Elisabeth schließlich und sah auf die Uhr: »Es ist halb acht.« »Du weißt doch, wie das ist«, sagte ich. »Wer ist schon pünktlich? Außer dir natürlich. Paß auf, gleich kommen sie alle auf einmal – siehst du?«

Es hatte geläutet. Maria und Hermann standen vor der Tür, aber sonst niemand. »Bitte entschuldige die Verspätung«, sagte Maria, während Hermann linkisch am Papier eines Blumenstraußes nestelte, »aber wir mußten bloß mal wieder zwischendurch das Auto reparieren.« Hermann besteht nämlich darauf,

komische alte Autos zu fahren, keine schicken Oldies, die in
schicken teuren Werkstätten auf Vordermann gebracht werden
und gut funktionieren, sondern wirklich komische alte Autos,
bei denen ständig was nicht funktioniert.

»Ach, das macht doch nichts«, sagte ich, »schön, daß ihr da
seid.« Maria und Hermann betraten das Wohnzimmer, sie begrüßten Elisabeth, sie bewunderten die Wohnung, sie ließen sich
zu essen und zu trinken geben, sie plauderten angeregt mit Elisabeth – das heißt, Maria plauderte angeregt, Hermann sah ernst-
haft-freundlich drein und machte hier und da eine ernsthaft-
freundliche Bemerkung –, aber sie sagten kein Wort darüber, daß
sonst niemand da war.

Und daß auch sonst niemand kam, jedenfalls die nächsten
eineinhalb Stunden nicht. Sie schienen es völlig normal zu finden, daß sie allein waren mit mir und Elisabeth und dem großen
Büffet und den vielen Gläsern. Sie machten es mir leicht – nicht,
es normal zu finden, aber doch mit Anstand damit fertig zu
werden, daß aus mysteriösen Gründen bis neun sonst niemand
kam.

Kurz vor neun kam Carola. »Entschuldige bitte, Ines, Herzchen«, sagte sie atemlos, »Christopher ist krank und war einfach
nicht zur Ruhe zu bringen, und so konnte ich den Babysitter
nicht mit ihm allein lassen. Aber ich habe es geschafft, er schläft
jetzt, und da sind wir. Rolf kommt auch gleich, er sucht nur noch
einen Parkplatz.«

Bis halb zehn kamen noch elf, und so hatte ich immerhin sechzehn Gäste. Alle hatten entweder Probleme mit dem Auto oder
den Kindern gehabt, oder einen ärztlichen Notfall oder Migräne,
so schlimm, daß sie nicht aus den Augen hatten gucken können,
aber Gott sei Dank war es dann besser geworden. Es war wie
verhext gewesen, aber nun waren sie ja da. Ich fand es auch wie
verhext, daß so viele Menschen an einem Tag so viele Probleme
hatten, aber nun waren sie ja da, das war das Wichtigste. Leider
hatten sie auch alle kaum Hunger, sie nippten nur wie die Vögel-
chen an meinem Büffet, aber dafür hatten sie um so mehr Durst.

Es war so schön, daß sie da waren. Ich wanderte zufrieden
zwischen ihnen herum, redete hier ein bißchen und da ein bißchen, goß nach und versorgte Elisabeth zwischendurch mit

64

Champagner. Sie saß majestätisch und elegant auf dem Sofa und sprach immer noch mit Maria, anscheinend etwas Ernstes, so wie die beiden aussahen. Zwischendurch betrachtete sie kritisch und nachdenklich die anderen Gäste und lächelte mir zu.

Es wurde ein langes Fest. Zuerst schienen alle irgendwie unter Druck zu stehen, was ja kein Wunder war, nach all den Problemen, die sie gehabt hatten, bevor sie gekommen waren. Aber nach ein paar Gläsern entspannte sich die Atmosphäre, und es wurde sehr fröhlich. Um halb zwei gingen die letzten, abgesehen von Elisabeth, die noch immer auf dem Sofa saß. Was mich sehr erstaunte, weil sie etwas gegen Zigarettenrauch hat (kein Wunder, der ist ja nun wirklich nicht sauber), und sich im allgemeinen gegen elf zurückzieht, wie sie es nennt.

»Schön, daß du noch da bist«, sagte ich. »Ich mache kurz die Fenster auf und bringe die Aschenbecher raus und dann trinken wir noch ein Gläschen, ja?«

»Sehr gerne, mein Kind«, sagte Elisabeth mit einer so weichen Stimme, daß ich wieder erstaunt war. Aber wahrscheinlich lag es am Champagner, denn wenn sie auch nur wenig und kleine Schlucke trinkt, so kommt doch zwischen sieben und halb zwei einiges zusammen. »Das war ein schönes Fest, nicht wahr«, sagte ich, nachdem wir angestoßen hatten.

»Ja, wirklich«, sagte sie. »Und diese Maria und ihr Mann, das sind wirklich sehr nette Menschen. Sehr nett und intelligent. Kennst du sie schon lange? Du hast nie von ihnen erzählt.«

Ich hatte nie von ihnen erzählt, weil ich sie nicht so oft getroffen hatte. Sie waren Außenseiter in unserem Freundeskreis. Hermann war groß und dünn und schüchtern und arbeitete als Psychiater in einer Nervenheilanstalt. Was einfach keiner verstand. Ein bißchen Therapie-Fortbildung nebenbei, ein bißchen psychologische Beratung in der Praxis, das machte Spaß und brachte Kohle. Und Rüdiger mit seinen Körper-Harmonie-Kursen und all diesem Zeug – in Gottes Namen, er hatte eine gutgehende internistische Praxis und war der Erfolgreichste unter ihnen mit seinen prominenten Patienten.

Aber Hermann! Der meinte es tatsächlich ernst, der wollte psychisch kranken Menschen helfen und konnte darüber, so schüchtern er war, lange ernsthaft reden, auch wenn ihm bald

65

keiner mehr zuhörte. Der arbeitete für wenig Geld in einem miefigen Landeskrankenhaus und machte Überstunden, für nichts und wieder nichts.

Hermanns Ansehen stieg ein wenig, als er Maria mitbrachte. Maria war eine aparte, dunkelhaarige, temperamentvolle Frau und, was sie noch interessanter machte, Schauspielerin. Aber leider war sie auch so ernsthaft, zu ernsthaft zum Beispiel, um mit Rolf oder Karl zu flirten, was man doch von einer Schauspielerin nachgerade erwarten kann, und anscheinend nahm sie Hermanns Arbeit auch sehr ernst und fand es nicht komisch, wenn jemand Witze darüber machte. Dann konnte sie heftig und beleidigend werden. Andererseits aber war sie nun wieder keine wirklich ernsthafte Schauspielerin, denn sie arbeitete vor allem fürs Fernsehen und da für Serien wie Trauminsel oder Hafenklinik oder so was. Anscheinend bekam sie nichts Besseres, obwohl sie dafür offenbar gut bezahlt wurde.

»Also, ich weiß nicht«, hatte Carola mehr als einmal gesagt. »Nichts gegen Maria natürlich, aber diese komischen Serien! Ich kann so was einfach nicht sehen, das ist doch verdummend, und ich verstehe nicht, wie man da mitmachen kann.«

Carola brauchte eigentlich nicht so zu tun, denn sie war Kosmetikerin gewesen, bevor sie Rolf geheiratet hatte, und was ist daran besser, als wenn man Schauspielerin in Serien ist? Und ich war eine abgebrochene Studentin, und was war daran besser? Aber ich nickte nur und sagte nichts, denn schließlich waren Maria und Hermann nicht so wichtig und wirklich ein bißchen fremd in unserem Kreis.

»Sie sind nicht so oft dabei«, sagte ich, »deswegen habe ich dir wahrscheinlich nie von ihnen erzählt.«

»Jedenfalls sind sie beide sehr liebenswürdig und gescheit«, sagte Elisabeth mit Nachdruck. Es ist selten, daß sie jemanden derart mit Komplimenten überhäuft. »Vielleicht solltest du sie jetzt öfter sehen.«

Jürgen Flohse war nicht gekommen. Ich mußte bis Montag warten, bis ich ihn anrufen konnte.

»Hallo, Jürgen«, sagte ich, »wie schade, daß du Samstag nicht da warst.«

»Ich konnte leider nicht«, sagte er und war so muffig, wie er montags nun mal ist. »Was kann ich für dich tun?«

»Wir wollten doch noch mal über die Themen sprechen«, sagte ich, »und wann du die Beiträge brauchst.«

»Ach ja«, sagte er. »Im Moment geht's nicht, und die nächsten Tage bin ich verreist. Ruf mich doch nächste Woche noch mal an.«

Ich sagte »okay« und »tschüs« und legte auf. Montags ist er nun mal so, dachte ich, ich sollte wirklich daran denken und lieber nicht anrufen. Dann eben nächste Woche. Und vielleicht sollte ich mich auch mal bei anderen Zeitungen umschauen, ich brauche jetzt ein bißchen mehr Geld, mit den Versicherungen, die ich abgeschlossen habe, und bei Jürgen kann ich vielleicht zweimal im Monat was unterbringen, und das reicht nicht.

Ich schrieb also Briefe an alle Zeitungen, die irgendwie in Frage kamen und legte ein paar fotokopierte Artikel von mir bei, Jürgen hatte es ja immer sehr gut gefallen, was ich schrieb, also warum sollte es anderen nicht auch gefallen? Und wenn nur zwei oder drei interessiert wären, mit der Zeit würde ich mir darauf schon was aufbauen. Die nächsten drei Jahre zahlte mir Rüdiger die Miete und dazu 1200 Mark im Monat, aber man soll schließlich vorausschauend sein. Ich war sehr stolz, daß ich mit der Lebensversicherung schon so vorausschauend gewesen war, und nun würde ich auch weiter gut planen und mir beruflich was aufbauen, und wenn Rüdiger dann nicht mehr zahlen würde, würde ich längst selbständig sein. Ich könnte ja auch noch mal mit Karl reden, beim nächsten Fest, wegen der Mediziner-Zeitung.

Aber ich konnte nicht mit Karl reden, denn es fanden keine Feste statt. Sonst hatten wir uns gerade im Herbst und Winter öfter gesehen, waren alle zusammen auf die große Herbstdult gegangen, und jeder hatte mindestens eine Party gemacht in der Zeit bis Weihnachten, aber dieses Jahr war es anders.

Auch Carola, die sonst liebend gerne Gastgeberin spielte und sich immer was Neues einfallen ließ, kam irgendwie nicht dazu. »Wann machst du denn dein nächstes Fest?« hatte ich sie Anfang Oktober gefragt. »Ach, das weiß ich auch nicht«, hatte sie gesagt, »ich fühle mich gar nicht wohl zur Zeit, irgendwie ist

67

mir alles zu viel. Also, jetzt noch ein Fest – das schaffe ich einfach nicht.«

Ich machte mir Sorgen, denn wenn es Carola zu viel wird, ein Fest zu organisieren, dann stimmt etwas nicht. »Du solltest vielleicht mal zu Rüdiger gehen«, sagte ich, »so eine allgemeine Müdigkeit und Abgeschlafftheit, wenn es nichts Ernstes ist, da sind ja diese homöopathischen Mittel ganz ausgezeichnet.«

Carola hatte versprochen, zu Rüdiger zu gehen, und ich hatte mich gar nicht mehr getraut, sie wegen meines vierzigsten Geburtstags anzusprechen. Ich hatte mit ihr darüber reden wollen, wie ich das organisieren sollte, aber sie klang so schwach, daß ich sie damit nicht behelligen wollte.

Ich sprach statt dessen mit Elisabeth darüber, und zu meinem großen Erstaunen (es war die Zeit des Staunens über Elisabeth) war sie sehr gegen ein großes Fest.

»Ich würde kein großes Fest geben«, sagte sie dezidiert. »Du hast gerade eins gehabt, und zwei so große Feste hintereinander, da kommt beim zweiten gar keine Stimmung mehr auf.« Ich fand, das war eine sehr gewagte Theorie, besonders angesichts der Tatsache, daß Elisabeth meines Wissens in ihrem ganzen Leben noch kein großes Fest gegeben hat, weil sie den kleinen Kreis vorzieht, wie sie sagt.

»Ich würde den kleinen Kreis vorziehen«, fuhr sie fort. »Und außerdem wünsche ich mir etwas von dir zu deinem Geburtstag.« Sie lauschte ihren eigenen Worten nach. »Das klingt etwas seltsam, aber so ist es.«

»Was denn?« fragte ich.

»Ich möchte dieses kleine Fest für dich organisieren, mit allem Drum und Dran, und ich möchte die Gäste einladen«, sagte sie. »Es ist wirklich ein etwas seltsamer Wunsch, aber ich bin sicher, es wird dir gefallen.«

Was sollte ich sagen? Ich hätte meinen Vierzigsten gerne groß gefeiert, aber wenn Elisabeth sich schon mal was von mir wünscht? Sie hatte so viel für mich getan in den letzten Wochen, ach was, mein ganzes Leben lang hatte sie mich liebevoll begleitet, mit ihrer distanzierten majestätischen Art, hinter der so viel Wärme steckt.

»Ruth, laß das Kind, laß ihr Raum, erstick sie nicht mit deiner

Liebe«, hatte ich sie mal zu meiner Mutter sagen hören, nachdem wir uns schrecklich gestritten hatten. Ich stand oben im Flur, und die Wohnzimmertür war offen, und da hörte ich Elisabeth das sagen.

»Ach, Elisabeth, du hast leicht reden«, hatte meine Mutter gesagt.

»Eben«, hatte Elisabeth erwidert, »ich bin nicht ihre Mutter, darum habe ich leichter reden, aber darum sehe ich auch besser, was los ist. Ihr seid euch so ähnlich, aber noch bist du die Stärkere, und deshalb mußt du nachgeben.«

Darauf hatte meine Mutter nichts mehr gesagt, und ich war schnell wieder in mein Zimmer gegangen. Aber dann war meine Mutter raufgekommen und hatte mich in den Arm genommen und hatte gesagt: »Es tut mir leid, Ines. Wollen wir noch mal miteinander reden?«

Ich verdankte Elisabeth so viel, und ich liebte sie so, und nun wünschte sie sich mal was von mir, was sie nie tat, und sollte ich da nein sagen? Ich sagte also »gerne«, und »ich freue mich darauf« und »sicher hast du recht, es ist besser, eine kleine Feier zu machen«.

»Sehr schön«, sagte Elisabeth zufrieden, »das freut mich, daß du meiner Ansicht bist. Du brauchst dir nur noch den Termin zu notieren: 28. Oktober, 18 Uhr bei mir. Alles andere mache ich. Und du brauchst dich nur noch darauf zu freuen, es ist ja bald.«

Es war zwar bald, aber die Zeit wurde mir doch lang, und es fiel mir allmählich auch schwer, mich darauf zu freuen. Denn es wurde so still um mich. Niemand rief mich an, und wenn ich mal anrief, bei Carola vor allem, aber manchmal auch bei anderen Freundinnen, dann waren sie sehr lieb und herzlich und fragten, wie es mir ginge und freuten sich, wenn ich sagte »gut«, aber sie hatten alle keine Zeit. Nur Carola traf ich einmal: »Hast du nicht Lust, heute nachmittag auf zwei Stunden rüber zu kommen? Abends muß ich ja leider weg, aber so sehen wir uns doch mal wieder.«

Ich war rübergefahren, und wir hatten in der Oktobersonne auf der Terrasse gesessen, und Carola hatte viel von den Kindern erzählt und wie es ihnen in der Schule geht und von einer neuen Kosmetikerin, die sie entdeckt hatte, und von Tai Chi und was weiß ich. Aber nichts von uns oder von mir oder meinem Geburtstag, obwohl sie nun seit Jahren weiß, daß ich am 28. Oktober Geburtstag habe, einfach deswegen, weil sie ihn fast jedes Jahr mitgefeiert hat.

Vielleicht hat sie ganz große Schwierigkeiten mit Rolf, dachte ich, weil sie so zerstreut und abwesend ist. Gegen fünf wurde sie unruhig. Sie müsse das Essen für die Kinder machen, und die Kinder würden bald kommen, und ich sagte: Wieso, das macht doch immer dein Kindermädchen, und sie sagte: Die muß heute früher weg, und also sagte ich: Na, dann will ich mich mal aufmachen, und sie sagte: Soll ich dir ein Taxi rufen, und ich sagte: Danke, es ist so schönes Wetter, ich gehe zu Fuß und nehme dann die U-Bahn.

Sie brachte mich zum Gartentor, und da umarmte sie mich plötzlich und sagte mit seltsamer Stimme: »Mach es ganz gut, Ines!« Und ich sagte: Keine Sorge, Carola, das mache ich schon, und ging und dachte mir, daß es ihr wirklich sehr schlecht gehen muß.

Es war eine sehr lange Zeit, diese dreieinhalb Wochen bis zu meinem Geburtstag. Ich hätte gerne geschrieben, aber es war schwer, Jürgen zu erreichen, und wenn ich ihn erwischte, dann hatte er meist wenig Zeit. Schließlich sagte er: »Also gut, mach die Sache über diese neuen Autorinnen, aber nicht zu lang, und bis nächsten Dienstag brauche ich es.«

Von den Zeitungen, an die ich geschrieben hatte, hörte ich nichts. Anscheinend fanden sie nicht, daß ich so gut schrieb, oder sie hatten genug Autoren, die gut schrieben, und leider bekam ich allmählich das Gefühl, daß Jürgen auch nicht mehr fand, daß ich so gut schrieb.

Diese Zweifel äußerte auch das graue Tier. Es blieb mir treu und kam regelmäßig jeden Morgen und erzählte mir seine schrecklichen Geschichten.

Du kannst doch gar nicht wirklich schreiben, flüsterte das graue Tier. Bilde dir nur nichts ein. Es war immer ganz nett, und Jürgen hat's genommen, alle paar Monate mal, und ein bißchen überarbeitet, warum auch nicht, du warst Rüdiger Dohmanns Frau, der Arzt der guten Gesellschaft, Internist mit tollen naturheilkundlichen Erfolgen, der Mann ist in, früher oder später taucht er in den Gesellschaftsnachrichten auf, so was hält man sich warm, wenn's nicht zu viel kostet. Aber jetzt, wo du die Ehemalige bist? Jürgen Flohse ist schließlich nicht von der Wohlfahrt.

Sarah Dohmann, Sarah Dohmann, flüsterte das graue Tier. Was für ein hübscher Name für ein hübsches kleines Mädchen: mit Rüdigers schönen grauen Augen und dunklen Wimpern und dazu das silberblonde Haar, du weißt schon von wem. Ein entzückendes Kind, mit reizenden Eltern. Glücklichen Eltern, glücklich, glücklich, glücklich...

Ich lag da und starrte auf das Fenster, hinter dem es grau und dann hell wurde und dachte, bald ist Winter, und dann wird es um diese Zeit nicht mal hell, dann ist alles nur noch dunkel. Und das graue Tier flüsterte und flüsterte.

Am 27. kam ein großes Paket von meinem Vater. Es waren verschiedene Päckchen darin, alle sorgsam eingepackt, in altmodisches Seidenpapier, das es offenbar immer noch gibt. Außerdem ein Brief. »Meine liebe Ines«, schrieb er, »ich wünsche Dir alles Gute zu Deinem Geburtstag und sehr viel Glück und Erfolg für deinen weiteren Lebensweg. Du wirst diesen besonderen Tag sicher feiern; ich hoffe, es wird ein schönes Fest. Bitte grüße Elisabeth von mir, wenn sie dabei ist. Wie immer, Dein Vater.«

Das war wirklich mein Vater, wie immer. Er kann einfach keine Briefe schreiben. Er kann Befehle rausgeben und Dienstanweisungen, aber Briefe kann er nicht schreiben. Ich schwankte zwischen Lachen und Weinen, aber dann räumte ich lieber all die Päckchen aus dem Karton und baute sie mir mitsamt einer Kerze auf dem Sofatisch auf. Eine Art von Geburtstagstisch.

Mein vierzigster Geburtstag fing damit an, daß das Telefon mich weckte. Das graue Tier hatte mir viele Geschichten erzählt, und ich war erst spät wieder eingeschlafen, um sieben, und nun war es zehn.

Es war Rüdiger: »Meinen ganz herzlichen Glückwunsch zum Geburtstag«, sagte er etwas gestelzt. Ich sagte: danke, und er sagte: »Wirklich ein besonderer Tag (Lieber Gott, er redet genau wie mein Vater, war das früher auch so?). Was machst du denn heute?«

Ich war sofort hellwach und log, was das Zeug hielt. Verschiedene Freunde würden nachmittags kommen, sagte ich, und eine neue Freundin, die er nicht kenne, käme gleich zum Geburtstagsfrühstück, und abends würde Elisabeth ein großes Fest für mich geben, das hätte sie sich ausbedungen, und nur Champagner, du kennst ja Elisabeth.

Er war wirklich ein bißchen beeindruckt. »Was ist das für eine neue Freundin?« fragte er. »Ach«, sagte ich, »eine sehr interessante Frau. Schreibt für verschiedene Zeitungen, hat sehr gute Kontakte zu Künstlern und Galeristen, ist oft im Ausland – wirklich sehr interessant und sehr nett.« So, wie ich diese nichtexistierende Dame beschrieb, fand ich sie eigentlich eher anstrengend, aber ich weiß, daß Rüdiger so was imponiert, so was Kosmopolitisches. Hoffentlich fragt er jetzt nicht, wie sie heißt, dachte ich.

Das tat er nicht, weil sie ihm tatsächlich imponierte, und wenn er sie nicht gekannt hätte, dann hätte er das ungern zugegeben. »Ja, dann wünsche ich dir noch einen schönen Tag heute«, sagte er, und ich konnte endlich auflegen und aufhören zu lügen.

Warum log ich eigentlich so? So dumm und lächerlich und überflüssig? Weil ich wußte, daß er in seinem verdammten rustikalen Arbeitszimmer saß, um zu telefonieren, in unserem verdammten schönen Haus, und daß unten Clarissa, schön und morgenfrisch, das Samstagsfrühstück vorbereitete, das Rüdiger und ich immer so genossen hatten, und daß ein süßes kleines Baby dabeisaß in so einer Babykippliege, Sarah, mit grauen Augen und schwarzen Wimpern und silberblonden Haaren. Ich weiß natürlich, daß Babies in dem Alter noch keine grauen Augen haben, sondern blaue, aber das tut nichts zur Sache.

Ich zog meinen rosengemusterten Kimono an und machte mir Kaffee und aß ein Hörnchen mit Marmelade und packte die Geschenke meines Vaters aus. Er hatte sich wirklich Mühe gegeben. Das erste war ein dickes Buch über »Grundlagen und Technik der Schreibkunst«. Klar, so stellte er sich das vor: Wenn sie das Buch durchstudiert hat, dann kann sie es. Sei nicht so gemein, Ines, sagte ich zu mir, er hat es gut gemeint. Es gab ein weiteres Buch, ein Fremdwörterlexikon: »Man braucht nicht alles zu wissen, aber man sollte immer wissen, wo man sich informieren kann«, war einer seiner Standardsätze.

Und dann hatte er das Kaffeegeschäft ausgeräumt und wahrscheinlich die Goldmedaille für aktive Kundschaft bekommen. Ein Paar silberne Ohrstecker mit Glitzersteinen drin, die ich in der Filiale um die Ecke schon gesehen hatte. Einen Satz von drei Sieben aus weißem Plastik, wirklich sehr schön, aber wozu braucht man solche Siebe in allen Größen? Zwei Kaffeetassen in nachgemachtem Meißner Rosenmuster, die mir sehr gefielen, weil ich dies Muster nun mal mag und mir bei Woolworth immer überlege, ob ich mir das ganze Service kaufen soll – ganz egal, ob nachgemacht und Woolworth. Und schließlich, als Krönung des Ganzen, dieser wirklich praktische elektrische Tischstaubsauger!

Nun weinte ich doch. Ich weinte, weil er es so lieb gemeint hatte und weil Rüdiger so blöd war, so dumm, so einfühlsam und sensibel wie ein Nilpferd, was wahrscheinlich eine Beleidigung für alle Nilpferde ist. Ich saß vor dieser ganzen Pracht aus dem Kaffeegeschäft und weinte eine halbe Stunde lang, und das war das beste Geschenk, das mir mein Vater hatte machen können.

Danach duschte ich kalt und wusch mir die Haare und zog mich schön an, schminkte mich ordentlich, steckte die Ohrstecker aus dem Kaffeegeschäft an und fühlte mich meinem vierzigsten Geburtstag tatsächlich ein wenig gewachsen.

Elisabeth rief an und gratulierte mir und versicherte sich, daß ich auch wirklich um 18 Uhr bei ihr sein würde und daß ich mir auch bestimmt ein Taxi nehmen würde: »Keine U-Bahn heute, es ist ein besonderer Tag!«

Im Briefkasten lagen zwei Geburtstagsbriefe von Freunden, und dann klingelte der Postbote und brachte ein Päckchen von Carola. »Ich bin leider übers Wochenende nicht in der Stadt«, schrieb sie, »und darum wünsche ich dir schriftlich Glück.« Sie wünschte mir, in vielen schönen Wendungen, alles nur erdenkliche Glück. Das Geschenk war ein edler, teurer, ledergebundener Terminkalender, sehr groß und mit zwei Seiten für jeden Tag, und ich fragte mich, welche Termine ich da eintragen sollte.

Um drei rief ich meinen Vater an. Er legt sich zwischen eins und drei meist ein bißchen hin, auch wenn er schamhaft verschweigt, daß er von einer solchen Schwäche befallen wird. Aber wenn man in dieser Zeit anruft, dann klingt er oft ganz verschlafen und desorientiert.

73

»Schön, daß du anrufst, Ines«, sagte er, »noch mal meine herzlichsten Glückwünsche. Hast du mein Paket bekommen?«

Ich bedankte mich und sagte, daß ich die Ohrstecker schon trüge, und daß mir die Tassen sehr gut gefallen hätten, und die Siebe und der Tischstaubsauger seien wirklich sehr praktisch, so was könnte ich gut gebrauchen.

»Ja, nicht wahr, das ist wirklich sehr sinnvoll«, sagte er mit soviel Stolz in der Stimme, als hätte er den Tischstaubsauger selbst erfunden. »Ich habe das alles in meinem Kaffeegeschäft gefunden, eine sehr vernünftige Einrichtung.«

Und das Fremdwörterlexikon könnte ich auch sehr gut gebrauchen, Rüdiger hätte zwar eins gehabt, aber das sei ja dort geblieben, und die Kunst des Schreibens würde mich auch sehr interessieren.

»Das hat mir die Buchhändlerin empfohlen«, sagte er zufrieden, »ich werde melden, daß es ein Erfolg war.« Ich konnte mir vorstellen, wie er in den Laden gegangen war und die Dame gefragt hatte, was man wohl einer angehenden Journalistin schenken könnte, etwas Informatives und Lehrreiches vielleicht. Und dann hatte sie diesen dicken Ladenhüter rausgekramt und sich wahrscheinlich beglückwünscht, ihn endlich loszuwerden. Und am Montag würde er hingehen und ihr ein ernsthaftes Kompliment machen, wie gut ihre Empfehlung gewesen sei, und sie würde wahrscheinlich gar nicht wissen, wovon er redete.

Ich sagte ihm noch, daß ich abends bei Elisabeth feiern würde, und er trug mir wieder Grüße für sie auf und wünschte mir einen schönen Abend.

Und dann stand ich am Fenster und sah in die herbstlich gefärbten Linden und wartete darauf, daß es halb sechs würde und ich das Taxi rufen könnte, um zu Elisabeth zu fahren.

Elisabeth wohnt in einem wunderschönen Altbau in einer Straße am Alten Friedhof, mitten in der Stadt, aber ganz ruhig. Vier Zimmer, nach vorne raus ein großer steinerner Balkon, nach hinten der Blick auf ein großes Karree mit vielen verschiedenen Hintergärten. Sie hat diese Wohnung vor dreißig Jahren gekauft, als die Leute noch nicht wie verrückt Altbauwohnungen kauften, und den Preis nennt sie lieber nicht, weil sonst alle ganz grün werden im Gesicht vor Neid.

»Ines, mein liebes Kind«, sagte sie und umarmte mich und gratulierte mir. »Und nun leg ab und komm rein.«

Ein kleiner Geburtstagstisch wartete auf mich, mit vierzig gelben Rosen und zwei dezent verpackten Päckchen, deren dezentes Aussehen darauf schließen ließ, daß sie aus der teuersten Einkaufsstraße der Stadt kamen. In einem war eine wunderschöne dicke, silberne Kette mit zwei verschieden großen Kugeln aus Onyx und Karneol.

»Diese Farben magst du doch und diesen Stil auch, nicht wahr?« fragte Elisabeth, »aber wenn es dir nicht gefällt, kannst du es auch umtauschen.«

Ich wußte, daß ich das könnte, ohne daß sie beleidigt sein würde. »Ich gebe sie auf keinen Fall wieder her«, sagte ich und legte sie um. In dem anderen Päckchen war eine ebenso schöne silberne Uhr mit einem wunderbaren silbernen Gliederarmband. Ich hoffte, daß es Silber war und nicht Weißgold, denn dann mußte sie unheimlich teuer gewesen sein.

»Es ist Weißgold«, stellte Elisabeth befriedigt fest, nachdem ich sie umgelegt und bewundert hatte, »das ist was Ordentliches. Ich dachte, du solltest jetzt endlich eine Uhr haben. Als berufstätige Frau brauchst du eine Uhr.«

Ich möchte nur wissen, dachte ich, wie viele arbeitslose Journalistinnen, die noch nicht mal genau wissen, ob sie überhaupt schreiben können und also tatsächlich diesen Ehrennamen tragen dürfen, wohl eine Uhr haben, die mindestens dreitausend Mark gekostet hat.

Ich dankte ihr und küßte sie, und sie schenkte uns ein Glas Champagner ein. »Und wer kommt nun?« fragte ich. »Das wirst du ja sehen«, sagte sie. »Jedenfalls alles gescheite und liebenswürdige Menschen.« Wahrscheinlich hat sie sich irgendwie die Telefonnummern meiner Freunde besorgt, dachte ich, und sie eingeladen, und ich hatte keine Ahnung, warum sie sich nicht rühren, und nachher stehen sie alle vor der Tür, und es gibt eine tolle surprise-party.

Aber so war es nicht. Elisabeth hatte nur zwei meiner Freunde eingeladen: Maria und Hermann. Und ansonsten mindestens zehn von ihren Freunden, von denen ich nur einige flüchtig kannte. Sie waren alle älter, zwischen fünfzig und siebzig, und ich war erst etwas erschrocken: Wie sollte ich mit diesen Leuten meinen Geburtstag feiern?

Aber sie waren tatsächlich so liebenswürdig und gescheit wie Elisabeth gesagt hatte. Sie brachten mir alle ein hübsches kleines Geschenk mit, was ja nicht einfach war, da sie mich kaum kannten. Sie waren aufmerksam und höflich und sehr interessiert an dem, was ich machte, und sie interessierten sich auch wirklich für Hermanns Arbeit. Hermann hatte seine Schüchternheit erstaunlich schnell überwunden, und weil sie so aufmerksam zuhörten, erzählte er sehr packend davon.

Ich fühlte mich plötzlich sehr wohl. Wir saßen an dem langen, ausgezogenen Tisch in Elisabeths Eßzimmer, und alle redeten gern und erzählten witzige oder interessante Dinge, aber sie hörten auch alle gerne zu und fragten und lachten. Es war eine lebendige, warme, anregende Atmosphäre, in der ich mich aufgehoben und anerkannt fühlte (ich weiß, es klingt nach Psycho-Sprache, aber so fühlte ich mich nun mal), obwohl ich die meisten kaum kannte.

Eigentlich viel schöner als bei den Festen mit unseren Freunden, dachte ich, und war verblüfft über diesen ketzerischen Gedanken. Bei uns waren fast alle Männer Ärzte und sprachen vor allem über ihre Patienten und ihre Praxis, für anderes interessierten sie sich kaum. Früher oder später hatten dann die Männer zusammengesessen und die Frauen; die Frauen hatten über die Kinder gesprochen (worüber ich auch nicht viel zu sagen hatte), über Kleider und Kosmetik und ein bißchen über kulturelle Veranstaltungen, die man so besuchte. Gemeinsam redete man vielleicht noch über die Häuser, die man sich kaufte, und die Bauherrenmodelle, in die man das schwer erworbene Geld gesteckt hatte, weil der Steuerberater es so warm empfohlen hatte, und mit denen ja nun leider auch nicht alles zum besten stand.

Eigentlich ein bißchen langweilig und vor allem immer dasselbe, dachte ich, wenn man das so mit diesen Leuten hier vergleicht. Komisch, daß mir das früher nie aufgefallen ist.

Alle blieben bis zwölf. »Wir wollen noch einmal auf Ines' Wohl anstoßen, wenn ihr Geburtstag zu Ende geht«, hatte Elisabeth gesagt und kurz vor zwölf ein großes Tablett mit gefüllten Champagnergläsern herumgetragen. Dann hatten sie mir alle noch einmal Glück gewünscht und sich verabschiedet.

»Ich hoffe, es hat dir gefallen«, sagte Elisabeth, als wir allein waren. »Möchtest du nicht hier übernachten?«

Ich sagte, es wäre wunderschön gewesen und sie hätte mir eine große Freude gemacht, aber ich wollte doch lieber zu Hause schlafen.

Zu Hause legte ich die Geschenke auf den Geburtstagstisch und nahm auch die Kette und die Uhr ab und legte sie dazu. Ich ordnete Elisabeths Rosen in eine Vase und zündete die Kerze an. Und dann saß ich fast eine Stunde lang da und sah auf den Tisch und dachte: Vielleicht wird doch noch was aus dir. Es sieht zwar nicht sehr gut aus, und jeden Morgen kommt das graue Tier, und deine Freunde melden sich nicht und haben nie Zeit.

Und jetzt bist du vierzig und nächstes Jahr einundvierzig und ehe du dich umguckst fünfzig und dann bald eine alte Frau. Aber es gibt auch so schöne Momente wie heute abend, was du so gar nicht kennst, und vielleicht findest du noch mehr von diesen schönen Momenten, und dann ist es vielleicht egal, ob du vierzig oder fünfzig bist oder hundert. Vielleicht kannst du etwas ganz Neues finden, etwas ganz anderes machen aus deinem Leben, und um damit anzufangen, dafür ist Vierzig wohl gerade das richtige Alter.

Ich ging ganz ruhig ins Bett mit diesem Gefühl von etwas Neuem, Schönem, das ich vielleicht finden würde, obwohl ich gar nicht wußte, was es wohl sein könnte.

V

Der November war kalt und grau und brachte frühen Schnee, der die Herbstblätter in eine scheußliche rotbraune Masse verwandelte. Aber er paßte zu mir oder ich zu ihm, je nachdem, wie man es sieht. Ich war auch kalt und grau.

Die vorsichtige Hoffnung, die ich an meinem Geburtstag verspürt hatte, war schnell verflogen. Denn es blieb alles so, wie es im September und Oktober gewesen war, oder sagen wir lieber, es wurde noch schlimmer. Ich war nun völlig allein. Ich hatte keinen der Freunde mehr angerufen, denn ich konnte ihre freundlichen Worte und dann das Klagen darüber, daß sie so wenig Zeit hatten oder daß sie sich irgendwie nicht wohl fühlten und infolgedessen nur zu Hause säßen, nicht mehr hören. Diese Art von Freundlichkeit und dieses Leider-gar-keine-Zeit-Haben erinnerten mich an Rüdiger.

Mit Carola telefonierte ich manchmal, und dann plauderten wir ein bißchen über dies und das, aber ich fragte nicht mehr, ob wir uns treffen wollten, weil ich das Leider-gar-keine-Zeit-Haben nicht hören wollte.

Ich hatte nichts zu arbeiten, weil auch Jürgen leider keine Zeit hatte und leider im Moment auch keinen Bedarf für meine Beiträge.

Es ist seltsam, daß ich nie wirklich darüber nachdachte, warum das so war. Warum sie alle keine Zeit hatten und warum sie alle mit mir redeten, als sei ich ein bißchen behindert, ganz nett zwar, aber ein bißchen behindert, und mit so jemandem gibt man sich eben nicht ab. Ich glaube, ich wollte nicht darüber nachdenken. Ich machte die Augen zu und verstopfte meine Ohren und tötete alle meine Sinne, damit ich nicht sehen und hören und riechen und schmecken und fühlen konnte, was vor sich ging.

Ich lebte vor mich hin. Ich entdeckte die Wohltaten des Fernsehens. Rüdiger und ich hatten nie viel ferngesehen, nur mal Nachrichten oder einen besonderen Spielfilm oder eine wichtige Dokumentation. Er hatte mir den tragbaren Farbfernseher mitgegeben, den wir besaßen, er würde sich im Zweifelsfall einen neuen kaufen, hatte er gesagt, aber wahrscheinlich brauchte er keinen mehr.

Ich konnte ihn jetzt gut brauchen. Ich studierte das Fernsehprogramm, das einmal in der Woche der Tageszeitung beilag, sehr übersichtlich, man konnte sofort erkennen, was es um welche Uhrzeit in all den vielen Programmen gab. »Gut organisiert«, hätte mein Vater gesagt. Und dann saß ich ab sechs, manchmal schon ab vier, vor dem Apparat, drückte auf die Knöpfe der Fernbedienung und sah mir alles an, was kam. Vor allem die deutschen und amerikanischen Fernsehserien, von denen gibt es ja jede Menge, man konnte die bunten Bilder so schön an sich vorbeiziehen lassen und brauchte nicht nachzudenken. Manchmal begegnete ich Maria, als flotter junger Ärztin oder Polizistin oder Traumschiffreisender, und dann freute ich mich.

Ich entdeckte das Bier. Champagner macht einen wach und munter, das konnte ich nicht brauchen. Aber Bier, besonders Weißbier oder dieses dunkle süße Starkbier, das war genau das richtige. Es machte ruhig und müde, und wenn ich um elf oder zwölf den Fernsehapparat ausgemacht und die leeren Flaschen weggeräumt hatte, dann ging ich ins Bett und schlief tief und traumlos bis zum nächsten Morgen, bis zehn oder elf Uhr vormittags. Manchmal stand ich erst um zwölf auf.

Denn das graue Tier kam nicht mehr. Es hatte wohl was gegen Bier und Fernsehen, jedenfalls war es verschwunden und behelligte mich nicht mehr.

Ein-, zweimal in der Woche telefonierte ich mit Elisabeth oder mit meinem Vater. Und alle zwei Wochen traf ich mich mit Elisabeth, und dann gingen wir essen. Wenn sie fragte, was ich denn so machte und wie es mir ginge, dann sagte ich: gut, ich würde an verschiedenen Artikeln arbeiten und hätte verschiedene Kontakte mit diversen Zeitungen und hätte verschiedene Projekte im Kopf, darüber wollte ich aber erst reden, wenn sie spruchreif wären.

Elisabeth fragte dann nicht weiter, und ich war froh darüber, denn wie hätte ich über diese nichtexistierenden Artikel und Projekte und Kontakte reden sollen? Ich wollte nur meine Ruhe haben.

Einmal lud sie mich zu einer Ausstellungseröffnung ein. Eine ihrer Freundinnen war Galeristin und würde die Bilder einer sehr interessanten jungen Malerin zeigen. Elisabeth zwang mich praktisch mitzukommen und ließ sich nicht abwimmeln.

Ich wusch mir seufzend die Haare und zog was Ordentliches an. Ich mußte auf meine früheren Klamotten zurückgreifen, denn ich hatte zugenommen. Ich versuchte meine Haare irgendwie schick hinzukämmen, aber es ging nicht, denn diese Kurzhaarfrisuren müssen ja oft nachgeschnitten werden, und ich war lange nicht beim Friseur gewesen. Ich schminkte mich mal wieder und legte ordentlich Farbe auf, damit ich nicht so grau-weißlich aussah. Dazu die schöne Kette von Elisabeth, und ich sah ganz passabel aus.

Vielleicht ist es gar keine so schlechte Idee, mal wieder rauszugehen, dachte ich, als ich das Haus verließ. Die Weihnachtsdekoration in der Innenstadt störte mich zwar ziemlich, denn ich wollte nicht daran denken, daß in ein paar Tagen Weihnachten war, aber dann kam ich in die Galerie, und da war es warm und hell, und Elisabeth begrüßte mich, und die Bilder der jungen Malerin waren wirklich sehr interessant.

Sie waren so fein, daß sie kein Bier servierten. Aber es gab einen guten, schweren Rotwein. Überall standen die frischgefüllten, dunkelrot leuchtenden Gläser herum oder Kellner mit Flaschen, die einem gerne nachschenkten. Allmählich wurde mir warm und wohl, und ich redete sehr munter mit Leuten, die ich gar nicht kannte, und wenn mein Glas leer war, stand da gleich ein neues oder irgend jemand, der mir nachschenkte.

Wirklich eine gute Idee, mal rauszugehen, dachte ich, Elisabeth hat recht gehabt, das sollte ich öfter tun.

Und dann sah ich sie. Ich lehnte an einer Säule und betrachtete zufrieden den Raum und all die netten Menschen und die schönen Bilder, und dann sah ich Rüdiger und Clarissa. Ich blieb ganz ruhig, ich trat nur ein bißchen zurück, damit sie mich nicht sehen konnten, und nippte weiter an meinem Rotwein und betrachtete die beiden. Alles andere schien mir etwas verschwommen, wie mit Weichzeichner aufgenommen, aber die beiden sah ich ganz klar.

Rüdiger hatte sich nie für Ausstellungen interessiert, deswegen wäre ich auch nicht auf die Idee gekommen, daß ich ihn hier treffen könnte. Aber anscheinend interessierte sich Clarissa für Ausstellungen. Sie schien auch die Galeristin gut zu kennen, denn die beiden umarmten sich und küßten sich auf die Wange und redeten lebhaft und fröhlich miteinander. Und dann zog Clarissa Rüdiger ein bißchen vor und stellte ihn offenbar der Galeristin vor. »Ach, übrigens«, sagte sie vielleicht, »das ist mein Mann, Rüdiger.« Rüdiger schüttelte der Galeristin die Hand und lächelte auch und sagte irgend etwas. Aber die Galeristin umarmte beide, ganz kurz und herzlich, und sagte vielleicht »Viel Glück« oder so was.

Sie waren wirklich sehr schön, die beiden. Clarissa trug ein edles Kostüm aus dunkelgrünem Stoff, die Farbe paßte wunderbar zu ihrem silberblonden Haar und der zartgebräunten Haut, und einen ziemlich großen Diamanten an einer feinen, fast unsichtbaren Kette. Sie war schmal und zierlich und hatte schlanke schöne Beine mit zierlichen Füßen, die in edlen, schönen Schuhen steckten, und sie trug eine von diesen gesteppten Lacktaschen mit Goldkette, die entsetzlich billig aussehen und in Wirklichkeit schweinisch teuer sind.

Rüdiger war ungewohnt elegant: dunkelgrüne Hosen, Seidenhemd in Braun und Seidenschlips in Rotbraun und Jackett in Braun und Grün, alles sehr edel und sehr passend zu Clarissa. Und ihre Gesichter leuchteten, und zwischendurch sahen sie sich lachend an, oder er legte den Arm um ihre Schulter oder sie den Arm um seine Taille, oder sie lehnte leicht und liebevoll den Kopf an seine Schulter.

Ja, sie leuchteten, ich sah sie sehr genau, sie waren deutlich und scharfgezeichnet, ihre Gesichter, ihre Kleider, ihre Gesten, ihr Lachen, ihre Blicke. Sie waren sehr farbig und intensiv, und um sie herum war nur graue Masse. Ich war ganz ruhig, während ich sie beobachtete, es machte mir nichts aus, sie hier zu sehen, ich beobachtete ja nur, ich spürte nichts. Ich trank den Rotwein in kleinen Schlucken, und alles andere war nebelig, nur die beiden waren ganz klar, und ich beobachtete sie sehr genau.

»Um Gottes willen«, sagte jemand neben mir und eine Hand faßte meinen Arm. »Komm weg hier, Ines«, sagte Elisabeth.

»Aber wieso denn«, sagte ich, »es ist doch sehr interessant.«

81

»Komm jetzt mit«, wiederholte Elisabeth mit fester Stimme, nahm mir das Glas aus der Hand, stellte es ab, hakte mich unter und zog mich durch die Menge zum Ausgang. Sie ließ sich unsere Mäntel geben. »Komm, zieh deinen Mantel an, Ines«, sagte sie, als wäre ich ein kleines Mädchen und half mir sogar hinein.

»Ich komme noch mit hinauf«, sagte sie, als das Taxi vor meinem Haus hielt.

»Zieh dich schon mal aus und wasch dich«, sagte sie, als wir oben waren. Es dauerte ein bißchen, weil ich nun nicht mehr klar, sondern nur noch ziemlich verschwommen sah. Als ich aus dem Badezimmer kam, saß sie im Wohnzimmer, und vor ihr stand ein Tablett mit einem Glas Mineralwasser und einer großen Kanne Kamillentee. »Hast du Aspirin oder Alka Seltzer?« fragte sie.

Ich holte das Aspirin aus dem Badezimmer. Sie gab mir zwei und hielt mir das Glas Mineralwasser hin. »Das stelle ich dir neben dein Bett«, sagte sie, nahm das Tablett und steuerte auf mein Schlafzimmer zu. »Und morgen früh trinkst du den Kamillentee und nimmst noch zwei Aspirin, es ist immerhin noch eins der saubersten Mittel. Und jetzt gehst du ins Bett.«

Sie deckte mich zu, strich mir über die Wange und sagte: »Schlaf gut, Ines«, knipste das Licht aus und verließ leise die Wohnung.

Aber ich konnte nicht schlafen. Ich stand wieder auf und holte mir ein Bier und setzte mich aufs Sofa. Ich brauchte den Fernseher nicht anzumachen, ich hatte ein viel schöneres, bunteres Bild in meinem Kopf, das ich betrachten konnte. Ich trank Bier und sah das Bild an, das immer schöner und farbiger und lebendiger wurde, bis ich auf dem Sofa einschlief und erst wieder aufwachte, weil ich so fror.

Am Weihnachtsabend war ich bei Elisabeth. Sie hatte wieder diesen riesengroßen Weihnachtsbaum in ihrem Wohnzimmer, an dem sie zwei Tage lang herumschmückt, wobei man ihr aber nicht helfen darf, außer vielleicht auf Kommando die Sachen zureichen, weil jedes Ding genauso hängen und jede Kerze genauso angebracht werden muß, wie sie sich das vorstellt, und das bringt einfach niemand anders fertig.

Wir saßen da und packten die Geschenke aus und aßen erlesene Salate und Lachs und Kaviar und tranken Champagner und betrachteten den Baum. »Er ist noch schöner als der vom letzten Jahr«, sagte sie befriedigt, was sie jedes Jahr sagt und was nicht stimmen kann, weil alle ihre Weihnachtsbäume von perfekter Schönheit sind, denn andernfalls würden sie nicht die Ehre haben, in ihrem Wohnzimmer zu stehen. »Und sieh dir diese Glaskugeln an, die ich gekauft habe. Sie passen sehr gut und hängen auch genau am richtigen Platz, nicht wahr?« Was kein Wunder war, denn vermutlich hatte sie Stunden damit zugebracht, genau diesen richtigen Platz zu finden.

Wir saßen da und sprachen über den Weihnachtsbaum, über die Geschenke, über das Wetter, und irgendwann saßen wir nur noch da und sahen auf den Baum, denn worüber sollten wir noch reden? Sonst hatten Rüdiger und ich Elisabeth am ersten Feiertag besucht, und es hatte ein riesiges Festmahl gegeben und war immer sehr lustig gewesen.

Ich bekam viele Weihnachtskarten von vielen alten Freunden, und Carola rief an und fragte, ob ich nicht Lust hätte, am zweiten Feiertag zum Kaffee rüberzukommen, ich wollte doch sicher die Kinder mal wieder sehen. Ich sagte, da hätte ich leider keine Zeit, da sei ich schon eingeladen, denn ich wollte nicht rüberkommen zum Kaffee, und ich wollte auch die Kinder nicht sehen. Sie sagte: Wie schade, und: Dann sehen wir uns wohl erst im Neuen Jahr, und: Bis dann, und: Komm gut rüber.

Maria hatte auch angerufen und gefragt, ob ich Weihnachtsabend mit ihnen feiern wollte oder, wenn das nicht ginge, am ersten Feiertag zur Gans kommen wolle, es würden auch andere Freunde da sein, und es würde sicher sehr nett werden. Aber ich hatte plötzlich Angst vor diesen Freunden, ich wußte nicht, was ich mit ihnen reden sollte und was ich antworten würde, wenn sie mich fragen würden, was ich denn so machte. Also sagte ich, ich hätte leider keine Zeit, ich wäre schon eingeladen.

Es schneite viel in diesem Winter, alles war weiß und still draußen, und in der Wohnung lag ein heller Schein. Auch sie war still und warm und wie abgeschnitten von der Welt. Ich hatte mir ein paar Kartons Rotwein gekauft, so samtigen dunklen Rotwein, wie es ihn auf der Ausstellungseröffnung gegeben hatte. Und es gab wunderbare Filme im Fernsehen, »Quo Vadis« zum Beispiel, und das Österreichische Fernsehen machte seinen Zuschauern das Weihnachtsgeschenk, ihnen »Vom Winde verweht« zu präsentieren, und die Privatsender ließen sich auch nicht lumpen und brachten »Die Geschichte einer Nonne« und »Krieg und Frieden«, beides mit Audrey Hepburn, was mich aber nicht störte, weil ich von Audrey Hepburn und ihrer schönen deutschen Synchronstimme gar nicht genug kriegen konnte.

Am Neujahrsabend gab es leider nicht so gute Filme, aber immerhin eine große Gala-Show, die auch ganz interessant war. Kurz vor Zwölf rückten sie eine große Uhr ins Bild, und dann kam der Wiener Walzer, den ich so liebe und nach dem wir auf unseren Festen immer ins Neue Jahr hineingetanzt waren, wie Carola das nannte. Ich stand auf, ging ans Fenster und schaute nach den Raketen, aber ich sah nur wenige. Ich machte keinen Champagner auf, denn Champagner paßt irgendwie nicht zu Rotwein, und so trank ich lieber weiter Rotwein.

Es war ein weißverschneiter, stiller Winter, eine endlose Reihe von weißen, stillen Tagen, die ich nicht mehr voneinander unterschied. Ich ging nur dem Haus, um mir etwas zu essen und trinken zu kaufen, und kehrte dann schnell in meine sichere Wohnung zurück. Das Telefon klingelte nur, wenn Elisabeth anrief und fragte, wie es mir ginge, und ob wir nicht zusammen essen gehen wollten. Ich hatte wenig Lust dazu, aber sie bestand immer darauf und sagte nur: Morgen abend also, ich hole dich ab.

Dann mußte ich mich ordentlich anziehen, wozu ich auch wenig Lust hatte, weil alle meine Sachen zu eng waren und nicht so bequem wie die weiten Hosen und Hemden aus T-Shirt-Stoff, die ich zu Hause tragen konnte. Ich mußte mich schminken und frisieren, was ich auch nicht gerne tat, weil ich dann so genau in den Spiegel sehen mußte. Und dann saß ich mit Elisabeth zusammen, und sie sah mich manchmal so seltsam an, und wenn sie fragte, was ich denn so täte, dann mußte ich ihr irgendwas erzählen von Projekten und Plänen und Artikeln, die es gar nicht gab.

Einmal läutete das Telefon, da war es nicht Elisabeth, sondern eine Dame von der Bank. Sie war sehr freundlich und hilfsbereit.

»Ach, Frau Dr. Dohmann«, sagte sie (es ist Rüdigers Bank, und sie sagen immer Frau Dr. zu mir, was ich eigentlich gar nicht will, aber sie tun es trotzdem), »ich sehe hier gerade einen kleinen Überhang auf Ihrem Konto, nicht weiter problematisch natürlich, aber wir regeln so was gerne mit unserem Vorteils-Kredit, das ist ja vor allem in Ihrem Interesse.« Ich wußte nicht, was das für ein Überhang war, ich hatte meine Kontoauszüge schon länger nicht mehr abgeholt, aber wenn sie da etwas regeln wollte, in meinem Interesse, dann hatte ich nichts dagegen. »Ja, gerne«, sagte ich, »das wäre mir recht.«

»Da brauche ich dann noch Ihre Unterschrift«, sagte sie, »wenn Sie vielleicht mal bei uns vorbeikommen wollen, oder soll ich es Ihnen zuschicken, wäre Ihnen das lieber?«

Ich sagte, das wäre mir viel lieber und dankte ihr und fand es sehr nett, daß sie das alles für mich regelte.

Der Winter dauerte sehr lange dieses Jahr, bis in den März hinein lag Schnee, und es war still und weiß und kalt, und wenn es nach mir gegangen wäre, so wäre es ewig so geblieben. Aber Ende März kam doch der Frühling und machte mir schwer zu schaffen. Ich wollte die Vögel nicht hören und die Krokusse und Schneeglöckchen und die grünen Spitzen an den Büschen nicht sehen und nicht diesen Hauch in der Luft riechen, der einem so viel Lust aufs Leben macht. Ich ließ meine Fenster geschlossen, zog die Gardinen vor, wenn die Frühlingssonne prall hereinschien und ging nicht mehr einkaufen. Ich hatte in der Nähe ein kleines Feinkostgeschäft entdeckt, das ins Haus lieferte. Ich hatte sehr gründlich studiert, was sie alles da hatten, damit ich nicht noch mal herkommen mußte. Es gab vor allem auch einen guten Rotwein, samtig und dunkel und nicht so furchtbar teuer.

Jetzt konnte ich telefonieren, wenn ich etwas brauchte, und der Inhaber des Geschäftes war sehr freundlich und zuvorkommend und lieferte immer sofort. Nur abends, wenn ich merkte, daß ich nicht genug Rotwein bestellt hatte, mußte ich manchmal noch auf die Straße. Dann ging ich in die Kneipe um die Ecke, die bis drei Uhr geöffnet hat, und holte mir ein, zwei Flaschen. Er war nicht so gut wie der andere und ziemlich teuer, aber zur Not konnte man ihn trinken. Ich sah zu, daß ich schnell wieder in meine Wohnung kam, und hastete durchs Treppenhaus, damit ich niemandem begegnete, und preßte die Flaschen an mich und versuchte keinen Lärm zu machen. Morgen würde ich mehr Rotwein bestellen, nahm ich mir vor, damit ich abends nicht mehr raus müßte, in diese schreckliche Kneipe, und dann im Treppenhaus womöglich jemandem begegnen würde.

VI

»Ines, Ines«, sagte Elisabeth mit drängender Stimme, aber ich konnte sie nicht sehen, ich hörte nur immer wieder diese angstvolle Stimme, und das war sehr quälend. Elisabeth und Angst, das gibt es doch gar nicht, das darf einfach nicht sein.

Ich träume, dachte ich, was für ein schrecklicher Traum, und ich bemühte mich, die Augen aufzumachen, damit der Traum endete. Ich bekam die Augen auf, und da sah ich Elisabeth an meinem Bett sitzen und mich besorgt ansehen. Der Traum ist noch nicht zu Ende, dachte ich, ich bin von einem Traum in den anderen geraten, ich muß es jetzt endlich schaffen, aufzuwachen.

Aber ich schaffte es nicht. Noch immer saß Elisabeth an meinem Bett, sah mich an und sagte: »Ines, Ines, mein Kind.«

»Der Traum soll zu Ende sein«, sagte ich, »ich will jetzt aufwachen.«

»Es ist kein Traum«, sagte Elisabeth. »Du bist wach, Gott sei Dank, endlich.«

Ich versuchte mich umzusehen, soweit das möglich war, denn mein Kopf tat so schrecklich weh, daß ich ihn nicht heben konnte. Das, was ich sah, sah aus wie ein Krankenhauszimmer.

Und dann sagte ich den klassischen Satz, den alle diese Leute im Film sagen, wenn sie irgendwo aufwachen und nicht wissen, wie sie da hingekommen sind. Ich hatte diesen Satz immer sehr dumm gefunden, aber jetzt weiß ich, warum sie ihn alle sagen: Er ist genau das, was man unter solchen Umständen von sich gibt.

»Wo bin ich?« fragte ich. »Im Krankenhaus«, sagte Elisabeth.

Ich stellte die nächste klassische Frage, auch sie die einzig passende in dieser Situation: »Was ist passiert?«

»Du bist die Treppe hinuntergefallen«, sagte Elisabeth. Welche Treppe, dachte ich, und sie las die Frage in meinen Augen, denn sie fügte hinzu: »Die Treppe bei dir zu Hause, nachts, und du hattest zwei Flaschen Rotwein im Arm.«

O Gott, dachte ich und machte die Augen wieder zu.

»Aber du hast Glück gehabt«, hörte ich Elisabeth sagen. »Du hast einen Knöchelbruch und einen Beckenbruch und eine Gehirnerschütterung und Schnittwunden von den Flaschen...«

»Glück?« fragte ich.

»Allerdings«, sagte Elisabeth, »du mußt gefallen sein wie eine Katze, sagt der Arzt hier, so runtergerollt, weißt du. Andernfalls hätte es wesentlich schlimmer ausgehen können.«

Runtergerollt wie eine Katze, dachte ich, wie eine stockbesoffene Katze, und die Katze hat noch Glück gehabt, sonst hätte sie sich das Genick gebrochen.

Elisabeth drückte diesen Tatbestand vornehmer aus: »Du hattest ziemlich viel Alkohol in dir, aber das war ausnahmsweise von Vorteil, denn dadurch bist du sehr entspannt gefallen. Und Gott sei Dank der Hausmeisterin direkt vor die Wohnungstür. Sie hat dich gehört und gleich den Notarzt gerufen.«

O Gott, wie peinlich, dachte ich und spürte, wie mir die Hitze ins Gesicht stieg. Die arme Ines, die geschiedene Frau Dohmann, fällt die Treppe runter, weil sie blau ist wie ein Veilchen, und Gott sei Dank der Hausmeisterin vor die Tür, und Gott sei Dank ist sie so blau und fällt deshalb entspannter und bricht sich nicht den Hals. Und das weiß jetzt jeder im Haus und all die alten Freunde und Rüdiger und Clarissa...

»O Gott, o Gott«, sagte ich.

»Genieren kannst du dich später«, sagte Elisabeth. »Jetzt freuen wir uns erst mal darüber, daß du es so gut überstanden hast.«

»Rüdiger?« sagte ich schwach und machte die Augen ein bißchen auf.

»Keine Sorge«, sagte Elisabeth, »keiner erfährt etwas davon. Ich habe mit der Hausmeisterin gesprochen, eine sehr vernünftige Frau, wir waren uns einig, daß darüber nicht geredet wird. Da ist nur noch der Mieter, der gerade nach Hause kam, aber mit dem wird sie das auch klären. Und dann habe ich deine Freundin Maria angerufen...«

»Die ist nicht meine Freundin«, sagte ich.

»Wie auch immer«, sagte Elisabeth. »Sie hatte sehr viel Verständnis und wird dich bald besuchen. Das brauchst du jetzt. Und nun schlaf ein bißchen.«

Das tat ich, und als ich wieder aufwachte, war es Abend, und eine nette Schwester kam und brachte das Abendessen: »Schön ruhig liegenbleiben, wenig bewegen, das ist besser für Kopf und Körper.«

Ich hatte auch nicht die Absicht, mich zu bewegen, denn mein Kopf tat weh, ein Bein war halb eingegipst, und der Rest von mir fühlte sich bleischwer an. Außerdem hatte ich Schmerzen im Arm und an der Brust. »Da tut es so weh«, sagte ich. »Was habe ich da?«

»Ach, das sind nur die Schnittwunden«, sagte sie munter.

O Gott, dachte ich, Schnittwunden an der Brust, an meiner Brust, konnte ich mich nicht woanders schneiden? Mein Busen! Alles andere ist mir egal, Kopf und Becken und Knöchel, nehmt es, aber ausgerechnet mein Busen! Kaputt, zerstört, verunstaltet, dachte ich, und die Tränen stiegen mir hoch.

»Keine Sorge, Frau Dohmann«, sagte die Schwester freundlich. »Es sind keine schlimmen Wunden, sie werden gut verheilen, und die Narben wird man kaum sehen.«

Ich aß erleichtert ein bißchen Suppe, ziemlich ungeschickt mit der rechten Hand und kleckerte, aber das war mir egal, alles war mir egal, Hauptsache, mein Busen war nicht zerstört.

Dann kam der Chefarzt, zum Glück nicht so ein graumelierter Super-Chefarzt wie im Film, vor so einem hätte ich mich furchtbar geniert, sondern ein untypischer, ein ziemlich kleiner Mann mit semmelblonden Haaren, der ein bedächtiges Norddeutsch sprach und freundlich und sachlich war.

Ich würde ein paar Wochen dableiben müssen, sagte er, so was brauche natürlich seine Zeit, aber der Beckenbruch sei nicht kompliziert, der Knöchelbruch ganz glatt, die Gehirnerschütterung auch nicht so schlimm und die Schnittwunden überhaupt nicht problematisch. Er redete so, daß ich das Gefühl hatte, er würde mir gleich eine Medaille verleihen: die für den umsichtigsten und geschicktesten Treppensturz mit den glattesten Brüchen und schönsten Wunden. Die Umstände dieses Sturzes und die Tatsache, daß ich bis oben mit Rotwein abgefüllt gewesen war, erwähnte er nicht.

Ich lag vier Wochen im Krankenhaus und war glücklich. Ich war nicht mehr allein. Menschen waren da, die sich um mich kümmerten. Nette Schwestern und ein semmelblonder sachlicher Chefarzt, noch besser als mein Versicherungsagent es mir versprochen hatte. Ich brauchte nicht nachzudenken, ich brauchte nichts zu tun, ich durfte einfach daliegen und dösen und die Blumen betrachten, mit denen Elisabeth mich verschwenderisch versorgte. Es störte mich auch nicht mehr, daß Frühling war, genauer gesagt Mai, und daß die Sonne hereinschien und die Vögel lärmten und ein süßer Duft durchs Fenster zog. Das schwierige Leben lag irgendwo da draußen, weit weg, und das schöne auch, das Leben überhaupt, es konnte mir nicht mehr zu nahe kommen, und also konnte ich Ohren und Augen und alle meine Sinne wieder öffnen.

Elisabeth kam fast jeden Tag, brachte Illustrierte, Obst, feine kleine Pralinen und eine große Portion wirklich sauberen Kamillentee, die sie den Schwestern aushändigte und sie beschwor, mir nur davon zu trinken zu geben. Und als es mir besser ging, tauchte hier und da auch eine von den netten kleinen Champagnerflaschen auf.

»Aber was ist, wenn Rüdiger womöglich anruft?« hatte ich sie gefragt. »Oder Carola?«

»Das habe ich geregelt«, sagte Elisabeth, »zusammen mit deiner Freundin Maria. Sie hat diese Carola angerufen und ihr nebenbei erzählt, daß ich auf Kur hätte fahren müssen und dich gebeten hätte, mitzufahren. Die Kur dauert vier Wochen. Und Maria meinte, wenn sie das dieser Carola erzählt, dann erfährt es auch Rüdiger. Was meinst du?«

Das meinte ich auch. »Das habt ihr wirklich gut gemacht«, sagte ich, und Elisabeth nickte befriedigt und schien sehr stolz zu sein auf ihre konspirativen Talente.

Maria kam und war sehr nett und sagte, wie froh sie wäre, daß ich es so gut überstanden hätte, und daß ich offenbar ein ausgesprochenes Talent für Treppenstürze hätte, und das sollte mir erst mal jemand nachmachen. Sie redete so darüber, daß ich auch lachen konnte und mich fast nicht schämte.

Und Hermann kam und saß ernsthaft und freundlich da, verlor sich dann jedoch in eine ernsthafte Rede über emotionale

Streßsituationen und reaktives Suchtverhalten, körperliches Ausagieren und die selbstdestruktiven Tendenzen, die darin liegen können, wenn jemand kopfüber die Treppe hinunterfällt – aber trotz all dieser schrecklichen Ausdrücke war seine Rede auch sehr freundlich. »Hermann, jetzt hörst du aber auf«, sagte Maria heftig. »Du bist der beste Psychiater dieser Welt, und ich liebe dich sehr, aber hör auf, Ines Predigten zu halten!«

So vergingen die ersten zwei Wochen in diesem wunderbaren Krankenhaus. Ich lag da und döste und betrachtete die Blumen, hörte den Vögeln zu oder las die Kriminalromane, die Elisabeth mir mitbrachte. »Kriminalromane sind das Beste, wenn man krank ist. Aber natürlich nur wirklich gute«, hatte sie gesagt, und beinahe hätte sie gesagt, »wirklich saubere«, aber das paßte irgendwie nicht auf Kriminalromane. Mir gefielen die am besten, die von einem Detektiv namens Lew Archer handelten, einem mutigen, intelligenten, witzigen Mann, der gut über die Vierzig war und sich nur für Frauen seines Alters interessierte oder jedenfalls nur für solche, die mindestens vierzig waren. Außerdem war er mit einer Frau verheiratet gewesen, die ihn verlassen hatte und die er immer noch liebte, und diese Frau war aschblond und grünäugig gewesen, und infolgedessen war Lew Archer von jeder grünäugigen Aschblondine fasziniert. Und ich lag da und träumte davon, einem Mann zu begegnen, der vierzigjährigen Frauen mit aschblonden Haaren und grünen Augen einfach nicht widerstehen kann.

Zwischendurch kam Maria, riß mich aus meinen Träumen und freute sich, daß ich schon viel besser aussah und erzählte von der Serie, die sie gerade drehte: Wie eitel und dumm der männliche Hauptdarsteller sei und wie blöd der Regisseur; aber die Maskenbildnerin sei sehr nett und die Kostümfrau auch, mit der sei sie gerade in einem ganz edlen Klamottenschuppen gewesen, wo sie ständig Sekt bekommen hätten und ganz tolle Sachen ausgesucht hätten, die sie für die Rolle brauchte.

Ich hörte zu und lachte und dachte: Vielleicht hat Elisabeth recht, vielleicht ist sie doch meine Freundin.

Doch dann kam das graue Tier wieder. Bier und Rotwein und Fernsehen hatten es vertrieben, aber dieses schöne Krankenhaus, wo es all das nicht gab, schien ihm zu behagen. Eines Morgens wachte ich auf, mein Herz klopfte, und da saß es im grauen Licht und sah mich an. Draußen begannen die Vögel zu zwitschern. Ich war sehr erschrocken.

Es erzählte mir wieder seine grausamen Geschichten, und es war voll auf dem laufenden, wenn man bedenkt, daß wir uns seit Monaten nicht gesehen hatten.

Es fragte mich eindringlich, was ich zu tun gedächte, wenn ich aus diesem wunderbaren Krankenhaus entlassen würde. Und was eigentlich mit meinem Konto los wäre und diesem Vorteils-Kredit, den ich unterschrieben hatte. Wie es mit meiner Arbeit stünde, und ob ich wohl glaubte, daß irgendein Redakteur auf dieser Welt sich für das Geschreibsel interessierte, das ich zusammenstopselte – wenn ich nicht gerade im Rotwein versackte und Treppen hinunterfiele. Wie eine verwahrloste Pennerin!

Es befaßte sich auch ausführlich mit Rüdiger und Clarissa und dem hübschen kleinen Mädchen mit den blonden Haaren und den grauen Augen, und es führte mir das wunderbare und glückliche Leben dieser drei in vielen bewegenden Bildern vor. Es verschwand erst wieder, als es draußen ganz hell geworden war und ich die Schwestern auf dem Flur rumoren und die Patienten, die vor mir dran waren, mit diesem fröhlichen »Na, wie geht's uns denn heute« begrüßen hörte.

Bei mir variierte der Gruß heute morgen. »Schon so frisch und munter, Frau Dohmann?« fragte die Schwester, als sie mich hellwach im Bett liegend vorfand. Wenn dich jemand zwei Stunden lang mit Fragen nach dem Sinn und vor allem der Sinnlosigkeit deines Lebens berannt hätte, dachte ich, dann wüßtest du gar nicht wohin vor lauter Frische, meine Liebe.

Ich murmelte etwas, und sie brachte den Topf und Waschwasser und Zahnbürste und öffnete das Fenster und kam mit dem Frühstück und war wirklich so frisch und munter, daß sie mich direkt etwas ansteckte.

Wenn schon das graue Tier, dachte ich, dann am besten in diesem Krankenhaus, mit diesen frischen, munteren Schwestern und diesen freundlichen Ärzten, die allesamt den Eindruck machen, als hätten sie noch nie in ihrem Leben einen einzigen düsteren Gedanken gefaßt, und schon gar nicht um fünf Uhr früh.

Und wirklich, es ging besser mit dem grauen Tier. Nicht, daß

seine Fragen weniger quälend und die Bilder, die es mir vor-
führte, weniger herzzerreißend waren als früher, nein, es war
noch genauso erbarmungslos und inquisitorisch wie eh und je.
Das graue Tier veränderte sich nicht, aber ich.

Ich begann, über seine Fragen nachzudenken, statt sie schleunigst zu vergessen. Natürlich nicht in den grauen Stunden, in
denen es mich quälte, aber später, wenn ich gefrühstückt hatte
und in meinem Bett lag und die Blumen betrachtete und wußte,
Elisabeth würde nachmittags kommen und eine halbe Flasche
Champagner mitbringen (»ich habe die Ärzte gefragt, sie sind
ganz meiner Meinung, Champagner ist wirklich das Beste und
Sauberste«).

Es hatte ja in manchem recht, das graue Tier. Was würde ich
machen, wenn ich nach Hause käme? Was war los mit meinem
Konto und diesem Kredit? Und ich mußte mir Arbeit suchen
und Aufträge und Kontakte zu Zeitungen, denn in zwei Jahren
würde Rüdiger nicht mehr zahlen, und ich kam schon jetzt nicht
mit dem Geld aus und brauchte offenbar einen Vorteils-Kredit.

Es war vielleicht auch richtig, daß es mich immer wieder an
Rüdiger und Clarissa erinnerte. Vielleicht sollte ich aufhören so
zu tun, als gingen mich die beiden nichts an, als berührten sie
mich nicht. Ich erinnerte mich an Rüdigers Psycho-Arien, von
wegen offen sein und den Schmerz an sich heranlassen und den
Haß in sich selber akzeptieren und überhaupt die dunklen Seiten
der eigenen Seele, damit man wieder zu einer Ganzheit wird, zu
einer guten Gestalt oder so ähnlich. Das hatte er mir erzählt,
wenn er aus seinen Psycho-Kursen kam, und ich hatte es immer
ziemlich albern und aufgesetzt gefunden und mich gefragt, wie
man das denn wohl machen sollte. Es war mir auch nicht so vor-
gekommen, als ob Rüdiger nun offener wurde oder den Schmerz
an sich heranließ oder seine dunklen Seiten akzeptierte, wobei
ich allerdings auch nicht gewußt hätte, welche.

Das weiß ich jetzt besser, welches deine dunklen Seiten sind,
dachte ich, du kleiner mieser Schleimer, der du mich mit diesem
Freundlichkeits- und Wir-sind-ja-so-offen-miteinander-Getue
aus deinem Leben hinausexpediert und vorher so getan hast, als
sei dir das mit Clarissa und dem Kind ganz zufällig passiert, und
nun müßtest du leider die Verantwortung übernehmen, anstän-

93

dig wie du nun mal bist, und als nächstes haust du mich bei der Scheidung übers Ohr, anständig und offen wie du bist, du und dein sauberer Rechtsanwalt.

Du hast mich übers Ohr gehauen nach Strich und Faden, mir alle diese Möbel und Sachen aufgehängt, die du sowieso nicht mehr wolltest und drei Jahre Miete und Unterhalt gewährt, und natürlich übernimmst du die Kosten der Scheidung und des Umzugs, ach Gott, wie großzügig! Reingewinn 500 000 Mark, nicht schlecht, du Mistkerl, das hast du toll gemacht, und ich habe geglaubt, du wärest fair und ehrlich und hättest mich geliebt, ich blöde Kuh!

Irgendwie haben sie ja doch recht, diese Psycho-Heinis, dachte ich, wenn ich in meinem Bett lag und mir bei solchen Gedanken ganz warm und wohl wurde. Gar keine so schlechte Idee, den Haß in sich selbst zu akzeptieren. Aber wie geht das nun mit dem Schmerz?

Mit dem Schmerz war es schwieriger. Elisabeth hatte mir Zeitungen mitgebracht, Boulevardblätter, Illustrierte, eine edle Kulturzeitschrift, die nur vierteljährlich erschien, aber das mit großem Erfolg, und hinsichtlich derer Elisabeth der Meinung war, ich sollte unbedingt für sie schreiben, und die Redaktion würde meine Beiträge sicher mit Freuden entgegennehmen (haha).

Ich blätterte in der Boulevardzeitung, nachdem Elisabeth gegangen war, und freute mich aufs Abendessen. In der Gesellschaftsspalte berichteten sie über die Wiedereröffnung einer Bankfiliale, die sich in besonders schönen Räumen in einem denkmalgeschützten alten Haus befand, und das alles war renoviert worden, und nun sollten hier regelmäßig Kunstausstellungen stattfinden. Der Bericht war mit Prominentenfotos garniert, und eines davon zeigte Rüdiger und Clarissa, und dazu hieß es: »Ebenfalls dabei waren Dr. Rüdiger Dohmann, VIP-Internist mit den heilenden Händen, und seine Frau Clarissa, erfolgreiche Psychotherapeutin, jungverheiratet und demnächst in gemeinsamer Praxis für Körper und Seele.«

Nicht nur Haß macht einen warm. Hitze stieg mir ins Gesicht, mein Herz schlug heftig, meine Hände zitterten, während ich auf das Bild starrte und den Text wieder und wieder las. Da zieht sie jetzt ein, die Frau Dr., die erfolgreiche Psychotherapeutin, die zierliche Silberblondine mit dem entzückenden Kind, in meine Praxis, die wir gemeinsam gesucht haben, die ich eingerichtet habe, in der ich gearbeitet habe, bis wir aus dem Gröbsten raus waren. Wo wir gemeinsam überlegt hatten, was wir mit dem großen hinteren Raum machen sollten, den Rüdiger eigentlich nicht brauchte, und Rüdiger hatte gesagt: »Ach weißt du, irgendwann nehme ich einen Kollegen mit rein, und dafür ist es dann genau richtig.« Jetzt nahm er einen Kollegen mit rein, und was für einen!

Ich wäre am liebsten aufgesprungen und losgerannt, gerannt, gerannt, nach Hause am besten, und tröstliches Bier trinken oder dunklen warmen Rotwein, bis alles verschwimmt und man müde wird und nichts mehr spürt.

Aber ich konnte nicht aufspringen und losrennen, mit diesem Gips und dem verdammten Becken, ich mußte liegenbleiben, und was zu trinken gab's hier auch nicht, außer diesem verdammten Kamillentee von Elisabeth. Ich lag im Bett, und Schmerz und Verzweiflung und Selbstmitleid überfluteten mich. Die Tränen flossen mir aus den Augen, rannen den Hals runter, näßten den Kragen meines Nachthemds. Es war doch so schön, Rüdiger, ich habe dich so geliebt, und dann hast du mich weggeworfen, einfach so, wegen einer silberblonden Psychotherapeutin, einfach so, plötzlich gab's mich nicht mehr für dich, du hattest mich schon vergessen, als wir noch zusammen in unserem Haus wohnten.

Unser Haus, dachte ich, und die Tränen flossen noch mehr. Ich habe es so geliebt, unser Haus, ein ganz einfaches Haus, weiß, mit grünen Fensterläden und rotem Dach, ein bißchen altmodisch und verwinkelt, aber so schön! Das warme Licht abends in unserem Wohnzimmer und die hellen frischen Sommermorgen, wenn ich aufstand und dich schlafen ließ und erst mal durch den Garten ging. Der Garten mit der großen Linde und den Apfelbäumen, die wir gepflanzt hatten, und den Jasminbüschen und dem Flieder und meinem Rosenbogen, der nie so aussah wie auf den Abbildungen, weil ich es einfach nicht schaffte, daß sich die Rosen so reich und prachtvoll um ihn rankten. Und die Nachbarskatze kam und begleitete mich ein Stück.

Dann machte ich Frühstück und brachte es rauf, und wir frühstückten im Bett. Und dann sagtest du: »Laß uns mal wieder ausprobieren, wie Krümel pieken«, und grinstest auf deine unnachahmliche Art, und dann liebten wir uns. Und erst danach fiel mir ein, daß die Balkontür offenstand, und ich wurde rot, aber dann dachte ich: Was soll's? Besser, als wenn sie uns streiten hören.

Der Schmerz erfüllte mich ganz und rann mir aus den Augen und kam als Stöhnen und Schluchzen aus meinem Mund, am liebsten hätte ich geschrien, aber das wagte ich nicht.

Die Tür ging auf, und jemand knipste das Licht an. »Aber was ist denn los, Frau Dohmann«, fragte die Schwester. »Was macht Ihnen denn solche Sorgen?«

Ich schluckte runter, atmete tief durch, schüttelte den Kopf und angelte nach einem Papiertaschentuch. »Soll ich Ihnen was bringen«, fragte die Schwester, »was Leichtes zur Beruhigung?« Ich putzte mir die Nase und trocknete die Augen, schüttelte wieder den Kopf und schaffte es zu sagen: »Nein, danke, wirklich nicht. Es ist schon wieder gut.«

»Ach, das kennen wir«, sagte die Schwester tröstend, »Krankenhaus-Kummer. Das lange Liegen, und irgendwann fragt man sich, ob man je wieder rauskommt, nicht wahr?« Ich nickte heftig, und sie sagte: »Na sehen Sie. Aber das geht schnell vorbei.« Ich nickte wieder, und wir waren beide erleichtert, daß sie eine so wunderbare Erklärung gefunden hatte, denn so brauchte ich nicht zu sagen, was wirklich war, und sie brauchte sich nicht damit zu beschäftigen.

Ich träumte nicht mehr von irgendwelchen Männern, die vierzigjährige Aschblondinen mit grünen Augen vielleicht toll fänden. Ich dachte an Rüdiger. Ich haßte ihn.

Du dämliches Arschloch, sagte ich zu ihm, mit deiner Körper-Harmonie und deiner Seelen-Harmonie, von der du immer redest, und deiner Offenheit und deinem »Das Kind soll nicht darunter leiden«. In Wirklichkeit hattest du Torschlußpanik, du mieser Waschlappen, Angst vor dem Alter, mit deinen 48 Jahren, und daß nun nichts Neues kommt und alles immer so weiter geht, und da mußtest du schnell noch mal ein Ganz Neues Leben anfangen, mit einer Ganz Neuen Frau. Ich glaube dir sogar, daß es dir nicht darum ging, daß sie so viel jünger ist, der Typ von Mann bist du nicht, der auf junge Frauen steht, du hättest das so oft haben können, sie fliegen ja alle auf dich, attraktiv wie du bist.

Vor ein paar Jahren noch wäre das mit Clarissa nichts als ein netter kleiner Fortbildungs-Flirt gewesen, harmlos, nur ein bißchen Flirten eben, du wärst nicht mal im Bett mit ihr gelandet, du bist nicht der Typ, der durch die Betten zieht, wie Rolf. »Wenn schon, dann richtig!« hast du immer gesagt, »so ein bißchen Tralala mit einer anderen Frau und dann wieder heim zu Weib und Kind, das ist nichts Halbes und nichts Ganzes. Ich will was Ganzes, und das hab ich ja mit dir.«

Ich hörte dir zu und nickte, war zufrieden und glücklich und sah mitleidig und auch ein bißchen hochmütig auf Carola. So was wird mir nie passieren, dachte ich, damit könnte ich auch gar nicht leben, und war ganz ruhig und sicher. Und ich wäre nie auf die Idee gekommen, daß du eines Tages den respektablen Grundsatz »Wenn schon, dann richtig!« gegen mich anwenden könntest.

Wenn du wenigstens ehrlich dabei gewesen wärest, du beschissener Heuchler! Wenn du es dir und mir eingestanden hättest, worum es dir ging und wovor du Angst hattest und was du wolltest. Wenn du diese verdammten großen Psycho-Ansprüche mal auf dich angewendet hättest! Es wäre immer noch schlimm genug gewesen, aber wenigstens nicht so heuchlerisch, so verdrückt, so krumm, so falsch!

So sprach ich mit ihm und haßte ihn aus Leibeskräften. Und wenn dann Elisabeth hereinkam, sagte sie: »Gut siehst du aus, mein Kind. Du hast ja ganz rote Backen.«

Zu anderen Zeiten liebte ich ihn noch einmal aus Leibeskräften, und davon bekam ich keine roten Backen. Weißt du noch, Rüdiger, wie wir damals nach Zürich fuhren, auf ein paar Tage nur, wir hatten wenig Zeit und wenig Geld, wir waren gerade dabei, die Praxis einzurichten. Wir suchen uns eine billige Pension, hatten wir gesagt, und laufen den ganzen Tag in der Stadt rum und gehen auch nicht groß essen.

Aber dann hieltest du vor dem schönsten und teuersten Hotel der Stadt und sagtest vornehm: »Ich glaube, das wäre das Richtige, nicht wahr, meine Liebe?« und nahmst mich an der Hand und gingst rein. Und zum Portier sagtest du: »Wir hätten gern ein hübsches Zimmer, ich dachte an eine Suite mit Balkon und Blick auf den See, haben Sie da noch was?« Auch wieder so vornehm.

Der Portier merkte, was los war, aber er spielte liebenswürdig mit. Und dann blieben wir drei Tage in dieser wunderbaren Suite, die wirklich so aussah, wie so was in Hollywood-Filmen immer aussieht, und ließen uns Champagner aufs Zimmer bringen und das Frühstück auch, aßen im feinen Hotel-Restaurant, schlenderten durch die Bahnhofstraße und betrachteten die Auslagen.

»Also, ich nehme diese Uhr«, sagtest du, »10000, das ist doch wirklich preiswert.« »Und wie findest du diese Kette?« sagte ich, »Ich könnte gut und gerne noch ein paar Diamanten brauchen, und dann wären wir endlich die 100000 los, die im Tresor vergammeln.« Wir hörten nicht auf mit diesen imaginären Einkäufen, bis wir die Million voll hatten. »Wenn schon, dann richtig!« sagtest du. Ach, Rüdiger!

Mit der Hotelrechnung strapazierten wir den Praxis-Einrichtungskredit, den uns die Bank nur unter der Bedingung anvertraut hatte, daß wir damit auch bestimmt nichts anderes täten, als die Praxis einzurichten. »Die Bank sollte uns dankbar sein«, sagtest du. »Dies ist die sogenannte Baur-au-Lac-Therapie, das Neueste aus den Vereinigten Staaten, zur Intensivierung der Arbeitskraft, und um so eher können wir den Kredit abbezahlen.«

Ach, Rüdiger, Rüdiger!

So was macht er jetzt mit Clarissa, dachte ich, und dann lachen sie, und dann schaut er sie so an wie damals mich, und dann nimmt er sie in die Arme oder hebt sie hoch, wie damals mich, obwohl er das bei mir nie so richtig schaffte, weil ich ein bißchen zu groß und schwer war, aber mit ihr geht das leichter, mit dieser zarten, zierlichen Elfe!

Von solchen Gedanken bekam ich keine roten Backen, sondern rote Augen, und schniefte und schluchzte vor mich hin. Und wenn Elisabeth dann kam, streichelte sie mir leicht die Hand und sagte: »Wie wäre es mit einem Glas Champagner?« Und die Schwestern sagten auch nichts, wenn sie mich so antrafen, und die Ärzte auch nicht, sondern sie waren nur weiter so sachlich und freundlich wie sonst.

»Du hast es ihnen erzählt, nicht wahr?« fragte ich Elisabeth.

»Aber sicher«, sagte sie mit Nachdruck. »Nur das Notwendigste, natürlich. Schließlich fällst du nicht jeden Tag in diesem Zustand die Treppe hinunter, und da sollten sie doch wissen, warum.«

Das graue Tier kam immer noch jeden Morgen, aber es redete nicht mehr so viel. Manchmal saß es nur da und sah mich an, und es schien mir fast, als schaute es mich freundlich an.

VII

Anfang Juni durfte ich wieder nach Hause. Kopf und Becken waren so gut wie neu, mein Bein zierte ein Gehgips, aber auch Bein und Knöchel würden mit der Zeit wieder so gut wie neu sein, hatte mir der Arzt versichert. An Arm und Busen hatte ich zwei gutverheilte Wunden, doch auch der optimistischste Arzt konnte nicht behaupten, daß hier alles wieder wie neu werden würde.

Ich hatte nur flüchtig hingeschaut, wenn die Schwester den Verband oder das Pflaster wechselte, und von oben betrachtet sah es tatsächlich ganz gut aus. Am Abend bevor ich entlassen wurde, gab ich mir einen Ruck, stellte mich vor den Badezimmerspiegel und knöpfte das Nachthemd auf.

Es gibt nur wenig an mir, was ich wirklich mag: Meine Augen, meine Füße und meinen Busen, eine sonderbare Kombination, aber so ist es nun mal. Es war mir egal, was die Rotweinflasche mit meinem Arm gemacht hatte, und meinetwegen hätte sie auch jeden anderen Körperteil mit Narben verzieren dürfen, aber ich hatte Angst davor zu sehen, was sie meinem Busen angetan hatte.

Doch es war wirklich nicht so schlimm. Ein feiner flammendroter Strich zog sich seitlich von unten nach oben, gut verheilt, ohne Wulst, ohne Keloidbildung, wie die Ärzte das nannten. Und sie würde weiß werden mit der Zeit, und man würde sie kaum noch sehen.

Ich stand lange da und sah auf diesen roten Strich. Links sitzt er, links, wo das Herz ist, dachte ich, na klar, wo sonst?

Elisabeth kam und brachte mich nach Hause. Ihre Putzfrau hatte sich meiner Wohnung angenommen, sie war so sauber wie nie zuvor, und Blumen standen da und eine kleine Batterie Champagnerflaschen und eine Mega-Portion des besten, saubersten Kamillentees.

»Zu früh für Champagner«, sagte Elisabeth. »Leg dich aufs Sofa, ich mache uns einen Kamillentee.«

»Ich wollte dir noch für alles danken«, sagte ich, als sie mit dem Tablett zurückkam.

»Das ist völlig überflüssig«, sagte Elisabeth. »Aber nun höre mir mal zu. Ich mische mich nicht in anderer Leute Angelegenheiten, das weißt du, außer, wenn es unabdingbar ist. Ich habe mich auch bei dir nicht eingemischt, in den letzten Monaten, obwohl ich gesehen habe, daß nicht alles in Ordnung ist.«

»Aber jetzt möchte ich eines klarstellen, Ines«, fuhr sie fort und sah mir fest in die Augen, »kein Rotwein mehr, kein Bier, kein Kopf-in-den-Sand-Stecken.«

»Ja, Elisabeth«, sagte ich, »das ist klar. Das ist mir im Krankenhaus klargeworden. Ich verspreche es dir.«

»Versprich mir nichts«, sagte sie, »tue es.«

Sie atmete auf und lächelte mich erleichtert an. Sie haßt es wirklich, sich in anderer Leute Angelegenheiten einzumischen und ihnen zu sagen, was sie tun sollen, außer in Notfällen, und jetzt war sie froh, daß sie es hinter sich hatte, und daß sie den Eindruck hatte, daß ich tatsächlich aufhören würde, den Kopf in den Sand zu stecken. Was ist nun mit der Champagner- und Kamillentee-Arie, dachte ich, die muß doch jetzt kommen, bitte enttäusche mich nicht, Elisabeth.

»Champagner und Kamillentee«, sagte Elisabeth, »das solltest du trinken, das ist das einzig Richtige. Abends Champagner, nicht zu viel natürlich, und morgens Kamillentee. Hast du noch genug Champagner?«

Ich hatte die Flaschen, die sie mir regelmäßig durch ihren Feinkosthändler geschickt hatte, in meiner Rotwein-Periode stehenlassen.

»Keine Sorge«, sagte ich, »es reicht fürs erste.«

»Sag mir Bescheid, wenn du damit zu Ende bist«, sagte sie, »dann erneuere ich den Dauerauftrag. Und jetzt trinken wir doch ein Gläschen. Es ist eine besondere Gelegenheit.«

Ich fing gleich damit an, den Kopf aus dem Sand zu heben, auch wenn es mir nicht leicht fiel. Ich wollte mit dem Gips nicht weit gehen, und so suchte ich mir aus Elisabeths zwei Prachtsträußen einen schönen Blumenstrauß zusammen, und mit dem humpelte ich die Treppe hinunter, die ich beim letzten Mal sehr viel wagemutiger und schneller bewältigt hatte, und klingelte bei der Hausmeisterin.

»Ach, Frau Dohmann, das ist aber schön, daß Sie wieder da

sind«, sagte Frau Niedermayer und strahlte mich an, »aber jetzt kommen Sie doch erst mal rein.«

Ich überreichte ihr den Strauß, was sie mit einem »das wäre doch nicht nötig gewesen« quittierte, und schickte mich an, ihr zu danken und ihr zu sagen, wie peinlich es mir gewesen wäre, die ganze Sache überhaupt und dann, daß ich ihr solche Mühe gemacht hätte.

»Da kann gar keine Rede von sein«, sagte sie und plazierte mich auf ihrem Sofa und ließ sich kaum davon abhalten, auch mein Gipsbein auf dem Sofa und einem der altrosa Seidenkissen zu plazieren. »Ich weiß doch, wie es ist, wenn einem das Herz bricht. Jetzt hole ich uns erst mal Kaffee.«

Frau Niedermayer war klein und drahtig und hatte einen kräftigen weißen Haarschopf und ein hübsches, feingeschnittenes Gesicht. Trotz ihres urbayerischen Namens sprach sie ein klares Norddeutsch, mit bayerischen Wendungen durchsetzt, die sie aber ebenso norddeutsch aussprach wie alles andere. Ein Widerspruch, der mir früher schon aufgefallen war, über den ich aber nicht nachgedacht hatte.

Frau Niedermayer zögerte nicht, mich über diesen Widerspruch aufzuklären, wie auch darüber, woher sie wußte, wie es ist, wenn einem das Herz bricht. Sie goß Kaffee ein und schob mir Plätzchen hin und sagte: »Also, die Frau von Coulin hat mir ja alles erzählt, da brauchen Sie sich gar keine Gedanken zu machen, Frau Dohmann, ich versteh das doch so gut. Wenn ich das nur früher gewußt hätte! Dann wäre das gar nicht erst passiert.« Ich fragte mich zwar, wie sie es verhindert hätte, aber ich konnte mir vorstellen, daß sie das tatsächlich irgendwie geschafft hätte. Und dann erzählte sie mir, wie ihr Herz gebrochen war.

Frau Niedermayer war in Hamburg geboren, als »freie Hanseatin«, was sie immer noch mit Stolz erfüllte. Aber dann hatte sie Hans Niedermayer kennengelernt, den es als Zimmermann nach Hamburg verschlagen hatte. Hans Niedermayer war der schönste und liebenswürdigste Mann gewesen, den je die Sonne beschienen hatte. Sie brachte ein Bild von ihm, und ich mußte ihr recht geben: Es zeigte einen jungen Mann mit dunklen Augen und dunklen Locken, der mich fest und freundlich anblickte.

»Ich war hin und weg, sofort«, sagte Frau Niedermayer, »und

bei ihm war's auch so, da hätten Gott und die Welt nichts dran ändern können.« Frau Niedermayers Eltern waren alles andere als begeistert, aber sie heiratete ihn und zog mit ihm nach München, denn: »Wo du hingehst, da will auch ich hingehen, so ist das ja wohl«, sagte sie und nickte nachdrücklich.

Sie hatten zwei Kinder, »schöne und liebe Kinder«, was ich ihr sofort glaubte, denn wenn Hans Niedermayer ein hübscher Mann gewesen war, dann war sie ohne Frage ein mindestens ebenso hübsches Mädchen gewesen, und an Liebenswürdigkeit hatte sie ihm wohl auch kaum nachgestanden.

Und dann fiel Hans Niedermayer bei Stalingrad. »Stalingrad«, sagte sie und starrte mit trockenen Augen auf das Bild, und ich konnte mir vorstellen, wie oft sie diesen Namen schon vor sich hin gesprochen hatte. »Hitler, dieser Hitler«, fügte sie in abgrundtiefem Haß hinzu, »der hat ihn umgebracht. Hitler bedeutet Krieg, hat mein Mann immer gesagt, und als es dann so weit war und sie ihn eingezogen haben, da wollte er natürlich nicht gehen, aber was sollte er machen? Er hat den Krieg gehaßt, und er hat Hitler gehaßt, und der hat ihn umgebracht.«

»Stalingrad«, sagte sie und sah auf das Bild, »manchmal möchte ich immer noch hinfahren und ihn suchen, und die Erde umbuddeln und ihn ausgraben, mit meinen eigenen Händen, und ihn nach Hause bringen.«

Sie sah auf und blickte mich an und schüttelte sich ein bißchen, als wolle sie von der Vergangenheit loskommen, und sagte: »Ach, nun entschuldigen Sie man, Frau Dohmann, daß ich Ihnen das alles erzähle, aber man kommt ja nicht davon los. Bei Ihnen ist das ja Gott sei Dank was anderes, ich meine, erst mal ist es genauso schlimm, aber auf die Dauer kann man sich doch leichter bekrabbeln, gell?«

Ihr »Gell« war so hinreißend unbayerisch, daß ich unwillkürlich lächeln mußte.

»Na, sehen Sie«, sagte sie, »nun lächeln Sie schon!«

Wir tranken unseren Kaffee, und ich erzählte ihr von meinen diversen Verletzungen, im Detail, weil es sie sehr interessierte, und sie sprach sich mit Nachdruck dahingehend aus, daß Frau von Coulin wirklich eine kluge Frau sei, die ihr sehr gefallen habe, und sie habe ihr versprochen, nun ein bißchen auf mich

aufzupassen. Ich widersprach ihr nicht, obwohl ich wußte, daß
Frau von Coulin sich eher den Arm abhacken würde, als sich
solche Versprechungen geben zu lassen.

Ich fragte nach dem Mieter, der nach Hause gekommen war, als
ich gerade als besoffene Katze vor ihrer Haustür gelegen hatte.

»Ach, der Herr Gräf«, sagte sie, »da machen Sie sich man keine
Sorgen, der ist ein vernünftiger Mann. Ich habe mit ihm gesprochen, und er hat es sehr gut verstanden.«

Ich fragte mich, was dieser Herr Gräf wohl verstanden hatte
und was er denken würde, wenn er mir im Treppenhaus begegnen
würde. Ich kannte ihn nicht, ich wußte nicht, wie er aussah, und
ich wollte es auch gar nicht wissen.

Ich dankte ihr noch mal, was sie wieder zurückwies. Und wenn
mir mal wieder so ums Herz wäre, ich wüßte schon wie, dann
sollte ich einfach zu ihr kommen, auf einen Kaffee. Ich humpelte
die Treppe hinauf, was noch schwieriger war als runterzuhum-
peln, und hatte das Gefühl, daß hinter der Wohnungstür mit dem
Namensschild »Niedermayer« ein warmer heller Ort war, an den
ich vielleicht wirklich manchmal würde zurückkehren können,
um eine Tasse Kaffee zu trinken.

Am nächsten Morgen rief Rüdiger an. »Na endlich bist du wieder da«, sagte er, »du wolltest doch letzte Woche zurück sein.«
»Wie kommst du darauf?« fragte ich, um festzustellen, ob die
Nachrichtenübermittlung wirklich so geklappt hatte, wie Maria
sich das gedacht hatte.

»Ach, ich glaube, Carola hat es mir erzählt«, sagte er. »Aber
weswegen ich anrufe: Die Bank hat bei mir angerufen. Sie haben
dir einen Überziehungskredit gegeben in der Höhe meiner Un-
terhaltszahlung, aber der ist anscheinend auch schon überzogen.
Sie wollten wissen, ob ich für weitere Überziehungen... hm –
geradestehe.«

Er sprach in einem Ton, als wäre er König Artus und ich Gi-
nevra, und als würde er mich fragen, ob ich wohl glaubte, er
würde für meine Beziehung zu Lancelot geradestehen. Hättest
du mich nicht um 500 000 Eier beschissen, König Artus, dann
könnte ich soviel überziehen, wie ich will, und niemand würde
dich fragen, ob du dafür geradestehst.

»Ganz schön unverschämt von der Bank, dich das zu fragen«, sagte ich zu meinem eigenen Erstaunen. Er war auch erstaunt, das konnte man an seinem Schweigen hören. Kein Wunder, denn nach dem ursprünglichen Drehbuch hätte ich jetzt sagen müssen: »Ach, das tut mir aber leid, entschuldige bitte, ich bringe das sofort in Ordnung.«

»Wie auch immer«, sagte er leicht verunsichert. »So geht das jedenfalls nicht, ich habe zur Zeit sehr hohe Kosten.«

Es klang fast so, als wäre ich schuld daran, daß er zur Zeit so hohe Kosten hatte.

Ich faßte mir ein Herz: »Du sagst das so, als wäre ich schuld daran, daß du so hohe Kosten hast«, sagte ich, mit etwas gepreßter, aber fester Stimme. Ganz schön unverschämt von mir.

Nun war er wirklich verblüfft. »Wie meinst du das?« fragte er. Jetzt war ich einmal drauf auf der Siegerstraße – hoffentlich war es eine –, und konnte nicht einfach wieder runterhüpfen und »April, April« rufen.

»Ich meine«, sagte ich und versuchte mein klopfendes Herz zu ignorieren, »ich meine, du hast das eben so gesagt, als wäre ich schuld an den hohen Kosten. Aber wenn hier einer hohe Kosten verursacht hat, dann bist du es ja wohl.«

Er gab klein bei, tatsächlich, das tat er. »Ja, ja, natürlich«, sagte er, »da hast du sicher recht. Ich wollte dir ja auch keinen Vorwurf machen. Natürlich bin ich schuld. Aber weißt du –«

»Ist schon gut, Rüdiger«, sagte ich grandios, »du brauchst mir nichts zu erklären. Du brauchst auch nicht für mich geradezustehen. Ich bringe das in Ordnung.« Sehr grandios sagte ich das und auch sehr großkotzig, in Anbetracht der Tatsache, daß ich nicht die geringste Ahnung hatte, wie ich das in Ordnung bringen sollte.

Rüdiger hatte sich mittlerweile erholt. »Das ist ja auch in der Scheidungsvereinbarung alles ganz klar geregelt«, sagte er. »Du hättest da gar keinen Rechtsanspruch.«

Ich weiß, du kleines mieses Arschloch, dachte ich, ich habe da wahrhaftig keinen Rechtsanspruch, ich hätte einen gehabt, und was für einen, aber auf den habe ich ja verzichtet. Aber das sagte ich ihm nicht, noch nicht. Wenn man gerade erst den Kopf aus dem Sand gehoben hat, dann hat man noch zu viel Sand in den Augen, als daß man gleich scharf schießen sollte.

105

»Ich weiß«, sagte ich, »wie schon gesagt, ich werde das regeln. War noch was?«

Er sagte: nein, sonst nichts, und verabschiedete sich und vergaß sogar, die obligate Frage nach meinem Wohlergehen zu stellen. Ich war froh, den Hörer auflegen zu können, denn meine Hände zitterten vor lauter Grandiosität, und der Schweiß floß mir am Körper herunter. Die arme kleine Ines wird doch tatsächlich renitent gegenüber Rüdiger dem Großartigen, Rüdiger dem Wunderbaren, Rüdiger, dem exzellenten Erstfrauen-Entsorger.

Ich machte mir eine große Kanne Kamillentee und setzte mich auf den Balkon. Ich trank den heißen Tee in kleinen Schlucken und hoffte, er würde sich damit beeilen, seine segensreiche Wirkung auf mein körperliches System auszuüben – und vielleicht auch mein geistiges System ein bißchen befeuern.

Den Überziehungskredit auch schon überzogen, Scheiße, dachte ich, und was mache ich nun? Soll ich bei Elisabeth angekrochen kommen, die schon so viel für mich getan hat, und sie zu allem Überfluß auch noch bitten, mir Geld zu leihen? Oder meinen Vater fragen, der sowieso nicht glaubt, daß ich das je schaffen werde, und der denken wird: Ich wußte es ja, sie schafft es nicht, hoffentlich findet sie bald einen Mann, der für sie sorgt. Und der mich dann jedesmal, wenn ich ihn anrufe, fragen wird, ob alles in Ordnung ist finanziell, und ob ich auch keine Schulden mehr habe, denn wenn ihm etwas auf dieser Welt Angst macht, dann sind es Schulden bei der Bank.

Das wirst du nicht tun, Ines, sagte ich zu mir, du wirst nicht Elisabeth fragen und nicht deinen Vater. Du wirst es schön alleine machen, weiß der Teufel wie, aber du wirst einen Weg finden. Und dann fiel mir Scarlett O'Hara ein, wie sie am Ende in dieser scheußlichen dunklen Halle steht, und draußen regnet es, und Rhett Butler hat gerade gesagt: »Das ist mir ganz gleichgültig, mein Kind« und hat das Haus verlassen. Und erst ist sie furchtbar verzweifelt, und dann schon ein bißchen weniger, und dann sagt sie: »Ich werde einen Weg finden – morgen, morgen ist auch ein Tag.«

Genau, dachte ich, das Scarlett-O'Hara-Prinzip, das ist es. Ich werde einen Weg finden, ganz bestimmt, morgen, morgen ist auch ein Tag. Heute habe ich schon Rüdiger Dohmann Butler einen kleinen Puff auf die Nase gegeben, das war genug Leistung fürs erste. Morgen werde ich zur Bank gehen und da einen Weg finden, und ich werde auch für alles andere einen Weg finden, morgen und übermorgen und überübermorgen.

Es klappte ganz wunderbar auf der Bank, Scarlett O'Hara hätte es auch nicht besser machen können. Der Scheck meines Vaters war mir wieder eingefallen, den er mir damals gegeben hatte, und den ich in eine Schublade gestopft und vergessen hatte. Bewaffnet mit dem Scheck und meinem Gipsbein und einem Gesichtsausdruck, der auch die wilden Tiere des Waldes zu Tränen gerührt hätte, wandte ich mich an den Filialleiter.

Es sei mir furchtbar peinlich, sagte ich, aber ich hätte einen Unfall gehabt und lange im Krankenhaus gelegen und hätte mich nicht um mein Konto kümmern können, und es sei ja wohl überzogen, aber das würde er sicher verstehen unter diesen Umständen.

Er hatte nicht das geringste Verständnis, das war ihm deutlich anzumerken. Er gehörte wahrscheinlich zu der Sorte Menschen, die selbst am Atmungsgerät auf der Intensivstation noch in ihren Kontoauszügen blättern und sich über ihre finanzielle Lage informieren. Er ließ sich meine Kontoauszüge kommen und stellte mit schlecht verhohlener Verachtung in der Stimme fest, daß ich diesen wunderbaren Vorteils-Kredit um 800 Mark überzogen hatte.

Ich schob ihm den Scheck hin, und er nahm ihn und blickte mich ernst an und sagte: »Bleibt ein Überhang von 300 DM.«

»Was können wir denn da machen?« fragte ich und versuchte es noch mal auf die Sterntaler- und Rotkäppchen-Art.

»Tja«, sagte er und blickte weiterhin ernst, und mir wurde klar, daß die wilden Tiere des Waldes im Vergleich zu ihm weichherzig und mitleidsvoll sind. Schön, dachte ich, dann versuchen wir es mal anders. Ich versuchte zu gucken wie Elisabeth und teilte ihm ebenso indirekt wie lügnerisch mit, daß mein Mann mich gestern angerufen habe und doch etwas erstaunt gewesen sei. Er habe gerade die Kulanz dieser Bank immer so besonders geschätzt, den Dienst am Kunden, aber da habe sich offensichtlich etwas geändert.

Ich redete weiter so, und dann schwieg ich, und während der Filialleiter im Geiste Rüdigers Kontoauszüge durchblätterte, mit den vielen schönen langen Zahlen drauf, dachte ich darüber nach, wie lügenhaft ich geworden war. Ich war stolz darauf gewesen, daß ich immer die Wahrheit sagte, ich habe es nicht nötig zu lügen, hatte ich immer gesagt, dafür bin ich mir einfach zu fein, so was brauche ich nicht. Jetzt hatte ich es offenbar nötig, und so fein war ich anscheinend auch nicht mehr.

»Aber ich verstehe natürlich, daß Sie da ganz strikte Regeln haben«, sagte ich mit Betonung auf »ich«. Klar, ich verstand es natürlich, nett wie ich war, aber mein Ex-Mann, Dr. Dohmann mit dem dicken Konto, der verstand es ganz und gar nicht, der war ziemlich verärgert über diese unfreundliche Behandlung und dachte darüber nach, die Bank zu wechseln.

Der Filialleiter dachte offenbar auch darüber nach, wie es wäre, wenn Rüdiger die Bank wechseln würde, und diese Vorstellung gefiel ihm nicht.

»Regeln, gewiß, gewiß«, sagte er und lächelte mich plötzlich an. »Regeln braucht man natürlich, gerade auch bei uns, Frau Dr. Dohmann, aber das gilt natürlich nicht für unsere Stammkunden, nicht wahr?«

Er betrachtete noch einmal sinnend meinen armseligen Kontoauszug und den armseligen Scheck und rang noch einmal kurz mit sich, und dann raffte er die Papiere zusammen und sagte: »Wie wäre es denn, wenn wir Ihnen den Vorteilskredit schlankerhand auf 2000 DM erhöhen würden?«

Schlankerhand, dachte ich, sieh mal an, eine schöne Wendung, hätte ich dir gar nicht zugetraut. Ich sagte schlankerhand ja, und: Das ist aber wirklich nett von Ihnen, und er sagte, er würde einen neuen Kreditvertrag ausschreiben lassen, und wenn ich so nett sein und morgen noch mal vorbeikommen würde, dann könnte ich ihn unterschreiben. Und er ließ es sich nicht nehmen, mich zur Tür zu begleiten, unter ernsthaften Erkundigungen nach meinem Gipsbein, und ob er mir ein Taxi rufen solle, und ob es mir nicht vielleicht lieber wäre, sie würden mir den Kreditvertrag zur Unterschrift zuschicken?

Ich war auch sehr nett und lehnte alles ab und sagte doch tatsächlich, es würde mir eine Freude sein, morgen vorbeizukommen, und dann schüttelten wir uns mit Herzlichkeit die Hand, und ich humpelte nach Hause.

Schlankerhand, dachte ich, sieh mal einer an, wie das funktioniert: Erpressung statt Entschuldigung, Scarlett O'Hara statt Sterntaler.

Und weil ich gerade so schön dabei war, rief ich gleich Jürgen Flohse an. Vielleicht funktioniert es bei dem ja auch, dachte ich, wenn ich nicht Ines Dankeschön-und-Entschuldige-bitte Dohmann spiele, sondern Ines Schieb-mal-rüber Dohmann.

Aber es funktionierte überhaupt nicht. »Ja, hallo, was ist denn?« fragte er gereizt, nachdem seine Sekretärin mich durchgestellt und ich ein munteres »Hallo, Jürgen« von mir gegeben hatte. Nicht entmutigen lassen, Ines, dachte ich und versuchte es weiter mit diesem munteren, selbstbewußten Ton: »Ich wollte mal fragen, was anliegt bei euch«, sagte ich, »du hast doch meine Themenliste auf dem Schreibtisch. Sag mir, was du brauchst, und du hast es morgen.« O Gott, klingt das falsch, dachte ich, und dann noch dieses alberne Lachen, das ich hinterhergeschickt habe.

Es klang nicht nur albern und falsch, es verfing auch nicht. »Gar nichts zur Zeit«, sagte er, womöglich noch gereizter, »und in der nächsten Zeit auch nichts, wir sind voll. Ich rufe dich an, wenn mal wieder was sein sollte.«

Ich legte auf und fing an zu weinen. Jürgen kannst du vergessen, dachte ich, das ist klar, die Schonzeit ist vorüber, das Geschäft ist erledigt, Spezialbehandlung für die Ex-Frau gegen Gratis-Homöopathie-Behandlung in der Praxis, vorbei, vorbei. Er braucht nicht mehr nett sein zu dir, Ines, er braucht deine armseligen Artikelchen nicht mehr zu nehmen, du bist jetzt wirklich nur noch die Ex-Frau, und wenn er Rüdiger mal irgendwo trifft, dann ist die neue Frau Dohmann dabei, Frau Dr. Maiwald-Dohmann, erfolgreiche Psychotherapeutin, der muß man zum Glück keine Artikelchen abnehmen. Was machst du nun, Ines, du Super-Scarlett, wovon willst du leben, für wen willst du schreiben, du kennst ja sonst niemanden in dem Geschäft.

Ich weinte und weinte, und dann trank ich zwei von den kleinen Champagnerflaschen aus, mit schlechtem Gewissen, aber wenigstens war es kein Rückfall in den Rotwein. Dann ließ ich mir ein Schaumbad ein und lag so lange darin, bis mein Körper kurz vor der Auflösung stand, was mir sowieso das Liebste gewesen wäre.

Was mache ich nun, dachte ich beim Einschlafen und beim

Aufwachen, wenn ich in der Wohnung herumhumpelte oder im Supermarkt, wenn ich Champagner trank oder Kamillentee, wenn ich las oder fernsah.

Ich kann ja nichts, ein abgebrochenes Studium der Germanistik und Geschichte, ein paar Jahre als Sprechstundenhilfe in der Praxis meines Mannes, auch das ohne Ausbildung. Nicht mal richtig Schreibmaschineschreiben kann ich, das mache ich im Zwei-Finger-Such-System, wie Rüdiger das nannte, schnell, aber nicht gerade professionell. Ich habe keinen Beruf, liebende, hingebungsvolle Ehefrau ist ja wohl keiner, auch wenn ich das sehr gut kann, ich bin eine ungelernte Kraft, so nennt man das ja wohl. Ich könnte es vielleicht als Putzfrau versuchen, das kann ich, oder als Hilfsverkäuferin, das könnte ich sicher auch, aber das geht erst, wenn der Knöchel wieder in Ordnung ist. Und will ich dann den Rest meines Lebens als Putzfrau arbeiten oder als Hilfsverkäuferin?

Ich konnte mit niemandem darüber reden, was ich nun tun sollte. Mit Elisabeth hätte es gar keinen Sinn gehabt, denn sie vertrat die Ansicht, daß ich wunderbar schreibe und sehr talentiert bin und daß sie nicht verstehen kann, warum nicht jeder Chefredakteur, der mich nur von weitem sieht, mir die Füße küßt und mir einen Exklusiv-Vertrag mit Superhonorar anbietet.

»Also ich begreife das nicht«, pflegte sie zu sagen, wenn die Frage meiner beruflichen Tätigkeit zur Sprache kam, »mag sein, daß ich von dem Metier nichts verstehe, das gebe ich gerne zu. Aber eines sehe ich: Du kannst schreiben! Du bist außerordentlich begabt. Wenn ich Chefredakteur einer Zeitung wäre, ich würde dich sofort unter Vertrag nehmen, mit einem anständigen Honorar.«

Und während sie dann weiter überlegte, ob es nicht sogar besser wäre, der Chefredakteur würde mich gleich fest anstellen, und zwar mit einem überdurchschnittlichen Gehalt, schwankte ich zwischen Ärger und Liebe. Nein, du verstehst wirklich nichts davon, dachte ich, hör bitte auf, solchen Blödsinn zu reden, aber ich liebe dich dafür, daß du mich aus lauter Liebe für das Salz der Erde und für eine Leuchte des Journalismus hältst.

Mit meinem Vater konnte ich auch nicht darüber reden, denn für ihn war das Schreiben eine brotlose Kunst und Journalisten bestenfalls halb-seriöse Menschen, deren Profession der von Call-Girls, Bardamen und zwielichtigen Finanzmaklern gefährlich nahe kam und die lieber etwas Vernünftiges hätten tun sollen. Und mit Carola telefonierte ich zwar manchmal, aber ich hätte mir eher die Zunge abgebissen als zuzugeben, daß ich nun gänzlich arbeitslos und ziemlich verzweifelt war und nicht wußte, was ich tun sollte.

Schließlich fiel mir Maria ein. Vielleicht könnte ich mit der mal reden, dachte ich, die verdient sich ihr Geld ja auch mit so was Sonderbarem, Freiberuflichem, die versteht mich vielleicht.

Ich rief bei ihr an, und Gott sei Dank war sie da, drehte auch nicht und hatte Zeit. »Ich würde euch gerne zum Essen einladen, Hermann und dich«, sagte ich, »wann geht's denn bei euch?«

»Donnerstag«, sagte Maria munter, »Donnerstag, da macht Hermann für einen Kollegen Nachtdienst.«

»Aber dann kann er doch nicht mitkommen«, sagte ich verblüfft. »Eben«, sagte Maria, »dann müssen wir nicht den ganzen Abend über die Reform der Psychiatrie reden.«

Komisch, dachte ich, sie liebt ihn doch, jedenfalls sagt sie das, und nun geht sie lieber ohne ihn weg.

»Ich liebe ihn sehr«, sagte Maria, als hätte sie meine Zweifel gespürt, »aber deswegen muß ich ja nicht ständig mit ihm zusammenhocken und über Psychiatrie diskutieren. So können wir mal in Ruhe miteinander reden.«

Das wollte ich auch, und so schob ich meine Zweifel beiseite, und wir verabredeten uns für den Donnerstag, an dem der arme Hermann in seinem häßlichen Landeskrankenhaus Nachtdienst machen würde, obwohl er das gar nicht mußte, sondern nur einem jüngeren Kollegen einen Gefallen tun wollte.

Das erste Mal seit langer Zeit kochte ich wieder richtig. Es gab Krabben mit Crème fraîche und Dill, Rinderfilet im Kräutermantel mit gratinierten Kartoffeln und danach Zitroneneis, das hatte ich noch im Kühlschrank. Das Menü war eigentlich ein bißchen luxuriös für meine finanziellen Verhältnisse, aber Maria war die ganze Zeit, als ich im Krankenhaus lag, so nett zu mir gewesen, und ich fand, sie hatte Anspruch darauf. »Edel, edel«, sagte sie, nachdem sie mit Genuß ihr Eis gegessen hatte, »mal was anderes als diese ewigen Tiefkühlsachen, die es bei uns gibt.« Sie

111

drehte sich zufrieden eine Zigarette, was sie immer noch tut, obwohl es längst nicht mehr ›in‹ ist, und fragte mich, wie es mir denn nun ginge, arbeitsmäßig und lebensmäßig.

Ich sagte, genau darüber hätte ich mit ihr reden wollen, und erzählte ihr, daß ich arbeitsmäßig praktisch in der Wüste stünde und daß es infolgedessen lebensmäßig auch nicht gerade wundervoll aussähe. Ich hätte wohl ein bißchen Talent zum Schreiben, sagte ich, aber es reiche eben nicht aus, um davon zu leben, und was sollte ich nun tun?

Sie dachte ernsthaft darüber nach, sie versenkte sich geradezu ins Nachdenken, und ich war erstaunt und erfreut, daß sie mein Problem anscheinend so ernst nahm.

»Ich glaube, ich verstehe, um was es geht«, sagte sie schließlich. »Mit dem Schreiben kenne ich mich natürlich nicht aus, aber die Situation hat Ähnlichkeit mit meiner. Ich habe auch mal an dem Punkt gestanden, wo das Talent nicht mehr ausreichte.«

Sie dachte wieder nach und fuhr dann lebhafter fort: »Sieh mal, ich habe mit zwanzig angefangen mit der Schauspielerei, es lief alles wie von selbst, ich war nie auf einer Schauspielschule gewesen, ich hatte eben Talent. Und dann, mit Ende zwanzig, da hatte ich plötzlich das Gefühl, irgendwas stimmt nicht, so geht es nicht weiter. Ich bekam weiter Angebote, das war es nicht, aber ich war so unzufrieden.«

»Ich habe viel mit Hermann darüber gesprochen, wir kannten uns da schon«, sagte sie und lächelte bei der Erinnerung. »Und dann bin ich draufgekommen: Ich konnte nicht mehr nur von meinem Talent leben, ich wollte was dazulernen. Ich habe Kurse gemacht – na, ja, das gibt es bei dir wohl nicht –, und ich habe nur noch vorm Fernseher gesessen und bin ins Theater gegangen und habe geschaut, wie machen es die anderen. Ich mußte weiß Gott noch sehr viel dazulernen.« Sie lachte. »Vielleicht ist das bei dir auch so. Und du brauchst nicht mal ins Theater gehen. Du hast das ganze Lehrmaterial am nächsten Zeitungskiosk.«

»Aber ich kann doch nicht einfach andere kopieren«, sagte ich zweifelnd.

»Das sollst du ja auch nicht«, sagte Maria. »Du sollst bloß von ihnen lernen, und dann mußt du deinen eigenen Stil entwickeln. Ich jedenfalls habe das so gemacht.«

»Hm«, sagte ich zögernd. Kann man Schreiben lernen, dachte ich, das kann man doch, oder man kann es nicht, oder? »Ich werde mal darüber nachdenken, vielleicht hast du recht.«

»Tu das«, sagte Maria und war anscheinend kein bißchen gekränkt, daß ich ihren Vorschlag so zögerlich aufnahm. »Ich kenne das, sowas braucht Zeit. Ich war erst auch nicht besonders begeistert davon. Aber noch was anderes: Du schreibst nur immer über Ausstellungen oder Kulturereignisse oder Filme oder sowas. Ich finde das, ehrlich gesagt, ein bißchen langweilig. Warum schreibst du nicht mal was Eigenes?«

Nun war ich gekränkt. Langweilig! »Was meinst du damit?« fragte ich muffig.

»Na, ich meine das, was du dir selbst ausdenkst«, sagte sie. »Du hast früher manchmal interessante Sachen erzählt, über Kafka zum Beispiel, daran erinnere ich mich, und wie seine psychischen Probleme in seinen Büchern zum Ausdruck kommen oder sowas.« »Ach das«, sagte ich, »das war nur so ins Blaue gedacht. Das nimmt mir doch keiner ab. Ich kann auch gar nicht beweisen, ob es stimmt.«

»Das brauchst du doch auch nicht. Du kannst einfach sagen, es ist deine Meinung. Ich fand es jedenfalls sehr interessant.«

Ich war plötzlich nicht mehr muffig und gekränkt, sondern fand es auch sehr interessant. »Das, was ich normalerweise schreibe, wollen sie sowieso nicht«, sagte ich, »und wenn ich mal ganz was anderes mache, können sie auch nicht mehr tun als nein sagen.«

»Eben«, sagte Maria, »hat du noch ein Bier für mich?«

Ich holte ihr noch ein Bier und mir noch so ein kleines Fläschchen Champagner. Champagner ist einfach das Beste, besonders in Situationen, wo eben noch alles ziemlich beschissen aussieht und es jetzt beinahe den Anschein hat, als tauche ein Silberstreifen am Horizont auf.

Am nächsten Morgen kaufte ich mir alle Zeitungen, von denen man auch nur im entferntesten annehmen konnte, daß ich vielleicht etwas daraus lernen würde. Vorher war ich beim Arzt gewesen, der mich endlich von meinem Gipsbein befreit hatte. Er hatte den Gips aufgeschnitten und auseinandergeklappt und

113

mein Bein betrachtet und den Knöchel befühlt und gesagt: »Wunderbar. Ganz wunderbar verheilt und in Ordnung.«

Ich war weniger entzückt. Ich starrte erschrocken auf meinen dünnen, von der Desinfektionslösung rotbraun verfärbten Unterschenkel und den unverhältnismäßig dicken Knöchel, der überhaupt keine Kontur mehr hatte. Die Glöcknerin von Notre-Dame, dachte ich, ich werde den Rest meiner Tage dieses verunstaltete dünne Beinchen hinter mir herziehen, Gott sei Dank habe ich wenigstens keinen Buckel.

»Aber das sieht ja schrecklich aus«, sagte ich. »Das wird schon wieder, keine Sorge«, sagte der Arzt munter und legte eine Elastikbinde um meinen Knöchel und gab mir eine Salbe, die ich jeden Tag einmassieren sollte.

Ich humpelte zum nächsten Zeitungskiosk und dann nach Hause und schmierte ordentlich Salbe auf meinen Notre-Dame-Knöchel und legte mich aufs Sofa und fing an zu lernen.

Zuerst las ich das politische Magazin von vorne bis hinten durch, und danach war mir ganz furchtbar zumute, und ich fragte mich, ob ich es nicht überhaupt lassen und mich gleich vom Balkon stürzen sollte. Sie hatten so ziemlich alles Schreckliche, was auf dieser Welt passiert, beschrieben: In der Politik sah es schlecht aus, ganz schlecht, wohin man auch blickte, und dann die Tierversuche und die Umweltzerstörung und die Industrie, der es völlig egal ist, ob die Fische bauchoben im Rhein schwimmen, Hauptsache sie macht Profit. Und die Fehlurteile vor Gericht und die Terroristen und die furchtbare Lage der alten Menschen. Aber sie schrieben gut, die Journalisten in diesem Magazin, und ich konnte etwas von ihnen lernen.

Ich griff mir eine von diesen Hochglanzfrauenzeitschriften, die fünf Kilo wiegen und anscheinend nur aus Anzeigen bestehen und erholte mich schnell. Ich vertiefte mich in die edlen Anzeigen und in die Beiträge, die sie brachten, über Kunst und Kultur und Psychologie, und auch hier konnte ich etwas lernen.

Ich las auch die Vierteljahreszeitschrift für Kunst und Kultur, die Elisabeth so liebt und mir immer ans Krankenbett gebracht hatte. Sie heißt »Marginale« und ist so etwas wie ein Kultblatt, denn obwohl sie nur alle drei Monate rauskommt und das in kleiner Auflage und ziemlich teuer, reißen sich alle um sie und

lassen es sich angelegen sein, genau zu wissen, was in »Marginale« gestanden hat. Ich hatte dieses Getue immer ziemlich blöd
gefunden und mich deshalb nie damit befaßt. Aber sie brachten
wirklich interessante und witzige und außergewöhnliche Beiträge.

Und dann hatte ich diese wagemutige Idee. Ich lag auf dem
Sofa und las und betrachtete zwischendurch mein dünnes Bein
und dachte, was soll's, dann humpelst du eben, du wirst eine
Arbeiterin des Kopfes sein, dazu braucht man keine Beine, und
Proust hatte Asthma und lag im Bett und hat trotzdem tolle Sachen geschrieben. Ziemlich blöde Gedanken, ich weiß, aber ich
war in einer sonderbaren Stimmung, in so einer »Was soll's, du
hast nichts mehr zu verlieren, du kannst nur noch gewinnen«-
Stimmung. Und bei »Arbeiterin des Kopfes« fiel mir Rosa Luxemburg ein.

Ich interessiere mich nicht für Politik und auch nicht für den
Kampf des Proletariats, aber ich liebe Rosa Luxemburg. Ich
hatte irgendwann eine Besprechung ihrer gesammelten Briefe
gelesen, und das hatte mich interessiert, und Rüdiger hatte mir
die fünf Bände zum Geburtstag geschenkt. Seitdem liebte ich
Rosa Luxemburg und ärgerte mich immer darüber, daß sie so
anders dargestellt wird, als sie ist, auch in dem Film, den Margarethe von Trotta über sie gedreht hatte, und in dem sie zeigen
wollte, wie Rosa Luxemburg wirklich war. Aber ich fand, daß
Margarethe von Trotta es auch nicht richtig gemacht hatte und
dachte: Mich hättet ihr mal ranlassen müssen, ich hätte euch gezeigt, wie sie war.

Das machst du jetzt, dachte ich wagemutig, du schreibst einen
Artikel darüber, wie du Rosa Luxemburg siehst, du schreibst
jetzt mal was Eigenes, Maria hat ja recht, aber nicht so langweilig
und dezent und brav und kulturvoll, sondern ein bißchen flotter
und witziger, was die anderen können, wirst du vielleicht auch
noch schaffen.

Mach's gleich, Ines, sagte ich zu mir, bevor dir der Wagemut
wieder vergeht. Ich setzte mich an den Schreibtisch, legte das
Bein hoch und schrieb meinen ersten eigenen Artikel. Ich
brauchte zwei Wochen dazu, und ich überarbeitete ihn gründlich, und wenn ich eine Formulierung langweilig oder zu dezent

fand, dann blätterte ich in den Zeitungen und sah nach, wie es die anderen machten. Ich überschrieb den Artikel mit »Rosa, my love« und schrieb ihn zum Schluß noch mal ab, damit keine Tippfehler drin waren, und kopierte ihn und schickte ihn an Frau Schmitt-Meermann. Frau Schmitt-Meermann war, wenn man dem Impressum glauben durfte, die Chefredakteurin von »Marginale«.

Es war wirklich sehr wagemutig, um nicht zu sagen wahnwitzig, einen Artikel über Rosa Luxemburg und darüber, was für eine wunderbare, gescheite Frau sie gewesen war, ausgerechnet an diese edle Kulturzeitschrift zu schicken, in deren Räumen der Name Rosa Luxemburg vermutlich nicht einmal ausgesprochen werden durfte. Aber ich war eben in dieser wahnwitzigen Stimmung. Wenn schon, dann richtig, dachte ich, und nur keine halben Sachen machen, und wer wagt, gewinnt. Ich humpelte zum Briefkasten und steckte den braunen Umschlag ein, und da war ich schon etwas weniger wahnwitzig und viel realistischer: Wenn sie ihn nicht haben wollen, sagte ich mir, dann kann ich ihn immer noch woanders anbieten.

VIII

Das Telefon klingelte punkt Neun. Ich hasse Leute, die so früh anrufen, denn ich brauche morgens zwei Stunden, bis ich verständliche Sätze sprechen und sinnvolle, logische Gedanken fassen kann.

»Redaktion Marginale, guten Morgen«, sagte die Stimme einer Frau, die offensichtlich keine Probleme damit hatte, um diese Tageszeit zu sprechen oder zu denken. »Spreche ich mit Frau Dohmann?«

O Gott, das darf doch nicht wahr sein, dachte ich. Seit vier Wochen hatte ich erwartungsvoll und hoffnungsfroh den Briefkasten geöffnet und war mit klopfendem Herzen ans Telefon gegangen, wenn es klingelte, und gerade gestern hatte ich damit aufgehört und jede Hoffnung fahren lassen. Und jetzt riefen sie an, sie riefen tatsächlich an!

»Spreche ich mit Frau Dohmann?« wiederholte die Stimme.

»Ja«, sagte ich.

»Frau Schmitt-Meermann hätte gerne persönlich mit Ihnen gesprochen«, sagte die göttliche Stimme, »wann wäre es Ihnen recht?«

Ich räusperte mich und versuchte zu denken. Du lieber Gott, wann wäre es mir recht, jederzeit natürlich, auch mitten in der Nacht oder um vier Uhr früh, wenn Frau Schmitt-Meermann um diese Zeit gerne persönliche Gespräche führt.

»Jederzeit«, sagte ich.

»Morgen um 15 Uhr 30, würde Ihnen das passen?« sagte die Stimme.

»Das paßt mir sehr gut«, sagte ich und hoffte, sie würde aufhören, mir so komplizierte Fragen zu stellen. Sie tat mir den Gefallen und sagte »Auf Wiedersehen«, und ich echote »Auf Wiedersehen« und legte mit zitternder Hand den Hörer auf.

Den Rest des Tages verbrachte ich damit, meine Kleider zu inspizieren und darüber nachzudenken, was ich anziehen sollte. Was Ordentliches, würde Elisabeth sagen, etwas, worin du dich wohlfühlst, das ist wichtig in solchen Situationen. Ich inspizierte vor allem die Edel-Klamotten aus der Rüdiger-Phase, putzte vorsorglich alle meine Schuhe, betrachtete meine drei Handtaschen, legte Elisabeths Kette und Elisabeths Uhr schon mal zurecht und kaufte mir zwei Paar teure Strumpfhosen, für den Fall, daß eine beim Anziehen kaputtgehen würde.

Ich betrachtete mich im Spiegel und entschied, daß ich mit diesen Zotteln nicht zu Frau Schmitt-Meermann gehen konnte. Ich rief bei meinem Friseur an und sagte, es handele sich um einen Notfall, und er gab mir sofort einen Termin und machte mir einen Herrenschnitt, nicht wieder diesen Feder-Look, der würde Frau Schmitt-Meermann wahrscheinlich nicht gefallen. Jetzt waren die Haare im Nacken und an den Schläfen ganz kurz, oben länger und in einer schönen Welle zurückgekämmt, und ich sah sehr cool und überlegen aus, ähnlich wie die Models, die im Modeteil unter der Überschrift »Praktisch und elegant am Schreibtisch« zeigen, wie eine berufstätige und erfolgreiche Frau auszusehen hat. Ich wirkte natürlich nicht so jung und unschuldig, die sehen ja immer aus wie bestenfalls zwanzig, aber Frau Schmitt-Meermann würde es sicher recht sein, wenn ich etwas älter war als zwanzig.

Ich dachte auch darüber nach, was ich sagen würde. Ich überlegte mir genau, welche geistreichen, charmanten und beeindruckenden Wendungen ich anbringen könnte und wie locker und leger ich mich verhalten würde. Aber dann mußte ich der Wahrheit die Ehre geben und mir eingestehen, daß ich in meinem ganzen Leben noch nie nur halb so geistreich, charmant und lokker gewesen war, wie ich mir das vorstellte, und daß ich es morgen bestimmt nicht das erste Mal sein würde. Ich würde mich auf mein Glück und meine Geistesgegenwart verlassen müssen, wie sonst auch.

Frau Schmitt-Meermann war eine große blonde Dame mittleren Alters mit einem klaren kühlen Gesicht und einer klaren kühlen Art. Ich hatte es geschafft, ihr guten Tag zu sagen und mich in den Sessel zu setzen, den sie mir anbot, und nun saß ich da, schlug die Beine übereinander und versuchte kompetent und intelligent und zugleich ganz entspannt und locker auszusehen.

»Ihr Artikel hat mir gefallen, Frau Dohmann«, sagte Frau Schmitt-Meermann, »das ist mal was Anderes, nicht das Übliche. Gegen den Strich gebürstet, so habe ich es gern. Sind Sie mit einem Honorar von 1500 Mark einverstanden?«

Ich versuchte so auszusehen, als ob mich ständig Chefredakteure fragten, ob mir 1500 Mark recht wären, und sagte: »Ja.«

»Sehr schön«, sagte Frau Schmitt-Meermann und blätterte in meinem Manuskript. »Ich habe da ein paar kleine sprachliche Unebenheiten gesehen und angemerkt, vielleicht schauen Sie sich das noch mal an und schicken es mir dann bis Montag, geht das?«

»Natürlich«, sagte ich und wurde geradezu redselig: »Das ist überhaupt kein Problem.«

»Sehr schön«, sagte Frau Schmitt-Meermann wieder. »Haben Sie denn Lust und Zeit, mehr für uns zu schreiben?«

O Gott, dachte ich, ich würde meinen linken Arm dafür geben, und du fragst mich, ob ich vielleicht Lust und Zeit habe. Mit Freuden! Ich hätte beinahe gesagt »mit Freuden«, aber ich besann mich gerade noch und sagte: »Ja, gern.«

»Gut«, sagte Frau Schmitt-Meermann, »machen Sie mir doch mal ein paar Themenvorschläge, schriftlich natürlich. Was sind Sie denn von der Ausbildung her?«

Ich war froh über die Gelegenheit, etwas Inhaltsreicheres von mir zu geben als »ja« und »natürlich« und »gern«. »Ich habe Germanistik und Geschichte studiert, aber leider ohne Abschluß«, sagte ich.

»Das ist für uns unerheblich«, konstatierte Frau Schmitt-Meermann. »Und denken Sie bei Ihren Themenvorschlägen daran, über Ihr Fachgebiet hinauszugehen. Uns kommt es auf die Art des Schreibens und die Ideen an, nicht aufs Spezialistentum.«

Ich fand es nett, wie sie immer »uns« und »wir« sagte, obwohl es selbst mir in meinem verwirrten Zustand klar war, daß es hier nur auf eins ankam, nämlich auf das, was sie wollte.

Ich wiederholte mich und sagte »ja« und sie sagte, dann wäre alles soweit besprochen und den Beitrag bitte bis Montag und die Themenvorschläge auch möglichst bald.

Ich brachte einen neuen Einwortsatz zustande und sagte: »Selbstverständlich«. Dann schaffte ich es, mich von ihr zur Tür bringen zu lassen, ohne dabei zu stolpern oder ihr in den Weg zu geraten und mich in der Tür umzudrehen und ihr die Hand zu schütteln und ihr klares, kühles Lächeln zu erwidern – etwas verzerrt und mehr in der Art des Glöckners von Notre-Dame, aber immerhin – und mich zu verabschieden. Als ich die Marmortreppe des modernen kühlen Gebäudes hinunterging, in dem die »Marginale«-Redaktion etabliert war, wäre ich vor lauter Lockerheit und Entspanntheit beinahe die Treppe hinuntergefallen, aber ich hielt mich gerade noch am Treppengeländer fest.

Ich ging langsam und vorsichtig zur U-Bahn und faßte den Haltegriff der Rolltreppe ganz fest und stieg vorsichtig in den Zug, um ja nicht zu stolpern. Denn was wäre es für ein Jammer, wenn ich mir ausgerechnet jetzt das Genick brechen würde und der Artikel in »Marginale« dann posthum erscheinen würde und alle sagen würden: »Wie schrecklich! So ein frisches, gerade neu entdecktes Talent und dann dieser furchtbare Unfall!«

Als ich wieder zu Haus war, rief ich Elisabeth an, obwohl ich genau wußte, was sie sagen und daß sie überhaupt nicht verstehen würde, was dies wirklich bedeutete.

»Siehst du mal, mein Kind«, sagte sie, und in ihren Worten hallte »das habe ich ja schon immer gesagt« wider, was sie sich aber verkniff. »Du bist eben wirklich gut, und es war nur eine Frage der Zeit, daß das mal jemand entdeckt.«

Ich versuchte gar nicht erst, ihr zu erklären, daß ich eben erst dabei war, womöglich so etwas wie gut zu werden und daß es nicht die Schuld der anderen war, daß sie mich bisher nicht entdeckt hatten, sondern eher meine, weil ich mich nämlich bisher nicht entdeckt hatte. Ich hatte angenommen, sie würde die Tatsache, daß mein wunderbarer Artikel von Rosa Luxemburg handelte, mit einem ihrer ablehnenden »Achs« quittieren, aber zu meinem Erstaunen sagte sie: »Wie schön. Das ist wirklich eine interessante Frau.« Ich fragte, wieso kennst du Rosa Luxemburg, und sie war fast gekränkt und ließ anklingen, daß sie Rosa Luxemburg ja wohl schon wesentlich länger kennen würde als ich Wickelkind, und daß deren »Briefe aus dem Gefängnis« seit ungefähr hundert Jahren zu ihrer meistgeschätzten Lektüre gehörten undsofort.

Sieh mal einer an, dachte ich, Katharina die Große liest Rosa

Luxemburg, wer hätte das gedacht, was hält das Leben doch für Überraschungen bereit.

Maria war leider nicht da, sie war beim Drehen, wie mir ihr Telefonanrufbeantworter mitteilte. Aber dann erzählte ich es wenigstens Frau Niedermayer, die ich im Hausflur traf. Frau Niedermayer freute sich sehr, aber im übrigen ähnelte ihre Reaktion sehr der von Elisabeth. »Ich sag's ja«, sagte sie, »das wundert mich gar nicht, Frau Dohmann, so gescheit wie Sie sind.« Daß sie Leute, die stockbesoffen vor ihre Wohnungstür fallen, für besonders gescheit hält, fand ich zwar erstaunlich, aber wo das Herz spricht, darf man nicht allzu viel Logik erwarten, und Frau Niedermayers Herz sprach so deutlich, sie freute sich so und drückte mich sogar kurz und fest an sich und war sehr stolz auf mich, wie sie sagte, und sollte ich da überkritisch sein?

Ich war auch sehr stolz auf mich, und stolzgeschwellt setzte ich mich an meinen Schreibtisch und inspizierte die kleinen sprachlichen Unebenheiten, die Frau Schmitt-Meermann in meinem Manuskript gefunden hatte. Frau Schmitt-Meermann hatte gute Augen. Sie hatte mit allem recht, was ihr nicht gefallen hatte, und ich machte mich gleich daran, die Unebenheiten auszugleichen.

Das Telefon klingelte. Mit dieser knappen Geste, die vielbeschäftigte Leute an sich haben, nahm ich den Hörer ab und sagte ein knappes »Ja?«, wie das vielbeschäftigte Leute tun, die gerade mitten in der Arbeit sind, wenn das Telefon läutet.

»Ines, Herzchen«, sagte Carola, »schön, mal wieder deine Stimme zu hören. Wie geht's denn so?«

Diesmal konnte ich wahrheitsgemäß sagen, daß es mir ganz wunderbar ginge, und daß ich viel Arbeit hätte, was zwar im allgemeinen nicht so ganz der Wahrheit entsprach, in diesem speziellen Moment aber schon.

»Wie schön«, sagte Carola und ging eilends zu dem über, was sie eigentlich wollte. »Ines, könntest du mir einen ganz, ganz großen Gefallen tun? Ich würde dich nicht fragen, wenn es nicht wirklich ein Notfall wäre...«

»Was denn?« fragte ich.

Sie und Rolf hätten einen unglaublich wichtigen Termin heute abend, sagte Carola, da müßten sie unbedingt hin, und es klang

121

beinahe so, als sollte Rolf der Nobelpreis für Medizin verliehen werden, aber nur unter der Bedingung, daß sie heute abend beide zu diesem Termin kommen würden.

»Mein Kindermädchen ist krank«, sagte Carola, »und der Babysitter auch, und ich kann einfach niemanden auftreiben, und da wollte ich dich fragen, ob du nicht ausnahmsweise... Es wäre nur so von halb acht bis zwölf, und du könntest dir ja deine Arbeit mitnehmen, ich bringe die Kinder vorher noch ins Bett, es ist nur, daß jemand da ist...«

Carolas Kinder zu hüten war so ungefähr das letzte, was ich wollte. Da fängt's schon an, dachte ich, Ines, die alleinstehende Frau, die Single-Dame, die man zwar nicht auf Feste einlädt, aber zum Babysitten bittet. Aber ich war andererseits so guter Stimmung, und schließlich war Carola eine alte Freundin von mir, und sie bat mich nicht jeden Tag um einen Gefallen, anscheinend war es wirklich wichtig und ein echter Notfall.

Ich sagte also: in Ordnung, ich komme dann rüber, und sie war sehr erleichtert und sagte, sie würde es mir auch gerne vergüten, und ich sagte: Willst du mich beleidigen? Und sie sagte: Um Gottes willen, nein, aber das Taxi darf ich dir doch zahlen?, und ich sagte: Okay, das darfst du.

Als ich ankam, hatte Carola die Kinder schon ins Bett gebracht: »Alles in Ordnung, sie schlafen, du brauchst dich um nichts zu kümmern, im Kühlschrank steht Sekt oder auch Wein, was du magst, und wenn du fernsehen willst, hier ist das Programm, aber es sind auch genug Videokassetten da.«

»Du hast dich ja so schick gemacht«, sagte ich, »was ist das denn für ein Termin heute abend?«

»Ach, irgendein unglaublich wichtiges berufliches Treffen«, sagte Carola, »ich weiß es auch nicht so genau, aber Rolf hat gesagt, ich müßte unbedingt mit.« Dann tauchte Rolf auf und begrüßte mich sehr herzlich und sagte: »Carola, wir müssen.«

Ich schenkte mir ein Glas Sekt ein und suchte mir eine schöne Videokassette raus, »Spartakus« mit Kirk Douglas und Jean Simmons und trank Sekt und genoß den Film und dachte mir: Was ist schließlich dagegen zu sagen, hier und da mal Freunden behilflich zu sein, deswegen werde ich noch lange nicht zur kinderhütenden alten Jungfer.

Um elf war der Film zu Ende, und ich setzte mich in den Garten, es war ein schöner, warmer Abend, und genoß die Luft und dachte mit ein bißchen Trauer an meinen Garten, aber es war nicht so schlimm, ich konnte daran denken und traurig sein, aber es zerriß mir nicht mehr das Herz.

»Diese Clarissa ist wirklich nett«, hörte ich Carolas Stimme sagen, »das muß ich zugeben. Und sie macht tolle Feste, das muß ihr der Neid lassen.«

»Ich hab's dir ja gesagt«, sagte Rolf. »Sie paßt einfach besser zu Rüdiger.«

»Ja, der ist richtig aufgeblüht«, sagte Carola, »was war der witzig heute abend. Und die Kleine ist so süß. Also, nichts gegen Ines, und wie das gelaufen ist, das war furchtbar, aber ich muß sagen, allmählich verstehe ich ihn –«

»Jetzt komm aber rein«, sagte Rolf ungeduldig. »wir wollten ja noch ein Glas mit Ines trinken, und dann wird's so spät.«

Ich machte auch, daß ich reinkam und setzte mich aufs Sofa mit dem Glas in der Hand, Gott sei Dank war es halbdunkel, so würden sie meinen Gesichtsausdruck nicht gleich sehen.

»Was sitzt du denn da im Dunkeln?« fragte Carola. »Ist alles in Ordnung?«

Ich sagte: ja, ich wäre nur ziemlich müde und würde gern gleich nach Hause fahren, ob sie mir ein Taxi rufen könnte.

»Das ist aber schade«, sagte Rolf und machte das Deckenlicht an, »wir wollten doch noch ein Glas mit dir trinken.«

»Ein andermal gern«, sagte ich, »kannst du mir ein Taxi rufen, Carola?«

»Du siehst wirklich ziemlich müde aus«, sagte Carola und ging zum Telefon.

Das Taxi kam schnell, und nachdem sie sich sehr herzlich bedankt und gesagt hatten, daß wir uns doch nun wirklich mal wieder in Ruhe treffen sollten und mich sehr herzlich verabschiedet hatten, konnte ich endlich raus in die Dunkelheit und mein Gesicht loslassen.

Ich setzte mich auf den Rücksitz des Taxis und die Tränen liefen über mein Gesicht. Der Taxifahrer, ein alter Mann, guckte nur mal kurz in den Rückspiegel und fuhr mich sanft nach Hause und sagte nichts und ließ mich weinen.

Und in dem dunklen Taxi verstand ich plötzlich all das, was ich vorher nicht verstanden und worüber ich lieber nicht nachgedacht hatte. Daß keine Feste mehr stattfanden und daß sie alle so wenig Zeit hatten und mich nicht mehr anriefen. Mein Gott, bist du blöd, Ines, dachte ich, du hast wirklich den Kopf in den Sand gesteckt, es ist doch sonnenklar: Sie haben sich für Rüdiger entschieden.

Sie haben dir eine Schonfrist gewährt, die ersten Monate nach der Trennung, dachte ich, und sich auch, es wäre schließlich nicht sehr fein gewesen, sofort mit fliegenden Fahnen zu ihm überzugehen, zu dem bösen Rüdiger, der die arme Ines so gemein behandelt hat, das hätten sie mit ihrem Gewissen nicht vereinbaren können.

Aber dann hat er geheiratet und das Kind kam, und alles war wieder in Ordnung, und dann haben sie sich entschieden, und die Schonfrist war vorbei. Und natürlich haben sie sich für ihn entschieden, für den guten alten Freund, den bekannten und erfolgreichen Kollegen, mit seiner attraktiven, interessanten, neuen Ehefrau und seinem süßen Kind. Ein präsentables Paar, das sich gut macht auf den Festen, die man gibt, viel besser als die arme alte Ines. Ein guter Kollege, dessen Praxis aus den Nähten platzt und zu dem die Prominenten gehen, und wenn er mal jemanden überweisen muß, dann überweist er natürlich an seinen guten alten Gynäkologen-Freund oder seinen guten alten Chirurgen-Freund oder seinen guten alten Zahnarzt-Freund.

Klar doch, natürlich, selbstverständlich, dachte ich, eine vernünftige Entscheidung, die einzig richtige Entscheidung, wenn man seine fünf Sinne beisammen hat, was soll man mit Ines, wenn man Rüdiger haben kann? Und man kann ja auch nicht auf zwei Hochzeiten tanzen, man kann nicht Ines einladen und Rüdiger und Clarissa, da muß man eindeutig sein, einen klaren Schnitt machen. Und also lädt man Ines vielleicht mal nachmittags ein, da stört sie niemanden, aber das läßt man auf die Dauer auch lieber bleiben, sonst macht sie sich falsche Vorstellungen und fragt womöglich noch mal, wann denn das nächste Fest ist.

Das Taxi hielt, und ich zahlte, und der Taxifahrer tat so, als wäre es ganz normal, daß seine Fahrgäste tränenüberströmt sind und kein Wort herausbringen und nur nicken, wenn er ihnen freundlich »Gute Nacht« sagt.

Ich saß noch lange auf dem Sofa. Ich weinte nicht mehr, aber die Wunde, von der ich geglaubt hatte, daß sie verheilt wäre, brach auf und blutete und blutete, und das Blut war nicht zu stillen, und ich konnte es nur laufen lassen.

Aber es war gut so. Es blutete weiter die nächsten Tage, und ich ließ es bluten und weinte und machte meine Arbeit und ging einkaufen und trank morgens Kamillentee und abends ein Glas Champagner. Mir wurde immer ruhiger und leichter zumute, obwohl es so weh tat. Es stimmt eben doch, dachte ich, diese ganzen blöden Psycho-Sprüche von Rüdiger, von wegen den Schmerz an sich ranlassen und ihn nicht verdrängen und ihn durchleben und all das. Da ist wirklich was dran, Rüdiger weiß gar nicht, wie recht er hat.

Ich rief jeden Tag bei Maria an, denn ich wollte sie etwas fragen. Aber es war immer nur der Anrufbeantworter dran, der mir erklärte, daß sie leider nicht da sei, daß ich aber eine Nachricht hinterlassen könnte, nach dem Piepton. Das tat ich schließlich. Ich schrieb mir genau auf, was ich sagen wollte, denn mein Gehirn setzt aus, wenn ich mit einer Maschine sprechen soll. Maria rief am Sonntag an. »Was um alles in der Welt ist los?« fragte sie. »Du hast auf meine Maschine gesprochen, da muß doch was passiert sein.«

»Ich wollte dich etwas fragen, Maria«, sagte ich. »Was war los damals, als ich mein Fest feierte und alle so spät kamen?«

»Warum fragst du das?« wollte sie wissen.

Ich erzählte ihr die Sache mit Carola und Rolf.

»Scheißdämliche Kuh«, sagte sie aufgebracht. »Geht auf ein Fest zu Rüdiger und Klärchen und bittet dich, auf ihre Kinder aufzupassen.«

»Das kann man wohl sagen«, sagte ich, »und was war nun los damals?«

»Rüdiger hatte auch ein Fest an dem Tag«, sagte Maria sachlich.

»Er wollte allen seinen Freunden seine Tochter vorstellen, wie er es nannte. Das Fest war nur von sieben bis neun, weil Klärchen noch schonungsbedürftig war.«

»Und du und Hermann, ihr seid nicht hingegangen, und alle anderen aber schon und danach zu mir?«

»Richtig«, sagte Maria.

Ich erinnerte mich plötzlich an den nachdenklichen Gesichtsausdruck, mit dem Elisabeth meine Gäste gemustert hatte, und an ihr ernstes Gespräch mit Maria.

»Und Elisabeth hat das gewußt, nicht wahr?« sagte ich.

»Ich war total von den Socken, als sie mich fragte«, sagte Maria. »Sie sah mich streng an und sagte: ›Hier stimmt doch etwas nicht, und Sie wissen das. Was ist los?‹ Und da habe ich es ihr natürlich erzählt, und sie hat bloß ›Ach‹ gesagt, und: ›Das wird Ines nicht noch mal passieren, dafür werde ich sorgen.‹ Sie ist schon eine tolle Frau, deine Tante.«

Das fand ich auch. Und sie hat keinen Piep gesagt und mich listig dazu gebracht, daß ich sie meinen Geburtstag organisieren ließ und sie aufpassen konnte, daß mir niemand wehtat. Ach Elisabeth, dachte ich, du großartige, wunderbare Elisabeth.

Ich fing an zu weinen, ausnahmsweise, ich hatte seit gestern nicht mehr geweint, es war also höchste Zeit.

»Heul mal ruhig«, sagte Maria, »ich habe Zeit.«

»Und warum seid ihr gekommen?« fragte ich, als ich wieder reden konnte.

»Wir haben uns überlegt, wer uns wichtiger ist«, sagte Maria. »Und wir fanden, du bist uns wichtiger.«

»Jetzt muß ich noch mehr heulen«, sagte ich. »Ich lege auf und rufe dich später wieder an.«

Es war ein Wunder, daß ich noch so weinen konnte, nachdem ich schon die ganzen Tage rekordverdächtig viel geweint hatte, aber mein Vorrat war anscheinend unerschöpflich. Und diesmal weinte ich nicht nur, weil es wehtat, sondern auch, weil ich mich freute.

Kann ja sein, daß ich einen Haufen Freunde verloren habe, dachte ich, wenn man das überhaupt Freunde nennen kann, Leute, die sofort abspringen, wenn es mal schwierig wird und einen im Regen stehenlassen und beschwindeln, und denen man anscheinend ganz egal ist. Aber immerhin gibt es ja noch ein oder zwei oder drei Menschen, Moment mal, Elisabeth und Maria und Hermann, das sind drei, vielleicht könnte ich auch noch

Frau Niedermayer dazuzählen, also vier, die einen nicht im Regen stehenlassen, die einen mögen oder einen lieben oder denen man wichtig ist. Wichtiger als Rüdiger!

Vier immerhin, dachte ich, und weinte noch mehr, und wenn ich jetzt sterben würde, dann würden diese vier an meinem Grab stehen und wirklich um mich trauern, und halt, mein Vater würde auch an meinem Grab stehen, der liebt mich auch und dem bin ich auch wichtig, also fünf.

Nachdem ich mehr als meine übliche Tagesration an Tränen vergossen hatte und wirklich nichts mehr kam, rief ich Maria wieder an.

»Und sie feiern immer noch alle diese Feste und laden mich bloß nicht dazu ein, nicht wahr?« fragte ich. »Laden sie euch ein? Wart Ihr schon mal bei Rüdiger?«

»Na klar«, sagte Maria munter, »ich bin neugierig wie eine Katze und wollte mir das Ganze wenigstens einmal ansehen, das gute Klärchen und das Kind und wie sie sich eingerichtet haben.«

Ich liebte es, wie sie Clarissa Klärchen nannte. Ich bin auch neugierig wie eine Katze und fragte begierig: »Und wie war's?«

»Also das Kind ist wirklich süß, da hat Carola recht«, sagte Maria. »Und Klärchen? Na ja, die ist nicht so mein Typ. Sie ist sehr nett und hübsch und all das, aber ich mag diese Reh-Frauen nicht so besonders, so zart und süß und mit diesen großen braunen Reh-Augen und dieser feinen Stimme. Man kommt sich immer so groß und fett und laut neben ihnen vor, nicht wahr?«

»Wem sagst du das«, sagte ich und kicherte.

»Aber von ihrem Fach versteht sie was«, fuhr Maria fort, »das sagt jedenfalls Hermann. Er hat sie natürlich sofort mit der Reform der Psychiatrie mit Beschlag belegt, und ich habe mich köstlich amüsiert. Sie wollte ihn unbedingt loswerden, aber sie traute sich nichts zu sagen, sie ist so übertrieben höflich, weißt du, und sie wurde ganz zappelig und guckte immer, wo Rüdiger ist, damit er sie loseisen kann. Dabei hatte sie sich doch so gefreut, daß sie alle die lieben alten Freunde von Rüdiger auf einmal kennenlernen darf«, sagte sie mit gezierter, übertrieben hoher Stimme und machte anscheinend Clarissa nach.

»Ha«, sagte ich. »Und wie sind sie eingerichtet?«

Maria brach in schallendes Gelächter aus. »Du wirst es nicht glauben«, sagte sie prustend, »alles in Chrom und Stahl und Glas und weißem Leder und Punktestrahler und so furchtbare Bilder an den Wänden, alle mit großen Elefanten drauf, in blau und grau, und wohin du siehst, starrt dich ein Elefant an. Und ein unglaublich häßlicher moderner Kamin.«

»Nix rustikal?« fragte ich. »Der arme alte Rüdiger. Er liebt das Rustikale so, weißt du, teuer aber rustikal, dickes Naturholz und dicke Berber und dazu viele Pflanzen.«

»Ich weiß«, sagte Maria, »ich kenne doch seine Praxis. Aber da draußen, da ist nix rustikal, das kannst du mir glauben. Und der arme alte Rüdiger steht ganz unglücklich in dieser Chrom-Pracht, und ich habe ihn ordentlich geärgert und ihm gesagt, wie schön ich das alles finde und wie gemütlich und mal ganz was anderes als sein üblicher Stil! Er hätte fast einen Schlaganfall bekommen, als ich das sagte!«

Mir wurde ganz warm ums Herz, nicht wegen Rüdigers Schlaganfallgefährdung, das wünschte ich ihm natürlich nicht. »Ach ja, ach ja«, sagte ich, »der arme alte Rüdiger.«

»Und der arme alte Rolf«, sagte Maria mit satter Stimme. »Carola findet das nämlich ganz toll und will sich jetzt auch so einrichten und sich den ganzen Wohnbereich weiß fliesen lassen.« Maria imitierte Carolas Art zu reden ganz ausgezeichnet. »Und Rolf ist ganz außer sich vor Freude, daß sein gutes Geld nun für Chrom und Glas und Leder ausgegeben wird und daß sein Wohnbereich bald aussieht wie ein Schwimmbad.«

Maria, ich liebe dich, dachte ich. Sie erzählte noch ein paar solcher schönen, bösartigen Geschichten, und dann erzählte ich von »Marginale«, und sie sagte: »Siehst du«, und dann sagte sie, Hermann käme gleich und sie müßte jetzt mal ins Tiefkühlfach sehen, und ich sagte: »Danke. Das war eine tolle Therapie für mein wundes Herz.« – »Nichts zu danken«, sagte sie, »es war mir ein Vergnügen.«

Ab da wurde es auch für mich ganz vergnüglich. Das Blut hörte allmählich auf zu fließen und die Tränen auch, und ich ging immer leichtfüßiger umher und wurde wirklich vergnügt. Ich dachte mir eine ganze Reihe toller, gegen den Strich gebürsteter

Themen für Frau Schmitt-Meermann aus und schickte sie ihr und hoffte, sie würde davon auch so begeistert sein wie ich.

Es wurde noch vergnüglicher, als Carola anrief. »Ines, Darling«, sagte sie (sie sagte tatsächlich Darling, das ist doch völlig out, aber wenn Carola es sagt, ist es vielleicht gerade wieder in), »wie geht es dir denn? Du sahst wirklich sehr müde aus das letzte Mal. Geht es wieder?«

Ich sagte, es ginge mir sehr gut, und dann ritt mich dieser vergnügliche Teufel, und ich fragte: »Und wie war es bei Rüdiger und Clarissa?«

»Wieso?« fragte Carola.

»Da wart ihr doch, als ich auf eure Kinder aufgepaßt habe«, sagte ich.

Carola ist sonst sehr flink und geschickt und nie um eine Ausrede verlegen, aber jetzt verließ sie ihre Geistesgegenwart, und sie fragte konsterniert: »Woher weißt du das?«

»Ich weiß es eben«, sagte ich. »War's nett?«

Carola fing tatsächlich an zu stottern. »Ja – nein – also«, sagte sie, aber dann fing sie sich: »Das war ja eben dieser Termin. Rüdiger denkt daran, mit Rolf zusammen eine Gemeinschaftspraxis zu machen, und er wollte, daß ich dabei bin, wenn sie das besprechen, und da konnte ich natürlich nicht nein sagen.«

Du hast auch schon besser gelogen, meine Gute, dachte ich. Warum sollte Rüdiger mit diesem mittelmäßigen Hals-Nasen-Ohren-Klempner, den du deinen Mann nennst, eine Gemeinschaftspraxis aufmachen? Der würde ihm doch nur die Patienten vergraulen.

»Aber Rüdiger und Clarissa machen doch eine Gemeinschaftspraxis«, sagte ich.

Carola hütete sich, noch einmal »Woher weißt du das?« zu fragen. Ich wußte es eben, ich war hellseherisch begabt, oder irgendein dunkler Verräter aus ihrem edlen Kreis hatte es mir zugetragen. »Ja, natürlich«, sagte sie, »aber nun steht eben zur Diskussion, ob Rolf da auch einsteigt.«

»Ach, das wäre aber nett«, sagte ich heuchlerisch und lügnerisch und voll diebischen Vergnügens. »Und mit Rüdiger und Clarissa läuft ja alles gut, auch in der Praxis, nicht wahr?«

»Ja, sehr«, sagte sie, »es läuft alles wunderbar.«

»Ach, das freut mich aber«, sagte ich, »und die kleine Sarah, die ist ja anscheinend ein ganz reizendes Kind, nicht?«

»Ja, das ist sie wirklich«, sagte Carola mit schwacher Stimme. Das Gespräch schien sie auszulaugen, es schien ihre geistige und psychische Fassungskraft zu übersteigen. Eine gute Portion Tai Chi würde vonnöten sein, um sie wieder auszubalancieren. Mach Nägel mit Köpfen, Ines, dachte ich, nur keine halben Sachen, Rüdiger hat ganz recht, mach sie reif für eine Super-Spezial-Portion Tai Chi.

»Und sie sind ja so schön eingerichtet«, sagte ich, »so klar und modern und dann diese faszinierenden Elefanten-Bilder, in blau und grau, nicht wahr?«

»Ja«, sagte Carola, »die haben mir auch sehr gefallen.«

»Und du willst dir deinen Wohnbereich jetzt weiß fliesen lassen, nicht? Das stelle ich mir auch sehr schön vor, so klar und hell«, sagte ich (klar und hell wie ein Schwimmbad, haha!), »aber ist es nicht ein bißchen unpraktisch? Ich meine, man sieht doch wirklich alles auf diesen weißen Fliesen.«

»Ja, das habe ich mir auch schon überlegt«, sagte Carola erschöpft, »ich werde es wahrscheinlich doch nicht machen.«

Aber dann raffte sie sich auf – das ist eine sehr respektable Seite an Carola, sie kann sich auch im todwunden Zustand von einer Sekunde zur anderen wiederbeleben – und sagte mit neuer Kraft: »Also, ich freue mich jedenfalls, daß du so gut drauf bist, ich muß mal nach den Kindern sehen, mach's ganz gut, Ines, ich melde mich wieder, tschau«, und legte auf, bevor ich eine weitere Daumenschraube ansetzen konnte.

Ha, dachte ich, die Dohmannsche Rache-Therapie, die macht einen frisch und munter, die müßte ich mal Rüdiger für seine Patienten empfehlen, da könnte er sich die homöopathischen Medikamente sparen.

Zwei Tage später rief Rüdiger an, und ich hätte ihm gleich den guten Tip geben können, doch ich kam nicht dazu. Es war aber auch so sehr spannend und vergnüglich.

»Ich wollte mal hören, wie es dir so geht«, sagte er, und dann erkundigte er sich intensiv nach meinem persönlichen Wohlergehen und danach, wie es der Arbeit ginge und meinem Konto und überhaupt.

»Das mit der Bank habe ich längst geregelt«, sagte ich, »oder haben die bei dir noch mal angerufen?«

»Nein, natürlich nicht«, sagte er hastig, »so habe ich es nicht gemeint. Ich wollte einfach nur hören, ob alles gut läuft bei dir.«

Ich ließ es mir angelegen sein, ihm deutlich zu machen, daß alles ganz wunderbar lief bei mir, es konnte kaum besser laufen, und das war ja ausnahmsweise auch die Wahrheit, und ich glaube, er spürte das und war sogar ein bißchen beeindruckt.

»Ach ja, übrigens, ganz was anderes, das fällt mir gerade ein«, sagte er, und ich dachte: Ganz was anderes ist schön gesagt, das ist es doch jetzt endlich, weswegen du anrufst, also laß mal hören.

»Wegen dem Barockschrank«, sagte er, »den wolltest du doch eigentlich gar nicht, der war dir doch eigentlich zu groß.«

Das hatte ich tatsächlich gesagt, als er mir das Ding auch noch aufgehalst hatte. Der Barockschrank ist groß und dunkel und hat dezente Schnitzereien an den Türen, und Rüdiger hatte ihn nie gemocht, obwohl er von seinen Eltern stammte, oder vielleicht gerade deswegen, und als er mich losschlug, hatte er den Schrank auch gleich mit losgeschlagen. Ich hatte mich mittlerweile an ihn gewöhnt und fand ihn sehr schön in meinem Flur: nur der dunkle Schrank und gegenüber der große Spiegel.

»Ja, und da dachte ich, es wäre dir vielleicht lieber, ich würde ihn doch übernehmen«, sagte Rüdiger.

»Aber du magst ihn doch gar nicht«, sagte ich.

»Na ja« sagte er, »immerhin ist er noch von meinen Eltern, ein Erbstück, und da hat man ja auch gewisse emotionale Bindungen, nicht?«

Du willst mich wohl verscheißern, Rüdiger-Darling, dachte ich, das ist doch nicht auf deinem Mist gewachsen. Könnte es vielleicht sein, daß Clarissa den Barockschrank gerne hätte, als Kontrast zu Chrom und Leder und Glas, das ist ja sehr »in« zur Zeit, ein schönes altes Stück in einem ganz modernen Ambiente? Oder ist euch vielleicht klargeworden, daß das Ding vermutlich eine ganze Menge wert ist? Aber das ist mir auch eben erst klargeworden. Barock, natürlich, dachte ich, und mir fiel die Anzeige eines Auktionators ein, die ich kürzlich in der Zeitung gesehen hatte, das bringt eine ganze Menge Kohle heutzutage, Barock.

»Ich mag ihn sehr«, sagte ich, »er steht so schön in meinem Flur.«

»Aber du verstehst das doch sicher«, sagte er, »er stammt immerhin aus meinem Elternhaus (Gott im Himmel, so gestelzt hast du doch früher nicht gesprochen), und da habe ich doch sozusagen einen Anspruch –«

»Ich verstehe dich nicht«, sagte ich und zitierte aus dem Gedächtnis: »Das ist ja auch alles in der Scheidungsvereinbarung ganz klar geregelt. Du hättest da gar keinen Rechtsanspruch.«

»Ja, sicher«, sagte er und gab auf.

Und mich ritt der Teufel, und ich zitierte ihn wieder, aber wenn einer lauter so schöne Dinge sagt, dann muß er damit rechnen, daß andere es nachplappern: »Ach ja, übrigens, ganz was anderes, das fällt mir gerade ein«, sagte ich, »Carola hat mir erzählt, du willst mit Rolf eine Gemeinschaftspraxis aufmachen?«

Er war wie vom Donner gerührt. »Was?« fragte er entgeistert.

»Ich konnte es mir auch nicht vorstellen«, sagte ich harmlos. »Aber Carola hat es gesagt.«

»Das mußt du falsch verstanden haben«, sagte er.

»Bestimmt nicht«, sagte ich unschuldig. »Wir haben sogar länger darüber geredet. Sie waren doch kürzlich bei euch, um das Ganze zu besprechen.«

»Das verstehe ich nicht«, sagte Rüdiger. Ich verstand gut, daß er es nicht verstand, denn ich weiß, wie er über Rolf denkt. Er schätzt ihn als guten alten Freund, sicher, aber was seine fachlichen Qualitäten betrifft, so hatte er immer gesagt, er würde sich lieber einem mittelalterlichen Bader anvertrauen, wenn er Mandelentzündung oder Ohrenschmerzen bekommen sollte, als Rolf.

»Da hat dann wohl Carola was mißverstanden«, sagte ich großzügig.

Er war sehr froh über diese passable Erklärung und murmelte: wahrscheinlich, obwohl er es überhaupt nicht für wahrscheinlich hielt, sondern für eins der großen Welträtsel. Bestimmt ruft er gleich Carola an, dachte ich frohgemut und fragt sie, warum zum Teufel sie mir eine so hirnrissige Geschichte erzählt hat. Er verabschiedete sich sehr schnell, und nun war ich an der Reihe, in diesem munteren Ton »mach's gut« und »bis bald« zu sagen.

Ich legte vergnügt auf und holte mir ein Glas Champagner aus der offenen Flasche mit der Silbergabel drin, setzte mich auf den Balkon und trank auf meinen Triumph. Aber allmählich wurde mir etwas bang. Sei nicht so übermütig, Ines, sagte ich zu mir, sei nicht so großkotzig, die Götter mögen den Übermut nicht, sie bestrafen Menschen, die übermütig und hoffärtig werden. Denk an Prometheus oder wie der Knabe hieß und an Ikarus.

Ich bekam wirklich Angst vor der Strafe der Götter – sie konnten mich jeden Tag wieder die Treppe hinunterfallen lassen – und beschloß, nicht mehr übermütig und hoffärtig und gemein zu sein, nicht mal zu Carola oder Rüdiger. Liebe deinen Nächsten, sagt Jesus Christus, und lege nicht falsch Zeugnis ab. Ich hatte zwar nicht gerade falsch Zeugnis abgelegt, das konnte man nicht sagen, ich hatte nur Carola erzählt, was Maria mir erzählt hatte, und Rüdiger, was Carola mir auf die Nase gebunden hatte. Aber so gemein und hinterlistig, wie ich das getan hatte, kam es schon sehr in die Nähe von falsch Zeugnis ablegen, dachte ich, das würde Jesus Christus wahrscheinlich auch so sehen.

Das läßt du in Zukunft, beschloß ich. Ehe du dich versiehst, liegst du wieder auf der Nase, und dann hast du selber Schuld, weil du so gemein gewesen bist.

IX

Es war August. Wieder so ein glühender, heißer August mit bleiernem Himmel. »Ozonloch, Klimakatastrophe«, stieß Frau Niedermayer zornig hervor, wenn ich abends in den Hof kam, wo sie die Pflanzen wässerte. Sie hielt sich dieselbe liberale, angesehene Tageszeitung wie ich, war aber weit besser informiert, weil sie sie wirklich gründlich las. Sie war Sozialdemokratin mit Leib und Seele, genau wie ihr Mann es gewesen war, und ihre Kommentare über den Bundeskanzler, der einer anderen Partei angehörte, aber auch über das, was in der eigenen Partei versust wurde, wie sie es nannte, waren scharf und wohlbegründet. »Politik ist nun mal mein Steckenpferd«, sagte sie und erklärte mir, was der amerikanische Präsident ihrer Ansicht nach anders machen sollte, und hätte der amerikanische Präsident die Gelegenheit gehabt, diese Ansicht zu hören und sich nach ihr zu richten, die Dinge hätten wahrlich besser ausgesehen.

Vor allem aber lag ihr die Umwelt am Herzen. Wenn wir später auf ihrem Balkon saßen und Kaffee tranken, klärte sie mich über die Klimakatastrophe auf. Sie hatte ein großes Talent, die kompliziertesten chemischen und physikalischen Zusammenhänge, die zu begreifen ich nie auch nur versucht hätte, leicht faßbar darzustellen. »FCKW!« sagte sie. »Kohlenmonoxid, Dioxin!« und ging dann Gott und die Welt und vor allem die Politiker und die Industrie mit furchtbaren Fragen an, wie man es überhaupt hatte so weit kommen lassen können, und wieso man immer noch nichts tat.

Ihr eigener Haushalt war strikt umweltbewußt: Alufolie, scharfe Chemikalien, Weichspüler und gebleichtes Papier rangierten für sie unter der Rubrik Teufelszeug, und ich dachte jedesmal schuldbewußt an die Alufolie in meiner Küchenschublade und überlegte, wie ich sie wohl entsorgen könnte.

Sie hatte dem störrischen Hausbesitzer die Genehmigung für einen Komposthaufen abgerungen und war gerade dabei, die nicht minder störrische Stadtverwaltung dazu zu bewegen, unser Haus an dem Mülltrennungsversuch teilnehmen zu lassen, der in zwei weit entfernt liegenden Stadtteilen unternommen wurde.

»Ich lege jedenfalls nicht die Hände in den Schoß«, sagte sie kriegerisch, nickte nachdrücklich und voller Zufriedenheit mit sich selbst und goß mir Kaffee nach.

Es war ein seltsamer, wie verzauberter August. Die stille, halbleere Stadt, in deren Straßen die Hitze flirrte, die Abende auf Frau Niedermayers Balkon, an denen Gott sei Dank nicht nur vom Ozonloch die Rede war, sondern zum Beispiel auch von Hans Niedermayer und seinen gescheiten und mutigen Taten und nicht zuletzt von Rüdiger. Frau Niedermayer hatte dezent nachgefragt, wie das denn nun genau gewesen sei, und also erzählte ich es ihr auch ganz genau, und ihre Kommentare hierzu waren ebenso klug, scharf und wohlbegründet wie zu allem anderen.

Ende August würde mein Artikel in der »Marginale« erscheinen. Auf die Themenliste, die ich Frau Schmitt-Meermann geschickt hatte, war ein freundlicher Brief ihrer Sekretärin gekommen, des Inhalts, Frau Schmitt-Meermann habe es sehr interessant gefunden, sei aber nun im Urlaub und würde sich Anfang September mit mir in Kontakt setzen. Mach du nur Urlaub, dachte ich, Hauptsache, du kommst gesund und munter wieder und setzt dich mit mir in Kontakt.

Ich versuchte sparsam zu leben und betrachtete zufrieden meine Kontoauszüge, auf denen der wunderbare Vorteils-Kredit nun nicht mehr überzogen wurde, und manchmal betrachtete ich zufrieden den Barockschrank und dachte: Danke für den Tip, Rüdiger und Clarissa, ihr Guten, wenn alle Stricke reißen, dann kann ich den verkaufen.

»Ist auch wirklich alles in Ordnung?« hatte mein Vater beim letzten Telefongespräch gefragt, was erstaunlich war, weil er sich sonst mit der knappen Meldung »Keine besonderen Vorkommnisse, alles in Ordnung« zufrieden gibt. Ich hatte ihm den Treppensturz verheimlicht, was einfach gewesen war, weil er ja nie von sich aus anruft. Aber er hatte wohl doch etwas gespürt, oder vielleicht merkte er, daß ich mich, nach all dem Blut und den Tränen, ein wenig verändert hatte, und das irritierte ihn.

»Du klingst so anders«, sagte er, und ich sagte: »Es ist wirklich alles in Ordnung, Vater, keine Sorge, mir geht es wunderbar«, und erzählte ihm zum dritten Mal die Geschichte von »Marginale« und meinem Artikel, was ihn aber nicht beruhigte, weil er nicht begriff, was daran toll sein sollte, in einer komischen Vierteljahreszeitschrift zu schreiben und dann auch noch über Rosa Luxemburg.

»Na gut«, sagte er dann regelmäßig, »ich komme ja im September, dann werde ich selber sehen«, und ich sagte zum fünfzigsten Mal: wunderbar, und: ich freue mich, und: du wohnst doch auch ganz bestimmt bei mir.

Und dann traf ich das graue Tier. Es hatte mich in den grauen Morgenstunden nur noch selten besucht, und nun lag es hier im hellen Vormittagslicht, auf dem Bürgersteig vor einem kleinen Laden. Grau und groß und zottig und die Schnauze auf dem Boden. Ich blieb wie angenagelt stehen und starrte es an, und es sah mich auch an, von unten, mit ruhigen Augen. Es war eigentlich nicht so verwunderlich, daß auch das noch passierte, in diesem seltsamen, verzauberten August, aber es verblüffte mich doch.

»Sie brauchen keine Angst vor ihm zu haben«, sagte eine Stimme, »er ist ein irischer Wolfshund und sieht vielleicht ein bißchen furchterregend aus, aber er ist sehr freundlich.« Ich blickte hoch. Die Stimme gehörte zu einer farbenfroh leuchtenden Erscheinung, die in der Ladentür stand. Hast du eine Ahnung, dachte ich, es kann ganz schön furchterregend sein.

»Ich habe auch keine Angst«, sagte ich und räusperte mich. »Er erinnert mich nur an jemanden, den ich kenne.« Was eine reichlich seltsame Bemerkung war, aber die Erscheinung schien sich nicht daran zu stören, sondern sagte nur: »Kommen Sie ruhig rein.«

Ich kam also rein, denn was sollte ich anderes tun, nachdem ich die ganze Zeit vor dem Laden gestanden und anscheinend unbedingt hatte reinkommen wollen? Die Erscheinung sagte: »Sagen Sie Bescheid, wenn Sie was brauchen«, und verschwand.

Es war ein großer heller Raum mit Regalen und Vitrinen und riesengroßen, abstrakt und sehr farbig gemalten Bildern an den Wänden. Ein Töpferladen, und Töpferwaren sind so ziemlich

das letzte, was mich interessiert, weil sie mich so an »Alternativ«
und »Körner« und »Leben auf dem Bauernhof« erinnern und
meistens ziemlich häßliche Glasurfarben haben. Guck dich kurz
um und dann verschwinde wieder, dachte ich.

Aber was hier in den Regalen und Vitrinen stand, war anders:
feine Formen und wunderbare Farben, zierliche Eßschälchen
zum Beispiel in einem verblüffenden Blau, mit einer Einkerbung
an der Seite, in der lackrote Stäbchen steckten, oder eine Vase in
faszinierendem Grün mit einer goldenen Sonne darauf. Und
dann sah ich etwas, was genau das Richtige war für Elisabeth: ein
runder, flacher, weißglasierter Teller mit vielen Vertiefungen, in
denen matte Murmeln lagen, in den Farben von englischem
Weingummi. Genau das Richtige für Elisabeth, dachte ich,
schön und edel, und man kann es ordnen und zählen.

»Kann ich Ihnen helfen?« fragte die Inhaberin. Sie war wirklich eine Erscheinung. Groß und dünn, mit so tiefschwarzem
Haar, daß es nur gefärbt sein konnte, mit heller Haut und einer
Kleidung, die in den Farben tomatenrot und jaguargrün leuchtete. Selbst Schmuck und Schuhe waren entweder tomatenrot
oder jaguargrün.

»Ich hätte gerne diese Schale« sagte ich. »Was kostet sie?«

Sie hob die Schale vorsichtig aus der Vitrine, nannte einen
Preis, der meinen Vorteils-Kredit nicht überstieg, und machte
sich daran, sie sorgfältig einzupacken.

»Wie heißt Ihr Hund?« fragte ich.

»Balu«, sagte sie. Ich fand, das war ein reichlich seltsamer
Name für das graue Tier.

»Warum?« fragte ich auf meine simple Art.

»Balu ist der Bär im Dschungelbuch, im Film, meine ich«, antwortete sie. »Und er hier ist auch so groß und grau und freundlich wie dieser Bär.«

Ich sagte nichts mehr, sondern betrachtete die Bilder. Sie waren riesengroß und in heftigen Farben gemalt, und im allgemeinen stehe ich nicht auf so was, aber irgendwie faszinierten sie
mich. Ich studierte die Kärtchen, die daneben hingen, und fand
die Preise moderat, schon angesichts der Materialmenge an
Farbe und Leinwand, vom künstlerischen Wert, den ich nicht
beurteilen konnte, gar nicht zu reden. Sie trugen schöne Titel wie

»Sommersturm« und »Verzauberung«, und das dritte hieß einfach »Du II«. Die Farbkompositionen kamen mir bekannt vor.

»Die sind von Ihnen, nicht wahr?« sagte ich.

»Ja«, sagte sie, »woran sehen Sie das?«

»An der Farbzusammenstellung«, sagte ich.

Sie lachte, sah an sich runter und dann auf die Bilder: »Ganz richtig. Aber das sieht nicht jeder.«

Sie gab mir die braune Papiertüte mit meiner Schale, und ich zahlte und sagte: »Auf Wiedersehen.« Ich ging vorsichtig an Balu vorbei und sagte leise: »Auf Wiedersehen, graues Tier«, und er sah mich ruhig an, und als ich mich umwandte, hatte er den Kopf so gelegt, daß er mir nachsehen konnte. Auf der Papiertüte stand »Ton-Kunst« und darunter: »Inh. Rebekka Dibelius«.

Elisabeth war auf den kanarischen Inseln in diesem Sommer und Maria und Hermann waren auch nicht da, sondern wanderten durch Island. Aber ich fühlte mich nicht allein. Frau Niedermayer war da und Rebekka auch.

Ich war bald wieder in den Laden gegangen und hatte die grüne Vase gekauft und zwei schöne weiße Teebecher.

»Warum sind Sie eigentlich hier im August?« hatte ich gefragt. »Die meisten Läden haben doch geschlossen und die Stadt ist halbleer.«

»Ich mag den August in der Stadt«, sagte sie, »es ist irgendwie so verzaubert, finde ich.«

Das fand ich auch, und es gefiel mir, daß sie das sagte. »Wollen Sie ein Glas Sekt?« fragte sie.

Draußen war es heiß und hier drinnen schön kühl, und Balu lag zufrieden an einem schattigen Platz im Laden, von wo aus er die Tür im Auge hatte. Ich konnte gut und gerne noch ein bißchen bleiben.

»Ja, gerne«, sagte ich, und sie verschwand in die hinteren Räume. Sie war heute in Aubergine und Zitrone gewandet, weite gestreifte Hosen in diesen beiden Farben und ein auberginelila Top und eine Kette aus großen matten zitronengelben Glaskugeln um den Hals und die Schuhe waren wieder Aubergine.

»Wo kriegen Sie bloß immer die passenden Schuhe her?« fragte ich.

»Ich färbe sie selber«, sagte sie und stellte zwei Gläser mit rosafarbenem prickelndem Inhalt auf den Tisch. »Erdbeersekt«, sagte sie zufrieden, »der beste, den es gibt.«

Wenn das der beste ist, dachte ich, als ich probierte, dann frage ich mich, wie es um den schlechtesten bestellt ist. Es war ein scheußliches Gesöff, das künstlich und parfümiert schmeckte. Aber sie war nett und interessant und immerhin die Besitzerin der leiblichen Inkarnation des grauen Tieres, und so trank ich in Gottes Namen auch Erdbeersekt.

Ich gewöhnte mich nachgerade an den Erdbeersekt, denn ich saß immer öfter nachmittags im Laden, und ich steuerte natürlich auch mein Quantum an Erdbeersekt bei, nachdem ich mich bei ihr informiert hatte, wo es den besten gab. Er war im Billig-Markt um die Ecke zu haben, und wenn er auch nicht wie Champagner schmeckte, so war er doch unvergleichlich preiswerter, was in meiner finanziellen Lage vielleicht auch nicht das Schlechteste war.

»Wir könnten eigentlich allmählich du sagen«, sagte sie eines Tages, und das fand ich auch, und so stießen wir mit Erdbeersekt an. »Wie gut, daß ich in diese Gegend gezogen bin«, sagte ich, und sie nickte.

Rebekka war nicht neugierig, sie stellte kaum Fragen, sie erzählte wenig von sich, und sie fragte auch jetzt nicht, warum ich in diese Gegend gezogen war. Ich bin sehr neugierig, aber irgendwie gefiel mir das. Sie nahm mich anscheinend, wie ich war.

Ende August kam sie nicht darum herum, Champagner zu trinken statt Erdbeersekt. Morgens hatte der Postbote die »Marginale« gebracht, und ich hatte mit zitternden Händen die Plastikumhüllung entfernt und das Inhaltsverzeichnis aufgeschlagen und nach den Seiten mit meinem Artikel gesucht.

Er sah wundervoll aus. Die Überschrift leuchtete in Pink, und darunter war ein kurzer Vorspann, in dem mein Name vorkam. Sie hatten am Text nichts verändert oder gekürzt, und alles war in einer feinen, edlen Schrift gedruckt und einfach überwältigend.

Ich las meinen Artikel ungefähr zehnmal, obwohl ich ihn ja schon kannte, und dann packte ich die Zeitschrift ein, eine Flasche Champagner und eine Feiertagsportion Wiener Würstchen für Balu und ging in den Laden.

»Sieh dir das an«, sagte ich stolz und hielt Rebekka die geöffnete Zeitschrift vors Gesicht. »Toll«, sagte sie, »wirklich toll. Dieses Rosa ist sehr schön.«

»Du sollst nicht auf das Rosa gucken«, sagte ich empört, »sieh dir meinen Artikel an, da steht mein Name!«

Sie vertiefte sich notgedrungen in meinen Artikel, während ich Balu die Würstchen servierte, die er schwanzwedelnd und trotzdem würdevoll verzehrte, und die Gläser holte.

»Sehr gut«, sagte Rebekka, als ich wieder da war. »Ich verstehe zwar nicht viel davon, aber es scheint sehr gut zu sein. Und ich möchte wissen, wie sie es schaffen, ein so schönes Rosa auf Hochglanzpapier zu drucken.«

Ich mußte mich damit zufriedengeben. Für Rebekka gibt es nur eins, was wirklich wichtig ist, und das sind Farben und die bildende Kunst, und sie macht keinen Hehl daraus, daß das geschriebene Wort ihr wenig bedeutet.

»Da bin ich aber sehr froh, daß das Rosa dir so gut gefällt«, sagte ich. »Laß uns darauf trinken.«

Ich feierte abends weiter, zusammen mit Frau Niedermayer, die sich auch dazu bequemen mußte, statt ihres Kaffees Champagner zu trinken. »Das muß ja denn mal sein heute«, sagte sie und prostete mir zu, »meinen herzlichen Glückwunsch.« Frau Niedermayer hielt sich zu meiner Erleichterung nicht mit dem Farbton der Überschrift auf, sondern freute sich darüber, daß der Artikel von Rosa Luxemburg handelte. Ihr Schwiegervater war Kommunist gewesen, was zu familiären Spannungen geführt hatte, da sein Sohn sich so eindeutig zur Sozialdemokratie bekannte, aber über Rosa Luxemburg waren sie immer einer Meinung gewesen.

Ihr Schwiegervater hatte geweint, damals, in jenem Januar 1919, als die Nachricht von der Ermordung Rosa Luxemburgs bekannt wurde, und er war sonst kein Mann, der weinte, erzählte sie mir. Sie erzählte dies und noch manches andere aus jener Zeit so farbig und dramatisch, als wäre sie dabei gewesen, und ich hörte gespannt zu. Dann ging sie hinein und kramte in ihrem Schrank und förderte ein schönes Bild Rosa Luxemburgs zutage, das ihrem Schwiegervater gehört hatte, aber sicher wäre er einverstanden, wenn sie es mir nun schenkte, an diesem besonderen Tag.

Anfang September kam mein Vater zum Treffen der old guys, wie sie sich nennen. Sie treffen sich alle zwei Jahre, und ich kann mir kaum vorstellen, daß sie nach so langer Zeit noch ihre Erinnerungen an die Kriegsgefangenschaft austauschen, aber ich verstehe auch nichts davon, ich war ja nicht in Kriegsgefangenschaft. Vor allem scheinen sie zu kontrollieren, wer von ihnen seit dem letzten Mal das Zeitliche gesegnet hat, und neben Trauer auch stillen Triumph darüber zu empfinden, daß sie selbst noch frisch und munter sind. Und da sie mittlerweile alle im Pensionsalter sind, erzählen sie sich nun, was ihre Kinder und Enkel für tolle Burschen sind, und welche Erfolge sie geschäftlich haben und mit welch phantastischen Noten sie ihr Studium absolvieren. Mein Vater hatte all die letzten Jahre damit geglänzt, daß seine Tochter einen ungemein tüchtigen und erfolgreichen Arzt geheiratet hatte, der einen Haufen Geld verdiente und lauter Prominente als Patienten hatte und die allerneuesten medizinischen Methoden praktisch als erster in Deutschland einführte. Mein Vater hält sonst nicht viel von Homöopathie, er hält so wenig davon, daß er das Wort immer wieder vergißt, aber unter gewissen Umständen war er sofort bereit, sie als allerneueste medizinische Methode auszugeben. Die Frage war nur, womit würde er dieses Jahr glänzen?

Er war früh mit dem Zug gekommen und stand um neun vor der Tür. Ich war schon angezogen, ordentlich frisiert und angemalt und hatte ein prächtiges Frühstück vorbereitet, damit er einen guten Eindruck von meinem neuen Leben bekommen und sich keine Sorgen mehr machen würde. Er trug seinen grauen Mantel und den grauen Hut, obwohl es immer noch sehr warm war, und hielt eine Reisetasche aus grauem Nylonstoff an leuchtendroten Tragegriffen, die mit ebenso leuchtendroten Bändern abgesteppt war. Ich ahnte, woher sie stammte, und wer allein in der Lage wäre, meinen Vater zu einer solchen Anschaffung zu bewegen.

»Was für eine schicke Tasche«, sagte ich, nachdem wir uns begrüßt hatten.

»Ja, nicht wahr«, sagte er stolz und setzte sie vorsichtig ab. »Sie ist aus dem Kaffeegeschäft. Wenn ich gewußt hätte, daß sie dir gefällt, hätte ich dir auch eine besorgt. Jetzt haben sie bestimmt keine mehr. Aber ich habe dir etwas anderes mitgebracht.«

Er ließ sich die Wohnung zeigen und fand sie »sehr ordentlich«, was ein Kompliment ist, auch wenn es sich nicht so anhört, und dann frühstückten wir und das Frühstück fand er auch sehr ordentlich. Dann kramte er in seiner Reisetasche und gab mir ein Päckchen, das eine hübsche, ovale Uhr enthielt, die an einer Kette um den Hals zu tragen war.

»Dein Monogramm ist drauf«, sagte er, »das machen sie auch, das gehört zum Service. Ich dachte, du könntest jetzt eine Uhr brauchen, wenn du Termine in den Redaktionen hast.«

Ich habe etwa einen Termin pro Vierteljahr, dachte ich, aber da werde ich natürlich diese Uhr tragen und Elisabeths auch, und was immer passieren wird, ich werde jedenfalls genau wissen, wieviel Uhr es ist. Aber ich sagte, ich könnte sie sehr gut brauchen, und sie wäre sehr schön, was auch stimmte.

Wir verbrachten den Tag damit, in der Innenstadt herumzuwandern, ich zeigte ihm die Sehenswürdigkeiten, und dann lud er mich zum Essen ein. »Habt ihr hier ein ordentliches Lokal?« hatte er gefragt, und ich hatte ihn in eins geführt, daß sehr ordentlich war, aber nicht so wahnsinnig teuer, da er sich offenbar in der Stimmung befand, das Geld zum Fenster rauszuschmeißen – »schließlich besuche ich nicht alle Tage meine Tochter«.

Danach machte er sich mit militärischer Schnelle und Akuratesse ganz außerordentlich fein, ließ sich von mir nochmal inspizieren, für den Fall, daß er einen Fussel oder ein Fältchen übersehen hatte, und bestellte sogar ein Taxi, um auf angemessene Weise vor dem feinen Hotel vorzufahren, in dem sich die old guys trafen.

Ich hatte mir von den old guys wahrhaftig nichts erwartet, außer der auf den neuesten Stand gebrachten Todesliste natürlich und dem Überblick darüber, was die Sprößlinge der anderen in den letzten zwei Jahren so alles auf die Beine gestellt hatten. Aber beides absolvierte er am nächsten Morgen beim Frühstück geradezu hastig, um dann zu fragen: »Wie heißt noch mal diese Zeitung, für die du schreibst?«

Ich sagte »Marginale« und war nicht faul, sie gleich zu holen. »Stimmt«, sagte er und betrachtete das Titelblatt, »das hatte ich doch richtig im Kopf.«

»Wieso fragst du?« sagte ich.

»Märkers Frau war dabei«, sagte er, »natürlich nicht beim Treffen, sie ist ins Theater gegangen, aber danach haben wir zusammen noch ein Glas getrunken.«

»Und?«

»Sie wollten wissen, was du so machst«, sagte er. »Ihr Ältester hat gerade die Leitung einer großen Möbelfabrik übernommen und der andere –« Er brachte sich auf den Weg zurück. »Ich mußte ihnen natürlich von deiner Scheidung erzählen, aber ihre beiden sind auch geschieden. Das scheint heute allgemein üblich zu sein. Ich sagte, du schreibst für diese Marginale – was immer das heißen soll –, und Märkers Frau war ganz begeistert. Sie kauft die Zeitschrift auch immer, und anscheinend hatte sie deinen Artikel schon gelesen und fand ihn sehr interessant. Das ist offenbar eine seriöse und angesehene Zeitung«, schloß er und blätterte in der »Marginale«.

Nun war es an mir, stillen Triumph zu empfinden. »Das kann man wohl sagen«, sagte ich mit vornehmer Zurückhaltung. »Es ist ein ausgesprochen seriöses und angesehenes Blatt, um nicht zu sagen, das seriöseste und angesehenste überhaupt.«

Gott segne Sie, Frau Märker, dachte ich, wenn ich meinen Vater bislang richtig verstanden habe, dann sind Sie eine wirklich nette Frau, aber was mich betrifft, so sind Sie das wunderbarste weibliche Wesen auf diesem Erdball. Sie haben meinen Vater von der Sorge befreit, daß seine Tochter sich mehr oder minder prostituiert, und mich von der Sorge, daß er sich deswegen Sorgen macht. Und Sie haben ihm tatsächlich ein bißchen Respekt vor mir eingejagt.

Er setzte sich aufs Sofa und blätterte respektvoll in der »Marginale«, während ich den Frühstückstisch abräumte. Dann sagte er »Wirklich sehr ordentlich«, und damit war das Thema auf die allerglücklichste Weise erledigt, dank der old guys und der gottvollen Frau Märker. Wir machten einen langen Spaziergang, und ich zeigte ihm die Umgebung und die Geschäfte, Rebekkas Töpferladen zum Beispiel, dem er aber so wenig Interesse abgewinnen konnte, daß ich gar nicht erst mit ihm hineinging. Hingegen stellte er mit Befriedigung fest, daß auch ich eines dieser wundervollen Kaffeegeschäfte in der Nähe hatte, und wir gingen hinein und inspizierten das Sortiment, das tatsächlich noch reichhaltiger war als in seinem. Er kaufte mir die zwei verstaubten Tassen mit dem nachgemachten Meißner Rosenmuster, die noch auf dem Regal standen, und plauderte mit der verblüfften Verkäuferin über die Sortimentsunterschiede in den einzelnen Filialen.

Nachmittags saßen wir auf dem Balkon, und ich sagte: »Komm, laß uns ein Glas Sekt trinken« und brachte eine von Elisabeths Flaschen, goß ein und stellte den Kühler neben mich auf den Boden, damit er nicht merkte, daß es Champagner war.

Aber er merkte es doch. »Was ist denn das für eine Marke?« fragte er. Ich mußte ihm die Flasche reichen, und er studierte umständlich das Etikett. »Champagner! Wo hast du denn den her?« sagte er, und der Zweifel keimte wieder in ihm auf, ob ich mich nicht doch auf gehobene Art und Weise prostituierte.

Die kriege ich immer von den Chefredakteuren, wenn ich mit ihnen ins Bett gehe, damit sie mir Aufträge geben, hätte ich am liebsten gesagt, aber ich hielt mich zurück, denn danach hätte ich Stunden gebraucht, um ihm klarzumachen, daß es die pure Ironie gewesen war.

»Von Elisabeth«, sagte ich.

»Wieso bekommst du von Elisabeth Champagner?« fragte er, fast noch genauso mißtrauisch.

»Ach Gott, Vater, du kennst doch Elisabeth«, sagte ich ungeduldig. »Sie trinkt am liebsten Champagner, weil sie meint, das ist das einzige, was man trinken kann, außer Kamillentee natürlich, und also schenkt sie mir immer mal ein paar Flaschen... Was ist dagegen zu sagen?«

»Nichts natürlich«, sagte er, »wenn sie sich das leisten kann.« Er hatte diese luxuriöse Seite an Elisabeth nie leiden können und immer gefürchtet, sie würde seine Frau damit anstecken, und nun steckte sie anscheinend seine Tochter an.

»Ach komm, Vater! Er schmeckt doch wunderbar, und es ist

so ein schöner Nachmittag«, sagte ich und hoffte, er würde sich zusammenreißen und nicht alles verderben.

Er riß sich zusammen. »Na, dann trinken wir mal auf Elisabeth«, sagte er, und das taten wir, und nach dem dritten Glas war er schon ein bißchen beschwipst, weil er sich immer höchstens zwei Gläser Wein auf einmal gönnt, und infolgedessen öffneten wir eine weitere Flasche und fuhren sehr fröhlich zum Bahnhof, und er umarmte mich sogar, als wir uns verabschiedeten.

Erst als ich wieder zu Hause war, fiel mir ein, daß die old guys ihr Treffen doch tatsächlich auf den Geburtstag von Rüdigers Tochter gelegt hatten, daß Sarah Alexandra Jennifer gestern ein Jahr alt geworden war und daß heute vor einem Jahr Rüdiger mich angerufen und mir erzählt hatte, wie vorteilhaft eine ambulante Geburt sei.

Und ich hatte es vergessen! Ich hatte nicht daran gedacht! Ich hatte zwei schöne Tage mit meinem Vater verbracht und auf dem Balkon gesessen und Champagner getrunken, statt traurig oder zornig zu sein oder mir vorzustellen, wie sie Sarahs ersten Geburtstag feierten und mich zu fragen, welche von unseren alten Freunden wohl dabei sein würden. Ich hatte es einfach vergessen! Das fand ich so erhebend, daß ich mir doch noch ein Glas Champagner eingoß. Ich trinke jetzt auf deinen Geburtstag, Sarah Alexandra Jennifer, dachte ich, und darauf, daß ich ihn vergessen konnte. Du und deine Mutter, ihr habt mein Leben zerstört, klar, du kannst nichts dafür, du bist ein unschuldiges Kind, aber was ändert das? Ihr habt mir alles kaputtgemacht, ein richtiger K.O.-Schlag, ich war schon fast ausgezählt, aber ich bin wieder auf die Füße gekommen, ich habe mich aufgerappelt, wie Frau Niedermayer sagen würde, und jetzt stehe ich wieder auf meinen Füßen und nicht schlecht, fast so wie vorher, und es geht mir einfach gut!

X

Es ging mir so gut, daß ich fast Angst bekam. Ich hatte den Spätsommer und den Herbst schon immer geliebt, aber in diesem Jahr war er so schön wie nie zuvor: der seidenblaue Himmel, das helle Rot der Ebereschen, das dunkle Lila des Holunders, dieses Etwas in der Luft, das es nur im Herbst gibt, und das Gelb und Rostrot von Felsenbirne und Essigbaum.

Frau Schmitt-Meermann hatte Wort gehalten. Eine Dame rief mich an, die sich als Margret Feil vorstellte. Sie sei Redakteurin der »Marginale«, und sie hätte gern einmal mit mir über meine Themen gesprochen, sagte sie. Meine Themen hätten Frau Schmitt-Meermann und ihr sehr gut gefallen, fuhr sie fort, die Kafka-Sache sei ja nun so neu nicht, daran seien sie nicht interessiert, aber die beiden anderen, die hätten sie gerne, für die übernächste Nummer und die darauffolgende.

Ich war leider der flüssigen Rede wieder nicht so mächtig, aber das machte nichts, Frau Feil redete um so flüssiger, und so beschränkte ich mich auf das wohlerprobte »Ja« und »natürlich« und »gerne«. Sie nannte mir die Termine und welchen Umfang die Beiträge haben sollten, und mein Honorar betrüge ja wohl 1500 Mark, was ich freudig bejahte, und ob ich das Honorar für den letzten Beitrag schon erhalten hätte, was ich wieder freudig bejahte.

Ich hatte den Scheck erhalten und ihn persönlich zur Bank getragen und persönlich an der Kasse eingezahlt. Die Kassiererin wußte natürlich überhaupt nicht zu schätzen, was hier gerade geschah, aber ich konnte nicht gut nach dem Filialleiter fragen, um ihm mit dem Scheck vor der Nase herumzuwedeln und ein triumphierendes Lachen auszustoßen.

»Dann ist ja alles klar, Frau Dohmann«, sagte Frau Feil, »und wir hören dann im Januar von Ihnen? Bis dann und auf Wiedersehen«, und ich war flink und antwortete locker »bis dann und auf Wiedersehen«.

Zwei Themen haben sie genommen, dachte ich, mein Gott, gleich zwei Themen, und machte die Balkontür auf, um Luft zu

kriegen. Ich werde in zwei aufeinanderfolgenden Nummern der
»Marginale« erscheinen, und wenn das so weitergeht, dann
werde ich bald womöglich in jeder Nummer erscheinen!

Ich ging in der Wohnung hin und her und auf den Balkon und
wieder rein, um mich zu beruhigen. Aber ich war erst wieder
beruhigt, als mir der ernüchternde Gedanke kam, daß ich auch
dann, wenn ich in jeder Nummer erscheinen würde, nur
1500 Mark pro Vierteljahr verdienen würde, also 6000 Mark pro
Jahr, und daß ich davon wohl kaum würde leben können, es sei
denn, ich würde mich den Lilien auf dem Felde zugesellen.

Aber ich beruhigte mich auch schnell wieder über diesen er-
nüchternden Gedanken. Erstmal zahlt Rüdiger noch eineinhalb
Jahre Unterhalt, überlegte ich, und in der Zeit findet sich sicher
noch was anderes, und ich habe ja den Barockschrank, falls Not
an der Frau ist, wie Rebekka immer sagt.

Es schien sich tatsächlich bald etwas anderes zu ergeben, oder
eigentlich nicht bald, sondern in atemberaubender Schnelligkeit.
Kaum hatte ich den Anruf von Frau Feil einigermaßen verarbei-
tet, da rief Jürgen Flohse an. Es war überwältigend genug, daß er
bei mir anrief, aber was kam, war noch überwältigender.

»Hallo, Ines, wie geht's dir denn so?« sagte er herzlich und
wartete meine Antwort gar nicht erst ab. »Ich habe da diese Sache von dir gelesen, in der Marginale, das ist ja ein ganz neuer Stil
bei dir, in der Art könntest du auch mal was für uns schreiben!«

Originell und innovativ wie ich bin, sagte ich: »Ja, gern.« Die
ganz neue Ines, dachte ich, Ines Ja-gern Dohmann, aber wesentlich besser als Ines Dankeschön Dohmann.

»Laß uns das bald besprechen«, sagte er, »warte mal, Freitagabend, 19 Uhr, würde dir das passen? Es ist ein bißchen spät, ich
weiß, aber ich habe den ganzen Tag voll. Ist es dir recht?«

Ich sagte, es wäre mir recht, und er sagte, bring ein paar Themen mit, und: bis dann, und ich legte den Hörer auf und versank
in Hoffart und Übermut, und wenn die Götter mich so gesehen
hätten, sie hätten mich sofort bestrafen müssen.

Ich machte mich so schön, wie es irgend ging, schließlich kann
man als Mitarbeiterin bei »Marginale« nicht in Sack und Asche
gehen. Ich trug Grün und dazu ein schönes Grau und Elisabeths
Kette mit der schwarzen und rostroten Kugel, und ich machte

mir den Spaß, ihre Uhr umzulegen und auch die meines Vaters, allerdings mit dem Monogramm nach vorne, und die zwei Ketten sahen zusammen sehr elegant aus. Mein Haar leuchtete im schönsten Aschblond, und meine Augen leuchteten grün, wie sie das immer tun, wenn ich Grün trage, und der Lippenstift paßte zur roten Kugel.

Eitel und hoffärtig betrachtete ich mich im Spiegel. Nicht schlecht, Ines, dachte ich, gar nicht schlecht, du könntest es mit Clarissa aufnehmen, ach was, schöner bist du, und dabei zehn Jahre älter, und das will was heißen.

Jürgen sprang hinter seinem Schreibtisch auf, als die Sekretärin mich ins Zimmer führte, und eilte mir entgegen: »Einfach toll siehst du aus, Ines, du wirst immer schöner«, sagte er, und es war ihm anzusehen, daß er es ehrlich meinte.

»Bloß raus hier, raus aus dem Laden, wir gehen irgendwo hin«, sagte er und ging zum Garderobenständer neben der Tür. »Oder noch besser«, er wandte sich um und sah mich fragend an, »wir setzen uns auf meine Terrasse, und ich brate uns zwei Steaks. Ist dir das recht?«

Jürgen Flohses Dachwohnung ist vermutlich die schönste der Stadt. Ich war vor Jahren einmal dort gewesen und hatte große Lust, sie mir genauer anzusehen.

»Wunderbar«, sagte er, als ich nickte, und wir fuhren mit dem Fahrstuhl runter und dann in seinem komischen Maserati durch die Straßen. Zwischendurch hielt er an: »Rotwein habe ich genug, aber uns fehlt der Aperitif«, und eilte in ein Restaurant.

Jürgens Dachterrasse lag in der Abendsonne und der Blick über die Dächer war atemberaubend. Durch die weit geöffneten Schiebetüren traten wir zurück in den Wohnraum, der groß war und sparsam ausgestattet mit modernen Möbeln und großen modernen Bildern, aber sehr schön und nicht im Schwimmbad-und-Elefanten-Stil. Er zeigte mir auch sein Schlafzimmer und sein Arbeitszimmer und das edle graue Marmorbad und das edle graue Marmorklo.

»Und jetzt gibt's was zu essen«, sagte er und rieb sich die Hände. »Komm, setz dich da an die Bar, du kriegst einen Schluck Champagner, den magst du doch.«

Und so saß ich an der Bar, die die Küche vom Wohnzimmer

trennte, und sah ihm zu, wie er Salat machte und die Steaks briet
und den Tisch deckte – »Das mache ich, du bist mein Gast« –,
und blickte zwischendurch auf die Terrasse und die Dächer dahinter, von denen eines, das mit Kupfer beschlagen war, in den
letzten Strahlen der Sonne leuchtete. Das ist das Leben, dachte
ich, tatsächlich, so was Blödes kam mir in den Sinn, aber es war ja
wahrhaftig nicht das erste Mal, daß ich etwas Blödes dachte.

Wir tranken guten Rotwein zu den Steaks, und sein Salat war
erstklassig. »Keine Geschäfte beim Essen«, hatte er gesagt, und
so redeten wir über dies und das, und ich erzählte ihm auch von
Frau Schmitt-Meermann, wobei ich meinen Anteil an dem Gespräch mit ihr etwas aktiver und dramatischer gestaltete, und er
sagte, sie sei wirklich eine beeindruckende Frau, er habe sie auch
schon mal getroffen.

Dann zogen wir aufs Sofa um, wie er es nannte, nahmen den
Rotwein mit und sprachen übers Geschäft. Er fand meine Themen gut, wirklich gut, sagte er, und vielleicht sollten wir auf re-
gelmäßiger Basis zusammenarbeiten. Aber wir konzentrierten
uns nicht allzu sehr auf das Geschäftliche, das könnten wir im
Detail auch noch nächste Woche besprechen, meinte er, und das
war mir sehr recht, denn mir war so wohl und beschwingt und
geistreich zumute, und er war auch sehr witzig und gutgelaunt,
und wir lachten lieber und tranken Rotwein, im Schein seiner
modernen, aber warm leuchtenden Lampen. Und dann beugte er
sich langsam zu mir herüber und nahm die Brille ab und lächelte
und küßte mich. Warum nicht, dachte ich, das ist das Leben, und
küßte ihn wieder, und dachte an gar nichts mehr.

»Ach verflucht«, hörte ich ihn sagen und machte die Augen
auf. Wir lagen nebeneinander auf dem Sofa, es war eins von diesen breiten, »Bumssofa« hatte Rüdiger so was immer genannt.
Jürgens Hand lag auf meiner nackten Brust, auf der linken, der
mit der Narbe, und er hatte sich irgendwie in der Uhrkette meines Vaters verfangen, obwohl es ihm vorher gut gelungen war,
die Knöpfe aufzumachen und die Kette zu vermeiden.
»Scheiße«, sagte er und versuchte, seine Hand zu befreien. »Vorsicht«, sagte ich, aber da war es schon passiert, die Kette riß, und
die Uhr rutschte mir auf den Bauch.

»Ich kauf dir ’ne neue«, murmelte er und seine Hand kroch

149

wieder auf meine Brust und sein Gesicht mit den Augen, die ohne Brille ganz klein waren, näherte sich meinem.

»Nein«, sagte ich laut, und richtete mich so heftig auf, daß unsere Köpfe gegeneinander schlugen. »Ich muß jetzt unbedingt nach Hause.« Ich setzte die Füße auf den Boden und blieb auf der Kante des Sofas sitzen und griff in meine Bluse, um die Uhr zu finden, die irgendwo kalt auf meine Taillengegend drückte, und versuchte die Knöpfe zuzumachen.

»Ach, komm doch, sei nicht albern, verdirb uns nicht den schönen Abend«, murmelte Jürgen hinter mir.

Es war nicht einfach, die Knöpfe zuzukriegen, denn mein Kopf summte und meine Augen schienen falsch im Gesicht angebracht zu sein, und ich brauchte lange, um herauszufinden, welcher von den jeweils zwei Knöpfen der richtige war und welches von den zwei Knopflöchern.

Als ich endlich damit fertig war und mich zu Jürgen umdrehte, war er eingeschlafen. Er sah sehr friedlich aus und fast wie ein Baby, mit seinem runden Gesicht und den wirren grauen Haaren.

»Um so besser«, sagte ich laut, und auch meine Zunge schien falsch angebracht zu sein, »raus aus dem Laden.« Ich suchte meine Schuhe und meine Tasche und meine Jacke und dann suchte ich endlos nach der Wohnungstür, bis ich endlich im Treppenhaus landete. »Nur nicht fallen, nur nicht wieder fallen«, sagte ich laut zu mir, während ich langsam und vorsichtig die Treppe hinunterging, was auch unendlich lange dauerte.

Wenigstens fand ich schnell ein Taxi. Ich nahm mich zusammen, ich öffnete energisch und sicher die Wagentür, ließ mich geschickt auf den Beifahrersitz gleiten und schaffte es, meine Adresse mit klarer, deutlicher Stimme zu sagen, und blickte dann konzentriert und nüchtern geradeaus.

Aber dann kam der Schluckauf. Konzentriert und nüchtern saß ich da, hickte und versuchte so zu tun, als täte ich es nicht. »Dreimal trocken schlucken«, sagte der Fahrer sachlich, »oder an sieben Glatzköpfige denken.«

Ich hatte meine falsche Würde, die er ohnehin durchschaut hatte, nun ganz verloren, aber ich sagte nichts, um nicht noch würdeloser zu erscheinen. Ich schluckte trocken, doch es half

150

nicht, und so bezahlte ich, während der Schluckauf mich schüttelte, und kam ganz passabel aus dem Wagen raus, und hoffte, ich würde auch passabel die Treppen raufkommen.

Ich war die Treppe offenbar passabel raufgekommen, denn am nächsten Morgen wachte ich in meinem Bett auf und nicht im Krankenhaus oder in der Leichenhalle. Mein Kopf schmerzte, die Augen waren geschwollen, und so lag ich da und sah auf die Sonnenwand, auf die die Sonne schon ganz prall schien, und fragte mich, was mit meinem Kopf und meinen Augen passiert war. Und dann fiel es mir ein.

Oh nein, nein, nein, dachte ich, und machte die Augen wieder zu und stellte mich tot, aber die Erinnerung war nicht zu vertreiben. Jürgen und ich auf diesem verdammten breiten Ledersofa, halb besoffen vom Rotwein, seine brillenlosen blinden Augen, meine offene Bluse, die zerrissene Kette, der sanfte Schein der Lampen und das endlose Herumtappen und Suchen nach der Wohnungstür. Und der Taxifahrer und der Schluckauf und...
Ich öffnete die Augen, setzte mich auf und sah zu, daß ich schleunigst ins Bad kam, wo ich das ganze gute Essen und den ganzen guten Rotwein wieder von mir gab. Danach putzte ich mir die Zähne und die Nase und wusch mein fahles, aufgedunsenes Gesicht. Ich starrte in den Spiegel und der Katzenjammer überwältigte mich. Du hast dir alles verdorben, Ines, sagte ich zu mir, da kriegst du schon mal die Chance, wieder für Jürgen zu schreiben, auf regulärer Basis sogar, und dann trinkst du zuviel Rotwein und wälzt dich mit ihm auf dem Sofa herum, und dann haust du auch noch mitten in der Nacht ab! Und lächerlich hast du dich gemacht! Du bist keine Siebzehnjährige mehr, die nach ein bißchen zuviel Rotwein nicht mehr weiß, was sie tut, sich auf einem Sofa verführen läßt und dann mit Schluckauf nach Hause stolpert. Du bist vierzig und solltest es besser wissen, solche Situationen unter Kontrolle haben und wissen, was du tust! Aber wann hast du je gewußt, was du tust, du blöde Kuh, sagte ich zu dem grauen Gesicht im Spiegel, und was hast du eigentlich gelernt in deinem Leben und aus deinen Erfahrungen? Nichts!

Und was glaubst du, wie peinlich Jürgen das Ganze ist, und du kannst noch froh sein, daß sein Anteil daran auch nicht gerade rühmlich ist, und daß er es infolgedessen hoffentlich niemandem erzählen wird. Aber glaubst du vielleicht, der ruft dich noch mal an, der gibt dir noch mal einen Auftrag? Der wird dich nicht mehr mit der Feuerzange anfassen, wie Mutter das immer nannte, der wird nichts, aber auch gar nichts mehr mit dir zu tun haben wollen.

Verdorben hast du es dir, Ines, versaut, versust, ganz und gar versust, wie Frau Niedermayer immer sagt, wenn sie ihre Partei kritisiert.

Der Gedanke an Frau Niedermayer stärkte mich etwas. Frau Niedermayer würde nicht in Selbstvorwürfen baden, dachte ich, wenn sie etwas versust hat, obwohl ich mir kaum vorstellen konnte, daß Frau Niedermayer eine Sache derart versust, daß sie sich mit einem Typen auf dem Bumssofa wiederfindet. Aber wie auch immer, Frau Niedermayer würde sich danach nicht selbst beweinen, sondern die Schultern straffen und sagen: »Nun gerade« oder »Es wird schon wieder«.

Ich beschloß, es Frau Niedermayer nachzumachen. Ich duschte eiskalt, teils, um mich zu bestrafen, aber auch, um wachzuwerden.

Ich machte mir ein frugales Straf-Frühstück aus Kamillentee und Haferflocken mit Milch, und dann ging ich daran, die Spuren meines Sündenfalls zu beseitigen. Ich wusch Bluse und Hose, hängte das Jackett an die Luft, putzte Elisabeths Kette und fand gottseidank in der Hosentasche auch die Uhr meines Vaters mitsamt der zerrissenen Kette.

Ich war gerade so schön dabei, und also putzte ich alles in der Wohnung, was das Putzen nur irgend nötig hatte und räumte meinen Schreibtisch auf und ordnete die Bücher im Regal. Und dann machte ich mir die dritte Kanne Kamillentee und saß tatsächlich ganz zufrieden – den Umständen entsprechend jedenfalls – auf dem Balkon und dachte: Wenigstens eins hast du gelernt in deinem Leben, Ines, daß es nämlich guttut, außen ein bißchen Ordnung zu machen, wenn innerlich alles so in Unordnung ist. Ich beschloß, mich in mein Schicksal zu ergeben, die Verantwortung zu übernehmen für das, was ich getan hatte, und die Konsequenzen zu tragen – lauter edelmütige, hochtrabende Beschlüsse, aber sie taten mir gut, und ich fühlte mich beinahe als Märtyrerin meiner selbst, so wie bei Dr. Jekyll und Mr. Hyde.

152

Die auf dem Sofa gestern nacht, das war Ines Hyde gewesen, und hier auf dem Balkon saß nun Dr. Ines Jekyll, großmütig bereit, die Konsequenzen zu tragen.

Jürgen Flohse und das Feuilleton des »Abendblatts« waren für mich verloren, aber dafür bekam ich einen Brief vom Chefredakteur einer Zeitschrift, die sich »Bleib gesund« nannte. Herr Dr. Karpinski habe ihn auf mich aufmerksam gemacht, schrieb der Chefredakteur, und sie hätten in ihren Publikationen auch immer gern ein bißchen Kunst und Kultur, und wenn ich daran interessiert sei, dann möge ich mich doch bitte mit ihm in Verbindung setzen. Er hatte die besagte Publikation beigelegt, und sie entpuppte sich als eines dieser bunten Hefte, die in Apotheken herumliegen, und die man kostenlos mitnehmen darf. Sie war voller guter Ratschläge, wie man Herzinfarkte vermeidet und Erkältungen und Krampfadern und Nierenleiden, und was man tun kann, wenn man das alles, Gott behüte, schon hat. Eine bekannte Schauspielerin erklärte, wie sie es fertigbrachte, ständig Filme zu machen und Theater zu spielen und zugleich eine wunderbare Mutter, Ehefrau und Versorgerin diverser Katzen und Hunde zu sein. Wenn man ihr glauben durfte, dann lag es daran, daß sie auf Gott vertraute, autogenes Training machte und von Obst und Gemüse lebte. Außerdem präsentierte »Bleib gesund« ein vierfarbiges gefaltetes Tierposter und tatsächlich vier Seiten, die nur der Kunst und der Kultur gewidmet waren.

Zuerst war ich wieder hoffärtig und eingebildet und dachte: Für so ein albernes Blättchen schreibst du nicht. Aber dann trat meine neuerworbene Bescheidenheit auf den Plan und sagte, dies sei doch eine gute Gelegenheit, die Konsequenzen zu tragen, gar nicht davon zu reden, daß es Geld bringen würde, und das könnte ich ja wohl gut brauchen.

Ich rief also den Chefredakteur an, und er war sehr erfreut. Der bisherige Mitarbeiter für Kunst und Kultur sei aus Gesundheitsgründen ausgeschieden, und seine zerrüttete Gesundheit war nach Ansicht des Chefredakteurs darauf zurückzuführen, daß er für »Bleib gesund« zwar geschrieben, es aber nicht gelesen habe. Sein guter Freund Karl nun habe mich ihm so warm empfohlen, daß er mir Kunst und Kultur blind anvertrauen würde, ich müßte nur zweimal im Monat das Neueste darüber berichten, vier Seiten lang, »nichts Hochgestochenes natürlich, Frau Dr. Dohmann, da verstehen wir uns, was unsere Leser eben so interessiert«, und dafür würde ich tausend Mark im Monat bekommen, und wenn ich unter Pseudonym schreiben wolle, dann hätte er dafür durchaus Verständnis.

Guter alter Karl, dachte ich, du bist weder der Mann noch der Gynäkologe meiner Träume, aber anscheinend bist du ein guter Freund und hast mich gerade mit tausend Mark im Monat versorgt.

Ich antwortete locker und herzlich, ich sei sehr dran interessiert, und er nannte mir Abgabetermine und Umfang und wir schieden in gegenseitiger Zufriedenheit. Pseudonym, dachte ich, das ist wirklich eine gute Idee, daran hätte ich nicht gedacht. Es ist sicher besser, wenn Frau Schmitt-Meermann mich nicht in ihrer Apothekenzeitschrift wiederfindet, sofern sie sowas überhaupt liest, aber der Teufel ist ein Eichhörnchen, wie Maria immer sagt, und womöglich liest Frau Schmitt-Meermann nichts lieber als »Bleib gesund«. Ich verbrachte den Rest des Tages damit, mir ein Pseudonym auszudenken, und ich entschloß mich für Katharina, denn so hatte ich immer heißen wollen, und kürzte meine Namen auf »Mann«: Katharina Mann, das klang nicht nur gut, es erweckte auch den Eindruck, als ob eine Enkelin von Thomas Mann nun für »Bleib gesund« schreiben würde, was ich sehr komisch fand, obwohl Thomas Mann wahrscheinlich weniger begeistert gewesen wäre.

»Bleib gesund« sorgte dafür, daß ich gesund blieb, denn es hielt mich auf Trab. Ich hatte mir nicht vorstellen können, was es bedeutete, alle zwei Wochen vier Seiten zu füllen, und ich hatte auch nicht darüber nachgedacht. Wenn es nicht hochgestochen und anspruchsvoll sein soll, dann machst du das mit links, hatte ich gedacht, hochgestochen und hochnäsig, wie ich bin, im Nullkommanichts machst du das, und dafür kriegst du auch noch tausend Mark.

Aber so einfach war es nicht. Es stellte sich heraus, daß der Chefredakteur für sein gutes Geld erwartete, daß ich nicht nur die Texte lieferte, sondern auch das Bildmaterial und die Bildunterschriften, und daß ich mir das Lay-Out überlegen mußte, also die Anordnung von Bild und Text, und daß ich möglichst genau

154

auf Zeile schrieb, damit sie nicht kürzen mußten und zusätzliche Arbeit damit hatten. »Und schreiben Sie bitte spannend, Frau Dr. Dohmann«, hatte er gesagt, »spannend und leicht lesbar, das erwarten unsere Leser.«

Ich merkte bald, daß es sehr schwierig ist, spannend über eine Ausstellung peruanischer Keramik zu schreiben, oder das Interview mit einem Museumsdirektor, in dem es um die Neuerwerbung einer altägyptischen Statuette geht, spannend zu gestalten. Ich geriet ins Schwitzen, ich wurde nervös, ich stand unter Druck. Pünktlich alle vierzehn Tage mußte das »Magazin für Kunst und Kultur« abgeliefert werden, fix und fertig, die Redaktion von »Bleib gesund« war hart und kompromißlos, sie akzeptierte keine Ausreden oder Entschuldigungen, und wenn ihnen etwas nicht gefiel, dann riefen sie an und sagten, das sei zu anspruchsvoll, es müsse einfach flotter und lesbarer sein. Das graue Tier kam nun auch wieder, fast jeden Tag, es hatte sich anscheinend auf die Seite der Redaktion von »Bleib gesund« geschlagen, denn seine drängenden Fragen bezogen sich vor allem auf meine Unfähigkeit, pünktlich zu liefern und lesbar und anschaulich zu schreiben.

Aber ich lernte es. Ich lernte, dramatisch und farbig und spannend zu schreiben, auch wenn es sich nur um einen Töpfermarkt oder eine Ausstellung entsetzlich langweiliger und häßlicher Plakate handelte. Ich gestaltete Interviews mit Galeristen oder Kinobesitzern so atemberaubend, daß man glauben konnte, es ginge hier um das Überleben der Menschheit und nicht darum, daß der Kinobesitzer eine Retrospektive des deutschen Films der fünfziger Jahre veranstaltete. Ich lernte Zeilen und Anschläge zu zählen und Lay-Out-Entwürfe zu zeichnen, aus denen man genau entnehmen konnte, wo welcher Text und welches Bild zu stehen hatte, und auch nicht zu vergessen, auf die Rückseite des Bildes und dahin, wo es im Lay-Out seinen Platz hatte, die gleiche Zahl zu schreiben. Und ich lernte zu klauen. Ich forstete sämtliche Zeitungen nach Nachrichten aus Kunst und Kultur durch, und dann formulierte ich diese Nachrichten um, was vielleicht nicht gerade Klauen war, aber doch betrügerisch, denn ich tat so, als sei die »Bleib gesund«-Redakteurin Katharina Mann selbst dabei gewesen, als das große kulturelle Ereignis stattfand, über das sie nun berichtete.

Je mehr ich lernte, desto mehr Spaß machte es mir, und ich wurde kühn. Ich dachte mir mehrteilige Serien aus, eine zum Beispiel, die ich »Alle Bilder diese Welt« nannte, und in der es um berühmte Bilder wie die Mona Lisa oder die Nachtwache ging. Den Artikel über die Mona Lisa überschrieb ich mit »Die geheimnisvolle Unbekannte« und den über die Nachtwache von Rembrandt nannte ich »Dunkle Gestalten?«, und beides trug mir ein Lob der »Bleib gesund«-Redaktion ein. Ich schrieb bewegte Reportagen über den letzten Kunstraub oder über die Auktion, bei der die »Sonnenblumen« von Van Gogh versteigert worden waren, und man meinte fast, den Hammerschlag des Auktionators zu hören.

»Was machst du jetzt eigentlich immer, Ines?« fragte Elisabeth. »Ich habe in den letzten Tagen mindestens zehnmal bei dir angerufen, und du warst nie zu Hause.«

Ich zögerte. Ich fand es immer noch genierlich, daß ich für »Bleib gesund« schrieb, und ich hatte es eigentlich vor der Welt verbergen wollen. Die Welt wußte ja nicht, wer Katharina Mann in Wirklichkeit war, und sie konnte auch nicht auf mein Konto sehen und feststellen, daß mir »Bleib gesund« neuerdings alle vierzehn Tage fünfhundert Mark zukommen ließ.

»Ich mache da jetzt so ein Magazin für Kunst und Kultur bei einer kleineren Zeitschrift«, sagte ich und hoffte wider alle Vernunft, daß Elisabeth sich nicht näher nach dieser kleinen Zeitschrift erkundigen würde.

»Wie schön«, sagte sie, »was ist das für eine Zeitschrift?«

»Sie heißt ›Bleib gesund‹«, sagte ich und rang mich dazu durch, schonungslos die Wahrheit zu sagen. »Es ist eines von diesen komischen Blättchen, die man in der Apotheke mitnehmen kann. Aber sie zahlen mir tausend Mark im Monat, und ich kann schreiben, was ich will, wenn es nur spannend ist, und sie haben immerhin eine Auflage von einer Million. Und ich lerne sehr viel dabei«, fügte ich hinzu, in der Hoffnung, Elisabeth würde die Vorteile gegen die Unseriosität abwiegen und mich nicht allzu sehr verachten.

»Aber das ist doch sehr schön«, sagte sie. »Warum hast du das nicht schon früher erzählt?«

»Ich habe mich geniert«, sagte ich, »es ist ja wahrhaftig kein feines Blatt, und dann muß ich auch so anreißerisch schreiben, weißt du.«

»Sei nicht albern, Ines«, sagte sie und sah mich streng an. »Sind Minigolfplätze vielleicht was Feines? Damit habe ich mein Geld verdient, und ich bin sehr froh darüber, sonst wäre ich immer noch arm wie eine Kirchenmaus. Und das Wichtigste für eine Frau ist die finanzielle Unabhängigkeit, laß dir das von mir gesagt sein.«

Darüber hatte ich noch nie nachgedacht, aber ich stimmte ihr trotzdem zu, weil ich so erleichtert war, daß sie mich nicht verachtete. Dann holte ich die Nummern von »Bleib gesund«, die mein wunderbares Magazin enthielten, aus ihrem Versteck und zeigte sie ihr, und sie war sehr angetan davon. »Also, ich finde das originell und ansprechend und durchaus seriös«, sagte sie mit Nachdruck, »ich weiß gar nicht, was du willst.«

Wenn Elisabeth es originell und ansprechend und seriös findet, dachte ich, dann kann ich es eigentlich auch den anderen zeigen. Ich zeigte es also Frau Niedermayer, und Frau Niedermayer war nachgerade beeindruckt, sogar mehr, wie mir schien, als von meinem Artikel in der »Marginale«.

»Das ist aber mal was, Frau Dohmann«, sagte sie anerkennend, »und das machen Sie ganz allein?« Ich sagte stolz, ja, das sei von A bis Z von mir, und erzählte ihr genau, was ich alles machte, das Bildmaterial aussuchen und die Bildunterschriften texten und die Titel machen und das Lay-Out entwerfen, und sie war einfach hingerissen und sagte, sie würde dafür sorgen, daß das Heft bei ihrem Apotheker auch zu haben sei.

Ich erzählte es Rebekka, und Rebekka holte sofort eine Flasche Erdbeersekt, und wir tranken auf die tausend Mark im Monat. »Bleib gesund« streifte sie allerdings nur mit einem kurzen Blick, was ich aber auch nicht anders erwartet hatte, denn es war zwar sehr bunt, aber daß die Farben beim Druck gut herauskamen, konnte man nicht behaupten.

Rebekka war überhaupt etwas zerstreut. Sie schien zu träumen zwischendurch, ihr Blick verlor sich in nicht vorhandenen Fernen, sie fragte: »Was hast du gesagt?«, und hatte offenbar nicht richtig zugehört. Dabei schien es ihr nicht schlecht zu gehen, im Gegenteil, sie war in leuchtendes Rot gekleidet, mit nur ganz wenig Schwarz kombiniert, und ihr Gesicht und ihre Augen leuchteten auch, und goldfarbene Ohrgehänge mit leuchtendroten Steinen klimperten an ihren Ohren.

»Ist irgendwas, Rebekka?« fragte ich.

»Nein, nein«, sagte sie und lächelte, »gar nichts.«

Ich fragte nicht weiter, denn Rebekka ist kein Mensch, von dem man durch vorsichtige und dezente Fragen etwas erfährt. Man muß ihr die Pistole auf die Brust setzen, wenn man wissen will, was los ist, aber dazu hatte ich keine Lust, weil ich lieber über meine Geburtstagsfeier sprechen wollte.

Es war Anfang November, und mein Geburtstag, mein 41. Geburtstag war schon gewesen. Ich hatte ihn mit ein bißchen Champagner bei Rebekka im Laden begangen und mit einem Schluck Champagner in Frau Niedermayers Wohnzimmer und dann mit mehr Champagner und Elisabeth bei Beutler. Ich hatte eigentlich ein Fest machen wollen, ein Fest im kleinen Kreis, ganz nach Elisabeths Art, mit Elisabeth und Rebekka und Maria und Hermann und Frau Niedermayer. Aber Maria war beim Drehen, und diesmal war es keine Serie, sondern ein feines, kleines Fernsehspiel, und sie war nicht zu überreden gewesen, auf einen Tag zu kommen. »Ich muß konzentriert bleiben«, hatte sie gesagt, »das ist mir zu wichtig, und die ganze Atmosphäre hier ist so gut, da will ich nicht raus.«

Aber ich wollte meine Geburtstagsfeier haben. Das letztemal hatte Elisabeth sie mir aus den Händen genommen, damit keiner von meinen alten Freunden mich verletzte, doch diesmal würde ich sie selber machen, mit neuen Freunden, die mich nicht verletzen würden.

»Rebekka«, sagte ich drängend, denn sie starrte eine ihrer Vasen auf dem Regal an, als hätte sie sie noch nie gesehen, »laß uns mal über meine Geburtstagsfeier reden... He, Rebekka!«

Sie fuhr zusammen und sah mich an und lächelte: »Deine Geburtstagsfeier, natürlich. Kann ich jemanden mitbringen?«

»Natürlich kannst du das«, sagte ich, »aber nur, wenn du jetzt mit mir darüber redest und aufhörst, irgendwohin zu starren.«

Das tat sie auch, sie schaffte es tatsächlich, nicht mehr in die Ferne zu sehen oder abwesend zu lächeln oder plötzlich taub zu

158

werden. Sie wurde nachgerade munter und wandte sich sogar der Frage, was es zu essen geben würde, mit Interesse zu, was mich erstaunte, denn Rebekka lebt von schwarzem Tee und Wurstsemmeln und hier und da einem Schluck Erdbeersekt, und erst wenn sie kurz vor dem Hungertod steht, geht sie in ein Lokal und vertilgt riesige Portionen Ente mit Rotkohl oder Schweinebraten mit Knödeln.

Wegen meiner Geburtstagsfeier hatte ich mich versichert, wann Maria ganz bestimmt zurück sein würde, und dann alle anderen gefragt, ob sie auch ganz bestimmt am Samstag, den 19. November, kommen konnten. Ich hatte meine Wohnung so sorgsam gesäubert, daß auch Frau Niedermayers scharfe Augen kein Versäumnis entdecken würden, und sie dann noch mal unter umweltpolitischen Gesichtspunkten inspiziert. Ich hatte die Alufolie, das Waschmittel und die Haushaltspapierrolle eingesammelt, in einem Schrank versteckt und unschädliches Klopapier gekauft, obwohl es scheußlich grau war und mit einem quietschblauen Umweltengel bedruckt.

Ich hatte ein schönes Büffet aufgebaut mit diversen Salaten und verschiedenem anderen und hatte für Rebekka Erdbeersekt gekauft und Bier für Maria und Hermann und Frau Niedermayer die ernsthafte Frage gestellt, ob sie womöglich auch etwas anderes trinken würde als Kaffee. Sie gab zu, daß sie hier und da gerne eine Radlermaß trank, und also kaufte ich noch Limonade, die beste und teuerste, die ich finden konnte.

Ich hatte mich ungefähr tausendmal gefragt, ob es wohl möglich wäre, daß diese unterschiedlichen und eigenwilligen Menschen, die ich eingeladen hatte, sich miteinander unterhalten und amüsieren würden. Und ich hatte mir etwa tausendmal die Antwort gegeben, daß ich es mir kaum vorstellen konnte, mir aber sehr wünschte und daß ich, was das Gelingen meines Festes anging, auf Gott vertrauen würde.

Elisabeth war die erste, wie immer. »Pünktlich wie immer«, sagte ich, nachdem sie mich geküßt und mir einen noch grandioseren Blumenstrauß als letztes Jahr überreicht hatte. »Pünktlichkeit ist die Höflichkeit der Könige«, erwiderte sie würdevoll, auch das wie immer. Frau Niedermayer stand ihr darin nicht

159

nach. Sie kam, kaum daß Elisabeth sich auf dem Sofa niedergelassen hatte, und so goß ich Champagner ein und mixte Bier mit Limonade, und als ich wieder ins Wohnzimmer kam, waren die beiden schon in eine Unterhaltung vertieft, und ich störte sie nur so lange, um ihnen ihre Gläser zu geben.

Rebekka kam und brachte zwar den angekündigten Gast nicht mit, dafür aber Balu, was mir ohnehin lieber war. Nachdem er mich begrüßt und in der Küche seine Wiener bekommen hatte, beschnupperte er dezent Elisabeth und Frau Niedermayer und wedelte schwach, aber anerkennend. Dann beging er meine Wohnung und ließ sich schließlich mit einem tiefen Seufzer vor meinem Bett nieder, von wo aus er durch die geöffneten Türen Diele und Wohnzimmer überblicken konnte. Es war der Platz, an dem das graue Tier immer saß und mich anstarrte. »Sehr gut, Balu«, sagte ich leise, »genau richtig«, und er sah mich von unten mit ruhiger Zustimmung an.

Rebekka trug zur Feier des Tages Rostrot und Flaschengrün, weil ich diese Farben mag, und war munter und lebhaft und kein bißchen zerstreut. Sie ließ sich Erdbeersekt einschenken, und dann plauderte sie doch tatsächlich mit Elisabeth und Frau Niedermayer, obwohl weder von Kunst noch von Farben die Rede war, und obwohl Plaudern eine Tätigkeit ist, die man mit Rebekka kaum in Verbindung bringen kann.

Der einzige, wegen dem ich mir noch Sorgen machte, war Hermann. Maria konnte mit jedem reden, sie kannte Elisabeth, sie würde sich mit Frau Niedermayer gut verstehen und mit Rebekka über Kunst und Farben diskutieren. Aber Hermann? Die Reform der Psychiatrie war eine verdienstvolle und notwendige Sache, doch was würden meine anderen Gäste damit anfangen?

Wie kleinmütig ich war! Hermann setzte sich neben Frau Niedermayer und klärte sie über die Reform der Psychiatrie auf, und Frau Niedermayer stimmte ihm zu, sie war immer für Reformen, und sie wußte sehr gut Bescheid darüber, wie und wo die Psychiatrie reformiert werden sollte und verblüffte Hermann mit Sachkenntnis. Sie gingen dann zur Reform des Umweltschutzes über, auch hier waren sie einer Meinung, und nun war Frau Niedermayer angenehm überrascht, eine verwandte Seele gefunden zu haben, mit der sie sich intensiv über die physikalischen, che-

160

mischen und klimatischen Zusammenhänge der Umweltzerstörung austauschen konnte.

Ich war so zufrieden, daß ich beinahe geplatzt wäre. Ich hörte mit einem Ohr auf die Pläne zur Mülltrennung und mit dem anderen auf die Diskussion über die Rolle der Farbe in der bildenden und des weiteren in der Filmkunst, die zwischen Elisabeth und Rebekka und Maria im Gange war. Ich brauchte nicht zu reden, ich war froh, daß sie so miteinander redeten, ich beschränkte mich darauf, ihre Gläser nachzufüllen und glücklich zu sein.

Frau Niedermayer und Elisabeth brachen gleichzeitig auf. Sie hatten sich hier und da mit Augenzwinkern und vielsagendem Lächeln und Blicken darüber verständigt, wie gut es dem Kind wieder ging und wie gut es den Treppensturz und das gebrochene Herz überstanden hatte. Frau Niedermayer bemerkte noch, daß Hermann wirklich ein kluger Mann sei und sie fast an ihren Hans erinnere, was ein atemberaubendes Kompliment war, und dann schloß sich die Tür hinter ihnen und ich hörte, wie sie sofort anfingen zu reden und sich nun auch mit Worten darüber austauschen konnten, wie gut es dem Kind doch wieder ging.

»Eine sehr intelligente Frau, diese Frau Niedermayer«, stellte Hermann fest, als ich wieder reinkam, »und so gut informiert, das findet man selten.« Rebekka äußerte sich anerkennend über Elisabeths Farbverständnis und fand, daß die Schale, die ich für sie gekauft hatte und die sie zu Weihnachten bekommen sollte, sehr gut zu Elisabeth passe, besonders, was die Farben der Murmeln anginge. Maria erzählte von dem wunderbaren Fernsehspiel, das sie gerade abgedreht hatte, und während Rebekkas Blick sich nun doch wieder verlor und ein abwesendes Lächeln auf ihrem Gesicht erschien, holte ich »Bleib gesund« aus dem Regal, wo es jetzt ganz offen liegen durfte, und Maria fand es sehr vernünftig, daß ich dieses Angebot angenommen hatte, sie könne sich schließlich die Serien auch nicht immer aussuchen, vor allem, wenn das Geld knapp würde. Hermann dagegen fragte, ob man nicht in einer Zeitschrift mit dieser Verbreitung auch einmal etwas über die Probleme in der Psychiatrie bringen sollte, und ich verkniff es mir, ihm auszumalen, wie das Gesicht des Chefredakteurs aussehen würde, wenn ich mit einem solchen Vorschlag käme.

Was habe ich doch für wunderbare Freunde gefunden, dachte ich, als ich im Bett lag, und geriet, beschwipst und glücklich wie ich war, ins Schwärmen. Einfach wundervolle Menschen, dachte ich, wie schön ist es doch, wenn man im Denken und Fühlen einander so ähnlich ist, sich beinahe ohne Worte verständigen, so sicher auf Einfühlung und Übereinstimmung rechnen kann. Aber bevor ich sie alle zu eineiigen Zwillingen erklärte, die sich in gar nichts unterschieden, schlief ich ein.

XI

»Was ist eigentlich mit dir los, Rebekka?« fragte ich.

Rebekkas Zustand war der gleiche geblieben. Sie schien zu schweben, sie leuchtete, sie trug lebensvolle Rot- und Gelbtöne, die kaum mit Kontrastfarbe kombiniert waren. Sie war abwesend, zerstreut, sie lächelte gedankenverloren.

»Was hast du gesagt?« fragte sie.

»Ich will jetzt endlich wissen, was mit dir los ist«, sagte ich. Wenn man sie so direkt fragt, kriegt man von Rebekka immer eine klare Antwort.

»Ich habe mich verliebt«, sagte sie.

Das hättest du dir eigentlich denken können, Ines, du Schusselkopf, dachte ich, das sieht doch nun wirklich ein Blinder.

»Toll«, sagte ich, »so wie du aussiehst, muß er umwerfend sein.«

»Das stimmt«, sagte Rebekka träumerisch, »sie ist einfach wunderbar. Wenn ich sie in Farben beschreiben würde, dann –«

»Sie?« sagte ich, »du meinst er.«

Rebekka sah mich verständnislos an: »Sie natürlich.«

Ich versuchte meine Gedanken zu sammeln und ihnen Ausdruck zu verleihen: »Du meinst, du hast dich in eine Frau verliebt?«

»Ja, natürlich«, sagte Rebekka.

Ich wußte nicht, was daran natürlich war, und starrte sie sprachlos an.

»Warum starrst du mich so an?« fragte Rebekka. »Natürlich habe ich mich in eine Frau verliebt, was sonst? Ich habe mich in meinem ganzen Leben immer nur in Frauen verliebt.«

Ich starrte sie weiter an.

»Lieber Himmel, ich bin lesbisch, Ines«, sagte Rebekka ungeduldig. »Wußtest du das nicht?«

Woher sollte ich das wissen, dachte ich, ich habe in meinem ganzen Leben noch nie eine lesbische Frau gesehen, oder nein, eine doch, ich habe mal einen Artikel über Gertrude Stein gelesen und ihre Freundin Alice B. Tocklas, und da war auch ein Foto von Gertrude Stein. Sie trug einen Smoking und hatte ganz kurze Haare. Irgendwie habe ich mir immer vorgestellt, daß lesbische Frauen Smokings tragen, dachte ich, sofern ich mir da überhaupt was vorgestellt habe.

»Nein«, sagte ich, »das wußte ich nicht.«

»Aber du wußtest doch immerhin, daß es so was gibt, oder?« fragte Rebekka mit leisem Spott.

»Doch, doch«, sagte ich hastig, »Gertrude Stein zum Beispiel. Ich habe mal ein Foto von ihr gesehen, da trug sie einen Smoking, und irgendwie habe ich immer gedacht, alle lesbischen Frauen sehen aus wie Gertrude Stein. Aber daß du –«

»Sieh mich doch nicht so entsetzt an«, sagte Rebekka, und ihre Stimme klang nicht mehr spöttisch, »ist es denn so schlimm für dich?«

Was sollte ich darauf sagen? Es war ein Schock, und ein Schock ist ja wohl etwas Schlimmes, aber ich konnte doch auch nicht so trampelig sein und sagen: Ja, es ist wirklich sehr schlimm für mich. Und ich wußte auch gar nicht so genau, was nun eigentlich so schlimm daran war.

»Ich weiß nicht«, sagte ich, »es kommt so überraschend.« Und dann wußte ich überhaupt nicht mehr, was ich sagen sollte. Irgendwelche Ideen von Homosexualität und Neurose und frühkindlichen Störungen zogen durch meinen Kopf, ich wußte nicht, wo ich das her hatte, vielleicht hatte Rüdiger mal darüber gesprochen, nachdem er auf den Psycho-Trip gekommen war. Aber ich konnte Rebekka ja schlecht fragen, ob sie vielleicht eine frühkindliche Störung hätte und ob sie es schon mal mit Psychotherapie versucht hätte. Sie sah auch eigentlich nicht so aus, als ob sie so was nötig hatte, so strahlend, wie sie da saß, in Sonnengelb mit ein bißchen Schwarz und jettschwarzen Ohrgehängen. Die hat sie doch früher nicht getragen, diese Riesendinger, dachte ich, die kommen wohl von der neuen Freundin. »Du trägst neuerdings immer so tolle Ohrgehänge«, sagte ich, froh, etwas gefunden zu haben, worüber ich reden konnte.

»Schön, nicht?« sagte sie. »Sophia hatte ganze Massen davon.«

Sophia heißt sie also, aha, dachte ich. Ich wagte mich einen Schritt weiter vor.

»Und wer ist sie?« fragte ich. Das war das Beste, was ich hatte tun können, denn nun erzählte Rebekka, und die Begeisterung trug sie fort, und ich brauchte nur noch zuzuhören.

Sophia hieß mit Nachnamen Magnusson, sie war Schwedin, lebte aber schon länger in Deutschland. Sie entwarf Mode und Schmuck, und gerade hatte sie sich mit einem kleinen Laden selbständig gemacht. Sie war eine tolle Frau, sehr begabt, sehr künstlerisch, klug und großzügig und was immer es an wunderbaren Eigenschaften gibt. Das einzige, was Rebekka ein wenig kritisch betrachtete, war die Tatsache, daß sie bei den Farben ihrer Kleider Schwarz, Grau und ähnliche Töne bevorzugte, Nicht-Farben, wie Rebekka das nannte.

»Das verstehe ich nicht ganz, wie sie solche Nicht-Farben tragen kann«, sagte Rebekka mit gerunzelter Stirn, »und ich weiß auch nicht, ob das gut für sie ist, dieses ganze Schwarz und Grau und Braun. Farben sind so wichtig! Ein leuchtendes Blau, das wäre genau das Richtige für sie.«

Ich tröstete mich mit dem Gedanken, daß Rebekka diesen Farbwechsel sicher bald bewerkstelligen würde. Und ich hatte einen neuen Ansatzpunkt, um auch mal wieder etwas zu sagen.

»Wie sieht sie denn aus?« fragte ich. Es ergab sich, daß Sophia Magnusson auch wunderschön war, groß, schlank, mit blauen Augen und weißblonden, kurzen Locken.

»Dann würde ihr Blau bestimmt gut stehen«, sagte ich.

Rebekka lächelte mich dankbar an. »Genau«, sagte sie, »du wirst sie ja bald kennenlernen, und dann wirst du sehen, daß ich recht habe.«

Ich war etwas erschüttert bei dem Gedanken, Sophia Magnusson bald kennenzulernen, und das war mir wohl anzusehen. »Schau nicht so ängstlich«, sagte Rebekka und lachte. »Sie tut dir nichts. Ich habe ihr schon viel von dir erzählt, und sie freut sich darauf, dich zu treffen.«

Gut, gut, dachte ich, ich werde also Sophia kennenlernen, und sie freut sich schon, mich kennenzulernen, aber für heute ist es genug. Ich schleppe mich jetzt in meine Höhle zurück und verdaue ein bißchen.

»Ich freue mich jedenfalls, daß du so glücklich bist«, sagte ich. »Ich glaube, ich gehe jetzt mal nach Hause.«

»Tu das«, sagte Rebekka. Sie hatte es wahrscheinlich auch satt, daß ich sie schafsgesichtig oder mit Kaninchenblick anstarrte. Aber bevor ich zur Tür hinausging, umarmte sie mich und sagte: »Ich hab dich sehr lieb, Ines, du kleine Blindschleiche. Mach's ganz gut.«

Ich machte mich doppelt erschüttert auf den Heimweg, denn es ist selten, daß Rebekka mit Liebeserklärungen um sich wirft oder sogar mit Kosenamen wie »du kleine Blindschleiche«. Und dann kam die nächste Erschütterung, weil ich mich plötzlich erinnerte, außer Gertrude Stein schon einmal eine lesbische Frau gesehen zu haben.

Wir waren bei Carola gewesen, Rüdiger und ich, und unter den Gästen war auch eine Kollegin von Rolf, eine nette, kluge Frau, mit der ich mich lange unterhalten hatte. »Was für eine interessante, nette Frau«, hatte ich später zu Carola gesagt, »man kann sich so gut mit ihr unterhalten, weil sie einem so intensiv zuhört.«

Carola hatte gelacht und gesagt: »Die hat dich doch angemacht!« Ich hatte gefragt, wieso, und Carola hatte gesagt, die ist doch andersrum, und ich mußte leider noch mal fragen, wieso. »Du bist wirklich schwer von Kapee«, hatte Carola gesagt, »die ist lesbisch«, und das letzte Wort hatte sie mit scharfer und gedämpfter Stimme gesprochen. Ich hatte eigentlich nicht das Gefühl, daß die Frau mich angemacht hatte, aber da ich anscheinend nie etwas merkte, hatte ich das vielleicht auch nicht gemerkt.

Hat mich Rebekka jetzt gerade womöglich auch angemacht, überlegte ich beklommen. Aber das kann doch nicht sein, sie ist bis über beide Ohren in Sophia verliebt, da hat sie doch an mir bestimmt kein Interesse. Carola hatte damals auch anklingen lassen, daß lesbische Frauen ständig andere Frauen anmachen, und nun ging ich in Gedanken alle meine Treffen mit Rebekka durch, bevor sie sich in Sophia verliebt hatte, und überlegte, ob sie mich je angemacht hatte. Rebekka ist zurückhaltend, sie umarmt einen nicht ständig oder gibt Wangenküßchen, sie hatte mich in der ganzen Zeit gerade einmal umarmt oder ich sie, je nachdem, wie man das sieht. Nein, entschied ich, Rebekka hat mich nicht angemacht, ich mag ja ein Schaf sein und eine Blindschleiche, aber so blöd bin ich nun auch nicht, daß ich das nicht gemerkt hätte.

Diese Erkenntnis erleichterte mich sehr, bis der nächste Gedanke kam. Rebekka hat dich nicht angemacht, das ist klar, dachte ich, also bist du auch nicht interessant für sie, sondern sie verliebt sich in diese großartige Sophia, und wenn ich nicht mehr da wäre, dann wäre ihr das auch egal. Scheiß-Sophia, dachte ich und ärgerte mich über diese riesengroße weißblonde Schönheit, die in meiner Phantasie immer größer und blonder und schöner wurde, wegen dir ist Rebekka zerstreut und trägt diese albernen klimpernden Ohrgehänge. Du blöde Kuh, wärst du doch in Schweden geblieben!

Aber warum bist du so sauer auf diese Sophia, fragte eine innere Stimme, und sie gab auch gleich die Antwort: Eifersüchtig bist du, das ist es, es paßt dir nicht, daß diese Sophia für Rebekka so wichtig ist und du nicht! Und womöglich bist du auch lesbisch, wenn du dich darüber so aufregst.

Jetzt langt es, dachte ich, jetzt ist es genug. Erst Rebekka, die lesbisch ist, und dann deine blöde Eifersucht, und nun fragst du dich schon, ob du auch lesbisch bist. Es reicht. Du denkst morgen darüber nach, morgen ist auch ein Tag, wie Scarlett O'Hara immer sagt. Ich kochte mir eine Kanne Kamillentee und setzte mich vor den Fernseher, was ich schon lange nicht mehr getan hatte, und sah mir eine entsetzlich blöde Quizsendung an, aber das war immer noch besser als darüber nachzudenken, ob ich auch lesbisch war.

Ich dachte die ganzen nächsten Tage darüber nach, was es nun mit dem Lesbisch-Sein auf sich hatte, aber das half nicht viel. Ich beschloß, mich darüber zu informieren. Vielleicht gab mir irgend jemand eine wirklich gute Erklärung, warum Rebekka lesbisch war, und daß es wirklich so natürlich war, wie sie gesagt hatte.

Ich sah zuerst im Lexikon nach. Dort stand als Stichwort »Lesbische Liebe«, und daß Sappho sie geübt und besungen hatte. Ich fragte mich, was die Verfasser des Lexikons sich wohl darunter vorstellten, Liebe zu üben, und las weiter, aber sie sagten nur noch, daß es sich hierbei um homosexuelle Beziehungen zwischen Personen weiblichen Geschlechts handele, was ich schon gewußt hatte, und daß sie straflos seien, in Österreich aber erst seit 1974. Das ist immerhin etwas, dachte ich, es ist nach 1974 und Rebekka lebt nicht in Österreich.

Ich beschloß, mir ein Buch zu kaufen, aber ich wußte nicht, wie ich das machen sollte, denn ich konnte ja nicht in eine Buchhandlung gehen und sagen: »Ich hätte gern ein Buch über die lesbische Liebe.« Aber dann fiel mir Rüdigers medizinische Buchhandlung ein, und ich ging hin und machte ein sehr professionelles Gesicht und sagte, ich brauchte möglichst umfassende Informationen über die Homosexualität. Die Verkäuferin suchte mir einen Stapel Bücher zusammen, und ich setzte mich hin und prüfte sie ernsthaft und nahm das, in dem auch etwas über lesbische Frauen stand, nicht nur über homosexuelle Männer.

Es war furchtbar, was darin stand. Dies sei eine schwerwiegende psychosexuelle Störung, sagten die Autoren, kaum erfolgreich zu therapieren, das gelte jedenfalls für den genuinen Lesbianismus, beim Pseudo-Lesbianismus sei die Therapie-Prognose schon günstiger. Rebekka scheint mir ziemlich genuin lesbisch zu sein, dachte ich, also mit Therapie ist es schon mal nichts.

Die Autoren verbreiteten sich dann über die Ursache dieser Störung und gingen dabei, wie ich es schon vermutet hatte, in die frühe Kindheit zurück. Am schlimmsten sei es, sagten sie, wenn die lesbische Neigung in einer narzißtischen Störung wurzele, in jedem Fall aber müsse man davon ausgehen, daß die Beziehung zur Mutter wie zum Vater gestört bzw. einseitig verschoben sei, und von einer konstruktiven Auflösung und Überwindung der ödipalen Situation könne schlechterdings überhaupt nicht die Rede sein. Und dann fingen sie an, von Perversion und phantasiertem Phallus zu sprechen, und da klappte ich das Buch zu. Nein, dachte ich, was immer Rebekka hat, so was hat sie sicher nicht.

Ich versuchte es als nächstes beim Frauenbuchladen. Ich stand eine halbe Stunde vor dem Schaufenster und studierte die Titel der ausliegenden Bücher, bis ich Mut gefaßt hatte. Aber das brachte mich immerhin auf eine Idee: »Frauenbeziehungen« lautete der Titel eines der Bücher, und das klang doch schon sehr viel besser als lesbische Liebe.

Ich ging also tapfer hinein und sagte zu der Frau hinter der Kasse, die von ihren Abrechnungen aufblickte: »Ich hätte gern ein Buch über Frauenbeziehungen.«

»Hm«, sagte sie und blickte zweifelnd. »Das ist natürlich sehr allgemein. An was hattest du da speziell gedacht?«

»Vielleicht könnte ich mal sehen, was ihr so habt, und dann finde ich schon das Richtige.«

»Tja«, sagte sie und schaute noch zweifelnder, und mit einer den Raum umfassenden Handbewegung fügte sie hinzu: »Das geht hier praktisch alles um Frauenbeziehungen, im weiteren Sinne.«

»Ich möchte ein Buch über lesbische Liebe«, sagte ich verzweifelt und wurde rot.

»Ach so«, sagte sie und schien zu kapieren, daß sie eine dumme kleine Blindschleiche vor sich hatte, der es außerdem schwerfiel, das Wort lesbisch auszusprechen. »Ach so. Na, dann setz dich solange nach nebenan, da steht Kaffee in der Thermoskanne, und ich such dir was raus. Es dauert ein bißchen.«

Ich saß also da und trank Kaffee, und sie kam immer wieder vorbei und legte mir Bücher hin, bis ich zwei große Stapel vor mir hatte. »Das kannst du dir ja mal ansehen«, sagte sie, »laß dir nur Zeit.«

Ich kaufte einen Roman und zwei Sachbücher und machte, daß ich nach Hause kam. Der Roman behandelte die Liebesgeschichte zwischen zwei Frauen, er war spannend und bewegend geschrieben, ohne kitschig zu sein, und er stellte diese Liebesbeziehung als etwas völlig Normales dar, und die beiden Frauen waren auch völlig normal und sogar überdurchschnittlich intelligent, nett und interessant. Rebekka ist ja auch überdurchschnittlich nett, interessant und intelligent, dachte ich, siehst du mal, Ines, das stimmt also schon.

Die Sachbücher waren auch der Meinung, daß lesbische Frauen normal sind und lesbische Liebesbeziehungen auch, und daß hier von einer psychischen Störung nicht die Rede sein könne, es handele sich einfach um andere Präferenzen, und der Mensch sei ja grundsätzlich bisexuell. Ich war sehr zufrieden, und als ich dann noch eine beeindruckende Aufzählung all der lesbischen Frauen gelesen hatte, die es im Laufe der Geschichte so gegeben hat, war ich noch zufriedener.

»Sieht man dich auch mal wieder«, sagte Rebekka, als ich den Laden betrat. Ich war seit dem letzten Mal nicht mehr dagewesen, ich hatte einfach erst alles über die lesbische Liebe herausfinden müssen.

»Sei nicht böse, Rebekka«, sagte ich und erzählte ihr von meiner Suche. Sie hörte gespannt zu und lächelte dann, und als ich beim Frauenbuchladen und dem zweifelnden Gesichtsausdruck jener Frau angelangt war, brach sie in schallendes Gelächter aus.

»Die hat natürlich gedacht, du wärest selber diesem furchtbaren Laster verfallen und darum so verzweifelt«, sagte sie. »Wie hat sie denn ausgesehen?«

Ich beschrieb sie, und Rebekka meinte, das müsse wohl Irene sein, und wenn sie Irene das nächste Mal träfe, würde sie ihr die Geschichte erzählen, und Irene würde sich sicher sehr amüsieren. Ich fand es weniger amüsant, aber es war nicht der Zeitpunkt, um beleidigt zu sein.

»Woran merkt man, daß man lesbisch ist?« fragte ich.

»Warum willst du das wissen?« sagte sie.

Ich dachte, nun ist es auch schon egal, und erzählte ihr, daß ich eifersüchtig gewesen sei auf Sophia und mich fragte, ob ich vielleicht auch lesbisch sei.

Sie grinste und dann wurde sie ernst und sagte: »Das bedeutet doch nicht, daß du lesbisch bist. Also, meiner Ansicht nach brauchst du dir keine Sorgen zu machen: Du bist so stock-heterosexuell, wie du es dir nur wünschen kannst. Keine Chance, lesbisch zu werden, würde ich sagen.«

Ich war zwar sehr beruhigt, Rebekka mußte es ja wissen, aber auch ein bißchen gekränkt, daß sie mir so rundweg jedes Talent zum Lesbischsein absprach und mich so strikt als stock-heterosexuell klassifizierte, was irgendwie etwas langweilig und kleinkariert klang. Keine Chance, je in diesen exklusiven Klub aufgenommen zu werden, dachte ich fast bedauernd, obwohl ich genau wußte, daß sich mein Kaninchenfell gesträubt hätte, wenn Rebekka diese Möglichkeit auch nur angedeutet hätte.

»Und warum bist du dann mit mir befreundet?« fragte ich.

»O Gott, Ines, du stellst vielleicht Fragen«, sagte sie. »Ich mag dich einfach sehr gern, und es kommt doch nicht darauf an, mit wem jemand lebt oder ins Bett geht.«

Nein, dachte ich erleichtert, darauf kommt es wirklich nicht an, weder bei Rebekka noch bei mir. Und Balu, der zu Rebekkas

Füßen lag, sah mich von unten an, als wolle er sagen: Na, hast du es jetzt endlich kapiert, du alte Blindschleiche?

Ich hatte es kapiert, einigermaßen jedenfalls, aber ich war trotzdem froh, daß Sophia über Weihnachten zu ihrer Familie nach Schweden fuhr und ich sie noch nicht kennenzulernen brauchte. In meiner Phantasie war sie nämlich zu einer überdimensionalen Brigitte Nielsen angewachsen, riesig, langbeinig, großbusig und so weißblond wie nur möglich, wovon ich aber Rebekka nichts sagte, denn ihr hätte es sicher nicht gefallen, daß ich die wunderbare Sophia mit der Ex-Frau von Sylvester Stallone verglich.

Ich war auch deswegen froh, weil Elisabeth mir gesagt hatte, sie würde Rebekka gern am Weihnachtsabend einladen und ob mir das recht wäre? Es war mir sehr recht, wenn ich auch Elisabeth fairerweise warnte, daß Rebekkas Gegenwart die Auswahl der Gesprächsthemen stark beschneiden würde, und daß sie es außerdem mit Balu würde aufnehmen müssen. Elisabeth fand weder das eine noch das andere problematisch, sie ließ sich Rebekkas Nummer geben und rief gleich an, um die Sache perfekt zu machen, wie sie das nennt.

Elisabeths Weihnachtsbaum war dieses Jahr tatsächlich eine Idee prachtvoller und riesiger als sonst, und so konnte ich ihr ehrlichen Herzens zustimmen, als sie sagte, er sei der schönste seit langem. »Die Bescherung machen wir zu dritt«, sagte sie, »für nachher habe ich noch Freunde eingeladen.«

Rebekka erschien mit Balu, der frisch gebürstet war und eine wunderbar rote Schleife um den Hals trug. Rebekka dagegen trug Silbergrau, was ihr zwar gut stand, mich aber mit Schreck erfüllte. Nun hat Sophia sie umgekrempelt, und nicht sie Sophia, dachte ich. »Grau!« sagte ich, und sie sagte entschuldigend: »Sophia hat es extra für mich entworfen, und ich dachte, hier würde es auch gut hinpassen.« Sie musterte kritisch das Beige und die Pastelltöne und das dezente Teppichmuster von Elisabeths Einrichtung, und ich wußte, sie überlegte, welche Farben für Elisabeth wirklich gut wären.

Rebekka bekam ihren Erdbeersekt, und was Balu betraf, so hatte Elisabeth sich bei ihrem Metzger erkundigt, was man einem großen Hund wohl passenderweise servieren könnte. Der

Metzger hatte eine Riesenportion Rinderherz und andere Innereien für passend gehalten, und Balu schmatzte zufrieden und war offensichtlich der Meinung, daß dieser Metzger ein kluger Mann war.

Für nachher hatte Elisabeth zwei befreundete Ehepaare eingeladen, reizende und gescheite Leute, und ich war verblüfft, wie sie es immer wieder fertigbringt, so nette Freunde hervorzuzaubern wie Kaninchen aus dem Hut. Sie hatte mit großem Bedacht gezaubert: einen ehemaligen Professor der Kunstgeschichte und seine Frau, die Galeristin gewesen war, für Rebekka, und den ehemaligen Chefredakteur einer angesehenen Zeitung und seine Frau, die Reisebücher schrieb, für mich. Die Reiseschriftstellerin war außerdem noch Hundeliebhaberin und freute sich sehr, Balu hier zu treffen, aber das konnte Elisabeth unmöglich gewußt und eingeplant haben.

Nachts um zwei wanderten wir zufrieden nach Hause. Elisabeth hatte uns ein Taxi rufen wollen, aber es war eine schöne, verschneite Nacht, und wir hatten Elisabeths Bedenken damit beruhigen können, daß Balu schon auf uns aufpassen würde.

Wir gingen durch den Schnee und sahen Balu zu, der schnüffelnd und schnaubend herumstöberte und zwischendurch einen lustvollen Lauf einlegte, und Rebekka dachte ohne Frage an Sophia, und ich dachte daran, daß ich nun ein paar freie Tage hatte, weil ich vor Weihnachten zwei fix und fertige »Bleib gesund«-Kulturmagazine abgeliefert hatte, und daß ich mich gut und gerne an den Artikel für »Marginale« machen konnte, der im Januar fertig sein sollte. Sylvester würde ich bei Maria und Hermann feiern, und dann würde ein neues Jahr anfangen. Ich dachte an mein letztes Sylvester, wie ich da so ganz alleine mit meinem Rotwein gesessen hatte, und was dann noch alles passiert war. Diesmal wird es anders, dachte ich, diesmal fängt ein ganz besonderes, schönes Jahr an, das letzte war ja zum Schluß auch nicht schlecht, aber dies fängt gleich gut an.

Das neue Jahr fing tatsächlich gut an. Ich hatte lange geschlafen, war aber frisch und munter aufgewacht, weil ich bei Maria und Hermann nur wenig Sekt getrunken, dafür aber viel getanzt hatte. Ich zog meinen Rosen-Kimono an und wanderte zufrieden in die Küche, um mir ein großartiges Frühstück zu machen, mit Ei und Orangensaft und allem Drum und Dran. Schinken ist auch noch da, dachte ich, machte die Kühlschranktür auf und starrte in ein dunkles Loch. Das Lämpchen brannte nicht, er war nicht kalt und surrte auch nicht, und irgendwo tropfte es.

Das werden wir gleich haben, dachte ich und kontrollierte die Sicherungen und den Stecker. Ruf den Elektro-Notdienst an, sagte ich zu mir, und das tat ich, aber der Elektro-Notdienst war offenbar des Glaubens, daß an einem Neujahrswochenende keine Notfälle eintreten würden, und teilte mir mit munterer Stimme mit, daß er am Montag, den 3. Januar wieder zu erreichen sein würde.

Du kannst mich mal, dachte ich, dann frage ich eben Frau Niedermayer, die ist ein viel besserer Notdienst als du. »Ach, da machen Sie sich man keine Sorgen«, sagte Frau Niedermayer, nachdem wir uns ein gutes Neues Jahr gewünscht hatten, »ich finde schon jemanden und schick ihn dann rauf.«

Ich wanderte wieder nach oben, räumte den Kühlschrank leer und legte ihn mit Geschirrtüchern aus. Um vier klingelte es, und Frau Niedermayer hatte das in sie gesetzte Vertrauen gerechtfertigt, wie ich es nicht anders erwartet hatte.

»Guten Tag und gutes Neues Jahr«, sagte der Mann, der vor der Tür stand, »Frau Niedermayer hat mich gebeten, Ihnen bei Ihrem Kühlschrank zu helfen.«

Er kam mir bekannt vor, ich hatte ihn schon mal gesehen, wahrscheinlich hatte er ein Elektrogeschäft in der Nähe oder war Hausmeister in einem der umliegenden Häuser; Frau Niedermayer kannte hier jeden und jede, und da sie sehr hilfsbereit war, war sie mehr als berechtigt, von anderen einen Gefallen zu erbitten.

Ich begrüßte ihn mit der Begeisterung, mit der man Menschen willkommen heißt, die in der Lage sind, lebensnotwendige Dinge zu reparieren, und führte ihn zu meinem Kühlschrank. Er betrachtete den Kühlschrank, er betrachtete den Stecker, er inspizierte die Hinterseite des Kühlschranks und die Sicherungen im Sicherungskasten, und dann sagte er: »Also, wenn drin was kaputt ist, kann ich natürlich nichts machen. Aber ich vermute, es ist der Stecker. Haben Sie mal einen Schraubenzieher?«

Er schraubte den Stecker auf und betrachtete auch dessen

Inneres genau; dann sagte er »aha«, schraubte ein bißchen, schraubte ihn wieder zu, steckte ihn in die Steckdose, und der Kühlschrank ruckte und machte sein Lämpchen wieder an und begann, eilfertig zu summen.

Ich bedankte mich mit ehrlich gemeinter Überschwenglichkeit, und er zuckte nur mit den Achseln, wie Männer das in solchen Fällen immer tun, denn sie können ja nicht gut sagen, daß sie es auch für ein Wunder halten, diesen simplen Stecker repariert zu haben, obwohl sie natürlich nichts dagegen haben, daß man selbst es als ein Wunder ansieht.

»Und was bin ich Ihnen nun schuldig?« fragte ich eifrig.

»Das kommt gar nicht in Frage«, sagte er, »das ist doch nur im Sinne einer guten Hausgemeinschaft. Ach übrigens: Gräf ist mein Name, Martin Gräf«, fügte er hinzu und hielt mir die Hand hin.

Ich schüttelte seine Hand und sagte sinnloserweise »Dohmann«, was er ja schon wußte, und dann kam mir auch sein Name bekannt vor, und ich stand da wie erstarrt, immer noch mit seiner Hand in meiner Hand, als Statue des Entsetzens. »Der Herr Gräf, das ist ein vernünftiger Mann«, hallte in meinem Kopf die Stimme von Frau Niedermayer, derselbe vernünftige Mann, der mich vor ihrer Tür als besoffene Katze hatte liegen sehen und der nun meinen Kühlschrank repariert hatte.

Röte überzog mein Gesicht, und ich befreite seine Hand aus dem Entsetzensgriff, mit dem ich sie umklammert hatte, und sagte sinnloserweise: »Entschuldigen Sie bitte«, und dann riß ich mich zusammen und fügte hinzu: »Das ist mir aber peinlich«, was nicht gerade originell war, aber immerhin etwas.

»Das braucht Ihnen nicht peinlich zu sein, Frau Dohmann«, sagte er. »Ich freue mich, Sie endlich mal kennenzulernen.«

Anders als in besoffenem Zustand und mit gebrochenen Knochen, meinst du, dachte ich und sagte: »Aber –«

»So was kann doch jedem mal passieren«, sagte er, »und Frau Niedermayer hat mir ja auch sehr einleuchtend erklärt, was die Ursache war.«

O Gott, dachte ich und fragte: »Was hat sie Ihnen denn gesagt?«

»Daß die Ursache ein gebrochenes Herz war«, sagte er. »Aber

ich hoffe, daß das bei Ihnen nur ein vorübergehender Zustand ist und kein lebenslanger wie bei Frau Niedermayer.«

Typisch Frau Niedermayer, ohne Umschweife und geradeheraus, dachte ich und mußte lachen. »Das ist typisch Frau Niedermayer«, sagte ich, und er lachte auch und nickte.

»Kann ich Sie dann wenigstens zu einem Glas Champagner einladen«, sagte ich, »und mich so bedanken?«

Dagegen hatte er nichts, und ich holte eine von Elisabeths kleinen Flaschen, und wir tranken und redeten über das, worüber man unter diesen Umständen eben so redet. Er wohnte in der Dreizimmerwohnung im zweiten Stock, der mit den zwei Balkonen, er fand die Umgebung sehr angenehm, und er war Leiter einer Bankfiliale in der Altstadt, was mich erstaunte, denn er sah gar nicht so aus wie mein alerter, flinkäugiger, hartherziger Filialleiter. Er wirkte eher gemütlich, er war kräftig und untersetzt und aß anscheinend gerne, er hatte blaue Augen, Sommersprossen und schütter werdendes rötliches Haar. Ganz sicher würde er eine eben geschiedene Frau nicht wie ein Habicht ansehen und sie fragen, was nun mit dem Überhang von 300 Mark werden soll.

Er wußte bereits, daß ich über Kunst und Kultur schrieb, und ich sprach etwas allgemeiner darüber, wie das so ist, und erwähnte im speziellen nur den Artikel in der »Marginale«, den ich gerade schrieb. Dann redeten wir noch übers Wetter, und dann verabschiedete er sich und sagte, ich solle mich nur melden, wenn es mal wieder Probleme gäbe.

Schade, dachte ich, als er gegangen war, er ist leider überhaupt nicht mein Typ. Das wäre doch wirklich nett gewesen zum Neuen Jahr, wenn da einer kommt, um den Kühlschrank zu reparieren, und wäre außerdem noch mein Typ gewesen, eher wie Rüdiger, so groß und schlank und ein bißchen ironisch. Andererseits hätte Rüdiger nie meinen Kühlschrank reparieren können, er kann kaum einen Nagel in die Wand schlagen, und außerdem bist du wirklich sehr undankbar, Ines, sagte ich zu mir, sträflich undankbar. Da bringt er dir den Stecker so wunderbar in Ordnung und ist so nett und hat so viel Verständnis für Menschen, die Treppen hinunterfallen, und du mäkelst an ihm rum, weil er nicht dein Typ ist.

Und abgesehen davon bist du ganz schön eingebildet, tadelte ich mich. Selbst wenn er dein Typ gewesen wäre, woher willst du wissen, daß du seiner bist? Ausgemusterte aschblonde Einundvierzigjährige, die für Apothekenzeitschriften schreiben, sind nicht das gefragteste Modell, das solltest du eigentlich wissen. Du müßtest froh sein, wenn sich dieser gemütliche Filialleiter für dich interessiert hätte, und vielleicht hättest du lieber versuchen sollen, ihn für dich zu interessieren, schließlich kommen nicht jeden Tag nette Männer im passenden Alter vorbei, um den Kühlschrank zu reparieren.

Ja, ich hätte ihn wohl anmachen sollen, wie Carola das nennt, dachte ich, aber leider kann ich das nicht so gut, Männer anmachen, und schon gar nicht solche, die nicht mein Typ sind. Carola hat eine Freundin, Karin, die kann das ganz phantastisch, die macht alles an, was Hosen anhat, die macht jeden Kerl verrückt, sagt Carola immer und schwankt zwischen Ärger und Bewunderung. Ich habe mal zugeschaut, wie Karin das macht, sie hört unheimlich interessiert zu, was der Typ erzählt, auch wenn es der letzte Schwachsinn ist, und sie sieht ihn so intensiv an und lacht geheimnisvoll. Aber das kann ich sowieso nicht, dachte ich, dafür bin ich viel zu plump und simpel, also brauche ich mir auch keine Vorwürfe zu machen, daß ich den netten Filialleiter nicht angemacht habe.

Gestern auf dem Fest bei Maria und Hermann ist es auch so gewesen, da waren viele nette Männer, solche mit Frau und Kind im Schlepptau und solche ohne. Einer war da, anscheinend ohne irgend jemanden im Schlepptau, der hat sich richtig die Augen nach mir ausgeschaut, wenn mich nicht alles täuscht, obwohl ich doch schon über vierzig bin. Aber dann war er wohl zu schüchtern, und da hätte ich nun die Gelegenheit ergreifen müssen, rübergehen zu ihm zum Beispiel, und vielleicht sagen: »Kennen wir uns nicht von irgendwoher«, oder darüber reden, daß es ein schönes Fest ist oder so was. Aber das kann ich eben nicht, und dann war er ja auch nicht mein Typ.

Und da waren zwei andere, die waren nicht zu schüchtern und haben sehr deutlich gezeigt, daß sie an mir interessiert waren, aber die hatten beide eine Freundin dabei, was ihnen ja wohl egal gewesen wäre, aber mir nicht. Ich bin eben ziemlich eng, das sagt

Carola auch immer, in mancher Hinsicht bin ich es ja nun nicht mehr so, zum Beispiel was die lesbische Liebe angeht oder das Schreiben für Apothekenzeitschriften oder das Belügen von Filialleitern und Ex-Ehemännern. Aber mit Männern was anfangen, die Frau oder Freundin haben, da bin ich immer noch eng, und ich glaube, da bleibe ich es auch, nicht weil ich so edel bin oder moralisch so hochstehend, sondern weil mich so was einfach nervös machen würde.

Also gut, Ines, sagte ich zu mir und goß mir den Rest aus der Flasche ein, du bist eben plump, simpel und schüchtern und wirst leicht nervös, und anspruchsvoll bist du obendrein, und sie müßten dir den passenden Mann schon auf dem Silbertablett hereintragen, damit du dein Leben nicht männerlos und liebeleer beschließt.

Frau Niedermayer hatte offenbar schon vor mir darüber nachgedacht, daß es Zeit wäre, mir einen passenden Mann zu servieren, denn als wir abends bei ihr auf das Neue Jahr angestoßen hatten, sagte sie im Harmlosigkeitston: »Das ist mal wirklich ein netter Mann, der Herr Gräf, gell?«

Sieh mal einer an, du alte Kupplerin, dachte ich und sagte ebenso harmlos: »Ja, wirklich sehr nett und handwerklich so geschickt.«

Frau Niedermayer gab sich damit nicht zufrieden: »Also wenn ich ein paar Jahre jünger wäre und mein Hans nicht wäre...« Sie ließ den Satz in der Luft hängen. »Verheiratet ist er auch nicht, sondern geschieden, zwei Kinder hat er, glaube ich, die leben bei der Frau. Von einer festen Freundin weiß ich nichts, mir kommt es eher so vor, als wäre er auf der Suche.« Sie nickte nachdrücklich und sah mich vielsagend an.

»Ich weiß ja, was Sie meinen, Frau Niedermayer«, sagte ich, »aber er ist einfach nicht mein Typ.«

»Schönheit ist nicht alles«, konstatierte sie.

»Das meine ich nicht«, sagte ich, »er ist einfach kein Mann, in den ich mich verlieben könnte.«

»Das sind manchmal die Besten«, sagte sie, und ich fragte lieber nicht nach, wie sie das meinte, denn ich wollte das Gespräch nicht noch weiter vertiefen.

»Und woher wollen Sie wissen, ob er sich überhaupt für mich

interessiert«, wandte ich ein und hoffte, ein schlagendes Argument gefunden zu haben, »der kann doch ganz andere haben, jünger und hübscher als ich.«

Sie schüttelte störrisch den Kopf. »Der Herr Gräf ist ein Mann mit Herz und Verstand, der interessiert sich nicht für junge Dinger.«

Ich gab es auf. Sie hatte sich das Traumpaar Martin Gräf – Ines Dohmann in den Kopf gesetzt, und nichts und niemand würde sie davon abbringen können, daß dies eine phantastische Idee und überhaupt das einzig Wahre sei.

Wir wandten uns also von diesem Thema ab und einem anderen zu, was nicht schwierig war, denn jeden Feiertag, den das Jahr hergibt, beging Frau Niedermayer im Gedenken an ihren Mann. Sein Foto stand unter dem kleinen Weihnachtsbaum, umgeben von den Geschenken ihrer Kinder. Weihnachten 1941, das war ihr letztes Weihnachten gewesen, »es war ja man nicht so toll, es gab ja nicht viel, Kriegsweihnachten«, sagte Frau Niedermayer, aber ihr war das ganz gleichgültig gewesen, Hans war da, und für sie war es reineweg paradiesisch gewesen, die pure Seligkeit, ein wirklich gesegnetes Weihnachten, was im doppelten Sinne zutraf, denn ihren dezenten Andeutungen war zu entnehmen, daß es bei dieser Gelegenheit zur Empfängnis ihrer Tochter gekommen war.

Und Hans war so hoffnungsvoll gewesen, »das ist der Anfang vom Ende«, hatte er immer gesagt, »daran beißt er sich die Zähne aus, der Verbrecher, und dann kommen andere Zeiten, dann bauen wir ein anderes Deutschland auf«, und es war rührend und bewegend, wie Frau Niedermayer das Münchnerisch ihres Mannes originalgetreu wiederzugeben versuchte, was ihr aber ganz und gar nicht gelang.

Sie hatte ihn angefleht, vorsichtig zu sein, seine Zunge zu hüten, mit seinen Kameraden nicht so zu reden, und er hatte gelacht, kühn und strahlend hatte er gelacht, und sie in den Arm genommen und gesagt: »Keine Sorge, Heike – Frau Niedermayer hieß Heike –, keine Sorge, ich will doch zurückkommen und dabei sein, wenn alles anders wird.« Und er hatte seine Zunge gehütet, aber vor den Kugeln der Russen hatte er sich nicht hüten können, nicht, daß Frau Niedermayer die Russen anklagte, Gott bewahre, sie wußte sehr wohl, wer der wahre Schuldige war.

Dann gingen wir über zu Weihnachten 1942, dem ersten ohne Hans Niedermayer, denn er war im Herbst gefallen. Er hatte seine Tochter Renate nicht mehr sehen können, aber Frau Niedermayer war froh gewesen, daß das Kind da war, dieses und der Sohn, die Sorge für beide hatte sie beschäftigt, und überhaupt, wären die Kinder nicht gewesen, Frau Niedermayer hätte nicht mehr leben wollen und wäre ihrem Mann dahin gefolgt, wo er nun war.

»Ich hätte ihn umgebracht, mit meinen Händen, wenn ich ihn erwischt hätte, diesen Verbrecher, diese Geißel der Menschheit, so wahr ich hier sitze, das können Sie mir glauben«, sagte sie und starrte tränenlos auf das Bild unter dem Weihnachtsbaum, und mir kamen die Tränen, während Hans Niedermayer uns fest und freundlich ansah.

Ich begriff plötzlich, warum sie gesagt hatte, es sei wohl das Beste, wenn man in einen Mann nicht verliebt ist. Dann tut es nicht so weh, wenn man ihn verliert, dachte ich, klar, dann bricht einem nicht das Herz, und nun rollten mir die Tränen über die Wangen.

»Ach, Frau Dohmann, nun habe ich Sie zum Weinen gebracht«, sagte Frau Niedermayer und streichelte meine Hand, »das tut mir so leid. Jetzt hörst du aber auf mit dem Rumjammern, Heike«, sagte sie streng zu sich selbst und griff nach der Sektflasche, die von ihren Kindern stammte und die sie extra für mich geöffnet hatte. »Trinken Sie noch einen Schluck, dann wird es besser. Und eines sage ich Ihnen: Sie werden noch einen Mann finden, einen guten, das ist man sicher, so wahr ich hier sitze.«

XII

Ich kam nicht mehr darum herum, Sophia kennenzulernen.

»Sophia ist zurück«, hatte Rebekka strahlend gesagt. »Sie kommt morgen um sechs hier vorbei, wir trinken einen Sekt und dann gehen wir zusammen essen, ja?« Was blieb mir anderes übrig, als mit vorgetäuschter Begeisterung zu nicken und zu allem ja und amen zu sagen?

Ich machte mich so schön, wie es irgend ging, obwohl ich im Vergleich mit Sophia sicher nur als unscheinbar bezeichnet werden konnte, aber ich wollte wenigstens versuchen, nicht gar zu grau und armselig zu wirken. Und wahrscheinlich würde ich völlig verkrampft sein und kein Wort herausbringen, aber es ist wohl auch besser, wenn unscheinbare Menschen das Maul nicht zu weit aufreißen.

»Sophia ist noch nicht da«, sagte Rebekka und ordnete die Sektgläser in einer Reihe, was ich sie noch nie hatte tun sehen. »Aber sie wird sicher gleich kommen, ich mache schon mal die Flasche auf.«

Ich wünschte, sie würde nie kommen, dachte ich und versuchte mich einigermaßen entspannt in meinem Stuhl einzurichten und betrachtete Balu, der gänzlich entspannt auf der Seite lag und vor sich hin döste: Wie schön wäre es, wenn du und ich und Rebekka ganz alleine unseren Sekt trinken könnten, wie früher.

Die Ladentür klingelte, Balu hob den Kopf und wedelte, und Rebekka sagte: »Schön, daß du da bist!« Und dann erschien sie im Türbogen zum Verkaufsraum, hatte den Arm um jemanden gelegt und sagte froh: »Das ist Sophia. Und das ist Ines.«

Mir fiel ein Stein vom Herzen. Sophia war kleiner als Rebekka und keinen Millimeter größer als ich. Sie hatte tatsächlich weißblonde Haare und große dunkelblaue Augen und ein klares, ebenmäßiges Gesicht, aber sie war keine atemberaubende Schönheit. Im Gegenteil, ich hätte in Versuchung geraten können, sie als unscheinbar zu bezeichnen, wenn ich nicht gewußt hätte, daß sie die wunderbare Sophia war. Unter ihrem schwarzen Mantel trug sie einen schwarzen Pullover zu grauen Hosen, und das einzig Herausragende waren die riesigen silbernen Ohrgehänge, die leise klimperten.

Und sie hätte mit mir um die Schüchternheits-Medaille wetteifern können. Sie lächelte mich ebenso freundlich wie unsicher an und sagte: »Hallo, Ines. Das ist aber schön, daß ich dich mal sehe«, mit dem entzückendsten schwedischen Akzent, den man sich denken kann. Meine Verkrampfung löste sich weiter, so daß ich es schaffte, sie auch freundlich zu begrüßen, wobei Rebekka uns mit dem stolzen Wohlgefallen einer Mutter betrachtete, die auf ihre gutgeratenen Kinder blickt.

Sie schenkte Sekt ein, und wir tranken. Während Rebekka abwechselnd mir von Sophias Großtaten erzählte und Sophia von meinen, konnten wir uns endlich entspannen. Gott sei Dank, dachte ich, sie ist ein ganz normaler Mensch, kein Wunderwesen, und unter diesen Umständen kriege ich wahrscheinlich auch was runter, wenn wir essen gehen.

Wir gingen in das Lokal um die Ecke, wo Rebekka sich Ente mit Rotkohl und einer doppelten Portion Klößen bestellte, weil sie den ganzen Tag nichts gegessen hatte außer einer Leberkässemmel, von der Balu ein Großteil erhalten hatte. Es war gut, daß Rebekka mit Essen beschäftigt war, denn so kamen Sophia und ich dazu, uns zu unterhalten. Sie war genauso nett und gescheit, wie Rebekka sie beschrieben hatte, und überhaupt nicht so grandios und überwältigend, wie ich sie mir vorgestellt hatte.

»Ist sie nicht eine tolle Frau?« sagte Rebekka, als ich sie am Nachmittag darauf im Laden besuchte, und ich konnte ihr ehrlichen Herzens zustimmen und ein ernstgemeintes Loblied singen, wie gescheit und nett und hübsch ich Sophia fände.

»Sie mag dich auch sehr«, sagte Rebekka, und dann hörte ich mir befriedigt das Loblied an, das Sophia auf mich gesungen hatte. Siehst du mal, Ines, sagte ich zu mir, während ich Rebekka lauschte, das hast du nun auch geschafft. Es war gar nicht so schlimm, du schaffst es schon, was soll jetzt noch Schlimmes kommen?

Aber es kam schlimm, so schlimm, daß ich nicht mal mehr denken konnte: Siehst du, das kommt davon, du warst übermütig, und das ist nun die Strafe.

Ich hatte meinen Artikel für die »Marginale« geschrieben und ihn zu Frau Feil gebracht. Frau Feil war nicht halb so klar und kühl und beeindruckend wie Frau Schmitt-Meermann, sie wirkte wesentlich beruhigender auf mein Nervensystem und fördernd auf meine Sprachfähigkeit. Kurz und konzentriert überflog sie das Manuskript, nickte und sagte: »Ich sehe schon, das geht wieder ganz in unsere Richtung. Sehr schön, Frau Dohmann«, und dann plauderten wir tatsächlich ein bißchen, über Themen zum Beispiel, die mir und ihnen liegen würden und über die ich mir vielleicht ein paar Gedanken machen könnte, und ich hatte endlich Gelegenheit, auch im gesprochenen Wort zu zeigen, daß mein Intelligenzquotient in einem akzeptablen Bereich lag. Beschwingt ging ich nach Hause, machte mir eine Tasse Kamillentee und freute mich darauf, abends ein Glas Champagner zu trinken. Das Telefon läutete, und ich dachte, das ist sicher Elisabeth, der kann ich gleich davon erzählen, wie nett Frau Feil ist und wie wunderbar alles läuft, aber es war nicht Elisabeth, sondern eine fremde, sachliche Stimme, die mich fragte, ob ich Ines Dohmann sei. Ich sagte ja, und die Stimme sagte: »Ihr Vater hat einen Herzanfall gehabt, nichts Schlimmes, Sie brauchen sich keine Sorgen zu machen, aber er möchte Sie gerne sehen.« Ich sagte: Um Gottes willen, und die Stimme wiederholte, es sei wirklich kein Grund zur Sorge, nannte mir den Namen und die Adresse des Krankenhauses und beendete das Gespräch.

Herzanfall, Herzanfall, dachte ich, was zum Teufel soll das heißen, das heißt ja wohl Herzinfarkt, und natürlich sagt ihr mir nicht, wenn es schlimm ist, schließlich wollt ihr nicht, daß die Angehörigen vor lauter Schreck auch noch einen Herzanfall kriegen.

Ruhig und mechanisch packte ich meine Reisetasche, so ruhig und mechanisch, wie man ist, wenn etwas Furchtbares geschehen ist und man weiß, daß man auseinanderbricht oder anfängt zu schreien, wenn man jetzt nicht ganz ruhig und mechanisch ist. »Lieber Gott, laß ihn nicht sterben, lieber Gott, laß es nichts Schlimmes sein«, murmelte ich vor mich hin, während ich Kleidungsstücke aus dem Schrank holte, Handtücher einpackte und meinen Kulturbeutel mit Tiegeln und Flaschen füllte. »Kulturbeutel!« hatte meine Mutter immer spöttisch gesagt: »Ich möchte wissen, was diese häßlichen Dinger mit Kultur zu tun haben.« Lieber Gott, laß ihn nicht auch noch sterben, nein, nein, lieber Gott, murmelte ich, während ich Portemonnaie und Adressenbüchlein und Paß in meine Handtasche packte, vielleicht mußte ich mich im Krankenhaus ausweisen, damit sie ganz sicher wußten, daß ich auch wirklich Ines Dohmann war.

Ich fuhr zum Bahnhof, und da stand schon der Intercity, und ich würde auch gleich Anschluß haben in Würzburg, und während der ganzen Fahrt dachte ich nur, lieber Gott, laß ihn nicht sterben. Es war das erste Mal seit langer Zeit, daß ich so viel mit Gott redete, das tat ich sonst nicht, und es war fraglich, ob er mir überhaupt zuhören würde.

Mein Vater lag auf der Intensivstation, in einem Raum mit vier Betten, die voneinander durch Plastikvorhänge getrennt waren, und war an ein kleines Gerät angeschlossen, das Wellenlinien zeigte und einen beruhigenden regelmäßigen Piepston von sich gab. Ich hatte gedacht, er würde grau und krank aussehen, aber er wirkte nur ein bißchen erschöpft. Er machte die Augen auf, als ich seine Hand berührte und sagte: »Schön, daß du da bist, Ines«, als wären wir zu Kaffee und Kuchen verabredet gewesen.

»Wie geht es dir, Vater?« fragte ich, was eine entsetzlich blöde Frage ist, wenn es jemandem offensichtlich so beschissen geht, daß er auf der Intensivstation liegt, aber was soll man in dieser Situation anderes sagen?

»Es war ein Infarkt«, sagte er sachlich, aber dahinter spürte ich seine Angst. »Sie wissen noch nicht, wie schwer, und dann ist da auch immer die Gefahr des Re-Infarkts.«

Re-Infarkt, dachte ich, verdammt, wo hat er denn das wieder her, wahrscheinlich irgendwo gelesen, hier haben sie ihm das bestimmt nicht erzählt. »Aber jetzt kann dir doch nichts mehr passieren, Vater«, sagte ich, »mit dieser Maschine und all den Schwestern und Ärzten.«

»Und sie geben mir ständig diese Beruhigungsmittel, diese verdammten Pillen«, sagte er, »die werden mich noch vergiften.« Er haßt Tabletten, er nimmt höchstens mal eine Aspirin, wenn er vor Schmerzen fast umkommt, und selbst dann hat er noch ein schlechtes Gewissen. Er machte die Augen wieder zu und schien einzudösen. Ich ging zur Schwester, die hinter einer Art Kommandopult saß, und fragte, ob ich den Arzt sprechen könnte.

Der Arzt war ein junger Mann von erschreckender Häßlichkeit, mit einem zarten, schmalen Körper, einem unverhältnismäßig großen Kopf und dicken Brillengläsern, die auch seine Augen unheimlich vergrößerten.

Ich fragte, wie das mit der Gefahr eines Re-Infarktes sei, und er sagte, das sei ausgeschlossen, das habe er meinem Vater schon gesagt. Und der Infarkt sei kein schwerer gewesen, und mein Vater sei für sein Alter in ausgezeichneter körperlicher Verfassung, ich brauchte mir wirklich keine Sorgen zu machen.

»Könnten Sie ihm die Beruhigungsmittel nicht vielleicht anders geben?« fragte ich. »Er haßt Pillen und Tabletten, und er regt sich furchtbar darüber auf.«

Der Arzt lachte. Er war wirklich sehr häßlich, aber mittlerweile erschien er mir nicht mehr häßlich, sondern eher wie ein etwas ungewöhnlicher Engel. »Das ist wohl kaum der gewünschte Effekt«, sagte er. »Ich werde dafür sorgen, daß er sie bekommt, ohne es zu merken.«

Ich saß noch lange am Bett meines Vaters. Die Schwester war mit einem kleinen Fläschchen gekommen, an dem eine Nadel angebracht war, sie hatte es in die Flasche mit der Infusionslösung geleert, so, daß mein Vater es nicht sehen konnte, und mir dabei zugezwinkert. Ich nickte und lächelte ihr zu, und sie berührte kurz die Hand meines Vaters und sagte: »Keine Tabletten mehr, Herr Martens, das ist nicht mehr nötig.«

Martens, dachte ich, eigentlich ein schöner Name, ist doch auch dein Name, warum hast du dieses blöde Dohmann behalten und dir nicht deinen Namen zurückgeholt nach der Scheidung, das wäre sicher gegangen.

Ich sah auf das ruhiger werdende Gesicht meines Vaters und lächelte ihm zu, wenn er zwischendurch die Augen aufmachte, um sie befriedigt wieder zu schließen. Ich betrachtete den Ständer mit den Infusionsflaschen und vor allem das kleine Gerät mit seinen Wellenlinien und dem Piepston. Es war der Wächter über das Leben meines Vaters, ein kleiner guter Gott, der nicht zulassen würde, daß er starb, und ich hätte es am liebsten gestreichelt.

Technische Medizin, Apparatemedizin, kalt und unmenschlich, dachte ich, darüber haben wir oft diskutiert, und ich habe sie immer verurteilt, aber so wahr ich hier sitze, wie Frau Nieder-

184

mayer sagen würde, ich werde nie wieder ein Wort dagegen sagen, sie rettet meinem Vater vielleicht das Leben, und auf jeden Fall läßt sie ihn ruhig schlafen und nimmt mir die Angst.

Ich saß so lange da, daß die Schwester schließlich kam und sagte: »Wollen Sie sich nicht ein bißchen hinlegen?« und mich in einen kleinen Raum führte, in dem eine Liege stand, mit Kissen und Wolldecke. Ich legte mich darauf, zog die Decke über mich und schlief sofort ein.

Am nächsten Morgen rief ich Elisabeth an, die das Geschehene mit Würde und Umsicht aufnahm, ganz wie ich es erwartet hatte. Sie ließ sich einen detaillierten Krankenbericht geben, fragte, ob sie kommen solle und was sie für mich tun könne, und versprach, Rebekka und Frau Niedermayer anzurufen und auch die hartherzigen Haifisch-Redakteure von »Bleib gesund«. Selbstverständlich würde sie ihnen klarmachen, daß das nächste Magazin für Kunst und Kultur ein bißchen verspätet geliefert würde, und dafür sorgen, daß ich trotzdem nicht den Job verlieren würde, darauf könne ich mich verlassen, und das tat ich auch. Sie würde ihnen Furcht und Schrecken einjagen und ihre Herzen erweichen, was mir noch nie gelungen war, ihr aber bestimmt keine Schwierigkeiten bereitete.

»Ist zu Hause alles in Ordnung?« fragte mein Vater, als ich mich wieder an sein Bett setzte. Ich war dort gewesen, hatte geduscht und mich umgezogen, und konnte ihm berichten, daß die Pflanzen im Blumenfenster meiner Mutter nicht eingegangen waren, daß alles an seinem Platz stand und daß auch niemand eingebrochen hatte, um den wunderbaren Tischstaubsauger zu klauen. Er war beruhigt und schlief wieder ein. Ich saß nur da, hielt seine Hand und hörte auf die vertrauten Pieptöne. So saß ich den ganzen Tag. Ich lächelte ihm zu, wenn er die Augen aufmachte, und dann sagte er: »Ist alles in Ordnung, Ines?« und ich sagte: »Alles wunderbar in Ordnung, Vater«, und er döste wieder ein. Ich aß ein belegtes Brot in der Cafeteria des Krankenhauses und kaufte mir eine Zeitung, aber ich konnte mich nicht darauf konzentrieren.

»Sie können jetzt aber wirklich nach Hause gehen, Frau Dohmann«, sagte die Schwester abends um acht. »Es geht ihm gut, und wenn was ist, rufe ich Sie an, ich habe die Nummer ja hier.«

»Bis morgen, Vater«, sagte ich, »schlaf gut«, aber er hörte mich nicht. Ich ging zu Fuß, es war nicht weit, und ich dachte an die Zeit, da ich hier gelebt hatte, und an meine Mutter. Zu Hause holte ich mir einen Cognac aus dem Klappschrank im Bücherregal und setzte mich in ihren Sessel ans Fenster und dachte: Wäre sie doch hier, dann wäre alles viel leichter und er viel ruhiger, aber wenn sie noch hier wäre, dann wäre es wahrscheinlich gar nicht passiert.

Am nächsten Morgen sah er schon viel besser aus. Er war gewaschen, gekämmt und rasiert, und nachdem er den Schlafanzug angezogen hatte, den ich von zu Hause mitgebracht hatte, wirkte er beinahe zufrieden. Er haßt es, unrasiert und ungewaschen zu sein, ich hatte ihn in meinem ganzen Leben noch nicht so gesehen, denn er war immer der erste gewesen, der aufstand, und hatte sich nie anders als fix und fertig angezogen an den Frühstückstisch gesetzt.

»Alles in Ordnung zu Hause?« fragte er, und ich nickte und fragte: »Alles in Ordnung bei dir?« Er sagte, so rasiert und gewaschen fühle er sich wieder als Mensch, und dann döste er ein. Der engelhafte Arzt kam vorbei und meinte, er erhole sich prächtig, er brauche kaum noch Beruhigungsmittel, er sei ja auch so ganz ruhig und entspannt.

Aber am Nachmittag wurde er unruhig. Er lag da und dachte lange nach, und dann sagte er: »Ines, wenn ich nun sterben sollte –«, aber ich schnitt ihm das Wort ab und erzählte ihm zum drittenmal, was der Arzt mir gesagt hatte und was der Arzt auch ihm schon fünfmal gesagt hatte.

»Aber wenn ich nun doch sterbe«, sagte er, und ich begriff, daß ich ihn reden lassen mußte, und machte mich darauf gefaßt, daß er mir alles über sein Testament erzählen würde und was mit dem Haus geschehen solle und wo das Sparbuch lag.

Aber er war in einer seltsamen Stimmung, er schien unsicher und ängstlich, so hatte ich ihn noch nie erlebt. »Wenn ich nun sterbe«, sagte er, »werden sie mir dann verzeihen?«

»Aber wer denn, Vater?« fragte ich.

Er blickte unruhig im Zimmer umher. »Es mußten so viele sterben im Krieg«, sagte er. »So viele Unschuldige.« Seine Hände fuhren über die Bettdecke. »Ich habe ja nichts gewußt, ich wußte nicht, was da hinten passierte, in Polen, in Rußland, ich war immer an der Front. Wir waren anständige Soldaten, wir haben unsere Pflicht getan, ich wußte nichts davon, von diesen Lagern, von diesen Erschießungen.«

O Gott, Vater, muß das sein, dachte ich, mußt du dir das ausgerechnet jetzt überlegen, das ist die beste Methode, doch noch einen Re-Infarkt zu kriegen oder wie das heißt.

»Wie hätte ich das wissen können, als ich zur Wehrmacht ging?« fragte er und starrte an die Decke, als ob er dort die Antwort finden könnte. »Ich hatte einen Eid geleistet, ich habe meine Pflicht getan, ich war ein guter Soldat, wie hätte ich das wissen können?«

Ja, Vater, dachte ich, sicher, du warst ein guter Soldat, tapfer und mutig und aufstrebend dazu, du hast es bis zum Major gebracht, und ein guter Kommandeur warst du auch, immer für deine Leute da, ich weiß. Ein guter Soldat, das ist heute eine so zweifelhafte Sache, fragwürdig und zweifelhaft wie der Krieg, das war auch damals für manche schon zweifelhaft, für Hans Niedermayer zum Beispiel, aber es konnten nicht alle so klug sein wie Hans Niedermayer und so deutlich sehen, was da passierte, und vielleicht hast du auch lieber nicht darüber nachgedacht, aber wer bin ich, dir das zu sagen, und ausgerechnet jetzt?

»Nein, Vater«, sagte ich fest, »wie hättest du das wissen können? Und du hast doch selber keinem Menschen ein Leid angetan«, und das klang ein bißchen pathetisch, aber vielleicht war es jetzt genau das Richtige.

Das war es offenbar. »Nein«, sagte er, »ich habe keinem ein Leid angetan, ich habe mir nichts zuschulden kommen lassen«, und ich hoffte schon, er würde sich beruhigen, aber er fuhr fort: »Trotzdem, ich habe mitgeholfen, wir haben alle mitgeholfen, auch wenn wir es nicht wußten.«

Was sollte ich darauf sagen? Er hatte im Grunde recht, und er war starrsinnig und würde sich nicht mit billigem Trost abspeisen lassen.

»Du hast recht«, sagte ich, »aber ich glaube, daß sie dir vergeben.« Er sah mich hoffnungsvoll an. »Weil du es bereust, weil du hoffst, daß sie dir vergeben, weil du das Schreckliche nicht ab-

187

streitest oder nicht sehen willst«, sagte ich und fühlte mich wie Mutter Teresa und die Heilige Johanna zusammen und kam mir reichlich komisch vor, aber hier war anscheinend eine kräftige Portion Mutter Teresa vonnöten.

Sie wirkte auch, Gott sei Dank. »Da könntest du recht haben, Ines«, sagte er, »wer bereut, dem wird verziehen, oder? Und ich habe ja auch gebüßt, wenigstens ein bißchen«, und dann sagte er gar nichts mehr, er wurde ruhiger und sah still vor sich hin und allmählich döste er ein.

Es war das erste Mal, daß er mit mir darüber gesprochen hatte. Ich wußte nur von meiner Mutter, welch ein Schock es für ihn gewesen war, als sie ihnen im Kriegsgefangenenlager die Filme vorgeführt hatten, die Filme, die die alliierten Truppen in den Konzentrationslagern gedreht hatten. Nie wieder Krieg, hatte er gesagt, Krieg ist Verbrechen, und hatte beschlossen, sich einen anderen Beruf zu suchen. Aber dann ging er doch zur Bundeswehr, denn er hatte es nicht ausgehalten in der kleinen Firma seines Bruders, in der er untergekommen war, das Kaufmännische lag ihm nicht. Friedensarmee, Verteidigungsarmee, hatte er gesagt, das ist sie, und das soll sie bleiben, dafür werde ich sorgen. Doch dann rüsteten sie und rüsteten, und das war nicht mehr die Friedensarmee, die er sich vorgestellt hatte, und er protestierte, er schrieb Briefe, er machte Eingaben. Da stellten sie ihn kalt, wie er das nannte, er wurde abgeschoben auf einen unwichtigen Posten, er wurde nicht mehr befördert, er hatte keine Chance mehr, General zu werden, keine Möglichkeit mehr, Einfluß zu nehmen.

Doch, du hast gebüßt, Vater, dachte ich und sah auf sein entspanntes Gesicht, ein bißchen wenigstens, und ich hoffe, sie werden dir verzeihen, aber nun tu mir bitte den Gefallen und werde wieder gesund.

Er schlief lange, und als er aufwachte, war er wieder ganz der alte, diszipliniert und zusammengenommen und ein wenig entfernt. Wir kamen nicht auf das Gespräch zurück, und ich wußte, daß es nie würde erwähnt werden dürfen.

Er machte sich nun daran, gesund zu werden, und ich sah ihm erleichtert dabei zu. Er führte ernsthafte Gespräche mit dem Arzt, er ließ sich genauestens informieren, was zu tun sei, und er hielt sich strikt daran. Er beteiligte sich eifrig, wenn die Kranken-gymnastin mit ihm übte, und er begrüßte es, daß man Herz-infarktpatienten neuerdings möglichst bald aufstehen ließ. Ich mußte ihm zwei schicke Trainingsanzüge besorgen, damit er sich im Krankenhausflur sehen lassen konnte, denn er hielt nichts davon, wenn alte Männer ungepflegt herumschlurfen, und er for-derte Zeitungen und Bücher an, damit er geistig nicht einrostete, wie er es nannte.

»Wir können Ihren Vater morgen auf Station verlegen«, sagte der Arzt nach zehn Tagen. »Es war kein schwerer Infarkt, aber das ist trotzdem erstaunlich in diesem Alter.« Er schüttelte den Kopf. »Ihr Vater war Berufsoffizier, nicht wahr? Ich bin wahrhaftig kein Militarist, aber diese Leute sind oft die besten Patienten.«

Ich packte also seine Tasche, die graue mit den roten Bändern, und dann verabschiedete er sich von jeder einzelnen Schwester und sprach anerkennende Worte aus über die erstklassige Organi-sation, und dem Arzt überreichte er sein Lieblingsbuch über die deutsche Geschichte, das ich hatte besorgen müssen. Wir gingen gemächlich hinauf auf die Station, und er ließ mich sogar die Tasche tragen, was sonst undenkbar gewesen wäre, aber der Arzt hatte ihm verboten, etwas zu tragen, und daran hielt er sich.

Er kam in ein Dreibettzimmer, und zu meiner Erleichterung entsprachen die beiden anderen Patienten seinen Vorstellungen. »Alte Schule«, sagte er beifällig, »sehr in Ordnung, die beiden, nicht diese undisziplinierten jungen Burschen.« Der eine war Vermessungsingenieur gewesen, der andere Geschichtslehrer, und wenn ich meinen Vater nun besuchte, dann war er gerade dabei, seine Ansichten zur Umstrukturierung der Bundeswehr zu erläutern, oder der Vermessungsingenieur erzählte von seinen Reisen, oder sie diskutierten geschichtliche Fragen. Ich war über-flüssig geworden. Seine Zeitungen besorgte er sich selber, am Zeitungsstand unten in der Halle, und was das Haus betraf, so hatte er mit der Nachbarin telefoniert und detaillierte Anweisun-gen niedergeschrieben, die ich persönlich noch einmal mit ihr durchgehen sollte. Sie hatte seine Liste betrachtet und gelacht und gesagt: »Lassen Sie nur, ich mache das schon, ich kenne ja Ihren Vater. Es wird alles tiptop sein, wenn er wiederkommt«, und dann hatten wir Kaffee getrunken.

Ich konnte wieder nach Hause fahren, er drängte mich dazu. »Du hast jetzt wirklich genug getan für deinen alten Vater«, sagte er, »ich habe dir genug Mühe gemacht.« Er erkundigte sich nach meinen Fahrtkosten, ließ keinen Widerspruch gelten und schrieb einen Scheck aus, den er großzügig aufrundete. Ich nahm ihm das Versprechen ab, mich regelmäßig anzurufen, denn die drei Herren wünschten kein Telefon in ihrem Zimmer, und ich konnte ihn nicht erreichen. Dann begleitete er mich hinunter in die Halle und zum Ausgang, küßte mich und sagte: »Danke für alles, Ines«, und wir wußten beide, daß er damit nicht nur das Besorgen von Trainingsanzügen und Zeitungen meinte.

Lieber Gott, ich danke dir, dachte ich, als ich zum Bahnhof ging. Vielleicht hast du ja gar nichts dazu getan, vielleicht hast du keine Lust, mal eben einzuspringen, wenn man dich alle Jubeljahre mal anruft, aber jedenfalls hat er es überstanden. Jetzt wird er neunzig, weil er ihnen allen beweisen will, wie man einen Herzinfarkt überlebt, und weil er scharf ist auf die Medaille für den besten Infarkt-Patienten.

Vor der Haustür traf ich Martin Gräf. Er fragte, wie es meinem Vater ginge, Frau Niedermayer hätte ihm davon erzählt, und er trug mir die Reisetasche rauf, was zwar nicht nötig war, aber doch eine nette Geste, und oben vor meiner Tür sagte er: »Mein Kühlschrank ist leer, Ihrer wahrscheinlich auch, und Sie haben sicher keine Lust, jetzt noch einkaufen zu gehen. Wollen wir nicht irgendwo zusammen essen?«

Ich hätte eigentlich lieber gebadet und Elisabeth angerufen, aber das konnte ich nachher auch noch tun. Ich hatte zwei Wochen lang nichts anderes als Krankenhaus gesehen und über fast nichts anderes geredet als über Herzinfarkte, wie sie zustande kommen, wie man sie überlebt, und wie man sich danach wieder in Form bringt, und hier stand ein netter Filialleiter und wollte mit mir essen gehen und sicher nicht über Herzinfarkte reden. Ich sagte also, ja gern, in einer halben Stunde, wenn es Ihnen recht ist, und er sagte, wunderbar, ich hole Sie dann ab.

Wir gingen zum Italiener um die Ecke, wo es immer gerammelt voll ist und wo das Essen wunderbar schmeckt, aber die Kellner behandeln einen trotzdem, als wäre man ihr eigen Fleisch und Blut, und erfüllen alle Sonderwünsche, und einer singt immer gedämpfte italienische Weisen, während er zwischen den Tischen hin und her geht.

Ich bestellte mir ein Glas Prosecco und meine Lieblings-Pizza mit frutti di mare und erzählte dann doch ein bißchen von meinem Vater, wie er sich gerade zum Super-Infarkt-Patienten heranbildete. Martin Gräf lachte und sagte, sein Vater sei auch so, er betrachte jede Krankheit als persönliche Herausforderung. Wir sprachen über das Lokal und wie nett die Kellner seien, und dann redeten wir lange über Malerei. Martin Gräf interessierte sich dafür, er wußte gut Bescheid darüber, was mich verwunderte bei einem Bankfilialleiter.

»Sie zerstören alle meine Vorurteile über Bankfilialleiter«, sagte ich, »ich dachte, sie wären alle hartherzig und geldgierig und ganz und gar prosaisch.« Ich erzählte ihm, wie ich meinen Filialleiter dazu gekriegt hatte, den wunderbaren Vorteils-Kredit zu erhöhen, den ich nun mit meinem »Bleib gesund«-Geld schon fast abbezahlt hatte, und wie ich mich darauf freute, sein Gesicht zu sehen, wenn ich den Vorteils-Kredit kündigen würde.

»Was zahlen Sie denn da an Zinsen?« fragte er, und als er die Zahl hörte, meinte er, dieser Kredit sei anscheinend vor allem zum Vorteil der Bank, weniger zu meinem: »Sie sollten sich überlegen, die Bank zu wechseln, den Kredit und natürlich auch den Filialleiter.«

Er war wirklich sehr nett, ein ruhiger bedächtiger Mann, nicht sprühend, nicht ironisch oder geistreich, aber er hatte einen trockenen Witz, der auch nicht schlecht war. Mir war ganz warm und wohlig zumute, und ich dachte, das ist vielleicht genau das Richtige, ein Mann, der nicht dein Typ ist, in den du dich nicht verlieben kannst, aber mit dem du hin und wieder mal essen gehst und dich gut unterhältst.

Wir blieben ziemlich lange. Es war schon elf, als wir vor meiner Wohnungstür ankamen. »Vielen Dank für die Einladung«, sagte ich, und er sagte: »Es war mir ein Vergnügen«, und wir schüttelten uns die Hand. Aber dann ließen sich unsere Hände nicht wieder los, und wir sahen uns an, und er nahm mich in die Arme, und ich drückte mich fest an ihn und fing an zu weinen.

XIII

Ich wachte auf, und etwas war anders, aber ich wußte nicht was. Ich dachte nach, und dann fiel es mir ein: Du hast das erste Mal wieder in deinem Bett geschlafen, das ist es, du warst zwei Wochen bei Vater, Vater hatte einen Herzinfarkt, aber Gott sei Dank ist alles wieder in Ordnung.

Doch dann hörte ich jemanden atmen, und ich drehte mich um, und es war Martin Gräf, der atmete, tief und entspannt, der in meinem Bett lag und schlief. Er lag auf der Seite, den Kopf im Kissen vergraben, und was ich vor allem von ihm sah, war seine Brust mit vielen rötlichblonden und einigen grauweißen Haaren.

Ich mag eigentlich keine Männer, die so viele Haare auf der Brust haben, dachte ich, was mal wieder typisch war für mich, denn das war nun wirklich nicht das vordringlichste Problem in dieser Situation.

Ich hatte ziemlich lange geweint, gestern abend vor meiner Tür, und dann hatten wir uns geküßt, auch das ziemlich lange, und dann hatte er leise gesagt: »Das Treppenhaus ist sehr gemütlich, das gebe ich zu, aber könnten wir nicht reingehen? Wir haben ja genug Wohnungen zur Auswahl«, und ich hatte mich umgedreht und die Tür aufgeschlossen.

Wir hatten nicht mal den Anstand besessen, uns noch ein bißchen ins Wohnzimmer zu setzen und etwas zu trinken, nein, wir waren stracks ins Schlafzimmer gegangen – stracks war hier wirklich das richtige Wort –, ich hatte die Vorhänge zugemacht, und wir hatten uns ausgezogen und waren ins Bett gegangen.

Schandbar ist das, Ines, dachte ich, du solltest dich schämen. Kaum hat dein Vater seinen Herzinfarkt überstanden, kaum bist du zurück, da wirfst du dich schon mit einem Mann in dein Bett, den du kaum kennst, der dir gerade mal eben deinen Kühlschrank repariert hat und mit dem du gerade einmal essen warst. So was hast du doch noch nie gemacht! Mußtest du vierzig Jahre alt werden, um dich auf solche Instant-Abenteuer einzulassen?

Lieber Himmel, das ist der dritte Mann in meinem Leben, dachte ich und kicherte. Mit zwanzig Andreas, mit vierund-

zwanzig Rüdiger, oder warte mal, wann war das, war ich da vierundzwanzig, na, das ist ja auch egal, und jetzt mit einundvierzig
Martin. Wenn ich so weitermache, drei pro zwanzig Jahre, dann
habe ich es mit sechzig auf sechs gebracht, das war dann als Le-
bensdurchschnitt ein Mann alle zehn Jahre, ziemlich sparsam
eigentlich, wenn man das zum Beispiel mit Karin vergleicht,
dachte ich und mußte wieder kichern.

Schandbar ist es trotzdem, und er ist auch wirklich nicht mein
Typ, dachte ich, aber es war sehr schön, eigentlich schöner als
mit Rüdiger, und dieser Gedanke erschreckte mich nun wirklich.
Rüdiger habe ich doch geliebt, Rüdiger war der Mann meines
Lebens, so blöde das klingt, aber so war es, und es war immer
schön gewesen, mit Rüdiger zu schlafen, natürlich, aber das
letzte Nacht war irgendwie anders gewesen, anders und neu und
schöner. Ich wurde rot, als ich daran dachte. Und dabei liebe ich
diesen Mann nicht und bin nicht mal in ihn verliebt!

Ich bog das Kissen zurück und sah Martin an, wie er dalag,
etwas verknautscht mit seinen wirren rötlichen Haaren und der
hellen sommersprossigen Haut, die rosig war vom Schlaf wie bei
einem Kind, und ich dachte: Nein, ich bin wirklich nicht in ihn
verliebt. Das war anders gewesen bei Rüdiger, ich hatte ihn oft
betrachtet, wenn er schlief, da sah er besonders schön aus, und
mein Herz hatte wehgetan vor Liebe zu ihm.

Nun verstehe ich überhaupt nichts mehr, dachte ich, das verstehe wer will, aber ich werde ein andermal darüber nachdenken,
morgen vielleicht, morgen ist auch ein Tag. Ich küßte Martin
aufs Ohr und auf die Schulter, und er murmelte etwas und
machte die Augen auf und drehte sich auf den Rücken, und seine
Hände strichen über meine Arme, und dann hatte ich sowieso
keine Zeit mehr nachzudenken.

Am Montagmorgen ging ich zu Rebekka, was noch nie vorge-
kommen war, denn normalerweise gehe ich nicht morgens in den
Laden, sondern am späten Nachmittag nach getaner Arbeit, aber
ich konnte es einfach nicht erwarten, meine Neuigkeiten loszuwerden. Vorher hatte ich noch mit der Haifisch-Redaktion
telefoniert, um zu erfahren, wie sehr sie mich inzwischen haßten,
und anscheinend wollte mir der Chefredakteur seinen Haß persönlich mitteilen, denn die Sekretärin stellte mich gleich zu ihm

durch. »Die Verzögerung tut mir sehr leid«, sagte ich. »Aber mein Vater war sehr krank, ich weiß nicht, ob Sie davon erfahren haben –« »Aber natürlich, Frau Dohmann«, sagte er, und seine Stimme klang wie die des Wolfes, der Kreide gefressen hat. »Frau von Coulin hat mir alles erzählt. Ihrem Herrn Vater geht es hoffentlich besser?«

»Ja, sehr viel besser«, sagte ich, mit vor Verblüffung piepsiger Stimme.

»Ihr Herr Vater ist ja eine sehr verdienstvolle Persönlichkeit«, sagte der Chefredakteur. »Da haben wir die kleine Verzögerung doch selbstverständlich in Kauf genommen. Aber nun halten wir uns wieder an unsere Termine, nicht wahr? Und die besagte Nummer bitte möglichst umgehend«, schloß er, und seine Stimme verlor den Kreideton schon etwas.

Weiß der Teufel, was sie ihm erzählt hat, dachte ich. Natürlich hat sie mit ihm auf die Katharina-die-Große-Art geredet, das ist klar, aber das allein kann ihn nicht so tief beeindruckt haben.

Rebekka war erstaunt, mich so früh zu sehen, aber sie freute sich, ja sie strahlte direkt. Sieh mal einer an, dachte ich, da muß mein Vater erst todkrank werden, damit sie wegen mir auch mal so strahlt wie sonst nur wegen Sophia, aber das war ein so gemeiner Gedanke, daß ich ihn sofort zurücknahm.

Sie kochte Tee, und Balu legte sich mit einem zufriedenen Aufstöhnen neben meinen Stuhl, und dann erzählte ich ihr, wie es bei meinem Vater gewesen war. Ich erzählte ihr sogar von dem Gespräch, obwohl ich eigentlich beschlossen hatte, das für mich zu behalten, aber Rebekka ist ein Mensch, dem man so etwas anvertrauen kann. Sie hörte ruhig zu, und zum Schluß sagte sie: »Gut hast du das gemacht.«

Unter anderen Umständen hätte ich nun alles ausführlich diskutiert, aber jetzt drängte mich die neueste Nachricht, obwohl ich gar nicht sicher war, wie Rebekka sie aufnehmen würde. Es war ja außerdem etwas platt, was ich ihr zu erzählen hatte, ich konnte nicht sagen: »Ich habe mich verliebt« wie sie, ich konnte nur sagen, ich habe mit einem Mann geschlafen, in den ich gar nicht verliebt bin, aber es war sehr schön.

»Ich habe mit einem Mann geschlafen«, sagte ich also platt.

194

»Aha«, sagte Rebekka, und was sollte sie auch anderes sagen. »Und wie war's?«

»Sehr schön«, sagte ich.

»Das freut mich für dich. So siehst du auch aus.«

»Freut dich das wirklich?« fragte ich. »Ich meine...«

»Ich weiß, was du meinst«, sagte sie. »Aber ich freue mich wirklich für dich, warum auch nicht? Du hast ja keine andere Wahl, und so ist es immer noch besser als gar nicht. Wer ist es denn?«

Das beantwortete ich gerne, und sie mußte sich die ganze Geschichte anhören, von dem kaputten Kühlschrankstecker, den sie schon kannte, über das Essen beim Italiener bis zum Aufenthalt im Treppenhaus und dem Gang in die Wohnung. Hier wurde ich etwas verschwommener, ich verschwieg, daß wir so stracks ins Bett gegangen waren, und den Rest ließ ich natürlich auch im dunkeln.

»Gut, gut«, sagte sie. »Er muß ein netter Mann sein, wenn er sich in eine Frau wie dich verliebt.«

Ich war mir gar nicht so sicher, ob er sich in mich verliebt hatte, ob er nicht genauso zufällig mit mir ins Bett gefallen war wie ich mit ihm, doch ich verschwieg meine Zweifel und steckte das Kompliment ein. Und dann sah ich zu, daß ich nach Hause kam und endlich das Kulturmagazin fertigmachte, um die Haifische zu füttern.

Erst danach rief ich Elisabeth an. »Was um alles in der Welt hast du dem Chefredakteur von ›Bleib gesund‹ erzählt?« fragte ich, nachdem sie die Meldung über den Gesundheitszustand meines Vaters entgegengenommen hatte.

»Wieso fragst du?« sagte sie.

»Er sagt, mein Herr Vater wäre eine so verdienstvolle Persönlichkeit, und die kleine Verzögerung hätte ihnen deshalb gar nichts ausgemacht.«

»Ach so«, sagte Elisabeth und lachte. »Ich habe ihm erzählt, dein Vater hätte die Bundeswehr aufgebaut und sie zu dem gemacht, was sie heute ist. Er war sehr beeindruckt, es tat ihm nur leid, daß sie in den letzten Jahren so abgerüstet haben. Ich habe ihm gesagt, dein Vater hätte sozusagen bis zum letzten Atemzug dagegen gekämpft und dann aus Protest demissioniert, und es sei ja wohl kein Wunder, daß ein solcher Mann einen Herzinfarkt bekommt, und nach meiner Meinung müsse sich die Bundeswehr ewig Vorwürfe machen. Danach war er kaum davon abzuhalten, Blumen und Genesungswünsche zu schicken.« Sie machte eine Pause. »Ich weiß natürlich, was dein Vater sagen würde, wenn er das wüßte, aber ich dachte mir, letzten Endes ist es ihm lieber, daß seine Tochter ihre Arbeit nicht verliert. Obwohl ich dir sagen muß, daß dieser Mann wirklich ein sehr unangenehmer Mensch ist. Wie kommst du bloß mit so jemandem aus?«

»Ich werde jetzt sehr viel besser mit ihm auskommen«, sagte ich. »Das hast du wunderbar gemacht, Elisabeth.«

»Das war doch selbstverständlich, mein Kind«, erwiderte Elisabeth mit Würde.

Ich ging früh ins Bett und dachte an Martin und daran, wie wir beide in diesem Bett gelegen hatten. Hoffentlich ist er doch nicht nur ganz zufällig und nur dieses eine Mal mit mir ins Bett gefallen, dachte ich, hoffentlich wiederholt sich das, man könnte es auch glatt zur Gewohnheit werden lassen, das wäre gar nicht schlecht. Natürlich keine feste Beziehung, Gott bewahre, ich liebe ihn nicht, ich bin nicht mal in ihn verliebt, aber hier und da zusammen ins Bett fallen, das wäre doch was.

Es wiederholte sich tatsächlich, es wiederholte sich regelmäßig, es wurde in gewisser Weise zur Gewohnheit. Es hatte keinen Einfluß auf mein tägliches Leben, ich arbeitete weiter wie zuvor, ich saß bei Rebekka, ich ging mit ihr und Sophia essen, ich lud die beiden zu mir ein, ich traf Elisabeth, ich telefonierte mit Maria, die gerade in Köln drehte, ich sprach mit meinem Vater, der die Meldungen über seinen Gesundheitszustand auf zweimal pro Woche reduziert hatte – das alles blieb gleich, wenn man davon absieht, daß ich offenbar eine gewisse Beschwingtheit ausstrahlte, eine gewisse Munterkeit und Lebenslust. »Du klingst so lebendig«, sagte Maria am Telefon, »du siehst ganz ausgezeichnet aus, mein Kind«, bemerkte Elisabeth, und Rebekka lächelte wissend, und die Redakteure von »Bleib gesund« waren nachgerade hingerissen von der Spannung und Dramatik, die das Kulturmagazin nun rüberbrachte, wie sie es ausdrückten.

Martin und ich trafen uns nur abends und manchmal am Wochenende, und nur, wenn wir beide nichts anderes vorhatten. Er rief aus der Bank an und fragte, ob ich heute abend oder morgen Lust und Zeit hatte, oder ich rief ihn an, oder wir verabredeten gleich, wann wir uns wieder sehen würden. Es war sehr sachlich und beinahe geschäftsmäßig, wie wir das organisierten, und es herrschte stillschweigende Übereinstimmung zwischen uns, sich nicht in das Leben des anderen einzumischen und nicht zu erwarten, daß man darin einbezogen würde.

Wir gingen wenig aus, manchmal zum Italiener oder in ein gemütliches chinesisches Restaurant, das Martin kannte. Wir gingen nicht ins Kino, nicht auf Feste oder Veranstaltungen, nicht in Galerien oder Ausstellungen, und wenn man sich jetzt die Frage vorlegt, was wir denn eigentlich taten, dann muß der Wahrheit die Ehre gegeben werden, so ausschweifend und schamlos sie auch ist: Wir gingen miteinander ins Bett. Wir saßen nicht da und plauderten, wir nahmen nicht am kulturellen Leben teil, wir schliefen miteinander.

Es machte Spaß, mit Martin zu schlafen, es war schön und aufregend, und ich konnte nicht genug davon kriegen. Es war kein selbstverständliches Zubehör zur großen Liebe wie bei Rüdiger, es war die absolute Hauptsache, ganz ohne Liebe. Natürlich mochte ich Martin, ich fand ihn nett, aber mein Herz hüpfte nicht, wenn ich ihn sah, obwohl mir bei seinem Anblick sofort warm wurde und die Schmetterlinge in meinem Bauch anfingen zu fliegen und ich mir eingestehen mußte: Du denkst immer nur an das eine.

Ich schämte mich, nicht so, daß es mich in Abgründe der Verzweiflung gestürzt hätte, es war eher die Sorte von Scham, die einem ein angenehmes Gefühl verursacht. Aber vor allem verwirrte es mich. Das ist Sex ohne Liebe, was du hier machst, dachte ich, pure Sinnenlust ohne das kleinste bißchen Liebe, und das ist genau das, was man nicht machen soll.

»Alles ist richtig, was du tust, wenn du einen Mann wirklich liebst«, hatte meine Mutter gesagt, als ich in das Alter kam, wo man seinen Kindern solche Anleitungen mit auf den Lebensweg gibt, und ich hatte mich daran gehalten. Ich hatte Andreas geliebt, und als ich ihn nicht mehr liebte, hatte ich auch nicht mehr mit ihm geschlafen, ich hatte Rüdiger geliebt, wie sehr hatte ich ihn geliebt, und es war nur natürlich gewesen, daß ich mit ihm schlief.

»Das reine Bumsverhältnis« hat Rüdiger so was immer genannt, dachte ich manchmal, wenn ich warm und gelöst neben Martin lag. Rüdiger hatte freimütig zugegeben, daß ihm dies in jüngeren Jahren durchaus mal unterlaufen war, aber er fand doch, daß man irgendwann über dies Alter hinaus sei. Ich war anscheinend über dieses Alter noch nicht hinaus, ich kam offenbar gerade erst hinein.

»Die Nachdenkende«, sagte Martin, wenn ich mich dann zu ihm umdrehte, »fertig gedacht?« Aber er fragte nie, was ich gedacht hatte. Er erzählte von der Bank und vor allem von den Ausstellungen, die er organisierte, moderne Graphik oder Bilder junger, unbekannter Künstler, sie mußten sehr interessant sein, diese Ausstellungen, soweit ich das beurteilen konnte. Ich fragte mich nur, wie er das wohl machte, in der kleinen Filiale, von der er gesprochen hatte. Ich stellte mir eine dieser häßlichen kleinen Bankfilialen vor, mit Kunststofftresen und billigen Stahlrohrmöbeln und staubigen Gardinen und diesen scheußlichen riesigen Blattgewächsen, die es nur in Bankfilialen und Ämtern gibt. Da hängt er nun diese schönen Bilder und Graphiken rein, dachte ich, aber immerhin, so kommt wenigstens etwas Schönheit auf.

Und ich erzählte von den beiden Haifisch-Redakteuren bei »Bleib gesund«, die immer öfter ein kleines, anerkennendes Haifisch-Lächeln zeigten angesichts meiner temperamentvollen Berichterstattung, und wie der Chefredakteur, wann immer er mir begegnete, sich nach dem Befinden meines Herrn Vaters erkundigte, und bei Gelegenheit sollte ich doch, wenn auch ganz unbekannterweise, die besten Grüße ausrichten.

Meinem Herrn Vater ging es ausgezeichnet, er bereitete sich auf seinen Kuraufenthalt vor, den er gemeinsam mit dem netten Dr. Rienäcker, dem Geschichtslehrer, absolvieren würde, in einer Kurklinik an einem bayerischen See, und ich hatte gesagt: »Wie schön, dann kannst du mich ja besuchen«, aber das hatte er weit von sich gewiesen, er würde den Kurdienst und seine fortschreitende Gesundheit durch solche abenteuerlichen Exkursionen keinesfalls stören, aber ich bekam immerhin die gnädige Erlaubnis, daß ich ihn besuchen dürfte.

»Typisch«, sagte Martin und lachte, »Disziplin ist alles, aber er hat eine nette Tochter, das muß man ihm zugute halten«, und dann hörten wir schon wieder auf, über Väter und Redakteure und Ausstellungen zu reden.

Irgendeine Art von Liebe ist es aber doch, überlegte ich, kann ja sein, daß ich ihn nicht mit dem Herzen liebe oder mit dem Kopf, aber mit dem Körper liebe ich ihn, mein Körper liebt ihn, ganz ohne Frage. Körperliche Liebe, das ist es, so nennt man das ja wohl, oder jedenfalls hieß es früher so, bevor das Ganze in Sexualität umgetauft wurde. Dann könnte man den Spruch meiner Mutter eigentlich auch hierauf anwenden, Liebe ist Liebe, und körperlich liebe ich ihn wirklich, und also brauche ich mir auch nicht ganz so ausschweifend und unmoralisch vorkommen.

Und er hat mir Rüdiger ausgetrieben, dachte ich, und dafür hätte er eigentlich den Verdienstorden der *Vereinigung ausgemusterter Ehefrauen* verdient. Zwar war Rüdiger immer noch der attraktivste Mann, den ich mir vorstellen konnte, rein äußerlich, da konnte Martin nicht mithalten, das war klar. Aber wenn ich die Wahl hätte, mit wem von beiden ich ins Bett gehen will, überlegte ich, und stellte mir die beiden vor, wie sie um meine Liebe werben, mich sozusagen als Paris, der den Apfel zu vergeben hat, und mußte lachen – also, wenn ich die Wahl hätte, ich würde Martin wählen. Rüdiger ist raus aus meinem System, ich habe keine Sehnsucht mehr nach ihm, es ist mir egal, ob sie von morgens bis abends miteinander schlafen, die beiden, und noch fünfzig entzückende Kinder produzieren, es ist mir völlig wurscht.

Und dann fiel mir ein, daß es März war, das heißt, das wußte ich natürlich, aber daß nächste Woche der Tag war, an dem mir Rüdiger vor zwei Jahren von Clarissa erzählt hatte und dem Kind, und das blaue Band war durch meine Gedanken geflattert, und ich war abgestürzt. Das werde ich feiern, dachte ich, daß ich aus dem Graben, in den ich damals gestürzt bin, wieder rausgekommen bin, das feiere ich und zwar zusammen mit Martin.

Ich rief in der Bank an und sagte seiner Sekretärin, ich hätte gern Herrn Gräf gesprochen. Sie stellte mich gleich durch, wie immer, und ich fragte mich wie immer, was sie wohl sagen würde, wenn sie wüßte, daß es bei diesen Gesprächen um die Terminvereinbarung zur körperlichen Liebe ging. Vielleicht wußte sie es ja, vielleicht riefen an anderen Tagen andere Damen an und machten auch solche Termine aus, aber diesen Gedanken schob ich schnell beiseite.

Er war etwas verblüfft, daß ich ihn unbedingt an diesem Abend sehen wollte, aber er sagte ja, er hatte Zeit und Lust, er würde kommen. Ich bereitete ein paar Salate vor, stellte Champagner kalt und machte mich besonders schön.

»Mhm, bist du schön«, sagte er und küßte mich, und dann sah er auf den Champagner und die Gläser und die Salate und fragte: »Und was wird hier gefeiert?«

»Überleben und Befreiung«, sagte ich und goß ein, »ganz einfach: Überleben und Befreiung, mehr wird nicht verraten.« Er wußte, daß ich geschieden war, aber er kannte die Umstände nicht, genausowenig, wie ich die seiner Scheidung kannte.

»Überleben und Befreiung«, sagte er, »na gut, so was kann ich mitfeiern, auch wenn ich nicht genau weiß, wer was überlebt und sich wovon befreit hat.«

Aber er ahnte es. Wir aßen und tranken und dann feierten wir im Bett weiter, und irgendwann strich er über die Narbe an meiner linken Brust und fragte: »Das wird gefeiert, nicht wahr? Daß es nicht gebrochen ist, sondern nur angeknackst war?«

Ich schwankte zwischen Lachen und Weinen, und er küßte die Narbe und sagte: »Ein schöner Anlaß zum Feiern. Danke für die Einladung.«

»Warte mal«, sagte ich, »wie war das eigentlich damals, als ich vor Frau Niedermayers Wohnungstür lag?«

»Wie kommst du jetzt darauf?«

»Ich habe dich nie gefragt«, sagte ich, »weil es mir immer noch peinlich ist. Aber wo wir gerade dabei sind –«

Er lachte: »Du warst buchstäblich in Rotwein getränkt, innen wie außen, und das Treppenhaus roch wie ein Weinladen. Und du lagst da zwischen all den Glasscherben wie ein besoffenes Dornröschen.«

»Wie gräßlich«, sagte ich.

»Gar nicht gräßlich«, sagte er, »mal was anderes. Frau Niedermayer hatte schon alle Probleme gelöst, als ich kam, den Notarzt gerufen und festgestellt, daß der Rotwein auf dem Treppenbelag keine Flecken macht, und ich konnte ihr nur noch helfen, die Scherben aufzusammeln, und natürlich deinen Anblick bewundern.«

»Du machst dich lustig über mich«, protestierte ich.

»Das hast du davon, wenn du solche Fragen stellst«, sagte er, und ich sagte: »Laß uns lieber noch ein bißchen feiern.«

»Nun möchte ich es aber wissen«, sagte Elisabeth, nachdem wir bestellt und den ersten Schluck Champagner getrunken hatten. Wir saßen im »Coq Bleu«, ihrem Lieblingsrestaurant, wo der Chef sie mit Handkuß begrüßt, in die Küche ruft: »Den Champagner für Madame«, und jeder weiß, wer mit Madame gemeint ist, und ihr den schönsten Tisch aussucht, ohne Rücksicht auf die Reservierungskarte, die vielleicht schon draufsteht. »Wer ist er?«

»Wen meinst du?« fragte ich heuchlerisch.

»Den Mann, in den du verliebt bist, natürlich«, sagte sie. »Ich bin zwar nicht mehr die Jüngste, aber ich habe gute Augen.«

Ich hatte ihr nichts von Martin erzählt, weil ich befürchtet hatte, daß das Arrangement unserer Beziehung, um mich mal vornehm auszudrücken, nicht ihren Beifall finden würde.

Und so war es auch. Ich hatte zwar großes Gewicht auf die Tatsache gelegt, daß er Filialleiter einer Bank war, ich hatte ihn auch sonst als seriösen und vernünftigen Mann geschildert, und natürlich hatte ich verschwiegen, welchem Zweck unsere Treffen vor allem dienten. Aber sie merkte es doch.

»Und seine Freunde?« fragte sie. »Was hat er für Freunde?« Ich sagte, ich würde seine Freunde nicht kennen.

»Aber die trefft ihr doch sicher mal, wenn ihr ausgeht«, sagte sie.

Ich sagte, wir würden nicht so oft ausgehen, und jedenfalls hätten wir noch nie Freunde von ihm getroffen.

»Und hast du ihn deinen Freunden vorgestellt, abgesehen von mir natürlich?« fragte sie. Ich sagte: »Nein«, und sie sagte: »Und er ist geschieden und hat zwei Kinder, sagst du?«, was ich bejahte.

201

Sie schwieg und dachte nach, und ich wußte, sie rang mit sich, ob sie sich einmischen sollte. Laß es, Elisabeth, dachte ich, laß es bloß, egal, was du jetzt sagst, ich treffe mich weiter mit ihm, ich schlafe nun mal so furchtbar gern mit ihm, aber das kann ich dir doch nicht erklären.

»Ich mische mich ungern ein, das weißt du«, sagte sie schließlich, »aber glaubst du, daß dieser Mann der Richtige für dich ist?« Das glaube ich allerdings, dachte ich, er ist genau der Richtige für mein Bett und meinen Körper, und das genügt mir voll und ganz. »Ich will ihn doch nicht heiraten«, sagte ich, »Elisabeth, du nimmst das zu ernst. Es ist eine nette, lockere Beziehung, eher unverbindlich, würde ich sagen.«

Da hatte sie mich: »Aber irgend etwas muß euch doch verbinden?« fragte sie.

Na gut, dachte ich, wenn du es unbedingt hören willst, dann kriegst du es zu hören. »Es ist die pure Leidenschaft«, sagte ich, »ich kann es einfach nicht abwarten, mit ihm ins Bett zu kommen. Sexualität, wenn du weißt, was ich meine.«

»Du brauchst gar nicht so ironisch zu werden«, sagte sie ablehnend, »und du solltest mich gut genug kennen, um zu wissen, daß mich das Intimleben anderer Menschen nicht interessiert. Ich möchte dich nur nicht noch einmal bewußtlos im Krankenhaus vorfinden, das ist alles.« Sie überlegte einen Moment: »Und diese Art von Abhängigkeit kann sehr gefährlich werden.«

Ich wußte, daß sie die Wendung »sexuelle Hörigkeit« nur aus übergroßem Taktgefühl vermieden hatte.

»Elisabeth, ich passe schon auf mich auf«, sagte ich, denn wir konnten ja nun nicht gut das Für und Wider von sexueller Hörigkeit diskutieren, »du brauchst dir keine Sorgen zu machen.«

»Das hoffe ich«, sagte sie, »und entschuldige, daß ich mich eingemischt habe, aber du liegst mir am Herzen. Und nun laß uns von etwas anderem reden.«

Warum sind sie nur alle so gemein zu mir, dachte ich. Für Rebekka ist die Sache mit Martin zweite Wahl, besser als gar nichts, sehr schmeichelhaft, und für Elisabeth ist es ein schwerer Fall sexueller Hörigkeit und Martin ein mieser Kerl, der die arme kleine Ines ausnützt und dann fallenläßt, auch sehr schmeichelhaft, muß ich sagen. Und wenn es nun doch so ist, dachte ich plötzlich, wenn ich tatsächlich hörig wäre, das könnte ja sein, ich bin nicht vom Fach, woher soll ich das wissen?

Ich werde mir noch ein Buch kaufen müssen, aber diesmal gehe ich in eine andere Buchhandlung, denn was soll die Buchhändlerin von mir denken, wenn ich erst ein Buch über die lesbische Liebe will, dann eines über Empfängnisverhütung, und nun noch eines über sexuelle Hörigkeit.

Über Empfängnisverhütung hatte ich mich ja auch informieren müssen. Zwar war es wenig wahrscheinlich, daß ich nach all den Jahren mit Rüdiger, in denen ich nicht verhütet hatte, nun plötzlich mit über vierzig schwanger werden würde, aber was weiß man? Ich hatte keine Ahnung, wie man verhütet, außer daß man morgens die Pille nimmt, wie ich das ganz früher getan hatte, aber mit der Pille war es ja nun nichts mehr, alle diese Nebenwirkungen, und das besonders in meinem Alter. Ich kaufte mir also ein Buch und entschloß mich für eine Kombination von Temperaturmethode und Schleim-Methode, so gräßlich das klingt, und außerdem Hineinhorchen in meinen Körper, und das funktionierte auch, und für den Fall, daß meine Methoden darin übereinstimmten, daß Abstinenz angesagt war, wir aber beide sehr für einen Termin waren, machte ich die Bekanntschaft von Kondomen.

Martin hatte schallend gelacht, als sich herausstellte, daß ich nicht mal wußte, wie so etwas aussah. Aber der Beginn meines Liebeslebens war mit der Verbreitung der Anti-Baby-Pille zusammengefallen, woher sollte ich also wissen, wie ein Kondom aussah? Und wenn ich geahnt hätte, daß ich mit vierzig noch mal so verrückt nach körperlicher Liebe werden würde, dann hätte ich mich vielleicht vorab informiert, aber wie hätte ich das ahnen können?

Nein, du kaufst dir kein Buch über sexuelle Hörigkeit, sagte ich zu mir, während ich meinen Salat aß und Elisabeth von etwas anderem sprach. Erstens ist es wenig wahrscheinlich, daß du daran leidest, und zweitens, was machst du, wenn du womöglich doch alle Symptome bei dir findest? Du wirst weiter mit Martin schlafen, aber dann mit schlechtem Gewissen, und du neigst sowieso schon zu Schuldgefühlen, und hast du es nötig, dir noch mehr zu machen?

203

Außerdem war sexuelle Hörigkeit einfach etwas Feines, jedenfalls solange man nicht wußte, wie Fachleute darüber dachten, unter welche Kategorie von Perversionen sie sie einordneten und welche schrecklichen Kindheitserlebnisse die Ursache waren. Ich entschied mich dafür, meine Hörigkeit als Spezialform zu betrachten, die Dohmannsche Sonderform, ganz ohne schreckliche Kindheitserfahrungen, dafür mit den allerbesten Auswirkungen auf Leib und Seele. Kurmäßige Anwendung wird dringend empfohlen, dachte ich und mußte lachen.

»Worüber lachst du?« fragte Martin.

»Über Hörigkeit«, sagte ich unbedacht.

»Wieso?«

Ich hätte mir am liebsten die Zunge abgebissen. Es war schlimm genug, daß ich so verrückt nach ihm war, ich mußte es ihm nicht auch noch auf die Nase binden. Aber ich konnte jetzt schlecht behaupten, daß ich ganz allgemein und theoretisch über Hörigkeit nachgedacht hatte, und also erzählte ich ihm von Elisabeths Befürchtungen.

Er grinste und streichelte mir über den Rücken: »Hat deine Tante auch gesagt, ob es ansteckend ist?«

Mir wurde etwas leichter. »Darüber hat sie sich nicht ausgelassen«, sagte ich, »aber möglicherweise ist es eine ansteckende Krankheit.«

»Möglicherweise sehr ansteckend«, sagte er. »Nicht gerade in den öffentlichen Verkehrsmitteln, aber bei längerdauerndem Kontakt von Mensch zu Mensch, da ist es ausgesprochen gefährlich.«

»Bettruhe und gute gegenseitige Pflege sind notwendig«, sagte ich und dankte in meinem Herzen Elisabeth und meiner Unbedachtheit, die mich das mit der Hörigkeit hatte aussprechen lassen. Jetzt wußte ich wenigstens, daß es ihm ähnlich ging, was ich mich nie zu fragen getraut hätte, und daß es wahrscheinlich keine anderen Damen gab, die Termine mit ihm ausmachten, und daß es mit dieser schönen Gewohnheit vielleicht nicht so bald zu Ende gehen würde. »Wenn du so weitermachst, dann werde ich bald einen weiteren schweren Anfall erleiden.« »Den werden wir auch noch überleben«, sagte er und machte weiter.

»Hallo, hier ist Rüdiger«, sagte Rüdiger, »wie geht es dir denn so?«

»Sehr gut«, sagte ich aus tiefstem Herzen und das erste Mal seit langer Zeit wieder ganz ehrlich. »Einfach sehr gut.«

»Deine Stimme klingt so anders«, sagte er, fast ein bißchen mißtrauisch. »Ist irgendwas Besonderes passiert?«

Nichts, dachte ich, nichts Besonderes ist passiert, außer daß mein Herz zu bluten aufgehört hat und daß du mir egal geworden bist, und daß ich – wenn auch schwache – Aussichten habe, nicht zu verhungern, wenn du in einem Jahr aufhörst zu zahlen, und daß ich zweimal die Woche einen Termin für die körperliche Liebe habe mit einem untersetzten, rotblonden, sommersprossigen Herrn.

»Eigentlich nichts«, sagte ich.

»Hm«, sagte er und überlegte offensichtlich, wie er zu dem eigentlichen Grund seines Anrufes überleiten könnte, während ich überlegte, warum er wohl anrief. Versicherungsprobleme schieden aus, der Barockschrank auch, und wegen meines Kontos konnte es nicht sein, denn das sah so wunderbar aus, daß selbst der hartherzigste Filialleiter damit zufrieden sein mußte. Vielleicht bekamen sie ja gerade das zweite Kind, und er wollte mich fragen, ob sie es diesmal auch Ines nennen dürften.

»Ja, weswegen ich anrufe«, sagte er, »wollen wir uns nicht mal wieder sehen?«

Ich war sprachlos.

»Ich meine, mal so auf eine Tasse Kaffee, oder eine Kleinigkeit zu essen«, fügte er hastig hinzu, als ob er Angst hätte, daß ich seine Frage als unziemlichen Annäherungsversuch mißverstehen könnte.

Ich war so verblüfft, daß mir nur die platteste Antwort einfiel: »Warum?« fragte ich.

Nun wußte er auch nicht mehr, was er sagen sollte. Wir schwiegen beide, und dann räusperte er sich und sagte: »Ich dachte nur... ich meine – natürlich, wenn es dir nicht recht ist...«

Warum willst du mich plötzlich wiedersehen, dachte ich, du hast mich vor ziemlich genau zwei Jahren abserviert, entsorgt, in dieses nette Mausoleum überführt, und du wolltest nichts mehr sehen oder hören von mir, kein Stück von mir in deinem Haus, nichts mehr von mir in deinem neuen Leben haben – warum willst du mich plötzlich wiedersehen?

»Das kommt so überraschend«, sagte ich.

»Na, ja«, sagte er, »also, ich dachte, so auf Dauer – also nach der Trennung, da war das natürlich was anderes, aber so auf Dauer – ich dachte, da könnten wir doch ein bißchen Kontakt haben, nur so hier und da, meine ich.«

So ein bißchen Kontakt, hier und da, was soll das heißen, dachte ich, ich möchte wissen, was du damit meinst, und also werde ich mich mit dir treffen. »Gut«, sagte ich, »wann?«

Er schien erleichtert. »Wie wäre es nächsten Mittwoch – warte mal, ich sehe nur gerade nach ... Ach, schade, da kann ich nicht.«

»Da habe ich auch keine Zeit«, sagte ich selbstzufrieden und ganz ehrlich. »Wie wäre es dann mit Freitag abend um sieben«, fragte er, und da hatte ich Zeit und gab das auch ehrlich zu. Wir verabredeten uns vor einem Lokal, das er offenbar danach ausgesucht hatte, daß es weit genug von seiner Praxis entfernt lag.

Was für eine wirklich nette Ironie des Schicksals, dachte ich, nachdem ich aufgelegt hatte, da kommt der Ex-Ehemann, nach dem ich mich so lange verzehrt habe, dem mein Herz nachgeblutet hat, wegen dem ich die Treppe runtergefallen bin, und will mich doch tatsächlich mal wieder sehen, will doch tatsächlich mit mir essen gehen, an einem Mittwochabend, und gerade an diesem Mittwochabend kann ich nicht, weil nämlich der rotblonde Kühlschrankreparierer, der mich am Fuße jener Treppe gefunden hat und wegen dem ich mich nun nicht mehr nach dem Ex-Ehemann verzehre, mich an eben diesem Mittwochabend doch tatsächlich zu einem offiziellen Ereignis eingeladen hat.

»Ha! Wie das Leben so spielt«, sagte ich zu meinem Wohnzimmer, wie es Shirley McLaine in meinem anderen Lieblingsfilm »Das Appartement« zu Jack Lemmon sagt: »Wie das Leben so spielt, fortunamäßig.«

XIV

»Hast du nicht Lust, zur Eröffnung zu kommen?« hatte Martin gefragt, und ich hatte »ja, gerne« gesagt und mich in den folgenden Wochen damit getröstet, daß ich diese verdammte Ausstellung, die fast alle unsere Termine fraß, wenigstens würde sehen können.

Sie hieß »Unbekannte Expressionisten«, und Martin war nur noch damit beschäftigt, Museumsdirektoren und Privatsammler dazu zu überreden, Bilder rauszurücken, und die Versicherung dazu zu bewegen, diese Bilder zu versichern, und dann war es um den Katalog gegangen und darum, wie und wo er die Bilder aufhängte und welche er würde umhängen müssen, und danach ging es um die Getränke und das Futter, denn schließlich kann man es keinem Menschen zumuten, Bilder mit leerem Magen und ohne ein Glas in der Hand zu betrachten, selbst wenn es unbekannte Expressionisten sind.

Endlich kam er und brachte mir eine edle Einladungskarte, der zu entnehmen war, daß die Bank es sich als Ehre und Freude anrechnen würde, auch mich zu begrüßen, und er sagte erleichtert »übermorgen«, und wir hatten endlich wieder einmal einen Termin, aber leider brach die Krankheit nicht so heftig aus, weil er einfach zu müde war.

Ich hatte mir teure Strumpfhosen einer französischen Marke gekauft, meine edelsten Klamotten rausgesucht und war zum Friseur gegangen. Der Herrenschnitt, der für Frau Schmitt-Meermann bestimmt gewesen war, war rausgewachsen, und ich ließ mir den Frisurenkatalog geben, um herauszufinden, was wohl am besten zu den unbekannten Expressionisten und zur Bank passen würde und dazu, daß ich mich mit meinem unmoralischen Verhältnis das erstemal in der Öffentlichkeit zeigte, auch wenn es nur in einer scheußlichen Filiale mit Kunststofftresen und Blattgewächsen war.

Ich deutete auf eine Dame mit Giraffenhals, um deren mageres Gesicht glatte Haare lagen, glatt wie meine, in Kinnlänge abgeschnitten, und im Nacken rasiert wie bei einem Kurzhaarschnitt.

»Helm-Look«, murmelte mein Friseur und nickte, »paßt gut zu Ihrem Typ.«

Wenn man ihm glauben darf, dann gibt es praktisch keine Frisur, die nicht zu meinem Typ paßt, aber vielleicht hat er ja recht, vielleicht habe ich ein Frisurengesicht, wie andere Leute ein Brillengesicht oder ein Hutgesicht. Er hatte auch wieder eine neue Kollektion Ohrringe da, große, die gut zum Helm-Look paßten, und ich kaufte mir wunderbare Ohrgehänge, mit perlgrauen, mattglänzenden Steinen und kleinen Glitzern drumherum, gerade das richtige für Banken und Expressionisten.

Im Treppenhaus traf ich Frau Niedermayer. »Frau Dohmann!« sagte sie und wich auf ganz unhanseatisch-dramatische Weise ein Stück zurück: »Wie Sie aber man aussehen!« Ich hatte ihr natürlich nicht gesagt, daß ihre Wunschvorstellung in bezug auf Martin und mich zumindest teilweise in Erfüllung gegangen war, aber ebenso natürlich wußte sie es. Frau Niedermayer war nicht der Mensch, der hinter der eigenen Wohnungstür stand und nach draußen lauschte oder im Treppenhaus spionierte oder klatschte, für so was war sie sich zu fein, wie sie es nannte, aber sie wußte gern, was los war, und tatsächlich wußte sie auf mysteriöse Art und Weise immer genau, was los war. Sie hatte nie auch nur eine Andeutung fallenlassen über Martin und mich, nicht mal das kleinste Augenzwinkern hatte sie sich erlaubt, auch dafür war sie zu fein, aber der zufriedene Blick, mit dem sie mich neuerdings betrachtete, sagte alles.

Sie bewunderte ausgiebig mein Aussehen, aber sie fragte nicht, wo es denn hinginge. Ein kleines Geschenk zur Feier des Tages, dachte ich, ich sag's dir, dann brauchst du ab jetzt nicht mehr ganz so dezent und taktvoll zu sein: »Herr Gräf hat mich zu einer Ausstellungseröffnung in seiner Bank eingeladen«, sagte ich, und nun konnte sie ganz ungehindert strahlen und sagen: »Ach, das freut mich aber!« und mich kurz und fest an sich drükken.

Ich ging zu Fuß, es war ein schöner Abend, und es war nicht weit bis zu der Adresse in der Altstadt, die auf der Einladung stand. Ich versuchte, nicht allzu aufgeregt zu sein und ruhig durchzuatmen, und ich wünschte mir, ich hätte ein bißchen Erfahrung mit Tai Chi oder autogenem Training und all diesem

Zeug, mit dem Carola sich immer so wunderbar ausbalancierte. Wie sollte ich Martin zum Beispiel begrüßen? Ich konnte ihm schlecht die Hand geben, das wäre irgendwie komisch, aber konnte ich ihm zur Begrüßung mitten in der Bank einen Kuß geben, wie ich das sonst tat? Und ich würde dort wahrscheinlich überhaupt niemanden kennen, und ich bin auch nicht der Typ, der sich leicht bekanntmacht oder locker plaudert, aber es sind ja noch die Bilder da, Gott sei Dank, im Zweifelsfall sehe ich mir einfach immer wieder die Bilder an.

Die Bank befand sich in einem großen alten Haus mit hohen Fenstern und einem hohen, beeindruckenden Eingang, neben dem ein dezentes Schild über die Anwesenheit der Filiale Auskunft gab. Ich konnte mir kaum vorstellen, daß sie in so ein schönes Haus Kunststofftresen und Blattgewächse geschleppt hatten, aber das hatten sie wahrhaftig auch nicht getan. Ich betrat die schönste Bankfiliale, die ich je gesehen hatte: ein hoher weiter Raum, mit Barockornamenten und kleinen runden Fenstern an der Deckenwölbung, und unten waren die Fenster hoch und schmal und mit hölzernen Innenläden versehen. Es gab überhaupt keine Blattgewächse, nur schöne große Drachenbäume, dezent angestrahlt, die Tresen waren aus alter Eiche, und überall an den weißen Wänden hingen unbekannte Expressionisten, die wunderbar in diese Umgebung paßten. Es waren schon viele Leute da, es herrschte behagliches Stimmengewirr, Martin war nirgends zu sehen. Ich nahm mir ein Glas Sekt von dem Tablett, das mir ein Kellner entgegenhielt, und war froh, mich erst mal von meiner Überraschung erholen zu können. Eine kleine Filiale, hat er gesagt, dachte ich, eine ganz unwichtige Filiale, dieser Lügner, das ist doch bestimmt die größte und wichtigste Filiale, die diese komische Bank überhaupt hat.

Martin kam auf mich zu, und ich hätte ihn beinahe auch nicht erkannt. Ich hatte ihn immer nur in Jeans und Hemd oder Pullover gesehen, genauer gesagt hatte ich ihn neunzig Prozent der gemeinsam verbrachten Zeit überhaupt ohne alles gesehen, und heute trug er einen feinen, dunkelblauen Anzug, ein hellgraues Hemd und einen schönen Seidenschlips. »Schön, daß du da bist«, sagte er und küßte mich auf die Wange, »gut, daß du ein bißchen später kommst. Jetzt bin ich schon zu allen wichtigen

Leuten nett gewesen, jetzt habe ich Zeit und kann dir alles zeigen.«

»Das ist doch keine kleine Filiale«, sagte ich vorwurfsvoll, »du hast gesagt, es wäre bloß eine kleine, unwichtige Filiale!«

Er lachte. »Banktechnisch gesehen, ist es eine unbedeutende Filiale«, sagte er. »Wir haben hier in der Altstadt nur noch wenige Kunden, und die großen Firmen sind alle bei anderen Filialen. Aber sie ist gut für die Reklame.«

»Wieso?« fragte ich.

»Das erkläre ich dir nachher«, sagte er. »Jetzt schauen wir uns erst mal die Bilder an.« Wir nahmen uns ein Glas Sekt und dann betrachteten wir die Bilder, und er zeigte mir seine Lieblingsstücke und die, um die er am härtesten hatte kämpfen müssen, und zwischendurch begrüßte er Gäste und machte mich bekannt.

Wenn das so weitergeht, verliebe ich mich noch in ihn, dachte ich und betrachtete einen kleinen, unbekannten Beckmann, den er einem sehr alten und sehr hartnäckigen Sammler abgeschwatzt hatte, er ist so strahlend und beeindruckend und sieht so gut aus in seinem Anzug, in dem nur die breiten Schultern zur Geltung kommen und nicht die paar Pfunde zuviel um die Taille, und er ist Herr über so eine wundervolle Filiale, und dann sind alle diese schicken und wichtigen Leute hier, die ihn so herzlich begrüßen, und anscheinend ist er auch ein wichtiger Mann.

Pfui, Ines, sagte ich zu mir, das ist mal wieder schandbar, bislang war er dir gerade fürs Bett gut genug, solange du dachtest, daß er zwischen Kunststofftresen und Blattgewächsen sitzt, und schön fandest du ihn auch nicht, und jetzt, wo er offenbar ein angesehener Mann ist, da findest du ihn plötzlich attraktiv und kommst auf die Idee, dich in ihn zu verlieben. Du solltest dich schämen.

»Ines«, sagte Martin und berührte mich am Arm. Ich drehte mich um und sah eine Silberblondine, und Martin sagte: »Darf ich bekanntmachen: Frau Dr. Maiwald-Dohmann, Ines Dohmann –« Er stutzte, sah von einer zur anderen und fragte: »Ist das Zufall, oder sind Sie verwandt?«

Ich starrte in die braunen Rehaugen von Clarissa und eine von diesen seltenen Erleuchtungen überkam mich, eine von diesen

Erleuchtungen, die es einem möglich machen, im passenden Augenblick das Passende zu sagen, statt stumm und dumm rumzustehen und erst nachher zu wissen, was man hätte sagen sollen, und sich zu ärgern.

»Weder noch«, sagte ich doch tatsächlich und produzierte ein leichtes, melodisches, der Situation vollkommen angemessenes Lachen, und dabei brach mir der Schweiß aus, was ja aber niemand sehen konnte, »wir sind – oder waren, in meinem Fall – nur mit demselben Mann verheiratet.«

Martin sah immer noch verblüfft und etwas unsicher zwischen uns hin und her, aber Clarissa fing sich auch und reichte mir die Hand und sagte: »Ach, das ist aber nett, daß wir uns mal kennenlernen«, was eine reichlich konventionelle Bemerkung war und nicht halb so witzig und gescheit wie das, was ich gesagt hatte, aber immerhin. Wir schüttelten uns die Hand, und dann machten wir Konversation über Bilder und die Ausstellung, das heißt, die beiden machten Konversation, während ich mich von meiner übermäßigen Geistesgegenwart erholte und froh war, daß ich ein Jackett trug, so daß niemand die Schweißflecken sehen konnte, die meine Bluse verfärbten.

Clarissa trug auch ein Jackett, aber sie sah nicht aus, als ob sie darunter schwitzte, sie sah überhaupt nicht so aus, als ob sie jemals schwitzte. Das Jackett war aus rehbraunem Leinen, der Rock auch, die Bluse aus perlmuttrosa Seide, und sie trug wieder den Diamanten um den Hals.

Sie war genauso zart und hübsch, wie ich sie in Erinnerung hatte, aber plötzlich erinnerte sie mich nicht mehr an eine Elfenkönigin, sondern eher an ein Eichhörnchen, mit den großen braunen Augen in dem kleinen Gesicht und dem kleinen Mund, der sich so schnell bewegte wie bei einem Eichhörnchen, das eine Nuß ißt, und plötzlich machte es mir nichts mehr aus, eine Elefantenfrau zu sein, ja, ich war sogar froh darüber. Lieber eine Elefantenfrau sein, dachte ich, als so eine kleine, komische, nichtssagende Eichhörnchenfrau. Ich sah Martin an, der neben mir stand und munter mit Clarissa plauderte: Er ist ja auch eher der Typ Elefantenmann, dachte ich, so breit und kräftig, da passen wir doch gut zusammen, und mir wurde ganz warm.

»Da will ich doch aber mal sehen, wo Rüdiger ist«, sagte Clarissa und lächelte mich mit herzlicher Verbindlichkeit an und verschwand zwischen den Gästen.

»War das jetzt schlimm?« fragte Martin. »Ich hatte keine Ahnung –«

»Woher solltest du das wissen?« sagte ich. »Es war nicht schlimm, keine Sorge, es ist sogar ganz gut so, laß uns noch ein Glas Sekt trinken«, bis Rüdiger kommt, und damit die nächste Bewährungsprobe, fügte ich in Gedanken hinzu.

Clarissa brauchte zum Glück lange, um Rüdiger zu finden, und als er dann kam, war ich gerade in einem angeregten Gespräch mit Martin und einer netten älteren Bankkundin.

»Hallo, Ines«, sagte er, »das ist aber eine Überraschung«, und Clarissa erzählte gleich, was es für eine Überraschung gewesen sei und wie witzig, als Martin uns mit dem gleichen Namen einander vorgestellt hatte. »Was für ein seltsamer Zufall, nicht wahr?« sagte sie und lächelte Rüdiger an und mich und Martin. »Ja, wirklich«, sagte Rüdiger und wollte etwas sagen, aber Clarissa redete weiter, wie nett es doch sei, daß wir uns hier getroffen hätten, und daß es wirklich Zeit gewesen sei, daß wir uns endlich einmal kennenlernten, und ich konnte einfach immer das gleiche freundliche Lächeln auf dem Gesicht behalten und zustimmend nicken und Rüdiger betrachten.

Er war wieder sehr edel angezogen, passend zu Clarissa, seine Haare waren an den Schläfen ziemlich grau geworden und sehr kurz geschnitten, aber das stand ihm gut, und auch der müde Ausdruck im Gesicht stand ihm gut. Er ist einfach der schönste Mann auf Gottes Erdboden, dachte ich, und das wird er immer bleiben, auch wenn er einen Sack anhätte und kahlköpfig wäre. Aber mein Herz hüpft nicht mehr, wenn ich ihn sehe, und die Schmetterlinge in meinem Bauch fliegen nicht mehr, die fliegen jetzt wegen dem blaugewandeten Filialleiter neben mir, der schon ganz rot ist im Gesicht, vor Aufregung und Hitze und Alkohol, und nicht so edel-bräunlich wie Rüdiger, und der neben Rüdiger klein und dick und kompakt aussieht, aber anscheinend haben meine Schmetterlinge eine Schwäche für kleine, dicke, blaue Männer.

»Wie das Leben so spielt«, dachte ich laut, und Rüdiger zuckte zusammen und fragte: »Was hast du gesagt?«

»Ach, nichts«, sagte ich, und da Clarissa mit Martin gerade über den Expressionismus und seine verschiedenen Perioden und frühe Beckmanns und späte Beckmanns diskutierte, fragte ich ihn: »Und wie geht's dir?«

»Sehr gut, danke«, sagte er und ließ den Blick über die Menschen gleiten, »sehr gut.«

»Und die Praxis?« fragte ich. »Habt ihr die jetzt zusammengelegt?« »Ja, ja«, sagte er, »es läuft sehr gut.«

»Und was macht deine Tochter?« Ines Dohmann, das Konversationsgenie, zäh und hartnäckig, nach dem Motto: Wann fängt Beton an zu blühen? War er früher auch so lahm, und habe ich das bloß nicht gemerkt?

»Ach, die entwickelt sich prächtig«, sagte er und ein Fünkchen Interesse glomm in seinen Augen auf. »Sie redet schon wie ein Buch, sie ist wirklich unglaublich sprachbegabt.«

Ich schwieg und lauschte und dachte, er würde weiterreden über seine Tochter, aber statt dessen sah er zu Martin hinüber und sagte: »Hast du die Bank gewechselt?«

»Wieso?«

»Na, weil du heute abend hier bist«, sagte er. Ach so, das willst du wissen, dachte ich, das kannst du gerne hören, und einen kleinen Exkurs über Schmetterlinge auch, wenn du willst, ganz gratis und franko.

»Ich bin mit Martin privat befreundet«, erwiderte ich leichthin.

»Ach so«, sagte er. »Kennt ihr euch näher?«

»Ja«, sagte ich, »ziemlich nahe, würde ich sagen.«

Er murmelte »mhm« und ließ seinen Blick wieder durch den Raum schweifen. Was für ein gottverdammter Langweiler, dachte ich, gleich schläft er im Stehen ein, war ich etwa dreizehn Jahre mit einem Langweiler verheiratet und habe das nicht gemerkt, weil ich ein bißchen langsam bin im Merken, oder ist er erst so langweilig geworden?

Ich könnte ihn ja aufwecken, dachte ich, und darüber reden, warum er mich am Freitag treffen will, oder ich könnte ein bißchen spritzige Konversation machen über Ehemänner, die ihre Frauen bei der Scheidung um den Ausgleich des Zugewinns betrügen oder so was, da würde er sicher sofort wach werden.

»Rüdiger, ich glaube, wir müssen«, sagte Clarissa und legte die Hand auf seinen Arm und lächelte mich herzlich an. »Ja, natürlich«, sagte Rüdiger, schüttelte Martin die Hand und sagte: »Auf Wiedersehen, Ines.« Clarissa reichte mir die Hand, diese schmale zarte Hand mit vielen edlen Ringen dran, strahlte mich an und sagte: »Wie nett, daß wir uns endlich kennengelernt haben«, als hätte sie seit Monaten auf nichts anderes gehofft, »das müssen wir unbedingt wiederholen«, und ich fragte mich, wie sie das wohl machen wollte, außer natürlich, sie lud mich in ihr Schwimmbad-Wohnzimmer mit den weißen Sofas und den grauen und blauen Elefanten ein.

»Das ist unsere Chance«, sagte Martin, als die beiden gegangen waren. »Die Gesellschaftslöwen haben jetzt Schichtwechsel, die gehen jetzt auf ein unheimlich wichtiges Fest. Ich lege die Eröffnungstermine möglichst so, daß danach was anderes stattfindet, wo sie unbedingt hinmüssen, damit sie nicht ewig hier rumstehen. Paß auf, es wird gleich leer.«

Er hatte recht. Der Raum leerte sich zügig, und schließlich waren nur noch ein paar ältere Bankkunden da, die sich noch mal in Ruhe am Büffet bedienten und sich noch mal in Ruhe die Bilder ansahen, und es wurde richtig gemütlich. Ich kam auch endlich dazu, etwas zu essen, ich stopfte mich nach der überstandenen Anstrengung so richtig voll mit all den wunderbaren Sachen, die die Bank spendiert hatte. Ich saß auf einer ledergepolsterten Eichenbank und aß und trank und betrachtete zufrieden den Raum, die Bilder und Martin, der mit seinen letzten Gästen redete und sie verabschiedete.

»So«, sagte er, »jetzt kommt das Aufräumkommando, und der Abend gehört uns. Was machen wir?«

»Ich habe gegessen und getrunken und Kunst genossen und meinen Ex-Ehemann das erste Mal seit langer Zeit wiedergesehen, und seine neue Frau kennengelernt«, sagte ich, »ehrlich gesagt: mir reicht's. Ich möchte am liebsten nach Hause gehen und ins Bett.«

Martin hat ja auch diese nette Neigung, einfach ins Bett zu gehen, und also fuhren wir in meine Wohnung und gingen stracks ins Bett, nachdem ich vorher stracks unter die Dusche gegangen war, um den Geistesgegenwarts- und Konversationsschweiß abzuwaschen. »Komm«, sagte Martin und streckte den Arm aus. Ich zog die Decke über uns, legte meine Hand auf die rotblonden Brustlocken, und er fragte: »Was war das für eine Geschichte mit deinem Mann?«

Ich erzählte ihm die ganze Geschichte mit meinem Mann und der märchenhaften Clarissa und dem Kind, und er hörte still zu und dann sagte er: »Ein ganz schöner Hammer. Kein Wunder, daß du die Treppe runtergefallen bist.«

»Und was ist das nun für eine Geschichte mit deiner Filiale?« fragte ich. »Wieso ist dieser Prachttempel des Kapitalismus eine unbedeutende Filiale?«

»Kundenmäßig und kontomäßig und geldmäßig ist sie unbedeutend«, sagte er, »deswegen habe ich sie ja auch bekommen.«

»Wieso?« fragte ich.

»Weil ich kein guter Bankmann bin«, antwortete er. »Irgendwann gehen mir Zahlen auf die Nerven, und das ist keine gute Voraussetzung, um Karriere zu machen. Ich bin auch nicht hartherzig genug, wie du das nennst. Also haben sie mir diese Filiale gegeben, und da kam ich auf die Idee mit den Ausstellungen. Sie haben sich erst furchtbar gesträubt.« Er lachte. »Sie hatten schreckliche Angst davor, es würde sie Geld kosten und sich nicht rentieren. Aber ich habe geredet wie ein Werbefachmann, von wegen unbezahlbarem Public-relation-Effekt und Image-Aufbesserung und so. Und jetzt sind sie ganz begeistert, jetzt ist es so eine Art In-Veranstaltung, und ich kriege sogar ein tolles Büffet und jede Menge Getränke und diese edlen Einladungskarten.«

»Warum bist du dann aber Bankmann geworden, wenn du keine Zahlen magst?« fragte ich.

»Ich bin ein verhindertes Genie«, sagte er und lachte, aber ich spürte, daß er es nicht komisch fand: »Ich wollte Maler werden, aber mein Vater bestand darauf, daß ich erst eine vernünftige Ausbildung machte. Also wurde ich Bankkaufmann. Aber dann klappte es nicht mit der Kunstakademie und mit der Malerei, und dann habe ich geheiratet, und die Kinder kamen, und irgendwer mußte ja Geld verdienen.« Er streichelte mechanisch meine Schulter. »Wenn ich mehr Mut gehabt hätte... Meine Frau hätte das unsichere Künstlerdasein vermutlich sogar mitgemacht.« Er sah mich an und lachte wieder so seltsam: »Da ist dein Exmann schon beeindruckender, Internist und Prominentenarzt und verdient einen Haufen Geld.«

Ich küßte ihn. »Dafür bist du in anderer Hinsicht wesentlich beeindruckender«, sagte ich, »rein schmetterlingsmäßig betrachtet.«

»Was meinst du mit Schmetterlingen?« fragte er erstaunt.

»Über Schmetterlinge spricht man nicht«, sagte ich, »Schmetterlinge läßt man fliegen«, und küßte ihn wieder.

Die Schmetterlinge waren sehr intensiv geflogen, und ich wachte erst auf, als Martin schon lange fort war und das Telefon klingelte.

»Hallo, Ines, mein Herzchen«, sagte Carola, »habe ich dich geweckt? Du klingst so verschlafen.«

»Das macht nichts«, sagte ich, nahm das Telefon, wanderte in die Küche und setzte Wasser auf.

»Wie schade, daß wir uns gestern abend verpaßt haben«, sagte sie. »Ich war nur kurz da, aber ich habe danach noch Rüdiger und Clarissa getroffen, und die haben mir erzählt, wie nett es war.«

Sieh mal an, dachte ich, Martin hat recht, Schichtwechsel, erst die Ausstellung, dann die wichtige Festivität, und bloß die arme Carola hat es leider nicht ganz geschafft und was verpaßt, das muß ihr ja in der Seele wehtun, daß sie den großen Augenblick der Dohmann-Reunion nicht mitbekommen hat.

»Es war wirklich sehr nett«, sagte ich.

»Dieser Martin Gräf macht ja ganz wunderbare Ausstellungen«, sagte sie harmlos, »und er ist so nett, nicht wahr?«

Wenn du wüßtest, wie nett er ist, dachte ich, er macht wunderbare Ausstellungen, und er ist auch ganz wunderbar im Bett, und man fragt sich, was er wunderbarer macht.

»Ja«, sagte ich, »wirklich sehr nett.«

Carola wechselte das Thema, nachdem hier offenbar fürs erste nichts mehr zu holen war. »Ich sah kürzlich deinen Artikel in der Marginale«, sagte sie, »sehr interessant, wirklich, Ines, es hat mich sehr interessiert. Wie schön, daß du jetzt für die schreibst.«

Ich stimmte ihr zu, während ich heißes Wasser über die Kamillenblüten goß.

»Hast du nicht Lust, nächste Woche zu einem kleinen Fest zu uns zu kommen?« fragte sie. »Du kannst auch gerne jemanden mitbringen.«

Klar, dachte ich, den netten Herrn Gräf, den meinst du doch. Die arme kleine Ines ist anscheinend wieder gesellschaftsfähig, mit einem präsentablen, kunstbeflissenen Bankmanager an ihrer Seite und mit einem Artikel in der Marginale, und Rüdiger und Clarissa haben erzählt, wie nett es war, und da kann man doch tatsächlich wieder daran denken, sie einzuladen.

»Ich weiß noch nicht, ob ich da kann«, sagte ich, »aber vielen Dank.«

»Ich würde mich jedenfalls sehr freuen«, sagte Carola noch herzlicher, »und bring mit, wen du magst.«

Mir fiel plötzlich ein, daß ich heute den halbjährlichen Termin bei meiner Gynäkologin hatte, und Panik überfiel mich, denn sie ist eine übriggebliebene Preußin, die ihre Patientinnen in Furcht und Schrecken hält und sehr unangenehm werden kann, wenn man zu spät kommt oder, Gott behüte, einen Termin versäumt und ihre ganze Organisation durcheinanderbringt.

Ich sagte: »Carola, ich muß aufhören, ich habe einen Arzttermin, tschüs«, und legte auf und raste ins Bad, um mich zu säubern und in eine Form zu bringen, die den hohen Ansprüchen meiner Ärztin genügen würde. Ich trank keinen Tee mehr und nahm mir ein Taxi, damit ich nicht rennen mußte und womöglich ins Schwitzen geriet und infolgedessen nicht mehr klinisch sauber und frisch auf ihrem Untersuchungsstuhl landete.

Ich schaffte es, Punkt elf dort zu sein, so frisch wie eine Blüte und so ordentlich und adrett wie ein preußischer Grenadier, und sie zwang sich sogar ein kleines Lächeln ab, als sie mich begrüßte. Sie ist auch sehr genau und gründlich, und man muß immer detailliert Bericht erstatten, über eventuelle Beschwerden gynäkologischer oder sonstiger Art, Verhütung ja oder nein, Tabletteneinnahme ja oder nein, Blutdruck, letzte Periode und überhaupt die ganze Lebensweise.

»Und nun die Untersuchung«, sagte sie, und ich verschwand hinter dem Wandschirm und bemühte mich, schnell aus meinen Kleidern zu kommen, damit sie auch ja keine Zeit verlor und womöglich ungeduldig wurde. Ich kletterte so ungraziös wie immer auf den Stuhl, legte mich zurecht, versuchte mich zu entspannen, damit sie nicht tadelnd sagen mußte »bitte entspannen« und machte mich auf den minutiösen Bericht über mein Innerstes gefaßt, den sie immer abliefert, während sie untersucht.

Sie sagte gar nichts. Sie schaute und untersuchte und schaute und untersuchte, und mir wurde angst. Wahrscheinlich habe ich Krebs, dachte ich, Krebs letztes Stadium, die Strafe der Götter, weil ich mich so ungehemmt der Lust hingegeben habe und überhaupt so ein schlechter Mensch bin, und sie überlegt nur noch, wie sie es mir beibringen soll.

»Wann, sagten Sie, war die letzte Periode?«

Ich nannte das Datum, drei Wochen war es her, und fragte: »Ist etwas?«

»Das kann man wohl sagen«, sagte sie und sah mich vorwurfsvoll an: »Sie sind schwanger, Anfang dritter Monat, würde ich sagen.«

Ich fuhr hoch und starrte sie an. Meine Hände umkrampften die Armlehnen, und ich muß ziemlich idiotisch ausgesehen haben, wie ich so dasaß, mit den Füßen in der Luft und dem starren Blick. »Nein!« sagte ich.

»Doch«, sagte sie, »wir machen natürlich noch den Test, aber ich weiß doch, was ich sehe.«

»Aber das kann nicht sein!« sagte ich. »Ich bin noch nie schwanger geworden, und ich habe verhütet, und ich habe doch meine Periode!«

»Alles kein Hinderungsgrund«, sagte sie, mit einem ganz kleinen sadistischen Schimmer in den Augen. »Es gibt so viel zwischen Himmel und Erde...« Aber dann wurde ihr preußisches Herz bei meinem Anblick doch ein bißchen weicher. »Kommen Sie erst mal da runter«, sagte sie und bot mir sogar die Hand, damit ich nicht ganz so elefantenmäßig herunterstolperte. »Wir untersuchen noch die Brust.«

»Vergrößert«, sagte sie, »haben Sie das nicht gemerkt?« Ich hatte es gemerkt, aber ich hatte gedacht, daß die kurmäßige Anwendung körperlicher Liebe vielleicht zu Brustvergrößerungen führen könnte, und war sehr zufrieden gewesen, daß ich nun nicht mehr ganz so kleinbusig war.

»Und die Periode?« fragte sie. »War sie stark?« Sie war nicht stark gewesen, noch schwächer als sonst, aber warum hätte ich mir darüber Gedanken machen sollen?

»Also«, sagte sie, als ich wieder angezogen war und zumindest äußerlich geordnet vor ihr saß. »Wir machen jetzt den Test, und für morgen gebe ich Ihnen einen Termin, da kommen Sie wieder. Ich halte immer einen Zeitraum für Notfalltermine frei«, schloß sie und betrachtete befriedigt ihren Terminkalender. Ich sagte nichts, weil ich nicht denken konnte, und was soll man dann sagen? Ich sah sie nur an.

»Kommen Sie erst mal zur Ruhe«, sagte sie, als sie meinen leeren Blick sah, und dann wurde sie direkt menschlich: »Wir werden das schon machen, Frau Dohmann, morgen besprechen wir alles, Sie werden sehen, wir finden einen Weg.« Sie stand auf und schüttelte mir die Hand und sagte »Auf Wiedersehen«. Ich tat dasselbe und ging hinaus und die Treppe hinunter und trat auf die Straße und ging weiter: Ines Dohmann, einundvierzig, alleinstehend, schwanger, Roboter.

Ich ging immer weiter, bis ich an einen kleinen Park kam, mit einem Kinderspielplatz, und da setzte ich mich auf eine Bank und sah den spielenden Kindern zu, was sehr sinnig war, aber diese tiefe Sinnhaftigkeit kam mir gar nicht zu Bewußtsein.

Schwanger, dachte ich, also doch, die Strafe der Götter, nicht so schlimm wie Krebs, das nicht, sie haben dir nicht gleich die Todesstrafe zugeteilt, aber gestraft haben sie dich doch. Du bist übermütig geworden, Ines, hoffärtig, eingebildet, du warst so stolz auf dich, weil du es geschafft hast, so gut geschafft, aus der Scheiße mit Rüdiger und Clarissa und dem Kind und allem wieder rauszukommen, du hast dich so toll gefunden, zu toll, Hybris nennt man so was, und dann hast du dich ständig mit einem Mann im Bett rumgewälzt, ohne Liebe, bloß Lust und Gier und Geilheit, so war es doch, und das ist die Strafe dafür. Du bist einundvierzig und schwanger und kriegst ein Kind, das du nicht willst, von einem Mann, den du nicht liebst. Das hast du nun davon!

XV

Irgendwann stand ich von der Bank auf und ging nach Hause. Es war ein weiter Weg zu Fuß, aber was machte das, ich brauchte sowieso Zeit zum Nachdenken. Es war seltsam zu wissen, daß da noch jemand in mir drin war, und ich setzte meine Füße vorsichtiger und achtete darauf, nicht zu stolpern. Komisch, daß ich gar nichts gemerkt habe, nicht mal übel ist mir, angeblich ist einem morgens doch immer so schrecklich übel. Vielleicht hat sich die Ärztin ja doch geirrt, dachte ich, aber dieser Gedanke brachte wenig Hoffnung. Sie hätte nichts gesagt, wenn sie sich nicht ganz sicher gewesen wäre, einfach deshalb, weil es sie umbringen würde, einen Irrtum eingestehen zu müssen.

Du bist wirklich schwanger, Ines, da beißt die Maus keinen Faden ab, wie Frau Niedermayer sagt, das hast du nun davon. Aber mit dem »das hast du nun davon« wirst du auf die Dauer nicht weit kommen, also vielleicht überlegst du dir mal, was du nun tust. Vielleicht denkst du mal ganz genau darüber nach.

Abtreiben oder es kriegen, das ist ja wohl die Alternative, dachte ich, aber angesichts dieser Alternative setzte meine Gehirntätigkeit schon wieder aus. Die Vorstellung, es abtreiben zu lassen, fand ich schrecklich, aber die Vorstellung, dick und rund zu werden und mit zweiundvierzig ein Kind zu kriegen, gefiel mir auch nicht viel besser. Ich denke jetzt erst mal nicht darüber nach, beschloß ich, ich gehe jetzt erst mal nach Hause.

Aber das half nicht viel. Ich saß zu Hause, denken konnte ich immer noch nicht, etwas anderes tun auch nicht, und wenn ich durch die Wohnung ging, dann stand vor meinem geistigen Auge im Schlafzimmer ein Gitterbett und im Bad ein Wäscheständer voller Strampelhöschen, und im Wohnzimmer lagen Bauklötze auf dem Boden. Ich muß wieder raus hier, dachte ich, ich muß mit jemandem reden, ich gehe zu Rebekka.

Rebekka war munter und zufrieden. Sie hatte gerade ein umfangreiches Teegeschirr an eine Stammkundin verkauft, eine wohlhabende Professorenfrau, die ein Faible für Keramik hatte und infolgedessen eine der Säulen des Unternehmens bildete.

»Ich kaufe uns jetzt was Feines zu essen«, sagte sie, »Sophia kommt nämlich gleich. Paßt du hier auf?« Sophia gehört zu den Menschen, die sich gerne regelmäßig ernähren, und so lebte Rebekka neuerdings von etwas mehr als Wurstsemmeln, Tee und Erdbeersekt. Balu begleitete sie würdig bis zur Ladentür, kehrte dann aber sonderbarerweise um und ließ sich vor mir nieder, legte die Schnauze flach auf den Boden und sah mich an. Seine Augen sprachen eine fließende Sprache.

»Na, du graues Tier«, sagte ich, »jetzt kommst du bestimmt morgens wieder zu mir und fragst mich, wie zum Teufel ich mir das alles vorstelle und was zum Teufel ich zu tun gedenke.«

Reg dich bloß ab, du kleine Blindschleiche, sagte Balu. Du hast bis jetzt alles geschafft, du wirst das doch auch noch schaffen.

»Das sagst du so«, sagte ich, »ein Kind kriegen, das ist ein bißchen was anderes.«

Es ist doch völlig normal, Junge zu kriegen, sagte Balu.

»Aber nicht in meinem Alter«, wandte ich ein.

Besser spät als nie, sagte Balu, denk an mich.

Er war tatsächlich auch erst in hohem Alter Vater geworden. Rebekka hatte immer behauptet, er wüßte einfach nicht, wie es anzustellen sei, er würde es immer an der Schulter der betreffenden Dame probieren, und so konnte es ja nichts werden. Aber dann traf er eine wunderbar blonde Schäferhündin namens Natascha, und da wußte er plötzlich, wie es ging, und als Nataschas Frauchen die beiden erwischte, war es schon zu spät. Nataschas Frauchen war stocksauer gewesen, aber als die Jungen kamen, waren sie so süß, daß sie es nicht übers Herz brachte, sie zu töten. Sie hatte zwei abgegeben und das dritte behalten, und nun besuchte Balu manchmal seine Frau und sein Kind.

Man kann ja Hunde und Menschen nicht vergleichen, dachte ich, aber irgendwie ist es schon ähnlich, keiner wollte die Kleinen, aber dann sind sie doch gekommen, und nun sind alle glücklich und zufrieden. Vielleicht ist es bei mir auch so: Jetzt will ich das Kind nicht haben und kann mir gar nicht vorstellen, wie ich das alles machen soll, aber nachher bin ich vielleicht sehr glücklich und kann mir gar nicht vorstellen, daß es anders wäre.

»Vielleicht hast du recht«, sagte ich zu Balu.

Aber sicher habe ich recht, sagte er und schloß zufrieden die Augen.

»Du siehst so anders aus heute«, sagte Rebekka, während sie Salate in Schüsseln und den Aufschnitt auf einen Teller tat und Semmeln und Butter dazustellte. »Ist irgendwas?«

Jetzt hätte ich es ihr erzählen können, aber ich brachte es nicht über die Lippen. Ich bin ja sonst nicht so, ich kann den Laden stürmen und platt verkünden, daß ich mit einem Mann geschlafen habe, den ich nicht liebe, aber ich konnte mir nicht vorstellen, zwischen Salaten und Wurstaufschnitt davon zu reden, daß ich ein Kind bekam.

»Mir war nur vorhin ein bißchen komisch, aber jetzt ist es schon besser«, sagte ich.

»Du hast sicher noch nichts gegessen, nicht wahr?« sagte Rebekka. »Nimm dir schon mal was, Sophia muß auch gleich da sein.«

Sophia kam und prunkte in einem dunkelblauen Gewand, das genau die Farbe ihrer Augen hatte und wunderbar aussah zu ihren weißblonden Haaren. Rebekka betrachtete sie stolz: »Ich habe ja gesagt, Blau ist genau das Richtige für sie«, sagte sie sotto voce zu mir. Sophia hatte ihre neueste Ohrringkollektion mitgebracht, die gerade fertig geworden war: lauter große und großartige Gehänge, silber- und goldfarben, mit grauen, schwarzen, glitzernden, aber auch vielen farbig leuchtenden Steinen im Rebekka-Look. Dann gab es noch ein Paar, das aus dem Rahmen fiel, sie waren kleiner, was nur bedeutete, daß sie einem nicht gerade um die Schlüsselbeine klimperten, silberfarben und mit grünen Steinen in einer ungewohnten Farbe.

Sophia hielt sie mir an. »Siehst du«, sagte sie mit ihrem hübschen schwedischen S zu Rebekka, »sie passen genau. Ich habe sie für dich entworfen, Ines, du magst es ja ein bißchen kleiner, und dieses Grün, das ist genau deine Augenfarbe, das habe ich gut getroffen.«

Ich sagte schwach »Danke, Sophia«, klipste mir die Gehänge an die Ohren und hätte fast geweint. Ich wußte immer noch nicht, was ich tun sollte, denken konnte ich auch noch nicht wieder, aber es half schon ein bißchen, mit einem vernünftigen Hund ein vernünftiges Gespräch zu führen, eigens für einen entworfene Ohrringe geschenkt zu bekommen und mit zwei liebenswürdigen Frauen Salate und Wurstsemmeln zu essen.

»Geht es dir wieder besser, Ines?« fragte Rebekka.

»Ja, viel besser«, sagte ich, »das war jetzt genau das Richtige, und besonders die Ohrringe, die haben mir sehr gut getan. Ohrringe sind überhaupt die beste Therapie, würde ich sagen, für alles und jedes.«

Wir redeten noch ein bißchen über die Ohrring-Therapie, und Sophia überlegte, welche spezielle Form therapeutische Ohrringe haben müßten, und Rebekka dachte natürlich über die Farben nach, die heilend wirken könnten, und welche Farbe bei welchem Problem helfen könnte.

Aber ich muß jetzt doch mal mit jemandem reden, dachte ich, hier geht es einfach nicht, vielleicht mit Elisabeth, das wäre eine Möglichkeit. Ich rief sie vom Laden aus an, und sie war etwas überrascht, daß ich sie so spontan besuchen wollte, aber sie hatte nichts dagegen. Also küßte ich Sophia zum Dank für die Ohrringe und Rebekka zum Dank für das Essen und überhaupt, und machte mich auf den Weg, wieder zu Fuß, es war der Tag des Zufußgehens, die schwangere Fußgängerin durchstreift die Stadt auf der Suche nach einer Lösung.

»Das ist überraschend, Ines«, sagte Elisabeth, als sie mir die Tür öffnete, »aber ich freue mich sehr, dich zu sehen. Gibt es etwas Besonderes?«

»Eigentlich nicht«, sagte ich, denn ich konnte ja nicht zwischen Tür und Angel damit herausplatzen, daß ich mich am Anfang des dritten Monats befand, »ich wollte dich einfach mal besuchen.« Elisabeth hatte einen edlen Teetisch gedeckt, mit feinen Petits fours und schottischen Butterkeksen und feinem Kamillentee, und ich setzte mich hin und aß schon wieder. Du mußt ja jetzt für zwei essen, dachte ich, was ein blöder Gedanke war, nachdem ich noch gar nicht wußte, ob dieses Kind je das Licht der Welt erblicken würde.

Ich zeigte ihr meine neuen Ohrringe und erzählte von Rebekka und Sophia. Elisabeth kennt Sophia, denn sie läßt bei Rebekka arbeiten, Blumenübertöpfe und Aschenbecher und Obstteller, genau passend zu ihrer Einrichtung, in diesen ganz zarten Pastellfarben, die Rebekka so nervös machen, aber was tut man nicht alles, wenn es um die Kohle geht. Sie weiß, daß Rebekka und Sophia einander in lesbischer Liebe zugetan sind, aber dieses Faktum gehört zu denen, die sie mit einem distanzierten »Ach« quittieren würde, wenn man davon spräche. Sie ist bereit, es zu akzeptieren, nach ihrem Motto »leben und leben lassen«, aber sie würde nie darüber reden. Sie sagte: »Wirklich nett, diese Sophia«, und zeigte mir dann ihre neueste Errungenschaft von Rebekka, speziell für sie angefertigte Keramik-Türknöpfe für ihre Küchenschränke, in einem ganz besonderen zarten Blau, das Rebekka vermutlich Übelkeit verursacht hatte.

Ich suchte die ganze Zeit nach einem Moment, wo es passen würde, ihr zu sagen, daß ich schwanger war, aber ich fand ihn nicht. Wenn ich jetzt sage »Ich bekomme ein Kind«, was sagt sie dann, überlegte ich, »aha« wahrscheinlich, und was sage ich dann? Daß ich noch nicht weiß, ob ich es kriege oder nicht, und daß ich eigentlich überhaupt nicht weiß, was ich jetzt tun soll? Und dann denkt sie wahrscheinlich daran, daß ich das Kind von »diesem Mann« kriege, diesem obskuren Filialleiter, dem ich in sexueller Hörigkeit anhänge, und das habe ich nun davon. Das wird sie sicher nicht sagen, wahrscheinlich wird sie sagen »Das mußt du selbst entscheiden, mein Kind«, womit sie ja recht hat, aber was habe ich davon?

Ich wußte plötzlich, daß ich mit ihr nicht darüber reden konnte, obwohl ich sie liebte und sie mich, und obwohl sie mir schon so oft geholfen hatte und immer für mich da war. Aber es tat wohl, in ihrem schönen, geschmackvollen Zimmer zu sitzen und mit ihr zu plaudern und am späten Nachmittag noch ein Gläschen Champagner zu trinken. So ein bißchen Champagner, das kann dem Kind nicht schaden, dachte ich, Champagner ist einfach das Beste und Sauberste.

Ich wanderte wieder nach Hause, langsam und bedächtig, und mit etwas leichterem Kopf und Herzen, was sicher auch am Champagner lag. Mit Maria reden, überlegte ich, nein, das geht auch nicht, mit Carola schon gar nicht, mit meinem Vater überhaupt nicht, der kriegt höchstens wieder einen Herzinfarkt, und was ist mit Martin? Martin hat ja schließlich am meisten damit zu tun, aber mit Martin reden ist völlig ausgeschlossen, noch ausgeschlossener als bei den anderen, ich weiß auch nicht warum.

Ich schloß die Haustür auf, öffnete den Briefkasten, der leer war, ging die Stufen hinauf, die zum Treppenhaus führten, und da wußte ich, mit wem ich reden würde. Ich klingelte bei Frau Niedermayer, sie öffnete, und ich sagte: »Darf ich Sie einen Moment stören, Frau Niedermayer? Ich muß unbedingt mit Ihnen reden.«

»Sie stören mich nie«, sagte sie. »Setzen Sie sich schon mal rein, ich hole nur eben den Kaffee.« Es gibt keine Tages- oder Nachtzeit, zu der Frau Niedermayer keinen heißen Kaffee hätte, in der scheußlichsten Thermoskanne, die man sich denken kann, ein Riesending in Beige mit braunem Blumenmuster, und oben ist ein Henkel dran und eine Art Pumpe, auf die man drücken muß, damit der Kaffee aus dem Schnabel fließt.

»Sie sehen so blaß aus«, sagte sie, »haben Sie schon gegessen?«

Ich sagte, ich hätte wahrhaftig schon gegessen, genug für zwei, fügte ich in Gedanken hinzu, und sie goß den Kaffee ein, setzte sich zurecht und sah mich erwartungsvoll an.

»Ich bekomme ein Kind«, sagte ich.

»Das ist ja schon mal was Gutes«, sagte sie.

»Finden Sie?« fragte ich.

»Natürlich«, sagte sie, »außer man ist so ein ganz junges Ding und hat sich verführen lassen oder ist vergewaltigt worden, oder man hat schon fünf und nichts zu beißen und weiß nicht, wovon man's ernähren soll. Aber so ist es ja bei Ihnen nicht.«

Da hatte sie recht. »Sie meinen, ich soll es bekommen?« fragte ich dumm.

»Aber natürlich«, sagte sie und nickte nachdrücklich.

»Aber wie soll ich das machen?« fragte ich.

»Da brauchen Sie doch nichts zu machen, Frau Dohmann«, sagte sie und lachte, »das lassen Sie man die Natur machen. Obwohl –« sie überlegte, »ganz können wir das der Natur auch nicht überlassen. Eine Amniozentese ist nötig.«

Was zum Teufel ist eine Amniozentese, dachte ich, vielleicht die Überprüfung des Haushalts auf umweltfeindliche Gegenstände und Substanzen, die dem Kind schaden könnten?

Mein Part in diesem Dialog war ja ohnehin der, dumme Fragen zu stellen: »Was ist eine Amniozentese?« fragte ich.

225

»Eine Untersuchung des Fruchtwassers«, sagte sie, als hätte sie in ihrem Leben nie etwas anderes getan, als Fruchtwasser zu untersuchen, »bei Spätgebärenden ist das nötig, um herauszufinden, ob das Kind behindert ist. Es ist nicht ungefährlich für das Kind, aber Sie sollten es machen.«

Frau Dr. med. gyn. Heike Niedermayer, dachte ich, Politik, Umweltschutz und nun noch die Gynäkologie, sie weiß aber auch alles.

Ich wußte nicht mehr, was ich sagen sollte. Sie fand es einfach gut, daß ich schwanger war, sie fand es ganz natürlich, daß ich das Kind bekam, nur mußte ich natürlich vorher eine Amniozentese machen, und das war's. Sie sah anscheinend keine Probleme, und sie kam auch nicht auf die Idee, daß ich auch eine Abtreibung machen könnte.

»Sind Sie gegen Abtreibung?« fragte ich.

»Da bin ich überhaupt nicht gegen«, sagte sie, »aber nur, wenn es unbedingt nötig ist. Und bei Ihnen ist es doch nicht nötig, oder? Sie sind kein junges Ding mehr, Sie sind nicht vergewaltigt worden, Sie haben eine Wohnung und verdienen Geld und können das Kind ernähren. Und dann ist da ja noch der Vater, der muß ja auch dazu helfen.«

Nein, ich bin wahrhaftig nicht vergewaltigt worden, dachte ich, ganz im Gegenteil, so außerordentlich freiwillig hat sich wohl kaum je eine Frau mit einem Mann ins Bett geworfen, und so hat es wohl auch kaum je eine Frau genossen, was dann in diesem Bett passiert ist. Ich dachte etwas genauer daran, was in meinem Bett passiert war, und wurde rot bei dem Gedanken. Und daraus entsteht nun ein Kind, die Frucht der Liebe, dachte ich, auch wenn es nur körperliche Liebe war, und kannst du hingehen und wegmachen lassen, was daraus entstanden ist, nein, das kannst du nicht, das geht einfach nicht.

»Na, nun sehen Sie schon viel besser aus«, sagte Frau Niedermayer aufmunternd, »Sie haben richtig Farbe gekriegt.«

Wenn du wüßtest, weswegen, dachte ich und lächelte sie an. Sie lächelte auch, und ihrem Lächeln war zu entnehmen, daß sie sehr wohl wußte, weswegen.

»Ich bin nur gar nicht verliebt in ihn«, sagte ich zu meinem großen Erstaunen, denn über dieses Problem hatte ich noch mit niemandem gesprochen. »Ich habe nur so gern mit ihm geschlafen.«

»Das ist doch in Ordnung«, konstatierte Frau Niedermayer so selbstverständlich, als wären Bumsverhältnisse ihr täglich Brot. »Man kann ja nicht immer alles auf einmal haben. Liebe ist Liebe, sage ich immer, und wenn es nur die eine Sorte Liebe ist, dann ist das auch schon was. Hauptsache Liebe. Manchmal kriegt man auch alles auf einmal, aber –« Ihr Blick glitt zu dem Foto auf der Anrichte, und ich wußte, daß sie daran dachte, daß sie alles gehabt und es verloren hatte. Liebe ist Liebe, dachte ich, Hauptsache Liebe, und es ist ein Kind dieser Liebe, und das ist doch eigentlich etwas Schönes, oder? Und dann fing ich an zu weinen.

»Das ist gut«, sagte Frau Niedermayer und strich mir über den Arm, »nun weinen Sie mal ordentlich, das hilft.« Sie holte eine Packung Papiertaschentücher aus der Anrichte, legte sie vor mich hin und verschwand in der Küche. Ich weinte richtig schön, mit lautem Schluchzen und Tränenbächen, und mein Kopf wurde leicht und mein Herz auch, und ich dachte nur immer: Liebe ist Liebe.

Frau Niedermayer kehrte mit zwei Gläsern zurück: »So ein bißchen feiern müssen wir das ja nun doch«, sagte sie. Sie hatte in einem großen Glas Bier und Limonade für sich gemischt, und in einem kleinen Orangensaft und Sekt für mich, »aber nur ganz wenig Sekt und viel Apfelsinensaft«. Wir stießen mit diesem seltsamen Gläserpaar an, und dann sagte sie: »Nun machen Sie erst mal die Amniozentese, Frau Dohmann. Und wenn da was nicht in Ordnung ist, dann sollte es wohl nicht sein, und wenn alles stimmt, dann soll es sein, gell?«

Ihr »gell« hob meine Stimmung noch mehr, und ich lachte und sagte: »Sie haben ja recht. Liebe ist Liebe, und wenn alles stimmt, dann soll es wohl so sein.«

Ich blieb nicht mehr lange, ich ging bald nach oben. »Ordentlich schlafen«, hatte Frau Niedermayer noch gesagt, »das brauchen Sie jetzt«, und »Sagen Sie mir Bescheid, wenn Sie etwas wissen«. Ich hatte sie umarmt und ihr gedankt, und war wieder am Rande der Tränen gewesen, aber sie hatte jeden Dank abgelehnt und nur gesagt »das war ja wohl klar«.

Ich machte mir eine große Kanne Kamillentee und ließ mir ein Schaumbad ein, und dann lag ich in der Badewanne und konnte das erste Mal an diesem Tag wieder richtig denken.

Morgen gehe ich zur Ärztin, und dann machen wir die Amniozentese, und dann werden wir ja sehen, ob es sein soll oder nicht. Vorher erzähle ich niemandem davon, bevor ich nicht sicher weiß, daß ich das Kind auch kriege. Hoffentlich wird es ein Mädchen, dachte ich, ein Mädchen wäre mir das liebste. Sie müßte Martins rotblonde Locken haben und meine grünen Augen, mein Gott, wäre das ein schönes Kind, rote Locken und grüne Augen, das ist das Schönste, rote Haare hätte ich auch so gerne gehabt. Vielleicht nenne ich sie Elisabeth, überlegte ich, den Namen habe ich schon immer gemocht, und Elisabeth würde sich freuen und vielleicht ihre Patentante werden. Obwohl, Rebekka wäre auch kein schlechter Name, oder Judith oder Agnes...

Jetzt hör auf zu spinnen, Ines, ermahnte ich mich, noch weißt du nicht, ob du sie kriegen kannst, und schon gibst du ihr Namen und stattest sie mit roten Locken und grünen Augen aus, und nachher hat sie Martins blaue Augen und deine glatten, aschblonden Haare, und was sagst du dann?

Und was ist mit dem Geld, fragte ich mich und trank einen Schluck Kamillentee. Jetzt haben wir Anfang Juni, ich bin Anfang dritter Monat, sagt die Ärztin, also ungefähr plus sieben Monate, und ich zählte die Monate an den Fingern ab und kam auf Januar. Also ungefähr im Januar, dachte ich, da ist die Geburt, und dann zahlt Rüdiger gerade noch ein halbes Jahr, und wovon will ich dann leben und all die Windeln kaufen und so? Von tausend Mark »Bleib gesund« im Monat und jedes Viertel- oder Halbjahr fünfzehnhundert von »Marginale«? Aber ich beschloß, darüber ein andermal nachzudenken und heute nicht auch noch die Finanzplanung zu machen mit Finanzen, von denen ich noch nicht einmal wußte, wo sie herkommen sollten. Außerdem fiel mir der Barockschrank ein, der nette alte Barockschrank in meinem Flur, den Rüdiger mir aufgehalst hatte und der so viel Geld wert war. Danke, Rüdiger, dachte ich, du hast mich zwar um den Ausgleich des Zugewinns betrogen, immerhin 500 000 Mäuse, wenn man Elisabeth glauben darf, aber wenigstens hast du mir diesen Barockschrank angehängt, und wenn alle Stricke reißen, dann werde ich mich und das Kind eine ganze Zeitlang mit dem Barockschrank deiner Eltern durchbringen.

Ich betrachtete meine Zehen und überprüfte, ob sie alle noch einzeln wackeln konnten. Ich strich über meinen Bauch, der noch ganz flach war, und über meinen Busen, der eindeutig vergrößert war und der sich infolge der kurmäßigen Anwendung körperlicher Liebe noch mehr vergößern würde. Im Grunde hatte ich ja recht gehabt, die Vergrößerung war im weiteren Sinne eine Folge dieser Kur. Martin wird das gefallen, dachte ich, nicht daß er meinen kleinen Busen nicht mag, aber kürzlich hatte er mal gesagt: »Mhm, der fühlt sich ja ganz anders an.« Der wird sich noch sehr viel anders anfühlen, Martin, das kann ich dir sagen.

Moment mal: Martin, was wird Martin überhaupt tun, wenn ich ihm sage, daß ich ein Kind von ihm bekomme? Vielleicht macht er die Fliege, vielleicht ergreift er das Hasenpanier, vielleicht sieht er zu, daß er wegkommt, das tun ja viele Männer unter diesen Umständen. Er hat schon zwei Kinder, und er ist wahrscheinlich nicht gerade scharf darauf, noch eins angehängt zu bekommen. Was mache ich dann, dachte ich, das wäre schrecklich: Nicht mehr mit ihm schlafen, nicht mehr mit ihm reden, ihn nicht mehr sehen, furchtbar wäre das. Aber wenn es denn so kommt, dann soll es wohl so sein, wie Frau Niedermayer sagt, und dann habe ich ja das Kind, ein Kind und keinen Mann, das ist immerhin mal was anderes.

Es könnte natürlich auch sein, daß er sich freut, überlegte ich, und mich in die Arme nimmt und küßt, und dann könnten wir Liebe in der Schwangerschaft ausprobieren, ich weiß ja alles darüber, aus Rüdigers Buch damals. Und womöglich sagt er: Laß uns zusammenziehen, mein Kind soll nicht ohne mich aufwachsen, oder er will sogar heiraten, könnte gut sein, daß er zu der altmodischen Sorte Mann gehört, die es nicht aushält, wenn ihr Kind unehelich zur Welt kommt.

Ich stellte mir vor, wie es wäre, mit Martin zusammenzuwohnen oder ihn zu heiraten, aber irgendwie gefiel mir die Vorstellung nicht. Ich sah uns auf dem Standesamt, er im dunklen Anzug und ich im wirklich schicken Umstands-Hochzeitskleid, Elisabeth als Trauzeugin und Rebekka und Maria und Hermann und Frau Niedermayer im Hintergrund. Ich sah uns jeden Morgen im gleichen Bett aufwachen und ihn jeden Abend heimkommen, ich habe schon das Abendessen gemacht, er spielt ein bißchen mit dem Kind, dann sitzen wir auf dem Sofa, er erzählt aus der Bank, und dann gehen wir ins Bett.

Ich glaube, das würde ich gar nicht wollen, dachte ich und betrachtete angelegentlich die weißen Fliesen, die vom Dampf beschlagen waren, selbst wenn er es wollte. Hoffentlich will er es nicht. Ich glaube, ich möchte am liebsten, daß es so bleibt, wie es ist, daß wir uns zwei-, dreimal in der Woche abends sehen, da kann er dann auch mit dem Kind spielen, und manchmal am Wochenende einen ganzen Tag, wenn er nicht gerade zu seiner Ex-Frau und den Kindern fährt.

Aber das wirst du alles sehen, Ines, warte erst mal die Amniozentese ab und wie Martin reagiert, dachte ich und sah auf die Kanne mit dem Kamillentee, die auf dem Klodeckel stand. Es war eine große, weiße Kanne mit Goldrand, in der Art des Jugendstil, ich hatte sie mit Rüdiger zusammen auf einem Flohmarkt gekauft, sie war ganz billig gewesen. Eines ist jedenfalls klar, dachte ich und lachte, denke an das, was Elisabeth gesagt hat, damals nach der Trennung von Rüdiger, als sie das erste Mal hier war: Champagner und Kamillentee, das ist das Beste, vor allem in schwierigen Situationen, unter diesen ganz besonderen anderen Umständen natürlich nur wenig Champagner und viel Kamillentee.

»Eben«, sagte ich und stieg aus der Wanne, »damit hast du es bis hierher geschafft, damit schaffst du es auch weiter.«

Lieber die Taube in der Hand

1. Kapitel

»Einander alles geben, einander alles sein, für alle Zeit«, sagte der Standesbeamte.

Ich sah auf den Brautstrauß. Die Gräser, die hineingebunden waren, zitterten. Kein Wunder, es war wirklich bewegend.

Der Standesbeamte holte tief Luft und wechselte vom Prediger zum Beamten: »Ich erkläre Sie für rechtmäßig verheiratet. Bitte unterschreiben Sie hier.«

Ellen reichte mir den Brautstrauß. Gelbe Rosen, grünes Blattwerk, die bewegten Gräser. Die Rosen dufteten stark.

»Und nun die Trauzeugen«, sagte der Standesbeamte, und ich gab Ellen den Strauß zurück und unterschrieb, wo sein Finger hinzeigte.

Draußen vor dem Rathaus wartete der Fotograf: »Das Brautpaar.« Er deutete auf Ellen und Dieter. »Gut. Die Brauteltern? Die Eltern des Bräutigams? Die Trauzeugen?« fragte er, und wir meldeten uns und wurden auf unsere Plätze gewiesen, und dann machte er sich daran, den Rest der Hochzeitsgesellschaft, der ohne Rang und Würden war, um uns herumzugruppieren.

»Wo ist eigentlich Rainer?« fragte Ellen und sah sich um.

»Ach, Ellen«, sagte ich, »er hat mich gestern abend angerufen, er hat die Grippe, sagt er, und es tut ihm sehr leid, und er läßt euch beide herzlich grüßen.«

»Ausgerechnet heute«, sagte Ellen, »das ist aber schade.«

»Die Braut!« rief der Fotograf. »Die Trauzeugin! Bitte sehen Sie zu mir. Und nun ganz locker. Und lächeln, bitte.«

Ich zog die Mundwinkel eisern auseinander und hielt die Augen starr geöffnet. Wenn ich ganz locker bin, während man mich fotografiert, sehe ich nachher auf dem Foto schrecklich aus.

»Was ist mit Ihrem Freund, Agnes?« fragte Ellens Mutter
hinter mir. »Kommt er nicht?«

»Leider nicht, Frau Köhler«, sagte ich. »Er ist krank.«

»Das ist ja schrecklich«, sagte sie, »was machen wir nur?
Das Gedeck –«

»Aber, Mutti –«, sagte Ellen.

»Die Braut!« rief der Fotograf. »Die Trauzeugin! Die
Brautmutter! Sehen Sie zu mir her, bitte. Und lächeln.«

Wir lächelten noch mehrfach, in verschiedenen Zusam-
menstellungen, das Brautpaar mit Eltern und Trauzeugen,
nur mit Eltern, nur mit Trauzeugen, und schließlich das
Brautpaar ohne alles, einsam und verlassen stand es auf den
Stufen des Rathauses, während wir hinübergingen zum
Gasthof, in dem die Hochzeitsfeier stattfand.

»Agnes«, sagte Frau Köhler und schob ihren Arm in meinen, »was hat er denn, Ihr Freund? So plötzlich? Das muß ja
schlimm sein.«

Angst vor Hochzeiten hat er, dachte ich. Eine schwere
allergische Reaktion auf bürgerliche Beziehungsformen hat
er. Sonst hat er nichts. Sonst ist er ganz gesund. »Es ist die
Grippe«, sagte ich. Bitte frag mich nicht weiter, dachte ich,
ich mag euch nicht mehr anlügen, schon gar nicht heute,
schon gar nicht wegen so was. »Er würde ja auch alle anstecken«, fügte ich hinzu, in der Hoffnung, ein überzeugen-
des Argument gefunden zu haben.

»Da haben Sie recht«, sagte Frau Köhler, »und Ellen ist
so anfällig, und ausgerechnet an ihrem Hochzeitstag. Aber
das Gedeck! Und ich habe keinen Tischherrn für Sie.«

»Kein Problem, Frau Köhler«, sagte ich, »das Gedeck lassen wir abräumen, da haben wir mehr Platz, und einen
Tischherrn brauche ich sowieso nicht.«

Der Festsaal des Gasthofes war groß und prachtvoll mit
seiner gewölbten Decke, die von Säulen getragen wurde, und
der hufeisenförmige Tisch war üppig gedeckt und überreich
mit gelben Rosen geschmückt.

»Schön«, sagte ich.

»Nicht wahr?« sagte Frau Köhler. »Die Tischdekoration ist von mir, das habe ich mir nicht nehmen lassen. Ich war Floristin vor meiner Ehe, wissen Sie.«

Bißchen viel Flora, dachte ich, vor lauter gelben Rosen wird man das Essen kaum erkennen können.

»Da sind wir also Tischnachbarn«, sagte Frau Köhler, nachdem Rainers Gedeck abgeräumt worden war und alles wieder seine Ordnung hatte, »das ist auch nett, nicht wahr, Agnes?« Ihr Blick schweifte über die Tafel. »Haben alle ihren Aperitif? Herr Ober! Haben alle ihren Aperitif bekommen? Gut. Und mit der Vorspeise warten Sie ein bißchen, und keine Störungen bitte, mein Mann hält jetzt seine Rede.«

Herr Köhler wollte keine Rede halten, sagte er, nur eine kleine Begrüßungsansprache, und das gleich, dann hatte er es hinter sich und wir auch, dann konnte man sich ganz dem Essen und Feiern widmen, er wünschte seiner Tochter und ihrem Mann alles Gute für den gemeinsamen Lebensweg und uns allen ein fröhliches Fest. Wir klatschten heftig, und dann kam die Vorspeise, und wir widmeten uns ganz dem Essen, was es verdiente, es war sehr gut, und ich war besonders privilegiert, ich erfuhr bei jedem Gang, welche anderen Gerichte noch zur Auswahl gestanden hatten und warum Frau Köhler sich nicht für sie, sondern für eben dieses entschieden hatte, das nun vor uns stand.

Zum Eis gab es Champagner. »Laß uns anstoßen, Agnes«, sagte Ellen, »nur wir zwei. Weißt du noch, deine Hochzeit, vor zwanzig Jahren? Damals war ich deine Trauzeugin, und damals habe ich mir gedacht, wenn ich heirate, bist du meine. Es hat ein bißchen gedauert, nicht?« Sie lachte. Wir stießen an. »Auf dich, Ellen«, sagte ich, »auf dich und Dieter.« Wir tranken.

»Ich hätte Achim auch gerne dabeigehabt«, sagte sie, »aber ich konnte seine Frau doch nicht einladen, wir kennen uns ja gar nicht. Und er ganz allein, und du und Rainer? Wenn ich natürlich gewußt hätte, daß Rainer nicht kommt –« Die Kapelle fing an zu spielen, einen Walzer, und die Gäste riefen nach dem Brautpaar. »Na los, geh tanzen«, sagte ich.

»Walzer, nichts als Walzer an meinem Hochzeitstag«, hatte Ellen gesagt, »ich liebe Walzer«, und ich hatte begeistert zugestimmt, ich liebe Walzer auch. Und wirklich, die Kapelle spielte nur Walzer, einen nach dem anderen, und was mich betraf, so hätte sie mich ebensogut foltern können, denn wenn es zum Schönsten auf der Welt gehört, Walzer zu tanzen, dann gehört es zum Schrecklichsten, dazusitzen und nicht tanzen zu können und zuzusehen, wie andere Walzer tanzen.

Beim dritten Walzer kam Herr Köhler zu mir. Ich hatte gesehen, wie seine Frau mit ihm geredet und mit dem Kopf in meine Richtung gedeutet hatte. »Darf ich bitten, Agnes?« Er tanzte sehr behäbig und machte die ganze Zeit höfliche Bemerkungen, und da er etwas schwerhörig war, mußte ich meine höflichen Antworten mehrmals wiederholen, bis er sie verstand.

Beim fünften Walzer kam Dieter, mit ihm war gut tanzen, aber kaum hatten wir uns ein paarmal gedreht, da stand schon eine Frau neben uns und rief: »Ein Tanz mit dem Bräutigam«, und ich mußte zurücktreten und sah mich hoffnungsvoll nach ihrem Partner um, aber es war keiner da, er war wahrscheinlich auf die Toilette gegangen oder an die frische Luft. Du blöde Kuh, dachte ich und kehrte an meinen Platz zurück.

Beim achten Walzer kam Thomas, Dieters Trauzeuge, zu mir herüber. »Wie ist es, Agnes«, fragte er, »hast du Lust?« Eine dumme Frage. Natürlich, hätte ich am liebsten geschrien, »gerne«, sagte ich, her mit dir, dachte ich und stand schon auf den Füßen und war so schnell auf der Tanzfläche, daß er kaum hinterherkam. Er tanzte sehr gut, sicher und schwungvoll, er konnte auch linksherum tanzen, getröstet wiegte ich mich in seinem Arm und hoffte, daß die Kapelle noch lange weiterspielen und daß seine Frau, mit der er in ständigem Streit lag, auch heute offenbar, aufhören würde, ihn von ihrem Platz aus so finster anzustarren. Aber der Walzer war noch nicht zu Ende, da sagte er entschuldigend: »Ich glaube, ich muß mal nach Caroline sehen«, und brachte mich zurück zu meinem Stuhl. Nun gab es zwei Frauen, die ihn finster anstarrten. Du Feigling, dachte ich, du knochenlose Qualle, es geschieht dir ganz recht, daß sie dir die Hölle heiß macht.

Die Kapelle spielte immer weiter, unbedacht und unbefangen vertiefte sie meine Qual, keiner kam mehr, alle Paare tanzten oder saßen zusammen am Tisch. Alle Frauen hatten einen Mann, mit dem sie tanzen konnten, alle hatten einen, der bei ihnen war in den Tanzpausen und sich lachend und atemlos mit ihnen unterhielt. Oder nur neben ihnen saß, in die Betrachtung der Tanzenden versunken, wie der dicke Mann da drüben, oder stumm und unsicher, wie Thomas neben seiner Frau. Aber jedenfalls hatten sie einen, der neben ihnen saß. Ich hatte keinen. Keinen, der mit mir tanzte, keinen, der mit mir sprach, keinen, der neben mir saß.

Ich saß da und versuchte ein fröhliches und entspanntes Gesicht zu machen, so, als wäre mir nichts lieber, als ein bißchen dazusitzen und mich auszuruhen, so, als wäre ich froh, allein zu sein und mich nicht unterhalten zu müssen und meinen Gedanken nachhängen zu können. Ich dachte darüber nach, warum ich keinen Mann hatte.

Du hast doch einen, überlegte ich, was regst du dich auf, es ist nur zufällig heute so, daß du keinen hast, er wollte nicht mit, er mag Hochzeiten nicht, er mag feste und formale Beziehungen nicht, und Hochzeiten dienen dazu, eine Beziehung fest und formal zu machen, sie sind Gift für ihn, du kannst nicht erwarten, daß er einem solchen Schrecknis beiwohnt. Es ist alles in Ordnung, morgen rufst du ihn an und erzählst ihm, wie es war, und Freitag sehen wir uns, das ist ausgemacht. Und alles ist wieder wie immer.

Ist alles in Ordnung, wenn alles wieder wie immer ist? Hast du dann einen Mann? Was hast du eigentlich? Ich sah zu Ellen, die neben Dieter stand, in ihrem cremefarbenen Kostüm, passend für die etwas reifere Braut, mit neununddreißig kann man ja nicht in wallendem Weiß mit Spitze und Schleier heiraten. Sie stand neben Dieter in einer ruhigen und sicheren Weise, angekommen und aufgehoben, klar und geordnet, und Dieter wirkte auch klar und geordnet, in seinem grauen Hochzeitsanzug mit der gelben Rose am Revers. Sie hat ihre Taube in der Hand, dachte ich, keinen Spatz mehr, eine schöne, dicke, große Taube.

»Agnes!« sagte Frau Köhler und legte mir den Arm um die Schulter. »Was sitzen Sie denn hier so allein? Sie haben sich wohl müde getanzt, wie? Aber jetzt kommt die Münchner Française, da gibt es keine Entschuldigung! Sie tanzen mit meinem Mann, er freut sich schon darauf.«

Und ich erst, dachte ich, ich kann es kaum erwarten, das Seniorentanzvergnügen.

Aber ich tat Herrn Köhler unrecht. Er konnte die Münchner Française im Schlaf, erzählte er mir, er liebte sie, dabei hatte er seine Frau kennengelernt, fünfzig Jahre war das her, im zweiten Nachkriegswinter war es gewesen, was hatten sie doch gefroren und gehungert, aber den Fasching hatten sie sich nicht nehmen lassen und auch nicht die Münchner Française, und dann – die Musik setzte ein, und Herr Köhler führte mich sicher und gewandt und gab leise Kommandos, so daß ich keinen falschen Schritt tat, und bald hatte ich mich warm und fröhlich getanzt und fing nachgerade an, Herrn Köhler zu lieben, wie er da tanzte, mit seinem stolzen Lächeln und seiner altmodischen Grandezza.

Ein einsames Klatschen ertönte, als wir zu Ende waren. Frau Köhler eilte auf uns zu und umarmte erst ihren Mann und dann mich. »Tanzt er nicht wunderbar?« rief sie aus.

»Zum Verlieben, nicht? Ich habe mich sofort in ihn verliebt, damals, als wir zum ersten Mal die Française getanzt haben.« Sie strich über seine schweißnasse Stirn. »Paß nur auf, daß du dich nicht verkühlst, Hans. Zieh dir den Mantel über, bevor du rausgehst. Kommen Sie, Agnes, wir verabschieden das Brautpaar. Wenn sie jetzt fahren, kommen sie heute abend noch bis Bozen.«

Ich ging hinter ihnen her und wurde wieder nachdenklich. So lange verheiratet, dachte ich, du lieber Himmel, und sie kann sich immer noch in ihn verlieben, bloß weil er die Münchner Française tanzt. Das ist doch was. Und was habe ich?

Ellen und Dieter winkten und riefen »Auf Wiedersehen«, während sie zum Auto gingen, und ein junger Mann griff in seine Taschen und bewarf sie heftig mit Reis. Ich finde diese Reiswerferei blöd. Wenn sie sich heute abend in ihrem Hotelzimmer ausziehen, rieselt ihnen der Reis aus den Kleidern, und sie haben das Zeug überall, auf dem Boden und im Bett, und Reis piekt bestimmt, genau wie Krümel.

»Nun hat sie ihren Brautstrauß vergessen«, sagte Frau Köhler, als wir wieder an der Hochzeitstafel standen.

»Ich möchte mich verabschieden«, sagte ich, »und vielen Dank. Es war sehr schön.«

»Ach, Sie wollen schon gehen?« Sie sah auf den Strauß. »Wissen Sie was, Agnes? Nehmen Sie den Strauß doch mit. Das hätte Ellen sicher auch gewollt, daß Sie ihn bekommen.«

Sie sprach fast so, als wäre Ellen nicht im Auto in die Flitterwochen, sondern im Sarg zum Friedhof unterwegs. Sie schien das auch so zu empfinden, denn sie zwinkerte mit den Augen, und ich wußte nicht recht, ob sie die Tränen zurückhalten oder hervorlocken wollte. »Es ist, als hätte ich eine Tochter verloren«, sagte sie.

»Dafür haben Sie einen Sohn gewonnen«, sagte ich mechanisch und erschrak sofort über das, was ich gesagt hatte.

Es stammte aus drittklassigen Hollywoodfilmen, und sie würde glauben, daß ich mich über sie lustig machte.

Aber sie lächelte mich an. »Ja, nicht wahr? Da haben Sie recht.«

Du hast schon eine Taube in der Hand, dachte ich, eine etwas ältliche, aber immerhin, und nun kriegst du noch eine dazu, eine Schwiegersohn-Taube, groß, dick, schön.

Sie griff nach dem Strauß und drückte ihn mir in den Arm. Das Wasser an den Stielen näßte durch meinen Rock und hinterließ ein kaltes Gefühl auf meinem Bauch.

»Bitte nehmen Sie ihn«, sagte sie, »tun Sie mir die Liebe. Sie kriegen ihn ganz leicht wieder frisch, anschneiden und in die Badewanne legen, in viel kaltes Wasser.« Sie küßte mich auf die Wange. »Kommen Sie gut nach Hause, Agnes, fahren Sie vorsichtig.«

Ein Brautstrauß, aber kein Bräutigam, dachte ich, während ich die Autotür aufschloß. Ich verstaute den Strauß vorsichtig auf dem Rücksitz. Nicht, daß ich unbedingt heiraten will. Keineswegs. Aber – ja, was aber, Agnes?

Ich fuhr langsam über die Landstraße nach Hause. Das Bild von den Frauen, wie sie dasaßen mit ihren Männern, tanzten mit ihren Männern, redeten mit ihren Männern, schwiegen mit ihren Männern, ging mir nicht aus dem Kopf. Das habe ich nicht, dachte ich. Nicht nur heute abend habe ich das nicht gehabt. Das habe ich nie.

Ich habe es mal gehabt, damals mit Achim. Der war ein Mann für alles, einer, der zu mir gehörte. Eine Vollzeitkraft. Der war eine Taube in der Hand. Und danach? Halbtagskräfte, Männer für dies und das, nicht für alles, nicht für immer. Spatzen. Und Rainer? Rainer ist noch nicht mal halbtags bei mir, der läßt sich nur stundenweise beschäftigen, der kommt einmal die Woche, höchstens zweimal, kaum je am Wochenende, keine Ferien zusammen, keine Feiertage zusammen, keine – Hochzeiten zusammen. Nichts Ganzes, noch nicht mal was Halbes, nichts, wovon man satt wird, nichts, wovon man warm wird. Zuwenig zum Leben, zuviel zum Sterben.

Das will ich wieder haben, verdammt noch mal, dachte ich. So eine große, fette, schöne Liebe, wie damals mit Achim. Einmal habe ich es gehabt, aber wer sagt, daß man nur eine große Liebe haben darf pro Leben? Das will ich wieder haben. Einen Mann für alles, für immer, für alle Zeit, wie der Standesbeamte gesagt hat. Keine halben Sachen mehr, keine Halbtagsmänner, Teilzeitmänner, Stundenmänner. Keine Spatzen mehr. Ich will noch mal die Taube in der Hand.

»Ich brauche einen Mann«, sagte ich.

»Kein Problem«, sagte Lea, »ich habe einen für dich, der macht dir einfach alles. Bloß Teppichbodenverlegen und Parkettabziehen, das macht er nicht so gerne. Er haßt es, auf dem Boden herumzukriechen, sagt er. Also wenn es wegen deinem Parkett ist –«

»Es ist nicht wegen meinem Parkett, es ist wegen mir. Ich brauche einen für mich.«

»Für dich?« fragte sie erstaunt und hielt im Apfelschälen inne. »Aber du hast doch schon einen. Was ist mit Rainer?«

»Ach, Rainer«, sagte ich, »das ist es ja. Ich brauche einen richtigen, einen –«

»Oh«, machte sie, »das tut mir aber leid, das wußte ich nicht. Er macht so einen vitalen Eindruck. Aber, Agnes, findest du es richtig, ihn unter diesen Umständen zu verlassen?«

»Unter welchen Umständen?«

Sie richtete den Blick fest auf den Apfel und schälte heftig: »Ich meine, wenn er… Er kann doch nichts dafür, wenn er kein richtiger – das ist doch wie eine Krankheit, eine Behinderung… Aus seelischen Gründen vielleicht?« fragte sie hoffnungsvoll.

»Oh, Gott, Lea, wovon redest du eigentlich? Er ist doch

nicht impotent. Er ist sogar ziemlich gut im Bett.« Ich ging im Geiste die Männer durch, die es in meinem Leben gegeben hatte: »Wirklich ziemlich gut. Obwohl das ein blöder Ausdruck ist, gut im Bett, findest du nicht auch?«

»Als ob es um Hochsprung ginge oder so was. Kommt er rüber oder reißt er? Und du liegst da und betest, daß die Latte hält.« Sie wurde rot und kicherte. »Na, wie auch immer, das ist nicht der springende Punkt. Obwohl, springender Punkt ist vielleicht nicht der richtige Ausdruck, es handelt sich ja wohl eher um einen stehenden Punkt, und es ist eigentlich auch kein Punkt –« Sie geriet schon wieder auf Abwege.

»Lea!« sagte ich.

»Ist ja gut«, sagte sie, »also das ist nicht das Problem. Ich bin sehr froh für Rainer, daß es das nicht ist. Aber was ist es dann? Was für einen Mann willst du dann, Agnes?«

»Einen richtigen«, beharrte ich, »einen, der immer da ist, der mich liebt, nicht nur im Bett, der mit mir Weihnachten feiert und Ferien macht und mit mir zusammenwohnt und einkaufen geht und Walzer tanzt und so. Schau, Rainer kommt einmal die Woche oder höchstens zweimal oder gar nicht. Wenn ich großes Glück habe, bleibt er mal übers Wochenende, aber das ist ihm eigentlich schon zu eng, er braucht ja seinen Raum für sich, er braucht ja seine Zeit für sich. Und er würde sich eher aufhängen lassen, als mit mir in Ferien zu fahren.«

Ich hackte mit dem Messer in die Apfelstückchen, die auf dem Schneidebrett lagen. »Soll ich dir mal was sagen? Eigentlich bin ich eine bessere Nutte. Eine bessere? Eine schlechtere bin ich, keine Nutte wäre so dumm, sich für diesen Superservice nicht bezahlen zu lassen. Der Mann braucht nur anzurufen und einen Termin auszumachen, und schon kriegt er ein gutes Essen und gute Gespräche und gute Beratung, falls er berufliche Probleme hat, und dann geht's ins Bett, und wenn du mich fragst, Lea, ich bin auch ziemlich gut im Bett.«

242

Sie sah nicht so aus, als ob sie auch nur im Traum daran gedacht hätte, mich das zu fragen, sie wirkte etwas erschüttert, holte tief Luft und sagte: »Ah, jetzt verstehe ich, was du meinst. Du willst einen richtigen Mann.«

»Das sage ich doch die ganze Zeit.«

»Einen für alles.«

»Genau.«

Wir verfielen in Schweigen und schälten weiter Äpfel. Nach einer Weile sagte Lea: »Das wird nicht so einfach sein. Ich habe kürzlich gelesen, daß bei einer Frau über dreißig die Wahrscheinlichkeit, daß sie einen passablen Mann kennenlernt, geringer ist als die, von einem Terroristen erschossen zu werden.« Sie überlegte. »Obwohl, Terroristen sind ja auch Männer. Man müßte ihn in ein Gespräch verwickeln, damit er einen nicht erschießt, und dann... Das sind oft sehr gutaussehende und gescheite Jungs... Er müßte natürlich sofort damit aufhören, Terrorist zu sein.«

Ich schwieg vernehmlich.

»Ist ja gut. Aber warte mal, das gilt doch nur für Frauen ab dreißig. Ab vierzig wird's ja vielleicht wieder besser?«

»Da erschießt er einen sofort«, sagte ich, »da kriegst du nicht mal mehr die Chance, ihn in ein Gespräch zu verwickeln.«

»Jetzt sei aber mal ernst, Agnes«, sagte sie, als sei ich diejenige, die ständig auf alberne assoziative Abwege geriet. »Du willst einen Mann in den Vierzigern, frei, bindungswillig und bindungsfähig.«

Das hatte sie schön gesagt.

»In diesem Alter sind sie entweder verheiratet und wollen nur eine Geliebte, und das willst du nicht, oder sie sind wie Rainer und wollen sich nicht binden und nur eine bessere Du-weißt-schon-was, und das willst du auch nicht. Was bleibt da übrig?« Sie dachte nach. »Ich weiß. Frisch Geschiedene, am besten schuldlos, und frisch Verwitwete. Die sind bestimmt sehr bindungswillig, nach diesem schweren

Schicksalsschlag, vielleicht nicht sofort, man müßte wahrscheinlich ein bißchen Geduld haben. Aber wo findet man die? Man könnte –«

»Was?«

»Wenn ich das sage, wirst du bestimmt ärgerlich.«

»Ach was, wieso denn? Sag schon.«

»Man könnte mal in den Todesanzeigen nachsehen oder in den Aushängen im Gerichtsgebäude, da, wo sie die Scheidungen machen ...«

Ich hatte gesagt, ich würde nicht ärgerlich werden.

»Es ist wirklich keine gute Idee«, gab sie zu, »irgendwie gefühllos, nicht wahr? Aber was anderes: Wie wäre es denn mit einem jüngeren Mann? Von denen gibt es jede Menge, und es ist ja auch sehr *in* zur Zeit.« Sie redete, als hätte sie gerade einen größeren Posten modischer junger Männer hereingekriegt. »Und es muß sich sehr angenehm mit ihnen leben lassen, nach allem, was ich gelesen habe.« Was immer du ansprichst, die Schwarzen Löcher im Universum, Bergbau in Südamerika, die neueste Krebstherapie oder den Bedarf nach einem richtigen Mann, Lea hat gerade etwas darüber gelesen. »Sie sind viel offener und flexibler und netter und anstelliger. Und viel besser erzogen, was Gleichberechtigung angeht, du weißt schon, Mülleimer runterbringen und so. Und was den Hochsprung betrifft – kein Vergleich. Das läßt ja sehr nach ab vierzig, im allgemeinen jedenfalls.«

»Ich weiß nicht«, sagte ich, »ich glaube, ich hätte lieber einen in meinem Alter.«

»Wie du meinst«, sagte Lea, in dem Tonfall, den Verkäuferinnen an sich haben, wenn man unbedingt eine olivgrüne Hose mit Bundfalten will, obwohl sie einem gerade erklärt haben, daß Olivgrün nicht aktuell ist und Bundfalten überhaupt völlig *out* sind.

Nun wurde ich ärgerlich. »Jetzt hör aber auf, Lea! Ich habe nur anklingen lassen, daß ich mir einen richtigen Mann wünsche, und du deckst mich gleich mit Ratschlägen ein, wo

ich den finden soll, auf dem Friedhof oder im Scheidungs-
gericht, und wenn ich sage, ich will keinen jüngeren, bist du
gekränkt.«

»Ach, Agnes«, sagte sie, »es tut mir leid. Ich habe doch alles, was du dir wünschst, das war mir gar nicht klar. Georg
ist immer da, er liebt mich, nicht nur im Bett, er feiert Weihnachten mit mir und fährt mit mir in Ferien und harkt Laub
mit mir und schält manchmal sogar Obst mit mir – nur das
mit dem Einkaufen, das kannst du vergessen, da steht er rum
wie das Leiden Christi oder schäkert mit einer Verkäuferin.
Aber das ist ein generelles Problem, ich glaube nicht, daß du
auf dieser Welt einen Mann findest, mit dem man wirklich
einkaufen gehen kann. Aber sonst habe ich alles und du
nicht, und da wollte ich dir helfen.«

»O Gott, Lea«, sagte ich, »entschuldige bitte. Ich bin einfach widerlich. Weißt du was? Laß uns diese Scheißäpfel vergessen und die Scheißmänner auch und auf die Terrasse
gehen und einen trinken.«

»Sehr gut. Nimm schon mal die Gläser mit, ich hole den
Wein.«

Es dauerte eine Weile, bis sie nachkam. »Sieh dir das an«,
rief sie, als sie auf die Terrasse trat. Sie schwenkte die Zeitung in der Hand. »Die Wochenendausgabe mit den Bekanntschaftsanzeigen. Soll ich reinschauen?«

»Okay.« Ich nahm ihr den Wein und den Korkenzieher ab.
»Ich mache schon mal die Flasche auf.« Sie beugte sich über
das Blatt, und ich hantierte mit dem Korkenzieher und füllte
die Gläser und wartete.

»Nicht schlecht«, sagte sie schließlich, »gar nicht
schlecht. Lauter Männer über vierzig, die eine Frau in deinem Alter wollen. Erstaunlich. Du brauchst dir nur einen
rauszusuchen.«

»Laß uns anstoßen.«

Wir stießen an, und sie trank hastig einen Schluck Wein.
»Manche sind allerdings sehr auf das Äußere fixiert, die

wirst du gar nicht wollen. Dieser zum Beispiel. Die Frau, die er sucht, soll Ende Dreißig sein, sehr groß, sehr schlank, in Klammern Größe achtunddreißig, und außerdem vollbusig. Das muß aber merkwürdig aussehen, so eine riesige, dürre Person mit großem Busen. Das gibt es doch gar nicht.«

»Doch«, sagte ich, »Claudia Schiffer.«

»Ach ja, natürlich. Hier steht ja auch: blonde Haare. Daran hat er also gedacht. Und dann schreibt er noch: keine Cellulitis, Ausrufungszeichen. Was mag das wohl sein, Agnes?« fragte sie in gedämpftem Ton, als befürchte sie, es sei etwas Unanständiges.

»Orangenhaut.«

»Was?«

»Diese Dellen in der Haut, am Po und an den Oberschenkeln. Fast jede Frau kriegt das, spätestens ab dreißig. Es hat was mit den Hormonen zu tun.«

»Ach so«, sagte sie, »hast du so was auch?«

»Ja, natürlich«, sagte ich ärgerlich, »ich bin vierzig und sitze den ganzen Tag auf meinem Hintern.«

»Da muß ich doch bei mir mal nachschauen. Vielleicht habe ich es am Po, den sehe ich ja nie.«

Sie ist fünfundfünfzig und weiß nicht, was Cellulitis ist, und sie hat auch keine, ich habe schon nachgeschaut. Es wäre vielleicht besser, sie würde sich auf die Suche nach einem Mann machen und nicht ich.

»Aber hier, Agnes, der könnte was sein. Facharzt – wahrscheinlich Urologe oder so was, sonst würde er doch dazuschreiben, was für ein Fach –, Ende Vierzig, der meint, das Äußere ist nicht so wichtig, es sind die inneren Werte, die zählen, sehr richtig, und er will eine kluge, wirklich erwachsene Frau, auch sehr richtig. Und er hat ein Haus mit Garten, das er mit ihr bewohnen möchte. Ein Haus mit Garten, das wolltest du doch schon immer, Agnes!«

»Und was weiter?« fragte ich.

»Laß sehen. Er ist Nichtraucher. Gut. Das ist gesund. Er

ist naturverbunden. Das bist du doch auch, oder? Und FKK-Anhänger. Ach je, ich weiß nicht, ich finde das immer so schrecklich, alle diese nackten, leidenschaftslosen Menschen auf einem Haufen. Aber es ist natürlich auch gesund und sehr naturverbunden. Und er liebt das Bergwandern. Hm. Würdest du bergwandern?«

»Auf keinen Fall.«

»Ich auch nicht. Wandern ist schon schlimm genug, und dann noch in den Bergen. Berge sind irgendwie faschistisch, findest du nicht auch?«

Darüber hatte ich noch nie nachgedacht. Der Obersalzberg fiel mir ein und das Teehaus des Führers, aber schließlich konnten die Berge nichts dafür, daß sich die Nazigrößen in ihnen eingerichtet hatten. Oder doch?

»Der ist wohl auch nicht so ganz der Richtige«, räumte Lea ein. »Aber es sind noch massenhaft andere drin. Ich mache uns jetzt was zu essen, und du schaust dir die anderen an.«

»Den Teufel werde ich tun«, sagte ich zu den Gladiolen und Dahlien, die Leas Terrasse umstanden. Die können mich mal, die anderen. Was sind denn das für Aussichten? Entweder Keine-Cellulitis-Ausrufungszeichen oder Bergwandern. Und Männer, die in keine der beiden Kategorien fallen, sind wahrscheinlich gar nicht drin, denn Frauen, die Cellulitis haben und nicht bergwandern, findet man sicher auch so, dafür braucht man keine Anzeige aufzugeben.

Davon läßt du mal schön die Finger, sagte ich zu mir. Du hast schließlich einen Mann, einen von der Auf-keinen-Fall-bergwandern-aber-Sie-dürfen-ruhig-Cellulitis-haben-Sorte. Sieht er das überhaupt? Bei Männern weiß man ja nie, manchmal sind sie blind wie die Maulwürfe bei den wichtigsten Dingen und dann wieder scharfäugige Adler bei irgendwelchen Nebensächlichkeiten. Ich müßte ihn mal fragen. Aber wie fragt man das? Übrigens, wie findest du meine Cellulitis?

Gut, er hat auch seine Fehler, diese Scheu vor Feiertagen und Ferien und Hochzeiten, dieses übermäßige Bedürfnis nach Zeit und Raum, was macht er eigentlich mit der ganzen Zeit und dem ganzen Raum? Das weiß ich gar nicht, das müßte ich ihn auch mal fragen. Aber das läßt sich doch ändern! Einmal im Jahr Ferien, öfters mal ein Wochenende, und Weihnachten, Weihnachten auf jeden Fall, jetzt, wo Jessica nicht mehr da ist. Und vielleicht auch Silvester. Weihnachten und Silvester feiert er immer mit irgendwelchen Freunden oder bei seiner Mutter, da kann er doch auch mit mir feiern, oder? Ja, Silvester auch, Silvester mit Rainer, das wäre schön, zwischen Weihnachten und Silvester liegt eine ganze Woche, Zeit genug und Raum genug, damit er sich erholen kann, und dann feiern wir Silvester auch zusammen!

Das ist es, dachte ich, ich rede mit ihm, warum ist mir das nicht schon früher eingefallen? Ich habe es immer hingenommen, wenn er sagte, nein, am Wochenende habe er keine Zeit, nein, Feiertage und Ferien zusammen, das wolle er nicht, das sei so bürgerlich. Ich habe nie wirklich darüber nachgedacht, es war eben so. Und natürlich, Jessica war da, mit der habe ich Ferien gemacht, mit der habe ich Weihnachten gefeiert, da ging es, da fiel es nicht so auf, auch wenn er mir fehlte. Aber jetzt sprechen wir darüber, und paß auf, es wird möglich sein, er wird es einrichten, wir sind sieben Jahre zusammen, das ist doch was, und wir lieben uns doch, oder vielleicht nicht?

Und Dienstagabend kochst du mal wieder richtig, beschloß ich. Kürbissuppe für den Anfang, die mag er gerne, und dann Wachteln, das macht was her, diverse Gemüse, ein guter Salat, und zum Schluß was ganz Feines. Und du schlurfst nicht in deinem sogenannten Hausanzug rum, diesem weiten Schlabberding, du ziehst dir was Ordentliches an, das grüne Kleid mit dem tiefen Ausschnitt, und du rasierst dir die Beine und kaufst dir das schöne, süße Parfüm, das sie bei Karstadt im Sonderangebot haben, Eroica oder wie das heißt, mir fällt dabei immer Beethoven ein, aber Rainer wird bestimmt nicht an Beethoven denken, wenn er das an mir riecht.

Ich hatte den ganzen Abend darüber reden wollen, aber es hatte nie gepaßt. Beim Essen soll man sowieso nicht über Probleme reden, schon gar nicht, wenn man sich die Finger wund gekocht hat, schon gar nicht, wenn man ungewohnte Anstrengungen unternommen hat, um als elegante, duftende Gastgeberin im grünen Kleid durch die Küche zu schweben.

Dann war Rainer auf Schwierigkeiten in der Schule zu sprechen gekommen, auf seinen Chef, mit dem er nicht zurechtkam, der ein Federfuchser war und Erbsenzähler und der vor allem überhaupt nicht wußte, was er an ihm hatte. Sollte er sich unter diesen Umständen nicht für die Stellvertreterposition am Hans-Giesing-Gymnasium bewerben, wo seine Fähigkeiten voll zur Blüte kommen würden? Ich bot alle meine Fähigkeiten auf, ihn gut zu beraten, und als er sich zufrieden zurücklehnte, mir sein Glas hinschob, damit ich es nachfüllte, und sagte: »Wenn ich dich nicht hätte«, hätte ich da sagen sollen, laß uns mal über uns reden?

Dann waren wir ins Bett gegangen. Ich hatte in einer Frauenzeitung gelesen, daß es wahre Wunder wirkt, wenn man sich Parfüm nicht nur hinters Ohr, sondern auch in die Kniekehlen tupft, und obwohl ich das reichlich albern fand, hatte ich es doch getan, und ich kann nur sagen, sie haben anscheinend recht, es war ziemlich wunderbar, und als wir danach noch einen Schluck Wein tranken, hätte ich da anfangen sollen, Grundfragen unserer Beziehung zu diskutieren?

Aber beim Frühstück gab ich mir einen Ruck. »Rainer«, sagte ich, »ich wollte mal mit dir über etwas reden.«

»Mhm«, machte er kauend.

»Ich habe mir überlegt, daß –«

»Ja?«

»Ich –« Was war es noch mal genau, was ich mir überlegt hatte?

Rainer sah mich abwartend an.

»Ich dachte –« Nun reiß dich aber zusammen, Agnes. Wenn du mit deinen Klienten darüber sprichst, wie sie ihre Ängste und Hemmungen überwinden können, um ehrlich und offen mit ihrem Partner zu reden, dann bist du wirklich gut, aber wenn es darum geht, dem Mann, der seit sieben Jahren dein Geliebter ist, zu sagen, daß du öfter mit ihm zusammensein willst, dann gerätst du ins Stottern.

»Ich dachte, wir könnten vielleicht ein bißchen öfter zusammen sein.«

»Wieso?«

»Wieso? Was meinst du mit wieso?«

»Na, eben wieso – wieso im Sinne von warum. Warum denkst du das?«

Was für eine Frage. Warum denke ich, daß ich öfter mit dir zusammen sein will? Weil ich öfter mit dir zusammen sein will. Klingt komisch, aber so ist es.

»Ich denke das, weil ich öfter mit dir zusammen sein will.«

Er sah mich irritiert an. »Aber wir sind doch oft genug zusammen.«

Das Gespräch war dabei, sehr schwierig zu werden, aber ich konnte nicht mehr zurück. »Ja, schon«, sagte ich, »aber manchmal habe ich den Eindruck – ich meine, manchmal könnten wir ein bißchen öfter zusammen sein, finde ich.« Toll hast du das gesagt, Agnes, so klar und direkt und unglaublich logisch. Sei bloß froh, daß deine Klienten dich nicht hören können. »Ich meine, öfter mal ein Wochenende oder ein paar Tage Ferien und –« Er runzelte die Stirn und sah mich noch irritierter an, aber ich ließ mich nicht aufhalten: »Und Weihnachten könnten wir auch zusammen feiern. Und Silvester. Eine ganze Nacht lang nur Champagner, wie fändest du das?« fragte ich mit falscher Fröhlichkeit.

Er schüttelte den Kopf. »Ich verstehe dich nicht.«

Wunderbar. Klassisch. Die letzte Rettung vieler Männer, wenn ihnen die Sache vollends unheimlich wird. Und die Frau sitzt da und denkt, sie hat sich mal wieder nicht klar genug ausgedrückt und versucht es noch mal. Wie ich.

»Das ist doch ganz einfach«, sagte ich, langsam und deutlich und mit Nachdruck. »Ich bin gerne mit dir zusammen. Also möchte ich öfter mit dir zusammen sein. So wie: Ich esse gerne Eis. Also möchte ich öfter Eis essen, an den Wochenenden, in den Ferien, an Weihnachten und Silvester (wer ißt Silvester schon Eis? Aber egal). Und nicht nur ein- oder zweimal in der Woche. Verstehst du?«

»Ja«, sagte er, »aber wieso?«

Nein. Nicht schon wieder diese Wieso-im-Sinne-von-warum-Frage.

»Ich meine, wieso willst du das plötzlich?«

Weil ich letztes Wochenende auf Ellens Hochzeit war, vor der du dich gedrückt hast, und weil niemand da war, der alle diese Walzer mit mir getanzt hat. Und weil alle diese Frauen, die da waren, einen Mann hatten. Aber wenn ich dir das mit den Walzern und den Frauen zu erklären versuche, dann fragst du erst recht, wieso.

»Ist das so wichtig?« fragte ich.

»Ich meine«, sagte Rainer, »wir waren uns doch immer einig, daß wir diese bürgerlichen Beziehungsformen nicht wollen und daß jeder Zeit und Raum für sich braucht.«

Brauche ich nicht, dachte ich, ich brauche dich in meiner Zeit und meinem Raum, was soll ich denn alleine mit der ganzen Zeit und dem ganzen Raum? Und einig waren wir uns auch nie. Wir haben bloß nie darüber geredet. Wir haben es bloß immer so gemacht, wie du es wolltest.

»Was machst du eigentlich mit der ganzen Zeit und dem ganzen Raum?«

»Wieso?«

Es war der Tag des Wieso.

»Ich meine, was tust du da? Wir sehen uns ungefähr einmal in der Woche und manchmal am Samstag. Was machst du in all der übrigen Zeit?«

»Warum willst du das plötzlich wissen?«

Ich gab auf. Wenn er weiter wieso und warum fragte, würde ich irgendwann ohnehin aufgeben, also konnte ich es ebensogut gleich tun.

»Okay, okay«, sagte ich, »vergiß es. Es war nur so eine Idee.« Er sah mich an, wie man einen Menschen ansieht, der mit einem Maschinengewehr auf einen schießt und plötzlich aufhört und sagt: Okay, vergiß es, es war nur so eine Idee.

»Wirklich«, drängte ich, »vergiß es. Es ist nicht so wichtig.«

»Ist ja gut«, sagte er und trank seinen Kaffee aus. »Ich muß los, ich habe noch viel zu tun.« Beim Aufstehen warf er fast die Thermoskanne um.

»Wann sehen wir uns nächste Woche?« fragte ich, als wir an der Tür standen. »Weißt du das schon?« Wieso fragst du ihn plötzlich, wann wir uns nächste Woche sehen? Und schiebst dieses armselige *Weißt du das schon* hinterher? Das hast du doch noch nie getan.

»Keine Ahnung«, sagte er. »Ich habe viel am Hals die Tage. Mal sehen.« Er küßte mich auf die Wange. »Tschüs dann. Mach's gut.«

Scheiße, dachte ich, Scheiße, Scheiße. Das hast du nun davon. Warum mußtest du so penetrant sein? Du willst einen Mann für alles, oder jedenfalls für ein bißchen mehr, und nun hast du gar keinen. Jetzt kommt er erst mal nicht mehr, jetzt verkriecht er sich in sein Mauseloch, und du kannst dich abarbeiten, um ihn da wieder rauszulocken. Vielleicht kommt er gar nicht mehr.

Wie bei Lohengrin, dachte ich. Nie sollst du mich befragen. Aber Elsa mußte natürlich nachbohren, die dumme Gans. Auch nach sieben Jahren, glaube ich, wie bei uns. Stell dir vor, es wäre bei uns auch so gewesen wie bei Elsa und Lohengrin. Ich: Wie heißt du, und woher kommst du? Er: Ich heiße Rainer und komme aus Osnabrück, und nun muß ich dich verlassen auf immer und ewig. Und bums ist er raus zur Tür und sagt gerade noch *mach's gut*.

Aber Elsa hatte recht. Das ist ja kein Leben mit einem Mann, den man nicht mal fragen kann, wie er heißt und woher er kommt. Und es ist auch kein Leben mit einem Mann, den man nicht mal fragen kann, ob er Weihnachten mit einem verbringt oder Silvester. Der dann schwer traumatisiert in seine Höhle zurücktaumelt und erst mal nicht mehr rauskommt. Du hast auch recht, Agnes, verdammt noch mal. Vergiß es. Laß ihn in seiner Höhle und such dir einen anderen, einen richtigen, einen für alles.

Ich räumte den Tisch ab und stellte die Spülmaschine an. Ich bezog das Bett neu und stopfte die Bettwäsche, in der noch die Wärme und der Geruch der Nacht hingen, in die Waschmaschine. Ich schmiß das grüne Kleid in den Wäschekorb und wollte gerade Eroica in den Abfalleimer werfen, als mir einfiel, daß Eroica nun wirklich nichts dafür konnte. Im Gegenteil, es hatte anscheinend in meinen Kniekehlen Wunder gewirkt, und wenn ich mich nun auf die Suche nach einem richtigen Mann machte, würde ich solche Wunder ja wohl noch brauchen können.

Ich stellte mich unter die Dusche, um auch von mir den Geruch der letzten Nacht abzuwaschen. Ich hatte mir angewöhnt, nicht so genau hinzuschauen beim Abtrocknen und Eincremen, weil ich nicht so genau wissen wollte, wie man aussieht, wenn man vierzig ist und unsportlich und den ganzen Tag sitzt. Aber Männer sehen genau hin, besonders am Anfang, beim Kennenlernen, nachher gewöhnen sie sich ja an manches, aber für den Anfang mußt du ein bißchen was hermachen, also schau hin, Agnes, und besieh dir den Schaden!

Sport war das einzige, was mir einfiel zu dem, was ich sah. Ich brauchte nicht abzunehmen, Gott sei Dank, meine Beine

waren frisch rasiert, sehr ansprechend, ich war noch ge-
bräunt vom Sommer, auch sehr ansprechend, aber ansonsten Sport. Ausgerechnet Sport. Ich hasse Sport. Ich mag
nach Schweiß riechende Umkleideräume nicht. Ich mag die
Stimmen von Turnlehrerinnen nicht und nicht den Ton ihrer
Pfeifen. Ich mag Sportplätze nicht mit ihrem häßlichen roten
Sand. Ich mag sportliche Menschen nicht mit ihren federn-
den Schritten und straffen Gliedern und kurzen Hosen und
ihrem Unverständnis für Menschen, die lieber in der Sonne
sitzen und Campari trinken.

Mein Blick wanderte nach oben. Friseur, dachte ich, du
mußt zum Friseur, aber nicht zu dem netten um die Ecke, der
dir alle halbe Jahre diesen Feldwaldwiesenschnitt macht,
sondern zu einem schicken, modischen, der dir einen schikken, modischen Schnitt macht, den du alle sechs Wochen
nachschneiden lassen mußt, damit er sitzt. O Gott. Ich hasse
Friseure, besonders die schicken, modischen.

Ich zog meinen abgeschabten Bademantel an, dessen
Grün sich über die Jahre in etwas Undefinierbares verwandelt hatte. Klamotten, war alles, war mir dazu einfiel. Du
mußt dir neue Klamotten kaufen, schicke, modische, nicht
diese weiten, bequemen Sachen, die du schon seit Ewigkeiten hast, zeitlos, undefinierbar, in denen findest du bestimmt
keinen richtigen Mann, wahrscheinlich nicht mal einen falschen. Verdammt. Ich hasse es, Klamotten zu kaufen.

2. Kapitel

Die große Uhr an der Stirnseite der Schwimmhalle ging langsamer als andere Uhren. Ihr Zeiger bewegte sich praktisch nicht, besonders wenn ich hinsah. Wenn ich wegsah und verbissen meine Runden schwamm und nach langer, langer Zeit wieder hinaufblickte, war er gerade eben um ein paar Minutenstriche weitergekrochen.

Wir hatten uns fürs Schwimmen entschieden, obwohl ich die Umkleideräume von Schwimmbädern genauso widerlich finde wie alle anderen, aber wenigstens gibt es hier keinen roten Sand und auch keinen Schweißgeruch. Dafür gibt es Fußpilz, sagte meine innere Stimme warnend, paß bloß auf, daß du keinen Fußpilz kriegst. Lea war für Fitneßtraining gewesen, »Callanetics, Bodybuilding, da hast du in kürzester Zeit den besten Effekt, was Gewebestraffung und Muskelaufbau anbelangt«, hatte sie gesagt, mit der Kompetenz und Begeisterung einer Fitneßtrainerin, dabei ist Sport für sie eine noch widernatürlichere Beschäftigung als für mich.

Ich war also in ein Fitneßstudio gegangen, denn Lea weiß schließlich, was sie sagt, auch wenn sie nie so dumm wäre, es selbst zu tun. Ich wartete an einem Tresen, hinter dem, wie in einer Fabrik, in langen Reihen die Trainingsgeräte standen, und betrachtete die Menschen, die aus den Umkleideräumen kamen. Sie waren alle schön, glatt, straff und locker, und sie hatten einen glatten und straffen Gesichtsausdruck und eine lockere Art, einander zu begrüßen und dann glatt und straff weiterzugehen zu den Geräten. Mir wurde schlecht, und ich ergriff die Flucht. Denn egal, wie sehr ich trainieren und wie glatt und straff mein Po vielleicht werden würde, ich würde nie den dazu passenden Gesichtsausdruck bekommen, und sie würden immer merken, daß mit mir etwas nicht stimmt, und wenn ich jeden Tag hierher kam,

255

dann würde ich irgendwann selber glauben, daß mit mir etwas nicht stimmt.

Ich sah wieder auf die Uhr. Der Zeiger hatte es bis Viertel vor acht geschafft, was bedeutete, daß ich noch eine Viertelstunde schwimmen mußte, und wenn es nach Lea ging (»Fünfundvierzig Minuten sind das Minimum, Agnes!«), sogar noch eine halbe.

Lea wußte natürlich auch, zu welchem Friseur ich gehen mußte. Der Salon trug einen englischen Namen, die Einrichtung war schlicht und edel, die Angestellten wirkten auch schlicht und edel, und ich kam mir schon wieder ganz sonderbar vor, anders und ungenügend, aber hier mußte ich ja nicht jeden Tag hingehen, sondern nur alle sechs Wochen, und das würde ich schon schaffen, ohne an meiner Existenzberechtigung zu zweifeln.

Ich wurde einer wortkargen jungen Frau zugewiesen, die mir stumm und konzentriert die Haare schnitt und es tatsächlich dahin brachte, daß ich plötzlich auch schlicht und edel aussah, jedenfalls am Kopf. Ihr schien es auch zu gefallen, denn sie öffnete den Mund und fragte, ob sie mir nicht die Augenbrauen zupfen und die Wimpern färben solle, und ich stimmte zu, ergriffen von meiner Verwandlung und davon, daß sie mit mir sprach, obwohl ich mir sonst nie die Wimpern färben lasse, denn man muß die Augen so lange geschlossen halten, und ich hasse es, temporär blind zu sein, und das in einer völlig fremden Umgebung. Es war auch diesmal schrecklich, aber dann begann die Frau neben mir von der künstlichen Befruchtung zu erzählen, der sich ihre Freundin immer wieder und gänzlich erfolglos unterzog, und das lenkte mich ab und beschämte mich, denn was ist temporäre Blindheit schon gegen die Qualen der künstlichen Befruchtung?

Als ich die Augen wieder öffnen durfte und die Farbreste von den Lidern gewischt waren, war ich so schön, für meine Verhältnisse jedenfalls, daß die stumme Friseuse anerkennend lächelte, und so machte es mir fast nichts aus, den edlen Preis zu zahlen, denn wenn mein Anblick sogar eine wortkarge Haareschneiderin zum Lächeln brachte, was würde er dann erst bei denen ausrichten, um derentwillen dies alles stattfand?

Ich hatte unendlich viele Runden geschwommen, aber ich wußte, es hatte keinen Sinn, zur Uhr zu sehen, weil der Zeiger bestimmt noch nicht da stand, wo er stehen sollte. Schwimm weiter, Agnes, sagte ich zu mir, denke nicht an die Zeit oder daran, ob deine Muskeln wachsen und dein Gewebe sich strafft, denk daran, was die Buddhisten sagen, der Weg ist das Ziel, schwimme des Schwimmens wegen, das Zen des Schwimmens, entleere dein Hirn, denk an gar nichts mehr.

Das Zen des Schwimmens half, ich vergaß die Zeit, und so konnte sie schneller vergehen, und als ich zufällig auf die Uhr sah, war es zwanzig nach acht. Ich drehte mich auf den Rücken und ließ mich treiben und besah mir, was dieser Ort sonst zu bieten hatte. Der Bademeister war ein mürrischer Mann mittleren Alters in schmutzigem Weiß. Ein paar Knaben waren da, die hektisch im Wasser herumpaddelten oder kreischend hineinsprangen, und ein paar ältere Herren, die bedächtig ihre Runden zogen oder auf den Bänken saßen und sich miteinander unterhielten. Nicht gerade beeindruckend, die Auswahl, dachte ich, aber vielleicht wird's auf Dauer besser, und dann bist du ja zum Schwimmen hier, schwimme des Schwimmens wegen, nicht der Männer.

Auf dem Weg zu den Duschen kam ich an einem der älteren Herren vorbei, er war dünn und braungebrannt und irgendwo zwischen siebzig und unendlich, und er sah mir kühn ins Gesicht und pfiff hinter mir her, leise, zwischen den Zähnen, wie in einem antiquierten Western. Was fällt dem denn ein, mich anzumachen, dachte ich ärgerlich, der könnte mein Großvater sein, na, das nicht gerade, aber mein Vater, glaubt der, ich hätte es nötig, mich an Altersheiminsassen zu vergreifen? Ich sah zurück, um sein greisenhaftes Alter besser einschätzen zu können, und da stand er und sah mir nach, und nun mußte er denken, ich sei auch an ihm interessiert, und das machte mich noch ärgerlicher.

Unter der Dusche fiel mir auf, wie arrogant und eingebildet ich war. Du bist auch nicht mehr die Jüngste, sagte ich zu mir, nächstes Jahr wirst du einundvierzig, und du bist auch hier, um ein bißchen in Form zu kommen, damit du noch was aufreißt und damit du Weihnachten und Silvester und deine alten Tage nicht in Einsamkeit und Verlassenheit zubringst. Vermutlich genau dasselbe, was der alte Knabe will, und hat der vielleicht kein Recht darauf? Und jedenfalls ist er besser in Form als du.

»Agnes!« sagte Lea. »Wie du aussiehst. Wunderschön!«

»Ja, nicht wahr?« sagte ich bescheiden.

»Du bist ja sowieso sehr schön, aber nun siehst du auch noch wunderschön aus.«

Das schien mir nicht sehr logisch, aber soll man einen Menschen, der so etwas Nettes sagt, auf derartige Mängel aufmerksam machen? Außerdem ist gegen Leas innere Logik ohnehin nichts auszurichten. Menschen, die sie mag, sind für sie grundsätzlich schön, begabt und charakterlich hochstehend.

Sie besah eingehend meine Haare, Augenbrauen und Wimpern, nickte zufrieden und sagte: »Nun noch die neuen Kleider, und sie werden vor deiner Türe Schlange stehen.«

Schön wär's, dachte ich.

»Ich habe mir genau überlegt, was du brauchst und wo wir das kriegen«, sagte sie, »erst drei Boutiquen, dann zwei Schuhgeschäfte, und dann schauen wir noch bei Hertie rein.«

Mir wurde schlecht.

»Keine Sorge, Agnes, wir brauchen nicht weit zu laufen, das liegt alles in der Fußgängerzone.«

Ich wäre meilenweit gelaufen, um nicht in die drei Boutiquen zu müssen. Ich habe Angst vor Boutiquenbesitzerinnen. Sie stehen wie Habichte hinter einem, kaum daß man sich in etwas hineingezwängt hat, und sagen, daß man toll darin aussieht und »ganz Ihr Stil«, und wenn man sagt, daß man es nicht so toll findet und sich eigentlich etwas anderes vorgestellt hat, dann sehen sie aus wie gekränkte Habichte, und es bleibt einem nur, sich schnell wieder in die eigenen Kleider zu zwängen und die Flucht zu ergreifen.

»Ich habe Angst vor Boutiquenbesitzerinnen.«

»Keine Sorge, Agnes, das machen wir schon.«

Sie ließ die Besitzerinnen nicht an mich heran, sie gab die Auskünfte und übernahm die Verhandlungen und schickte mich in die Kabine, wo ich nur halbnackt und schwitzend zu warten brauchte, bis sie die Sachen anschleppte, die ich dann schwitzend anprobierte.

»Lea, in dieser Beleuchtung sehe ich fürchterlich aus. Warum soll ich mir neue Kleider kaufen, wenn ich ohne Kleider so fürchterlich aussehe? Dann hat es doch sowieso keinen Sinn. Laß uns lieber gehen.«

»In dieser Beleuchtung sieht Claudia Schiffer auch fürchterlich aus. Schau einfach nicht hin, Agnes. Schau erst wieder hin, wenn du die Sachen anhast. Wie findest du diese Bluse?«

»Ich glaube nicht, daß Rot mir steht.«

»Doch. Du hast braune Augen und braune Haare, und die Farbberatung sagt, daß du der einzige Typ bist, der Rot überhaupt tragen sollte.«

Ich sah die Boutiquenbesitzerinnen erst wieder, wenn sie an der Kasse standen, meine Einkäufe in schöne Tüten packten und wie sanfte Tauben meine Kreditkarte entgegennahmen, und unter diesen Umständen hatte ich gar keine Angst vor ihnen und fand sie sogar nett.

Meine Klagen verstummten, ich wurde munter und absolvierte die Schuhgeschäfte mit Bravour, und nachdem wir noch bei Hertie hereingeschaut hatten, saßen wir im Mövenpick und aßen Crevetten in Sahnesoße an Safranreis.

»Mhm«, sagte Lea und legte das Besteck auf ihren Teller, »sehr gut.«

»Wie ist es mit Kaffee und einem Rieseneisbecher?«

»Auch sehr gut.« Sie wartete, bis der Kellner abgeräumt hatte, und sagte dann mit gedämpfter Stimme: »Übrigens, Agnes, was ist mit Unterwäsche?«

»Wieso? Was ist damit?«

»Willst du dir nicht auch neue Unterwäsche kaufen?«

»Was hast du gegen meine Unterwäsche?« Ich habe schöne Unterwäsche, schön und weiß und schlicht.

»Gar nichts«, sagte sie und sah sich um, ob uns auch keiner hörte, »aber um mich geht es ja auch nicht.«

Ich verstand sie nicht.

»Ich meine, also, für den Anfang ist es natürlich egal, aber später, wenn es ... wenn es dann, also, wenn es dann zum Schwur kommt –«

»Zum Schwur?«

Sie beugte sich vor und flüsterte: »Wenn du mit dem Mann ins Bett gehst.«

»Ach so«, sagte ich, »also bis jetzt waren meine Sachen dafür gut genug. Außerdem zieht man sie dann ja sowieso aus.« Ich war fast gekränkt, weil sie annahm, daß ich allein nicht mehr ausreichte, um einen Mann in Fahrt zu halten, sondern aufregende Unterwäsche dafür benötigte.

»Ja, sicher«, sagte sie, »natürlich. Aber ich habe gelesen, daß Männer ausgesprochen visuelle Typen sind, Augenmenschen, weißt du? Bei starken visuellen Reizen schaltet ihr Verstand ab, und die visuellen Reize überschwemmen das ganze Nervensystem.«

Ich fand die Vorstellung schrecklich, es mit einem Mann zu tun zu haben, dessen Verstand abgeschaltet und dessen Nervensystem überschwemmt ist, und das in einer so intimen Situation.

»Und dann?«

»Dann erleben sie alles auf einer viel sensibleren Ebene, und es hinterläßt tiefere Eindrücke.« Sie nickte triumphierend.

Ich versuchte mich an die Vorlesungen während meines Studiums zu erinnern, aber die Erinnerung war sehr verschwommen, und vielleicht waren dies die neuesten Forschungsergebnisse und der Grund dafür, daß die Industrie so aufregende Unterwäsche herstellte und auf riesigen Plakatwänden dafür warb.

»Na, gut«, sagte ich, »machen wir Nägel mit Köpfen. Aber was ist mit der Beleuchtung?«

»Wieso?«

»Wenn ich Unterwäsche anprobiere, kann ich doch nicht wegsehen, bis ich wieder Klamotten anhabe.«

»Ach, so. In den Unterwäschegeschäften haben sie Schlankmacherspiegel und so ein bräunliches Licht. Darin sieht man ganz toll aus, viel toller als in Wirklichkeit.«

Als ich nach Hause kam, war es schon dunkel. Ich trug die Tüten ins Wohnzimmer, machte überall Licht, breitete alles, was wir gekauft hatten, auf dem Sofa, den Sesseln und dem Tisch aus, holte mir einen Stuhl und setzte mich davor. Es war wie Weihnachten, all die schönen Dinge, die da in einer Reihe lagen, Seidenblusen, feine Wollhosen, Pullover aus Merino und einer sogar aus Kaschmir, der Mantel, die Jakketts, die Schuhe, und ganz am Ende der Reihe leuchtete die Unterwäsche, die wir bei »Madeleine« erstanden hatten, Spitze total, in den Farben Eiscreme und Wüste.

Was hast du dir denn dabei gedacht, fragte plötzlich eine Stimme in meinem Kopf. Bist du verrückt geworden, Agnes? Erst rennst du zu diesem Schickeriafriseur und läßt dir für einen unsinnigen Haufen Geld einen albernen Haarschnitt machen, und dann läßt du dich von Lea durch die Läden zerren und dazu verführen, Unmengen von Kleidern zu kaufen, die viel zu schön sind für dich und viel zu teuer. Hast du schon mal zusammengerechnet, was das alles gekostet hat? Davon kann Jessica bestimmt ein Vierteljahr studieren, vielleicht sogar länger. Aber du schmeißt das Geld zum Fenster hinaus. Und das nur, weil du dir einbildest, daß du einen neuen Mann brauchst. Eine Taube in der Hand. Du brauchst keinen neuen Mann, und du brauchst keine neuen Kleider. Das ist überflüssiger Luxus!

Ich fing an zu weinen, ich saß lange auf meinem Stuhl und weinte, und dann schlich ich zum Sofa und machte mich daran, die Sachen ordentlich zusammenzulegen und vorsichtig in die Tüten zu packen. Morgen gehst du hin und bringst das Zeug zurück, überlege dir schon mal ein paar gute Ausreden, warum du es nicht haben willst. Mir schauderte bei der Vorstellung, vor die Boutiquenbesitzerinnen hintreten zu müssen und sie zu bitten, die Sachen, die sie gestern so fröhlich eingepackt hatten, wieder auszupacken und zurückzunehmen. Sie würden wie zornige Habichte blicken, und das mit Recht. Und wie sollte ich es ihnen erklären? Meine Tochter kann ein Vierteljahr nicht studieren, wenn ich das behalte? Oder: Das ist überflüssiger Luxus, nehmen Sie es bitte zurück?

Überflüssiger Luxus. Moment, Agnes, langsam. Denk noch mal nach. Überflüssiger Luxus. Wann hast du je überflüssigen Luxus gehabt? Als Kind bestimmt nicht, da gab's keinen überflüssigen Luxus, Gott behüte, wenn Vater etwas haßt, dann ist es überflüssiger Luxus. Und danach? Danach hast du studiert und geheiratet und Jessica gekriegt und fertig studiert, und da gab's keinen überflüssigen Luxus, wo hätte der auch herkommen sollen? Und dann hast du dich scheiden lassen und in der Klinik gearbeitet und für Jessica gesorgt, und dann bist du umgezogen in die große Wohnung und hast die Praxis aufgebaut und für Jessica gesorgt und keine Rede von überflüssigem Luxus. Das einzige, was wichtig war, waren das Kind und die Praxis. Männer liefen ne-

262

benher, was dir eben in die Finger fiel, und Klamotten liefen auch nebenher, was dir eben in die Finger fiel, wenn du im Kaufhaus warst oder an einer Boutique vorbeikamst.

Und jetzt? Jetzt läuft die Praxis, und Jessica studiert in Hamburg, und du brauchst nur noch den Scheck zu schikken. Und du? Was ist mit dir? Du hast nichts mehr aufzubauen und für niemanden mehr zu sorgen. Du hast jetzt Zeit und Raum (o Gott, Zeit und Raum!) für überflüssigen Luxus. Für schöne Kleider und wüstenfarbene Spitzenunterwäsche und für einen richtigen Mann. Keine Spatzen mehr. Gönn dir die Taube in der Hand.

Ich sah auf den Pullover, den ich in der Hand hielt. Er war aus Kaschmir und Seide, ganz weich, die Farbe ein warmes Rosa. Ich hatte noch nie Rosa getragen und noch nie Kaschmir und Seide. Ich hatte gerade aufgehört mit dem Weinen und fing schon wieder damit an, die Tränen stürzten aus meinen Augen und fielen auf den Pullover, aber Tränen machen keine Flecken, obwohl, auf Kaschmir und Seide vielleicht doch? Ich tupfte sie vorsichtig ab, und dann zog ich mich aus und zog den Pullover an und eine der schönen neuen Hosen.

Ich packte die Tüten wieder aus, schnitt die Preisschilder von den Kleidern, suchte die Kassenzettel zusammen und zerriß alles in kleine Stücke, die ich in der Toilette hinunterspülte, damit ich nicht in die Versuchung geraten konnte, doch noch etwas zurückzubringen. Ich besprühte mich ausgiebig mit Eroica und betrachtete mich lange im Spiegel. Dann holte ich mir ein Glas Wein und setzte mich vor den Fernseher, allein, in einsamer Schönheit, aber da ich nun so schön war, würde ich hoffentlich nicht mehr lange alleine vor dem Fernseher sitzen.

Nach der Reaktion meiner männlichen Klienten zu urteilen, hätte ich das Ganze ebensogut sein lassen können. Es war der Tag, an dem fast nur Männer ihre Therapiestunde bei mir hatten, und keiner hatte auch nur mit der Wimper gezuckt, aber ich tröstete mich damit, daß ich wirklich nicht dazu da war, das Nervensystem meiner Klienten mit visuellen Reizen zu überschwemmen, ganz im Gegenteil.

Frau Koch merkte es sofort. Sie musterte mich interessiert, während wir uns begrüßten, und als wir uns verabschiedeten, sagte sie: »Sie sehen aber wirklich schön aus, Frau Doktor. Ich habe mir schon immer gedacht, daß Rot genau das Richtige ist für Ihren Typ.«

Ach nee, dachte ich, wieso weiß jeder, daß Rot genau das Richtige ist für meinen Typ, nur ich habe keine Ahnung davon?

»Also dann, auf Wiedersehen, Frau Doktor.«

»Auf Wiedersehen, Frau Koch«, sagte ich und fügte zum hundertsten Mal hinzu, »und lassen Sie doch bitte den Doktor weg.«

»Ach ja, natürlich. Also, auf Wiedersehen –« Sie schlüpfte schnell zur Tür hinaus, ehe ihr das nächste »Frau Doktor« auf die Zunge geraten konnte.

Sonderbar, dachte ich, sie weiß genau, worin ich schön aussehe, und sie selbst sieht so furchtbar aus, in ihren mißfarbenen Jerseyröcken und kleingemusterten Blusen und mit der hartgelockten Dauerwelle, praktisch, aber scheußlich.

Sie hat es allerdings auch gar nicht nötig, überlegte ich, sie hat mehr Männer für alles, als sie brauchen kann, und wenn sie sich auch noch schön machen würde, wäre der Ansturm wahrscheinlich überwältigend. Frau Koch war seit drei Jahren verwitwet, und nach Ablauf der Trauerzeit hatte ihr Nachbar begonnen, ihr deutlich sein Interesse zu zeigen, und seit sie regelmäßig ins Seniorenzentrum ging, gab es zwei weitere Interessenten, und alle waren seriöse, liebenswürdige Männer mit gutem Auskommen, die sie ernsthaft umwarben und unbedingt alles mit ihr teilen wollten.

Und das bei dem Aussehen, dachte ich. Sie hat allerdings große innere Werte, sie ist klug und freundlich und hat eine liebevolle Art und viel Aufmerksamkeit für andere. Hm.

Aber ich habe doch auch innere Werte, nicht so große wie Frau Koch, aber auch, ich bin ziemlich nett und ziemlich intelligent und auch sehr aufmerksam. Das müßte eigentlich reichen, nicht gerade für drei Männer für alles, so viele brauche ich ja auch nicht, aber für einen allemal. Vielleicht hätte ich mir das ganze Geld doch sparen können.

Allerdings kann Frau Koch ihre inneren Werte auch sehr gut zeigen, überlegte ich, sozusagen stehenden Fußes. Nach fünf Minuten hat man schon vergessen, wie sie aussieht, dick, blaß, scheußlich angezogen, und ist bezaubert von ihr. Das kann ich nicht, da brauche ich viel länger, und also ist es wohl doch richtig, wenn ich erst mal meine äußeren Werte aufpoliere und herzeige, dann habe ich Zeit, die inneren allmählich nachzuschieben.

Es klingelte. Ich stand noch an der Tür, die Klinke in der Hand, und konnte sofort öffnen. Gertraud schrak zurück, als die Tür so schnell aufging. »Wartest du schon auf mich, Agnes? Ich bin doch nicht zu spät?«

»Nein, nein«, sagte ich, »ich stand nur hier und dachte nach.«

Eigentlich ist es sonderbar, daß ein Mensch hinter seiner Wohnungstür steht, die Klinke umklammert und nachdenkt, aber Gertraud stört sich nicht an Sonderbarkeiten.

»Ach so«, sagte sie, sah aber doch auf die Uhr. »Es ist genau sechs.«

»Natürlich. Du bist nicht zu spät.« Wenn sie etwas haßt, dann ist es Unpünktlichkeit.

»Hast du den Tisch reserviert?«

»Ja, natürlich. Für Viertel nach sechs.« Es war sinnlos, um diese Zeit einen Tisch zu reservieren, aber Gertraud hat die Dinge gerne gut organisiert, denn Unsicherheiten mag sie auch nicht.

Nachdem diese lebenswichtigen Fragen geklärt waren, kam sie endlich dazu, mich genauer zu betrachten. »Agnes«, sagte sie, »du siehst so anders aus. Was ist los?«

»Ach, ich wollte mal was für mich tun.«

»Aha«, sagte sie, »einfach so?« Unklarheiten läßt sie auch nicht lange im Raum stehen.

»Nein«, sagte ich, und da wir immer noch direkt hinter meiner Wohnungstür standen, fügte ich im Verschwörerton hinzu: »Ich suche einen Mann.«

»Warum?« fragte sie. »Du hast doch schon einen.«

»Ja, sicher. Aber ich will einen richtigen, weißt du? Einen für alles.«

»Ach so. Vollzeitkraft, vierundzwanzig Stunden am Tag, dreihundertfünfundsechzig Tage im Jahr?«

»Genau.«

Sie betrachtete mich nachdenklich, und ich wußte, daß sie innerlich damit befaßt war, die Probleme, die sich hier präsentierten, in eine gewisse Ordnung zu bringen, damit man sie angehen konnte.

»Also«, sagte sie, »erstens, du siehst sehr gut aus. Dieses Rot steht dir ausgezeichnet und der Haarschnitt auch. Sehr gut. Zweitens, was willst du mit einem Mann für alles? Das bringt doch nur Schwierigkeiten.« Sie sah auf die Uhr. »Laß uns nachher darüber sprechen. Es ist schon zehn nach sechs. Wir kommen sonst zu spät.«

Wir gingen in das gutbürgerliche Lokal um die Ecke, wo man sich mit viel dunklem Holz, Schmiedeeisen und Trokkenblumensträußen abfinden muß, dafür aber gutes Essen zu vernünftigen Preisen bekommt.

»Ich frage mich, ob in diesem Zucchinigratin Nüsse sind«, sagte Gertraud, »Nüsse sind gar nicht gut für meinen Organismus, jedenfalls nicht im Herbst.« Es gibt immer etwas, das nicht gut ist für Gertrauds Organismus, dabei sieht ihr Organismus von außen so prachtvoll und kräftig aus, daß man sich gar nicht vorstellen kann, daß er innen so zart und empfindlich ist.

»Frag den Kellner«, sagte ich, und das tat sie, aber es dauerte eine Weile, bis sie eine Antwort bekam, denn er hatte

Schwierigkeiten, sich unter ihrem fragenden Blick zu konzentrieren. Die meisten Männer haben Schwierigkeiten, sich zu konzentrieren, wenn Gertraud sie ansieht, das ist auch einer der Gründe, warum wir in dieses Lokal gehen, hier sind die Kellner schon abgehärtet gegen ihren Anblick, aber dieser war neu.

»Also«, sagte sie, als Wein und Wasser vor uns standen, »was ist das mit diesem Mann für alles, Agnes? Was versprichst du dir davon?«

»Na, alles eben. Alles zusammen machen, weißt du, Weihnachten und Silvester und Urlaub und Einkaufengehen –« Es klang albern, wie ich das sagte, aber wenn einen jemand so zweifelnd ansieht, ist es schwierig, die richtigen Worte zu finden. »Und miteinander schlafen natürlich und fernsehen und in Ausstellungen gehen und Laub harken und so, du weißt schon –«

»Nein«, sagte sie. »Was meinst du mit Laub harken?«

»Ach, das ist nur so ein Beispiel. Lea harkt immer mit Georg zusammen Laub.«

Sie sah mich verständnislos an.

»Ein Symbol gewissermaßen«, erklärte ich, »für dieses Alles-miteinander-Tun, Alles-miteinander-Teilen.« Du redest wie eine Pastorin, Agnes, aber immer noch besser pastoral als albern.

»Ich weiß ja, was du meinst«, sagte sie, »immer zusammen sein und alles miteinander teilen, klar. Das ist mir klar. Aber was dann?«

»Wieso, was dann? Was soll dann sein?«

Sie war damit beschäftigt, das Zucchinigratin daraufhin zu untersuchen, ob es nicht doch etwas enthielt, was ihrem Organismus schaden könnte, und ich sah auf meine Tortellini und überlegte, ob ich sie auch auf irgend etwas hin untersuchen könnte, damit ich nicht so dumm rumsäße, aber mir fiel nichts ein, und so machte ich mich daran, sie zu essen.

»Also, Gertraud«, sagte ich nach einer Weile, »was ist dann?«

Sie kaute zu Ende und schluckte gründlich runter. »Dann hast du ein Problem, nicht sofort, aber nach einiger Zeit. Nach einiger Zeit wird dir klar, daß der Mann, mit dem du zusammenlebst, eine Frau für alles hat, und was hast du? Du hast ein Problem.«

Ich schüttelte den Kopf.

»Wirklich«, sagte sie, »es funktioniert nicht. Mit Männern kannst du nicht zusammenleben, jedenfalls nicht, wenn du dich einigermaßen wohlfühlen und einigermaßen du selbst bleiben willst. Ehe du dich versiehst, tust du das, was sie wollen, und bist so, wie sie es haben wollen, einfach so, weißt du, nicht, daß sie dich dazu zwingen oder es von dir verlangen, es passiert einfach. Sie können gar nichts dafür, glaube ich.«

Sie seufzte und sah auf ihre Zucchini. »Laß mich noch ein paar Bissen essen, ja?«

Ich wartete geduldig, während sie aß, und betrachtete inzwischen die Männer im Lokal, die Kellner, die Gäste, den Wirt. Sie kamen mir plötzlich vor wie eine fremde Spezies, nicht geeignet zum menschlichen Zusammenleben, der Gesundheitsminister warnt, es könnte Ihrem Wohlbefinden abträglich sein.

Gertraud legte die Gabel ordentlich auf den Teller. »Mit Frauen funktioniert es, komisch, nicht? Mit Frauen kannst du zusammen wohnen und arbeiten und Ferien machen und Feste feiern und Einkaufen gehen – also, Einkaufen gehen kann man mit Männern ohnehin überhaupt nicht, das solltest du eigentlich wissen.«

»Doch, doch«, sagte ich eilfertig, »das weiß ich. Das sagt Lea auch.«

»Es gibt zwei Dinge, für die Männer wirklich geeignet sind«, fuhr sie fort, in dem Ton, den Dozenten anschlagen, wenn sie zum Höhepunkt ihrer Ausführungen kommen,

»umziehen und ins Bett gehen. Mit Frauen umziehen ist schrecklich. Nimm zum Beispiel meinen Bauernschrank, den kriegen fünf Frauen kaum vom Fleck. Und dann kommen zwei Männer und tragen ihn eben mal die Treppen rauf und runter. Oder diese schweren Ikearegale, die tragen sie mit einer Hand, einer vorne, einer hinten, und unterhalten sich noch dabei. Und ins Bett gehen, natürlich. Klar. Dafür sind sie auch gut geeignet. Das geht ja nun mit Frauen nicht.«

Ich wußte nicht, was ich sagen sollte.

»Sieh mich nicht so entsetzt an, Agnes. So ist es nun mal. Ich dachte, du wüßtest das.«

Woher denn, dachte ich. Ich habe gerade mal einen Mann für alles gehabt, und das ist lange her, und du hattest drei, wenn ich richtig mitgezählt habe, Lauras Vater und Lukas' Vater und dann dieser andere Knabe, dieser Fotograf oder was er war. Und ich bin mir gar nicht sicher, ob ich dir einfach glaube, daß es nicht funktioniert. Ich kenne genug Leute, bei denen es geht, sehr gut sogar. Ich überlegte, wen ich kannte. Annette in der Kollegengruppe und ihr Mann zum Beispiel, und Bertram und seine Frau, bei denen geht's ganz gut, und bei mir im Haus, die beiden aus dem zweiten Stock, und wer noch, Ellen und Dieter natürlich, die leben zwar noch nicht so lange zusammen, aber bei denen wird es auch funktionieren, da bin ich sicher, und wen kenne ich noch, das gibt es doch nicht, daß mir niemand mehr einfällt. Moment mal, Lea, ja, natürlich, Lea!

»Lea!«

»Was ist mit Lea?«

»Bei Lea geht es«, sagte ich, »bei Lea und Georg. Da funktioniert es.«

»Ach, Lea«, sagte Gertraud, »klar. Genau das, was ich meine. Georg hat eine Frau für alles. Wunderbar. Und was hat Lea? Einen Mann, der neunzig Prozent der Zeit mit sich beschäftigt ist, mit seinem Computer, seinen Studenten, seinen Forschungen, Tagungen, seinen Ich-weiß-nicht-Was.

Und die restlichen zehn Prozent kriegt sie, und da paßt sie noch höllisch auf, daß sie ihn nicht überfordert. Und wenn sie sich mal einen schönen Tag machen will oder schöne Ferien oder richtig mit jemandem reden will, mit wem macht sie das? Mit dir.«

»Ich weiß nicht«, sagte ich. »Ich glaube nicht, daß du recht hast. Lea ist wirklich glücklich, das hat sie mir kürzlich erst gesagt.«

»Ist ja gut, Agnes. Such du nur, vielleicht findest du tatsächlich einen. Das feiern wir dann ganz groß.« Sie überlegte. »Was kann ich denn für dich tun dabei? Die Suche nach dem Unmöglichen. Da brauchst du Ausdauer, Mut und Kraft. Hm. Mit Bachblüten ist das nicht getan. Schwefel vielleicht, Schwefel in der richtigen Potenz. Ich denke mal darüber nach, und dann kommst du vorbei, und wir testen es aus.«

Die Wendung, die das Gespräch nahm, gefiel mir sehr. »Ach, ja, das machen wir. Und ich wollte dich noch was fragen. Deine Männer, ich meine, die fürs Bett, wo findest du die eigentlich immer?«

Blöde Frage eigentlich, dachte ich. Sie sieht aus wie die Königin von Saba, sie kommt kaum über die Straße, ohne über einen zu stolpern, der ihr zu Füßen fällt, wahrscheinlich schlendert sie mal kurz durch die Gegend und sucht sich einen aus.

»Manchmal treffe ich zufällig einen«, sagte sie, »beim Einkaufen oder so. Aber ich verlasse mich nicht gerne auf Zufälle. Am einfachsten ist es in der Sauna.«

O Gott, Sauna, dachte ich. Umkleideräume, Schwitzen und diese widerliche Hitze. »Wieso in der Sauna?«

»Da siehst du am besten, wen du vor dir hast.«

Ich kicherte.

»Also wirklich, Agnes«, sagte sie indigniert, »so meine ich das nicht, das könntest du eigentlich wissen. Es sagt einfach viel, wie einer sich benimmt, wenn er nichts mehr anhat und bloß noch dasitzt und schwitzt, und man sieht auch gleich, was er für ein Verhältnis zu seinem Körper hat, und darum geht es ja, wenn du mit ihm ins Bett willst. Und wenn er in der Sauna keinen Blödsinn redet, dann kannst du ziemlich sicher sein, daß er im Bett auch keinen Blödsinn redet.«

»Na gut«, sagte ich, »ich muß noch ein bißchen schwimmen, bevor ich mich in der Sauna zeigen kann, aber dann nimmst du mich mal mit, ja?«

Fragt sich nur, ob ich neben ihr überhaupt eine Chance habe. Da sieht mich ja keiner. Aber so lerne ich schon mal, wie man den richtigen Mann fürs Bett und das Gespräch danach erkennt. Darauf kann man dann aufbauen.

3. Kapitel

»Hör mal, Agnes«, sagte Lea, »wir haben nächste Woche Industrie-Essen. Willst du nicht mitkommen?«

»Oh, Lea«, sagte ich, »Industrie-Essen!«

Lea hat öfters Industrie-Essen, denn die Industrie ist sehr an Georg interessiert, er ist anscheinend der Albert Einstein der Informationsverarbeitung, aber Georg ist leider gar nicht an der Industrie interessiert, er interessiert sich nur für seinen Computer und seine Studenten. Georg würde jedem Industriemann, der bei ihm anfragt, mit einem glatten Nein antworten, aber Lea hat ihm eingeschärft zu sagen, er müsse es sich überlegen und vor allen Dingen mit seiner Frau darüber sprechen. Auf diese Weise werden ihr wunderbare Blumensträuße ins Haus geschickt und Einladungen in Dreisternelokale, wo der Industriemann sie mit seinem Charme und den Köstlichkeiten des Hauses traktiert, während Georg still vor sich hinkaut.

»Wo?« fragte ich gierig. Das letztemal war sie im Tantris gewesen.

»Ich weiß es noch nicht. Irgendwas mit zwei Sternen und der besten Küche Deutschlands.«

»Nicht im Tantris! Wie schade.«

»Aber es geht doch nicht um das Essen oder das Lokal«, sagte sie, »es geht um den Mann. Deswegen sollst du mitkommen. Diese Industriemänner sind oft sehr ansprechend, intelligent und gepflegt und gut angezogen auf jeden Fall, und manche sind auch nett und interessant. Dieser klingt sehr nett und sehr interessant, und er wohnt in München und hat keine Frau. Genau das Richtige für dich.«

»Woher weißt du, daß er keine Frau hat?« fragte ich.

»Ich habe ihn gefragt.«

»Einfach so?«

»Nein, natürlich nicht«, sagte sie, »ich habe gesagt, bringen Sie doch Ihre Frau mit, ich würde sie auch gerne kennenlernen, und er hat gesagt, das geht leider nicht, und ich habe gesagt, das tut mir aber leid, daß Ihre Frau nicht kann, und da hat er gesagt, das wäre es nicht, seine Frau und er lebten getrennt, und deshalb müßte ich mit ihm vorliebnehmen.«

Sie seufzte. »Es war mir sehr peinlich, so zudringlich zu sein, er muß mich für eine schreckliche Person halten, aber ich habe mir gedacht, wenn schon, denn schon, was soll ich dich mitschleppen, wenn er glücklich verheiratet ist.«

»Lea, du bist wunderbar.« Obwohl ich mich auch gerne hätte mitschleppen lassen, dachte ich, wenn es nur das Zweisternefutter gegeben hätte, ohne Industriemann als Dreingabe.

»Nächsten Dienstag«, sagte sie, »kannst du da?«

»Natürlich«, sagte ich, »da kann ich auf jeden Fall, auch wenn ich nicht könnte. Aber hör mal, was sagt denn Georg dazu? Ist ihm das recht?«

»Aber sicher. Georg sagt, ihm wäre es am liebsten, du würdest an seiner Stelle mitgehen, und das wäre ja auch das Einfachste, denn dann wären nur die Leute da, die wirklich da sein wollen. Georg langweilt sich immer so furchtbar. Aber ich weiß wirklich nicht, wie ich dem Industriemann erklären könnte, daß Georg nicht mitkommt.«

»Und wie erklärst du ihm, daß ich mitkomme?«

»Ich sage einfach, du bist Georgs Schwester. Das könntest du ja auch sein, ihr seid beide so groß und hübsch.« Lea mißt knappe Einmetersechzig, und jeder, der groß ist, ist für sie per se schon hübsch. »Außerdem ist es ihm bestimmt egal, wen ich sonst noch mitbringe, solange Georg da ist.«

»Ach, Lea«, sagte ich, »wunderbar.«

»Er wird dir bestimmt gefallen«, sagte sie, »weißt du, was er mir für einen Blumenstrauß geschickt hat? Lauter alte Rosen, solche, wie sie Josephine Beauharnais in ihrem Garten in Malmaison stehen hatte, sündhaft teuer und überirdisch schön. An einem Mann, der solche Sträuße verschickt, muß etwas dran sein.«

Mhm, dachte ich. Alte Rosen. Industriemänner. Zweisternefutter. Das Leben ist gar nicht so schlecht.

An dem Industriemann war etwas dran. Zwar trug er einen Manageranzug, und Manageranzüge kann ich nicht leiden, Achim trägt sie auch, ich finde sie schrecklich, aber ich glaube, sie müssen einfach Manageranzüge tragen, wenn sie etwas anderes anhätten, würden sie sich nackt und ausgeliefert fühlen. Aber er hatte kein Managergesicht, sondern ein fröhliches Gesicht mit blauen Augen und ein paar Sommersprossen, und seine rötlichen Haare waren erfrischend ungekämmt.

Er küßte Lea die Hand auf eine Art, die deutlichmachte, daß sie eigentlich viel zu jung war, um ihr auf so altväterliche Art die Hand zu küssen, und mir küßte er die Hand nicht, auf eine Art, die deutlich machte, daß ich nun wirklich allzu jung war, um mir die Hand zu küssen, und dann schüttelte er Georg die Hand und sagte fröhlich: »Schön, Sie kennenzulernen, Professor Rosenbauer«, so, als wären wir alle nur hier, weil wir so nette Menschen waren und einander unbedingt kennenlernen wollten.

Das Lokal war unübertrefflich schlicht und edel, die Kellner und der Maître waren es auch, aber nicht so, daß ich mir sonderbar vorkam, sondern eher so, daß ich das Gefühl hatte, ich sei schon ganz in Ordnung, so wie ich war. Lea und der Industriemann übernahmen die Bestellung des Essens, sie hatten Übung im Bestellen von Essen in Sternelokalen, und Georg nickte einfach bei allem, was sie vorschlugen, und ich folgte seinem Beispiel.

Der Industriemann betrachtete uns lächelnd: »Familienähnlichkeit. Ihnen beiden scheint das Essen nicht so wichtig zu sein, nicht wahr?«

Ich zuckte zusammen und sah zu Georg. Er hatte ihn anscheinend nicht verstanden, denn er nickte freundlich.

»Ihr Bruder gibt mir recht«, sagte der Industriemann, »aber Sie offenbar nicht. Ich hoffe, Sie sind einverstanden mit dem, was wir bestellt haben.«

Ich zuckte wieder und starrte ihn an und fand keine Worte. Wenn du nicht aufhörst, von Brüdern und Familien zu sprechen, dann kannst du es gleich wieder abbestellen, dann bringe ich keinen Bissen hinunter. Georg weiß nicht, daß ich seine Schwester bin, und er soll es auch nie erfahren.

Er sah mich immer noch fragend an. »Doch, doch«, sagte ich mit Piepsstimme, »ich bin einverstanden, ganz und gar einverstanden.« Du redest wie eine Idiotin, Agnes, dachte ich. Er muß ja glauben, daß die ganze Intelligenz in der Familie auf Georg gefallen ist.

»Da bin ich aber froh«, er griff nach der nächsten Karte, »und nun der Wein.«

»Das überlassen wir Ihnen«, sagte Lea und schob ihren Stuhl zurück, »ich bin gleich wieder da.« Sie sah mich auffordernd an.

»O ja, ich auch«, ich bemühte mich, graziös aus meinem Stuhl zu kommen und ihr leichten Fußes zu folgen.

»Reg dich doch nicht so auf, Agnes«, sagte sie, als sich die Tür des Waschraums hinter uns geschlossen hatte, »was soll er denn von dir denken?«

»Was wird er erst von mir denken, wenn Georg sagt, aber das ist doch gar nicht meine Schwester?«

»Reg dich nicht auf«, wiederholte sie, »das wird Georg nicht sagen, Georg hat abgeschaltet, er hört es gar nicht.«

»Was meinst du mit abgeschaltet?«

»Das tut er immer, wenn ihn etwas nicht interessiert und er nicht weggehen kann. Er läßt ein allgemeines Sozialprogramm laufen, Nicken und Lächeln und ja und nein sagen und *Ach, tatsächlich* und *Wie interessant* und so, und in

Wirklichkeit ist er ganz woanders. Ich schwöre dir, er hört kein Wort von dem, was wir sagen.«

»Ach so«, sagte ich erleichtert, »dann kann ich ja vielleicht doch was essen.«

»Das hoffe ich sehr«, sagte sie, »und vielleicht kannst du ihn zwischendurch auch mal anlächeln. Deswegen sind wir schließlich hier.«

Wir kämmten uns die Haare und zogen die Lippen nach, obwohl es noch gar nicht nötig war, aber wenn man in den Waschraum geht, muß man mit gekämmten Haaren und nachgezogenen Lippen zurückkommen, das gehört sich einfach so.

Der Industriemann erhob sich halb von seinem Stuhl, sehr wohlerzogen, und lächelte uns an, und ich kehrte mein bestes Lächeln hervor, ich hatte einiges nachzuholen.

Von da an war es wunderschön. Ich hatte noch nie Essen mit Sternen gegessen, ich hatte immer gedacht, daß zuviel davon hergemacht würde, daß es einfach nur sehr gutes Essen sei, aber es war mehr als das, es war auf unbeschreibliche Weise himmlisch, es verdiente seine Sterne, meinetwegen hätte es tausend Sterne haben können, nicht nur zwei.

Ein himmlischer Gang folgte dem anderen, begleitet von Weinen, die auch nicht von dieser Erde waren, sie schmeckten, wie mir Wein noch nie geschmeckt hatte. Allmählich erschien mir alles wie verzaubert, das Gesicht des Industriemannes, das mit den Sommersprossen, den unordentlichen Haaren und dem fröhlichen Lächeln das eines Kobolds war, die Kellner, die wie sanfte Geister auftauchten und verschwanden, Leas Lachen und Georg, der am anderen Tischende saß, lächelnd, nickend und schweigend, wie ein Buddha, ein sehr großer und sehr dünner Buddha. Musik war zu hören, eine schwermütige Klarinette.

»Wie schön ist diese Musik«, sagte ich.

»Nicht wahr?« sagte der Industriemann, »wunderschön. Das ist der israelische Klarinettist, wie heißt er noch mal?«

»Giora Feidman«, sagte Lea, »nächste Woche hat er hier ein Konzert, und ich wäre so gerne hingegangen, aber es ist schon ausverkauft.«

»Ach, wie schade«, sagte ich.

»Das ist kein Problem«, sagte der Industriemann, »ich besorge Ihnen Karten.«

»Hätten Sie nicht Lust mitzukommen?« fragte Lea kühn.

Wenn er keine hatte, ließ er es sich nicht anmerken. »Aber natürlich«, sagte er, »gerne.«

Mhm, dachte ich. Sternenfutter, Sternenmusik, Konzertbesuche mit Industriemännern. Das Leben ist wirklich nicht schlecht.

Die beiden sprachen weiter über Musik, sie verstanden etwas davon, ich nicht, und ich kann auch nicht so gut zwei Dinge gleichzeitig tun, das Essen erforderte meine ganze Aufmerksamkeit, und also machte ich es wie Georg, ich lächelte und nickte und schwieg und kaute. Familienähnlichkeit.

»Ich rufe Sie morgen an, Frau Rosenbauer«, sagte der Industriemann, als wir vor dem Lokal standen, »wegen der Karten.«

»O ja«, sagte Lea, »und vielen Dank für den schönen Abend. Es war zauberhaft.«

Zauberhaft, dachte ich, ja wirklich, genau das richtige Wort.

»Danken Sie mir nicht«, sagte er galant, »das Vergnügen lag ganz auf meiner Seite.« Und die Kosten, dachte ich. Und alles für die Katz. Aber ihr könnt es ja absetzen.

Er wandte sich zu mir: »Kann ich Sie irgendwo hinbringen?«

Warum nicht, dachte ich, bring mich ruhig irgendwohin. Aber bevor ich antworten konnte, sagte Lea: »Das ist nicht nötig. Wir bringen meine Schwägerin nach Hause.«

»Warum denn nicht?« fragte ich, nachdem wir uns von ihm verabschiedet hatten und auf dem Weg zum Parkplatz waren. »Warum sollte er mich nicht irgendwo hinbringen?«

»Weil du schwebst«, sagte sie, »man sieht es dir an, und es steht dir gut, aber bist du sicher, daß du noch weißt, was du tust? Außerdem hättest du jetzt nur eine Viertelstunde mit ihm, und das in diesem Zustand, und nächste Woche hast du einen ganzen Abend, und das mit klarem Kopf. Fahr du, Georg«, sie reichte ihm die Autoschlüssel, »wir setzen uns gemütlich hinten rein.«

»Ach, Lea, war das schön!«

»Ja«, sagte sie, »ich muß unbedingt nachher mit Georg sprechen, damit er ihm nicht absagt, bevor ihr im Konzert wart, sonst überlegt er sich's noch anders, er fand dich zwar sehr attraktiv, das war nicht zu übersehen, aber ob das schon reicht? Georg muß es sich noch ein bißchen überlegen, bis nach dem Konzert, wenn es dann nicht gefunkt hat, nachdem ihr einen ganzen Abend zusammen wart, dann funkt es sowieso nicht.«

»Wieso wir? Kommst du denn nicht mit?«

»Natürlich nicht. Was soll ich denn da? Du suchst doch einen Mann, nicht ich!«

»Dann hast du das mit dem Konzert nur wegen mir gesagt? Oh, Lea, bist du schlau.«

»Ach, Agnes, du schwebst wirklich. Gut, daß ich dich nicht mit ihm alleingelassen habe. Diese Weine haben es in sich.«

»Wie heißt er eigentlich?« fragte ich. »Das habe ich nicht mitbekommen, und ich kann doch nicht gut *Hallo, Industriemann* zu ihm sagen, wenn ich ihn nächste Woche treffe. Das klänge irgendwie sonderbar, findest du nicht auch?«

»Anspach heißt er. Und der Vorname? Warte mal, ich habe irgendwo seine Visitenkarte.« Sie kramte in ihrer Tasche. »Ach, hier. Felix Anspach. Ein hübscher Name.«

»Ein zauberhafter Name«, sagte ich und legte den Kopf auf ihre Schulter. »Felix, der Glückliche. Und Agnes, die Glückliche.«

279

Es war ein seltsames Gefühl, mit einem anderen Mann als Rainer in meinem Bett zu liegen. Natürlich hatte es vor Rainer andere Männer in meinem Bett gegeben, ich besaß es schon lange, ich hatte es nach der Trennung von Achim gekauft, aber dann war es sieben Jahre lang Rainer gewesen, der mit mir in diesem Bett gelegen hatte, und nun kam es mir vor, als hocke sein Geist in der Matratze oder schwebe unter der Zimmerdecke und betrachte uns mißbilligend.

Ich schüttelte mich, um die Vorstellung loszuwerden. »Was ist?« fragte Felix. »Frierst du? Komm zu mir.« Er streckte den Arm aus. »Gleich«, sagte ich und stand auf, »ich mache uns erst ein bißchen Musik.« Die schwermütige Klarinette würde Rainers Geist am besten vertreiben.

Ich kehrte zurück ins Bett und in seinen Arm und zog die Decke über uns, und wir lagen still und hörten zu.

»Musik erzeugt Bilder«, sagte er nachdenklich, »und Gefühle natürlich, das ist klar. Ich glaube, diese Bilder und Gefühle haben etwas mit dem Menschen zu tun, der die Musik geschrieben hat oder sie spielt, er transportiert seine Bilder und Gefühle mit der Musik, und sie kommen bei uns an und vermischen sich mit unseren. Ähnlich wie in der Literatur, aber da ist es einfacher, weil du Bilder und Gefühle direkt beschreiben kannst. Verstehst du, was ich meine?«

»Ja«, sagte ich. Man sollte diese Industriemänner nicht unterschätzen, dachte ich, sie tragen häßliche Anzüge und tun häßliche Arbeit, oder zumindest langweilige, und denken nur an Geld und Gewinn, und dann liegen sie in deinem Bett und sagen solche Sachen.

»Ja«, wiederholte ich, »ich habe Birkenwälder vor mir gesehen und Dörfer und weite Ebenen, und vielleicht hat der, der die Musik geschrieben hat, in so einer Landschaft gelebt. Und als es zu Ende war, konnte ich kaum zurückkommen aus den Birkenwäldern.«

»Stimmt. Du warst ganz weit weg.«

»Aber ich war auch schnell wieder da, oder?«

Er lachte und zog mich an sich und küßte mich. »Was bin ich froh«, murmelte er, »daß dein Bruder uns einen Korb gegeben hat.«

O Gott, mein Bruder, dachte ich, und mir wurde unbehaglich zumute. »Wieso?«

»Weil ich sonst die Finger von dir hätte lassen müssen«, sagte er, »nach dem Konzert habe ich direkt gehofft, daß er kein Interesse an einer Zusammenarbeit hat. Das darf ich in der Firma natürlich niemandem erzählen, die sind so enttäuscht, daß es nicht geklappt hat.«

Du lieber Himmel, dachte ich, gut, daß Lea dafür gesorgt hat, daß Georg ihn gleich nach dem Konzert angerufen hat. »Warum hättest du die Finger von mir lassen müssen?«

»Es wäre Wahnsinn gewesen«, sagte er, »jeder weiß, daß dein Bruder schwer zu kriegen ist, und wenn ich es tatsächlich geschafft hätte, dann hätte ich es nicht aufs Spiel gesetzt, indem ich mit seiner Schwester ins Bett gegangen wäre.«

Bruder, Schwester, dachte ich, ich kann es nicht mehr hören. »Ich muß dir was sagen, Felix.«

»Daß du auch froh bist, daß dein Bruder abgesagt hat?«

»Nein – doch, ja, aber –« ich schob ihn von mir weg und setzte mich auf. »Aber – ach, Felix, Georg ist gar nicht mein Bruder.«

Er starrte mich an und schüttelte irritiert den Kopf. »Nein?« fragte er. »Nicht? Aber warum –«

»Lea wollte gern, daß ich mitkomme, und ich wollte unbedingt mal in so ein Sternenlokal, ich war noch nie in einem, und sie mußte dir doch irgendwie erklären, warum ich mitkomme, sie konnte nicht gut sagen, daß ich ihre Schwester bin, das hättest du nie geglaubt, und da hat sie eben gesagt –«

Er warf sich aufs Bett zurück und lachte: »Und Rosenbauer hat das nicht gewußt, nicht wahr?«

»Nein.«

»Warst du deshalb am Anfang so aufgeregt?«

»Ja.«

»Und ich dachte, es wäre wegen des Edelschuppens«, sagte er, »und fand es ganz bezaubernd, daß eine erwachsene Frau sich wegen so was noch aufregen kann und nicht abgeklärt und überlegen ist. Oder so tut.«

»Findest du es sehr blöd?« fragte ich.

»Ach was. Es ist wirklich komisch. Und es wäre gar nicht nötig gewesen, deine Freundin Lea hätte Massen von Menschen heranschleppen können, solange sie nur ihren Mann mitbrachte.«

»Das hat sie schon vermutet, aber sie war nicht sicher.«

»Außerdem hat es auch sein Gutes«, sagte er, »ich wäre nie mit dir ins Konzert gegangen, wenn ich nicht geglaubt hätte, daß du Rosenbauers Schwester bist. Ich mußte einen ganz wichtigen Termin verschieben.«

»Wir sind also quitt«, sagte ich zufrieden. »Weißt du was? Ich mache uns was zu essen, ein spätes Frühstück oder so, und dann gehen wir spazieren, es ist so schön draußen bei dem Herbstwetter mit den bunten Blättern. Einverstanden?«

»Herbstspaziergang und bunte Blätter, ja. Und wir essen erst nachher, ich kenne noch ein Sternenlokal, wie du das nennst, und diesmal brauchst du nicht mal zu schwindeln, um reinzukommen. Aber zuerst müssen wir etwas erledigen, wir sind nämlich nicht ganz quitt.«

»Wieso?«

»Du hast dir unter Vorspiegelung falscher Tatsachen ein Abendessen erschlichen«, sagte er, »und zwar ein Abendessen von erheblichem Wert. Diese Tatsache kann man nicht einfach unter den Tisch fallen lassen, und da du mir das Abendessen nicht zurückerstatten kannst, muß ich auf einer Entschädigung bestehen. Einer angemessenen Entschädigung.«

»Hm«, sagte ich und rückte hinüber zu ihm und fing an, seine Sommersprossen zu küssen, jede einzeln. »Ein bißchen Liebe vielleicht?«

»Ein bißchen?«

»Ein bißchen mehr«, sagte ich, »fünf Gänge. Mit Sternen.«

Ich fuhr durch die Eichenallee, die ein Stück weit die Straße säumt, die zu Ellen und Dieter führt. Es ist die schönste Allee, die ich kenne, lauter große, alte Eichbäume, ich besuche sie oft, zu allen Jahreszeiten, in allen Stadien ihrer Schönheit. Dieses Jahr hatte ich meinen Herbstbesuch versäumt, für leuchtende Farben war es zu spät, es war Ende November, und die Eichen hoben sich blattlos und graugrün gegen den hellgrauen Himmel ab und waren trotzdem schön.

Ich muß unbedingt mit Felix hierher kommen, dachte ich, so bald wie möglich, und dann im Frühjahr, wenn sie grüne Schleier trägt, da ist sie fast am schönsten. Sie wird ihm gefallen, er hat Sinn für so etwas, er versteht sich auf feine, besondere Dinge, ach, ich werde nie im Leben wieder etwas gegen Industriemänner sagen, egal, was für Anzüge sie tragen, sie können verdammt nett sein.

Sie haben allerdings noch einen anderen großen Mangel außer ihrem modischen Geschmack, ihren Zeitmangel, aber der liegt in der Natur der Sache, und auch da will ich nichts gegen ihn sagen, die Zeit, die er hat, verbringt er mit mir, anders als Rainer, der seine Zeit mit sich verbrachte oder mit Gott weiß wem oder was.

Kaum zu glauben, dachte ich, ich habe einen Mann, der seine Zeit mit mir verbringt, der da ist, der mich liebt, der mir die Dinge zeigt, die er liebt, und dem ich die Dinge zeigen kann, die ich liebe. Bei dem ich keine Angst haben muß, daß er davonläuft, wenn ich ihm nahekomme. Der sich nicht nur von mir bekochen läßt, der mich auch einlädt, in Sternenlokale. Der mir Blumen mitbringt, und was für welche, der mir kleine, kurze Briefe schreibt, wenn er unterwegs ist, oder anruft, aus dem Intercity oder dem Hotel. Kaum zu glauben.

Und einfach so, als ein Geschenk des Himmels, einmal essen gehen im Edelschuppen, und schon steht er vor mir, wie herbeigezaubert von einem Dschinn aus Tausendundeiner Nacht. Hoffentlich wird er nicht auch wieder weggezaubert wie von einem Dschinn aus Tausendundeiner Nacht, einfach so.

Ich hielt vor dem Haus von Ellen und Dieter. Es war neu und sehr groß mit der Doppelgarage und dem Praxisanbau, und sehr im Stil der Zeit mit weißverputzten Wänden, Sprossenfenstern, Rankgittern und viel hellem Holz. Bißchen viel Holz für meinen Geschmack, dachte ich, aber immer noch besser als Beton und Aluminium. Am Torpfosten war ein Schild angebracht: Dr. med. Dieter Wegsand, Internist, Psychotherapie, Dipl. Psych. Ellen Köhler-Wegsand, Psychotherapie. Hoffentlich läuft das mit der Praxis hier draußen, in München hatte sie den Laden voll, sie hatte sich was aufgebaut, sich einen Namen gemacht, sie hat viel aufgegeben, aber was tut man nicht alles für einen Mann für alles. Ich drückte auf den Klingelknopf.

Ellen kam mir fröhlich und aufgeregt über den Gartenweg entgegen. »Schön, daß du da bist«, sagte sie und umarmte mich, »komm rein. Schau dir alles an.«

Ich stellte das Brot und das Salz für die neue Behausung auf das Tischchen in der Diele, und dann schauten wir alles an. Es dauerte einige Zeit, es gab viel zu sehen, zwei Wohnzimmer, Wintergarten, Eßzimmer, eine Küche mit allem, was man sich nur wünschen konnte, zwei Bäder mit allem, was man sich nur wünschen konnte, Schlafzimmer und Gästezimmer, die sich gut in Kinderzimmer verwandeln ließen, und eine geräumige Praxis mit allem, was man sich nur wünschen konnte.

Es war hell und groß und schön und geschmackvoll eingerichtet, und das Bewundern fiel mir nicht schwer, aber plötzlich wünschte ich mich in Ellens alte Wohnung zurück, die kleiner und dunkler und unordentlicher gewesen war und sehr gemütlich. Und ich wünschte mir auch die alte Ellen zurück, die nicht fröhlich und aufgeregt, sondern freundlich und gelassen gewesen war und sehr gemütlich.

Sie hatte den Kaffeetisch in dem kleinen Wohnzimmer gedeckt, das sie scherzhaft Bibliothek nannte, denn seine Wände waren mit Bücherregalen bedeckt. »Dieter kommt auch bald. Er beeilt sich. Schade, daß du heute abend keine Zeit hast, du hättest so gut hier übernachten können, im Gästezimmer.« Ich fand es auch schade, aber Felix hatte mich unbedingt heute abend treffen wollen, und ich hatte nicht widerstehen können.

»Jetzt erzähl mal, wie es dir geht«, sagte ich, »wie war die Hochzeitsreise?«

»Ach, schön. Weißt du, es ist schon etwas Besonderes, wenn man verheiratet ist. Ich hätte nicht gedacht, daß man sich so anders fühlt, viel zugehöriger, nicht wahr? Wirklich an den anderen gebunden. Und am Anfang hat es mir riesengroßen Spaß gemacht, *mein Mann* zu sagen, furchtbar kindisch, nicht? Manchmal bin ich zum Portier gegangen und habe ihn gefragt: Haben Sie vielleicht meinen Mann gesehen, ich suche ihn. Obwohl ich genau wußte, wo Dieter war. Ich wollte einfach nur *mein Mann* sagen. Ist das nicht albern?«

»Gar nicht«, sagte ich, »wieso denn?« Würde ich das auch wollen, dachte ich, den Portier fragen: »Haben Sie meinen Mann gesehen?« Nein. Aber ich wäre wahnsinnig gerne mal mit Felix im Hotel. Und das Gefühl, zu jemandem zu gehören, das will ich auch. Ohne »mein Mann« und Ehering und all das. Ich sah auf ihre Hand mit dem Ehering aus Platin und dem zweiten Ring, auch aus Platin, mit einer Reihe von Diamanten. Ellen hatte eigentlich kein Platin gewollt, sie fand es zu teuer, aber Dieter hatte gesagt, wenn schon, dann richtig.

»Und wie geht es dir?« fragte sie. »Und Rainer? War er sehr krank?«

»Ach, Rainer. Jetzt kann ich es dir ja sagen, der war gar nicht krank, der hat nur Angst vor Hochzeiten.«

Sie sah mich erstaunt an, und ich erzählte ihr alles, von meinem Gespräch mit Rainer und wie er in seine Höhle geflüchtet war und von dem zauberhaften Industrie-Essen und dem zauberhaften Industriemann und wie verzaubert und verliebt ich war, und sie hörte mir mit der zufriedenen Anteilnahme einer Frau zu, die ihre Taube in der Hand hält und es sehr begrüßen würde, wenn sich der Club der Taubenhalterinnen um eine gute, alte Freundin vergrößern würde.

Dieter kam erst, als es schon fast dunkel war und ich aufbrechen mußte. »Bleib doch noch ein bißchen«, sagte er, »dann kommst du eben eine halbe Stunde später zu deiner Verabredung. Ruf einfach an und sag Bescheid.«

»Kommt gar nicht in Frage«, sagte Ellen, »Agnes hat eine sehr wichtige Verabredung, die ist viel wichtiger als wir beide. Aber du kommst uns bald wieder besuchen, ja? Und dann nicht alleine.« Sie lächelte verschwörerisch.

Ich war fast erleichtert, als ich ins Auto stieg. Die beiden standen in der erleuchteten Haustür und winkten, Dieter hatte den Arm um Ellens Schulter gelegt, und ich winkte zurück, bevor ich anfuhr. Was ist nur los, dachte ich, sie hat nun alles, ein großartiges Haus und einen netten Mann, und ich freue mich wirklich für sie, und sie ist so lieb wie immer, und ich habe sie so gern wie immer, und doch bin ich froh, daß ich wegkomme, und kann wieder durchatmen und bin einen Druck los. Komisch, alles ist in Ordnung, alles ist wunderbar, und ich finde es bedrückend.

Ich öffnete das Fenster und ließ die frische Herbstluft herein. Etwas ist anders zwischen uns, überlegte ich, wir sind uns eine Spur fremd und fern, sie ist nicht mehr die alte Ellen, meine Freundin seit zwanzig Jahren, sie ist die neue Ellen, Dieters Frau seit zwei Monaten. Das ändert eben wirklich was, da fühlt man sich anders, wie sie gesagt hat, zugehöriger und gebundener, aber nicht an die alte Freundin, sondern an den neuen Mann. Und das ist nur natürlich, was regst du dich auf, und du hast jetzt auch einen neuen Mann, dem du dich zugehörig und verbunden fühlen kannst, also, was willst du, Agnes?

Felix trug einen dunkelblauen Rollkragenpullover, sehr schön und sehr weich an meinem Gesicht und unter meinen Händen. »Tut mir leid, daß ich zu spät bin«, sagte ich, nachdem wir uns wieder losgelassen hatten, »aber Dieter kam gerade, als ich fahren wollte, und da hat es noch ein bißchen gedauert.«

»Macht nichts«, sagte er.

»Wir müssen bald mal rausfahren, nicht unbedingt zu den beiden, aber auf dem Weg dorthin gibt es eine alte Eichenallee, meine Lieblingsallee, die möchte ich dir so gerne zeigen.«

Er lächelte. »Komm in die Küche. Wir bleiben heute hier, ich habe ein bißchen eingekauft.«

Er hatte ein Feinkostgeschäft leergeräumt, der Tisch war reich mit Delikatessen bestellt, und Champagner- und Rotweingläser standen da und eine große Schale mit exotischen Früchten. Gott, ist das schön, dachte ich, jemand deckt den Tisch für mich.

Er schenkte Champagner ein, und wir aßen und tranken, und ich erzählte von meinem Besuch bei Ellen und Dieter und davon, wie meine Woche gewesen war, wir hatten uns seit dem letzten Wochenende nicht gesehen, er war unterwegs gewesen und hatte auch sonst viel zu tun gehabt. »Und wie war es bei dir?« fragte ich.

»Ach, nichts Besonderes«, sagte er, »das Übliche, viel Arbeit, viel Ärger.« Er schenkte Rotwein nach und stellte den Teller mit den Früchten zwischen uns. »Granatapfel oder Sternenfrucht oder Mango oder die hier?« Er hielt eine leuchtend orangefarbene Frucht hoch. »Ich weiß nicht, wie sie heißt, aber ich fand die Farbe so schön.«

»Von allem etwas«, sagte ich, »laß uns teilen.«

Er schnitt die Früchte auf und zerteilte sie und schob mir die Stücke in den Mund, und wir sahen uns an, und mir wurde warm, und schließlich saßen wir nur noch da und sahen uns an, und dann standen wir auf und gingen ins Schlafzimmer. »Laß mich das machen«, sagte er, als ich mir die Bluse aufknöpfen wollte, und zog mich behutsam aus und hob mich auf und legte mich in sein Bett. O Gott, ist das schön, jemand bereitet das Bett für mich, dachte ich, und breitete die Arme aus und legte sie um seinen Rücken, und dann hörte ich fürs erste auf zu denken.

»Schläfst du schon?« fragte Felix.

»Nein«, murmelte ich, »nur ein bißchen.«

»Wach auf, Kleine«, sagte er, »ich hole uns noch was zu trinken.« Ich hörte, wie er aufstand und in die Küche ging, Gläser klirrten, das Bett bewegte sich unter seinem Gewicht, ich öffnete die Augen, und er reichte mir ein Glas Champagner.

»Laß uns anstoßen«, sagte ich.

»Ich muß dir was sagen, Agnes.«

Ich trank einen Schluck Champagner. »Daß du in Wirklichkeit gar kein Prinz aus der Industrie bist, sondern ein Frosch oder ein Schweinehirt? Keine Angst, ich nehme dich auch als Schweinehirt. Oder als Frosch.«

Er lächelte, aber das Lächeln erreichte seine Augen nicht.

»Das ist lieb von dir«, sagte er, »aber es ist was anderes.«

»Nun sag schon. Was denn?«

»Ich habe dich sehr gern. Ich habe mich richtig in dich verliebt –«

»Wie schön«, sagte ich, »deswegen brauchst du doch nicht so ernst zu sein.« Jetzt halt mal die Klappe, dachte ich, er wird gute Gründe haben, dir feierlich seine Liebe zu erklären. Stör ihn nicht dauernd dabei.

»Doch«, sagte er, »ich habe nämlich sehr ernsthaft darüber nachgedacht. Und dabei ist mir etwas klargeworden.«

Mein Gott, dachte ich, so schnell? Will ich das überhaupt, so schnell? Er sprach nicht weiter, er suchte nach Worten, und ich wartete geduldig.

»Da ist mir klargeworden, daß –« Er zögerte. Nun komm schon rüber, dachte ich. »Da ist mir klargeworden, daß ich meine Frau auch noch sehr liebe.«

Ich sah auf den Champagner in meinem Glas, die Perlen in der gelblichen Flüssigkeit erschienen übergroß. Eine Verwechslung, dachte ich, falsch, er hat sich geirrt, er redet doch von mir, nicht von seiner Frau.

»Das ist vielleicht schwer zu verstehen«, sagte er.

Die Perlen sahen riesengroß aus.

»Aber im Grunde ist es ganz einfach. Ich habe nach der Trennung die eine oder andere Frau kennengelernt, das war nach ein paar Wochen immer wieder vorbei, es war nichts Ernstes, ich war nicht wirklich interessiert. Bei dir war ich wirklich interessiert, du bist ja auch eine interessante Frau, eine zum Verlieben, und je mehr ich mich in dich verliebt habe, desto mehr habe ich an meine Frau denken müssen. Du erinnerst mich sehr an sie.«

Ich wandte den Blick von den Perlen weg und sah ihn an, aber ich konnte ihn nicht richtig erkennen. »Es tut mir leid, Agnes, aber mir ist klargeworden, daß ich meine Frau noch liebe und zu ihr zurück will. Das ist mir durch dich klargeworden.«

Ich ließ das Glas fallen. Während er es aufhob und auf den Nachttisch stellte und hinausging und ein Handtuch holte und es über den Fleck breitete, wurde mein Kopf wieder klar.

»Verstehe ich dich richtig?« fragte ich. »Du hast dich in mich verliebt, weil ich dich an deine Frau erinnere, und weil du dich in mich verliebt hast, hast du dich wieder an deine Frau erinnert?«

»Nicht ganz. Ihr seid euch äußerlich gar nicht ähnlich, eher im Gegenteil. Aber im Wesen gleicht ihr euch, ihr habt eine ähnliche Art, eine, wie soll ich das sagen – ach, eine gute Art eben, eine, die ich sehr mag. Mit der Zeit ist mir das immer mehr aufgefallen, und da mußte ich immer öfter an Annegret denken.«

Ach ja, dachte ich, Agnes und Annegret, das Weltwunder, die siamesischen Zwillinge, außen ganz verschieden, innen ganz gleich, zum Verwechseln ähnlich, wie ein Ei dem anderen.

»Aber deswegen mußt du doch nicht zu ihr zurückgehen. Wenn ich auch diese Art habe, die du so magst, dann kannst du doch auch mit mir leben.«

»Das ist richtig«, sagte er, »grundsätzlich jedenfalls. Aber mit Annegret habe ich schon alles, wir sind verheiratet, wir haben das Haus. Warum etwas neu anfangen, was man schon hat? Das wäre ineffektiv«, er lächelte, um anzudeuten, daß es ihm mit dem Wort ineffektiv nicht gar so ernst war, »das würde keinen Sinn machen.«

Nein, dachte ich, das würde keinen Sinn machen, das wäre sehr ineffektiv. Erschreckend ineffektiv.

»Außerdem wollen wir jetzt auch Kinder«, fügte er hinzu.

Ach ja, ach ja, dachte ich, Agnes, die Eheretterin, Agnes, die Nachwuchsstifterin. Die Mutter Teresa der Industriemänner.

»Aber wenn du das schon wußtest, Felix«, sagte ich, »warum bist du dann noch mit mir ins Bett gegangen?«

»Warum nicht? Ich habe mir gedacht, wir sollten einen schönen Abschied haben.«

In meinem Kopf wurde es noch klarer und ganz kalt. Wie aufmerksam, dachte ich. Wie stilvoll und schönheitsbewußt. Ein Laufpaß auf leeren Magen, das wäre unschön, also stopft man die Dame erst mal mit Delikatessen voll. Und danach liebt man sie warm, damit der Laufpaß sie nicht so kalt erwischt, das wäre stillos. Dann dreht sie auch nicht so schnell durch, dann ist sie satt und beschwipst und müdegeliebt. Gut hast du das gemacht, du Scheißkerl. Umsichtig. Effektiv. Es macht Sinn. Und was mache ich jetzt? Sinn oder Unsinn? Einen Aufstand oder auch einen schönen Abschied?

Ich sah in sein Gesicht. Es war freundlich, wie immer, aber es war auch deutlich darin zu lesen, daß er dabei war, sich von mir zurückzuziehen. Ich kann ihn nicht mehr erreichen, dachte ich. Wenn ich schreie oder weine oder verzweifelt bin oder traurig, dann wird er mich freundlich abfertigen und zusehen, daß er mich loswird, freundlich, aber so schnell wie möglich. Effektiv eben. Und danach zuckt er mit der Schulter und denkt, gut, daß ich mich für Annegret entschieden habe. O nein, so nicht. Ich will auch einen schönen Abschied. Und einen guten Abgang.

»Gut«, sagte ich. »Felix, tust du mir einen Gefallen? Läßt du mich einen Moment allein?«

Er sah mich erstaunt und etwas unwillig an, aber wenn er stilvoll bleiben wollte, konnte er es mir nicht abschlagen. »Wie du willst.«

»Danke.« Ich stand auf und ging hinter ihm her und schloß die Tür. Ich wollte mich nicht anziehen, während er mir dabei zusah, dummgefüttert und dummgeliebt schlüpft die arme Agnes wieder in ihre Kleider, abserviert und abgefertigt, unter seinem kühlen Blick. Außerdem gefiel mir die Vorstellung, daß er vor seiner eigenen Schlafzimmertür herumlungerte und sich fragte, was dahinter geschah.

Ich zog mich langsam und sorgfältig an, kramte Kamm und Lippenstift aus der Handtasche, stellte mich vor den Spiegel, der über der Kommode hing, kämmte mich, strich die Augenbrauen glatt, zog die Lippen nach und straffte mein Gesicht. Ich klemmte die Tasche unter den Arm, straffte auch die Schultern und öffnete die Tür. Er stand tatsächlich davor, im Bademantel, mit zerzausten Haaren, und sah mich unsicher an.

Ich streckte ihm die Hand hin. »Auf Wiedersehen, Felix«, sagte ich und lächelte stilvoll. Er sah albern aus, in seinem Bademantel, wie er meine Hand schüttelte. Ich ging zur

Wohnungstür, nahm meinen Regenmantel vom Garderobenständer, drehte mich um, sagte: »Ich wünsche dir alles Gute, dir und deiner Frau«, lächelte wieder in sein verwirrtes Gesicht hinein und war zur Tür hinaus, ehe er etwas sagen konnte.

Ich wußte, daß ich zuviel getrunken hatte, um mit dem Auto zu fahren, aber es war mir egal. Sollen sie mich doch erwischen, dachte ich, und fuhr nicht brav und vorsichtig, sondern stilvoll und schön, passend zum Abend, passend zum Abschied. Ich änderte meine Fahrweise auch nicht, als ich an dem Polizeirevier in meiner Straße vorbeikam, und als einer der beiden Polizisten, die gerade aus der Tür traten, eine Handbewegung machte, hielt ich schwungvoll an und ließ das Fenster herunter.

»Fahren Sie nur weiter«, sagte der Polizist und lächelte mich an. »Sie waren nicht gemeint.«

Ganz im Stil des Abends, dachte ich. Fahr nur weiter, Agnes, du bist nicht gemeint. Nicht mal die Polizei will dich.

4. Kapitel

Ich stand vor dem Schaufenster des Küchengeschäftes und betrachtete den Wasserkessel, der darin stand. Er war hellgrün und trug einen roten Plastikvogel auf seiner Pfeife, und er war der schönste Wasserkessel, den ich je gesehen hatte. Er würde Jessica gefallen, ich brauchte noch ein Weihnachtsgeschenk für sie, aber er kostete zweihundertfünfzig Mark. Reichlich viel für einen Wasserkessel, überlegte ich, dafür könnte sie eine gute Woche lang studieren, andererseits braucht sie natürlich einen Wasserkessel, aber kein klappriges Ding für neunzehnfünfundneunzig, sondern was Ordentliches, was fürs Leben. Der hier wäre was fürs Leben, da hätte sie ein für allemal ausgesorgt, was Wasserkessel betrifft.

»Na?« sagte jemand neben mir. »Auch noch in letzter Minute auf der Suche?«

»Ja«, sagte ich und trat ein Stück zur Seite, damit er besser ins Schaufenster sehen konnte. Er rückte nach: »Schöne Sachen haben die hier, nicht?«

»Ja«, ich versuchte mich auf mein Wasserkesselproblem zu konzentrieren.

»Ein bißchen teuer vielleicht, aber das Auge ißt ja auch mit, nicht wahr?«

Ich mußte lachen. »Das stimmt«, sagte ich, gab es für heute auf und ging weiter. Wie kann man eine schwierige Entscheidung treffen, wenn einem ständig Fragen gestellt werden? Er ging ein paar Schritte neben mir her, zum nächsten Schaufenster, und sagte wieder etwas, aber ich lief über die Straße und beeilte mich, nach Hause zu kommen, denn Jessica hatte gesagt, sie würde heute abend anrufen.

Das Telefon läutete, als ich die Wohnungstür aufschloß. »Hallo, Mama. Wie geht es dir?«

»Sehr gut, Liebes«, sagte ich, »wann kommst du denn nun?«

»Am dreiundzwanzigsten abends. Und ich wollte über die Feiertage bleiben und am achtundzwanzigsten wieder fahren«, sagte sie in ihrer sachlichen Art, und ich sah sie vor mir, wie sie stirnrunzelnd in ihren Terminkalender blickte. »Ist dir das recht?«

»Natürlich. Ich freue mich schon so, ich habe gerade noch ein wunderschönes Weihnachtsgeschenk für dich gesehen, das kaufe ich dir morgen, eben bin ich nicht dazu gekommen, weil irgendein Mann mich dauernd etwas gefragt hat –«

»Was für ein Mann?«

»Ich weiß es nicht«, sagte ich, »ich kenne ihn gar nicht. Aber vor Weihnachten haben die Menschen ja oft so ein gesteigertes Kommunikationsbedürfnis –«

»Mama?« fragte Jessica, und ihre Stimme klang plötzlich gar nicht mehr sachlich.

»Ja, mein Liebes?«

»Ich wollte dich was fragen.«

»Ja?«

»Kann ich jemanden mitbringen, Mama? Einen Freund?«

»Natürlich, gerne«, sagte ich, »ich freue mich.«

»Ach, ich freue mich auch«, sagte sie, ganz und gar unsachlich, »bis übermorgen, liebe Mama.«

Einen Freund, dachte ich, ha, einen Freund! Das wird nun nicht gerade irgendein Freund sein, wenn sie ihn von Hamburg hierher schleppt, und das zu Weihnachten, und das zu mir. Das wird ein wichtiger Freund sein, ein besonderer, wahrscheinlich der Freund überhaupt. Oh, Gott, bin ich neugierig.

Es tat mir sehr gut, daß meine Tochter zu Weihnachten kam und einen Freund mitbrachte. Das war doch etwas, das rückte die Dinge wieder gerade, das machte manches wieder gut. Ich war nicht nur eine verrückte Vierzigerin, die zum

294

Friseur rannte, zum Schwimmen ging und neue Kleider kaufte, um einen Mann zu finden. Die einem Industriemann um den Hals und ins Bett gefallen war und die den Laufpaß gekriegt hatte, weil dem Industriemann nach ernsthaftem Nachdenken klargeworden war, daß es effektiver und sinnbringender war, zu seiner Frau zurückzukehren. Nein, ich war auch eine respektable Frau und Mutter, und meine Tochter würde kommen und mir ihren Freund vorstellen. Und ich würde Weihnachten nicht bei Lea und Georg oder bei Gertraud feiern, sondern hier, in meiner Wohnung, mit meinem Weihnachtsbaum und mit meiner Tochter und ihrem Freund!

Ich mußte an den Mann vor dem Küchengeschäft denken, und es tat mir leid, daß ich gar nicht auf ihn eingegangen war. Er war wohl einsam, er würde Weihnachten alleine sein, er hatte mit jemandem reden wollen, nur ein paar freundliche Worte, und ich war so kurz angebunden gewesen.

Ich versuchte mich zu erinnern, wie er ausgesehen hatte, ganz gut eigentlich, dunkle, lockige Haare, und einen schönen Mund hatte er gehabt, und gut angezogen war er auch gewesen, der Mantel, der Schal, bestimmt nicht billig. Eigentlich nicht der Typ von Mann, der einsam ist, aber wenn er nicht einsam ist und nur mal mit jemandem reden wollte, was wollte er dann?

O Gott, Agnes. Du dumme Nuß, du blöde Kuh, du blindes Huhn! Was wollte der wohl? Dreimal darfst du raten.

Ich ließ das Messer sinken und starrte auf die Tomate, die auf dem Brett lag. Wie konnte das nur passieren? Du willst unbedingt einen Mann finden und nimmst die schrecklichsten Dinge dafür in Kauf, Umkleideräume in Schwimmbädern und Umkleidekabinen in Boutiquen, und dann spricht dich einer an und läuft noch hinter dir her, und du merkst es nicht. Du merkst es nicht! Du denkst über Wasserkessel nach.

Und gut sah er aus, und was er da sagte über das Auge, das auch mitißt, das war wirklich witzig, und es war so nett, wie er es immer noch mal versuchte. So einen Mann hättest du nun haben können, zu Weihnachten, na, nicht gerade zu Weihnachten, das ist ja schon morgen, aber zu Silvester. Einfach so, gratis und franko, frei Haus. Und was tust du? Du stehst dumm rum und merkst es nicht.

Ich wäre am liebsten auf die Straße gerannt und hätte nach ihm gesucht, vielleicht war er noch unterwegs, vielleicht wohnte er in der Nachbarschaft. Aber ich konnte ja schlecht durch die Straßen laufen und rufen: »Wo ist der Mann, der die Frau vor dem Küchengeschäft angesprochen hat? Bitte melden Sie sich!«

Ich warf das Messer ins Spülbecken, ging zum Telefon und rief Lea an.

»Lea«, sagte ich, »ein Mann hat mich angesprochen.«

»Ach, wie schön«, sagte sie, »was ich sage. Es gibt noch andere Männer außer dem, dessen Namen wir nicht mehr nennen wollen.«

»Ich habe es nicht gemerkt!«

»Was hast du nicht gemerkt?«

»Daß er mich anspricht.«

»Aber Agnes«, sagte sie, »wie konnte das nur passieren?«

Wenn sie so mit mir redete, konnte ich ebensogut weiter mit mir selber reden.

»Ich weiß nicht. Ich bin einfach nicht auf die Idee gekommen. So was ist mir seit Ewigkeiten nicht mehr passiert, wie konnte ich das denn ahnen?«

»Da ist was dran. Man ist einfach nicht mehr darauf eingestellt, nicht wahr? Aber um so besser, ab jetzt weißt du, womit du rechnen mußt, und hältst die Augen offen und konzentrierst dich. Wäre er denn was gewesen?«

Ich gab einen leisen Klagelaut von mir.

»Ach, du Arme«, sagte sie, »aber mach dir nichts draus. Er war nur der erste.«

»Und was mache ich, wenn er der letzte war? Das letzte freie Exemplar im richtigen Alter?«

»Das war er nicht. Es gibt noch drei Millionen davon.«

»Wo hast du denn das schon wieder gelesen?«

»Das habe ich nirgendwo gelesen.« Sie machte eine dramatische Pause. »Ich habe es untersuchen lassen, extra für dich, von einem mir nahestehenden Professor für Informationsverarbeitung, Statistik und Wissenschaftstheorie.«

»Du hast ihm doch nicht etwa gesagt, daß ich –«

»Natürlich nicht, wofür hältst du mich? Er hat keine Ahnung, aber er hat es sehr schön gemacht. Ich wollte es dir eigentlich zu Weihnachten schenken, aber nun kriegst du es eben jetzt schon, damit du nicht traurig bist. Ich hole es mal.«

Sie war im Nu zurück, und ich hörte, wie sie mit Papier raschelte. »Hier«, sagte sie, »zehn Millionen männliche Singles, davon drei Millionen zwischen vierzig und fünfzig. Was sagst du dazu? Drei Millionen. Gilt das nur für die Bundesrepublik oder auch für die neuen Bundesländer?« Sie raschelte wieder. »Deutschland steht hier, dann ist es alles zusammen, na gut. Ich hatte schon gehofft, es wären vielleicht noch mehr. Diese Jungs von drüben, die sind ja sehr nett, ein richtiger Gewinn, denk nur an die beiden Boxer, der eine ist allerdings Schwergewichtler, die sind wirklich ein bißchen schwer, aber der andere ist Halbschwergewicht, das sind sehr hübsche Männer. Georg war auch mal Halbschwergewicht, von der Figur her, weißt du?«

Komm zurück, Lea, dachte ich.

»Wo trifft man die nun alle?« Sie raschelte. »Erstens, im Beruf.«

»Ganz schlecht«, sagte ich, »im Beruf treffe ich nur meine Klienten, und die sind tabu, oder Kollegen, und die sind alle verheiratet.«

»Zweitens, öffentliche Verkehrsmittel.«

»Auch schlecht. Ich fahre doch mit dem Auto.«

»Also wirklich, Agnes«, sagte sie, »sei doch nicht so eng und unflexibel. Dann fährst du eben mal mit dem Bus.«

»Da wird man immer so hin und her geschleudert.«

»Um so besser. Da fängt dich dann ein netter Mann auf.«

»Und wenn mich keiner auffängt, lande ich mit gebrochenen Knochen im Krankenhaus.«

»Und da sind dann lauter nette Ärzte«, sagte sie triumphierend, »du mußt deine Phantasie gebrauchen und offen und flexibel sein, sonst wird das nie was.«

»Na gut«, sagte ich, »und weiter?«

»Das andere hat nicht mehr so hohe Kennenlernquoten. Kongresse, Fortbildungen, Sport – paß im Schwimmbad auf, Agnes. Theater, Kino – wie soll man denn im Dunkeln einen Mann kennenlernen? Da lernt man bestimmt nur solche kennen, die einem ans Knie langen. Und Ausstellungen. Ich hätte große Lust, mal wieder in eine Ausstellung zu gehen. Laß uns zusammen hingehen, und wenn ein interessanter Mann auftaucht, tun wir so, als ob wir uns nicht kennen, ja?«

»Ja, Lea«, sagte ich erschöpft, »das machen wir.«

»Gut«, sagte sie, »jetzt feiern wir erst mal in Ruhe Weihnachten, und dann geht's los. Drei Millionen Männer, Agnes!«

Ich sah ein Meer von Männern vor mir, in das ich mich würde hineinstürzen müssen, kaum daß Weihnachten vorbei war.

»Erst mal Weihnachten«, sagte ich, »weißt du was? Jessica kommt und bringt einen Freund mit. Extra von Hamburg. Zu Weihnachten. Zu mir. Ahnst du was?«

»Und ob. Das ist wahrscheinlich Romeo. Bring die beiden ja mit, wenn du kommst, auch wenn sie nicht wollen. Ich bin wahnsinnig neugierig.«

»Ich auch«, sagte ich.

Jessica kam durch das halbdunkle Treppenhaus auf mich zu. »Hallo, Mama«, sagte sie.

»Oh, mein Liebes, wie schön, daß du da bist.« Sie ließ sich widerstrebend umarmen, machte sich gleich wieder los und sagte mit fast schroffer Stimme: »Mama, das ist Daniel.«

Vor mir stand ein junger Mann, der sehr groß war und eine sehr dunkle Haut hatte. Ich starrte ihn an. Das ist nicht Romeo, das ist Othello, dachte ich. Lea hat sich geirrt. »Guten Abend, Frau Geben«, sagte er höflich und streckte mir die Hand hin. Er sprach mit stark norddeutscher Färbung, und das verwirrte mich zusätzlich, denn soweit ich weiß, kam Othello nicht aus Hamburg, oder doch? Ich schüttelte seine Hand und rang um Worte, mir fiel nichts ein, mein Kopf war leer, und in meiner Not hatte ich einen schweren Anfall bürgerlichen Benehmens: »Ich freue mich, Sie kennenzulernen«, sagte ich, und meine Stimme krächzte, »ich habe schon so viel von Ihnen gehört.«

Jessica zog hörbar die Luft ein, aber der junge Mann, der aussah wie Othello, lächelte mich weiter an und schien nichts Auffallendes an mir zu finden, und das half, ich kam wieder etwas zu mir und konnte weniger angestrengt und mit klarerer Stimme fortfahren: »Kommt doch rein, ihr beiden. Warum stehen wir denn im Hausflur rum?« Weil du wie Lots Weib im Türrahmen zur Salzsäule erstarrt bist, Agnes, deshalb!

Sie kamen rein, brachten ihre Reisetaschen in Jessicas Zimmer und setzten sich an den Abendbrottisch, den ich vorbereitet hatte. Ich konnte nichts essen, ich war viel zu aufgeregt, aber sie hatten großen Hunger, sie aßen und erzählten, von der Fahrt, von der Uni, von etwas, das sie DJ-Contest nannten (»Die Dschey, Mama, du weißt schon, De Jot«), und ich bekam nicht alles mit, aber das machte nichts, lebenswichtige Fakten schienen nicht dabei zu sein, ich saß nur da und sah und hörte und hatte Zeit, mein Innenleben zu ordnen und meine Geisteskräfte zu sammeln.

Sie saßen auf eine Art nebeneinander, die anzeigte, daß sie der Ansicht waren, daß nichts sie je würde trennen können, so, als ob sie schon seit hundert Jahren nebeneinander säßen und als ob sie das auch die nächsten hundert Jahre lang tun würden. Sie lauschten aufmerksam, wenn der andere sprach, und zwischendurch lächelten sie einander an, auf eine Art, die deutlich machte, daß es zwischen ihnen etwas gab, das nur sie kannten und das nur ihnen gehörte. Und wenn Daniel redete, dann spürte ich Jessicas Blick auf mir, den sie schnell wieder abwandte, wenn ich zu ihr hinsah, und ich wußte, daß sie wissen wollte, wie ich dies nun alles fand, und daß sie versuchte, es in meinem Gesicht zu lesen, aber wie konnte ich so schnell wissen, wie ich dies nun alles fand?

Ich wußte nur, daß ich sie sehr hübsch fand, wie sie da nebeneinander saßen, Daniel schlank und dunkel und Jessica rundlich und hell, mit ihrer weißen Haut und den hellblonden Haaren. Sehr hübsch. Wie Kaffee mit Schlagsahne.

Also wirklich, Agnes, was fällt dir ein, was ist denn heute mit dir los? Erst stehst du stumm und dumm in der Türe und redest bürgerlichen Blödsinn, und nun denkst du so was. Es ist rassistisch, dunkelhäutige Menschen kaffeebraun zu nennen. Und sexistisch ist es außerdem. Der Mann der Kaffee, die Frau als Schlagsahne obendrauf, also wirklich. Aber Rassismus hin, Sexismus her, sie sehen sehr hübsch aus zusammen. Ich lächelte sie an.

»Was ist, Mama?« fragte Jessica.

»Ihr seht so hübsch aus zusammen«, sagte ich unbedacht und erschrak sofort. Jessica haßt es, wenn ich mich ihren Freunden gegenüber distanzlos verhalte, wenn ich plumpe Komplimente mache oder zudringliche Fragen stelle. Dies war ein sehr plumpes Kompliment, und das bei einem so besonderen Freund, und nun würde etwas Schreckliches passieren, sie würde ärgerlich werden oder stumm und mißgelaunt, und der Abend würde verdorben sein.

Es passierte nichts. Sie sah zufrieden zu Daniel, und dann lächelte sie mich so strahlend an, wie sie es schon lange nicht mehr getan hatte, und Daniel lächelte auch, noch freundlicher als zuvor, und ich wußte gar nicht, wie mir geschah.

Ich war nicht nur ungeschoren davongekommen, ich war auch noch mit einem Lächeln belohnt worden, und das machte mich tollkühn, und ich ergriff die Gelegenheit, etwas Wichtiges in Erfahrung zu bringen, und stellte eine zudringliche Frage. »Was machen Sie denn so an der Universität, Daniel?« fragte ich, und das Bemühen um einen beiläufigen Tonfall ließ meine Stimme schwach und atemlos klingen.

»Sag doch du zu ihm, Mama«, sagte Jessica, »es klingt so komisch, wenn ihr euch siezt.« Eine Aufforderung zur Distanzlosigkeit.

Wir stießen mit unseren Gläsern an, Daniel sagte »Daniel«, ich sagte »Agnes« und verschluckte mich und hustete so heftig, daß Jessica aufstand und mir den Rücken klopfte. Die Ereignisse des Abends überstiegen allmählich meine Kräfte, auffallend große, dunkle junge Männer, die in meiner Küche saßen, und meine Tochter, sanft wie ein Lamm und so nett zu mir, daß mir Hören und Sehen verging, und ich war froh, daß ich nun erst mal wieder nur zuzuhören brauchte.

Daniel erzählte, und die Art, wie er sprach, und sein norddeutscher Tonfall gaben ihm etwas sehr Ernsthaftes, und was er an der Universität machte, war auch sehr ernsthaft, er studierte Physik, und wenn ich auch Physik zum Sterben langweilig finde, so ist sie doch ernsthaft, erfreulich ernsthaft und solide. Er geriet ins Schwärmen über die Physik, wenn er fertig war, wollte er an der Universität bleiben und forschen, Hochenergiephysik zum Beispiel war ein faszinierendes Gebiet, Festkörperphysik andererseits auch, er wußte noch gar nicht, wie er sich entscheiden sollte.

Ach, sieh mal einer an, dachte ich, da sitzt er und sieht aus wie einer von diesen amerikanischen Boxweltmeistern, nur schlanker und hübscher, und im linken Nasenflügel trägt er einen Glitzerstein (Jessica trug auch so einen Stein, auch links), und was will er werden? Physikprofessor will er werden. Nicht, daß ich was dagegen hätte, Gott behüte, wenn Jessica die nächsten hundert Jahre neben ihm sitzen will, dann ist es nicht schlecht, wenn sie das neben einem Professor tut. Bißchen langweilig vielleicht, immer diese Physik, ob Hochenergie oder Festkörper, aber ernsthaft und solide, ganz wunderbar ernsthaft und solide.

»Wie schön!« sagte ich. »Ich meine, wie schön, daß du weißt, was du willst, und daß dir das Studium Freude macht.« Was für eine blöde Bemerkung, dachte ich, du machst schon die ganze Zeit so blöde Bemerkungen, was soll der Junge bloß von dir denken?

Er schien nichts Schlechtes von mir zu denken, er lächelte mich an und Jessica auch. Ich gewöhnte mich allmählich daran, so angelächelt zu werden.

»Und weißt du was, Mama?« fragte Jessica. »Wir wollen zusammenziehen. Wir suchen eine Wohnung.«

Ich hatte mich gerade ein bißchen erholt, und nun ging es schon wieder los. Nichts galt mehr. Sie ist sonst sehr zurückhaltend mit persönlichen Mitteilungen, sie gibt sie nur widerstrebend her wie Goldkörner, und nun platzte sie platt und direkt damit heraus. Ich wußte nicht, was ich sagen sollte, ich rang einmal mehr um Worte, besonders da sie mich so erwartungsvoll ansah, und griff schließlich auf meine Bemerkung von eben zurück: »Wie schön!«

»Ja, nicht wahr? Und wir haben wahrscheinlich schon eine.«

»Wie schön«, sagte ich erschöpft.

Ich stand am Fenster und sah zu, wie sie ihre Sachen in den Wagen packten, die Reisetaschen, die Kartons mit Jessicas Besitztümern und den Proviantkorb, den ich ihnen mitgegeben hatte, damit sie nicht in einer Raststätte essen mußten.

Jessica schob eine Reisetasche zur Seite, Daniel sagte etwas und wies auf den Rücksitz, aber sie schüttelte den Kopf. Du wirst dich noch wundern, mein Lieber, dachte ich, du kennst sie noch nicht. Sie ist nicht nur genau und gründlich, sie ist auch sehr eigenwillig. Als sie klein war, mußte das Geschirr genau so auf dem Tisch stehen, wie sie sich das vorstellte, sonst aß sie nichts. Wenn das Gepäck nicht genauso arrangiert wird, wie sie sich das vorstellt, fährt sie nicht, also halt die Klappe und tu, was sie sagt, sonst kommst du nicht so bald nach Hamburg.

Jessica schloß mit einer zufriedenen Bewegung den Kofferraumdeckel, verstaute den Proviantkorb auf dem Rücksitz, zog ihre Jacke aus, ließ sich Daniels geben und tauchte für längere Zeit im Fond unter, um auch die Jacken passend unterzubringen. Sie tauchte wieder auf, sah zum Fenster hoch, warf mir ein Luftküßchen zu, Daniel winkte auf seine ernsthafte Art, und dann konnten sie endlich losfahren.

Wie nett ist doch dieser Daniel, dachte ich. Freundlich und gescheit und ernsthaft und liebevoll zu Jessica und so liebenswürdig zu mir. Ganz anders als Markus, der mich ansah und behandelte, als hätte ich die Pest, dabei mußte man eher vermuten, daß er sie hatte, mit den eitrigen Pickeln im Gesicht, der arme Junge. Oder Ricky, in seinem schwarzen Lederanzug, mit seinem scheußlichen schwarzen Motorrad, der nicht nur aussah wie der Todesengel, sondern sich auch so benahm, hochtrabend und arrogant. Da stand ich auch am Fenster und sah zu, wie sie zu ihm auf dieses verdammte Motorrad stieg, und haßte ihn.

Das ist vorbei, dachte ich, ich muß mir keine Sorgen mehr um sie machen. Etwas ist anders geworden, darum ist sie auch so nett zu mir, sie muß sich nicht mehr wehren und mich auf Abstand halten, damit sie in Ruhe wachsen kann. Sie ist jetzt erwachsen, und sie kann wieder nett sein zu mir. Und natürlich werde ich mir immer Sorgen machen um sie. Zum Beispiel mache ich mir Sorgen, ob sie mit diesem klapprigen Altauto, auf das Daniel so stolz ist, sicher nach Hamburg kommen. Aber die Ganz Große Sorge, damit ist es vorbei. Sie kann nun selber für sich sorgen.

Ich zog die Vorhänge zu und machte die Lampen an. Ich mache mir auch Sorgen wegen Daniel, dachte ich. Ich glaube wirklich, daß es mir egal ist, welche Hautfarbe er hat, ich will doch sehr hoffen, daß mir so was egal ist, aber anderen ist es nicht egal, und denen ist sie ausgeliefert, wenn sie nur mit ihm über die Straße geht. Aber da kann ich nichts tun, ich muß es sie tun lassen, und sie wird es schaffen. Hoffentlich. Hoffentlich tut ihr niemand weh.

Ich ging in ihr Zimmer. Es wirkte noch leerer als vorher, weil Bücher und Bilder fehlten. Sie ist wirklich weg, dachte ich, sie ist endgültig gegangen, und ich hatte das Gefühl, daß auch in meinem Inneren ein leerer Raum war, der hallte und schmerzte. Das Zimmer war aufgeräumt, es gab nichts zu tun, sie hatte gesaugt, und die gebrauchte Bettwäsche lag ordentlich zusammengelegt auf der glattgestrichenen Tagesdecke. Ich schüttelte den Kopf. Sie ist so übermenschlich ordentlich, daß ich mich eigentlich fragen müßte, ob sie wirklich meine Tochter ist, ob sie nicht vielleicht nach der Geburt vertauscht wurde.

Ich dachte daran, wie wir uns wiedergesehen hatten nach der Geburt, frisch gewaschen, erleichtert, müde. Wie sie mich angesehen hatte mit ihren dunklen Augen, die nicht blau waren, sondern grau, aufmerksam und forschend, als ob sie mich kritisch musterte und sich überlegte, ob ich ihr wohl recht sei als Mutter. Dann hatte sie auf eine ganz zarte Weise geseufzt und die Augen geschlossen, und ich hatte sie vorsichtig an mich gedrückt, und es war klar gewesen, daß alles sehr recht und in Ordnung war mit uns beiden. Das kann sie heute noch, einen so kritisch ansehen, dachte ich und mußte lachen, und gleich wird man unsicher und fragt sich, ob alles recht und in Ordnung ist.

Ich knipste das Licht in ihrem Zimmer aus und schloß die Tür. In der Küche war auch nichts zu tun, die Spülmaschine lief, und ich ging zurück ins Wohnzimmer, setzte mich aufs Sofa und betrachtete den Weihnachtsbaum. In meiner Begeisterung darüber, daß Jessica kommen würde, hatte ich einen besonders großen gekauft, aber das war dann gar kein Problem gewesen, denn sie hatte ja einen besonders großen Freund mitgebracht. Daniel hatte leichter Hand die oberen Etagen geschmückt, und sie hatte neben ihm gestanden und genaue Anweisung gegeben, wo die Kugeln, Sterne und Figuren ihren Platz haben sollten.

Früher habe ich das gemacht, dachte ich, die oberen Zweige geschmückt, und sie hat so neben mir gestanden. Aber wenn sie nun jemanden braucht, fürs Weihnachtsbaumschmücken oder für sonst was, dann hat sie Daniel. Mir fiel ein, wie die beiden bei Lea und Georg auf dem Sofa gesessen hatten, mit ihren Verlobungssteinen in den Nasenflügeln. Sie waren gerne mitgegangen, Jessica hatte sich gefreut, Lea wiederzusehen, und sie hatten sich aufmerksam und interessiert unterhalten, aber es war auch klar gewesen, daß es nicht so wichtig war, wo sie waren, sie hätten auch woanders sein können, Hauptsache, sie saßen nebeneinander.

Das war bei Achim und mir auch so, dachte ich, Gott, war das schön! Nicht die Aufgeregtheit des großen Verliebtseins, nein, die ruhige Gelassenheit der Liebe, man kann ganz ruhig sein, man weiß, man ist angekommen, man wird nie wieder alleine sein. Und man weiß noch nicht, daß sich das auch wieder ändern kann.

Meine Kehle zog sich zusammen, und meine Augen wurden feucht, aber ich wollte nicht auf dem Sofa hocken und den Weihnachtsbaum anheulen. Ich ging in die Küche und sah in den Kühlschrank. Es waren noch lauter gute Sachen da, ich konnte mir nachher ein feines Abendessen machen. Ich ging wieder ins Wohnzimmer und blätterte im Fernsehprogramm. Viele volksmusikalische Sendungen unter besonderer Berücksichtigung des Weihnachtsfestes, viele Filme wie »Gewalt und Rache« oder »Atemlos vor Lust«, die das Weihnachtsfest überhaupt nicht berücksichtigten, und im ersten Programm immerhin »Tagebuch einer Nonne«, das ich zwar schon auswendig kannte, aber Audrey Hepburn in der kleidsamen Nonnentracht und all die Mutter Oberinnen, die so verständnisvoll sind, streng, aber verständnisvoll, mochte ich immer wieder sehen.

Ich sammelte die abgebrannten Wunderkerzen vom Weihnachtsbaum und hängte frische auf und räumte meine Geschenke weg, weil es albern aussah, wie sie so alleine unter dem Baum lagen. Ich stopfte die Bettwäsche der beiden in die Waschmaschine und suchte alles zusammen, was man noch waschen konnte. Als ich gerade dabei war zu überlegen, was zu bügeln wäre und daß das Silberbesteck geputzt werden könnte, klingelte das Telefon, und ich war so schnell am Apparat wie schon lange nicht mehr.

»Hallo, Agnes«, sagte Rainer, »wie geht's denn so?«

»Sehr gut«, sagte ich. Einfach phantastisch geht es mir, ich will nur eben noch das Silber putzen, und dann hänge ich mich auf, weil niemand da ist, der neben mir auf dem Sofa sitzt, so, als würde er auch die nächsten hundert Jahre neben mir auf dem Sofa sitzen.

»Es tut mir leid, daß es mit Jessica nicht geklappt hat«, sagte er. Jessica hatte es gar nicht verstehen können, als ich sagte, ich wüßte nicht, ob er käme. »Er kommt doch immer irgendwann zu Weihnachten«, hatte sie gesagt und ihn angerufen, aber er hatte keine Zeit gehabt, der Mistkerl.

»Ich hatte leider keine Zeit. Du weißt ja, zu Weihnachten ist immer viel los.«

Nein, das weiß ich nicht, dachte ich, vor den Zwischenzeugnissen, zum Abitur und nach Schulbeginn, da schon, aber seit wann ist in der Schule zu Weihnachten so viel los, du Mistkerl?

»Was macht sie denn so?« fragte er, und ich erzählte, was sie machte, all die großen Neuigkeiten, und er wurde warm

306

und lebendig, es interessierte ihn, irgendwie ist sie all die Jahre ja auch sein Kind gewesen. Ich wurde weich, als ich hörte, wie seine Stimme wärmer wurde, und ich überlegte nicht lange und sagte: »Ach, weißt du was? Ehe ich dir das alles am Telefon erzähle, komm doch rüber, ich mache uns was zu essen, und wir zünden die Kerzen am Baum an und trinken was Gutes.«

Er war gerade dabei, ja zu sagen, aber dann bremste er sich, stotterte ein bißchen und sagte: »Das – das geht leider nicht, ich muß noch einiges erledigen. Ich fahre über Neujahr weg –«

Mit Freunden, dachte ich.

»Mit Freunden«, sagte er.

»Na gut. Dann erzähle ich es dir ein andermal, ich muß auch noch einiges erledigen.«

»Okay«, er klang erleichtert, »dann feiere schön und komm gut rüber.«

»Du auch«, sagte ich und legte auf. Komm gut rüber und geh zum Teufel, Mistkerl.

Na gut, na gut, dachte ich und schlug mit der Faust auf den Telefonhörer. Okay, okay. Komm gut rüber und feiere schön. Nein, du weinst jetzt nicht, Agnes. Du ißt was Gutes und trinkst was Gutes, und dann ziehst du dir das Tagebuch einer Nonne rein, in aller Breite und Schönheit. Und übermorgen ist Silvester, und dann ist Neujahr, und dann geht's los. Drei Millionen Männer, Agnes!

5. Kapitel

»Drei Millionen ist natürlich eine Menge«, sagte Lea bei unserem Neujahrstelefongespräch, »und so, wie du jetzt aussiehst, kann man erwarten, daß einiges auf dich zukommt. Aber darauf allein sollten wir uns nicht verlassen. Du mußt die Augen offenhalten, Agnes, interessante Männer findet man an den seltsamsten Orten, ganz alltäglichen, weißt du, im Reformhaus, beim Schuster oder in der Reinigung –«

Oder im Männerklo, dachte ich, auch ein ganz alltäglicher Ort und per Definition voller Männer. Welchen Straftatbestand würde es wohl erfüllen, wenn ich mich da herumdrücken würde, grober Unfug oder Erregung öffentlichen Ärgernisses?

»Im Getränkemarkt«, sagte ich, »da habe ich vorgestern einen interessanten Mann gesehen, im richtigen Alter, nur ein bißchen größer, dunkle Haare, und er hatte breite Schultern und zwei, drei Kilo zuviel, und das mag ich so, Männer mit breiten Schultern und zwei, drei Kilo zuviel, weißt du?«

»Und?«

»Ich wußte nicht, was ich machen sollte. Darüber müssen wir auch mal nachdenken, glaube ich. Was soll ich tun, wenn ich einen interessanten Mann treffe, in der Reinigung oder beim Schuster?«

»Ach so«, sagte sie, »ja, natürlich, was könntest du da tun? Ihn anlächeln, vielleicht?«

»Ach, Lea, ich glaube, ich würde mich nicht trauen, einen völlig fremden Mann einfach so anzulächeln. Könntest du das?«

Sie überlegte. »Nein«, gab sie zu. »Aber, Agnes, wer A sagt, muß auch B sagen. Dann lernst du es eben, du bist ja Psychologin, da gibt es doch bestimmt irgendwelche Methoden.«

Sie hatte recht. Ich war Psychologin, und es gab Methoden, Angstabbau, Sozialtraining, Selbstsicherheitstraining, was weiß ich, und ich konnte sicher lernen, völlig fremde Männer anzulächeln, einfach so.

»Aber was mache ich, wenn er mich nicht ansieht, wie der Mann im Getränkemarkt zum Beispiel? Dann hat es doch keinen Sinn, ihn anzulächeln.«

»Also, Agnes«, sagte sie, »nun sei nicht so umständlich. Dann sprichst du ihn an, das ist doch klar. Das kannst du nicht, ich weiß, und ich könnte es auch nicht, nie im Leben. Das lernst du gleich mit, wenn du das Anlächeln lernst, lerne einfach alles, was man in solchen Situationen brauchen kann, dann ist es ein Aufwasch.«

Na gut, dachte ich, ich werde lernen, wie man Männer anmacht. Aber wo? Ich kenne Kollegen, die solche Trainings machen, an der Volkshochschule zum Beispiel, aber da kann ich doch nicht hingehen, was werden die von mir denken, wenn ich mit vierzig plötzlich lernen will, wie man fremde Männer anspricht?

»Und noch was«, sagte Lea, »schminkst du dich jeden Tag?«

»Nein, natürlich nicht. Wieso?«

»Du warst so hübsch geschminkt, als ihr bei uns wart, und nachher hat Georg mich gefragt, wie alt du bist. Er war ganz irritiert, weil er dachte, er hätte eine Zahl vergessen, er vergißt doch nie eine Zahl, weißt du? Aber er hatte sie natürlich nicht vergessen, er wußte, daß du vierzig bist. Also, wenn Georg so was sieht – du hättest so jung ausgesehen, hat er gesagt. Nur ein bißchen getönte Tagescreme, Wimperntusche und Lipgloss –«

»Das hat Georg doch nicht gesagt?«

»Nein, natürlich nicht«, sagte sie, »er weiß ja gar nicht, was das ist. Das sagt die *Brigitte*. Gehen Sie nie aus dem Haus ohne ein bißchen getönte Tagescreme, Wimperntusche und einen Hauch Lipgloss.« Es klang fast wie ein Gesetz.

Aber wenn die *Brigitte* es sagt, dann ist es ja auch fast so etwas wie ein Gesetz.

»Aber das ist doch schrecklich«, sagte ich, »jeden Tag diese braune Schmiere im Gesicht, und wenn man sich die Nase kratzt, hat man braune Finger. Und von der Wimperntusche kriege ich ganz steife Wimpern und schwarze Ränder unter den Augen.«

Ich konnte fast hören, was sie dachte. Wer A sagt, muß auch B sagen, dachte sie, aber sie verkniff es sich. »Überleg's dir mal«, sagte sie großzügig, und dann fiel ihr doch noch ein goldenes Wort ein: »Nur wer wagt, gewinnt, Agnes, denk daran. Und es ist ja nicht für immer. Wenn du erst einen hast, kannst du wieder aufhören, dir das Zeug ins Gesicht zu schmieren.«

Na gut, dachte ich, wer wagt, gewinnt. Aber so weit geht der Wagemut nicht, daß ich ständig mit Farbe im Gesicht herumlaufe. Ich verwende ihn lieber darauf zu lernen, wie man Männer anlächelt und anspricht. Und das bringe ich mir selber bei, dafür gehe ich in keinen Kurs, wozu habe ich das alles mal gelernt? Das ist doch ganz einfach, Desensibilisierung, altes Verhalten verlernen, neues Verhalten aufbauen. Bei der Schlangenphobie zum Beispiel, erst über Schlangen sprechen, dann Bilder von Schlangen ansehen, dann ist die Schlange im anderen Zimmer, dann im gleichen Raum, dann nähert man sich ihr, dann faßt man sie an, und schließlich hat man sie auf dem Arm und streichelt sie glücklich, jedenfalls auf den Fotos in den Lehrbüchern.

Also wirklich, Agnes, dachte ich, was fällt dir denn ein, Männer mit Schlangen zu vergleichen, das ist doch wohl nicht dasselbe. Außerdem würde ich viel lieber eine Schlange anfassen als einen fremden Mann ansprechen. Nur das Endresultat, das sollte ungefähr das gleiche sein, man hat sie im Arm und streichelt sie glücklich. Und das Programm der kleinen Schritte, das ist auch ähnlich, damit fange ich morgen an. Anlächeln. Den Mann im Zeitungsladen zum Beispiel, der ist über sechzig und erzählt immer von seinen Enkelkindern. Oder den schüchternen jungen Mann hinter der Käsetheke im Supermarkt, den könnte ich auch mal anlächeln, das würde ihm sicher guttun. Oder den Drogisten, der mich immer so anlächelt – nein, den lächele ich besser nicht an, weiß der Teufel, was dann passiert. Da mache ich lieber den nächsten Schritt und lächele fremde Männer an, da ist es egal, was sie von mir denken, es sind ja fremde Männer.

Komisch, daß ich mich so anstelle, dachte ich, ich bin eine gereifte Frau und Mutter, die weiß, wie es im Leben zugeht, und Psychologin und Psychotherapeutin dazu, da sollte es doch eine Selbstverständlichkeit für mich sein, mal einen fremden Mann anzulächeln oder in Gottes Namen auch anzusprechen. Das ist doch was ganz Normales, eine simple zwischenmenschliche Kontaktaufnahme, Männer können das ja auch.

Die haben es auch gelernt, deswegen bist du bis jetzt so gut durchs Leben gekommen, weil das immer die Männer gemacht haben, und du brauchtest sie bloß machen lassen und ja oder nein sagen. *Sag lieber einmal öfter nein als ja*, hat Mutter immer gesagt, und *Zeige einem Mann nie zuerst, daß du Interesse hast*, und ich habe darüber gelächelt, es war so altmodisch. Aber dann habe ich es genauso gemacht, und nun bin ich vierzig Jahre alt und muß noch mal umlernen. Sag lieber ja als nein, und zeige einem Mann zuerst, daß du Interesse hast. O je.

Mutter. Ich muß die beiden noch anrufen, ein gutes Neues Jahr wünschen.

»Ja, Heimeran!« sagte mein Vater. Er meldet sich immer, als ginge es zum letzten Appell.

»Hallo, Vater«, sagte ich, »ich wollte euch ein gutes Neues Jahr wünschen.«

»Danke. Das wünschen wir dir auch, Agnes. Was ist, Anneliese?« Ich hörte meine Mutter im Hintergrund reden.

»Deine Mutter fragt, ob du schon weißt, daß Jessica sich eine Wohnung sucht?«

»Ja, natürlich«, sagte ich wütend. Sie tun mal wieder so, als wäre Jessica ihr Kind, das bei ihnen in Hamburg lebt, und ich irgendeine entfernte Verwandte, irgendwo weit entfernt in München. Und sie schaffen es mal wieder, daß ich in Sekundenbruchteilen koche.

»Da wird sie ja einiges brauchen. Wir werden ihr eine Waschmaschine schenken«, sagte er im Triumphton und wechselte gleich zur Anklage über: »Dann muß sie nicht mehr in diesen Waschsalon.« Er sprach das Wort Waschsalon aus, als handele es sich dabei um ein Bordell. »Das ist ohnehin ein Unding. Und was ist mit dir?«

Ich habe ihr schon einen Wasserkessel geschenkt, hätte ich fast gesagt, den schönsten und teuersten Wasserkessel, den es auf der ganzen Welt gibt. Und ich schenke ihr auch alles andere, hätte ich am liebsten gesagt, behaltet eure Waschmaschine und laßt die Finger von Jessica, sie ist mein Kind!

Ich riß mich zusammen und sagte in dem herablassendsten Tonfall, der mir möglich war: »Da macht euch mal keine Gedanken, das haben wir schon alles besprochen, Jessica und ich.«

»Wie du meinst«, sagte er steif.

»Habt ihr denn Daniel überhaupt schon kennengelernt?« fragte ich. Es war ein kindischer und alberner Versuch, Revanche zu nehmen.

»Wen? Ach, du meinst diesen jungen Mann. Ja, natürlich.«

»Und?« Ich konnte es nicht lassen.

»Ausgesprochen gut erzogen, der junge Mann«, sagte er, »und sehr intelligent, ohne Zweifel. Ich habe mich ein bißchen mit ihm unterhalten, über sein Studium, von diesen naturwissenschaftlichen Fächern verstehe ich natürlich wenig, die sind ja in der humanistischen Bildung zweitrangig, aber das war mir sofort klar, der junge Mann ist überdurchschnittlich intelligent.« Er räusperte sich heftig. »Nun halten diese ersten großen Lieben ja meist nicht lange, das meint deine Mutter auch, aber solange es dauert, muß man es natürlich ernstnehmen und respektieren. Das siehst du hoffentlich auch so.«

Du mieser alter Kerl.

»Ach, da braucht ihr euch keine Sorgen zu machen«, sagte ich mit ätzender Munterkeit, »das hält bei den beiden, da bin ich ganz sicher. Ich habe sie sechs Tage hier gehabt, da merkt man, wie ernsthaft so etwas ist, und das ist sehr ernsthaft, noch ernsthafter geht es gar nicht.«

»Das werden wir ja sehen«, sagte er, noch steifer, und dann fiel ihm ein, daß das Gespräch zu teuer für mich würde, und er beendete es in Windeseile.

Diese ersten großen Lieben dauern ja nicht lange! So habt ihr euch das also zurechtgelegt. Und nun kriegt sie eine Waschmaschine, damit sie nicht mehr in den Waschsalon gehen muß, was sie muß, weil ihre pflichtvergessene Mutter nicht für eine Waschmaschine gesorgt hat, und wenn die erste große Liebe hoffentlich nicht von Dauer ist, dann hat sie immerhin eine Waschmaschine, das ist was Solides, das ist von Dauer.

Wenn ihr euch da nur nicht täuscht mit der ersten großen Liebe. Meine erste große Liebe hat acht Jahre lang gehalten, das ist doch was, und Jessica ist viel hartnäckiger und ausdauernder als ich, wo die mal dran ist, da bleibt sie dran. Es würde mich gar nicht wundern, wenn wir bald was von Standesamt und solchen Sachen zu hören kriegten, ich habe ja auch so mir nichts, dir nichts geheiratet. Wenn man weiß, der ist es, warum soll man da lange fackeln, und Jessica weiß, der ist es, und sie ist keine, die lange fackelt. Und was sagt ihr dann? Ha. Und was kriegt sie dann wohl geschenkt?

Nun sei doch nicht so gemein, Agnes, sagte ich zu mir. Sie haben ihre Fehler, die beiden, aber sie lieben Jessica von Herzen und würden alles für sie tun. Für niemanden sonst auf der Welt würde Vater sich dazu durchringen, über einen dunkelhäutigen jungen Mann mit einem Glitzerstein im Nasenflügel in solch milden Wendungen zu sprechen. Wenn ich daran denke, wie er damals über Achim hergezogen ist, wegen der langen Haare und der indischen Klamotten und der ganzen lockeren Lebensauffassung, und Achim war immerhin weiß, und einen Glitzerstein hatte er auch nicht in der Nase. Denk lieber nicht daran, Agnes. Sei lieber froh, daß sie sich so um Jessica kümmern, da hast du Zeit, dich um dich selbst zu kümmern und dafür zu sorgen, daß du vielleicht noch mal so was wie eine zweite große Liebe findest, auch wenn du dann keine Waschmaschine geschenkt bekommst.

Die Auswahl an Kajalstiften hatte sich stark vergrößert, seit ich mir zuletzt einen gekauft hatte. Es war ungefähr zehn Jahre her, daß ich mir zuletzt einen gekauft hatte. Ich stand hilflos davor, als eine junge Frau neben mich trat und fragte: »Kann ich Ihnen helfen?« Ihre Augen waren dick mit Kajal umrandet, und das sprach dafür, daß sie mir bestimmt helfen konnte.

»Ich suche einen Kajalstift, der zu meiner Augenfarbe paßt«, sagte ich.

Sie musterte mich zweifelnd. »Wie wäre es denn mit Wimperntusche? Ich glaube, das würde Ihnen eher entsprechen.«

»Warum?«

»Kajal setzt sich leicht in der Augenumgebung ab«, sagte sie, »in diesen kleinen Fältchen, wissen Sie? Und das wirkt dann nicht so gut.«

Ich sah auf ihre Augenumgebung. Ihre Haut war glatt und straff, und es gab keine Fältchen, in denen sich irgend etwas hätte absetzen können. Sie war höchstens zwanzig. Und sie hielt mich für zu alt, um einen Kajalstift zu kaufen.

»Ich will aber einen Kajalstift«, sagte ich grob.

»Wie Sie meinen.« Sie suchte mit großer Schnelligkeit

zwei Kajalstifte heraus, deren Farbton wirklich gut zu meinen Augen paßte.

»Ich nehme beide.«

»Beim Auftragen sollten Sie darauf achten –«

»Ich weiß, wie man ihn aufträgt«, sagte ich grob. Ich habe schon Kajal aufgetragen, da hast du noch in den Windeln gelegen, du kleine, glatthäutige Besserwisserin, dachte ich.

Ich war so geschockt, daß ich den Lipgloss vergaß, den ich auch hatte kaufen wollen, ich bezahlte hastig die Stifte und sah zu, daß ich in die Taschenabteilung kam. Die Taschenabteilung bei Karstadt ist ein Ort, wo ich immer Trost und Frieden finde. Bei allen kleineren und mittleren Schwierigkeiten des Lebens gehe ich rüber zu Karstadt in die Taschenabteilung mit den beiden netten Verkäuferinnen und den vielen Taschen, und bald kehrt wieder Ruhe ein in meine innere Welt.

Die grauhaarige Verkäuferin staubte die Glasborde des Wandregals ab. »Hallo«, sagte sie und lächelte. Ich lächelte auch und wandte mich dem Regal mit den reduzierten Taschen zu, das besonders beruhigend auf mich wirkt. Es war voller Taschen, die ich noch nicht kannte, und ich machte mich daran, sie genau zu betrachten, und nach einer Weile hatte ich Fräulein Kajal-extradick-aber-für-Sie-lieber-Wimperntusche vergessen.

»Entschuldigen Sie bitte«, sagte jemand neben mir. »Kann ich Sie einen Moment stören?« Ich sah auf. Es war ein Mann, ungefähr in meinem Alter, etwas größer als ich. »Ich finde einfach keine Verkäuferin, sonst würde ich Sie gar nicht –«

»Aber das macht doch nichts«, sagte ich. Ich war hellwach und konzentriert.

Er hielt mir eine Tasche hin. »Können Sie mir sagen, ob die aus Leder ist?«

Ich kannte die Tasche, sie war von einer Firma, die lauter Taschen macht, die wie Leder aussehen, aber nicht aus Leder sind. »Nein«, sagte ich, »es ist täuschend echt nachgemacht, aber es ist Plastik.« Ich wies auf das Regal, auf dem die anderen Taschen dieser Firma standen. »Die sind alle aus Plastik. Unglaublich, nicht?«

»Aber das ist ja großartig«, sagte er. »Ich suche nämlich eine Tasche für meine Mutter, wissen Sie, und meine Mutter ist Vegetarierin, sie ißt keine Tiere, und sie trägt auch nichts, was aus Tieren gemacht wird.«

»Und was hat sie für Schuhe?« fragte ich interessiert.

»Plastik«, sagte er, »Stoffschuhe, Gummistiefel, Bastsandalen.«

»Und was ist mit Pullovern?«

»Nur, wenn sie ganz sicher ist, daß das Schaf noch lebt.«

Das fand ich noch interessanter. Wie kann man da ganz sicher sein, außer, man kennt das Schaf persönlich?

»Da haben Sie ja die Auswahl«, sagte ich. Er sah auf die Tasche in seiner Hand und dann auf die im Regal, und sein Gesicht bekam einen unsicheren Ausdruck.

»Wo liegt das Problem?« fragte ich.

»Ich weiß nicht, was für eine Farbe ich nehmen soll«, sagte er.

»Was für Farben trägt denn Ihre Mutter?«

Er blickte noch zweifelnder und schüttelte den Kopf. Typisch Mann, dachte ich, blind wie ein Maulwurf. Das ist die simpelste Frage der Welt, die jede Frau wie aus der Pistole geschossen beantworten würde, aber er, der offenbar ein gutes Verhältnis zu seiner Mutter hat, so wie er über sie spricht, steht da und guckt verzweifelt und weiß nicht, was für Farben sie trägt.

»Sind es klare, knallige Farben?« fragte ich. »Oder zarte Pastelltöne, frühlingshaft, oder eher warme Herbstfarben?« Ich redete wie eine animierte Farbberaterin.

Sein Gesicht hellte sich auf. »Ja, genau! Klare knallige Farben und zarte, frühlingshafte Pastelltöne.«

»Tatsächlich?« Seine Mutter mußte eine interessante Frau

sein, wenn sie zwischen Knallfarben und Pastelltönen wechselte.

»Doch, bestimmt«, sagte er. »Sie haben das sehr gut formuliert, genau diese Farben trägt sie.« Er begann die Taschen auf dem Regal genauer zu betrachten, und ich stand nicht an, ihm dabei zu helfen. Wir suchten zwei aus, eine in Rot, Gelb und Blau, wie Mondrians Bilder, und die andere aus rosafarbenem Stoff, mit hellbraunem Plastikleder abgesteppt. Ich bin doch wirklich gut, dachte ich, erst Farbberatung, dann Kaufberatung, Karstadt sollte mir eigentlich Provision zahlen.

Er dankte mir sehr und verabschiedete sich und ging zur Kasse, wo jetzt auch wieder eine Verkäuferin stand. Ich sah ihm nach. Nun habe ich getan, was ich konnte, dachte ich, sofort reagiert, konzentriert gehandelt, großes Interesse gezeigt, vielleicht nicht direkt an ihm, aber an seiner Mutter und ihren Taschen, und angelächelt habe ich ihn auch, praktisch dauernd, und was ist nun? Nichts. Ich wandte mich zur Rolltreppe.

Aber was soll auch sein, dachte ich, während ich hinunterfuhr, was hast du erwartet? Der Mann hat eine Tasche gesucht, keine Frau, und nur weil du ihm geholfen hast, die Taschen zu finden, kann er dich ja nicht dazunehmen. Kaufen Sie zwei Taschen, und Sie kriegen eine Frau dazu. Ach, schade, er sah so nett aus –

»Entschuldigen Sie bitte«, sagte er. Er stand neben mir. »Sie haben mir so geholfen, ohne Sie hätte ich da nicht durchgefunden. Darf ich Sie zu einer Tasse Kaffee einladen oder zu einem Glas Sekt, oder was immer Sie mögen?«

Sag lieber ja als nein. »Ja, gerne«, sagte ich.

Wir gingen in das Café neben Karstadt, das so grauenhaft häßlich eingerichtet ist, daß ich immer ganz erschüttert bin, aber dies war nicht der Moment, über die Ästhetik von Café-Einrichtungen nachzusinnen. Er drängte mich, ein Glas Sekt zu nehmen, oder nein, vielleicht lieber Champagner, sie hatten auch ein Glas Champagner auf der Karte, und sollten wir nicht etwas dazu essen, Alkohol auf leeren Magen, und das mittags, das war doch wohl nicht das Richtige? Ich dachte nicht lange nach, ich sagte einfach ja, Jasagen war jetzt meine Devise.

»Ich habe mich noch gar nicht vorgestellt«, sagte er, nachdem er bestellt hatte. »Peter Kaufmann.«

Peter Kaufmann heißt er, dachte ich. Nett.

»Agnes Geben«, sagte ich.

Es war leicht, mit ihm zu reden, wir redeten über alles mögliche, über seine Mutter, über den Weihnachtsrummel, der endlich vorbei war, über gutes Essen, denn das Essen in diesem Café war nicht schlecht, und schließlich auch über die Einrichtung, von der er ebenfalls erschüttert war. Es ergab sich, daß er Architekt war, mit Innenarchitektur hatte er allerdings nichts zu tun, auch nichts mit schöngeistiger Architektur, wie er es nannte, er baute Zweckdienliches, Fabriken und Bürogebäude zum Beispiel.

Architekt ist er, dachte ich. Wie nett.

Dann fiel mir plötzlich ein, daß ich ja auch einen Beruf hatte und Klienten, von denen der nächste Gott sei Dank erst um drei kam, und ich sagte, ich müsse leider gehen, und er sagte, ob wir nicht bald mal wieder zusammen essen wollten, aber diesmal richtig und ausführlich und in einem guten Lokal? Das fand ich wieder sehr nett, und ich sagte wieder »ja, gerne«, was ich inzwischen schon richtig gut konnte.

Ich ging in einem Mischzustand von Schweben und Betäubtsein nach Hause. Über das Glück, das ich gehabt hatte, so mir nichts, dir nichts einen netten Mann kennenzulernen, ganz ohne Kajal um die Augen und Lipgloss auf den Lippen, und ohne den Grundkurs in Anlächeln und Ansprechen schon absolviert zu haben, konnte ich noch gar nicht nachdenken. Aber ich konnte darüber nachdenken, wie er aussah.

Er hatte blaue Augen, wenn ich mich recht erinnerte, mit-

319

telblaue Augen, und hellbraune Haare, ein bißchen lockig, und ein angenehmes Gesicht, kein schönes, aber wer will schon einen Mann mit einem schönen Gesicht? Er hatte keine breiten Schultern, er war ziemlich schlank, er hatte auch keine zwei, drei Kilo zuviel, leider, er schien mir eher durchtrainiert, aber na gut, man kann nicht alles haben.

Und er hatte mir seine Karte gegeben, wenn ich mich recht erinnerte. Ich zog den Handschuh aus und kramte in meiner Tasche. Sie steckte zwischen den Kajalstiften. Dr. Peter Kaufmann, Dipl. Ing., BDA, die Adresse lautete St.-Anna-Platz, zwei Telefonnummern, Büro und privat, eine Faxnummer, Büro. Doktor ist er, aha. Nett. Und der St.-Anna-Platz, das ist dieser bezaubernde Platz im Lehel. Ausgesprochen nette Gegend.

Und ich hatte ihm meine Telefonnummer gegeben, und er wollte anrufen, heute abend, wenn ich mich recht erinnerte, heute abend nach sechs. Sehr nett. Wir werden da sein, mein Telefon und ich.

Es war gar nicht so einfach, den Kajalstift aufzutragen. Er war hart und fest und hinterließ bei meinen ersten Versuchen keine Spuren, und als er endlich funktionierte, war die Linie überhaupt nicht dort, wo sie sein sollte. Ich arbeitete weiter daran, aber es wurde nicht besser, sondern schlechter. Ich hätte vielleicht doch hören sollen, was Miß Kajal-Extradick mir zu sagen hatte, dachte ich, früher war das so einfach, man schmierte sich das Zeug um die Augen und war sofort schön und sah aus wie aus Tausendundeiner Nacht, und jetzt siehst du aus wie ein niedergeschlagener Waschbär. Mach, daß du das Zeug wieder runterkriegst, Agnes, was brauchst du Kajal, du hast den Mann ohne Kajal kennengelernt, und ohne Kajal hat er dich zum Essen eingeladen, und wenn du nun mit Kajal kommst, dann will er dich vielleicht gar nicht mehr.

Als es abgewaschen war, war ich rotäugig wie ein Kaninchen, und um das auszugleichen, schmierte ich mir nun doch getönte Creme ins Gesicht, dazu einen Hauch Lipgloss. Vorsichtig zog ich den rosafarbenen Kaschmirpullover über den Kopf, schüttelte die frischgeschnittenen Haare (bloß nicht kämmen, hatte die wortkarge Friseuse gesagt, das stört die Schnittstruktur, nur schütteln), bestäubte mich mit Eroica (geduldet euch, ihr Kniekehlen, ihr kommt auch noch dran) und sah zu, daß ich aus dem Haus kam. Rotäugig und aufgeregt und zu spät, das ist eins zuviel.

Er stand auf dem Bahnsteig, als ich ankam, und das regte mich noch mehr auf, oben vor der Kirche, wo wir uns verabredet hatten, war es ihm wahrscheinlich zu kalt geworden, und nun stand er frustriert und verärgert hier unten und fragte sich, was er mit einer Frau anfangen sollte, die gleich beim ersten Mal zu spät kam. Ich stürmte auf ihn zu, aber ehe ich etwas sagen konnte, sagte er: »Ich habe ein wahnsinnig schlechtes Gewissen. Das geht doch nicht, daß ich nur aus der Haustür zu treten brauche, und Sie müssen den langen Weg machen. Und das bei dem Wetter. Ich hätte Sie abholen sollen. Aber ich mache es wieder gut. Sie werden sehen, das Lokal ist wirklich ausgezeichnet.«

Ich sagte gar nichts. Ich ging neben ihm den Bahnsteig entlang, bemerkte, wie er seinen Schritt meinem anpaßte, und dachte: Gott, ist der Mann nett. Kaum zum Aushalten.

Er hatte den schönsten Tisch reserviert, zwei aufmerksame Kellner bedienten uns, und das Essen war sehr gut. Es war schrecklich verschwendet an mich, ich hätte genausogut Tütensuppe und trocken Brot essen können, am liebsten hätte ich gar nichts gegessen, denn Aufgeregtsein und ihn ansehen und zuhören, was er sagte, und auch selber etwas sagen, und bitte keinen Blödsinn, sondern was Gescheites, und außerdem Messer und Gabel handhaben und kauen und schlucken, das war zuviel. Ich bin's einfach nicht mehr gewohnt, mit eben erst kennengelernten Männern das erste Mal essen zu gehen, dachte ich, ich bin ganz aus der Übung, das muß anders werden, oder nein, vielleicht gewöhne ich mich ja daran, immer mit diesem Mann essen zu gehen, das wäre schön.

»Was ist?« fragte er. »Sie haben gerade so gelächelt.«

»Ach, nichts«, sagte ich, »gar nichts.«

Er macht es einem aber auch nicht leicht, dachte ich. Wenn er einer von denen wäre, die alleine reden, die nur hin und wieder ein kleines *Ach, wirklich?* oder *Das ist aber interessant* brauchen, dann könnte ich im Kielwasser seines Redestroms ruhig vor mich hinkauen. Aber er achtet auf Reaktionen und will Antworten und Einlassungen.

Wir hatten schon viel über Bürogebäude und Fabriken gesprochen, und dann hatten wir viel über Psychologen und Psychotherapie gesprochen, und nun sprachen wir über Stühle. Er baute Möbel, am liebsten Stühle, es war seine Freizeitbeschäftigung, sehr entspannend, er hatte sich einen großen Tisch gebaut, und nun kamen die Stühle dazu, in verschiedenen Holzarten und verschiedenen Stilen, aber so, daß sie doch zusammenpaßten. Ich mag Stühle auch, aber Kommoden sind mir lieber, ich liebe Kommoden, leider sind sie so groß und sperrig, man kann nicht allzu viele davon haben, ich habe drei, und wenn Jessica nun bald ihren Schreibtisch braucht, hätte ich Platz für eine vierte.

»Was für eine hätten Sie denn gerne?«

»Eine schöne, dunkle«, sagte ich, »am liebsten aus Wurzelholz.«

»Ach so«, sagte er, »die sind alt natürlich schöner. Ich kenne einen Tischler, der nebenbei mit alten Möbeln handelt, bei dem finden Sie sowas bestimmt, und vor allem bezahlbar.«

Wenn er Möbel baut, geht er bestimmt auch bergwandern, dachte ich, ich weiß nicht, wie ich darauf kam, vielleicht weil die Berghütten, in denen man sich beim Bergwandern ausruht, auch aus Holz sind. Ich fing anscheinend an, frei zu assoziieren, die Mehrfachbelastung des Abends strapazierte meine geistige Spannkraft, und meine geistige Disziplin ließ auch nach, denn ich fragte: »Und was ist mit Bergwandern?«

»Wieso?« fragte er. »Wie kommen Sie darauf?«

Das weiß ich auch nicht, dachte ich. »Ich weiß nicht. Ich dachte nur gerade, daß Sie vielleicht gerne bergwandern.«

»Eigentlich nicht«, sagte er, »und Sie?«

»Überhaupt nicht. Nie«, fügte ich hinzu, um ja nicht in falschen Verdacht zu geraten. »Ich gehe nur manchmal schwimmen.«

»Ich bin im Grunde ein unsportlicher Mensch, das muß ich zugeben.« Das kannst du gerne zugeben, dachte ich, nur zu, nichts ist mir lieber als ein unsportlicher Mensch. »Ich mache ein bißchen Fitneßtraining«, fuhr er fort, »seit ich über vierzig bin, um in Form zu bleiben.«

»Kommt man da eigentlich schnell in Form?« fragte ich. Es würde vielleicht nicht schaden, wenn ich ein bißchen schneller in Form kommen würde, dachte ich, hier sitzt schon wieder ein Mann, mit dem der Ernstfall eintreten könnte, und mit dem Schwimmen dauert es anscheinend ziemlich lange, bis man in Form kommt.

»Schon. Wenn Sie es systematisch angehen.« Dann schwieg er und schien nachzudenken, und ich schwieg auch und ruhte mich ein bißchen aus.

»Ich habe gerade überlegt«, sagte er, »ob wir Kaffee und Cognac oder was immer Sie mögen nicht woanders trinken.«

»Ja, gerne«, sagte ich.

»Bei mir oben. Ich wohne ja gleich gegenüber, und dann könnte ich Ihnen meine Stühle zeigen.«

Es klang wie *Ich zeige Ihnen noch meine Briefmarkensammlung*, und ich hätte fast laut gelacht, aber so, wie er mich ansah, wollte er mir wohl wirklich nur seine Stühle zeigen. Und selbst wenn, dachte ich, selbst wenn er dir auch seine Briefmarkensammlung zeigen will, hättest du denn was dagegen? Du bist zwar noch nicht so in Form, da muß jetzt unbedingt mehr getan werden, aber er wird in seinem Schlafzimmer schon keine Scheinwerfer installiert haben, und er wird dich auch nicht mit der Lupe betrachten wollen, du bist ja keine Briefmarke.

»Gerne«, sagte ich.

Seine Stühle waren sehenswert, ein Bauernstuhl neben einem barock geschwungenen, ein biedermeierartiger neben einem geraden Art-Déco-Stuhl, und sie gruppierten sich harmonisch um den großen, einfachen Tisch. Am besten gefiel mir einer aus Kirschholz, mit einer Rückenlehne aus feinen Rundstäben. »Den habe ich im Shaker-Stil gebaut«, sagte er, und ich wußte sogar, wovon er redete, denn die Shaker machen auch schöne Kommoden.

Während er den Kaffee machte, betrachtete ich seine Spielzeugsammlung. Sie war auf Wandregalen untergebracht, auch diese aus schönem Holz, und sie war umfangreich und sicher etwas Besonderes und tadellos abgestaubt, und ich finde altes Spielzeug schrecklich langweilig, aber es gab nicht viel anderes zu betrachten in dem Raum, außer dem Tisch und den Stühlen waren da nur noch ein großer Fernsehsessel und ein großer Fernseher, von Bildern und Vorhängen hielt er anscheinend nichts, aber seine Lampen waren schön, funktional und sehr teuer.

Hier könnte ich nicht leben, dachte ich, irgendwann würde ich einen hektischen Nestbautrieb entwickeln und mir in irgendeiner Ecke eine Höhle bauen, wie ein Hamster, aus alten Decken und Kissen und ausgemusterten Flokatis und so. Aber ich muß hier ja auch nicht leben, wir könnten ja immer zu mir gehen, und sollten wir mal zusammenleben, dann hat er sein Zimmer, und ich habe meines, und dann sind wir eben öfter bei mir. Nur den Tisch und die Stühle, die könnte man in die Küche stellen, die gefallen mir wirklich, oder ins Eßzimmer, wenn wir eines hätten, das wollte ich immer schon mal haben, ein Eßzimmer.

Also wirklich, Agnes, sagte ich zu mir, was fällt dir eigentlich ein? Du kennst den Mann kaum, du warst gerade mal mit ihm essen, und schon reißt du ihn aus seiner gewohnten Umgebung und ziehst mit ihm um und nimmst ihm seinen Tisch und seine Stühle weg und läßt ihm bloß den Fernseher und den Fernsehsessel und all das schreckliche Spielzeug.

Er kam herein und stellte ein großes Tablett auf den Tisch. »Gefällt's Ihnen?«

»Ja«, sagte ich lügnerisch und mit schlechtem Gewissen wegen meiner Umzugsgedanken, und zur Strafe hörte ich geduldig zu, als er mir erzählte, wie er an die schönsten Stücke seiner Sammlung gekommen war und woher sie stammten und wie alt sie waren.

»Im Stadtmuseum läuft gerade eine Ausstellung«, sagte er, nachdem wir uns dem Kaffee zugewandt hatten und er mir einen Benediktiner eingeschenkt hatte, und ich bekam schon einen Schrecken, noch mehr Spielzeug würde ich nicht ertragen, aber er fuhr fort: »Über Richard Riemerschmid, eine große Werkschau, da ist alles dabei, die architektonischen Entwürfe und die Möbel und Tapeten, glaube ich. Hätten Sie Lust?«

»Oh, ja, gerne«, sagte ich erleichtert, und wir überlegten, wann es uns passen würde, ich konzentrierte mich noch mal, wir fanden einen Termin, bald, nächstes Wochenende, und als das unter Dach und Fach war, gab ich es auf. Briefmarken hin oder her, dachte ich, selbst wenn er mir die noch würde zeigen wollen, ich würde es gar nicht mehr schaffen, ich würde ihm unter den Händen wegschlafen dabei.

Ich trank den Kaffee aus und den Likör und sagte, ich müsse nun wirklich gehen, es sei spät, schon nach zwölf. Er wollte mir unbedingt ein Taxi rufen, aber ich sagte nein, ich wollte keines, ich wollte noch ein paar Schritte gehen, bis zur Maximilianstraße, da würde ich ohne weiteres eines finden.

»Wollen Sie das wirklich?« fragte er. »So alleine durch die dunkle Nacht laufen?«

»Ja, sicher. Ich bin doch nicht Rotkäppchen.«

»Weiß man das immer? Es kommt auch auf die Größe des Wolfes an.«

»Das stimmt«, sagte ich und fand es so nett, wie er das gesagt hatte, daß ich ihm zum Abschied fast um den Hals gefallen wäre, aber ich riß mich noch einmal zusammen und gab ihm die Hand und sagte danke und wie schön es gewesen wäre und bis zum Wochenende.

Ich atmete auf, als ich unten auf der Straße stand. Es schneite, alles war weiß und sah aus wie ein Wintermärchen. Eigentlich kann ich den Winter nicht leiden, egal, wie er sich anstrengt, kalt und naß bleibt kalt und naß, aber heute abend mochte ich sogar den Winter. So ist er zu ertragen, dachte ich und zog mir das Tuch enger um den Kopf, wenn man voller Hoffnung ist, voller Hoffnung auf einen richtigen Mann. Einen für alles. Eine Taube in der Hand.

6. *Kapitel*

Ich drückte noch mal auf den Klingelknopf. Hoffentlich ist sie da, dachte ich, hoffentlich. Und hoffentlich ist Georg nicht da.

Ich hörte ihre Schritte, sie öffnete die Tür und sah mich erstaunt an: »Agnes! Das ist aber eine Überraschung.«

»Gott, bin ich froh, daß du da bist«, sagte ich. »Ich störe dich doch nicht? Ist Georg auch da?«

»Komm rein«, sagte sie, »natürlich störst du mich nicht. Und Georg ist auch da, er ist unten und arbeitet. Das heißt, daß er nicht da ist. Das wolltest du doch wissen, oder?«

»Ja«, sagte ich und ließ mich in einen der Wohnzimmersessel fallen.

»Ich hole uns schnell einen Kaffee.« Sie verschwand, ich hörte sie in der Küche klappern und zurückkommen. »So«, sie stellte einen Becher vor mich hin, »mit viel Zucker.« Sie setzte sich aufs Sofa. »Was ist los, Agnes? Du siehst schrecklich aus, so gehetzt, als wärest du den ganzen Weg gelaufen. Das bist du doch nicht etwa?«

»Nein, ich bin mit dem Auto da.«

»Und?«

»Ich –« Mein Kopf war leer, ich trank den heißen Kaffee in kleinen Schlucken, er schien etwas in mir zu lösen, und ich fing an zu weinen.

»Agnes«, sagte Lea, »was ist denn?«

»Ich – ich kann nicht«, sagte ich weinend, »es geht nicht.«

»Was?«

Ich weinte.

»Na gut. Wein du erst mal.« Sie stand auf, holte eine Packung Papiertaschentücher, legte sie vor mich hin, setzte sich wieder aufs Sofa und wartete. Nach einer Weile seufzte sie und sagte: »So, jetzt hast du genug geweint. Jetzt hör auf.

Ich halte es nicht mehr aus. Ich will endlich wissen, was los ist.«

Ich putzte mir die Nase. »Ich kann ihn nicht lieben«, sagte ich, »es geht nicht.«

»Was soll das heißen – es geht nicht? Du weißt doch, wie es geht.«

»Ja, sicher. Natürlich weiß ich, wie es geht. Aber es funktioniert nicht.«

»Jetzt laß uns mal Tacheles reden«, sagte sie, »du meinst, du kriegst keinen ... keinen, äh –«

»Doch. Ich habe einen gekriegt. Ich habe einen Orgasmus gekriegt, obwohl es nicht funktionierte.« Ich fing wieder an zu weinen.

Sie setzte sich neben mich auf die Sessellehne und zog meinen Kopf in ihren Arm, und ich weinte so lange, bis ich leergeweint war und den Kopf wieder heben und mir wieder die Nase putzen konnte. Sie kehrte aufs Sofa zurück.

»Jetzt habe ich dir die ganze Bluse vollgeweint.«

»Das macht nichts, Tränen machen keine Flecken«, sagte sie. »Aber nun erklär mir endlich, was passiert ist. Ich verstehe es einfach nicht.«

»Wir haben gestern abend das erste Mal miteinander geschlafen«, sagte ich, »und erst war alles ganz normal, schön und aufregend, du weißt ja, wie das ist, und dann, mittendrin, habe ich plötzlich gemerkt, daß es nicht geht, ich meine, es ging, aber es funktionierte nicht.«

»Agnes! Du machst mich ganz verrückt mit diesem *Es geht, aber es funktioniert nicht.* Was heißt das?«

»Ich wußte plötzlich, daß ich ihn nicht liebe, nicht wirklich, nicht richtig. Jedenfalls nicht genug, um wirklich mit ihm zu schlafen, richtig mit Leib und Seele, weißt du? Mein Körper hat mitgemacht, aber in mir drin hat etwas nicht mitgespielt, es war wie taub, es hat nicht geklungen. Das hört sich blöd an, ich weiß, aber es war so.«

»Ach so«, sagte sie, »jetzt weiß ich, was du meinst.«

»Es war scheußlich! Ich hätte am liebsten sofort aufgehört.«

»Das wäre aber furchtbar gewesen«, sagte sie, »so ... irgendwie so unhöflich, finde ich, im allerhöchsten Grade.«

»Ich habe ja auch nicht aufgehört.«

»Ach, Agnes, ist das traurig. Ich hatte mich schon so gefreut! Daß du einen richtigen Mann hast und daß wir ihn
kennenlernen und daß wir mal zusammen in Ferien fahren
und daß du vielleicht wieder heiratest. Ich mag doch Hochzeiten so gerne. Und auf dein neues Schild –«

»Was für ein Schild?«

»Dein neues Praxisschild. Dr. Agnes Geben-Kaufmann.
Oder Kaufmann-Geben, beides klingt schön, finde ich.«

»Ich kann Doppelnamen nicht leiden.«

»Na, das ist ja nun auch egal«, sagte sie. »Weißt du was?
Ich mache uns jetzt was Gutes zu essen.« Sie überlegte.
»Gurkengemüse mit Frikadellen, das geht schnell, und du
kannst das Gemüse schneiden, da hast du was zu tun, das
lenkt ab.« Sie dachte wieder nach. »Und Georg lassen wir
einfach unten. Er denkt sowieso nicht ans Mittagessen,
wenn ich ihn nicht daran erinnere. Komm in die Küche,
Agnes.«

Sie gab mir das Schneidebrett und das Messer, das ich am
liebsten habe, legte Gurken, Paprika und Tomaten vor mich
hin und machte sich daran, das Hackfleisch zu mischen. Sie
hatte recht gehabt, es lenkte ab, in ihrer Küche zu sitzen und
Gemüse zu schneiden und zu hören, wie sie mit der Plastik-
schüssel hantierte und das Hackfleisch durch die Finger
quetschte. Sie hantierte ziemlich heftig. »Aber das muß doch
nicht das Ende von allem sein«, sagte sie plötzlich.

»Das Gemüse ist fertig geschnitten.«

»Gib her«, sie zündete das Gas unter dem Topf an, der auf
dem Herd stand. »Willst du es nicht noch mal versuchen?«

»Das habe ich schon«, sagte ich. »Heute morgen. Diesmal
ging gar nichts.«

»Und was hast du gemacht?«

»Ich habe so getan als ob.«

»Gott sei Dank«, sagte sie, »der arme Mann. Es wäre ja schrecklich gewesen, wenn er es gemerkt hätte.«

»Der arme Mann«, sagte ich empört, »dem armen Mann geht's gut. Er hat ganz fröhlich mit mir gefrühstückt, und ich saß da und wußte nicht, ob ich gleich mit ihm reden sollte oder weiter so tun, als ob. Als ob ich auch fröhlich wäre, meine ich.«

»Arme Agnes«, sagte sie. Ich schluckte. »Bitte wein nicht wieder, das halte ich nicht noch mal aus.«

»Okay.« Ich schluckte es runter.

»Ich frage mich«, sie sah auf die Frikadelle in ihrer Hand, »ich frage mich, ob es nicht trotzdem geht. Er ist ja ein sehr netter Mann, nach allem, was du erzählst, womöglich wirklich ein Mann für alles. Muß es denn die ganz große Liebe sein? Und wenn du mit ihm schläfst, ohne etwas zu erwarten, das geht doch auch, und er hat ja auf jeden Fall seine Freude daran, und du würdest sicher auch wieder einen – na, du weißt schon, was ich meine«, sie legte die Frikadelle neben die anderen und drückte darauf, »du hättest dann alles, auch wenn du ihn nicht ganz und gar lieben kannst. Hm.« Sie schüttelte den Kopf. »Nein, das geht nicht, ich meine, es ginge natürlich, aber es muß nicht sein. Es gibt ja noch andere Männer auf der Welt.« Sie wischte mit dem Finger die Hackfleischreste aus der Schüssel und schob sie in den Mund. »Ich habe das auch mal erlebt«, sie stellte die Schüssel ins Spülbecken und ließ Wasser hineinlaufen, »bevor ich Georg kennenlernte. Ich war verlobt, mit einem sehr netten Mann, und alles war in Ordnung, bloß hatte ich irgendwann das Gefühl, daß ich ihn nicht richtig lieben konnte.« Sie legte die Frikadellen in die Pfanne mit dem heißen Öl, und es zischte so laut, daß ich sie kaum verstehen konnte. »Er hat mich für verrückt gehalten, als ich ihm gesagt habe, ich könnte ihn nicht heiraten, weil ich ihn nicht richtig lieben könnte. Woher ich denn weiß, was richtig ist, hat er mich gefragt. Das weiß ich nicht, habe ich gesagt, ich weiß nur, daß es nicht richtig ist.« Sie drehte das Gas herunter, und das Zischen und Prasseln wurde leiser. »Und dann habe ich Georg kennengelernt, und da wußte ich, was richtig ist. Es ist da, oder es ist nicht da, und du kannst nichts daran machen.«

»Ja«, sagte ich, »es ist ein Jammer.«

»Sei nicht zu traurig, Agnes. Er war nur der zweite, der zweite von drei Millionen. Und sieh mal raus, was heute für ein schöner Tag ist. Nach dem Essen machen wir einen Spaziergang.«

Es war erst Anfang März, aber die Sonne schien warm, die Vögel zwitscherten, und die Luft duftete. Es war einer von diesen Tagen, an denen man das Gefühl hat, gleich explodiert etwas, und der Frühling ist da.

»Ach, Lea«, sagte ich, »das ist ja auch so schrecklich. Es war all die Zeit Winter, seit wir uns kennen, und ich habe mich so auf den Frühling gefreut. Es ist so schön, im Frühling verliebt zu sein und all die schönen Dinge, die man im Frühling machen kann, zusammen mit einem Mann zu machen. Und nun, was ist nun? Nun ist gar nichts.« Die Tränen stürzten aus meinen Augen.

»Ach, Agnes«, sagte Lea, »wein nicht schon wieder.«

Der Frühling explodierte tatsächlich, als wolle er mir einen ganz persönlichen Tort antun. Die Schneeglöckchen sprossen, die Forsythien leuchteten, und dann fingen auch noch die Zierkirschen in meiner Straße an zu blühen, mit schaumigen rosafarbenen Blütenbüscheln, aufdringlich und unerträglich. Ein Jahrhundertfrühling, sagten die Leute, Scheißfrühling, sagte ich, wenn ich morgens die Fenster öffnete und die süße Luft ins Zimmer kam, Scheißfrühling, hör auf, werde wieder kalt und grau. Das wird ein schlimmes Ende nehmen mit euch, sagte ich, wenn ich die dicken Knospen des Flieders und der Rosen sah, es wird bestimmt noch mal eiskalt, es wird bestimmt noch mal schneien, und dann werdet ihr sehen, was ihr davon habt. Dann wird euch der Garaus gemacht, und das war's dann.

Ich hatte mit Peter Kaufmann gesprochen, ich nannte ihn in Gedanken wieder mit seinem Nachnamen, wir hatten uns noch nicht so lange geduzt, und es schien mir nicht zu passen, einen Mann in Gedanken beim Vornamen zu nennen, den ich nicht richtig hatte lieben können.

Er trug es mit Fassung, er gab sich verständnisvoll, und ich gab mir alle Mühe, es ihm zu erklären, unter starker Betonung des Umstands, daß es mit ihm rein gar nichts zu tun habe, daß ich ihn nicht richtig lieben könne und daß es bei mir nicht geklungen habe, er habe von seiner Seite das Beste dazu getan, besser hätte es gar nicht sein können. Das mit dem Klingen begriff er nicht recht, was meinte ich damit, aber je mehr ich versuchte, es zu erläutern, desto alberner hörte es sich an. Vielleicht klingt es bei ihnen nie, dachte ich, oder immer, und dann können sie den Unterschied zwischen Klingen und Nichtklingen natürlich nicht verstehen. Aber er war traurig, daß aus uns nun nichts werden würde, auch wenn ihm der Grund dafür etwas unklar blieb. »Wie schade, Agnes«, sagte er beim Abschied und küßte mich auf die Wangen. Ich hielt meine Tränen zurück, bis er im U-Bahn-Eingang verschwunden war, und dann ging ich nach Hause, weinend und wütend.

Scheiße, dachte ich, das war's dann, aus, vorbei. So einen netten Mann hättest du haben können, einen, um den dich alle Frauen dieser Welt beneidet hätten, und was tust du? Du willst ihn nicht, du gibst ihn zurück, nur weil etwas in dir nicht mitspielt, nicht mag, nicht klingt. Die Frauen dieser Welt würden die Köpfe schütteln, wenn sie das wüßten.

Und nächsten Monat hast du Geburtstag, den hättest du mit ihm feiern können, mit ihm und deinen Freunden, was für eine Freude wäre das gewesen, eine Freude, einundvierzig zu werden, und nun wirst du ganz alleine einundvierzig,

und mach dir nicht vor, daß es ein Spaß ist, alleine einundvierzig zu werden.

Und er hat so eine nette Mutter, er hat viel von ihr erzählt,
davon, wie sie lebt, in ihrem netten kleinen Haus in St. Peter-Ording oder wie das heißt, mit ihren Gummistiefeln und
Plastiktaschen und ihrem Kampf für das Wattenmeer und
die Wale, er wollte mal hinfahren mit dir, die wirst du nun
nie kennenlernen und auch nie diesen netten kleinen Ort,
St. Peter-Ording oder wie der heißt.

Das ist nun vorbei, du hast es nicht gewollt oder nicht gekonnt, egal, es ist deine Schuld, also jammere nicht, gib ihn
zurück an die Frauen dieser Welt, die werden sich freuen,
wenn er wieder rumschwimmt im Pool der freien Männer.
Und paß auf, daß dir das nicht wieder passiert, daß du früher merkst, ob du dich richtig verliebst und ob es klingen
wird oder nicht.

Ich bog in meine Straße ein und kramte in der Tasche nach
dem Schlüssel. Die Forsythien waren verblüht und die
Kirschblüten blaß und bräunlich. Es sollte wieder kalt werden, Schneeregen, Graupelschauer, der Jahreszeit entsprechend. Wenigstens etwas.

Aber wie merkt man das, überlegte ich, während ich die
Haustür aufschloß und in meinen Briefkasten schaute. Wie
war es denn früher, bei den anderen, das mußt du doch noch
wissen? Bei manchen Männern klingt's nie, und man weiß es
sofort, egal, wie attraktiv und nett und interessant sie sind.
Und bei den anderen? Wie war es da? Ich konnte mich nicht
recht erinnern. Und bei Achim? Herrgott noch mal, du wirst
doch noch wissen, wie es bei Achim war, Achim war deine
große Liebe. Ich glaube, bei Achim war immer klar, daß es
klang und daß es klingen würde, in jeder Hinsicht, nicht nur
im Bett.

Ich grub in meinem Gedächtnis danach, wie es genau gewesen war, aber mir fiel nur ein, wie wir einmal beim Italiener gesessen und Pizza gegessen hatten, Pizza ai funghi, ich

sah die bräunlichen Pilze noch vor mir, ich hatte keinen Bissen davon hinuntergekriegt, ich war so angefüllt gewesen mit Lust auf ihn, ich hatte ihn immer nur angestarrt und ihn küssen wollen und ins Bett gehen mit ihm.

Und sind wir dann ins Bett gegangen? fragte ich mich und hängte meinen Mantel an den Garderobenständer. Und wann war das, ganz am Anfang oder später oder wie? War es das erste Mal? Keine Ahnung. Du wirst alt, Agnes, alt und/oder verwirrt, du weißt nicht mal mehr, wann du mit deiner großen Liebe das erste Mal ins Bett gegangen bist.

Aber wie auch immer, jetzt geht es darum, früher zu merken, ob man sich wirklich und richtig verliebt hat und ob die Chance des Klingens besteht oder nicht. Am besten, du sprichst mal mit Gertraud darüber, die weiß da sicher Bescheid, Lea hat diese Erfahrung nur einmal gemacht, und das vor ewigen Zeiten, und du zwar erst kürzlich, aber den richtigen Überblick, den habt ihr beide nicht, den hat nur Gertraud.

Ich machte mir einen Kaffee und sah die Post durch. Eine Karte von Jessica war dabei, mit einem Bild von Nolde auf der Rückseite, ein geducktes Häuschen, rote Blumen und ein dunkelblauer Gewitterhimmel. Schön. So sieht es wahrscheinlich auch in St. Peter-Ording aus. Liebe Mama, schrieb Jessica, wir haben eine Wohnung!!! Ich rufe dich an. Liebe Grüße, Jessica, und dahinter, gekrakelt, & Daniel. Ach, ist das lieb. Was habe ich für eine liebe Tochter. Die wird er nun auch nicht kennenlernen. Nein, du weinst jetzt nicht, Agnes. Nicht schon wieder.

Ich trug den Kaffee und die Karte ins Wohnzimmer und setzte mich aufs Sofa. Da sitzt du nun, dachte ich, an einem Samstagnachmittag, mit nichts als einer Karte deiner Tochter und einem Becher Kaffee. Nicht weinen. Ruf Gertraud an. Vielleicht gibt sie dir ein paar gute Ratschläge. Vielleicht geht sie mit dir in die Sauna. Nicht weinen. Nicht jammern. Gleich wieder reintauchen in den Pool der freien Männer.

»Ach ja, ach ja«, sagte Gertraud, »die Suche nach dem Unmöglichen. Ich sage nur eins: Schwefel. Wir machen jetzt gleich einen Termin aus –«

»Aber es war doch nicht unmöglich«, sagte ich, »es wäre ja möglich gewesen, wenn es bei mir nur geklungen hätte.«

»Ach ja? Glaubst du wirklich? Ich glaube, es war eine ganz gesunde Reaktion von dir, daß es nicht geklungen hat. Was denkst du denn, warum dieses Wunderexemplar von Mann noch frei herumläuft, und das in dem Alter? Er war doch nicht dreimal verheiratet und hat fünf Kinder, oder habe ich da was nicht mitgekriegt?«

»Nein«, sagte ich, »aber er ist ein wirklich netter Mann, und er wollte wirklich –«

»Das haben die hundertfünfzig Frauen vor dir wahrscheinlich auch gesagt. Und ich glaube dir, daß er ein wirklich netter Mann ist, solange du ihn nicht wirklich willst. Und wenn du ihn wirklich willst, dann ist er immer noch nett, aber ich glaube nicht, daß er dann noch wirklich will. Ich will dir ja nicht reinreden, Agnes, wenn du meinst, er war in Ordnung, okay, ich bin keine Psychologin, Gott sei Dank, mir reicht schon, was ich so von der Psyche anderer Leute mitbekomme.«

Aber ich bin Psychologin, dachte ich, kann es sein, daß ich da was nicht mitbekommen habe? Darüber muß ich mal nachdenken. Nur nicht gerade jetzt.

»Aber du kennst das doch auch?« fragte ich. »Daß es mit einem Mann einfach nicht klingt, egal, wie nett und gescheit und interessant er ist und so?«

»Ja, sicher.«

»Und ich frage mich, ob man das nicht früher merken kann, nicht erst nach sechs Wochen und wenn man schon mit ihm im Bett liegt.«

»Sicher«, sagte sie, »da gibt es Anhaltspunkte.« Anhaltspunkte, dachte ich, wunderbar, das ist genau das, was ich brauche, ein paar Anhaltspunkte. »Aber vor allem ist wichtig«, fuhr sie fort, »daß man innerlich ganz klar ist, in Harmonie mit sich selber, weißt du? Deswegen sage ich, laß uns einen Termin ausmachen, dann –«

»Gertraud«, sagte ich, »wann gehst du wieder in die Sauna?«

»Ich weiß nicht, vielleicht heute abend, aber nur zur Entspannung, in die Frauensauna.«

Ich schwieg beredt.

»Na, gut«, sagte sie, »dann gehen wir eben zusammen in die gemischte. Aber erst machen wir einen Termin aus. Ich meine immer noch, Schwefel wäre das Beste, aber vielleicht findet sich auch was Besseres, wir werden sehen. Und wir machen auch gleich eine kinesiologische Behandlung, damit du innerlich ins Gleichgewicht kommst, da herrscht wahrscheinlich ein einziges Durcheinander –«

»Wann?« fragte ich. »Wann gehst du in die Sauna?«

»Um fünf.«

»Wunderbar. Ich hole dich ab, und danach gehen wir essen, ja? Ich lade dich ein.«

»Gut, gut«, sagte sie, »aber sei pünktlich um fünf da.«

Als wir in der Sauna saßen, wußte ich wieder, warum ich nie in die Sauna gehe. Es ist so furchtbar heiß, viel heißer als im heißesten Sommer, und wenn es im Sommer so heiß ist, dann sagen die Leute, wie furchtbar heiß es ist, aber kaum ist es kühler, gehen sie in die Sauna, wo es noch viel heißer ist.

Ich bekam kaum Luft, und Gertraud sagte: »Du bleibst unten und machst nur zwei Gänge, dann legst du dich in den Ruheraum«, und dann saßen wir da und schwitzten und schwiegen, denn Gertraud mag nicht reden, wenn sie in der Sauna sitzt, und ich kann es nicht. Es war niemand da außer uns, und es war entsetzlich langweilig, schwitzend und schweigend herumzusitzen, mühsam Luft zu holen und mich zu fragen, warum ich mir das antat.

Es wurde etwas besser, als sich die Tür öffnete und gleich vier Männer hereinließ, denn nun wußte ich wenigstens, wofür ich litt, und hatte außerdem etwas zu tun. Sie murmelten einen Gruß und gruppierten sich auf die Bänke gegenüber. Man darf ja die anderen Menschen in der Sauna nicht direkt anschauen, was ich auch sonderbar finde, da sitzt man in diesem winzigen Raum und muß so tun, als ob die anderen, die auch da sitzen, eigentlich nicht da wären. Aber indem ich vorgab, auf die Uhr zu sehen oder gedankenverloren an die Decke, konnte ich meinen Blick vorsichtig hinübergleiten lassen.

Zwei von ihnen gehörten zusammen, ein junger Blonder und ein Kräftiger mit Schnurrbart und schütterem Haar, der dritte war groß, dünn und dunkelhaarig, und der vierte fiel schon eher in die Kategorie, die mir gefällt, er war untersetzt, hatte breite Schultern, zwei, drei Kilo zuviel und ein gutes Gesicht mit Dreitagebart. Ich sah zu Gertraud. Sie saß da wie die Königin von Saba, die Augen halb geschlossen, und schien überhaupt nichts wahrzunehmen.

Nun saßen wir zu sechst und schwitzten und schwiegen, bis der Mann mit dem Schnurrbart anfing, mit dem jungen Blonden zu reden, erst sprach er über Geschäfte, und der junge Blonde sagte immer »ja, genau« und »da haben Sie recht«, und dann ging er dazu über, Witze zu erzählen, er hatte sie sich selber ausgedacht, sagte er, sie waren dumm und schlecht, aber der junge Mann lachte darüber, auch wenn sein Lachen nicht so klang, als ob er sie komisch fände. Ich blickte zu Gertraud und den anderen beiden Männern, und sie hatten alle drei einen vollkommen abwesenden Ausdruck im Gesicht. Was für ein perverses Vergnügen, dachte ich, in diesem heißen, dunklen Loch zu hocken und so zu tun, als wäre man gar nicht da und die anderen auch nicht.

»Das ist heute nicht das Richtige«, sagte Gertraud, als wir in Handtücher gewickelt im Vorraum saßen. »Ich gehe noch mal rein, und du legst dich gleich hin. Du hast die ganze Zeit so geschnauft. Stimmt etwas nicht mit deinen Nasennebenhöhlen?«

»Nicht, daß ich wüßte.« Mit meinen Nasennebenhöhlen ist alles in bester Ordnung, dachte ich, es ist die Luft in diesem Vorhof der Hölle, mit der etwas nicht stimmt, zog das Tuch enger um mich und wanderte hinüber in den Ruheraum.

»Das passiert eigentlich selten in dieser Sauna«, sagte Gertraud, als wir endlich im Lokal saßen und bestellt hatten, »sonst sind da immer gute Leute.«

»Was für ein schrecklicher Kerl!«

Gertraud ließ den Blick beiseite gleiten, zuckte mit der Schulter und sagte gar nichts.

»Aber der mit dem Dreitagebart, der war nett«, sagte ich.

»Der war schwul.«

»Der doch nicht«, protestierte ich, »der sah überhaupt nicht so aus.«

»Viele schwule Männer sehen überhaupt nicht so aus, als ob sie schwul wären«, sagte sie, »was stellst du dir vor? Daß sie kichern und mit den Hüften wackeln?«

»Nein, natürlich nicht. Aber der?«

»Der ist schwul, glaub's mir nur.«

»Aber woran siehst du das?«

»Das ist schwer zu erklären«, sagte sie, »entweder man sieht's, oder man sieht's nicht. Manchmal sieht man es an den Bewegungen. Und dann haben sie so eine andere Art, in ihrem Körper zu sitzen, viele jedenfalls. Eigentlich eine gute, aber als Frau hat man ja nichts davon.«

»Na gut.« Ich sah auf das Essen, das der Kellner vor uns hingestellt hatte. Es mußte nicht untersucht werden, denn Gertraud kannte das Lokal und war sicher, daß hier nichts die Küche verließ, was ihrem Organismus schaden könnte. »Der einzige interessante Mann in diesem heißen Loch war schwul. That's life.«

Gertraud stach mit der Gabel in ihre Spinatquiche. »Das finde ich gar nicht«, sagte sie, »der kleine Blonde zum Beispiel, der war durchaus interessant.«

»Aber der hat doch die ganze Zeit so blöde gelacht, über diese schrecklichen Witze.«

»Was blieb ihm denn übrig? Das war sein Chef. Und sie haben ihm ja auch nicht wirklich gefallen. Nein, nein, Agnes, der war schon gut, der saß wirklich gut in seinem Körper, ganz locker und selbstverständlich. Und er hatte so offene Augen. Der wäre was gewesen, nicht für länger, aber für einen schönen Abend.« Sie zerteilte die Quiche mit der Gabel in kleinere Stücke. »Der große Dunkle, der war auch nicht schlecht, sage ich dir, der wäre was für dich gewesen, der ist was für länger. Er müßte allerdings lockerer werden, die meisten Männer sind ja furchtbar verspannt, deswegen gehen sie auch so steif, und viele kriegst du gar nicht mehr locker, aber bei dem wäre es wahrscheinlich möglich. Und seine Augen haben mir gefallen, darauf mußt du achten, Agnes, die Augen sind wichtig.«

»Ich mag so große, dünne Männer nicht.«

»Das ist ein Vorurteil«, sagte sie streng, »das solltest du dir gleich abgewöhnen. Nicht der äußere Zuschnitt ist entscheidend, sondern die innere Qualität. Wenn du nach dem Äußeren gehst, dann ist das so, als ob ein Mann einen grünen Pullover trägt, und du magst keine grünen Pullover, und also willst du den Mann nicht.« Sie horchte ihren Worten hinterher. »Das ist ein schönes Beispiel, nicht? Aber laß mich erst diesen Spinatkuchen essen, sonst wird er kalt.«

Ich war mit meinen Spaghetti schon fast fertig, ich esse viel zu schnell, immer wenn ich mit Gertraud essen gehe, frage ich mich, ob mein Organismus nicht eines Tages einfach zusammenbrechen wird, infolge der jahrelangen Überforderung durch viel zu schnelles Essen.

»Wie hast du das bloß alles gesehen?« fragte ich, als ihr Teller leer war. »Du hast doch fast die ganze Zeit die Augen zu gehabt.«

»Ich sehe schon, was ich sehen will«, sagte sie geheimnisvoll.

»Nimm noch einen Nachtisch. Ich wollte dich noch was fragen.«

»Entweder oder«, sagte sie, »ich kann nicht gleichzeitig essen und reden, das ist überhaupt nicht gut für meinen Organismus, schon gar nicht nach der Sauna.«

»Gut. Du bestellst dir was, und ich frage, bis es kommt, und dann sage ich kein einziges Wort mehr, das verspreche ich.«

Sie bestellte gefüllte Pfannkuchen. Ich fragte: »Und was machst du, wenn ein Mann dich interessiert? Lächelst du ihn an, oder sprichst du ihn an oder was?«

»Anlächeln auf keinen Fall, davon halte ich gar nichts. Anschauen, voll und konzentriert anschauen.«

»Wenn du das tust, dann reicht es wahrscheinlich auch«, sagte ich. »Aber bei mir?«

»Sag das nicht. Die meisten Männer haben Angst vor mir.«

Gott ja, dachte ich, wenn die Königin von Saba einen Mann voll und konzentriert anschaut, dann kriegt er wahrscheinlich das Flattern und weiche Knie.

»Aber die guten halten's aus«, sagte sie und lächelte, »und dann weiß ich gleich, ob ich recht hatte, ihn anzuschauen.«

»Und weiter?«

»Das Weitere entwickelt sich dann.«

»Aber was sagst du, wenn du einen ansprichst?«

»Was ganz Einfaches und Konkretes am besten«, sagte sie, »zum Beispiel: Sie gefallen mir.«

Ach Gott, ja, dachte ich, wenn die Königin von Saba einen Mann voll und konzentriert ansieht und sagt, *Sie gefallen mir,* dann geht das natürlich, es hat Stil und Würde, auch wenn der Angesprochene daraufhin vielleicht in Ohnmacht fällt. Aber wenn ich das täte, dann würde der Angesprochene wahrscheinlich einen Lachkrampf kriegen oder glauben, es ginge um so etwas wie *Verstehen Sie Spaß?*

»Ich weiß nicht recht.«

»Das muß jede für sich selbst herausfinden«, sagte sie, »wenn es dir nicht entspricht, tu es nicht, dann funktioniert es nicht.« Sie betrachtete mich und überlegte. »Vielleicht wäre Anlächeln für dich ja das Richtige. Probier es einfach aus, Agnes.«

Ach Gott, ja, probier es einfach aus, Agnes. Einfach. Was ist daran einfach? Der Kellner kam mit dem Pfannkuchen. »Ich sage kein Wort mehr«, sagte ich, »versprochen.«

Das ist mir auch lieber so, dachte ich. Keine Fragen stellen bedeutet keine Antworten kriegen. Ich habe fürs erste genug von diesen Antworten. Das ist ja eine Wissenschaft, einen Mann zu finden. Und verdammt harte Arbeit. Und ich habe mal gedacht, es wäre ein Vergnügen.

»Hallo, Mama«, sagte Jessica. Es war Sonntagmorgen um elf, ihre Zeit für Telefonanrufe, man kann die Uhr danach stellen.

»Hallo, mein Liebes«, sagte ich schwach. Die Sauna war mir nicht bekommen, ich war schwächlich und schlaff und hatte gerade erst mit Mühe gefrühstückt.

»Ist was, Mama? Du klingst so komisch.«

»Nein, nein, gar nichts«, sagte ich. Gar nichts ist, ich war nur mit Tante Gertraud in der Sauna, zum Männerbegukken, und die Sauna war so heiß, und beim Männerbegucken habe ich auch alles falsch gemacht, das sagt jedenfalls Tante Gertraud, und irgendwie mache ich anscheinend alles falsch, nicht nur in der Sauna, auch im Leben. Das Leben ist eine Sauna. »Ich bin nur ein bißchen müde.«

»Hast du meine Karte bekommen?«

»O ja«, sagte ich und bemühte mich um Munterkeit, »wie schön!«

»Wir haben gestern den Vertrag unterschrieben, und am fünfzehnten ziehen wir ein!«

»Wie schön«, sagte ich, »was ist es denn für eine Wohnung?«

Es war eine Zweizimmerwohnung in einem Hochhaus, ein Betonbau, das fanden sie nicht so wahnsinnig toll, und daß es ein Hochhaus war, auch nicht, und die Flure waren etwas dunkel und ein bißchen vergammelt, und die Verbindung zur Uni war nicht so furchtbar günstig, aber sie hatten einen Balkon und einen ganz wahnsinnig tollen Blick über die Stadt, und die Wohnung war bezahlbar und der Vermieter sehr nett.

Ich fand es auch nicht so wahnsinnig toll, es klang, als sei es ein Ort, an dem ich nicht begraben sein möchte, wie meine Großmutter immer sagte, und waren lange, dunkle Flure in Hochhäusern nicht eine schreckliche Bedrohung für Leib und Leben? Aber ich war so schwach, daß ich mir nur ganz schwache Sorgen machen konnte.

»Könnt ihr sie denn bezahlen?« fragte ich.

»O ja! Du brauchst dir gar keine Sorgen zu machen.«

Das ist schön, dachte ich, das tue ich doch sofort.

»Ich wollte dich was fragen«, sagte sie, »hast du nicht Lust, uns zu besuchen? Ostern vielleicht? Papa kommt auch.«

»Ostern? Dein Vater kommt Ostern?« Das machte mich nachgerade munter, es würde ans Wunderbare grenzen, wenn Brigitte Achim an einem hohen Feiertag aus den Klauen ließ, und das nur, um seine Tochter aus erster Ehe zu besuchen.

»Natürlich nicht Ostersonntag, da sucht er Eier und so«, sagte sie, »er kommt Ostermontag, er muß Dienstag sowieso nach Hamburg, geschäftlich, weißt du, da paßt es gut.«

Ach ja, da paßt es, da muß er sowieso nach Hamburg, da darf er seine Tochter besuchen. Laß Brigitte in Ruhe, sagte meine innere Stimme, sei nicht so gemein, Gemeinheit hilft dir auch nicht weiter. Außerdem hat die Frau recht, sie hat drei Kinder, die sie praktisch alleine aufzieht, und wenn sie nicht hinter ihm her wäre und Druck machen würde, würden die Kinder ihren Vater nur vom Hörensagen kennen.

»Und weißt du was?« sagte Jessica eifrig. »Ostern ist am dritten April, und am vierten ist dein Geburtstag, und den feiern wir dann zusammen!«

Ach, Jessica, dachte ich. *Weißt du was, Mama,* das hast du als Kind immer gesagt, wenn du dir etwas ganz Besonderes ausgedacht hattest. Und nun hast du dir auch etwas Besonderes ausgedacht, du willst deine neue Wohnung feiern und dein neues Leben mit deinem neuen Freund, und du willst deine Eltern dabei haben, nicht nur mich, uns beide. Das hast du nicht oft gehabt, daß wir beide da waren, wenn du etwas Besonderes gefeiert hast. Und du hast schon mit Achim telefoniert und ihn dazu gekriegt, am Montag nach Hamburg zu kommen, nicht erst am Dienstag, und nun tust du dein Bestes, damit ich auch komme. Und was habe ich falsch gemacht, daß du glaubst, du mußt dein Bestes tun? Daß du nicht sicher bist, daß ich bestimmt komme?

»Mama? Kommst du?«

»Aber ja, mein Liebes«, sagte ich mit tränendicker Stimme, »natürlich, auf jeden Fall. Ich freue mich darauf.«

»Was ist denn nur?« fragte sie. »Du klingst schon wieder so komisch.«

»Ach, ich war gestern mit Gertraud in der Sauna. Das ist mir überhaupt nicht bekommen.«

»Seit wann gehst du denn in die Sauna?«

»Das tue ich auch nie wieder«, sagte ich, »es war nur so eine Idee.«

Sie holte ihren Terminkalender, und wir besprachen, wann ich kommen würde, sie hatte die Zugverbindungen München-Hamburg schon parat, und mir wurde wieder die Kehle dick, sie würden mich am Bahnhof abholen, und nun konnte sie alles planen und vorbereiten und sich vor allem freuen, und Daniel freute sich auch sehr und ließ mich grüßen.

Ach, Jessica, dachte ich, der kann sich vor Freude bestimmt kaum lassen darüber, daß ich vier Tage lang in eurem

Wohnzimmer schlafen und in eurer Wohnung herumlungern werde und daß er es nun auch noch mit deinem Vater aufnehmen muß, kaum daß er deine Großeltern hinter sich gebracht hat, und dabei ist wenigstens eine Waschmaschine herausgesprungen.

Aber Moment, hierbei könnte auch etwas herausspringen, ich werde mal mit Achim reden, ob wir ihnen nicht was Schönes für die Wohnung schenken, Jessica würde sich freuen, wenn es von uns beiden kommt, und für Daniel ist es so eine Art Entschädigung oder Härtezuschlag. Ein Bett vielleicht, ein gutes, großes Bett, eines mit Kopfteil und Fußteil, wie es jetzt Mode ist, klares Design mit nostalgischer Note, und dazu viel schöne Bettwäsche. Das wäre doch was.

Ich wollte gerade zum Hörer greifen, um Achim anzurufen, als mir einfiel, daß es Sonntagvormittag war. Laß bloß Brigitte in Ruhe, dachte ich, sie hat ihn schon für Ostermontag freigegeben, störe ihr nicht den Sonntag, sonst überlegt sie es sich noch anders, und dann gibt es Kampf und Krieg. Ruf ihn morgen in der Firma an.

Ich griff statt dessen nach der Zeitung, die noch dick und ungelesen dalag, vertiefte mich ins Vermischte, blätterte durch die Kultur und stieß dort auf die Bekanntschaftsanzeigen. Die waren doch früher immer viel weiter hinten, irgendwo zwischen den Stellenanzeigen und Immobilieninseraten, seit wann gehören die denn zur Kultur? Kultur der Begegnung, Kultur des Kontakts, Kultur des Einanderkennenlernens, ich trage eine Rose am Revers, und Sie halten die *Süddeutsche Zeitung* in der Hand?

Ich wollte die Bekanntschaftsanzeigen nicht lesen, es war mir alles zuviel, die Suche nach einem Mann, schweißtreibend und tränenlösend, wie sie war, und die Suche von Männern nach Frauen, die bergwanderten und keine Cellulitis hatten. Aber dann fiel mein Blick auf eine Anzeige mit der Überschrift »Suche Frau für alles«, und das hielt mich fest, und ich las: »Suche Frau für alles, klug, erwachsen, ansehnlich, selbständig, unabhängig. Ich bin fünfundvierzig, präsentabel, ganz gescheit und auch einigermaßen erwachsen und wünsche mir eine intensive Beziehung mit ebensoviel Gefühl wie Ehrlichkeit. Bitte schreiben Sie mir unter Chiffre ...«

Nicht schlecht, dachte ich, kein Wort von Bergwandern und Fitneß oder Freikörperkultur und auch keines von Cellulitis und Kleidergröße oder Körbchengröße. Nur klug, erwachsen, selbständig, ansehnlich, das ist das Wichtigste, sehr wahr, und man könnte direkt sagen, daß es auf mich zutrifft, das bin ich doch, oder? Nicht immer vielleicht und auch nicht übermäßig, aber grundsätzlich schon.

Und er ist fünfundvierzig, das würde gut passen, und präsentabel und gescheit, gut, gut, und eine intensive Beziehung will er, ach ja, ich auch, wer wollte das nicht, mit Gefühl und Ehrlichkeit, klar, wer wollte das nicht? Und eine Frau für alles will er, ist das nicht verblüffend, genau wie ich, ich suche einen Mann für alles, das paßt auch, der gefällt mir wirklich gut, da sollte ich vielleicht –

Moment mal, Agnes, sagte ich zu mir, jetzt reicht's, das fehlte gerade noch, daß du auf Bekanntschaftsanzeigen antwortest. Hast du das nötig? Nur weil es mit Peter Kaufmann nicht geklungen hat und weil es gestern in der Sauna so heiß war und du den falschen Mann für interessant gehalten und die in Frage kommenden nicht erkannt hast? Die Welt ist immer noch voller Männer, immer noch fast drei Millionen, du brauchst nur die Augen offenzuhalten und dich zu konzentrieren, und was du bestimmt nicht brauchst, ist, dir deinen Mann für alles in der Zeitung zu suchen.

Ich faltete das Blatt zusammen, legte es beiseite und machte mich an den Lokalteil. Ich las auch die Wochenendbeilage gründlich und dann Politik und Zeitgeschehen, und als ich fertig war, packte ich alles zusammen und legte es auf den Altpapierstapel.

Aber Lea würde es interessieren, dachte ich, sie findet Bekanntschaftsanzeigen doch so interessant, und daß dieser Mann genau dasselbe sucht wie ich, das interessiert sie bestimmt auch sehr. Ich muß ihr die Anzeige bei Gelegenheit mal zeigen, ich sollte sie aufheben, Lea fände es bestimmt schade, wenn sie sie nicht zu sehen kriegt. Ich kramte die Seite aus dem Zeitungsstapel heraus und schob sie zwischen die Kochbücher. Heute nicht und morgen auch nicht, fürs erste habe ich genug von dem Thema. Irgendwann mal, bei Gelegenheit. Aufheben sollte ich sie auf jeden Fall. Lea nähme es mir bestimmt übel, wenn ich sie einfach wegwerfen würde.

7. *Kapitel*

»Bitte, gnädige Frau«, sagte der Ober und stellte ein zweites Glas und ein Fläschchen Mineralwasser neben meinen Wein. »Danke«, sagte ich.

Wir saßen in den Ratsstuben, viel dunkles, altes Holz, schneeweiße Tische, gedämpftes Licht, fein, teuer, altmodisch. In so ein Lokal hatten meine Eltern mich manchmal mitgenommen, als ich ein Kind war. Der Ober war ein älterer Herr, auch fein und altmodisch. Er behandelte Achim mit zurückhaltender Vertrautheit, mich als Gattin und gnädige Frau und Jessica und Daniel mit väterlicher und ein ganz klein wenig herablassender Fürsorge.

»Ach, ist das schön hier, Achim«, sagte ich, »so schön altmodisch.«

Er grinste. »Ich habe mir doch gedacht, daß es dir gefallen wird.«

Er war um halb vier vom Flughafen gekommen, mit zwei riesengroßen Blumensträußen, einem für Jessica, dem anderen, noch größeren für mich, und mit einer unglaublich großen Flasche des Parfüms, das ich damals so geliebt hatte, ein teures französisches, Maiglöckchen und Flieder. Damals hatte er mir manchmal einen Taschenflakon geschenkt, jetzt war es ein Viertelliter, ich würde bis ans Ende meiner Tage nach Maiglöckchen und Flieder duften, und den Rest konnten sie mir dann als Grabbeigabe mitgeben.

Die Tüte aus dem Dutyfreeshop enthielt außerdem zwei Flaschen Champagner, die er auf den Kaffeetisch stellte, und seinem Aktenkoffer entnahm er ein Blatt Papier in Klarsichthülle, es war eine Liste der besten Bettengeschäfte Hamburgs, seine Sekretärin hatte sie zusammengestellt, morgen würden wir uns nach einem schönen Bett umsehen, er hatte sich den Vormittag freigehalten.

Gott sei Dank, dachte ich, er hat kapiert, daß das hier bedeutsam ist, die neue Wohnung, der neue Freund, das Familientreffen, er behandelt es als hochwichtige Angelegenheit, first priority, Chefsache. Er macht Nägel mit Köpfen. Ich trug die Champagnerflaschen in die Küche und stellte sie in den Kühlschrank. Und wenn Achim Nägel mit Köpfen macht, dann sind es ordentliche Nägel mit hübschen Köpfen, da habe ich für's erste ausgesorgt und kann mich innerlich zurücklehnen und ihn machen lassen.

Er ließ sich die Wohnung zeigen, während ich mich um die Blumensträuße kümmerte, ich konnte hören, wie er bewunderte, was zu bewundern war, es war nicht viel, er hielt sich schließlich an der Aussicht fest, die schön war, auch ich hatte mich an die Aussicht geklammert, denn alles andere war scheußlich, es gab drei komische kleine Flure, wo man hintrat, ein Flur, und da so viel Raum für Flure draufgegangen war, waren die beiden Zimmer auch sehr klein und das Bad winzig, und auf den Böden lag graues, geflammtes Linoleum, und wenn man eine Heftzwecke in die Wand drücken wollte, mußte man den Schlagbohrer holen.

Achim hatte während der Wohnungsbesichtigung auch Daniel besichtigt, und der hatte ihm offenbar besser gefallen als die Wohnung, denn als wir am Kaffeetisch saßen, sagte er auf seine lockere Art: »Schön, Sie kennenzulernen, Daniel«, und fügte hinzu: »Lassen Sie uns doch gleich du sagen, ich bin Achim«, und reichte ihm die Hand, und Jessica blickte beglückt von einem zum anderen, und ich goß Kaffee ein und dachte: erledigt.

Der Ober entfernte den Aschenbecher. »Die Vorspeise kommt gleich, Herr Doktor.«

»Ach, Mama, bist du heute schön«, sagte Jessica.

»Das kann man wohl sagen«, sagte Achim.

»Ich habe mir auch große Mühe gegeben«, sagte ich.

»Und du duftest so gut«, sagte Jessica, »ich wußte gar nicht, daß das dein Lieblingsparfüm ist.«

»Daran kannst du dich nicht mehr erinnern, da warst du noch zu klein.« Ich hatte es nie mehr benutzt, nachdem wir uns getrennt hatten, die halbvolle Flasche hatte noch lange im Badezimmer gestanden, und irgendwann hatte ich sie weggeworfen. Aber jetzt mochte ich es wieder sehr gern.

Der Ober stellte den Nordsee-Teller vor mich hin, und ich aß und hörte mit halbem Ohr zu, wie die beiden Achim von der Wohnungssuche erzählten, und betrachtete Daniel, der mit seinem kurzgeschorenen dunklen Kopf sehr schön aussah, und Jessica, die rote Backen hatte und bezaubernd aussah, und Achim, dessen dichte Haare dünner geworden waren, seit ich ihn zuletzt gesehen hatte, und sehr grau, und dessen Gesicht auch etwas grau wirkte und der einen häßlichen grauen Manageranzug trug, was ich bei ihm noch unerträglicher finde als bei anderen, aber heute störte es mich nicht. Achim war Achim, es war gut, neben ihm zu sitzen, sein vertrautes Gesicht zu sehen und seine Stimme zu hören, egal, was er anhatte.

»Laßt uns anstoßen«, sagte Jessica, und wir hoben die Gläser, »auf dich, Mama, und auf deinen Geburtstag«, und ich sagte: »Und auf euch und eure neue Wohnung«, und wir stießen an und tranken, und plötzlich war ich glücklich. Mir war leicht, alles erschien mir hell und froh, sicher saß ich an diesem warmen Ort, mit Jessica und Achim und Daniel, die zu mir gehörten und vertraut waren und die ich liebte und die mich liebten.

Ich spürte die Tränen erst, als sie mir die Wangen herunterliefen, nur ein paar, dann hörte es wieder auf, Gott sei Dank, keine Tränenströme diesmal, was weinst du denn schon wieder, Agnes, du alte Heulsuse?

»Warum weinst du denn, Mama?« fragte Jessica, und ich sagte: »Ich weiß auch nicht, ich freue mich einfach so.« Und Achim legte seine Hand auf meine, und der Ober kam und räumte die Teller ab und schenkte nach und übersah dezent, daß ich unter meinen Augen herumtupfte und seine schöne

349

Leinenserviette mit getönter Tagescreme beschmutzte, er fragte, ob alles zur Zufriedenheit wäre, ich platzte heraus: »O ja, sehr«, und er sagte: »Darf ich?« und nahm mir die Serviette ab, »ich bringe Ihnen eine neue«, und lächelte mich an, und da hätte ich beinahe wieder angefangen zu weinen.

Wir saßen noch lange dort, ich war kaum wegzukriegen, ich wäre am liebsten für immer dageblieben, in dem hellen, warmen Raum, mit dem netten Ober, mit Achim, Jessica und Daniel. Aber schließlich sagte Achim: »Jetzt bringe ich euch nach Hause, und morgen früh lade ich euch zum Früh-stück ein, im Hotel«, und Jessica protestierte, wir würden bei ihnen frühstücken, aber er bestand darauf, dann hätte sie nicht noch mehr Arbeit, und wir wären gleich in der Stadt, zum Bettenkaufen, und ich wußte, er wollte vor allem ver-meiden, sich noch einmal in dem kleinen Wohnzimmer auf das Sofa hinter den Couchtisch zu klemmen, seine Band-scheiben waren noch nie die besten gewesen, es war auch für jemanden mit erstklassigen Bandscheiben, wie ich sie habe, nicht das reine Vergnügen.

Ich schlief wunderbar in dieser Nacht, obwohl das Schlaf-sofa in dem kleinen Wohnzimmer auch nicht das beste war, aber meine Bandscheiben waren in Ordnung, und vor allem war mein Herz in Ordnung, es war satt und glücklich.

Das Frühstück war so schön wie das Abendessen, der Frühstücksraum war warm und hell, das Büffet üppig, und immer war jemand da, der fragte: »Alles recht so?« oder: »Haben Sie noch Wünsche?«, und der Manager kam und begrüßte Achim mit Handschlag und mich auch und nickte Jessica und Daniel freundlich zu und ließ den Blick über den Tisch gleiten und fragte: »Alles in Ordnung, Herr Doktor?«, und da hätte ich fast geschrien, weil es so schön war.

Ein junger Mann vom Empfang kam und legte ein Blatt Papier neben Achim, er hatte ihnen die Liste der Bettenge-schäfte gegeben und sie gebeten, sie nach Standorten zu ord-

350

nen, damit wir eines nach dem anderen anfahren konnten und keine Zeit verloren. Typisch Achim, dachte ich, alles geordnet und organisiert, Listen aufstellen, Prioritäten setzen und bloß keine Zeit verlieren. Wie habe ich das gehaßt damals, es war einer der Gründe, warum ich mich von ihm getrennt habe, aber jetzt stört es mich nicht, jetzt finde ich es sogar ganz praktisch.

Das Einkaufen war wunderschön, mit Jessica sowieso, aber auch mit Achim und Daniel. Achim ließ sich Listen geben, Modellisten, Preislisten, die er studierte, und Daniel untersuchte jedes Bett aufs genaueste, unter physikalischen Gesichtspunkten vielleicht, Festkörperphysik, Betten gehören doch wohl zur Festkörperphysik, oder? Das muß ich Lea erzählen, dachte ich, und Gertraud, das Einkaufen mit Männern ist nicht gänzlich undenkbar und unmöglich, es geht, sogar mit zweien, sie müssen allerdings angemessen beschäftigt werden, das ist vielleicht der springende Punkt.

Wir fanden das Bett schon im zweiten Geschäft. »Sieh mal, Daniel, da ist es«, sagte Jessica, und so, wie sie das sagte, wußte ich, daß wir nicht weiter zu suchen brauchten. Es war ein sehr hohes Bett mit einem Kopfteil, das wie der Rahmen mit schwerem, cremefarbenen Stoff bespannt war, den man offenbar abziehen konnte, denn er war mit vielen kleinen Bändchen zusammengebunden. An einer Stange, die an der Wand befestigt war, hing ein Betthimmel aus demselben Stoff, der zu beiden Seiten herabfiel.

»Es war die Nachtigall und nicht die Lerche«, sagte ich, aber keiner hörte mich. Achim ließ sich Listen geben, Daniel hob das Röckchen, das den Rahmen verdeckte, um die Konstruktion betrachten zu können, und Jessica stand da und sah das Bett an und sah und hörte nichts. Aber sie hätte verstanden, was ich meinte, ich war sicher, daß sie auch wußte, daß dies das Bett von Romeo und Julia war.

»Es ist allerdings furchtbar unpraktisch«, sagte ich, »dieser helle Bezug wird sofort schmutzig, den mußt du ständig waschen, und den Betthimmel auch, der staubt furchtbar ein.«

»Kein Problem«, sagte Daniel, »wir haben doch jetzt eine Waschmaschine.«

»Genau«, sagte Jessica.

»Fragt sich nur, ob der Stoff waschbar ist«, sagte ich, »wenn er gereinigt werden muß, wird es teuer.«

»Das ist gar kein Problem, gnädige Frau«, sagte der Verkäufer, »für die Bespannung und den Himmel haben Sie die Wahl unter zweihundert Stoffen, da läßt sich der Gesichtspunkt der Waschbarkeit ohne weiteres berücksichtigen.«

»Genau«, sagte Jessica.

Der Gesichtspunkt der Waschbarkeit, dachte ich, was für eine schöne Wendung, die muß ich mir merken, sie klingt praktisch und philosophisch zugleich.

»Und die Breite?« fragte der Verkäufer. »An was hatten Sie da gedacht?«

»Einsvierzig«, sagte ich.

Achim sah von seiner Liste auf. »Einssechzig«, sagte er, »mindestens.«

»Aber das ist doch viel zu breit«, sagte Daniel, »einszwanzig, höchstens.«

»Genau«, sagte Jessica.

Der Verkäufer blickte von einem zum anderen, als wären wir Preisrichter beim Eiskunstlaufen, die ihre Wertungen abgaben, er war offensichtlich gespannt, welche Wertung als gültig anerkannt werden würde, enthielt sich aber selbst der Stimme.

»Einszwanzig ist zu schmal«, sagte ich.

»Weiß Gott«, sagte Achim, »es muß mindestens einssechzig haben, besser einsachtzig.«

»Dann paßt es nicht mehr ins Schlafzimmer«, sagte Daniel.

»Das wird doch auch viel zu teuer, Papa«, sagte Jessica und blickte in die Liste, »einszwanzig reicht völlig.«

»Einsvierzig sollte es schon haben«, sagte ich.

Die Bettbreite als Ausdruck der Lebens- und Beziehungsform, dachte ich, Achim ist seit zwölf Jahren verheiratet mit Elternschlafzimmer und allem, dem kann das Bett gar nicht breit genug sein, ich lebe allein und habe manchmal einen Gast in meinem Bett, da sind einsvierzig gerade richtig, und Jessica und Daniel sind jung und verliebt und kennen das Leben noch nicht und finden einszwanzig zu breit.

Hier meldete sich der Verkäufer zu Wort. »Sie haben die Auswahl zwischen allen handelsüblichen Breiten«, sagte er, »aber wir fertigen natürlich auch an, ganz nach Wunsch, jede beliebige Breite und Länge. Wie wäre es denn mit einsdreißig?«

Er hatte sich offenbar auf Jessicas und Daniels Seite geschlagen. Dabei war er schon älter. Aber vielleicht war er auch verliebt.

Die beiden blickten zweifelnd, Achim murmelte etwas und vertiefte sich wieder in seine Liste, und ich sagte: »Bitte, seid vernünftig.« Es war dieser Scheißmutterton, aber man kann sich nicht immer unter Kontrolle halten. »Wenn es euch zu breit ist, könnt ihr ja zusammenrücken, aber wohin wollt ihr rücken, wenn es zu schmal ist?«

»Das ist ein Gesichtspunkt, gnädige Frau«, sagte der Verkäufer anerkennend.

Der Gesichtspunkt der Rückbarkeit, dachte ich.

Die beiden akzeptierten die Einmetervierzig, und dann ging es um die Matratze, um Stiftlatex oder Federkern, wir lagen alle zur Probe, und Jessica und Daniel konnten sich nicht enthalten, zur Probe zu rollen und zu hüpfen, und dann kam die Daunendecke dran, eine extrabreite für zwei, davon waren sie nicht abzubringen, ob Punktstepp, Karostepp oder Kassette, war ihnen egal, und dann setzten sich Achim, Daniel und der Verkäufer an die Espresso-Bar, die es in diesem wunderbaren Bettengeschäft gab, um die Bestellung ordnungsgemäß zu formulieren, und Jessica und ich gingen Bettwäsche kaufen, extrabreite mit zwei Kissenbezügen.

Wir kauften mohnblumengemusterte und marmorfliesengemusterte und eine für besondere Gelegenheiten, cremefarbener Satin mit goldenen Sternen darauf, und als wir wieder an die Espresso-Bar kamen, sagte Achim: »So, jetzt gehen wir Mittagessen, und dann muß ich weg, ich habe um zwei einen Termin.«

»Laß uns doch wieder in die Ratsstuben gehen«, sagte ich, »sind die weit von hier?«

»Es geht«, sagte er, »aber wollt ihr da wirklich wieder hin?«

»Unbedingt«, sagte ich, »der Nordsee-Teller war so gut.« Und der Ober, dachte ich, und die Leinenservietten und das Licht, und überhaupt alles.

Eigentlich mag ich den ICE, aber was mir gar nicht daran gefällt, ist, daß man das Fenster nicht öffnen und mit den Menschen auf dem Bahnsteig noch ein bißchen reden kann, und man kann sich auch nicht hinauslehnen und winken, so lange, bis man niemanden mehr sieht.

Ich stand in der Tür, wir mußten jedesmal zurücktreten, wenn jemand den Zug bestieg, und wir redeten, was man so redet, wenn man weiß, daß der Zug jede Minute abfahren kann.

»Komm gut nach Hause, Mama«, sagte Jessica, »es war so schön, daß du da warst.«

»Paß gut auf dich auf, mein Liebes«, sagte ich, »vor allem in diesen schrecklichen Fluren in eurem Haus. Geh lieber nicht allein da durch, nur mit Daniel.«

Ich sah ihre ergebenen Gesichter, sie wußten, sie mußten es nicht mehr lange aushalten, der Zug würde gleich abfahren, dann hatten sie es hinter sich, dann würden sie wieder ihre Ruhe haben.

»O Gott, vergiß es!« sagte ich, der Zug machte seinen

Abfahrtston, die Tür surrte, und ich rief: »Auf Wiedersehen, ihr beiden, bis bald«, und die Tür war zu, und der Zug fuhr, und ich konnte mich nicht zum Fenster hinauslehnen und winken, bis ich niemanden mehr sah.

Ich ging in das Abteil, machte es mir in meinem Sessel bequem und las den Fahrplan, der auf dem Sitz lag. Ich fuhr mit Hannah Arendt, sehr gut, mit der führ ich gerne. Ich versuchte mich zu freuen, ich fahre gerne mit dem Zug, nachher würde ich in den Speisewagen gehen, und nachmittags noch mal, Kaffee trinken, und zwischendurch würde ich gemütlich Zeitungen lesen, ich hatte mir welche besorgt am Bahnhof, aber es gelang mir nicht, mich zu freuen.

Jetzt gehen sie nach Hause, die beiden, dachte ich, und es war schön, daß wir da waren, aber nun sind sie froh, wieder miteinander allein zu sein, und machen es sich gemütlich in dieser schrecklichen kleinen Wohnung, aber im Grunde ist es egal, wo sie sind, Hauptsache, sie sind zusammen.

Und Achim fliegt morgen nach Hause, da wartet Brigitte mit dem Abendessen, und die Kinder, denen sagt er noch Gute Nacht, und bei Gott, ich würde nicht wollen, daß Brigitte mit dem Abendessen auf mich wartet, in diesem Einfamilienhaus mit dem kindergerechten Ökogarten, lieber würde ich nie wieder zu Abend essen in meinem Leben, aber er ist nicht allein, jemand wartet, jemand ißt mit ihm zu Abend, wie gemütlich sie es sich machen, weiß ich nicht, aber er ist nicht allein.

Nein, du denkst jetzt nicht darüber nach, wie es ist, wenn du nach Hause kommst, Agnes. Und du weinst auch nicht. Sieh dich lieber um und halte die Augen offen, der ganze Zug ist voller Männer, und es ist ein langer Zug. Geh auf die Toilette und mach dich frisch, ein bißchen Kajal und ein Hauch Lipgloss würden nicht schaden, und dann nimmst du den Zug in Augenschein und was er beherbergt.

Frisch gemacht wanderte ich durch den Zug, es waren viele Männer in Manageranzügen da, die Zeitung lasen oder in ihren häßlichen, kleinen Aktenkoffern kramten, es gab auch viele Männer ohne Manageranzug, die aber ihre Frauen dabeihatten, und unter den Männern ohne Manageranzug und ohne Frau war keiner, der mir gefiel. Versuch's im Speisewagen, dachte ich, es ist halb zwölf, du kannst ruhig schon mal zu Mittag essen.

Der Speisewagen war noch fast leer, aber der Ober war sehr nett, na, wenigstens etwas. Ich bestellte das teuerste Menü, Fischplatte Hans Albers, Filetsteak Schleswig-Holstein und Coupe Danmark, wenn du schon keinen Mann hast, iß wenigstens was Ordentliches, sagte ich mir, von irgendwas muß der Schornstein ja rauchen, von irgendwas muß dir ein bißchen warm werden.

Der Speisewagen füllte sich, während ich aß, aber es waren lauter Paare, die gemeinsam die Karte studierten und bestellten und miteinander plauderten, während sie auf das Essen warteten, und dann kauten und miteinander redeten. Ich hatte schon fast die Hälfte meines Steaks gegessen, als endlich jemand fragte: »Ist da noch frei?«, und ich hätte fast gesagt: »Ja, gerne«, schluckte es aber runter und nickte nur. Der Mann, der sich mir gegenüber setzte, trug einen Manageranzug, er murmelte »Mahlzeit«, bestellte einen Salatteller und ein Mineralwasser und kramte in seinem Aktenkoffer, bis er einen grellgrünen Plastikhefter fand, in dem er las, bis der Salatteller kam, und in dem er fortfuhr zu lesen, während er den Salat aß.

Phantastisch, dachte ich und rührte in meinem Coupe Danmark, was für eine bezaubernde, anregende Gesellschaft, und was hat dieser Plastikhefter doch für ein hübsches Grün, ein Genuß fürs Auge. Das Auge ißt ja auch mit. Wer hat das noch mal gesagt? Der nette Mann vor dem Küchengeschäft. Ach je. Geh lieber zurück in dein Abteil und lies die Zeitungen und komm nachher noch mal wieder, zum Kaffee, dann ist es vielleicht besser.

Ich ging zurück ins Abteil und las die Zeitungen, aber das

half auch nicht. Der *Spiegel* ist ohnehin eine niederdrük-
kende Lektüre, er führt einem alles vor Augen, was beschissen ist in dieser Welt, was soll er anderes tun, das meiste ist
beschissen in dieser Welt, und das *Hamburger Abendblatt*
war auch nicht besser. Ich setzte meine letzte Hoffnung in
die *Brigitte*, aber sie gab mir den Rest. Zwanzig Seiten Sommermode und zehn Seiten Bikinis, und das an glatten, schönen jungen Frauen, so glatt und schön, wie ich es nicht mal
gewesen war, als ich so jung war wie sie. Und ein Extrateil
»Fit für den Sommer«, lästige Härchen entfernen, lästige
Pfunde abnehmen, lästige Cellulitis wegturnen, lästige
Hautprobleme wegpeelen, garniert mit Bildern von glatten,
schönen jungen Frauen, die das alles nicht hatten.

Ich blätterte rasch weiter zu den Artikeln, die oft gut sind
und gar nicht glatt und schön, und der, auf den ich stieß, war
es auch wirklich nicht, er trug den Titel »Altes Glück« und
handelte von Paaren, die seit dreißig, vierzig, fünfzig Jahren
zusammenlebten und wie sie das geschafft hatten. Phantastisch, dachte ich, schlug das Heft zu und schob es unter den
Spiegel. Jetzt stürze ich mich aus dem Zug und hinterlasse
einen Abschiedsbrief, in dem steht, die *Brigitte* war schuld,
sie gab mir den Rest.

Ich starrte aus dem Fenster auf die Landschaft, Frühlings-
landschaft, von der Sonne beschienen, mit zartgrünen Feldern und gelblichen Weidenbüschen und Bäumen, die noch
zartere grüne Schleier trugen. Vielleicht hätte ich bei Achim
bleiben sollen, dachte ich. Wir wären jetzt, warte mal, wie
lange, fast einundzwanzig Jahre verheiratet, mein Gott, einundzwanzig Jahre, in vier Jahren hätten wir silberne Hochzeit gefeiert.

Vielleicht wäre es doch gegangen, überlegte ich, wenn wir
es wirklich versucht hätten, mit mehr Geduld und Rücksicht
und Toleranz und Aufmerksamkeit – ach was, Agnes, du
weißt genau, daß es nicht gegangen wäre, auch nicht mit
tausend Tonnen Toleranz und Aufmerksamkeit. Und du

weißt auch genau, wie es gegangen wäre, es wäre ganz einfach gewesen, du hättest nur alles so machen müssen, wie Achim es haben wollte, so einfach wäre das gewesen. Achim tut nur, was er will und wichtig findet, und wenn man Glück hat, findet er dasselbe wichtig wie man selber, so wie jetzt den Besuch bei Jessica, und wenn man Pech hat, dann nicht. Und wer damit nicht leben kann, der läßt es, schade, jammerschade, aber was kann Achim da tun?

Du konntest damit nicht leben, es war richtig, daß du gegangen bist, es war gut, ihn zu heiraten, die Zeit mit ihm war schön, trotz allem, und es war mindestens so gut, ihn zu verlassen, die Zeit ohne ihn war mindestens so schön, es war alles gut so, du hast es nie bereut, also warum fängst du jetzt damit an? Nur weil dieser Zug voller Männer ist, die Manageranzüge tragen oder ihre Frauen dabeihaben, und weil die *Brigitte* so unsensibel berichtet über neue Sommermode und alte Ehen? Leg die Beine hoch und mach die Augen zu, und nachher gehst du Kaffee trinken, und dann bist du auch bald zu Hause.

Ich schlief ein, und als ich aufwachte, war es zu spät zum Kaffeetrinken, man konnte gerade noch einen kleinen Imbiß einnehmen, bevor der Zug ankam, und das tat ich, von irgendwas muß einem ja warm werden. Am Bahnhof nahm ich mir ein Taxi, keine U-Bahn heute, von irgendwas muß man warm werden. Zu Hause drehte ich überall die Heizung auf und machte alle Lampen an, sogar im Therapiezimmer, bezog mein Bett frisch, suchte nach Kerzen für die silbernen Kerzenständer auf dem Wohnzimmertisch und öffnete eine gute Flasche Wein. Wenn schon allein, dann wenigstens wahnsinnig gemütlich.

Ich ging früh schlafen, morgen war ein langer Tag mit vielen Klienten, und außerdem mußte ich nun endlich ernsthaft auf Männersuche gehen. Mein schlichtes Bett erschien mir kahl und ungemütlich. Ich könnte auch mal ein neues brauchen, dachte ich, eine neue Matratze wäre längst fällig, es ist ungesund, auf durchgelegenen Matratzen zu schlafen, und dann auch gleich ein neues Bett, wenn schon, denn schon, kein so teures natürlich, bei Ikea haben sie so ein hochbeiniges Himmelbett, weiß lackiert, mit Messingknöpfen, mit einem Betthimmel aus Schleierstoff, der um das ganze Bett herumhängt, noch viel schöner als bei Jessica.

8. Kapitel

Ich machte mich ernsthaft auf die Suche. Ich verließ das Haus nicht mehr ohne Kajal und Lipgloss, ich hielt die Augen offen, ich sah mich um und war hellwach und konzentriert.

Es war eine neue Erfahrung, ein besonderes Auge auf Männer zu haben. Sie sind ja überall, wie Häuser und Bäume, man ist daran gewöhnt, man achtet nicht besonders auf sie, es sei denn, ein herausragendes oder auffälliges Exemplar zieht die Aufmerksamkeit auf sich. Seit fünfundzwanzig Jahren hatte ich nicht mehr besonders auf Männer geachtet, seit ich sechzehn gewesen war und unbedingt einen Freund hatte haben wollen, den hatte ich dann auch gefunden, und dann war ich Achim begegnet, und dann war es immer so weitergegangen, ich hatte immer einen Mann, oder es fand sich zufällig einer. Seit fünfundzwanzig Jahren hatte ich auf Männer im allgemeinen nicht mehr geachtet als auf Häuser oder Bäume, und nun fielen sie mir wieder auf, und ich hatte ein Auge auf sie, aus demselben Grund wie damals, weil ich unbedingt einen haben wollte.

Es war auch ein bißchen so, als ob man ein neues Auto braucht oder einen neuen Wintermantel, man hat plötzlich, wo man geht und steht, einen geschärften Blick für Autos oder Wintermäntel. Nun ist ein Mann natürlich etwas anderes als ein Auto oder ein Wintermantel, in jeder Hinsicht, aber vor allem in einer: Autos oder Wintermäntel sind wesentlich leichter zu finden.

Ich machte mir erst gar keine Gedanken, als mir, wo immer ich hinkam und mich umsah, kein passabler Mann ins Auge fiel. Du kannst schließlich nicht erwarten, daß du ständig über nette Männer stolperst, sagte ich mir, vor Küchengeschäften und in Handtaschenabteilungen, hab Geduld

361

und halt die Augen offen, irgendwo müssen sie ja sein, wart's ab, bald siehst du einen.

Ich sah keinen. Ich versuchte, nicht voreingenommen zu sein, ich nahm auch große, schlanke oder durchtrainierte Männer in Augenschein, auch blonde, die ich eigentlich nicht so mag, auch Männer, die am hellichten Tag im Kaufhaus im Trainingsanzug rumlaufen, was ich überhaupt nicht mag, ich achtete auf Männer in Manageranzügen und auf solche, die, kaum daß es ein bißchen wärmer wurde, Shorts und Sandalen trugen, was ich ganz und gar nicht mag, ich besah mir Männer mit Halbglatzen und welche, die Goldkettchen um den Hals trugen, ich entschlug mich fast aller meiner Vorurteile und Vorlieben, aber es half nichts, ich sah keinen.

Einer fiel mir auf, er arbeitete in einem Werkzeuggeschäft und beriet mich sehr gut, als ich mir einen neuen Bohrer kaufte. Er war mittelgroß und hatte ein hübsches Gesicht und kurzgeschorene rötliche Haare und einen Ohrring im linken Ohr, und ich sah auf seine schönen Hände, die den Bohrer hielten, und in seine Augen, während er sprach, er hatte gute Augen, offene Augen, Gertraud wäre mit ihm zufrieden gewesen, ich war es auch, und mir wurde ganz warm, während ich seinen Erklärungen lauschte. Aber er war höchstens zwanzig, und Jean Harlow hat mal gesagt, ich beraube keine Wiegen, und ich kann nur sagen, ich auch nicht.

Ja, es gab zwei oder drei Männer, die mir auffielen, aber sie waren alle in diesem jugendlichen Alter, der Waschmaschinenmann, der kam, um meine Waschmaschine zu reparieren, und der Computermann, mit dem ich mich lange über das neue Programm unterhielt, das ich mir anschaffen wollte, und den ich besonders ansprechend fand, bis mir auffiel, daß er mein Sohn hätte sein können, allerdings hätte er nicht so schöne schwarze Locken gehabt, wenn er mein Sohn gewesen wäre.

Ein paar halbe Kinder und sonst nichts, dachte ich, während ich nach Hause ging. Ich suchte seit über vier Wochen, es war Anfang Mai, der Frühling war nun wirklich da, genau die richtige Zeit, einen Mann zu suchen und zu finden, aber eine ganz schlechte Zeit, keinen zu finden. Ich fing schon wieder an, den Frühling zu hassen. Vielleicht haben Kaufhäuser und Geschäfte und die offene Straße eine niedrige Kennenlernquote, überlegte ich, vielleicht sollte ich anfangen, die öffentlichen Verkehrsmittel zu benutzen, und an die anderen Orte gehen, von denen Lea gesprochen hat. Ruf mal an und frag nach, welche das genau waren.

»Ich finde einfach keinen, Lea«, sagte ich, »es gibt keine guten Männer mehr.«

»Jetzt hör aber auf«, sagte sie, »du brauchst doch nur auf die Straße zu gehen, da sind sie überall –«

»Wie Häuser und Bäume.«

»Wie kommst du darauf?«

»Die sind doch auch überall.«

»Ach so«, sagte sie. »Du bringst mich ganz durcheinander. Also –«

»Hast du dir die Männer, die es überall gibt, mal richtig angeschaut?«

»Eigentlich nicht«, sagte sie, »man achtet ja nicht so darauf.«

»Eben. Aber wenn du mal darauf achtest, dann merkst du, daß es keine wirklich guten mehr gibt.«

»Vielleicht bist du zu eng. Vielleicht solltest du großzügiger sein, ein bißchen offener, flexibler –«

»Ich bin wahnsinnig offen und flexibel«, sagte ich, »ich sehe mir jeden an, der nicht gerade auf allen vieren kriecht und halbwegs im richtigen Alter ist. Aber ich habe in über vier Wochen nur drei gesehen, die einigermaßen in Frage gekommen wären, und die waren alle zu jung.«

»Siehst du. Du bist doch zu eng. Warum denn kein jüngerer? Was hast du dagegen?«

»Ein bißchen jünger vielleicht«, sagte ich. »Aber doch nicht zwanzig Jahre.«

»Wäre das so schlimm?«

»Schlimm nicht, aber irgendwie sonderbar. Was soll ich mit einem Mann, der soviel jünger ist?«

»Dasselbe wie mit einem, der älter ist.«

»Ja, schon«, sagte ich, »für kurz vielleicht, aber für länger? Für immer?«

»Da hast du recht, für immer ist es natürlich nicht. Ach, Agnes –« sie seufzte.

»Was waren das noch mal für Örtlichkeiten mit hoher Kennenlernquote?« fragte ich.

»Beruf, öffentliche Verkehrsmittel, Kongresse, Fortbildungen, Sport, kulturelle Veranstaltungen.«

»Der Kongreß für Humanistische Psychologie ist erst im Januar«, überlegte ich, »so lange kann ich nicht warten. Und im Schwimmbad habe ich mich schon umgesehen. Aber wie wäre es mit einer Ausstellung, das wolltest du doch so gerne mal wieder? Im Haus der Kunst zum Beispiel. Wollen wir da nicht am Sonntag hin, Lea?«

»Ich habe gerade nicht soviel Zeit«, sagte sie und seufzte, »aber wenn es dir sehr wichtig ist –«

»So wichtig ist es nicht, natürlich nicht.«

Was ist bloß los mit ihr, dachte ich, sie hat keine Zeit, das ist noch nie dagewesen, sie seufzt, das tut sie sonst auch nicht, sie ist irgendwie fern und nicht bei der Sache, und ihre Stimme klingt bedrückt.

»Was ist los mir dir?« fragte ich. »Geht es dir nicht gut?«

»Nein, nein«, sagte sie, »mir geht es sehr gut.«

»Aber du klingst so bedrückt.«

»Ach, Agnes, ich wünschte mir so, daß du einen Mann findest, und ich wünschte, du würdest auch einen jüngeren nehmen. Sie sind wirklich nett, nach allem, was man hört.«

»Okay, okay«, sagte ich, »ich denke darüber nach. Wie ist es, was machst du Samstag, soll ich da rauskommen?«

»Da kann ich leider nicht«, sagte sie, »wir haben Besuch, weißt du. Aber ich rufe dich Montag an, und dann machen wir etwas aus wegen der Ausstellung. Und – Agnes?«

»Ja?«

»Such weiter, du findest bestimmt jemanden. Ich bin ganz sicher.«

Dann gehe ich eben allein in die Ausstellung, beschloß ich, nachdem ich am Sonntagmorgen gefrühstückt und darüber nachgedacht hatte, wie es sein würde, an einem schönen Maisonntag zu Hause zu sitzen und darüber nachzudenken, wie es sein würde, wenn ich nie einen Mann fände. Es war eine Ausstellung mit lauter seltenen Picassos und Modiglianis und Matisses, sie war hochgelobt und gut besucht und würde randvoll sein mit Menschen und Männern.

Und ich fahre nicht mit dem Auto hin, sondern mit einem öffentlichen Verkehrsmittel, überlegte ich, das sind dann zwei Fliegen mit einer Klappe. Ich mußte erst herausfinden, welches öffentliche Verkehrsmittel dorthin fuhr, und es ergab sich, daß es sogar zwei waren, U-Bahn und Bus. Drei Fliegen.

Ich hatte erwartet, daß die U-Bahn ziemlich leer sein würde an einem Sonntagvormittag, nur besetzt mit ein paar vereinzelten Männern vielleicht, aber sie war voller Männer, die ihre Frauen dabeihatten und ihre Kinder, vielleicht fuhren sie auch ins Museum, je eher man Kinder an die Kunst heranführt, desto besser.

Dafür war der Bus ziemlich leer, es saßen nur wenige Fahrgäste darin, alles Frauen. »Er hat solche Angst vorm Fliegen«, sagte die Frau, die vor mir saß, zu ihrer Nachbarin. Ich mußte an Erica Jong und ihre Angst vorm Fliegen denken, aber die war wohl nicht gemeint. »Ich weiß gar nicht mehr, was ich machen soll«, sagte die Frau, und ihre Nachbarin gab einen mitfühlenden Ton von sich. Fahrt mit dem Zug oder dem Schiff, dachte ich, man muß ja nicht fliegen. »Er kommt kaum noch durchs Wohnzimmer«, sagte die Frau. Dann braucht er einen Rollstuhl und keine Urlaubsreise, dachte ich, schon gar nicht mit dem Flugzeug. »Dabei habe ich so viel für den Tierarzt bezahlt«, sagte die Frau, »und das arme Tier sitzt immer noch im Käfig und traut sich nicht raus.«

Ich war froh, daß ich aussteigen konnte, denn es fiel mir schwer, das Lachen zu unterdrücken. Du denkst auch nur an das eine, Agnes, dachte ich, nur an Männer denkst du, dabei gibt es noch so viel anderes auf der Welt, Kanarienvögel zum Beispiel, und so, wie die Frau über ihren Kanarienvogel spricht, braucht sie keinen Mann. Vielleicht solltest du auch mal in Betracht ziehen, dir einen Kanarienvogel anzuschaffen.

Ich schob diesen Gedanken wieder beiseite, als ich das Museum betrat. Es war voller Männer, es gab kaum Kinder und nur wenige Frauen. Und dann waren auch noch die Bilder da, die so schön und aufregend waren, daß man darüber fast die Männer vergessen konnte. Es war fast wie das Paradies, ein Ort, der übervoll war mit aufregenden, interessanten, schönen Dingen.

Ich wanderte behaglich durch die Säle, von Bild zu Bild, ich war noch nie alleine im Museum gewesen, ich hatte es mir ziemlich schrecklich vorgestellt, so ganz allein zwischen all den Menschen und Bildern. Aber es war schön, ich könnte gut und gerne mal wieder alleine ins Museum gehen, auch wenn ich einen Mann für alles haben würde.

Ich versank in die Betrachtung eines Frauenportraits von Picasso, ich kam kaum davon weg. Was war der Mann doch für ein gräßliches Ekel, aber was hat er für Bilder gemalt, er ist wirklich ein Genie, und vielleicht müssen Genies ekelhaft sein, weil sie sonst das Genialsein nicht aushalten. Mein Blick streifte den Mann neben mir, er war groß, blond und jünger, das muß nicht unbedingt sein, dachte ich, hier gibt's noch so viele andere, außerdem hat er eine Frau dabei, glaube ich, ja, hat er, eine zierliche, dunkelhaarige –

366

»Lea!« sagte ich. »Ich dachte, du –«

»Agnes«, sagte Lea.

Ja, natürlich, dachte ich, sie hat ja Besuch, darum hatte sie keine Zeit. Das ist sicher wieder eines von Gerdas Kindern, so groß und blond und Georg so ähnlich. Gerda ist Georgs Schwester, sie und ihr Mann lieben es, Kinder zu kriegen, besonders das Zeugen und Gebären lieben sie, erst nach dem siebten Kind haben sie widerstrebend Schluß gemacht, weil es allmählich eng wurde, und wann immer es geht, schicken sie nun Lea eines oder zwei auf den Hals, damit es nicht ganz so eng ist bei ihnen.

»Agnes«, wiederholte Lea, »das ist Christoph. Das ist Agnes.«

»Hallo«, sagte Christoph, ich sagte auch hallo und sah zu Lea, die einen etwas leeren Blick hatte, wahrscheinlich ging ihr der Besuch inzwischen auf die Nerven, und dann sah ich zu Christoph, der zwischen Lea und mir hin und her sah.

»Ich gehe dann mal«, sagte er.

»O ja«, sagte Lea und wurde wieder lebendig, und wir verabschiedeten uns, nachdem wir uns gerade begrüßt hatten, und er gab Lea einen Kuß auf die Wange und sagte »bis dann« und verschwand.

»Warum ist er denn so plötzlich gegangen?«

»Er mußte weg.«

»Aber wir sehen uns noch ein bißchen die Bilder an, ja?« fragte ich. »Jetzt hast du doch Zeit?«

»Natürlich«, sagte sie, und ich schob meinen Arm in ihren und zog sie zum nächsten Bild.

»Er sieht Georg unglaublich ähnlich«, sagte ich, während wir einen Matisse betrachteten, der nicht besonders schön war.

»Wer?« fragte sie.

»Na, Christoph.«

»Findest du wirklich?«

»Ja, sicher. Das tun sie doch alle.«

»Wer? Alle?«

»Gerdas Kinder natürlich«, sagte ich, »man möchte meinen, daß die beiden Zwillinge sind, Georg und Gerda. Sind sie das?«

»Ich weiß es nicht.«

»Aber hör mal, Lea. Du wirst doch noch wissen, ob Georg und seine Schwester Zwillinge sind.«

Sie sah mich wieder mit leerem Blick an, und dann schüttelte sie den Kopf, als versuche sie, etwas in seinem Inneren geradezurücken. »Ich kann mich heute überhaupt nicht konzentrieren, Agnes. Auch nicht auf die Bilder. Können wir nicht hier raus und in den Park, ein bißchen spazierengehen?«

»Ja, sicher«, sagte ich, »komm.« Es waren nur wenige Schritte zum Park, wir gingen am Fluß entlang, sahen auf die Enten und Schwäne, die darin schwammen oder am Ufer gefüttert wurden, und atmeten tief, und ich blickte hin und wieder zu Lea, ob es ihr schon besserging. Sie sah müde aus, aber auch sehr schön, die Augen waren ganz groß und der Mund weich und klar, und die grauschwarzen Locken, die sie sonst immer glattfönt und mit Kämmen zurücksteckt, kringelten sich ganz ohne Kämme. Darauf hat sie sich heute wahrscheinlich auch nicht konzentrieren können, dachte ich.

Sie blieb plötzlich stehen und wandte sich zu mir: »Ich muß dir was sagen, Agnes. Christoph ist nicht Georgs Neffe.«

»Ach so«, sagte ich, »aber das macht doch nichts«, was eine blöde Bemerkung war, aber sie sah mich so bedrängt an, daß ich das Gefühl hatte, ich müsse sie trösten, »das ist doch nicht schlimm, ich meine, das ist doch kein Problem –«

»Er ist –« Sie seufzte.

»O Gott, Lea, seufz nicht schon wieder, das halte ich nicht aus. Wer ist er denn?«

»Er ist –« Sie sah sich um, aber es war niemand in der

Nähe außer den Enten und Schwänen. »Er ist mein Geliebter.«

»Lea!«

»Ach, Agnes«, sagte sie, und nun war sie an der Reihe, ihren Arm in meinen zu schieben und mich fortzuziehen, zur nächsten Bank, und mich zum Sitzen zu nötigen. Ich saß da und sah auf die Enten und die Schwäne und wußte nicht, was ich sagen sollte. Mein Geliebter. Wie das klang. Kein Wunder, daß sie aussieht wie Anna Karenina, dachte ich. Lea Karenina und Christoph Wronski, du lieber Himmel, aber keine halsbrecherischen Galopprennen bitte und vor allem kein Sich-vor-den-Zug-Werfen, wenn ich bitten darf.

»Agnes«, sagte sie.

»Ach, Lea«, sagte ich, »ich weiß gar nicht, was ich sagen soll.«

»Ist es denn so schlimm?«

»Nein, nein, es ist doch nicht schlimm, ich meine, es ist doch kein Problem –« Das hatte ich schon mal gesagt, vor nicht allzulanger Zeit. »Ich muß mich nur erst daran gewöhnen.«

»Ich weiß«, sagte sie, »das ist mir auch nicht leichtgefallen.«

Ich wußte immer noch nicht, was ich sagen sollte, aber ich konnte nicht die ganze Zeit dasitzen und nicht wissen, was ich sagen soll, also fragte ich: »Wie ist das denn passiert?«, aber das klang so, als sei es tatsächlich etwas Schlimmes, und ich nahm noch einen Anlauf: »Wie hast du ihn denn kennengelernt?«

»Da warst du gerade in Hamburg.« Kaum bin ich ein paar Tage weg, schon geht hier alles drunter und drüber. »Es war in der Apotheke, weißt du, ich mußte lange warten, Christoph war auch da, er hat mich immer so angesehen, ich dachte schon, ich hätte einen Fleck auf der Nase oder so, weil er mich so ansah. Und dann fiel mir das ein mit dem

Anlächeln, das du üben wolltest, und ich dachte, ich könnte es auch mal probieren, damit ich weiß, wie das ist, und da habe ich ihn angelächelt, und er hat auch gelächelt, und dann haben wir angefangen, miteinander zu reden, und dann haben wir unsere Sachen besorgt, du weißt schon, in der Apotheke, und sind rausgegangen, und dann hat er mich gefragt, ob ich eine Tasse Kaffee mit ihm trinken will.«

Die gute alte Tasse Kaffee, dachte ich. »Und dann?«

»Und nach dem Kaffeetrinken hat er gesagt, daß er mich gerne wiedersehen würde.«

»Und du?«

»Ich habe gesagt, daß ich ihn auch gern wiedersehen würde.«

»Und dann?«

»Dann haben wir uns verabredet, für den nächsten Tag.«

»Und dann?«

»Ach, Agnes«, sagte sie, »das kann ich dir doch jetzt nicht in allen Einzelheiten erzählen. Dann – ging alles sehr schnell.«

Mit anderen Worten, ihr seid sofort miteinander ins Bett gegangen, dachte ich, Apotheke, Kaffeetrinken, Verabredung, bums, ins Bett. Wunderbar. Toll. Nicht, daß ich was dagegen habe. Grundsätzlich jedenfalls nicht. Ich würde es wahrscheinlich auch so machen. Aber Lea? Wo kommen wir hin, wenn Lea so was macht?

»Ich habe so ein schlechtes Gewissen«, sagte sie.

Na also, dachte ich, genau, was ich meine, so was ist eben nichts für dich.

»Ich wollte schon die ganze Zeit darüber reden –«

»Du hast es ihm gesagt?«

»Wem?«

»Na, Georg«, sagte ich.

»Nein, natürlich nicht.«

»Aber du hast doch gerade gesagt, du wolltest mit ihm reden, weil du so ein schlechtes Gewissen hast.«

»Aber doch nicht wegen Georg«, sagte sie, »ich habe ein schlechtes Gewissen wegen dir.«

»Nicht wegen Georg?«

»Nein, natürlich nicht«, sagte sie, »Georg geht es gut. Wegen dir mache ich mir Sorgen.«

»Aber wir sind doch nicht verheiratet.«

»Das hat damit doch nichts zu tun, Agnes«, sagte sie. »Georg ist richtig glücklich, seit ich Christoph kenne, und ich könnte auch richtig glücklich sein, wenn es nicht wegen dir wäre.«

»Das verstehe ich nicht.«

»Das ist doch ganz einfach«, sagte sie, »du suchst einen Mann, weil du keinen hast, jedenfalls keinen richtigen, und ich habe einen, und sogar einen richtigen, und nun habe ich noch einen. Nun habe ich zwei, und du hast keinen. Das ist nicht fair.«

Das stimmt, dachte ich, fair ist das nicht.

»Aber du wolltest ja keinen jüngeren», sagte sie, »und große Blonde magst du auch nicht. Du hättest ihn bestimmt nicht gewollt.«

Da bin ich gar nicht so sicher, dachte ich, so viel jünger ist er ja nicht, und an meinen Vorurteilen gegen große und blonde Männer arbeite ich gerade.

»Aber auch wenn er dein Typ gewesen wäre – was hätte ich denn machen sollen?«

Du hättest sagen können, Ihr Antrag ehrt mich, mein Herr, aber ich habe schon einen Mann, ich brauche gerade keinen, dagegen meine Freundin, die sucht ganz dringend, hier ist ihre Adresse, rufen Sie unbedingt an, sie ist eine tolle Frau.

Ich mußte lachen. »Lea, hör auf«, sagte ich, »natürlich ist es nicht fair, aber was kannst du denn dafür? Das ist doch albern. Und wenn du wegen Georg kein schlechtes Gewissen hast, dann schon gar nicht wegen mir.«

»Ach, Gott sei Dank«, sagte sie, »jetzt kann ich mich richtig freuen.«

Ich sah auf die Enten und die Schwäne, sie schienen auch richtig glücklich zu sein, so wie Lea und Georg und Christoph. Schwäne sollen sehr treue Tiere sein, sie haben nur einen Partner pro Leben, und wenn der stirbt, dann legen sie sich auch hin und sterben. Wenn ich sterbe, dann legt sich keiner hin, um auch zu sterben. Wenn Lea stirbt, gäbe es immerhin zwei, die dafür in Frage kommen.

»Ohne dich wäre das alles nicht passiert«, sagte Lea fröhlich. »Wenn wir nicht die ganze Zeit darüber geredet hätten, wäre ich nie auf die Idee gekommen, ihn anzulächeln. Und ich hätte mich bestimmt auch nicht getraut, mich mit ihm zu verabreden. Aber so erschien es mir fast selbstverständlich.«

»Na wunderbar. Ich rede dauernd davon, und du tust es. Einfach so. Ganz selbstverständlich.«

»Ach, Agnes«, sagte sie, und ich sagte: »Jetzt fang nicht wieder mit deinem schlechten Gewissen an. Weißt du was? Wir kaufen Kuchen, einen ganzen Berg, und fahren zu mir und trinken Kaffee. Oder willst du lieber wieder zu deinem Christoph? Der ist doch wegen mir so schnell verschwunden, oder? Und jetzt sitzt er wahrscheinlich zu Hause und wartet auf dich.«

»Ach, Agnes! Ich rufe ihn nur kurz an und sage ihm, daß alles in Ordnung ist, daß ich es dir gesagt habe.«

»Aber du hast ihm doch nicht gesagt, daß ich –«

»Was denkst du von mir?« sagte sie. »Ich habe ihm nur gesagt, daß du meine beste Freundin bist und daß ich dich beschwindelt habe wegen heute, wegen der Ausstellung, und daß mir das auf der Seele liegt. Deswegen ist er gleich gegangen, er ist nämlich sehr sensibel, weißt du? Ich rufe ihn an, und dann haben wir den ganzen Sonntag für uns.«

Jetzt sah sie nicht mehr aus wie eine müde Anna Karenina, schön, aber müde, sondern wie eine glückliche Anna Karenina, schön und glücklich. Und sensibel ist er auch noch. Ein sensibler Mann, ein ganz seltenes Exemplar. Scheiße.

Ich kaufte den Kuchen, ich lehnte es ab, Lea den Kuchen

kaufen zu lassen, ich wollte Berge davon, Mohnkuchen und Käsesahne und Fruchtschnitten und Tortenstücke in Dunkelbraun und Hellbraun und Beige mit klingenden Namen, Schwarzwälderkirsch und Zuppa Romana und Prinzregenten, ich esse sonst keine Torte, aber von irgendwas muß einem ja warm werden. Nur das Taxi, das wir nahmen, ließ ich sie bezahlen, schließlich war sie schuld daran, daß wir mit dem Taxi fuhren, hätte ich sie nicht getroffen in der Ausstellung, mit ihrem Geliebten, dann wäre ich wieder mit dem Bus gefahren und der U-Bahn und hätte vielleicht einen Mann gefunden.

»Was ich immer noch nicht verstehe, ist das mit Georg«, sagte ich, nachdem ich Mohnkuchen und Käsesahne und eine halbe Schwarzwälderkirsch gegessen hatte, während vor Lea immer noch die andere Hälfte ihrer Fruchtschnitte lag. »Warum ist Georg so glücklich?«

»Ja, das ist sonderbar«, sagte sie, »ich glaube, er ist so glücklich, weil er jetzt seine Ruhe hat. Weißt du, er hat immer getan, um was ich ihn gebeten habe, ins Kino gehen oder Laub harken oder ins Gartencenter fahren, er hat sich auch nicht beklagt, aber er wollte es eigentlich nicht wirklich tun. Und jetzt mache ich es alleine, das macht mir nichts mehr aus, oder mit Christoph, und kann Georg in Frieden lassen. Und weißt du was? Jetzt kommt er manchmal sogar freiwillig. Letzte Woche hat er mich gefragt, ob wir nicht ins Gartencenter fahren sollten, es wäre doch Frühling. Seltsam, nicht?«

»Wundersam«, sagte ich.

»Ja, wirklich. Weißt du, ich denke jetzt manchmal, man sollte überhaupt zwei Männer haben, das ist richtig praktisch. Es müssen natürlich nette sein, wenn es ekelhafte Kerle sind, dann ist einer schon zuviel.«

»Du hast leicht reden. Es ist schwierig genug, einen zu finden.«

»Ja, schon«, sagte sie, »aber denk mal drüber nach. Vielleicht findet man gar keinen Mann für alles, einer schafft das wahrscheinlich nicht, vielleicht braucht man zwei dafür. Um alles zu haben, meine ich.«

»Da könnte was dran sein.«

»Du könntest zum Beispiel Rainer wieder nehmen«, sagte sie lebhaft, »für einiges ist er ja wirklich gut zu gebrauchen. Und dann suchst du dir noch einen, das wäre sicher nicht so schwierig, weil er kein Mann für alles sein müßte. Wie wäre das, Agnes?«

»Ich weiß nicht recht«, sagte ich, »mit zwei Männern ins Bett zu gehen, das wäre mir ein bißchen viel, glaube ich, und irgendwie auch irritierend, oder? Was meinst du?«

Lea wurde rot, man konnte zusehen, die Röte kroch bis über die Ohren und in den Blusenausschnitt. Anna Karenina, dachte ich: »Sie besaß noch die Fähigkeit, rot zu werden.« Den Satz hatte ich mir gemerkt, als ich das Buch für die Schule gelesen hatte, er war so tröstlich gewesen, ich war damals immer so furchtbar rot geworden.

Ich richtete den Blick auf den Kuchenteller und betrachtete eingehend die Zuppa Romana, die langsam in sich zusammensank. Wahrscheinlich ist sie seit langem nicht mal mehr mit *einem* Mann im Bett gewesen, dachte ich, das gehört vielleicht auch zu den Dingen, die Georg nicht wirklich will.

Ich sah vorsichtig wieder auf. Ihr Gesicht war jetzt nur noch rosa, ein hübsches Rosa, und sie lächelte mich an. »Es wird mir nicht zuviel«, sagte sie, »ich bin endlich mal richtig ausgelastet.«

»Du meinst, weil es mit Georg nicht mehr so –«

»O nein! Da siehst du Georg falsch. Das ist etwas, was ihm wirklich wichtig ist, und wenn ihm etwas wichtig ist, dann ist er ganz konzentriert, dann vergißt er alles andere, wie am Computer, weißt du? Und deswegen ist es auch sehr schön mit ihm, bloß –« das Rosa wurde wieder dunkler. »Bloß kommt er nur zwei- oder höchstens dreimal die Woche dazu, und oft gar nicht, wenn er zuviel zu tun hat, und – und –« das Rosa war nun richtig rot, aber sie holte tief Luft und sprach weiter: »Und das hat mir eigentlich nicht gereicht, aber jetzt kann ich soviel davon kriegen, wie ich will, jetzt werde ich richtig satt, weißt du?«

Ich weiß, dachte ich, und sah auf die halbe Fruchtschnitte. Aber wer hätte das nun wieder gedacht? Der deutsche Mensch hat zwei- bis dreimal Geschlechtsverkehr im Monat, so ungefähr, das habe ich irgendwo gelesen, und Georg hätte ich es vielleicht zwei- bis dreimal im Jahr zugetraut. Und nun bringt er es auf zwei- bis dreimal in der Woche, aber Lea ist das nicht genug, sie fühlt sich nicht ausgelastet, sie braucht noch einen Mann, einen großen, blonden, jungen, um sich richtig ausgelastet zu fühlen. Du lieber Himmel.

Ich wußte wieder nicht, was ich sagen sollte. *Alle Achtung* vielleicht oder *Das hätte ich aber nicht von dir gedacht?* »Wie alt ist er eigentlich?«

»Dreißig.«

Und sie ist fünfundfünfzig und Professorengattin und kann es nicht leiden, wenn man grobe Worte gebraucht, vögeln zum Beispiel, und dann lernt sie einen jungen Mann kennen, in einer Apotheke, und vögelt nur so durch die Gegend, mit ihm und ihrem Ehemann. Das hätte ich wirklich nicht von ihr gedacht. Ich schüttelte den Kopf.

»Hätte ich dir das nicht erzählen sollen, Agnes?«

»Doch, doch«, sagte ich, »es ist nur alles so neu, so – so ungewohnt.«

Sie seufzte zufrieden und sah auf die halbe Fruchtschnitte: »Die schaffe ich nicht mehr.«

Keine Sorge, dachte ich, ich schon. Du vögelst dich satt und warm, und ich fresse mich satt und warm. Von irgendwas muß der Schornstein ja rauchen. Sie saß da und lächelte selbstvergessen die Fruchtschnitte an. Herrgott noch mal, bist du gemein, Agnes, sagte meine innere Stimme, sie ist einer deiner liebsten Menschen, sie täte alles für dich, sie tut alles für Georg, und jetzt tut sie auch mal was für sich, sie liebt sich satt und warm. Und was tust du? Du hast böse Gedanken und mäkelst und krittelst.

»Lea«, sagte ich und legte meine Hand auf ihre. »Ich freue mich für dich.«

Sie seufzte wieder, erleichtert, und lächelte zur Abwechslung mich an: »Jetzt bin ich richtig glücklich.«

Jetzt sind sie alle richtig glücklich, dachte ich, während ich das Tablett mit dem Kaffeegeschirr und dem Kuchenberg in die Küche trug. Jessica und Daniel und Lea und Georg und Christoph und Ellen und Dieter, die sind besonders glücklich, und Achim, na, ich weiß nicht, ob der richtig glücklich ist, aber richtig zufrieden ist er bestimmt, mit seiner Arbeit und seiner Frau und seinen Kindern, und Gertraud ist auch richtig zufrieden, mit den Kindern und der Praxis und den Frauen, mit denen sie Feste feiert und Urlaub macht, und den Männern, die sie hier und da in der Sauna findet. Und was ist mit mir? Was zum Teufel ist mit mir?

Ich besah mir die Zuppa Romana, die schon ziemlich unansehnlich war. Wenn sie weiter herumliegt, wird sie noch unansehnlicher, dachte ich, und aß sie auf. Und es lohnt sich auch nicht, die halbe Fruchtschnitte aufzuheben, die nimmt bloß Platz weg im Kühlschrank, überlegte ich und aß sie auf. Ich war kurz davor, auch die Prinzregententorte und die halbe Schwarzwälderkirsch aufzuessen, damit gar nichts herumlag oder Platz einnahm im Kühlschrank, aber ich hielt mich zurück. Wenn du dich so vollfrißt, wirst du dick und häßlich und findest überhaupt keinen Mann mehr.

Ich stellte den Kuchen in den Kühlschrank und räumte das Geschirr in die Spülmaschine, und dann stand ich am Fenster und sah in den Hinterhof, auf die Fliederbüsche und Jasminsträucher, und dachte an Lea, die vielleicht wieder zu ihrem Geliebten geeilt war, der sie sehnsüchtig erwartete, oder vielleicht war sie auch heimgeeilt zu ihrem Mann, der sie glücklich begrüßte, sofern er nicht gerade am Computer saß. Und was ist mit mir?

Du wirst dick, dachte ich und öffnete den Knopf der Hose, die über meinem gewölbten Bauch spannte. Du wirst dick und häßlich und findest überhaupt keinen Mann mehr. Du solltest wieder öfter schwimmen gehen, das hast du auch vernachlässigt, aber dieses Scheißschwimmen in diesem Scheißschwimmbad mit seinem Chlorgeruch und seinen Umkleideräumen und dem mürrischen Bademeister und den Greisen und den kreischenden Knaben!

Vielleicht sollte ich es doch noch mal mit Rainer probieren, überlegte ich. Lea hat ja recht, für manches eignet er sich wirklich gut, und dann hätte ich wenigstens einmal in der Woche einen Mann an meinem Tisch und in meinem Bett. Das reicht natürlich nicht ran an ihre Quote mit Georg und schon gar nicht an die mit Georg und Christoph zusammen, aber es ist wenigstens etwas. Besser als nichts.

Ich machte mich auf den Weg zum Telefon. Er wird sich zieren, und ich werde mich ins Zeug legen müssen, das wollte ich eigentlich nicht mehr, dieses Sichmühen und Sichanstrengen, damit er aus seiner Höhle herauskommt, dieses Rackern und Ringen, nach dem Motto *Wann fängt Beton an zu blühen?* Er wird sich auch wundern, daß ich plötzlich anrufe, wann haben wir zuletzt telefoniert, irgendwann im Februar und dann nach Ostern, und immer wurde nichts daraus, weil ich mich nicht mehr mühte und anstrengte, weil ich es nicht mehr wollte, aber na gut, jetzt muß es sein, damit ich wenigstens etwas habe. Ach je.

»Ja, Göhre?«

»Hallo, Rainer«, sagte ich. Er sagte nichts. »Hier ist Agnes.«

»Ach, du bist es.« Das war sehr ermutigend. Das sah nach Großkampftag aus. Na gut.

»Wie geht es dir denn so?«

»Ach, gut«, sagte er, »sehr gut.« Er machte eine Pause, als

müsse er nachdenken, was er noch sagen könnte. »Und dir?«

»Auch gut«, sagte ich, »sehr gut.« Wieder war Schweigen. Großkampftag, Schwierigkeitsstufe vier. Ich schwieg eine Weile mit, dann hielt ich es nicht mehr aus. Ich rang mich durch: »Wollen wir uns nicht mal wiedersehen? Vielleicht nächste Woche?« Mein Stolz gab einen jammernden Ton von sich. Halt die Klappe, es hilft nichts, es muß sein.

»Ich weiß nicht«, sagte er. Schweigen. Ich hielt durch. »Ich glaube, es geht nicht«, fuhr er fort, »fürs erste jedenfalls nicht.« Wieder Schweigen.

»Was meinst du damit, fürs erste? Wann geht es denn wieder?«

Pause. Er schien stark nachzudenken. Ich konnte es beinahe hören, das Geräusch, das beim Denken entsteht.

»Es ist nämlich so«, sagte er, »ich habe eine Beziehung, das heißt, wir sind noch sehr in den Anfängen, das muß sich noch stabilisieren, und im Moment – ich glaube, es wäre schwierig, ich glaube, wir sollten ein bißchen Zeit verstreichen lassen. Später natürlich, das ist ganz klar, daß wir uns da wiedersehen, als alte Freunde –«

Aber jetzt, sagte mein Stolz.

»Ach, Rainer, natürlich«, sagte ich, »warum sagst du das denn nicht gleich? Auf keinen Fall, wenn es dir Probleme macht, das wäre mir richtig unangenehm, das muß ja nicht sein. Um Gottes willen.«

Ich konnte hören, wie erleichtert er war, noch bevor er etwas sagte. Das Geräusch der Erleichterung.

»Ja, nicht wahr? Das verstehst du.«

»Aber sicher«, sagte ich, »das ist doch klar.« Was klar war und was ich verstand, wußte ich eigentlich nicht, und ich hätte auch gerne erfahren, mit wem er in diesen Beziehungsanfängen steckte und wie sie zustande gekommen waren, aber ich wollte nicht fragen, denn ich würde den Aber-das-verstehe-ich-doch-Ton nicht mehr lange durchhalten.

»Gut, gut«, sagte ich, »dann laß uns mal Schluß machen, ich habe noch zu tun. Und wir hören voneinander.« Schön hatte ich das gesagt.

»Gut«, echote er, aber er meinte es wirklich, »sehr gut, Agnes. Ich melde mich. Und vielleicht lernt ihr euch dann auch mal kennen, wenn du Lust hast.«

Ich kann es kaum erwarten, dachte ich. »Aber gerne. Sag du nur Bescheid, wenn du glaubst, daß es geht. Tschüs.«

»Tschüssi, Servus«, sagte er, eine ganz neue Grußformel, die ich noch nie von ihm gehört hatte und die ich ziemlich widerlich fand.

Gut gemacht, sagte mein Stolz. Großkampftag, Schwierigkeitsstufe zehn. Hiermit wird Ihnen die Tapferkeitsmedaille überreicht, Frau Geben. Am roten Band. Mit Eichenlaub und Schwertern und Tralala. Bitte sehr, Frau Geben.

Ich saß da und starrte auf das Telefon. Es starrte zurück, dumm und grau, mit seinen Zahlenaugen. Rainer ist jetzt auch richtig glücklich. Er hat auch jemanden gefunden. Alle finden jemanden. Oder haben jemanden. Manche haben sogar zwei. Und was ist mit dir? Was ist mit dir, Agnes?

9. *Kapitel*

Ich stand auf der Plattform, hielt mich am Geländer fest und versuchte, die Stange mit dem Polster am unteren Ende mit der Ferse nach hinten zu schieben. »Gut, Frau Geben«, sagte die Trainerin, »aber das Knie durchdrücken, sonst macht es keinen Sinn.« Ich schob wieder, mit durchgedrücktem Knie. »Sehr gut«, sie machte eine Notiz, »zwanzig beim ersten Durchgang, zwanzig beim zweiten. Wir wollen auf Ausdauer gehen.«

Gut, gut, dachte ich, ein bißchen Ausdauer kann mir sicher nicht schaden. Ich versuchte, nicht in den Spiegel zu sehen, was schwierig war, weil alle Wände mit Spiegeln bedeckt waren. Ich hatte mir schwarze Leggings gekauft und ein schwarzes T-Shirt, Schwarz macht schlank, aber ich sah aus wie eine schwerfällige Krähe, und das wollte ich mir nicht öfter vor Augen führen als unbedingt nötig.

»Und nun die Armarbeit.« Die Trainerin nötigte mich dazu, mich mit gespreizten Beinen auf eine schmale Bank zu setzen und an zwei Griffen zu ziehen, sagte »den Rücken gerade« und »zwanzig beim ersten Durchgang, zwanzig beim zweiten« und machte eine Notiz.

Sie war klein und zierlich und dennoch muskulös, sie hatte schon einiges an Armarbeit hinter sich gebracht und auch alle anderen Arbeiten gut erledigt, sie trug etwas Enges, tief Ausgeschnittenes in fröhlichem Gelb und war frisch und duftig. Ich hockte in meiner schwerfälligen Krähentracht auf dem Bänkchen und schwitzte stark und hätte nichts dagegen gehabt, wenn das Gestell, an dem ich zog, nach vorne gefallen wäre und mich unter sich begraben hätte.

Wir machten noch mehr Armarbeit, ich zog und hob und stemmte und tat lauter Dinge, die ich bei klarem Verstand eher nicht getan hätte und die sonderbar anmuteten, und schließlich saß ich auf einem Hocker vor der Theke, schwitzte so sehr, daß ich mich schämte, und trank ein sportliches Getränk, das grün schillerte.

»Gut«, sagte die Trainerin und vollendete ihre Notizen. »Das ist Ihr Trainingsplan, den holen Sie sich anfangs bei mir ab, nachher können Sie es im Schlaf. Und wenn Sie regelmäßig kommen, wird sich bald was tun.« Das hoffe ich doch sehr, dachte ich, in mehrfacher Hinsicht. »Wir waren jetzt im Frauentrainingsraum«, fuhr sie fort, »drüben ist der gemischte. Sie können natürlich trainieren, wo Sie wollen.« Das will ich hoffen, daß ich das kann, dachte ich, Armarbeit und Beinarbeit und Sucharbeit, drei Fliegen mit einer Klappe. »Schön, daß Sie bei uns sind«, sie lächelte mich an. Ich weiß noch nicht genau, wie schön ich das finden soll, dachte ich und lächelte zurück.

Ich warf noch einen Blick in den gemischten Trainingsraum, bevor ich mich auf den Weg zu den Umkleideräumen machte. Er war größer als der andere, die Polster der Geräte waren rot, nicht lila, und es war keine einzige Frau darin, dafür aber vier Männer.

Nicht schlecht, dachte ich, trat ein Stück näher und tat so, als ob ich die Geräte prüfend betrachtete. Zwei große, schlanke, die um die Dreißig waren, ein junger, der die letzten Spuren der Pubertätspickel noch im Gesicht trug, und ein kräftiger, untersetzter in meinem Alter, mit dunklen Haaren und Bart. Gar nicht schlecht. Obwohl, Männer mit Bart mag ich eigentlich nicht, Bärte kratzen, und man muß sich fragen, was der dunkle Grund dafür ist, daß einer sich das antut, all die Haare um Mund und Kinn und Hals. Aber ich will keine Vorurteile mehr haben, auch nicht gegen Männer mit Bart, also runter mit euch von meiner Vorurteilsliste. Und für den gemischten Trainingsraum kaufe ich mir was Schickeres als mein Krähenkostüm, etwas Enges, Ausgeschnittenes in einer lebensvollen Farbe, Rot zum Beispiel. Wer A sagt, muß auch B sagen, und nur wer wagt, gewinnt.

Sachen machst du, dachte ich, als ich nach Hause ging. Ich nahm den Umweg über Karstadt, ich mußte ohnehin in die Lebensmittelabteilung, ich konnte auch gleich mal nachsehen, wie es um die Abteilung für Sportbekleidung bestellt war. Hanteln, Hüftmaschine, Pomaschine und nun noch so ein alberner Fitneßfummel, wie ihn die Damen in den Fernsehserien tragen, und das nur, um einen Mann zu finden, genau wie die Damen in den Fernsehserien.

Das darfst du niemandem erzählen, daß du solchen Unsinn treibst, Lea schon, Lea versteht alles, aber Gertraud würde wahrscheinlich die Augenbrauen hochziehen und sich fragen, wie es um mein inneres Gleichgewicht bestellt ist. Gar nicht zu reden von den Kollegen. Eine anständige Psychologin und Psychotherapeutin tut so was nicht. Das ist Körperkult und Schönheitswahn. Wegen der Midlife-Crisis wahrscheinlich, die Tochter ist aus dem Haus, das vierzigste Jahr überschritten. Nimm dich an, wie du bist, was wirklich zählt, ist die innere Schönheit. Stimmt ja auch, aber was hilft es, wenn keiner sie sieht?

Ich stand vor einem Ständer mit roten Kleidungsstücken und schob unentschlossen die Bügel hin und her. Und das auch noch in Rot, dachte ich, so aufdringlich, so marktschreierisch. Bist du verrückt, Agnes? Wenn du dich schon lächerlich machst, dann tue es wenigstens in dezentem Schwarz.

»Kann ich Ihnen helfen?« fragte eine Verkäuferin. »Ach, nein«, sagte ich, »ich wollte mich nur mal umsehen.« Sie drehte schwungvoll an dem runden Ständer, so daß er herumwirbelte wie ein rotes Karussell. »Besonders günstig«, sagte sie, »Markenware, um die Hälfte reduziert. Morgen ist das alles weg.« Die Vorstellung, daß morgen alles weg sein würde, hielt mich fest, sie hatte etwas erschreckend Endgültiges, dem ich mich entgegenstellen mußte. Ich trat näher.

»Und die Farben. Besonders in der Crash-Kombination, das ist jetzt sehr *in*, immer zwei Farben zusammen, die sich

beißen, so zum Beispiel, Stringbody in Koralle und Hot
pants in Karmesin«, sie hielt ein knappes Leibchen, dessen
Unterteil kaum existierte, neben ein ebenso knappes Hös-
chen, »schön, nicht?«

»Lieber keine Hot pants«, sagte ich. »Sie können natürlich auch Leggings haben«, sie zog einen anderen Bügel hervor. »Und Rot ist genau Ihre Farbe, besonders dieser Koral-
lenton, den kann kaum eine Frau tragen, wissen Sie, da sind
Sie eine der ganz wenigen.« Nun war ich gefangen, es war
keine Frage von Lust und Laune mehr, ob ich die Sachen anprobierte, ich mußte es tun, ich war eine der wenigen Auser-
wählten, die sie überhaupt tragen konnten, ich durfte nicht
achtlos daran vorübergehen. Ich folgte ihr zu den Umkleidekabinen.

»Paßt es?« rief sie, nachdem sie die Anstandsfrist hatte
verstreichen lassen. »Ich weiß nicht«, sagte ich dumpf. Auserwählt hin, auserwählt her, konnte es richtig sein, drei
überzählige Kilo in Koralle und Karmesin zu stopfen? »Darf
ich?« Sie schlug den Vorhang zurück und betrachtete mich
prüfend. »Ich weiß nicht«, wiederholte ich.

»Genau richtig«, sagte sie. »Sie haben genau die Figur dafür. An diesen dünnen Frauen sieht das gar nicht gut aus,
und klapperdürr ist ja auch passé, weibliche Formen sind
wieder *in*, Sie sind genau der Typ, der *in* ist.« Ich war nicht
nur auserwählt, ich war auch *in*. »Aber ich will Ihnen nichts
aufdrängen, worin Sie sich nicht wohl fühlen«, fuhr sie fort.
»Ich kann nur sagen, perfekt. Überlegen Sie es sich gut. Lassen Sie sich Zeit.« Sie zog sanft den Vorhang zu.

Die Frau ist gefährlich gut, dachte ich. Wenn sie so weiter-
macht, kaufe ich den ganzen Laden leer, und sie kriegt das
Bundesverdienstkreuz, Abteilung Kaufhäuser. Besser, ich
kaufe die Sachen und mache, daß ich fortkomme, ich habe
sowieso keine andere Wahl, es ist genau meine Farbe, ich bin
genau der Typ, was soll ich tun, es gibt Verpflichtungen,
denen man sich nicht entziehen kann.

Ich ging in der Frühlingsdämmerung nach Hause, eine Amsel schnatterte unentwegt. Vielleicht wird es ja doch noch was, dachte ich, in Rot und mit meiner Figur, vielleicht habe ich doch eine Chance.

»Rot?« sagte Gertraud, »Rot ist gut, das ist Kraft und Dynamik, wenn du von dir aus nach Rot greifst, weiß dein Inneres genau, was es braucht. Aber Fitneßstudios?« Sie ließ den Blick seitwärts gleiten und wiegte den Kopf. »Ich weiß nicht. Daß die Sauna nichts für dich ist, ist klar. Deine Schwingungen waren kaum auszuhalten. Warte mal, du bist doch Feuerzeichen, nicht wahr? Natürlich, kardinales Feuerzeichen. Was ist dein Aszendent?«

Ich schüttelte den Kopf. Ich vergesse immer meinen Aszendenten.

»Ich habe dein Horoskop doch hier«, sie blätterte in meiner Patientenmappe, »auch Feuerzeichen, labil, aber Feuer bleibt Feuer. Die Sauna ist Gift für dich, geh da bloß nie wieder hin. Aber Wasser wäre gut. Warum willst du nicht mehr ins Schwimmbad?«

»Das Chlor«, sagte ich klagend, »und die Umkleideräume. Und es gibt praktisch keine Männer dort, nur Pensionäre und Schulkinder.«

»Das mit dem Chlor leuchtet mir ein«, sagte sie, »das ist überhaupt nicht gut für deinen Organismus, für keinen, aber für deinen besonders. Also Fitneßstudio, na gut. Aber sieh zu, daß du bei dir bleibst, konzentriere dich auf die Bewegungen, achte nicht auf die Maschinen und sieh nicht in diese Spiegel, die sie da haben. Gibt's da Musik?«

Ich nickte.

»Was für welche?«

»Dröhnmusik«, sagte ich, »Techno oder so.«

»Schlecht«, sie wiegte den Kopf, »ganz schlecht. Dann ist es praktisch ausgeschlossen, bei sich zu bleiben. Steck dir auf jeden Fall Ohropax in die Ohren.«

Und wenn ein Mann kommt und mich anspricht, dachte ich, könnte ja passieren, theoretisch zumindest, dann verstehe ich ihn nicht und muß erst die Pfropfen aus den Ohren ziehen. Den Teufel werde ich tun.

»Aber es hilft wirklich«, sagte ich, »ich mache das jetzt vier Wochen, und man sieht schon was.« Ich war gerade von Schwarz in Koralle und Karmesin und vom Frauentrainingsraum in den gemischten übergewechselt.

»Ich finde dich sehr schön so, wie du bist«, sagte sie, »und jeder Mann, der einigermaßen was drauf hat, würde das auch tun.«

Du hast leicht reden, dachte ich, dich finden alle Männer schön, auch die, die gar nichts draufhaben.

»Gibt's da wenigstens Männer, die in Frage kommen?«

»Ich glaube schon«, sagte ich, »bis jetzt kann ich das nur aus der Ferne beurteilen, aber von nun an sitze ich mittendrin. Im gemischten Übungsraum, weißt du?«

»Na, dann alles Gute und viel Glück. Und hier –« sie zog ein Glasröhrchen aus dem Ledermäppchen, das vor ihr lag, und zählte ein paar Kügelchen ab, die sie in meine Handfläche schüttete, »nimm das, und keinen Kaffee trinken, sonst wirkt es nicht so gut.« Sie klappte das Mäppchen zu, legte es auf den Hefter und rückte beides zurecht, bis es ganz gerade lag. »Hast du Lust, mit rüber zu kommen und mit uns zu Abend zu essen? Du hast die Kinder ewig nicht gesehen. Und dann machen wir uns einen gemütlichen Abend, nur wir beide, Claudia hat frei.«

»Sehr gut«, sagte ich, und dann dauerte es noch eine Weile, bis sie die Sessel im Behandlungszimmer geradegerückt und den Teppich glattgezogen hatte und die Stühle und Zeitschriften im Wartezimmer geordnet und einen prüfenden Blick in Bad und Küche geworfen und Handtücher gewechselt und eine Ersatzrolle Toilettenpapier geholt hatte, und dann konnten wir über die Straße gehen in ihre Wohnung.

»He, Agnes!« rief Laura, die uns die Tür geöffnet hatte, und fiel mir um den Hals. Sie ist vierzehn und fängt an, ihre Mutter sehr kritisch zu sehen, dafür ist sie um so netter zu mir, was mir an diesem Abend sehr recht war, denn wann fällt mir schon mal jemand um den Hals? Sie ließ mich gar nicht richtig los, sie hielt weiter den Arm um mich und zog mich in die Küche, wo der Tisch gedeckt war und zwei Töpfe auf dem Herd standen.

»Ist Claudia schon weg?« fragte Gertraud.

»Mhm«, machte Laura.

»Claudia ist wunderbar«, sagte Gertraud, »sieh dir das an. Alles fix und fertig. Laura, sag Lukas Bescheid, daß es Essen gibt, und wascht euch die Hände.«

Laura löste sich widerstrebend von mir und verließ mit finsterem Gesicht die Küche. Ich lächelte Gertraud zu, sie lächelte zurück und wiegte den Kopf.

»Hallo, Agnes«, sagte Lukas, gab mir auf seine ernsthafte Art einen Kuß auf die Wange und hielt mir seine hin. »Wie geht es dir?« Er liebt die formelle Höflichkeit und beherrscht sie perfekt.

»Gut, danke«, sagte ich, »und dir?«

»Auch gut«, erwiderte er, »was macht die Praxis?«

»Die läuft«, sagte ich, und nun war er zufrieden und setzte sich an den Tisch und schlug das Buch auf, das er unter dem Arm getragen hatte. »Was ist das?« fragte ich und setzte mich neben ihn. »Ein Buch über Höhlen«, sagte er, »ich werde nämlich Höhlenforscher. Sieh mal hier, das ist die Höhle von Lascaux, die haben zwei Jungen entdeckt, die waren so alt wie ich, neun Jahre.« Er fuhr mit dem Finger die Bildunterschrift entlang: »Der Höhepunkt der eiszeitlichen Felsbildkunst um fünfzehntausend vor Christi«, las er vor. »Ich wünschte, ich würde auch eine Höhle entdecken. Aber hier in der Gegend habe ich wenig Chancen.«

»Ich fürchte auch«, sagte ich, »in Schwabing gibt es keine Höhlen, soweit ich weiß.«

»Laura!« rief Gertraud, »Essen! Leg das Buch weg, Lukas.«

Wir aßen Nudeln mit Tomatensauce, die außer Tomaten auch viele verschiedene Körner enthielt. »Alles drin, was der Organismus braucht«, sagte Gertraud zufrieden, »Claudia ist wunderbar.« Das fand ich auch, denn ich hätte mir nie vorstellen können, Nudeln mit Tomatensauce und allen diesen Körnern zu essen, aber es schmeckte gut, und ich aß zufrieden und hörte zu, wie die drei über die Schule sprachen und Lauras Selbstverteidigungskurs und darüber, ob man unbedingt aufs Gymnasium gehen muß, wenn man Höhlenforscher werden will, und betrachtete sie und bestaunte zum hundertsten Mal die Wunder der Vererbung. Laura und Lukas sind dünn und langnasig und haben helle Augen und helle Haare und gar nichts von Gertrauds dunkler Schönheit und ihren runden Formen.

»Daran werde ich mich nie gewöhnen«, sagte ich, nachdem wir es uns mit Wein und Mineralwasser im Wohnzimmer gemütlich gemacht hatten, »daß die beiden aussehen wie Zwillinge. Und daß sie von dir überhaupt nichts haben.«

»Ihre Väter sehen ja auch aus wie Zwillinge«, sagte sie, »Bernhard kennst du doch, oder? Und Lukas' Vater sieht genauso aus. Ich weiß nicht, Agnes.« Sie schüttelte den Kopf. »Ich glaube, das ist Karma. Da muß mal was gewesen sein mit so einem Mann, etwas Unerfülltes, Nichtbeendetes, weißt du? Immer, wenn ich diesen Typ treffe, so dünn und blond und mit der langen Nase, kriege ich den Drang, schwanger zu werden. Gott sei Dank gibt es nicht so viele von der Sorte. Aber kürzlich ist mir wieder einer begegnet, der neue Filialleiter in der Bank, der sieht auch so aus. Ich wollte eigentlich etwas über Geldanlagen wissen, Investmentfonds und so, aber dann kam dieser Drang. Ich hätte mich am liebsten sofort mit ihm hingelegt.« Sie lachte. »Und das in der Bank. Das kann nur Karma sein, da hatte ich bestimmt was aufzuarbeiten. War ja auch schön, es aufzuarbeiten. Und es ist was Schönes dabei rausgekommen. Aber nun ist Schluß, zwei Kinder reichen.« Sie überlegte. »Wegen der Investmentfonds muß ich noch mal hin. Ich habe überhaupt nicht verstanden, was er mir erklärt hat.«

Gut, daß wir schon beim Thema sind, dachte ich. »Gertraud«, sagte ich, »ich habe ein Problem. Ich suche jetzt seit über zwei Monaten und finde einfach keinen.«

»Investmentfonds?«

»Nein, natürlich nicht. Mann.«

»Ach so«, sagte sie, »ja, da muß man oft lange suchen.«

»Ich dachte, du gehst einfach ins Kaufhaus oder sonstwohin und findest einen.«

»Das kann mal passieren«, sagte sie, »das ist Glück. Aber im allgemeinen muß man suchen. Ich habe manchmal monatelang gesucht.«

Und das bei ihrem Aussehen, dachte ich, da muß ich jahrelang suchen. Gut, daß ich jetzt im gemischten Trainingsraum bin, da kommen die Männer wenigstens hin, da muß ich nicht suchend durch Straßen und Kaufhäuser streifen.

»Noch was«, sagte ich, »du hast mal gesagt, es gibt Anhaltspunkte, woran man frühzeitig merkt, ob es mit einem Mann klingt, ich meine, ob es funktioniert, ob man ihn richtig lieben kann, später, im Bett, und überhaupt.«

»Auch nicht einfach, besonders, wenn man sucht und bedürftig ist. Da wird man leicht blind.« Sie seufzte. »Also: Schau dir den Mann an und überlege dir, ob du ihn auch interessant finden würdest oder attraktiv oder aufregend, wenn du schon einen hättest, wenn du keinen brauchtest, wenn du alles hättest, was du brauchst, Sex, Liebe, Wärme, was weiß ich.« Ihr Ton war der einer etwas genervten Dozentin. »Das stellst du dir vor, ja? Und wenn er dich dann noch interessiert oder anmacht, dann sieht es nicht schlecht aus. Keine Garantie, natürlich.« Sie seufzte wieder. »Agnes, ich habe keine Lust mehr, über Männer zu reden. Ich habe überhaupt keine

Lust mehr auf Männer. Können wir nicht über etwas anderes reden?«

»Ohne Bart gefallen Sie mir besser«, sagte ich.

»Na, sehen Sie«, sagte er, »was für eine gute Idee, daß ich mich rasiert habe.«

Ich hätte dich auch mit Bart genommen, dachte ich, darüber waren wir uns schon einig, meine Vorurteile und ich. Ich sah auf seinen Mund und sein Kinn, beide wohlgeformt, es war gut, daß sie wieder zum Vorschein gekommen waren. »Wenn ich ehrlich sein soll«, sagte ich, »verstehe ich sowieso nicht, warum Sie einen Bart getragen haben. Sie haben doch nichts zu verstecken.«

»Ach, wissen Sie«, sagte er, »ich glaube, es ist ein Vorurteil, daß Männer mit Bart etwas verstecken wollen. Die einen finden es schön, einen Bart zu tragen, so wie Frauen eine bestimmte Frisur tragen, und die anderen sind einfach zu faul, sich zu rasieren. Das war bei mir der Fall.« Er lachte.

Ich glaubte ihm nicht, aber es war nicht wichtig. Ich sah in seine Augen und auf seinen Mund und dachte: Würde ich ihn auch wollen, wenn ich schon einen Mann hätte? Wenn ich alles hätte, Sex, Liebe, Wärme und so? O ja, sagte meine innere Stimme, den würdest du auch wollen, wenn du schon einen hättest, dann würdest du vorsichtig sein und die Finger von ihm lassen, aber da du keinen hast, sei kühn und sieh zu, daß du ihn in die Finger kriegst.

Wir saßen an der Theke und tranken das grünlich schillernde Getränk, aber diesmal schwitzte ich nicht stark, sondern duftete nach Maiglöckchen und Flieder, denn seit ich in den gemischten Trainingsraum ging, kam ich nicht nur frisch gewaschen zum Training, sondern auch frisch geschminkt und frisch parfümiert. Ich kam nun auch jeden Tag, die Trainerin freute sich, als sie es bemerkte. »Es hat Sie gepackt, nicht wahr?« sagte sie, »wenn man draufkommt, wie gut das tut, kann man nicht mehr ohne«, und ich

lächelte und nickte. Recht hast du, dachte ich, als ich weiter-
ging und sah, daß er schon auf dem Stepper stand, wenn
man wieder draufkommt, wie gut es tut, daß einen jemand
anlächelt und hinter einem hersieht, dann kann man nicht
mehr ohne.

Ich trank sehr langsam von meinem grünen Getränk,
während ich ihm zuhörte, ich wollte die Zeit mit ihm ver-
längern, wenn das Glas leer war, mußte ich vom Hocker
rutschen und sagen: »Ich muß los, also bis dann, auf Wiedersehen«, und den Eindruck von Beschäftigtsein und Eile
erwecken, das geboten der Anstand und die Vorsicht und
die Vernunft. Aber was gebot die Kühnheit? Wir saßen das
vierte Mal hier zusammen, auf dem Flaschenetikett stand,
man solle das grüne Getränk mit Maßen konsumieren, es
könne die Nieren überfordern, so, wie die Dinge lagen, tat es
das bereits, aber in Gottes Namen, ich war bereit, meinen
Nieren einiges zuzumuten, wenn es nur irgendwohin führte.

Viermal, dachte ich und sah von seinem Mund zu seinen
Augen, viermal, da wäre es nicht vorschnell und übereilt,
wenn man daran dächte, mal was anderes zu trinken als das
grüne Getränk und mal woanders zu sitzen als an dieser
Theke und womöglich auch mal was zu essen.

Ich trank das Glas aus, nahm die Flasche und tat so, als
studiere ich das Etikett. »Wenn ich das hier noch oft mit
Ihnen trinke«, sagte ich, »ruiniere ich mir die Nieren. So
geht das nicht weiter.« Mein Herz klopfte, auch da, wo ein
Herz eigentlich nicht zu klopfen hat, in meinem Kopf, meinem Bauch und meinen Füßen.

»Tatsächlich?« sagte er und griff nach der Flasche. »Ah
ja. Dann trinken Sie doch was anderes, Orangensaft oder
Mineralwasser. Wäre das besser?«

»Nicht sehr.«

»Was machen wir denn da?« fragte er und tat immer noch
so, als ob er nicht verstünde.

O Gott, ist das anstrengend, dachte ich. Mein Herz

klopfte so, daß ich das Gefühl hatte, es beule rhythmisch meinen Busen aus. Was soll ich denn noch tun? Kann er nicht mal was tun?

Er lächelte. Ich lächelte zurück, aber das Lächeln geriet schief und angestrengt. Ich holte tief Luft: »Wir könnten mal ganz was anderes trinken. Ein gutes Glas Wein zum Beispiel.«

»Das ist eine gute Idee. Fragt sich nur, wo.«

Mistkerl, dachte ich. Du bist nicht nur zum Rasieren zu faul. »Lassen Sie sich doch mal was einfallen«, sagte ich, und mein Herz tat einen überraschten Extraschlag.

Er lachte. »Okay. Wie wäre es mit dem Italiener vorne am Wertherplatz? Der ist sehr gut, da esse ich oft.«

Sieh mal an, dachte ich, er wohnt also in der Gegend.

»Und wann?« fragte ich.

»Wie wäre es mit heute abend?«

Anstand und Vorsicht hätten geboten, daß ich nun sagte, heute abend könne ich leider nicht, und morgen abend sei es auch schlecht, aber wie wäre es mit übermorgen? Doch die Kühnheit sagte, laß die Faxen, sieh zu, daß du ihn in die Finger kriegst, und die Vernunft fügte hinzu, du hast dich so weit vorgewagt, daß es albern wäre, jetzt einen damenhaften Rückzieher zu machen. Was soll er dann von dir denken?

»Gut«, sagte ich, »wann?«

»Wie wäre es mit halb acht?«

»Gut«, wiederholte ich, und nun konnte ich endlich vom Hocker rutschen und wirklich beschäftigt und eilig sagen: »Ich muß los, bis nachher, auf Wiedersehen«, und davoneilen in den Umkleideraum, denn es war noch viel zu tun bis halb acht.

Du kaufst dir nicht noch schnell was Neues zum Anziehen, dachte ich, während ich heimging. Das, was du hast, muß reichen. Und du gehst auch nicht noch schnell zum Friseur. Waschen und Fönen muß reichen. Und du ziehst dich ganz schlicht und damenhaft an, und du benimmst dich auch ganz schlicht und damenhaft, du hast dich undamenhaft genug benommen, das muß ein bißchen ausgeglichen werden. Was soll der Mann von dir denken? Der denkt doch, du wärest leicht zu haben. Aber das bist du ja auch, Agnes, du bist leicht zu haben, nichts leichter als das.

Nicht zu damenhaft, dachte ich, als ich vor dem geöffneten Kleiderschrank stand. Bluse und Hose und Jackett, aber die Bluse mit dem tiefen Ausschnitt und die Hose, die so figurnah sitzt, wie die Verkäuferin gesagt hat. Und Lippenstift statt Lipgloss und Eroica statt Maiglöckchen und Flieder, nicht zuviel davon, und für die Kniekehlen ist es noch zu früh, aber Eroica. Oder doch lieber Maiglöckchen und Flieder? Und keine flachen Schuhe, sondern die mit dem kleinen Absatz, auch nicht zu hoch, sonst bist du größer als er, so ist es gerade richtig, auf gleicher Höhe, bequem und praktisch.

Er war schon da, er saß an einem der Tische, er lächelte mich an, stand auf, sah anerkennend an mir herunter, schüttelte mir die Hand und lächelte noch mehr, mein Gott, kann der Mann lächeln.

»Wie wäre es erst mal mit Prosecco?« fragte er, nachdem wir uns gesetzt hatten. »Oder diese neue Mischung, Prosecco mit Zitronenlikör? Schmeckt sehr gut, besonders Frauen.«

Klar doch, dachte ich, und nach zwei Gläsern von dem Zeug geht einem auch der letzte Rest von Zurechnungsfähigkeit verloren, wenn man überhaupt je zurechnungsfähig war angesichts deines Lächelns. Kommt gar nicht in Frage. Was immer ich heute abend tue, ich tue es mit klarem Kopf.

»Auf keinen Fall«, sagte ich. »Ich nehme einen trockenen Weißwein.« Der Ober reichte mir die Karte. »Wenn Sie öfters hier sind, kennen Sie doch wahrscheinlich einen guten.«

»Aber ja.« Er wandte sich an den Ober: »Bringen Sie uns eine Flasche Uciello. Wie wäre es mit einem gemischten Vorspeisenteller?«

Ich nickte.

393

»Und die gemischten Vorspeisen für zwei.« Der Ober ging.

Er wandte sich mir zu und lächelte mich an. Mir wurde warm, warm und schwach. »Eines zuallererst«, sagte er mit scherzhafter Strenge in der Stimme. »Wir müßten längst du zueinander sagen, in Sportstudios ist das eigentlich üblich. Es ist also höchste Zeit.«

An mir soll's nicht liegen, dachte ich und lächelte zurück. Ich war nicht so gut im Lächeln wie er, bei weitem nicht, aber jeder nach seinen Kräften, und vielleicht konnte ich hier noch was lernen.

»Ich heiße Stefan«, sagte er.

»Agnes.«

»Agnes«, sagte er, »was für ein schöner Name.«

Jetzt findet er auch noch meinen Namen schön. Der Mann macht mich fertig.

Der Kellner kam mit der Weinflasche, hielt sie ihm hin, entkorkte sie und goß ein. Wir stießen an. »Auf uns«, sagte er und lächelte. »Auf uns«, wiederholte ich und lächelte zurück, während mein Herz einen schweren, protestierenden Schlag tat. Es ging ihm alles zu schnell, es kam nicht mit, und es hatte nicht unrecht mit seinem Protest. Aber meine Knie waren weich, mein Bauch war warm und mein Kopf leer und luftig, und sie alle waren der Meinung, daß wir den einmal eingeschlagenen Weg weiterverfolgen sollten.

Ich wußte nicht, was ich sagen sollte, aber ich konnte nicht einfach dasitzen, ihn anstarren und auf die Vorgänge in meinem Innenleben horchen.

»Es ist wirklich schön hier«, sagte ich und sah mich um, »komisch, daß ich noch nie hiergewesen bin. Dabei wohne ich um die Ecke.«

»Tatsächlich?« sagte er. »Ich auch.«

»Wirklich? Wo denn?«

»Gleich hier in der Fontanestraße, in dem Altbau, mit dem Vorgarten, weißt du?«

Es war schön, wie er du sagte. Mir wurde noch wärmer.

»Der mit den lila Fensterrahmen?«

»Genau der.«

»Der mit den Blumenornamenten an der Fassade?«

»Ja, der.« Er lächelte.

»Ach ja, der«, sagte ich, »jetzt weiß ich, welchen Altbau du meinst.« Mein Herz stolperte, weil ich du gesagt hatte.

Er muß dich für schwachsinnig halten, so wie du redest, dachte ich. Oder für sehbehindert, es gibt nur diesen Altbau in der Straße, er fällt ins Auge, und du kommst jeden Tag daran vorbei, das Fitneßstudio ist im Haus nebenan. Ich versuchte darüber nachzudenken, worüber wir noch reden könnten, ein Thema vielleicht, das mehr Stoff bot und mehr Gelegenheit, etwas Intelligentes oder sogar Geistreiches zu sagen, aber mir fiel nichts ein. Mein Kopf war leer und luftig.

Er sah mich lächelnd an.

»Der Vorgarten ist sehr schön«, sagte ich, »besonders jetzt, mit den Rosen.«

»Das finde ich auch.«

»Ich liebe Rosen«, sagte ich. Was redest du denn da? Noch alberner geht es wohl nicht? Wie in einem Peter-Alexander-Film aus den Fünfzigern. »Ich liebe Rosen«, sagt die Dame im Petticoatkleid auf der Hotelterrasse am Gardasee, und Peter Alexander fängt an zu singen, ein Lied über Rosen, Rosen und die Liebe, welches zum Beispiel, es gibt doch so viele Lieder über Rosen. Und die Liebe. Mir fiel keines ein.

»Und Maiglöckchen und Flieder«, sagte Stefan.

»Wie kommst du darauf?«

»Du duftest danach«, sagte er, »schön.«

Mein Herz klopfte unbeteiligt weiter, es ließ sich nun nicht mehr stören, aber dafür wurde ich rot, die Hitze in meinem Bauch stieg in meinen Kopf und brachte ihn zum Glühen. Ich konnte nichts dagegen machen, ich konnte nichts sagen, ich konnte nicht so tun, als ob ich nicht rot würde, ich konnte nur dasitzen und ihn ansehen und rot werden. Er sah mich auch an, er lächelte nicht mehr, wir saßen da und sahen einander an, und dann gab es einen Moment der stummen Verständigung, über den Zweck unseres Hierseins. Wir waren nicht hier, um hier zu sein, sondern um nachher woanders zu sein, an einem Ort, wo wir alleine sein würden. Ich atmete auf, mein Kopf wurde kühler, die Hitze kroch zurück in meinen Bauch. Er lächelte wieder.

Nun war es nicht mehr schwer, miteinander zu reden, wir aßen und tranken und sprachen, über Italien zum Beispiel, er liebte Italien, das tat ich auch, er hatte ein Haus dort, nein, nicht in der Toskana, in Umbrien, Umbrien war ebenso schön, nicht so lieblich, wilder, waldiger, aber mindestens so schön.

Ein Haus in Umbrien, dachte ich. Mhm.

Es war nichts Großartiges, nur ein kleines, altes Bauernhaus, er hatte es renoviert, es war viel Grund dabei, bestanden mit Olivenbäumen, ein Pappelwäldchen war da, ein kleiner Fluß, im Frühsommer gab es Unmengen von riesengroßen, helleuchtenden Glühwürmchen, und nachts konnte man unten am Fluß die Nachtigallen singen hören.

Nachtigallen, dachte ich. Mhm.

Und ich erzählte von der Villa Mandri, wo ich mit Lea und Jessica ein paarmal gewesen war, ein altes Herrschaftshaus, vergangene und ein bißchen verfallene Pracht, der Park voller Pinien und Zypressen und weinbewachsener Laubengänge, und an unserer Terrasse alte Walnußbäume, deren schwere Blätter auf eine besondere, verzauberte Weise rauschten, wenn der Wind durch sie hindurchfuhr.

»Das klingt, als ob es sehenswert wäre«, sagte er, »wo liegt das denn?«

»In der Toskana. Im Süden, nahe Umbrien.«

»Aha«, sagte er, und wir sahen einander in die Augen und lächelten.

»Es ist halb zwölf«, sagte er schließlich, nachdem er auf

die Uhr gesehen hatte, »und morgen ist nicht Sonnabend. Sollen wir gehen?«

»Ja«, sagte ich.

Er hielt mir seinen Arm hin, als wir auf der Straße standen, und ich hakte mich ein und ging neben ihm her und spürte seine Schulter und seinen Arm und fühlte, wie die Wärme aus meinem Bauch wieder heraufstieg.

»Deine Rosen«, sagte er und zeigte auf den Vorgarten seines Hauses. Sie fielen über das Gitter, dunkelrote, weiße und solche, deren Farbe von Orange zu Rosa überging und die stark dufteten. Ich stand darunter und sog die Luft ein und dachte, wie schön, wenn er mich jetzt küssen würde, unter den Rosen. Allerdings ziemlich *Peter Alexander,* und Peter Alexander wäre wahrscheinlich auch nicht so blöd, in einer hellen Juninacht direkt vor der Nase seiner Nachbarn herumzuknutschen.

Ich sah am Haus hinauf. Neben der Haustür war ein Schild angebracht, die Aufschrift war gut zu lesen. Stefan Bergmeier, Steuerberater und Wirtschaftsprüfer.

»Bist du das?«

Er nickte.

Ein Steuerberater, dachte ich. Du lieber Gott. Ich hätte nie geglaubt, daß ein Steuerberater so aufregend sein kann. Oder daß ich je mit einem Steuerberater ins Bett gehen würde. Hoffentlich gehen wir bald ins Bett, sonst laufe ich über und platze und verglühe hier zwischen den Rosen seines Vorgartens.

Er streckte mir die Hand hin. »Kommst du?«

»Ja«, sagte ich. Das »gerne« ließ ich weg. Es wäre eine alberne Untertreibung gewesen.

10. Kapitel

Es war Sommer, mit warmen Nächten und leuchtenden Tagen, mit Gewittern und Regengüssen an manchen Abenden, und am nächsten Morgen begann wieder ein leuchtender Tag. Die Leute sagten nicht, es sei ein Jahrhundertsommer, aber ich fand, es war einer.

Ich war verliebt, als wäre ich zwanzig, aber ich war nicht zwanzig, und das war gut so, denn wenn man mit zwanzig verliebt ist, denkt man sich nichts dabei, man weiß nur, daß es schön ist, aber nicht, wie schön.

Ich wußte, wie schön es war, daß ich die warmen Nächte mit ihm verbrachte, daß wir an den Abenden beim Italiener saßen oder im Biergarten oder das Theaterfestival besuchten. Daß ich frühmorgens sein Haus verließ und durch die frischen, leeren Straßen ging und vor meinem Haus die Zeitungsfrau traf, die mich erst überrascht und, wie mir schien, mißbilligend musterte, sich dann aber daran gewöhnte und mich ebenso fröhlich grüßte wie ich sie.

»Oh, wie schön, Agnes«, sagte Lea, »jetzt hast du auch einen! Ich wußte doch, daß du einen finden würdest. Und im Fitneßstudio. Wie gut, daß du ins Fitneßstudio gegangen bist. Das bringt eben doch mehr als das Schwimmbad.«

Ich stand nicht an einzugestehen, daß sie recht gehabt hatte, als sie mir das Fitneßstudio empfohlen hatte.

»Und Steuerberater ist er. Sonderbar, ich hätte nicht gedacht, daß Steuerberater so – wie soll ich sagen, so –«

»So aufregend und umwerfend sind«, sagte ich, »das hätte ich auch nicht gedacht. Sie geben sich so still und unauffällig, dabei sind sie eine unentdeckte Goldmine. Gut, daß ich das jetzt weiß. Falls man mal wieder sucht, braucht man bloß auf den Steuerberaterball zu gehen, der findet jedes Jahr statt, hat Stefan mir erzählt.«

»Und er ist geschieden, sagst du?«

»Ja«, sagte ich, »er hat nicht viel darüber gesagt, er hat nur von seinen Kindern gesprochen, die besucht er öfters, in der Nähe von Augsburg, glaube ich, und die großen Ferien verbringt er auch mit ihnen. Und weißt du was?«

»Nein, was?«

»Im September fahren wir in sein Haus in Umbrien. Olivenbäume, weißt du, und Pappeln am Fluß, für die Glühwürmchen ist es leider zu spät, und ob die Nachtigallen dann noch singen? Egal! Oh, Lea!«

»Sehr schön«, sagte sie, im Ton eines Menschen, der die Details nicht ganz erfaßt, Pappeln und Glühwürmchen und so, das Wesentliche der Botschaft aber durchaus begreift.

»Und wie alt ist er?«

»Sechsundvierzig«, sagte ich, »fünf Jahre älter als ich, genau richtig, und fünf Zentimeter größer, auch genau richtig! Und weißt du was?«

»Nein, was?«

»Ich finde es so toll, mit vierzig so verliebt zu sein, es ist irgendwie viel toller als früher, ich weiß auch nicht, warum. Viel schöner und aufregender. Ach, Lea –«

»Wem sagst du das«, sagte sie, »das finde ich auch, und jetzt kann ich es dir ja erzählen, jetzt mache ich dich nicht mehr traurig damit. Es heißt immer, die ersten Lieben wären die schönsten, aber ich weiß nicht, ich finde, die letzten sind schöner. Besonders, was das – das, du weißt schon, das Körperliche angeht. Das ist jetzt irgendwie so ... konzentriert. Ich genieße jede Minute. Früher habe ich mich viel leichter ablenken lassen, es war nicht so wichtig, wichtig schon, aber nicht so wichtig, weißt du?«

»Ich weiß«, sagte ich, »und wie ich weiß. Liebe ab vierzig. Sehr empfehlenswert. Fünf Sterne. Oskarverdächtig. Komisch, daß die in den Frauenzeitungen nichts darüber schreiben, die schreiben doch sonst soviel über Liebe und Sex, aber darüber nicht.«

»Das wissen die vielleicht gar nicht. Die sind wahrscheinlich alle erst höchstens dreißig, die Frauen, die da schreiben.«

»Die armen Dinger«, sagte ich.

»Ja, nicht wahr? Aber wenn wir es ihnen sagen würden, würden sie es uns bestimmt nicht glauben.«

»Selber schuld«, sagte ich, »dann müssen sie eben warten, bis sie es selbst herausfinden.«

»Genau«, sagte Lea zufrieden.

Ich hätte nun gerne Gertraud angerufen, um ihr alles ausführlich zu erzählen, ich hatte wieder Zeit für ausführliche Erzählungen, Stefan war gestern mit seinen Kindern in die Ferien gefahren. Aber Gertraud war auch weggefahren, mit den Kindern und einer Frau aus der Frauensauna, in ein Ferienhaus in Südfrankreich. Und morgen würde Lea wegfahren, in ein kleines Hotel an der ligurischen Küste, zusammen mit Christoph, während Georg an einer amerikanischen Eliteuniversität einen Sommerkursus hielt.

»Aber was machst du, wenn er dich fragt, mit wem du fährst?« hatte ich gefragt. »Das tut er nicht«, hatte sie gesagt, »er stellt niemals überflüssige Fragen, das ist Zeitverschwendung. Wenn ich sage, ich fahre nach Italien, dann nimmt er es als notwendige und hinreichende Information. Aber wenn er mich fragen würde, könnte ich nicht fahren. Denn lügen kann ich nicht. Obwohl ..., etwas nicht sagen, ist das nicht auch schon lügen?« Sie hatte geseufzt. »Was meinst du, Agnes?«

Was bist du doch für eine blöde Kuh, Agnes, hatte ich gedacht, mach das sofort wieder gut, sonst fährt sie vor übergroßer Ehrlichkeit nicht in Urlaub. »Ganz und gar nicht«, hatte ich gesagt, »das ist ein himmelweiter Unterschied, das weiß ich genau. Ich hatte doch Philosophie im Nebenfach, vor allem Moralphilosophie, nicht sagen und lügen sind zwei völlig verschiedene Dinge.« Ich hatte in den Philosophievorlesungen nie zugehört, weil ich sie schrecklich langweilig fand, aber Lea war mit meiner Auskunft sehr zufrieden gewesen, und vielleicht war die Moralphilosophie ja auch der Ansicht, daß es gerechtfertigt ist zu lügen, wenn es darum geht, der besten Freundin den Urlaub mit dem Geliebten zu retten.

Auch Jessica war fort. Sie war mit Daniel auf eine Reise durch Indonesien gegangen, drei Monate sollte sie dauern, sämtliche Inseln wollten sie besuchen, sie hatte mir gesagt, wie viele es waren und wie sie hießen, aber ich hatte es vergessen, nur Bali war mir im Gedächtnis geblieben. Und das alles ganz sparsam und mit kleinem Gepäck, jeder nur mit einem Rucksack auf dem Rücken, und ich fragte mich, wie man das wohl machte, drei Monate lang nur mit dem leben, was in einen Rucksack paßt? Bei Männern war es denkbar, die leben jahrelang mit einer Hose und einem T-Shirt, manche tun das ja auch dann, wenn sie nicht auf einer Reise durch Indonesien sind. Aber bei Frauen? Bei meiner Jessica, die so penibel und genau ist und bei der alles, was nicht blütenweiß und faltenfrei ist, in die Waschmaschine kommt? Und wohin mit den Cremetuben und Tampons und all dem, was auch die bescheidenste Frau nun mal braucht? Ich hatte Jessica gefragt, aber sie hatte gesagt, *kein Problem*, immer sagt sie *kein Problem*, wenn ich sie was frage.

Alle fuhren weg, nur ich blieb da, zusammen mit denjenigen meiner Klienten, die keine Kinder hatten oder andere Gründe, in der Ferienzeit nicht in Ferien zu fahren, und die froh waren, daß sie wenigstens zu ihren Therapiestunden kommen würden. Vor allem Frau Koch hatte sich gefreut. Sie fuhr nie in Urlaub, schon ihr Mann war nicht dafür zu haben gewesen, sie hatte ihr Häuschen mit Garten, sie war in Rente, was brauchte sie Urlaub? »Wie schön, daß Sie dableiben, Frau Doktor«, hatte sie gesagt, »da können wir in aller Ruhe weitermachen mit der Therapie. Aber was ist mit Ihnen? Sie brauchen doch Erholung. Fahren Sie denn gar nicht weg?«

»Doch, doch«, hatte ich gesagt und versucht, nicht zu stolz und freudig zu wirken, »im September, nach Umbrien.«

Die Vorfreude auf die Ferien mit Stefan machte mich fröhlich und zufrieden, und die Erinnerung an ihn und an die Tage und Abende und Nächte mit ihm tat ihr übriges. Man muß ja den Mann für alles nicht ständig an seiner Seite haben, das wird einem zuzeiten sogar ein bißchen viel, manchmal ist es ebenso schön, allein zu sein und zu wissen, daß es ihn gibt und daß er wiederkommt. Ich schlief ein mit dem Gedanken an ihn und wachte auf mit dem Gedanken an ihn, und wenn ich durch die Straßen ging oder über den Wertherplatz und an seinem Haus vorbei, dann dachte ich daran, wie wir hier gegangen waren und daß wir hier wieder miteinander gehen würden.

Aber irgendwann wurde mir der August doch zu lang, und daß ich es nur mit meinen Klienten zu tun hatte, erschien mir allmählich etwas eintönig. Nicht daß Therapiestunden nicht auch eine anregende, interessante und lebendige Form menschlicher Kommunikation sind, aber wenn sie die einzige Art menschlicher Kommunikation sind, die man hat, dann ist es ein bißchen wenig.

Irgendwer muß doch noch dasein, dachte ich, irgend jemand, mit dem ich reden kann, es können doch nicht alle weggefahren sein. Ellen vielleicht, überlegte ich und griff nach dem Telefonverzeichnis, vielleicht ist Ellen da. Wir haben lange nicht mehr miteinander geredet, warum eigentlich nicht? Sonderbar. Wir sind so weit weg voneinander. Das war auch bei ihrer Geburtstagsfeier wieder so. Die alte Zuneigung ist da, aber sonst? Vielleicht ist es der Unterschied im Verhältnis zur Taube. Sie hält ihre in der Hand, sie richtet sich ein mit ihr, genüßlich, zufrieden, glücklich, und ich bin auf Taubensuche, um nicht zu sagen auf Taubenjagd, obwohl ich ja nun vielleicht eine gefunden habe.

Das Telefon läutete. Sieh mal an, dachte ich, es ist also doch noch jemand da, und nahm den Hörer ab.

»Hallo, Agnes«, sagte Ellen, »wie schön, daß du da bist. Damit hatte ich gar nicht gerechnet. Alle sind doch weg.«

»Ich auch nicht«, sagte ich, »ich meine, ich hätte auch nicht gedacht, daß du da bist.«

»Wie schön«, wiederholte sie.

»Warum seid ihr denn nicht weg?«

»Dieter schon«, sagte sie, »er macht Selbsterfahrung in der Toskana, nicht selbst, du weißt schon, er leitet sie.«

»Aber warum bist du denn nicht mitgefahren? Nicht wegen der Selbsterfahrung, sondern wegen der Toskana?«

»Ach, das geht nicht so gut mit uns beiden, mit diesen Gruppen ... Sag mal, hast du nicht Lust rauszukommen? Am Freitag vielleicht? Und du bleibst bis Samstag oder bis Sonntag? Ich habe doch so ein schönes Gästezimmer.«

»Wunderbar«, sagte ich, »das machen wir, Ellen. Ich komme Freitagabend.« Doch noch eine da, dachte ich, eine mit Gästezimmer und Bibliothek und Haus und Garten auf dem Land. Wunderbar.

Die Eichenallee stand in schwerem Hochsommergrün vor den abgeernteten, dunkelgelben Feldern. Ich fuhr langsam hindurch, langsam und zufrieden, und dachte daran, wie ich sie dem Industriemann hatte zeigen wollen und wie es nicht mehr dazu gekommen war. Nun würde ich sie Stefan zeigen, im Oktober, wenn die Blätter sich färbten. Dann war sie eigentlich am schönsten.

Ellen war schlanker geworden, seit ich sie zuletzt gesehen hatte, und ihr Gesicht war sehr schmal. Sie war braungebrannt, kein Wunder, wenn man Haus und Garten auf dem Land hat, und sie hatte sich die Haare gefärbt, in einem satten Blond. Sie umarmte mich fest und herzlich.

»Gut siehst du aus«, sagte ich, »und so braun. Aber was hast du mit deinen Haaren gemacht?« Sie hatte schon mit Mitte Dreißig die ersten grauen Strähnen gehabt, und ich hatte es immer besonders schön gefunden, das Silbergrau in ihren dunkelblonden Haaren.

»Ach«, sagte sie, »man kann doch heutzutage nicht mehr mit grauen Haaren herumlaufen, findest du nicht auch? Aber der Ton ist vielleicht nicht ganz der richtige, oder?«

»Laß es dir beim nächsten Mal unbedingt dunkler färben. Eher so wie deine eigene Farbe.« Und ein paar graue Strähnchen rein, hätte ich fast gesagt.

»Mal sehen«, sagte sie unentschlossen, »Dieter gefällt es so.«

Dieter hat nicht alle Tassen im Schrank, wenn ihm das gefällt, dachte ich.

»Aber du bist umwerfend elegant«, sagte ich. Sie trug einen leuchtend rosafarbenen Rock, eine buntgemusterte Seidenbluse und gelbe Ballerinas, alles von schlichter Schönheit, von der schlichten Schönheit, die es nur für sehr viel Geld zu kaufen gibt.

»Ja, nicht wahr? Wir haben hier in Marlberg eine Boutique, da kommt die ganze Maximilianstraße nicht mit. Allerdings auch nicht mit den Preisen. Ich finde es ja ein bißchen teuer, aber –«

Aber Dieter gefällt es, dachte ich. Na, dann.

»Wir schauen da morgen mal rein«, sagte sie, »wenn ich dir die Stadt zeige oder, besser gesagt, das Städtchen. Die Klamotten, die sie haben, sind wirklich sehenswert.«

»Klar doch. Solange ich mir die Edelfetzen nicht kaufen muß.«

»Ach, es ist schön, daß du da bist, Agnes«, sie umarmte mich schon wieder. »Komm, laß uns essen. Ich habe uns was Kaltes gemacht, damit wir uns in Ruhe unterhalten können. Erzähl mal, wie geht es dir denn so?«

Das war mir gerade recht zu erzählen, wie es mir denn so ging, ich erzählte und erzählte, während wir die guten Sachen aßen, die sie vorbereitet hatte, und sie lauschte aufmerksam.

»Ja, das kenne ich, was du da sagst mit Liebe ab vierzig«, sagte sie, »daß es viel aufregender ist. Und schöner. Mir ist das auch so gegangen, mit Dieter. Aber hat es wirklich was damit zu tun, daß man vierzig ist? Oder fünfunddreißig, wie ich damals? Liegt es nicht eher daran, daß man nicht mehr erwartet hat, daß es einem passiert, wie man das mit zwanzig oder fünfundzwanzig tut?«

»Aber man weiß das Wunder zu schätzen in diesem Alter«, sagte ich. »Und vielleicht ist es ja immer ein Wunder, wenn man sich so verliebt, auch wenn es einem mit zwanzig passiert. Aber weiß man da wirklich schon, daß es ein Wunder ist?«

Sie lachte. »Du hast recht. Eher nicht, außer man ist mit zwanzig schon so klug, wie es viele andere mit vierzig immer noch nicht sind. Aber egal, ich freue mich jedenfalls sehr für dich. Besonders nach dieser scheußlichen Erfahrung mit diesem – wie hieß er noch mal?«

»Vergiß ihn. Er ist der Mann, dessen Namen wir nicht mehr nennen wollen, wie Lea sagt.«

Ellen stand auf. »Ich räume jetzt nur schnell ab – nein, du bleibst sitzen, Agnes, du bist mein Gast, du tust gar nichts. Und dann hole ich uns einen guten Wein, einen sehr guten, einen ganz exzellenten. Dieter legt sich nämlich gerade einen Weinkeller an, weißt du?« Sie kicherte. »Er wird sich ärgern, der sollte eigentlich noch liegen. Aber wann bist du schon mal hier draußen?«

Ich sah ihr nach. Der schlichte, schöne Rock saß viel zu locker. Sie war wirklich sehr schlank geworden.

»Sag mal«, sagte ich, als sie zurückkam, »du bist so schlank geworden. Ich meine, es steht dir gut, aber –«

»Ja, ich weiß«, sagte sie, »ich sollte ein bißchen zunehmen. Das sagt der Arzt auch immer.«

»Welcher Arzt? Ist irgendwas nicht in Ordnung, Ellen?«

»Nein, nein. Ich bin ganz gesund, geradezu übermenschlich gesund. Dieter hat kürzlich noch ein Blutbild gemacht, es war das schönste Blutbild, das er seit langem gesehen hat, sagt er. Aber wir wollen doch so gerne ein Kind, weißt du?

Und es ist auch alles in Ordnung, die Hormone und so, und bei Dieter auch. Und der Gynäkologe sagt immer, ich soll ganz locker sein und mich entspannen und ein paar Pfund zunehmen und die Dinge auf mich zukommen lassen.« Sie schnaubte. »Ich möchte mal wissen, wie locker und entspannt der wäre, wenn er vierzig wäre und seit über einem Jahr versuchen würde, schwanger zu werden.«

Sie zog den Korken so heftig aus der Flasche, daß sie fast vom Stuhl fiel. »Wenn er jeden Morgen seine verdammte Basaltemperatur messen würde und an diesen verdammten fruchtbaren Tagen so oft er nur kann mit seinem Mann schlafen würde. Wenn ihm alles, was mit Lust und Liebe zu tun hat, zum Hals heraushängen würde, weil einem die Lust dabei vergeht, und zwar gründlich!« Sie stellte die Flasche auf den Tisch und fing an zu weinen. »Und wir wollen doch so gerne Kinder. Dieter freut sich schon so darauf.«

Dieter, dachte ich. Verdammt noch mal. Ich kann den Namen nicht mehr hören. Dieter gehört in die Garage gesperrt, in seine Super-Doppel-de-Luxe-Garage, bis er wieder zu Verstand kommt. Wenn er je bei Verstand war, so gut kenne ich ihn ja nicht. Wie kann man auch seine gute alte Freundin einen Mann heiraten lassen, den man nicht so gut kennt. Unverantwortlich. Das hat man nun davon.

Ich sah auf ihren gesenkten Kopf, auf die blonden Haare, die teure Bluse, den Platinring an ihrer Hand mit den glitzernden Diamanten. Ach ja. Sie gehört auch in die Garage gesperrt, ein bißchen wenigstens. Wenn das einer ihrer Klientinnen passieren würde, wüßte sie sofort, was los ist. Was wollen Sie denn selber, würde sie fragen. Was sind Ihre Bedürfnisse? Schaffen Sie Klarheit für sich. Und sprechen Sie mit Ihrem Mann. Beziehung bedeutet immer auch Sichauseinandersetzen, nur so kann man sich wieder näherkommen.

»Ach, Ellen«, sagte ich und legte meine Hand auf ihre, auf die glitzernden Diamanten. Soll ich dir das nun sagen? Und

407

springst du mir dann ins Gesicht? Weil ich an deinem Dieter kratze und an dir und an eurem großen Glück? Obwohl du weißt, daß ich recht habe, oder gerade deshalb? Wahrscheinlich nicht, dafür bist du zu klug. Na dann. Nicht, daß ich scharf darauf wäre. Ich habe heute abend eigentlich frei. Aber was tut man nicht alles für eine gute alte Freundin.

Ich wartete, bis sie nicht mehr schluchzte und nur noch leise weinte. »Komm, Meisterpsychologin«, sagte ich. So hatten wir uns immer genannt, als wir in den Vorbereitungen zur Prüfung steckten und uns gar nicht sicher waren, ob wir es überhaupt je zur Psychologin bringen würden.

Sie hatte mich gehört. Sie schluchzte noch mal, aber es war auch ein bißchen Lachen dabei. »Jetzt trinken wir erst mal ein Glas Wein«, sagte ich, »und dann reden wir darüber, ja?«

Er war braungebrannt, hatte sich wieder einen Bart stehen lassen und sah wunderschön aus.

»Agnes«, sagte er und nahm mich in die Arme. »Himmel, hast du mir gefehlt.« Sein Körper war warm und verschwitzt, er roch nach Salz und Meer und Kräuterwiesen, wie man danach riechen kann, weiß ich nicht, aber er tat es, und er roch wunderbar.

»Ich muß erst mal unter die Dusche«, sagte er nach einer Weile, »ich habe dich gleich angerufen, als ich da war, und dann kurz in die Post geschaut –«

»Wegen mir brauchst du nicht zu duschen, wegen mir kannst du so bleiben, für immer und ewig. Aber wenn es sein muß, dann nimm mich mit. Ich bin auch gleich losgegangen, als du angerufen hast.«

Wir gingen zusammen unter die Dusche, wir blieben ziemlich lange dort, obwohl wir nur einen Bruchteil der Zeit auf das Duschen an sich verwendeten, es war eine schreckliche Wasserverschwendung, aber danach waren wir sehr sauber und richtig glücklich.

»Ich habe dir was mitgebracht«, sagte er, als wir wieder angezogen waren, und wühlte in seiner Reisetasche. »Komm«, er zog mich vor den Spiegel, »mach die Augen zu.« Er legte mir etwas Schweres, Kaltes um den Hals und nestelte lange am Verschluß. »Jetzt kannst du die Augen wieder aufmachen.«

Es war eine dicke Silberkette, an der ein leuchtendroter Stein hing.

»Nicht gerade typisch portugiesisch«, sagte er, »aber sie gefiel mir so. Der Stein hat genau die Farbe der Bluse, die du am ersten Abend beim Italiener getragen hast.«

»Oh, Stefan«, sagte ich.

»Da gehen wir jetzt hin, ja? Ich habe wahnsinnigen Hunger. Und danach möchte ich bald ins Bett mit dir. Ich war so lange nicht mehr im Bett mit dir.«

»Oh, Stefan«, sagte ich.

Wir gingen Hand in Hand zum Italiener, es war ungewohnt, Hand in Hand mit einem Mann zu gehen, zuerst genierte ich mich ein bißchen, es war lange her, daß ich Hand in Hand mit einem Mann gegangen war, und da war ich wesentlich jünger gewesen, aber dann war es mir egal, was die Leute dachten, sie schienen ohnehin nichts dagegen zu haben, die Fitneßtrainerin, der wir begegneten, lächelte uns zu, und auch der würdige ältere Herr, dessen Wohnung gegenüber der von Stefan liegt, grüßte und lächelte, auf seine würdige Art.

»Ah, la Signora«, sagte der Kellner und betrachtete uns lächelnd, »ed il Signore Bergmeier. Sie waren lange nicht mehr da.«

»Urlaub«, sagte Stefan, »aber wir hatten schon große Sehnsucht nach Ihnen.«

Der Kellner legte die Speisekarten auf den Tisch, ging und kehrte mit zwei Gläsern Prosecco zurück. »Vom Chef«, sagte er und wies auf die Theke, hinter der der Besitzer stand und uns lächelnd zunickte.

Wie schön ist doch die Welt, dachte ich, und wie freundlich sind die Menschen.

»Eine Flasche Uciello«, sagte Stefan zum Kellner, »und die gemischte Vorspeisenplatte.« Er sah mich fragend an. »Alles wie damals, ja?«

Ich nickte.

»Ravioli ai piselli und dann Kaffee und – Grappa oder Sambuca?«

»Sambuca.«

Er legte seine Hand auf meine. »Erzähl. Wie geht es dir? Was hast du gemacht?«

»Mir geht es wunderbar«, sagte ich, »besonders seit du wieder da bist. Und ich habe nicht viel gemacht, es war ziemlich langweilig hier, ohne dich und alle die anderen. Nie wieder bleibe ich im August zu Hause. Alle sind weg, und man ist ganz alleine. Nur Ellen war da. Und ein paar Klienten. Erzähl du lieber. Bei dir war es doch bestimmt nicht langweilig, in diesem teuren Ferienclub.«

»Auch nicht gerade aufregend. Dafür zahlt man ja das ganze Geld, damit man seine Ruhe hat und sich erholen kann, während die Kinder versorgt sind und unterhalten werden.«

»Aber wird man denn nicht dauernd animiert?« fragte ich.

»Eben nicht. Dafür blechst du, daß du nicht dauernd animiert wirst. Natürlich kannst du dich animieren lassen, vierundzwanzig Stunden am Tag, mit allem, was es gibt, sogar Segelfliegen. Aber wenn du nicht willst, lassen sie dich in Ruhe. Ich wollte nicht.« Er lächelte. »Ich bin auch so animiert genug.«

Der Kellner stellte die Vorspeisenplatte zwischen uns.

»Für die Kinder war es ideal. Das Kinderprogramm war wirklich gut. Sie haben Tauchen gelernt und Bogenschießen und Steppen und was weiß ich. Annina steppt schon fast so gut wie Josephine Baker und ist wahnsinnig stolz darauf. Sie sind ganz begeistert. Sie wollen nächstes Jahr unbedingt wieder hin.« Er verzog das Gesicht. »Dafür werde ich eine Extraschicht einlegen müssen.«

»Ich fresse dir all die guten getrockneten Tomaten weg, wenn du nicht aufpaßt«, sagte ich kauend.

»Mach du nur«, sagte er lächelnd. Seine Augen waren ganz dunkel.

»Aber wie ist es mit Umbrien?« fragte ich. »Kannst du dir das überhaupt noch leisten?«

»Natürlich, was denkst du denn? Ab dem zwanzigsten, mindestens zwei Wochen. Dabei bleibt es.«

Ich spießte zufrieden die letzte Tomate auf. Die Hintergrundmusik, die bisher italienische Weisen gespielt hatte, wechselte über zur *Schönen blauen Donau.* »Walzer«, sagte ich, »o Stefan, ich liebe Walzer. Irgendwann müssen wir mal Walzer tanzen, ganz viele, ohne Ende.« Auf dem nächsten Steuerberaterball vielleicht, dachte ich, lauter wunderbare Steuerberater und lauter wunderbare Walzer.

»Warum nicht? Damit können wir nachher gleich anfangen. Ich glaube, ich habe noch eine alte Walzerplatte da.«

Als wir das Lokal verließen, legte er den Arm um meine Schultern, ich legte den Arm um seine Hüfte, und so gingen wir nach Hause. Ich kam mir vor wie Sterntaler. Das ganze Schürzchen voller Gold, fast zu schwer zum Tragen.

Vor dem Vorgarten blieben wir stehen. Die Rosen blühten noch, aber sie dufteten nicht mehr so stark. »Küß mich«, sagte ich. Es war schrecklich *Peter Alexander,* das zu sagen, aber ich konnte nicht anders. »Auch wenn uns deine Nachbarn dabei zusehen.«

Er küßte mich kurz, zog mich zur Haustür, und wir gingen Hand in Hand die Treppe hinauf. »Komm ins Bett, Agnes«, sagte er, als wir oben waren.

Ich stand im Flur und sah verträumt auf die Reisetasche, aus der er vorhin die Kette gekramt hatte. Sterntaler zieht jetzt sein Schürzchen aus, dachte ich, und geht mit seinem

Liebsten ins Bett. Hemden und T-Shirts und Unterwäsche lagen neben der Tasche am Boden. »Du trägst aber kleine Hemden«, sagte ich. Das Hemd war grau, hatte Spaghettiträger und einen Spitzeneinsatz. »Und mit Spitze?«

»Das ist nicht von mir«, sagte er.

Zu der Erkenntnis gelangte ich allmählich auch.

»Das ist von Karla.«

»Karla? Aber war Karla denn auch in Portugal?«

»Natürlich«, sagte er. »Es war ein Familienurlaub. Das habe ich dir doch gesagt.«

Ich konnte mich nicht daran erinnern. Vielleicht hatte ich es vergessen.

»Aber wieso –« Wieso ist Karlas Hemd in deiner Tasche, weil es ein Familienurlaub war? Gehört es zu einem Familienurlaub, daß man zum Schluß Wäschestücke austauscht, so wie es die Fußballspieler nach den Fußballspielen tun? Ich finde das bei den Fußballspielern schon so sonderbar.

»Habt ihr in einem Zimmer geschlafen?«

»Ja, natürlich. Das tun wir immer, wegen der Kinder.«

Natürlich. Das tun sie immer. Wegen der Kinder. Ah ja.

»Agnes«, sagte er, »wir haben nicht miteinander geschlafen. Wir hatten getrennte Betten, und wir haben uns nicht angerührt, ich schwöre es dir.«

So, wie er mich ansah, glaubte ich ihm. Aber ich verstand es nicht.

»Warum schlaft ihr wegen der Kinder in einem Zimmer?«

»Weil … weil –«

»Ich meine, ihr seid doch geschieden, da ist es doch ganz normal, wenn ihr in getrennten Zimmern schlaft. Auch für die Kinder.«

So, wie er mich ansah, wußte ich die Antwort schon, bevor er etwas sagen konnte. »Ihr seid nicht geschieden.«

»Agnes«, sagte er, »komm. Komm erst mal hier rein und setz dich hin. Laß uns nicht im Flur rumstehen. Das kann ich dir alles erklären. Ich wollte es dir sowieso sagen.«

Ich ging hinter ihm her ins Wohnzimmer und setzte mich in den großen, buntkarierten Sessel. Er knipste umständlich die Lampen an und zog die Vorhänge zu. »Magst du was trinken?« fragte er.

Ich schüttelte den Kopf.

»Also«, er setzte sich in den anderen Sessel. »Es ist so. Wir sind seit fünf Jahren getrennt, wir schlafen nicht mehr miteinander und leben auch nicht mehr zusammen. Tisch und Bett, du weißt schon. Ich hatte meine Kanzlei sowieso in München und habe mir dann was Größeres gesucht, auch als Wohnung. Aber wir wollten uns nicht scheiden lassen, wegen der Kinder, weißt du, Annina war erst fünf und Johannes sieben, und eine Scheidung käme auch verdammt teuer, und, ach, wir mögen uns immer noch sehr, besonders, seit wir nicht mehr zusammenleben, wir wollten das nicht auseinanderdividieren. Wir sind wirklich gute Freunde, weißt du, gute Freunde, die Kinder zusammen haben und ein Haus und so. Das ist etwas sehr Schönes. Und die Kinder wissen gar nicht, daß wir getrennt sind. Ich wohne eben in der Stadt, weil ich da arbeite. Das ist für sie ganz normal. Sie haben nie einen Bruch in ihrem Leben gehabt. Und darüber bin ich sehr froh.«

Es war sehr überzeugend, wie er das sagte, und ich hätte ihm fast zugestimmt, daß ich auch froh war, daß die Kinder keinen Bruch in ihrem Leben gehabt hatten. Es ist sehr schön, wenn Kinder keinen Bruch in ihrem Leben haben. Aber was war mit mir? Wie es aussah, würde ich bald einen Bruch in meinem Leben haben.

»Und was ist mit mir?«

»Ich weiß ja, es ist gewöhnungsbedürftig. Aber sieh mal, Karla hat ihren festen Freund, seit vier Jahren. Und ich habe eine feste Freundin, hoffentlich auch jahrelang.« Er versuchte ein vorsichtiges Lächeln. »Und das ist keine halbe Sache, Agnes, bestimmt nicht. Gut, Weihnachten und Ostern und ein paar Wochenenden, da bin ich bei den Kindern. Und an ihren Geburtstagen. Und in den großen Ferien. Aber sonst bin ich hier. Du hast mich ganz, da kannst du sicher sein. Ich will dich doch auch ganz haben.«

Nichts Ganzes, nur was Halbes. Der Spatz in der Hand.

»Und du?« fragte ich. »Hast du keine Freundin gehabt?«

»Doch«, sagte er, »die letzten drei Jahre. Aber dann hat sie einen Mann kennengelernt, der sie heiraten will und Kinder mit ihr haben, und da hat sie sich von mir getrennt. Das konnte ich verstehen.«

Ich auch, dachte ich, und wie.

»Und das mit dem gemeinsamen Zimmer im Urlaub können wir ändern, wenn du willst. Die Kinder würden sich gar nichts dabei denken, wenn wir ihnen zum Beispiel sagen würden, daß ich so schnarche, daß ihre Mutter nicht schlafen kann. Ich kann verstehen, wenn dich das stört.«

»Und was ist mit dem Steuerberaterball?« fragte ich.

»Was ist damit?«

»Wenn du da hingehst, nimmst du mich dann mit?«

»Da gehe ich nie hin«, er versuchte wieder ein Lächeln, »der ist schrecklich langweilig.«

»Aber wenn du hingehen würdest. Wen würdest du mitnehmen?«

Er überlegte. »Karla vermutlich. Obwohl sie bestimmt auch keine Lust hätte. Aber wir sind nicht offiziell getrennt, und da würde es komisch aussehen, wenn ich mit meiner Freundin käme.«

»Ach, Stefan«, sagte ich.

»Warum denn gerade der Steuerberaterball? Er ist wirklich furchtbar langweilig. Ich gehe mit dir auf jeden anderen Ball, auf alle, wenn du willst. Und dann tanzen wir Walzer, so viele du willst, ohne Ende, ja?«

»Ach, Stefan«, sagte ich.

414

11. Kapitel

Ich lag in Leas Wohnzimmer und weinte. Es war ein schöner Ort zum Weinen, mit den blumengemusterten Chintzvorhängen und den blumengemusterten Chintzsofas, den Kirschholztischen und dem weichen Teppich. Diesmal weinte ich nicht Leas Bluse voll, sondern das Polster des blumengemusterten Chintzsofas, auf dem ich lag.

»Ach, Agnes«, sagte Lea, »wein doch nicht so. Das ist ja schrecklich.«

»Ich weiß«, weinte ich, »du kannst es nicht leiden, wenn ich weine. Soll ich woanders hingehen, um zu weinen? Ich will dich nicht stören.«

»Du störst mich doch nicht. So ein Unsinn. Wein weiter, solange du willst.« Sie setzte sich zu mir aufs Sofa und streichelte meine Schulter.

Die Tür öffnete sich. »Komm jetzt nicht rein, Georg«, sagte Lea. »Agnes weint gerade.«

»Ach so«, sagte Georg, und die Tür schloß sich wieder. Er nahm es für eine notwendige und hinreichende Mitteilung. Er fragte nicht, warum ich weinte und warum ich das ausgerechnet in seinem Wohnzimmer tat. Wie gut, daß es Menschen gibt, die überflüssige Fragen für Zeitverschwendung halten.

Lea seufzte. »Ich mache uns jetzt was zu essen«, sagte sie. »Das wird dir guttun. Glaubst du, du kannst ein bißchen Gemüse schneiden?« Ich weinte. »Na gut. Aber Georg können wir heute nicht unten lassen. Er ist bestimmt raufgekommen, um zu fragen, wann es was zu essen gibt.« Ich weinte. »Reg dich nicht auf, Agnes. Es ist ihm egal, wie du aussiehst, und er wird dich auch nicht fragen, was los ist.«

Ich weinte.

»Rinderfilet«, murmelte sie, »ich habe Rinderfilet im

Kühlschrank. Und dazu Erbsen und Kartoffelpüree. Und Vanillepudding mit Himbeeren. Hoffentlich sind noch welche in der Tiefkühltruhe.« Ich weinte. »Du mußt was essen, Agnes. Du bist schrecklich dünn geworden.«

Ich hatte drei Wochen lang versucht, mich daran zu gewöhnen, daß der Mann, in den ich verliebt war, eine Frau hatte, von der er nicht geschieden war und die außerdem sein wirklich guter Freund war. Stefan hatte gesagt, es sei gewöhnungsbedürftig, und ich hatte es versucht. Ich hatte dabei drei Kilo abgenommen, und ich fand, es stand mir gut, aber das war auch das einzige, was ich gut fand.

Es hatte lange Gespräche gegeben, tränenreiche und weniger tränenreiche, und Essen beim Italiener, das heißt, Stefan hatte gegessen, und ich hatte eine eingelegte getrocknete Tomate oder drei Ravioli auf meinem Teller hin und her geschoben, und der Kellner hatte gesagt, »mangia niente, la Signora«, und den Teller abgeräumt und wissend gelächelt, und es war klar gewesen, woran er dachte, er dachte an l'amore und so.

Es hatte auch lange Nächte gegeben. Es hatte schon immer sehr schön geklungen, wenn ich mit Stefan geschlafen hatte, und es hörte nicht auf, so zu klingen, obwohl ich nun wußte, daß seine Frau sein wirklich guter Freund war. Im Gegenteil, es klang fast noch stärker und schöner. »Siehst du«, sagte er dann, »es ist einfach richtig mit uns. Das merkst du doch auch, oder?« Das ist es ja, dachte ich, es ist richtig, und es ist falsch, es ist beides, und mir kamen die Tränen, aber nach einer Weile sagte ich nichts mehr und weinte auch nicht mehr, denn es mußte ihm allmählich auf die Nerven gehen, es mit einer Frau zu tun zu haben, die nichts aß, dafür um so mehr weinte und noch mehr mit ihm schlief, und kaum, daß sie mit ihm geschlafen hatte, schon wieder weinte.

»Komm, Agnes«, sagte Lea und strich über meine Schulter, »das Essen ist fertig. Geh dir das Gesicht waschen.«

In der Toilette lagen ein frisches Handtuch mit eingestickten Maiglöckchen und eine frische Seife, die nach Maiglöckchen duftete. »Warum hast du denn lauter Sachen mit Maiglöckchen?« fragte ich, als ich in die Küche kam.

»Ach, die habe ich irgendwann für dich gekauft«, sagte sie, »schon mal für Weihnachten oder deinen Geburtstag.«

»Ach, Lea«, sagte ich.

Georg begrüßte mich, gelassen und freundlich, und tat so, als sei es ganz üblich, daß ich mit roter Nase, geschwollenen, blutunterlaufenen Augen und tränendicker Stimme an seinem Tisch saß und Rinderfilet mit Erbsen aß. Er sah wesentlich besser aus als ich, er war braun und hatte sonnengebleichte Haare, er hatte seinen Sommerkursus nicht nur im Hörsaal, sondern auch auf dem Rasen abgehalten, und er erzählte davon mit der anregenden Unbefangenheit und echten Komik eines Menschen, der die Dinge und die Menschen genauso sieht, wie sie sind, weil ihn, in aller Unbefangenheit, nur eines wirklich interessiert, er selber. Ich hörte ihm gespannt zu, seine Haltung färbte auf mich ab, ich fing plötzlich auch an, mich mehr für ihn als für mich zu interessieren, und das tat gut.

»Es ist manchmal richtig angenehm mit Georg, nicht?« sagte Lea, als wir wieder alleine am Tisch saßen. »Man hat das Gefühl, gar nicht so wichtig zu sein, und das ist ganz hilfreich, nicht?«

»Stimmt«, sagte ich und rührte in meinem Vanillepudding.

Sie kratzte die letzten Himbeeren aus der Schüssel und tat sie auf meinen Teller. Ich protestierte. »Iß das auf, Agnes«, sagte sie, »und zwar alles. Ich mag keine Reste im Kühlschrank.«

Ich aß es auf.

»Gut«, sie stand auf. »Ich mache hier noch ein bißchen Ordnung, und du kannst wieder aufs Sofa gehen und weinen. Ich komme dann auch.«

Wenn man so direkt dazu aufgefordert wird, muß man nicht unbedingt weinen. »Ich helfe dir«, sagte ich.

»Gut. Und nachher gehe ich in den Garten, Obst pflücken, da kannst du mir auch helfen, wenn du willst.«

Es machte Spaß, in der weichen Septembersonne mit dem Obstpflücker zu hantieren und auf der Leiter in die Baumkronen zu klettern und die Boskop und Red Dawn in die Körbe zu füllen. Man brauchte nicht so sehr an sich zu denken, und man brauchte auch nicht unbedingt zu weinen.

»Es geht nicht«, sagte ich, als der dritte Korb voll war. »Es geht einfach nicht. Oder? Was meinst du, Lea?«

»Es ginge schon«, sagte sie, »für andere. Aber nicht für dich.«

»Er hat seiner Frau von mir erzählt, und sie hat gesagt, sie kann gut verstehen, daß ich damit Schwierigkeiten habe, und sie hofft sehr, für ihn und für mich, daß ich damit fertig werde. Er kann ruhig auch mal ein Wochenende mit den Kindern ausfallen lassen, wenn es nötig ist, hat sie gesagt, sie haben ihn jetzt die ganzen Ferien gehabt, sie wird es ihnen schon erklären.«

»Das ist doch ganz vernünftig«, sagte Lea, »und nett.«

»Alle sind so nett und vernünftig. Bloß ich nicht.«

»Eben. Darum geht es ja auch nicht.«

Ich kletterte die Leiter ganz hinauf und pflückte die oberen Zweige leer und kam wieder herunter, und wir füllten den vierten Korb. »Ich wollte einen Mann, mit dem ich wohne und schlafe und fernsehe und Ausstellungen anschaue und einkaufen gehe – oder auch nicht einkaufen gehe – und Ferien mache und Weihnachten und Silvester feiere«, sagte ich. Ich schob die Äpfel hin und her, so daß sie ordentlich nebeneinander lagen. »Also: Weihnachten und die großen Ferien, das geht nicht, und Ostern geht auch nicht, aber Ostern wollte ich sowieso nicht. Dafür geht Silvester, und alles andere geht auch, außer Zusammenwohnen.«

»Weihnachten kommst du zu uns und Ostern auch«, sagte

Lea. »Und im August fahren wir beide zusammen weg, das ist doch auch schön, oder?«

»Ach, Lea, natürlich. Du bist so lieb.«

»Gar nicht. Ich fahre gerne mit dir in Urlaub. Es wäre ja nicht das erste Mal.«

»Wenn wir wenigstens zusammen wohnen könnten«, sagte ich, »er hat darüber nachgedacht, aber er sieht es nicht, sagt er. Die Kinder rufen ihn oft an, und sie besuchen ihn auch manchmal. Das mit dem Anrufen wäre ja machbar, wir könnten verschiedene Nummern haben, und bevor sie ihn besuchen, könnte ich gehen, aber was würden sie sagen, wenn sie meine Möbel sehen würden und meine Zahnbürste im Badezimmer und Eroica und Maiglöckchen und Flieder? Das könnte ich natürlich auch wegräumen, bevor sie kommen.«

»Agnes«, sagte Lea.

»Du hast ja recht. Es geht nicht. Gut. Wo ist der fünfte Korb?«

»Hier.«

»Und ich darf kein einziges Mal mehr mit ihm schlafen, sonst fange ich nur wieder an, darüber nachzudenken, ob es nicht doch geht. Am besten sehe ich ihn gar nicht mehr. Denn wenn ich ihn sehe, dann will ich mit ihm schlafen.«

»Das finde ich ja auch so schade«, sagte sie.

»Was?«

»Daß ich ihn nun gar nicht zu sehen kriege. Ich kriege alle diese Männer in deinem Leben nie zu sehen. Kannst du den nächsten nicht gleich mit mir bekannt machen, am Anfang, bevor etwas Schreckliches passiert?«

»Es wird keinen nächsten geben«, sagte ich und fing an zu weinen.

»Wein du nur. Solange du willst.«

Ich dachte die nächsten zwei Tage darüber nach, ob es nicht doch ginge. Dann traf ich mich mit Stefan, um ihm zu sagen, daß es nicht ging, und dabei sah ich ihn, und also schliefen wir miteinander, und danach fing ich wieder an, darüber nachzudenken, ob es nicht doch ginge.

Das ist ein Teufelskreis, sagte ich mir, als ich am nächsten Morgen nach Hause ging. Du mußt ihn durchbrechen. Du mußt Stefan sagen, daß es nicht geht. Ruf ihn an und sag es ihm.

Wenn ich ihn anrufe und seine Stimme höre, überlegte ich, komme ich doch nur auf die Idee, daß es besser wäre, persönlich mit ihm zu sprechen, und wenn ich das tue, sehe ich ihn, und dann –

Schreib ihm. Schreib ihm, daß es nicht geht und daß es besser ist, wenn ihr euch nicht mehr seht, und daß er bitte nicht vorbeikommt und bitte auch nicht anruft, sondern allenfalls schreibt, aber das besser auch nicht. Wie ich ihn kenne, wird er sich daran halten, wenn ich ihn darum bitte. O Gott, wird das schrecklich, wenn er nie mehr vorbeikommt und nie mehr anruft und nicht mal schreibt!

Heute abend schreibe ich, beschloß ich, nach der Arbeit. Ich muß es auch deswegen tun, denn lange halte ich es nicht mehr durch, von meinem persönlichen Unglück ganz und gar zu abstrahieren, um mich völlig dem meiner Klienten zuzuwenden. Lange halte ich es auch sonst nicht mehr durch, denn Größe achtunddreißig zu haben ist ja ganz schön, aber wenn das so weitergeht, muß ich mir sämtliche Klamotten neu kaufen, und ich hasse es, Klamotten zu kaufen.

Und ich höre auf, einen Mann zu suchen. Daher kommt doch das ganze Unglück. Vielleicht ist es Chuzpe, vielleicht ist es Hybris, einen Mann zu suchen, so, wie man ein Auto oder einen Wintermantel sucht. Manches kann man nicht suchen, manches kann man nur finden. Ein Auto oder einen Wintermantel kann man suchen, und alles mögliche andere auch, einen Mann nicht. Einen Mann kann man nur finden.

Ich schrieb den Brief am Abend und brachte ihn gleich zum Briefkasten. Der Weg zum Briefkasten war fast so lang, wie es der Weg zu Stefans Haus in der Fontanestraße gewesen wäre, aber ich wollte es nicht riskieren, hinüberzugehen und den Brief in seinen Briefkasten zu stecken, denn dabei hätte ich ihn treffen können, und dann würde ich ihn sehen, und dann –

Da kann ich nun nie wieder hingehen, dachte ich. Nie wieder Fontanestraße, nie wieder Wertherplatz, nie wieder Italiener, nie wieder Fitneßstudio. Überall dort könnte ich Stefan treffen, und dann würde ich ihn sehen –

Ich suchte den Fitneßfummel aus dem Schrank und warf ihn in den Mülleimer. Koralle und Karmesin waren etwas verblichen, aber immer noch schön. Jetzt würdest du gut aussehen darin, dachte ich, so schlank, wie du jetzt bist. Schade. Zu spät. Und nie wieder Crash-Kombinationen. Du siehst ja, was dabei herauskommt.

Und nie wieder Stefan, dachte ich und fing an zu weinen. Wein nicht schon wieder, Agnes, das ist ja nicht auszuhalten. Hör auf damit, sieh nach vorne, denk daran, der Weg ist das Ziel. Und keine Männer zu suchen heißt ja nicht, keine Männer zu finden. Und um einen Mann zu finden, mußt du genau dasselbe tun, wie wenn du einen suchst, die Augen offenhalten, wach und konzentriert sein, an Orte mit hoher Kennenlernquote gehen. Im Grunde ändert sich nicht viel. Nur, daß du ab jetzt nicht mehr suchst, sondern findest.

Doch, eines hat sich geändert. Ich will keinen Mann mehr suchen und auch keinen finden. Ich will nur Stefan. Und den brauchte ich nicht zu suchen und nicht zu finden, den könnte ich einfach haben. Wenn ich könnte. Ich weinte. Na gut. Wein du nur, Agnes. Solange du willst.

Stefan antwortete nicht auf meinen Brief, er rief nicht an und kam nicht vorbei, genau, wie ich es gewollt hatte. Ich wußte, es war richtig und anständig und fair, daß er es nicht tat, aber ich wünschte mir oft, er wäre nicht fair und anständig. Wann immer es klingelte und es keiner von meinen Klienten sein konnte, hoffte ich, er wäre es, aber es war im-

421

mer nur der Briefträger oder einer von diesen Menschen, die Werbematerial in Briefkästen stecken. Und wann immer das Telefon läutete, hoffte ich, er wäre es, aber er war es nie.

Vielleicht sollte ich doch warten, überlegte ich, wenn ich abends nicht einschlafen konnte oder morgens um vier aufwachte und nicht wieder einschlafen konnte. Annina (was für ein sonderbarer Name, wo haben sie den bloß her?) ist jetzt zehn, und Johannes ist zwölf, und in fünf Jahren sind sie fünfzehn und siebzehn, da wäre es ihnen ja wohl zuzumuten zu erfahren, daß ihre Eltern von Tisch und Bett getrennt sind und daß ihre Mutter einen Freund hat und ihr Vater eine Freundin, mit der er nun zusammenzieht und die womöglich ans Telefon geht, wenn sie anrufen, oder womöglich da ist, wenn sie ihn besuchen kommen.

Ich hatte mit Stefan darüber gesprochen, ob wir nicht in fünf Jahren zusammenziehen könnten und daß ich vielleicht darauf warten würde, und er hatte gesagt, ja, das sei bedenkenswert, aber lieber sieben Jahre, dann sei Annina siebzehn, und er hatte mit Karla darüber gesprochen, sie hatte es auch bedenkenswert gefunden, und Stefan hatte gesagt, ja, warum nicht, in sieben Jahren, vielleicht auch schon in fünf, das ließe sich denken, aber versprechen kann ich es dir nicht, Agnes.

Sieben Jahre oder fünf, und versprechen kann er es nicht, dachte ich und drehte mich auf die andere Seite. Glauben die eigentlich wirklich, daß die Kinder das nicht merken? Daß sie erwachsen werden und nicht merken, daß mit Mami und Papi etwas nicht stimmt? Wenn die das von ihren Kindern glauben, dann müssen sie ihre Kinder für verdammt blöd halten. Das glauben die doch selber nicht, daß sie das glauben.

Ich drehte mich auf den Rücken und stopfte das Kopfkissen zurecht. Ich kann es nicht, dachte ich, ich kann nicht warten, nicht sieben Jahre lang diese halbe Sache, oder meinetwegen fünf, und dann nur ein Vielleicht, ein Versprechenkann-ich-es-dir-nicht. Das kann ich nicht. Das will ich nicht. Das halte ich nicht aus.

Aber irgendwann kommt eine, die kann es. Die hält es aus, die macht erst mal alles mit, gerade so, wie er es will. Und wie Karla es will. Und nach zwei oder drei Jahren, wenn er nicht mehr ohne sie kann, macht sie Druck, leise und vorsichtig, und klopft ihn weich, und er ist einer, den man weichklopfen kann, und dann wird es doch gehen, dann sind die Kinder zwölf und vierzehn oder dreizehn und fünfzehn, dann wird man ihnen doch sagen können, was mit Mami und Papi los ist und daß Papi eine Freundin hat, mit der er nun zusammenzieht und mit der er auch mal Weihnachten und Ostern feiert und mit der er auf den Steuerberaterball geht.

Und es wird nicht lange dauern, bis eine andere kommt. Er ist viel zu anziehend. Noch ist er frei. Noch will er nur dich. Noch wartet er wahrscheinlich darauf, daß du es dir vielleicht doch anders überlegst. Aber nicht mehr lange. Und er geht jeden Tag in dieses verdammte Fitneßstudio. Und du bist bestimmt nicht die einzige Frau, die in ein Fitneßstudio geht, um einen Mann zu suchen. Oder zu finden. Verdammt.

Ich drehte mich wieder auf die Seite und fing an zu weinen.

Das Telefon klingelte. Das ist er bestimmt nicht, dachte ich. Ich ließ es läuten, trocknete mir sorgfältig die Hände ab und ging langsam hinüber ins Wohnzimmer. Wenn ich fest daran glaubte, daß er es nicht war, und mich auch so benahm, dann war er es vielleicht.

»Hallo, Agnes«, sagte eine Männerstimme. Komisch, er klingt so anders, dachte ich.

»Hier ist Rainer.«

»Ach, du bist es.«

Schweigen. Er räusperte sich. »Wie geht es dir denn so?«

Darüber mußte ich erst nachdenken. Wie ging es mir denn so? Beschissen. »Gut, danke. Und dir?«

»Auch gut«, sagte er, »bißchen viel zu tun in der Schule. Aber das ist ja immer so um diese Zeit.«

Und, dachte ich.

Er räusperte sich wieder. »Wie ist es? Wollen wir uns nicht mal wieder sehen?«

Es hatte irgendeinen Grund gegeben, warum wir uns nicht sehen konnten. Ich überlegte. Ach ja, die neue Beziehung. »Geht es wieder?« fragte ich.

»Wieso?«

»Es ging doch nicht, wegen deiner neuen Beziehung.«

»Ach so.« Er schwieg. Er räusperte sich. »Das hat sich zerschlagen.«

Ach ja. Zerschlagene neu begonnene Beziehungen, wohin man blickt.

»Ja«, sagte ich, »warum nicht?« Nicht, daß ich mich danach dränge, dachte ich. Ein Abend mit Rainer, ach ja. Eine Beziehung, die sich nicht mal zerschlagen hat. Die einfach irgendwie versickert ist, nach sieben Jahren, nur weil ich unbedingt Weihnachten mit ihm feiern wollte und Silvester. Aber na gut. Besser als nichts, so ein Abend mit Rainer. Nur der Abend natürlich, nicht die Nacht. Immerhin etwas. Lieber der Spatz in der Hand als die Taube auf dem Dach. O Gott, Agnes! Bist du schon soweit?

»Wann?« fragte er. »Ich könnte morgen oder auch übermorgen.«

Was hat der Mann plötzlich Zeit und Raum. »Morgen wäre mir recht.«

»Schön«, sagte er, »um halb acht im Elefantengarten?« Das war ein Lokal, in das wir früher öfters gegangen waren. »Ist mir recht«, sagte ich. Es war mir sehr recht. Es war weit genug entfernt vom Wertherplatz.

Doch nicht schlecht, mal wieder mit einem Mann essen zu gehen, dachte ich, als ich den Elefantengarten betrat, der so gemütlich war wie immer, mit seinen Bistromöbeln und den Stichen an den Wänden und den altmodischen Lampen, die warm leuchteten. Wenn es auch nur der Elefantengarten ist. Und nur Rainer.

Rainer war schon da, er stand sogar auf und kam mir entgegen und küßte mich auf die Wange. »Gut siehst du aus«, sagte er, »und so schlank. Richtig gut.«

Ich zuckte mit der Achsel. Ich tat es nicht absichtlich, nicht, um ihn zu brüskieren, es passierte einfach. Es war mir egal, ob Rainer fand, daß ich richtig gut aussah.

Wir vertieften uns in die Speisekarte. Es standen immer noch dieselben Gerichte darauf, auch dieselben Weine, und ich brauchte nicht lange nachzudenken. »Und?« fragte Rainer, nachdem wir bestellt hatten. »Erzähl mal. Was machst du denn so?«

Was mache ich denn so, dachte ich. Ich warte darauf, daß das Telefon klingelt. »Ach, das Übliche«, sagte ich, »nichts Besonderes. Und du?«

»Na ja«, sagte er und überlegte. Vielleicht wartete er ja auch darauf, daß das Telefon klingelte. »Auch das Übliche, was sonst?«

Ich raffte mich auf. Wir konnten nicht die ganze Zeit hier sitzen und »Ach, das Übliche« murmeln, das würde verdammt langweilig werden. »Wie war das denn nun mit deiner neuen Beziehung?« fragte ich. »Das würde mich interessieren. Oder willst du nicht darüber reden?«

»Na ja«, er überlegte wieder. O Gott, dachte ich, das ist ja nicht auszuhalten, dieses ständige lange Nachdenken, wie habe ich das nur all die Jahre ertragen? »Doch, doch«, sagte er schließlich, »da würde ich schon drüber reden wollen.«

Es ergab sich, daß es eine Kollegin gewesen war, im jugendlichen Alter von einunddreißig Jahren, die neu an die Schule gekommen war und Gisela geheißen hatte, das heißt, so hieß sie immer noch, sie hatten sich sofort ineinander verliebt, aber dann hatte sich gezeigt, daß sie auch sonst von der schnellen Sorte war, sie hatte bald gewußt, was sie wollte, nämlich ihn, und das für immer, sie hatte davon gesprochen, zusammenzuziehen und Kinder zu haben und zu heiraten, denn sie selber fand gar nicht, daß ihr Alter so jugendlich war, sie war vielmehr der Ansicht, daß es nun allmählich Zeit wurde für sie.

»Und das ging mir einfach zu schnell«, sagte Rainer, »ich meine, ich hätte mich schon bemüht darum, daß wir uns näherkommen in unseren Vorstellungen, ich hätte daran gearbeitet –«

Aber das hat sie nicht abwarten wollen, dachte ich. Wie klug von ihr. Was für eine wache Person, diese Gisela. Da hätte sie lange warten können, bis du dir das erarbeitet hast, ein ganzes Leben lang.

»Und so –« er sah mich auf eine sehr dezente Weise mitleidheischend an. Er sieht unglaublich gut aus, dachte ich, er wird immer schöner. Er ist einer von diesen Männern, die nie erwachsen werden und deswegen lange zu jung aussehen und zu glatt, aber wenn sie endlich Falten kriegen und graue Haare, dann sehen sie umwerfend aus, und immer umwerfender, je älter sie werden.

»Das tut mir leid für dich«, sagte ich mechanisch und stopfte mir den Mund mit Eichblattsalat und Putenbruststreifen voll. Nach meinem Appetit zu schließen, tat es mir nicht so furchtbar leid.

Er wechselte das Thema und sprach von der Schule, von seinem Chef und den Kollegen, die ich alle aus seinen Erzählungen kannte, er erzählte lebendig und witzig, das kann er gut, wenn er sich Mühe gibt, und ich hörte interessiert zu und konnte auch mal wieder lachen.

»Wie ist es mit Nachtisch?« fragte er dann. »Ich lade dich ein. Hier gibt's doch das Vanilleeis mit heißer Schokolade, das du so gerne magst.«

Joi, dachte ich.

Er schwieg und dachte nach, während wir auf das Eis

warteten, und er schwieg weiter und dachte, während ich das Eis aß. Ich konnte es fast hören, wie er dachte.

Als ich die letzten Reste aus dem Eisbecher gekratzt hatte, räusperte er sich. »Wie wäre es denn, Agnes ... Ich meine, wie wäre es denn wieder mit uns beiden? Ich meine, wir haben uns doch immer gut verstanden, oder?« Er sah mich so hoffnungsvoll an, daß ich nun doch fast Mitleid mit ihm bekam. So hatte er mich noch nie angesehen.

Ich brauchte nicht zu überlegen. »Nein, Rainer«, sagte ich, »das geht nicht mehr. Wirklich nicht.«

Er sah mich weiter an, und ich wußte, daß er gerne gefragt hätte, warum, sich aber nicht so weit entäußern wollte. Er wartete darauf, daß ich es ihm von selber sagen würde. Das hatte ich bisher immer getan.

Diesmal nicht, dachte ich. Diesmal kriegst du nichts frei Haus, auch keine Erklärung. Dabei wäre es ganz einfach zu erklären. Für eine halbe Beziehung habe ich ein weit besseres Angebot vorliegen. Von einem viel interessanteren und aufregenderen Spatzen. Einem Steuerberater- und Wirtschaftsprüferspatzen. Einem mit warmen Händen und weichen Lippen, der nach Kräuterwiesen riecht, wenn er geschwitzt hat. Ach ja, Agnes. Denk nicht daran.

Er sah mich immer noch fragend an. Ich schüttelte den Kopf. »Nein, Rainer«, wiederholte ich, »wirklich nicht. Aber weißt du was? Laß uns gute Freunde sein. Das fände ich schön.«

Es klang blöd, dieses *Laß uns gute Freunde sein*. So banal. Aber warum eigentlich nicht? Ich fand, es war eine gute Idee. Wenn es Männer gab, deren getrennte, aber nicht geschiedene Frau ihr wirklich guter Freund war, warum sollte ich dann nicht einen Ex-Geliebten haben, der mein wirklich guter Freund war? Und wenn ich schon keinen Mann für alles haben konnte, dann wenigstens einen wirklich guten Freund.

Er sah mich immer noch an und dachte schon wieder

nach. »Gut«, sagte er nach einer Weile. Es war sonderbar, aber er wirkte eigentlich nicht enttäuscht, eher erleichtert. »Warum nicht? Laß uns gute Freunde sein. Das ist mal was anderes. Ich glaube, das fände ich auch schön.« Er streckte seine Hand über den Tisch, und wir schüttelten uns ernsthaft die Hände. »Wir bleiben noch ein bißchen, ja? Darauf müssen wir noch was trinken.«

Wir blieben noch länger und tranken noch mehr. Ich fing an, von Jessica und Daniel zu erzählen, von ihrer Wohnung und wie sie sich darin eingerichtet hatten, vom Kauf des Himmelbetts und daß sie gerade auf ihrer Rucksackreise durch Indonesien waren und wie zweifelnd ich dieser Art des Reisens gegenüberstand.

Rainer lauschte aufmerksam, er fragte nach, er lachte, und ehe wir es uns versahen, kramten wir in Erinnerungen an Jessica, zum Beispiel daran, wie sie sich mit fünfzehn die Haare gefärbt hatte, das leuchtende Blond zu einem stumpfen Dunkelrot, und wie entsetzt ich gewesen war und wie sie mich gehaßt hatte deswegen, nie fand ich etwas gut, was sie tat, nie ließ ich sie sein, wie sie war, und wie Rainer kam und es auch entsetzlich fand, aber sagte, sie sei trotzdem das schönste Mädchen, das er kenne, und ob wir aufhören könnten, uns zu streiten, das sei ja hier wie in der Schule, das hielte er nicht aus, und wie es dann wieder gut war.

Wir kramten weiter, auch in anderen Erinnerungen, wir redeten über Gott und die Welt. Er war lebendig und aufmerksam und hatte ganz offene Augen. So würde er Gertraud gefallen, dachte ich. Gertraud hielt sonst nicht viel von Rainer. Komisch, so haben wir noch nie miteinander geredet, so war er ja auch nie, früher, nur ganz selten war er so, manchmal im Bett, wenn wir miteinander geschlafen hatten, oder wenn er sehr müde war. Aber er blieb nie lange so, er machte immer ganz schnell wieder zu und vergrub sich im Sand. Zack, weg. Wie diese Muscheln.

Spät verließen wir das Lokal, und er brachte mich noch

nach Hause. Ich hatte mich schon etwas an seine wunderbare Veränderung gewöhnt, sonst wäre ich vor Überraschung in Ohnmacht gefallen, als er mir vorsichtig den Arm um die Schultern legte. Vorsichtig legte ich den Arm um seine Hüfte, und so gingen wir, und vor meiner Haustür küßte er mich auf die Wange und sagte: »Mach's ganz gut, Agnes. Bis bald. Ich melde mich«, und es war deutlich, daß er es so meinte.

Merkwürdig, dachte ich, während ich die Treppe hinaufstieg, höchst merkwürdig. Was das Leben so mit sich bringt. Diese ganze große Suche nach dem Mann für alles, diese Taubenjagd, all dies Machen und Mühen, und was kommt dabei heraus? Nichts. Gar nichts. Und dann geht man mal eben in den Elefantengarten und denkt sich nichts dabei, und was fällt einem in den Schoß? Ein wirklich guter Freund. Merkwürdig.

12. Kapitel

»Gertraud«, sagte ich, »was ist denn mit dir los? Wie du aussiehst! Noch schöner als sonst.«

»Ach was«, sagte sie, »wieso denn?«

Ich wußte auch nicht, wieso, aber es war so, man sah es ja.

»Du hast bestimmt jemanden kennengelernt. Einen Mann, einen für länger, nicht wahr?«

»Ach was«, sagte sie, »überhaupt nicht.«

Na gut, dachte ich, dann eben nicht. Vielleicht gibt es ja auch andere Gründe, warum jemand plötzlich so unerträglich schön ist.

»Und du, was ist mit dir?« fragte sie. »Du bist so schlank geworden.« Sie besah mich von allen Seiten.

»Ach, gar nicht«, sagte ich, »nur zwei Kilo oder so. So viel ist es nicht.« Toll. Wunderbar. Wir hatten gute Aussichten, uns den Oscar für Offenheit und Ehrlichkeit im Umgang miteinander zu verdienen.

»Aber es steht dir«, sagte sie.

Wir hatten uns lange nicht gesehen. Gertraud macht immer Ferien, so lange es nur geht, und wenn sie dann wieder nach Hause kommt, braucht sie einige Zeit, um sich zurechtzufinden und dem Rad ihres alltäglichen Lebens den notwendigen Stoß zu geben. Dabei störe ich sie nie, und diesmal war es mir sehr recht gewesen, sie nicht zu stören, denn ich hatte den Moment hinauszögern wollen, da ich ihr von Aufstieg und Fall meiner Beziehung zu Stefan berichten mußte.

Sie wußte nichts davon, auch nicht vom Aufstieg, ich hatte ihr nichts erzählt, ich hatte warten wollen, bis es sicher war und ich ihr beweisen konnte, daß die Suche nach dem Unmöglichen Erfolg haben konnte, daß es möglich war, das Unmögliche zu finden. Es war mir schwergefallen, nicht mit ihr darüber zu reden, denn wenn die Dinge des Lebens nicht mit beiden, mit Lea und Gertraud, besprochen und von allen Seiten beleuchtet werden, dann behalten sie etwas Unfertiges und Unverdautes und können dem Leben nicht wirklich einverleibt werden. Und jetzt würde sie nicht nur gekränkt sein, weil ich es ihr verschwiegen hatte, ich würde ihr auch von meinem tiefen Fall berichten müssen. Das hatte ich nun davon.

»Wo sind denn die Kinder?« fragte ich.

»Lukas ist bei seinem Vater, und Laura übernachtet bei einer Freundin. Wir haben den Abend für uns.«

»Und wo gehen wir hin?«

»Wir bleiben hier«, sagte sie, »ich habe gekocht.«

Was ist denn los, dachte ich, sie kocht doch sonst nie, außer im Notfall? Hoffentlich ist es etwas, das meinem Organismus auch insofern nicht schadet, als es mir schmeckt.

»Ein französischer Gemüseeintopf. Ich habe ihn ein bißchen angereichert, damit alles drin ist, was der Organismus braucht, besonders jetzt im November. Der November ist ein furchtbarer Monat, da kann man gar nicht genug für sich tun.«

Sie stellte einen großen Topf auf den Tisch und goß Rotwein in die Gläser.

»Seit wann trinkst du Wein?« fragte ich.

»Rotwein gehört zu den besten Heilmitteln, die es überhaupt gibt. Nicht zuviel natürlich, das ist klar. Aber in der richtigen Dosis ist er geradezu unverzichtbar.«

Aha, dachte ich. Sehr interessant. Was ist los?

Der Eintopf ließ sich essen, wenn er auch so stark mit Kräutern und Körnern versetzt war, daß man ständig auf Rosmarinzweiglein oder Sonnenblumenkernen herumkaute und sonst nicht viel schmeckte. Dafür war der Wein sehr gut.

»Ja, nicht wahr?« sagte Gertraud. »Den habe ich mitgebracht. Er schmeckt hier natürlich nicht so wie dort, wenn man abends auf der Terrasse sitzt, unter den Pinien, in dieser wunderbaren Luft. Ach, es war so schön.«

432

Sie erzählte von dem Haus, von der Landschaft, von den Städten, und ich hörte ihr zu und sah sie an und war schon wieder erstaunt. Gertraud ist immer gelassen und ausgeglichen, sie tut ja auch eine Menge dafür, aber heute war sie von einer so satten Gelassenheit und ruhigen Zufriedenheit, daß ich ganz unruhig und unzufrieden wurde. Was war ich doch für eine hektische und aufgeregte Person! Unausgeglichen und unharmonisch und immer auf dieser dummen Männersuche, bei der ich ständig stolperte und auf die Nase fiel und nur noch unzufriedener und unruhiger wurde.

Sieh dir Gertraud an, sagte ich mir, sie nimmt, was da ist, sie hält sich an die Wirklichkeit und achtet auf ihren Organismus und ihre innere Harmonie. Das würde dir auch nicht schaden, ein bißchen ein Auge zu haben auf deinen Organismus und deine innere Harmonie. Sieh dir an, wie schön sie ist, da sieht man es mal wieder, Schönheit kommt eben von innen, na gut, bei ihr ist außen auch schon eine Menge da, aber trotzdem, die wahre Schönheit... Und du erzählst ihr auch nichts von deinem Unglück mit Stefan, du störst ihr die ruhige Gelassenheit nicht. Schau dir lieber an, wie schön sie in sich ruht, und nimm dir ein Beispiel daran, versuch auch, in dir zu ruhen, ein bißchen wenigstens.

»Was ist, Agnes?« fragte Gertraud. »Du bist so ruhig geworden. Magst du noch was?«

»Nein, danke. Ich bin ganz satt.«

»Dann komm mit rüber ins Wohnzimmer.«

Ich folgte ihr ruhigen Schrittes durch die Diele, sah zu, wie sie mit sanften Bewegungen die Kerzen anzündete, und wurde schon etwas gelassener. Das Kerzenlicht und die warmen Farben des Zimmers und die Mandalas an den Wänden mit ihren symmetrischen Kreisen und Quadraten würden mich bald noch ausgeglichener machen.

»Ich wollte dir was erzählen, Agnes«, sagte sie, »in aller Ruhe. Deswegen habe ich gekocht, damit wir nicht weggehen müssen.«

Aha, dachte ich.

»Ich habe doch jemanden gefunden.«

»Na also«, sagte ich, »ich hab's doch gesagt.«

»Es ist aber kein Mann.«

»Ach so«, sagte ich, »eine neue Freundin. Wie schön. Ist es die Frau aus der Frauensauna, mit der du in Ferien warst?«

»Ja«, sagte sie, »Margaret.«

»Schön«, wiederholte ich. Und, dachte ich. Noch eine gute Freundin. Was ist daran so Besonderes?

Sie trank einen ganz kleinen Schluck Wein. Sie war immer noch beim ersten Glas. »Sie ist nicht einfach eine Freundin«, sagte sie. »Sie ist eine Frau für alles.«

»Wie meinst du das?«

»Für alles eben.«

Ich schüttelte den Kopf.

»Wir haben doch darüber gesprochen«, sagte sie, »du hast gesagt, du willst einen Mann für alles, und ich habe gesagt, das findest du nicht. Und daß man mit Frauen fast alles machen kann, arbeiten und einkaufen gehen und Ferien und so, außer zwei Dingen: umziehen und ins Bett gehen.«

»Und das kannst du mit dieser Frau nun auch?«

»Also, das Umziehen würde ich immer noch die Männer machen lassen, das können sie einfach besser. Aber das Insbettgehen, das geht auch mit Frauen, das weiß ich jetzt.«

»Das hast du doch vorher auch gewußt, oder?«

»Ja, natürlich«, sagte sie, »ich wußte, daß es geht, aber nicht, daß es funktioniert. Jetzt weiß ich auch, daß es funktioniert. Und wie es funktioniert, Agnes!«

Aha, dachte ich. Sie hat mit dieser Frau geschlafen, und es hat funktioniert. Es hat geklungen. Daher das Leuchten, das von ihr ausgeht. Es ist die Liebe und die Leidenschaft, nicht die innere Harmonie. Aber die Liebe kann sich natürlich segensreich auswirken auf die innere Harmonie. Und die Leidenschaft auch. Ach ja.

Ich hielt an mich, um nicht wieder den Kopf zu schütteln. Es sah ja albern aus, wenn ich nur dasaß und mit dem Kopf wackelte. Ich überlegte, was ich sagen könnte, denn von selber fiel mir nichts ein. Ich dachte daran, wie Lea mir erzählt hatte, daß sie nun einen Geliebten hatte, und von daher hatte ich noch ein paar Sätze in meinem Vorrat, *Alle Achtung* oder *Das hätte ich aber nicht von dir gedacht* oder *Wie ist das denn passiert?*, aber sie schienen hier auch nicht besser zu passen als damals bei Lea.

»Du willst damit sagen, daß du eine Geliebte hast?« fragte ich.

»Ja, genau«, sagte sie und sah nun so zufrieden aus, daß es kaum noch auszuhalten war. »Eine Geliebte – das klingt so schön. Eine Frau für alles. Es ist wunderbar, Agnes. Und genau das, wovon du immer gesprochen hast. Ist das nicht ulkig?«

Wahnsinnig ulkig, dachte ich. Zum Wahnsinnigwerden ulkig. Ich spreche davon, und ihr findet es. Alle anderen finden das, was ich suche, nur ich nicht. Irgendwas läuft hier falsch.

»Und sie heißt Margaret, sagst du?«

»Ja.«

Margaret, dachte ich. Kein besonders schöner Name, wenn man mich fragt. Aber wer fragt mich schon?

Gertraud nahm vorsichtig noch ein Schlückchen Wein. Und sie trinkt offenbar gerne Wein, diese Margaret. Daher die plötzliche Begeisterung für Rotwein als Heilmittel. Sonst trinkt sie keinen Tropfen, Heilmittel hin, Heilmittel her. Was die Liebe so alles ausrichtet. Oder anrichtet.

»Und wie alt ist sie?«

»Einundvierzig.«

Gegen das Alter konnte ich nichts sagen, ich war auch einundvierzig, und es paßte gut, Gertraud war neununddreißig. Und wenn sie vierzig wurde, im Januar, dann würde sie schöner sein als je zuvor, und sie würde alles haben, eine

Frau für alles, überhaupt alles. Und was würde ich haben, wenn ich zweiundvierzig wurde, im April?

Ich schüttelte doch wieder den Kopf. Was sollte ich sonst tun?

»Du schüttelst dauernd den Kopf, Agnes«, sagte Gertraud. »Findest du es so irritierend?«

Irritierend, dachte ich. Finde ich es irritierend? Ich glaube, ich weiß gar nicht, wie ich es finden soll. Ich glaube, ich weiß gar nichts mehr. Mir war, als ob sich Kopf und Herz mit zähem Schleim füllten. Bald würde ich überhaupt nichts mehr wissen oder fühlen.

»Ich weiß nicht«, sagte ich, »aber wie ist es denn mit dir? Findest du es nicht irritierend? Ich meine, ist es kein Problem für dich, daß es eine Frau ist? Das ist doch irgendwie nicht das ... das Normale, ich meine, das Übliche?«

»Nein, nein, ich habe kein Problem damit. Ich wußte sofort, daß es richtig ist, das einzig Wahre, weißt du?«

Klar, dachte ich. Wenn Gertraud weiß, daß es richtig ist, dann hat sie kein Problem. Kann sein, daß die Welt dann ein Problem hat. Mit Gertraud. Aber Gertraud hat keines. Ach, ich wünschte, ich wüßte auch mal so genau, was richtig ist.

»Dieses Gefühl hier drin«, sie klopfte auf ihren schönen, fülligen Busen und lächelte ein leuchtendes Lächeln, »daß etwas einfach gut und richtig ist, wenn ich das habe, dann ist alles in Ordnung, weißt du?«

Ich sah auf den Busen und das Lächeln. Wenn das die Männer wüßten, dachte ich. Es würde ihnen das Herz im Leibe umdrehen, wenn sie wüßten, daß diese Frau zur Frauenliebe übergewechselt ist. Ausgerechnet diese. Was für eine Verschwendung. Nicht, daß ich mich beklage, Gott behüte, ganz im Gegenteil. Wenn Gertraud ausfällt, werden so viele Männer frei, für uns, fürs Fußvolk, die wir ganz nett aussehen und allenfalls mit ein bißchen innerer Schönheit prunken können, und nicht mal darauf kann man sich verlassen.

»Das einzige, was schwierig ist, ist das mit den Kindern«,

fuhr sie fort. »Nicht die Kinder selber, denen ist es egal, ob ich mit jemandem, den ich liebe und den sie mögen, ins Bett gehe, ob es nun ein Mann oder eine Frau ist. Kinder sind ja klug. Aber die anderen sind es nicht. Und ich will nicht, daß irgendwer ihnen was Blödes über mich erzählt oder ihnen angst macht. Darüber muß ich noch sehr genau nachdenken, wie das gehen soll. So lange kann ich es ihnen nicht sagen. Und Margaret kann nicht hier schlafen. Aber das ist nicht so schlimm.«

»Und nun bist du richtig glücklich, nicht wahr?« fragte ich.

»Richtig glücklich?« Sie lächelte. »Ich weiß es nicht. Darüber habe ich noch gar nicht nachgedacht.« Sie dachte nach. »Doch«, sagte sie nach einer Weile. »Ich bin richtig glücklich. Ja, das kann man so sagen.«

Richtig glücklich, dachte ich, richtig glücklich.

»Und weißt du, was auch schön ist?« sagte sie nach einer weiteren Weile. Ich schüttelte den Kopf. »Ich spare das ganze Geld für den Steuerberater. Margaret macht das jetzt für mich. Ich wollte es erst nicht, aber sie meint, es wäre doch blöd, dafür Geld auszugeben, wenn ich's nur in ihre Kanzlei zu schicken brauche. Das sind fünfzehnhundert Mark im Jahr. Und weißt du, was ich mir dafür kaufe?« Ich wußte es nicht. »Margaret trägt immer so schöne Armani-Anzüge, wirklich schön. So was kaufe ich mir auch, allerdings nur ein Jackett, das gibt es schon für fünfzehnhundert Mark. Natürlich erst nächstes Jahr, wenn ich das Geld wirklich eingespart habe. Oder ist das zu verschwenderisch? Was meinst du, Agnes?«

»Wieso macht Margaret deine Steuersachen?«

»Weil sie Steuerberaterin ist, natürlich.«

»Sie ist Steuerberaterin?« Der zähe Schleim in meinem Kopf und Herzen löste sich mit einem Ruck, und ich fing an zu weinen.

»Aber warum weinst du denn, Agnes?«

437

Zwischen Schluchzen und Tränen quetschte ich das Wort Steuerberater heraus.

»Aber das ist doch kein Grund zu weinen«, sagte Gertraud.

Und ob es einer war.

Der November ist wirklich ein furchtbarer Monat. Ich wachte am nächsten Morgen auf und wußte genau, was ich sehen würde, wenn ich die Vorhänge öffnen würde. Graues Licht, in dem die Häuser häßlich und traurig aussahen, halbentblätterte Bäume und Büsche und nasses braunes Laub auf der Straße. Eine schöne Aussicht.

Das wollte ich nicht sehen. Ich wollte überhaupt nichts sehen und machte die Augen wieder zu. Ich stopfte das Kissen unter meinem Kopf zurecht und versuchte weiterzuschlafen. Aber ich war schon so wach, daß ich nun einen Blick auf meine innere Aussicht tun konnte, und die war noch grauer und trüber als die, die vor meinem Fenster lag. Aber ohne Vorhänge. Und ohne daß man die Augen davor verschließen konnte. Ich drehte mich auf den Rücken und machte die Augen wieder auf. Dann schon lieber nach außen sehen.

Wenn ich wenigstens ein Himmelbett hätte, dachte ich. Dann ginge es mir bestimmt viel besser. Warum habe ich mir damals eigentlich kein Himmelbett gekauft? Das wollte ich doch? Ach so, weil ich mir gesagt habe, daß ich einen Mann brauche, kein Himmelbett. Daß ich den Himmel im Bett habe, wenn ich einen Mann im Bett habe, und daß mich das keine fünfzehnhundert Mark kostet. Damit hatte ich eigentlich recht. Andererseits, jetzt, wo ich keinen Mann habe, hätte ich wenigstens ein Himmelbett. Und das für fünfzehnhundert Mark. Wo kriegt man schon einen Mann für fünfzehnhundert Mark?

Aber man kriegt dafür ein Armani-Jackett, was immer das genau ist. Ich dachte an Gertraud, die gestern abend, ob-

438

wohl wir lange miteinander geredet hatten, noch zu Margaret gefahren war. Die liegt jetzt mit Margaret im Bett und merkt wieder, daß es funktioniert, und spürt, daß es klingt. Und Lea liegt mit Christoph im Bett. Oder mit Georg. Lea ist nie allein. Wenn der eine nicht da ist, ist der andere da. Und Gertraud ist auch nie allein. Wenn Margaret nicht da ist, sind die Kinder da. Nur ich bin allein. Ganz und gar. Wenn kein Mann da ist, ist auch sonst niemand da.

Wenn wenigstens Jessica da wäre. Wenn sie nicht nach Hamburg gegangen wäre. Damit hat der ganze Ärger angefangen. Wenn sie in München studiert hätte, hätte sie weiter bei mir gewohnt, und ich wäre weiter glücklich und zufrieden gewesen, mit ihr und Rainer und damit, wie die Dinge nun mal waren. Na, vielleicht nicht glücklich, aber sehr zufrieden. Und nun? Was bin ich nun? Ach, wenn bloß Jessica noch da wäre!

Jetzt hörst du aber auf, Agnes, sagte ich mir. Das ist überflüssiges Gejammere. Steh auf und tu was.

Ich stand auf und öffnete die Vorhänge und sah nicht nach draußen und ging unter die Dusche und duschte sogar kalt und cremte mich ausgiebig ein und besprühte mich mit Maiglöckchen und Flieder, bevor ich den Morgenrock anzog. Es war immer noch der alte, abgeschabte mit seinem verwaschenen Grün. Ich hatte mir eigentlich einen neuen kaufen wollen, aber ich war nie dazu gekommen, und nun war ich froh darüber. Wenigstens einer, der noch da war.

Ich machte mir ein reiches Frühstück und deckte einen schönen Tisch, die Butter auf ein frisches Tellerchen und den Schinken schön gerollt und drapiert, und dazu Kerzen und eine Serviette. Auch wer alleine ißt, soll das mit Stil und Schönheit tun, heißt es in den Frauenzeitschriften, dann schmeckt es besser und ist ein richtiger Genuß. Das fand ich nicht, es schmeckte nicht anders, und genußvoll war es auch nicht, mit Kerzen und Servietten kann man sich nicht unterhalten, im Gegenteil, ich fand es eher komisch, wie wir da-

439

saßen, die beiden Kerzen und ich. Aber ich hatte es wenigstens probiert.

Alleinlebende sind auch gehalten, diszipliniert zu sein und sich nicht gehenzulassen. Sie sollten nicht den ganzen Tag in abgeschabten, grünen Morgenröcken in ihrer Wohnung herumschlurfen. Ich öffnete die Kleiderschranktür. Ich hatte zugenommen, die Auswahl war wieder größer geworden, ich konnte wieder jede Hose anziehen, ohne daß sie mir bis auf die Hüftknochen herunterfiel. Und du nimmst weiter zu, sagte ich mir, du nimmst jetzt nicht wieder ab, bloß weil Gertraud eine Geliebte hat und richtig glücklich ist. Reiß dich zusammen, Agnes.

Ich zog die teure braune Hose an, die ich sonst für gute Gelegenheiten aufspare, und den rosafarbenen Kaschmirpullover mit Seide, den ich sonst auch für gute Gelegenheiten aufspare. Ich sah in den Spiegel in der Innenseite der Kleiderschranktür. Blaß und mager und Schatten unter den Augen und zwischen den Augenbrauen eine dicke Falte. Bezaubernd, wirklich bezaubernd. Das hast du nun davon. Eine Kombination aus Welthungerhilfe und Sorgentelefon. Ab ins Bad und Farbe drauf und Kajal und Lipgloss. Bleiben Sie nie zu Hause ohne ein bißchen Kajal, Lipgloss und getönte Tagescreme. Auch ein guter Tip. Müßte ich der *Brigitte* mal sagen.

Und nimm die Kügelchen, die Gertraud dir mitgegeben hat, erinnerte ich mich. Sie sind gut gegen Verzweiflung und Verlassenheit und geben wieder Kraft und Mut. Dreimal täglich drei. Auf der Zunge zergehen lassen. Los, Agnes.

Und nun? Was mache ich nun, dachte ich, nachdem ich die Küche aufgeräumt und das Bett gemacht hatte. Du könntest deine Buchhaltung machen, es sieht gar nicht gut aus in deiner Buchhaltung. Deine Klienten freuen sich sicher, wenn sie keine Rechnungen bekommen, aber dein Konto nicht. Ich setzte mich also, schön und duftend und in Kaschmir und Seide, an den Schreibtisch und machte meine Buchhaltung, es ging schnell, viel schneller, als ich erwartet hatte, aber als ich damit fertig war, war es immerhin schon Zeit fürs Mittagessen.

Ich ließ die Kerzen und die Serviette weg, aber ich kochte richtig und unter Beachtung der Tatsache, daß es November war, der furchtbare Monat. Ich suchte Kräuter und Körner zusammen, soweit ich sie fand, und dann aß ich langsam und kaute gründlich, es wurde Zeit, daß ich mal was für meinen Organismus tat, und ich vergaß auch nicht, die drei Kügelchen zu lutschen, und hatte gleich das Gefühl, daß sie wirkten, ich fühlte mich sofort ein bißchen kräftiger und mutiger.

Und was nun, dachte ich, als die Küche wieder ordentlich war. Ich könnte vielleicht jemanden anrufen, aber wen? Gertraud fällt aus, die liegt in Margarets Bett, da kann ich sie schlecht anrufen, selbst wenn ich sie erreichen könnte. Und Lea fällt auch aus, die kocht gerade für Georg, und wenn sie nicht für Georg kocht, dann ist sie wahrscheinlich auch nicht zu erreichen. Und Ellen? Wie wäre es mit Ellen? Nein, Ellen hat Wochenende mit Dieter, da haben sie endlich mal Zeit miteinander, da telefoniert sie nicht gerne.

Jessica. Ich könnte Jessica anrufen. Sie ist endlich zurück aus Bali, und wir haben lange nicht mehr ausführlich miteinander geredet. Dafür ist heute genau der richtige Tag. Ich wählte Jessicas Nummer.

»Ja?« sagte Daniel.

»Hallo, hier ist Agnes. Wie geht es euch denn?«

»Gut«, sagte er, »danke.«

Ich zögerte. Ich fand es irgendwie unhöflich, jetzt ohne weitere Umschweife Jessica zu verlangen, aber was sollte ich anderes tun? Ich wollte nun mal nicht mit ihm reden, sondern mit ihr.

»Gibst du mir mal Jessica?«

»Moment.« Ich hörte Gemurmel, und es dauerte einige Zeit, bis Jessica an den Apparat kam. »Hallo, Mama.«

»Hallo, mein Liebes. Ich wollte mal hören, wie es dir so geht.«

»Gut«, sagte sie, aber ihre Stimme klang schwach.

»Wirklich? Du klingst so müde.«

»Doch, doch. Wir waren nur gestern auf einem Fest, und da ist es spät geworden.«

»Ach, so«, sagte ich, »und –«

»Mama? Kann ich dich nachher noch mal anrufen, oder morgen? Jetzt geht es gerade so schlecht.«

»Natürlich. Und leg dich bloß noch mal hin, du klingst wirklich ganz erschöpft.«

»Ja«, sagte sie, »das mache ich. Tschüs, Mama, bis bald.«

Rucksackreisen, dachte ich, diese verdammten Rucksackreisen. Das kann ja nicht gutgehen. Fast drei Monate mit diesem schweren Ding auf dem Rücken, und das in Indonesien, wo es heiß und feucht ist und wo man nur Mineralwasser trinken darf oder Coca Cola, aus geschlossenen Flaschen, wegen dieser verdammten Keime, und mit dem Essen muß man auch achtgeben, wegen dieser verdammten Keime. Wo man sich Fußpilz holen kann und andere schreckliche Infektionen. O Gott, womöglich hat sie so was. Sie hat sich angehört, als wäre sie zu Tode erschöpft. So habe ich sie noch nie erlebt!

Ich hätte sie am liebsten sofort wieder angerufen, um genau herauszufinden, was sie vielleicht hatte, und dafür zu sorgen, daß sie gleich zum Arzt ging. Aber ich wußte, daß ich es nicht durfte. Ich durfte mich nicht einmischen. Sie war alt genug, sie studierte Medizin, obwohl diese exotischen Infektionskrankheiten wahrscheinlich noch nicht drangewesen waren, aber trotzdem. Und Daniel war auch alt genug, und beide waren sie gescheit genug, um selbst das Richtige zu tun. Hoffentlich. Ich konnte nur warten, bis sie wieder anrief, und sie dann vorsichtig fragen.

Und was nun, dachte ich. Du hast nicht nur keinen, der da ist, du hast auch keinen, den du anrufen kannst. Ich schluckte probehalber, aber mir war nicht danach zu weinen. Anscheinend hatte ich genug geweint, gestern abend hatte ich es noch mal ausgiebig getan, und nun war ich leer. Mir war viel mehr danach, mit dem Kopf gegen die Wand zu rennen, gegen jede Wand, die es gab, so lange, bis das da war, was ich haben wollte. Ein Mann für alles. Zwei Männer für alles. Eine Frau für alles. Ein Kanarienvogel für alles. Was auch immer. Aber für alles.

Moment mal, dachte ich. Eine Frau für alles? Was war noch mal mit dieser Frau für alles? Gertraud hat jetzt eine Frau für alles, aber das meine ich nicht. Ich will ja keine Frau für alles. Aber jemand anders wollte eine Frau für alles. Wer war das?

Ich grub in meinem Gedächtnis, es dauerte eine Weile, aber dann fiel es mir ein. Dieser Mann in der Zeitung, der mit der Bekanntschaftsanzeige, der suchte eine Frau für alles. Wann war das noch mal? Im Frühjahr. Ob er sie gefunden hat? Wohl kaum, dachte ich. Es ist anscheinend unmöglich, einen Mann für alles zu finden. Es ist bestimmt auch nicht viel leichter, eine Frau für alles zu finden.

Ich habe die Anzeige doch aufgehoben, überlegte ich. Wo ist sie nur? Er hat bestimmt noch keine gefunden, und vielleicht sitzt er jetzt auch zu Hause und denkt, was nun, und fragt sich, wie es weitergehen soll, so alleine. Der war doch genau richtig, das Alter, das, was er sich wünscht, so, wie er sich beschrieben hat. Genau richtig, der Mann. Wo ist sie nur, die Anzeige? Bestimmt in der Ablage.

Ich durchsuchte meine Ablage, ein schmales Fach im Bücherregal, in das ich alles hineinstopfe, von dem ich denke, ich sollte es aufheben, oder von dem ich nicht weiß, wo ich es sonst hintun soll. Ich blätterte dreimal durch den Papierstapel und fand viel Interessantes, die Anzeige einer Ayurveda-Farm (was ist das bloß, eine Ayurveda-Farm?), die Adresse des Fahrradreparaturgeschäfts, die ich im Frühjahr so lange gesucht hatte, eine Visitenkarte von Stefan, auf deren Rückseite etwas aufregend Mehrdeutiges stand und die ich sofort in den Papierkorb warf, aber die Anzeige fand ich nicht. Ich suchte weiter, mit zunehmender Hektik durchstöberte ich alle Plätze und Winkel der Wohnung, die auch nur entfernt dafür in Frage kamen, eine Bekanntschaftsanzeige zu beherbergen, aber ich fand sie nicht.

Dann eben nicht, dachte ich trotzig und warf mich auf den Küchenstuhl, dann gibt es eben keinen Mann für alles. Ich legte die Füße auf den Tisch. Eigentlich legt man die Füße ja nicht auf den Küchentisch, aber die Zeitung lag darunter. Moment mal, die Zeitung. Die ist doch voll von Bekanntschaftsanzeigen. Vielleicht findet sich ja noch so einer, einer, der paßt, der mir gefällt, der richtig sein könnte. Ich nahm die Füße wieder vom Tisch und zog die Zeitung zu mir her.

Aber willst du wirklich auf so eine Anzeige antworten, fragte ich mich. Hast du das nötig? Muß das sein? Ich begann vorsichtig zu blättern. Politik, Vermischtes, Kultur. Heiraten und Bekanntschaften. Eine Heiratsvermittlerin lächelte mich an. Modern, diskret, erfolgreich, stand in dicken, schwarzen Lettern unter ihrem Foto. Ach je. Ächz, würg, stöhn, wie Jessica oft sagte, wenn sie ihre Hausaufgaben machen sollte. Muß das sein, Mama? Doch, es muß sein. Mach schon, Agnes. Reiß dich zusammen. Lies.

Er stand vor dem Café und hielt die Zeitung in der Hand, wie wir es verabredet hatten. Ich stand neben dem Wartehäuschen der Bushaltestelle und versteckte meine hinter dem Rücken. Ich wollte erst mal sehen, was mich erwartete, ehe ich mich zu erkennen gab.

Er sah gut aus, erstaunlich gut für einen Mann, der über eine Anzeige eine Frau sucht. Blödsinn, Agnes. Was heißt hier erstaunlich? Wen hast du erwartet? Quasimodo? Außerdem siehst du auch erstaunlich gut aus für eine Frau, die über eine Anzeige einen Mann sucht. Er war groß und schlank, trug eine Lederjacke und einen schöngemusterten

Schal und hatte dichtes, dunkles Haar, wahrscheinlich, so genau war es von hier aus nicht zu erkennen, und wie sein Gesicht aussah, konnte ich auch nicht richtig sehen auf die Entfernung.

Vielleicht gehst du mal näher ran, sagte ich zu mir, dann könntest du alles ganz wunderbar erkennen, jede Einzelheit. Ich zögerte. Noch konnte ich zurück. Wenn ich jetzt einfach davonging, konnte ich vor mir und der Welt vorgeben, daß es nicht passiert war, daß ich nie auf eine Bekanntschaftsanzeige geantwortet hatte. Na los. Mach schon, Agnes. Reiß dich zusammen. Geh. Ich hielt die Zeitung vor die Brust und ging auf ihn zu.

Sein suchender Blick blieb an der Zeitung hängen, wanderte zu meinem Gesicht, ging wieder hin und zurück, er lächelte vorsichtig, und dann stand ich vor ihm und sagte: »Hallo, ich bin Agnes.«

»Hallo«, sagte er, mit langgezogenem O, »ich bin Frank.« Wir schüttelten uns die Hand, und dann standen wir da und wußten nicht, was wir sagen sollten, aber er hatte eine gute Idee, er sagte: »Wollen wir nicht reingehen?«

Es war ein altmodisches, gemütliches Café mit seegrünen Wänden und Polstersesseln und vielen Messinglampen im Stil der fünfziger Jahre. Wir bestellten Tee und Kuchen, und dann lehnte er sich in seinem Sessel zurück, sah mich eindringlich an und sagte: »Schön!«

»Wie meinen Sie das?« fragte ich.

»Sie meine ich«, sagte er und blickte weiter so eindringlich. Seine Augen waren blau, das konnte ich nun sehr gut erkennen, und seine Haare tatsächlich dicht und ganz dunkel, ohne das kleinste bißchen Grau, was erstaunlich war für sein Alter.

Ich versuchte, seinem Blick standzuhalten. Er hatte in seiner Anzeige geschrieben, daß ihm Ehrlichkeit und Intensität und Gefühl über alles gingen, und das schien er sofort unter Beweis stellen zu wollen. Ich bin auch sehr für Ehrlichkeit und Intensität, aber so stehenden Fußes und mitten im Café? Ich überlegte, was ich sagen könnte, damit er aufhören würde, mich so anzustarren. Er hatte in seiner Anzeige auch geschrieben, daß er das Besondere suche, die Frau für (fast) alles.

»Wie haben Sie das gemeint?« fragte ich. »Ich meine, in Ihrer Anzeige? Eine Frau für fast alles. Warum nur fast? Wäre Ihnen alles zuviel?«

»Keineswegs«, er sah mich noch intensiver an. O je. »Ich will immer alles. Aber die Realität zeigt, daß man es nicht immer kriegt.«

Ach ja, dachte ich, da ist was dran. Tee und Kuchen kamen, und Gott sei Dank konnte er nicht gleichzeitig Tee trinken und Kuchen essen und mich so ansehen. Aber er konnte gleichzeitig reden.

»Schauen Sie«, sagte er, »dieses Alles bekommt man ja nicht dauernd, nur für Momente, für kurze Zeitspannen, wissen Sie? Aber ich will möglichst viele von diesen Momenten. Da findet Leben statt, wirkliches Leben, wissen Sie? Und natürlich braucht man, um alles miteinander zu haben und zu leben, viel Ehrlichkeit und Mut zum Gefühl, und man muß das Risiko eingehen, Intensität zuzulassen. Sich ganz hingeben, an alles, was geschieht. Verstehen Sie mich?«

»Doch, ja«, sagte ich. Es war mir ein bißchen viel Gefühl und Ehrlichkeit und Intensität, mitten im Café, zu Käsesahne und Schwäbischem Apfelkuchen, aber grundsätzlich hatte er recht. Doch, ja. Das fand ich auch. Und ich fand es sympathisch, daß ihm etwas so wichtig war. Daß er wußte, was er wollte. Ja, ich fand ihn ganz sympathisch.

»Sie verstehen das, nicht wahr?« Sein Blick intensivierte sich wieder. »Das habe ich gleich gesehen, daß Sie es verstehen.« Aber dann milderte er seine Intensität und aß seinen Apfelkuchen auf, und wir konnten über etwas anderes reden, über Dinge, die nicht so viel Gefühl und Ehrlichkeit erforderten, über das Wetter, über kulturelle Veranstaltungen und unsere diesbezüglichen Interessen, über Reisen und fremde Länder und welche Länder wir mochten, über Bücher und welche Bücher wir mochten. Es ergab sich, daß er Buchhändler war, er besaß zwei Buchhandlungen in kleineren Städten des Landkreises, er liebte seine Arbeit und erzählte mit schöner Begeisterung davon, ohne allzuviel Intensität. Ich fand ihn allmählich richtig nett.

»Wissen Sie, was sonderbar ist?« sagte ich, als er gerade eine Pause machte. Seine Ehrlichkeit hatte mich offenbar angesteckt, ich sagte einfach, was mir durch den Kopf ging. »Vor einem halben Jahr war eine Anzeige in der Zeitung, die so ähnlich klang wie Ihre. Da suchte auch jemand eine Frau für alles, allerdings wirklich für alles, nicht nur fast. Aber das suchen wohl viele.« Meine Ehrlichkeit ging nicht so weit hinzuzufügen, daß es genau das war, was ich auch suchte.

»Das ist gar nicht sonderbar«, sagte er, »die Anzeige war von mir.«

»Ach so. Na, dann ist es klar. Und Sie haben keine gefunden?« Offenbar nicht, Agnes, sonst säße er nicht hier.

»Nein«, sagte er, »das ist ja so schwierig. Wirkliche Intensität und Ehrlichkeit und wirkliches Gefühl, danach muß man lange suchen, wissen Sie?«

Ich hoffte sehr, daß er nicht wieder damit anfangen würde. Er war so nett, wenn er nicht so intensiv war.

Er sah auf die Uhr. »Ich muß jetzt leider gehen. Leider.« Er sah mich durchdringend an. »Aber ich möchte Sie gerne sehr bald wiedersehen, wie ist es mit Ihnen?«

»Ich auch«, sagte ich, ganz ehrlich, »ich würde Sie auch gerne wiedersehen.«

»Gut.« Er kramte einen dicken Terminkalender aus seiner Lederjacke, die auf dem freien Sessel lag, und fing an zu blättern. Ich sah ihm dabei zu. Ich hatte meinen Terminkalender nicht dabei, ich hatte nicht so viele Termine, ich wußte auch so, wann ich abends frei hatte. Die Seiten seines Kalenders waren dicht beschrieben. »Mein Gott, haben Sie viel zu tun«, sagte ich.

»Na ja«, sagte er achselzuckend, »ich habe fünfzig Zuschriften bekommen.«

»Und die treffen Sie jetzt alle?« fragte ich. »Alle diese Frauen?«

»Ja, sicher. Bei der ersten Anzeige waren es sogar sechzig.«

»Und die haben Sie auch alle getroffen?«

»Natürlich.« Er sah auf und lächelte mich an. »Jeder Mensch ist es wert, daß man ihn kennenlernt. Und mit jedem Menschen kann man alles finden, für kürzer oder länger. Meinen Sie nicht auch?«

Ich starrte in seine blauen Augen. Meinte ich das auch? »Und wann entscheiden Sie sich für eine?« fragte ich.

»Wenn ich sie gefunden habe, die Frau, mit der alles möglich ist«, sagte er. »Aber das ist eben sehr schwierig.«

Und bis dahin sitzt du in Cafés rum und siehst alle diese Frauen intensiv an, mit deinen blauen Augen und deinem netten Lächeln, und erzählst ihnen was von wahrer Ehrlichkeit und wirklichen Gefühlen und wie sehr du danach suchst und wie schwer es ist, das zu finden. Und alle diese Frauen sehen dich an und denken, bei mir, bei mir findest du das, ganz bestimmt, und sind sofort bereit, es dir zu beweisen, dir zu zeigen, daß sie genau das sind, was du suchst. Die Frau für alles. Und dabei willst du das gar nicht, du mieser kleiner Mistkerl, du willst gar keinen Menschen für alles, du willst nur das Alles, diese paar Momente, und wenn die nicht mehr so kommen, wie du sie dir vorstellst, diese Momente, dieses großartige Alles, dann gehst du zur nächsten Frau. Oder gibst die nächste Anzeige auf.

»Was ist?« fragte er. Er lächelte immer noch. »Stört Sie das? Ich bin da ganz ehrlich.«

Man sollte dir deine Ehrlichkeit in den Hals stopfen, bis du daran erstickst, dachte ich.

»Nur mit Ehrlichkeit haben wir eine Chance«, sagte er. »Wenn wir nicht ehrlich miteinander sind, geht gar nichts.«

Etwas in mir öffnete sich und gab den Weg frei. »Man sollte Ihnen Ihre Ehrlichkeit in den Hals stopfen, bis Sie daran ersticken«, sagte ich.

Er starrte mich an. Stumm, zur Abwechslung. Und erstaunt, ehrlich erstaunt.

Ich stand auf, griff nach meiner Tasche, holte das Portemonnaie heraus und kramte im Geldscheinfach. Meine Hände zitterten. Ich konnte nicht darüber nachdenken, was eine Portion Tee und ein Stück Käsesahnetorte kosteten. Es war ein kleiner, blauer Schein darin und ein großer, blauer Schein. Ich griff nach dem großen Schein und legte ihn auf den Tisch.

»Aber das ist doch viel zuviel.« Er stotterte ein bißchen.

»Der Rest ist für Sie.«

13. *Kapitel*

Der Dezember gab sich große Mühe, mich mit der Welt und dem Leben auszusöhnen und damit, daß es anscheinend unmöglich war, einen Mann für alles zu finden. Er war warm und sonnig, er ließ ein paar bunte Blätter an den Bäumen hängen, und er verkniff sich auch das kleinste Flöckchen Schnee. Die Leute klagten, es gebe keinen richtigen Winter mehr, und wenn es so weiterginge, würden wir grüne Weihnachten haben. Wenn ich etwas liebe, dann sind es grüne Weihnachten, aber das sagte ich nicht, denn die Leute hassen einen, wenn man so etwas sagt.

Ich verließ den Friseursalon mit dem englischen Namen und kehrte zu meinem alten Friseur um die Ecke zurück. Ich hatte mir ausgerechnet, daß hundertzwanzig Mark alle fünf Wochen aufs Jahr umgerechnet zwölfhundert Mark waren, und das war reichlich viel Geld, besonders wenn man keinen Mann für alles dafür fand. Carmen, die mir früher immer die Haare geschnitten hatte, zeigte menschliche Größe, sie nahm mich in alter Herzlichkeit wieder auf, besah sich meinen Schnitt, sagte: »Ach, das mache ich Ihnen auch, Frau Geben«, und das tat sie, er wurde nicht ganz so edel, und vor allem wurde er kürzer, »dann müssen Sie nicht dauernd zum Nachschneiden kommen.«

Ich räumte das Bord unter dem Badezimmerspiegel auf und verbannte vieles von dem, was es enthalten hatte, in das Schränkchen neben dem Spiegel. Eroica kam in die hinterste Ecke, Maiglöckchen und Flieder taten es auch, und ich würde das Haus nun auch wieder ohne Kajal, Lipgloss und Farbe im Gesicht verlassen. Nur für den Notfall, beschloß ich, für die Tage, an denen man aussieht, als wäre man unter einem Stein hervorgekrochen. Aber es sind ja gerade diese Tage, an denen man auf interessante Männer trifft; wenn man zufällig mal schön ist, dann sieht einen kein Schwein, aber wenn man strähniges Haar hat und totenblaß ist, garniert mit Pickeln, dann tauchen sie auf, die interessanten Männer.

Suchet nicht, so werdet ihr finden, hatte meine Großmutter immer gesagt, wenn sie ihre Brille verlegt und schon überall nachgesehen hatte und es fürs erste aufgab. Mir war das immer sonderbar erschienen, wie konnte man etwas finden, wenn man nicht danach suchte, aber tatsächlich, es funktionierte, bald danach fand sich die Brille, und meine Großmutter sagte triumphierend: »Siehst du?«

Suche nicht, so wirst du finden, sagte ich nun auch, und ich hatte dabei den gleichen Hintergedanken wie meine Großmutter; wenn ich überhaupt nicht suchte, würde ich sofort finden und auch sagen können, siehst du. Es funktionierte bei mir nicht so gut wie bei ihr, aber es war immerhin schon mal angenehm, das Suchen aufzugeben. Mein Blick auf die Welt wurde wieder weiter, es war ziemlich einseitig gewesen, nur auf Männer achtzuhaben, einseitig und langweilig, nichts gegen Männer, aber Frauen und Kinder sind auch sehr nett und interessant.

Mit Nachdruck nicht suchend und zutiefst bereit zu finden, streifte ich durch Karstadt und die umliegenden Geschäfte und kaufte verschwenderisch Weihnachtsgeschenke ein. Vor allem für Jessica, die Weihnachten in der neuen Wohnung feiern wollte, nur mit Daniel und einem richtigen Weihnachtsbaum, sehr klein mußte er sein, sonst paßte er nicht ins Wohnzimmer, aber doch ein richtiger. Und für Lea, denn bei ihr und Georg würde ich Weihnachten feiern. Daniel und Georg bekamen auch etwas, jeder ein kluges Buch, und das für Georg, das mir Lea empfohlen hatte, war so klug, daß der Buchhändler mich ganz achtungsvoll ansah, bis ich erwähnte, daß es für einen Freund sei.

Ich suchte so gar nicht, daß ich nun eigentlich bald finden mußte, und als eines Tages bei Karstadt eine Männerstimme

452

hinter mir sagte: »Nun komm schon, Agnes«, und ich mich umwandte und dunkle Augen sah und ungekämmte dunkle Haare und breite Schultern und zwei, drei Kilo zuviel, da dachte ich einen verwirrten, zauberischen Moment lang, siehst du, gefunden, und ich wäre seiner Aufforderung gefolgt und gekommen, obwohl seine Stimme ruppig und ungeduldig geklungen hatte.

Der Mann sah mich erstaunt an, weil ich ihn so anstarrte, und ich kam wieder zu mir und sagte: »Ach, entschuldigen Sie, ich heiße auch Agnes, ich dachte, Sie meinen mich.«

Er lächelte, ein bezauberndes Lächeln, und sagte: »Wenn ich Sie gemeint hätte, hätte ich das doch anders gesagt«, und meine Knie wurden weich. Neben mir tauchte die Agnes auf, die er gemeint hatte, und sah zu mir hoch. Sie war ungefähr acht, hatte struppige dunkelblonde Haare, vorstehende Zähne und einen widerständigen Ausdruck in den grünen Augen. Er nahm ihre Hand, schenkte mir noch ein Lächeln und strebte zum Ausgang. Sie sieht ihm gar nicht ähnlich, dachte ich, wahrscheinlich kommt sie nach ihrer Mutter, na, da hat er ja was Feines zu Hause, da wäre er mit mir aber besser bedient.

Eigentlich hat der Zauber ja gewirkt, dachte ich, der Nicht-suchen-also-finden-Zauber. Der Mann wäre genau richtig gewesen, wie aus meinen Träumen erstanden, und er fand mich auch ganz gut und richtig, glaube ich. Der einzige Fehler war, daß er schon eine Agnes hat und die dazugehörige Mutter. Das darf nicht wieder vorkommen. Das muß beim nächsten Mal besser werden.

Ich schluckte. Nicht weinen, Agnes. Es wird nicht mehr geweint. Es wird nicht mehr gesucht, es wird nicht mehr geweint. Kauf lieber noch ein paar Weihnachtsgeschenke. Die weiße Bluse mit den Spitzen für Lea. Darin wird sie wunderschön aussehen und ganz und gar wie Anna Karenina. Und die Salatschüssel aus Acrylglas mit dem passenden Besteck für Jessica. Ein bißchen teuer vielleicht, aber das Auge ißt ja auch mit. Und dann kommst du mal wieder ins Küchengeschäft. Ich hatte das Küchengeschäft häufiger frequentiert, und Jessicas Küche würde mit lauter teuren Designergerätschaften prunken können. Nicht, daß ich dort etwas gesucht hätte, ich suchte ja nicht mehr, aber wie sich gezeigt hatte, war das Küchengeschäft ein Ort, an dem sich durchaus etwas finden ließ, und was man einmal gefunden hatte, konnte man auch wiederfinden.

Ich kaufte die Bluse und noch ein kleines Fläschchen Parfüm für Lea, das sehr gut duftete und Troika hieß und mir daher passend erschien. Dann ging ich ins Küchengeschäft, wo die Besitzerin mich mittlerweile begrüßte, als wäre ich ihre für verschollen gehaltene Mutter, und mir Orangensaft und Kaffee anbot. Ich blieb sehr lange dort und kaufte nicht nur die Salatschüssel, sondern auch Salz- und Pfefferstreuer von einem italienischen Designer und eine Zeitschaltuhr in Form eines goldenen Eis von einem deutschen Designer, und Jessica würde mich wahrscheinlich für verrückt halten, aber das war mir egal, vielleicht fand sich ja sonst noch was hier, aber es fand sich nichts, und so ging ich schließlich.

Laß nur, laß nur, sagte ich mir auf dem Heimweg. Jetzt feierst du Weihnachten mit Lea und Georg, schöne Weihnachten und grüne Weihnachten. Und dann feierst du Silvester mit Gertraud und den Kindern und all den Frauen. Auch schön. Und du lernst Margaret kennen und bringst in Erfahrung, was genau ein Armani-Anzug ist. Ist das vielleicht nichts?

Das Telefon klingelte um zehn. Wir hatten rauschend Silvester gefeiert und ausgiebig ins Neue Jahr hinein, und ich war noch weit davon entfernt, wach zu sein. Ich hoffte, es würde wieder aufhören zu klingeln, aber das tat es nicht, und ich wühlte mich mühsam aus meinem Bett heraus. Wer rief denn am Neujahrstag morgens um zehn an? Wahrscheinlich Vater. Der feierte nie, weder rauschend noch ausgiebig, und er kommt auch nicht auf die Idee, daß andere Leute es vielleicht tun.

»Ja?« murmelte ich.

»Hallo, Agnes«, sagte Daniel, »ich hoffe, ich habe dich nicht gestört. Ein gutes Neues Jahr.«

Er hatte mich sehr gestört, aber was war er doch für ein höflicher junger Mann. Rief extra an, um mir ein gutes Neues Jahr zu wünschen. Beinahe zu höflich.

»Danke, Daniel. Das wünsche ich dir auch. Und Jessica natürlich. Ist sie auch schon auf? Dann gib sie mir doch mal.«

»Ja«, sagte er, »deswegen rufe ich an. Sie ist –« Er zögerte. »Sie ist –«

»Was ist los, Daniel?«

»Sie ist im Krankenhaus. Aber es ist nichts Schlimmes. Du brauchst dir keine Sorgen zu machen.«

»Warum ist sie im Krankenhaus?«

»Sie –« Er suchte wieder nach Worten. Nun mach schon! »Sie bekommt ein Kind.«

»Aber wie kann sie denn ein Kind bekommen? Sie ist doch gar nicht schwanger!«

»Doch«, sagte er.

»Aber – aber ...« Die Schaltstellen in meinem Kopf versagten ihren Dienst.

»Sie bekommt es ja noch nicht gleich. Sie ist erst im dritten Monat. Ende der zwölften Woche«, fügte er hinzu, als hoffe er, die Ungeheuerlichkeit seiner Mitteilung durch Präzision wettmachen zu können.

»Aber warum ist sie dann im Krankenhaus?«

»Weil – weil – wir waren gestern abend auf einem Fest, und da hat sie Blutungen bekommen«, seine Stimme klang unbehaglich, »und – und es hätte eine Fehlgeburt sein können, aber wir sind sofort ins Krankenhaus gegangen, und nun ist alles wieder in Ordnung.«

»Verdammt noch mal«, sagte ich. Sei froh, daß du so weit weg bist. Daß du nicht in Reichweite bist. Erst schleppst du sie auf diese Rucksackreise und schwängerst sie noch dabei, und dann schleifst du sie auf ein Fest, und nun liegt sie im Krankenhaus und hat Blutungen, und du erzählst mir, es sei alles in Ordnung. Verdammt!

»Ich komme. Ich nehme das nächste Flugzeug –«

»Ja?« sagte er hoffnungsvoll. »Das wäre schön. Aber nur, wenn es dir keine Umstände macht –«

»Verdammt noch mal, Daniel.« Meine Tochter steht kurz vor der Fehlgeburt, weil du auf dieser verdammten Rucksackreise nicht aufgepaßt hast, und du kommst mir mit *Wenn es dir keine Umstände macht.* »Hör auf mit dem Affentheater!«

»Jessica hat gesagt, du sollst nur kommen, wenn es dir keine Umstände macht.«

»Verdammte Scheiße«, sagte ich, »wo liegt sie? Wie heißt das Krankenhaus? Hat sie Telefon?«

Sie hatte kein Telefon, aber er nannte mir den Namen des Krankenhauses und gab mir die Adresse, und Jessica würde sich sehr freuen, und ob ich Bescheid sagen könnte, wann ich ankommen würde?

»Nein«, sagte ich und legte auf.

Ich beschloß, das Nachdenken darüber, wie das hatte passieren können, und den Zorn auf die Beteiligten, die es hatten passieren lassen, und die Frage, wie das alles enden sollte, auf später zu verschieben und mich auf das Wesentliche zu konzentrieren. Reisebüros und Fluggesellschaften hatten geschlossen, es war ja Neujahr, aber ich rief den Flughafen an und fragte, ob sie noch einen Platz in einer Maschine nach Hamburg hätten, und den hatten sie, jede Menge, ich konnte mir einen aussuchen, es war ja Neujahr.

Ich frühstückte in aller Ruhe und packte meinen Koffer und bestellte mir ein Taxi und fuhr in aller Ruhe zum Flughafen. Im Flugzeug findet ohnehin Beruhigungs- und Be-

schäftigungstherapie statt, kaum hatte es abgehoben, gab es
einen Fruchtbonbon und Zeitschriften und diese beruhigenden Vorführungen, was man tun soll, wenn der Notfall eintritt, und ich lutschte den Bonbon und dachte darüber nach,
wie es wohl wäre, so eine hübsche orangefarbene Schwimm-
weste zu tragen und das Flugzeug durch den Notausgang zu
verlassen statt über die Gangway. Als ich in Hamburg ankam, war ich die Ruhe selbst.

Das Krankenhaus war eines von den alten, mit hohen,
weiten Gängen, Rundbögen, wohin man blickte, und ab-
getretenem, auf Hochglanz gebrachtem Linoleum. Das
Linoleum war dunkelgrün, der Ölfarbenanstrich, der sich
ein Stück weit die Wand hochzog, senfgelb, und irgendein
schönheitsdurstiger Mensch war auf die Idee gekommen,
ihn mit einem dunkelroten Abschlußstreifen zu versehen.

Ich sah Daniel schon von weitem. Sein Gesicht ver-
schwamm mit dem Halbschatten, in dem er stand, aber an
seiner Größe war er leicht zu erkennen.

»Hallo, Agnes«, sagte er, »hast du einen guten Flug gehabt?« Er schwankte, ob er mir die Hand geben sollte oder
mich, wie sonst, auf die Wange küssen, und in diesem
Schwanken wirkte er so kindlich und unsicher, daß ich fast
Mitleid mit ihm bekam, aber ich verschob es auf später. »Wo
ist sie?« fragte ich.

Er wies auf die Tür, vor der wir standen. »Ich komme
nicht mit rein, es wird sonst zu voll da drin.«

Ich klopfte und öffnete die Tür und sah fünf Betten vor
mir mit fünf Frauen darin, die mich interessiert und fragend
ansahen, so wie man auf einen Schauspieler blickt, der die
Bühne betritt. Was wird er wohl bringen?

Ich murmelte einen Gruß und musterte die Gesichter, und
dann sah ich Jessica. Sie lag im Bett am Fenster, lächelte und
zog den Kopfhörer vom Kopf. Ich ging mit vorsichtigen
Schritten hinüber, setzte mich vorsichtig aufs Bett und nahm
sie in die Arme, vorsichtig, aber fest. »Hallo, Mama«, sagte

sie leise und ließ sich halten und drückte ihren Kopf an meine Schulter.

Schließlich seufzte sie zufrieden und legte sich wieder zurück. Ich ließ sie los, hob den Kopf und sah in die Gesichter der beiden Frauen, deren Betten neben dem von Jessica standen. Sie trugen einen zufriedenen Ausdruck, und die eine lächelte mich an. Anscheinend hatte ihnen die Vorstellung gefallen.

»Wie geht es dir, mein Liebes?« fragte ich.

»Es ist alles wieder in Ordnung«, sagte sie, »ich muß ein paar Tage hierbleiben, sagt der Arzt, und sie machen ein paar Untersuchungen, und dann kann ich nach Hause. Alles in Ordnung.«

Das nenne ich nicht in Ordnung, dachte ich, aber darüber reden wir später. Ich betrachtete sie genauer. Sie sah ganz frisch aus, ein bißchen blaß vielleicht, aber vor allem war sie sehr schlank geworden. Sie hatte fast ihr ganzes Übergewicht verloren.

»Du bist so dünn geworden«, sagte ich, »das muß aufhören. Du darfst doch jetzt nicht abnehmen.«

»Ich weiß«, sagte sie, »aber mir ist immer so schrecklich übel.«

»Darüber reden wir mal mit dem Arzt. Vielleicht können sie dir was geben.«

»Der Arzt«, sagte die Frau in dem Bett hinter mir. »Der Arzt!« Ich drehte mich um. »Er hat mir alles rausgenommen! Dabei bin ich ganz gesund, er hat gar nichts gefunden. Völlig gesund. Er hat gesagt, er würde mich fragen, er würde nichts machen, ohne mich zu fragen. Und nun hat er mir alles rausgenommen! Alles weg! Dabei bin ich ganz gesund.« Sie sah mich mit hellen, ausdruckslosen Augen an.

Die Frau in dem Bett neben ihr ließ die Zeitschrift sinken, in der sie gelesen hatte. »Totaloperation«, erläuterte sie. »Einfach so. Sie braucht's ja nicht mehr, hat er gesagt. Ts, ts. Man sollte ihn in die Alster schmeißen.« Sie hob die Stimme.

»Nun beruhigen Sie sich mal wieder, Frau Riemann. Es ist ja schlimm. Aber wenn Sie sich so aufregen, wird's auch nicht besser. Wir reden nachher mit der Schwester, die soll Ihnen was geben, damit Sie schlafen können. Wir brauchen alle ein bißchen Ruhe, besonders das kleine Fräulein da.« Sie nickte mir zu und vertiefte sich wieder in ihre Zeitschrift.

Das kleine Fräulein, dachte ich, ach, wenn sie das doch noch wäre. Aber was ist sie? Eine werdende Mutter mit einer Neigung zu Fehlgeburten. Eine zwanzigjährige Studentin mit gerade mal drei Semestern hinter sich. Eine junge Frau mit einem hübschen, großen jungen Mann, dem werdenden Vater, der draußen auf dem Flur wartet und überhaupt nicht weiß, was er tun soll. Ach, Scheiße. Verschieben wir's auf später.

»Brauchst du was, mein Liebes?« fragte ich. »Was zu essen, was zu lesen, Nachthemden oder so?« Ich wußte, daß das nicht wirklich wichtig war, aber man fragt es eben, wenn man jemanden besucht, der im Krankenhaus liegt.

Sie schüttelte den Kopf. »Hab ich alles.«

»Ich bleibe, solange du willst«, sagte ich, »es ist überhaupt kein Problem, es macht mir gar keine Umstände.«

Jetzt lächelte sie. »Schön, Mama.« Ich streichelte ihr Gesicht und küßte sie auf die Wangen. »Ich gehe mal raus, mit der Schwester sprechen. Und vielleicht erwische ich ja auch den Arzt. Wie heißt der, weißt du das?«

»Dr. Schüttler.«

»Soll ich dir Daniel reinschicken?«

Sie nickte. Sie war sehr müde, das sah man, sie würde bald einschlafen.

Das Stationszimmer mit seiner gläsernen Wand war gleich gegenüber. Die Tür stand offen. »Guten Abend«, sagte ich zu der blondgefärbten Aufsteckfrisur, die im Licht der Schreibtischlampe glänzte. Die Schwester hob den Kopf. Sie war Ende Vierzig und hatte ein breites, blasses Gesicht mit schmalen Augen. Das Gesicht paßte überhaupt nicht zur Frisur.

»Ich bin Agnes Geben«, sagte ich, »meine Tochter Jessica liegt auf Zimmer dreihundertzwölf.«

Die Schwester schwieg. Auf dem Schild an ihrem Kittel stand »Sr. Bettina«.

»Ich will ja keine Umstände machen«, sagte ich, »aber kann man sie nicht verlegen? Sie kommt da drin kaum zur Ruhe.«

»Das sehe ich nicht«, sagte Schwester Bettina, »wir sind voll belegt, trotz der Feiertage. Und sie ist ja nicht privat.«

Diese Scheißstudentenversicherung, dachte ich. »Ich übernehme die Kosten.«

»Da müssen Sie mit dem Chef sprechen. Übermorgen ist er da.«

»Und wann kann ich Dr. Schüttler sprechen? Wann ist der da?«

»Das wüßte ich auch immer gerne, wann der da ist«, sagte sie. »Aber morgen ist Oberarztvisite, da muß er da sein, das geht nicht ohne ihn. Zwischen neun und halb zehn. Manchmal kommt er auch erst um zehn. Oder um halb elf.«

»Na gut«, sagte ich, »ich bin um neun da.«

»Das ist ja schon mal was«, sagte sie, »wenigstens einer, von dem ich weiß, daß er da ist.« Sie wandte sich wieder ihren Schreibarbeiten zu.

Ich stand da und wußte nicht, ob ich lachen oder weinen sollte. Eigentlich habe ich etwas übrig für diese Art von Humor, aber er schien mir dem Ort und den Umständen nicht angemessen zu sein. Ich sah den Gang hinunter, der in wechselndem Licht lag. Hier und da glänzte der ochsenblutfarbene Streifen, der die Wände teilte. Obwohl man es an diesem Ort und unter diesen Umständen wohl kaum aushält, wenn man nicht diese Art von Humor entwickelt.

Ich ging zurück ins Zimmer. Daniel saß an Jessicas Bett und hielt ihre Hand. Sie war eingeschlafen. Die Frauen in den anderen Betten blickten zufrieden. Die Vorstellung wurde immer besser. Romeo und Julia auf der Gynäkologischen. Mit Frühschwangerschaft. In Schwarz-Weiß. Mit multikultureller Beziehung. Mal was anderes. Und so hübsch, die beiden. Und sie lieben sich so. Hier bekam man wirklich was für sein Geld.

Er kam auf Zehenspitzen herüber, meinen Koffer in der Hand, den ich neben Jessicas Bett stehengelassen hatte. Sein Gesicht war verzerrt vor Verlegenheit angesichts der wohlwollend blickenden Frauen, aber wenn er rot wurde unter seiner dunklen Haut, dann war es wenigstens nicht zu sehen.

Wir nahmen nicht den Bus, auf den er zustrebte, nachdem wir das Krankenhaus verlassen hatten, sondern ein Taxi. Er trug mir den Koffer durch die langen, schlecht beleuchteten Flure des Hochhauses, bis hinein ins Wohnzimmer, wo er ihn abstellte und sich etwas hilflos umblickte. »Ich mache uns was zu essen«, sagte er, »möchtest du kalt oder warm?«

»Mach dir bloß keine Mühe«, sagte ich, »nur ein Stück Brot mit irgendwas drauf.«

Wir aßen in der Küche, er hatte sich doch Mühe gegeben und richtig gedeckt, und wollte ich vielleicht ein Glas Wein? Das wollte ich, und so aßen wir friedlich zu Abend und machten friedliche Konversation, ohne darüber zu sprechen, was passiert war und wie das alles enden sollte. Das verschoben wir lieber.

»Geh bloß ins Bett, Daniel«, sagte ich schließlich, denn seine Gesichtsfarbe ging allmählich von Dunkelbraun in Dunkelgrau über. »Du hast doch überhaupt nicht geschlafen, oder? Gib mir nur noch Bettwäsche und Handtücher und klapp das Sofa aus.«

Er suchte ewig lange nach der Bettwäsche, anscheinend wußte er nicht, wo sie war, und ich fing gerade wieder an, ärgerlich zu werden, als mir einfiel, daß es wahrscheinlich nicht seine Schuld war. Jessica ließ ihn bestimmt nicht an ihre Schränke, damit er ihre Ordnung nicht durcheinanderbrachte. »Schlaf gut, Daniel«, sagte ich, als er wieder aufgetaucht war, und strich über seinen Arm, und er verschwand in dem kleinen Zimmer mit dem großen Himmelbett.

Ich schlief schrecklich schlecht in dieser Nacht und träumte furchtbare Träume. Jessica kam auf mich zu, durch eine weite, gläserne Halle, mit weißem Gesicht und dickem Bauch, und bei jedem ihrer Schritte fielen Blutstropfen auf den gläsernen Fußboden. Und dann war ich es, die den dikken Bauch hatte, ganz schwer war er, er zog mich fast zu Boden, auch meine Beine waren bleischwer, ich konnte kaum die Füße heben, ich kam nicht mehr vom Fleck.

Am anderen Morgen nahmen wir wieder ein Taxi, es war ein weiter Weg zum Krankenhaus, es kam ziemlich teuer, aber dies war nicht der Moment zu sparen.

»Dr. Schüttler ist schon da«, sagte Schwester Bettina mit einem Blick auf die Stationsuhr, die fünf vor neun zeigte. »Man weiß es eben nie.« Ihre Frisur glänzte noch mehr als gestern und war noch sorgfältiger arrangiert.

Dr. Schüttler hatte ein auffallend langes Gesicht und sprach sehr leise, so leise, daß es besser gewesen wäre, ein Luchs zu sein oder ein Lippenleser. Ich versuchte es auf beide Arten. Gott sei Dank hob er die Stimme etwas, wenn er zu den zentralen Punkten kam.

»Keine große Sache ... minimales Abortrisiko ... Zervixinsuffizienz.« Aha. Ich wußte, was das war. Ich hatte zu Hause noch schnell ins Medizinlexikon geschaut, Stichwort Fehlgeburt.

»Unklare Genese ... Infektion ... Lebensumstände ... genetische Faktoren.« Das war allerdings eine unklare Genese. Ich hätte einfach gesagt, Rucksackreise.

»Portio ... Cerclage ... unwahrscheinlich. Bettruhe, wie gesagt.« Ich wußte, was Bettruhe war, was das andere bedeutete, wußte ich nicht. Ich wollte den Mund öffnen, um ihn zu fragen, da wandte er sich um und ging und ließ mich stehen. Ich sah ihm nach. Den müßte man wirklich in die Alster schmeißen, dachte ich, die Frau hat ganz recht.

Schwester Bettina stand in der Tür des Stationszimmers und sah mich auf ihre unbewegte Art an. »Portio?« fragte ich. »Cerclage?«

»Muttermund«, sagte sie. »Der Muttermund könnte sich öffnen, und dann hätten wir die Bescherung. Man kann einen Faden durchziehen und ihn zubinden, im Notfall. Wird wohl nicht nötig sein. Sie schafft das schon alleine. Da bin ich mir sicher.« Sie wandte sich wieder dem Medikamentenschrank zu. »Ganz sicher ist man natürlich nie.«

Ich hatte das Gefühl, daß sich bei mir auch bald etwas öffnen würde und daß es Feuer und Flammen spucken würde, einen heißen Atem, der sie alle hinwegfegen würde. Ich riß mich zusammen.

Daniel saß bei Jessica, hielt ihre Hand und lächelte sie an. »Es ist wirklich halb so schlimm«, sagte ich. »Alles, was du brauchst, ist Bettruhe, sagt der Arzt.«

»Der Arzt«, sagte Frau Riemann und begann zu stöhnen, ein Stöhnen, das mit leisen Schluchzern untermischt war. Eine schreckliche Mischung.

Ich verdrehte die Augen. »Laß nur, Mama«, sagte Jessica tröstend, »das macht nichts. Ich habe doch den Walkman.«

Das kann ja auch nicht gut sein, dieses dauernde Gedröhne in den Ohren, dachte ich. Daß es das Gehör schädigt, ist erwiesen. Gott weiß, was es mit dem Muttermund macht. Ich wußte, daß ich nicht ruhig hier sitzen bleiben, ihre Hand halten und sie anlächeln konnte, so, wie Daniel es konnte, und so, wie sie es brauchte.

»Brauchst du denn gar nichts, mein Liebes? Ich könnte es dir besorgen, und Daniel bleibt hier bei dir.«

Es erwies sich, daß sie doch das eine oder andere nötig hatte, ich schrieb alles auf, sie sagte mir genau, wo ich es finden würde, und ich machte mich davon.

Ich fuhr mit dem Bus, es war mir egal, wie lange es dauerte, ein bißchen ruhiges Mit-dem-Bus-Fahren war jetzt genau das, was ich brauchte, ohne Schwestern und Ärzte und

463

Frauen mit Totaloperationen und Muttermündern, die sich vielleicht öffneten. Ich stieg an der Haltestelle aus, die Daniel mir genannt hatte, das traute Heim zu finden war kein Problem, das Hochhaus überragte alles, man sah es von überall.

Hamburg ist so eine schöne Stadt, aber die beiden hatten es geschafft, sich in einer Gegend anzusiedeln, die so kalt, grau und schrecklich war wie die Städte in den futuristischen Filmen. Stadtautobahnen und Unterführungen und Betonwände, und wenn irgendwo ein Baum oder ein Strauch stand, so war er in einen Betonkübel eingeschlossen, und der Wind trieb grellbunte Werbebeilagen vor sich her. Es hätte mich nicht gewundert, wenn ich dem Terminator begegnet wäre, es hätte mich auch nicht erschreckt, im Gegenteil, es wäre mir nachgerade lieb gewesen, dem hätte ich es schon gezeigt.

Ich versuchte dem Schrecken mit Ordnung zu Leibe zu rücken, ich packte zusammen, was auf Jessicas Liste stand, räumte das Wohnzimmer auf, machte das Himmelbett, spülte das Geschirr und putzte Bad und Küche. Es gab nicht viel zu putzen, es war alles sehr sauber, und es half auch nicht.

Hier hockt sie dann mit dem Baby, dachte ich, und der Weg zur Uni ist so weit, wie soll sie den dann noch schaffen? Hier tappt sie nachts herum, wenn es schreit, und sitzt mit ihm auf dem Sofa, und da hilft das schönste Himmelbett nichts, wenn man nachts dauernd raus muß. Und ständig wird Wäsche herumhängen, im Bad oder auf einem Ständer im Wohnzimmer. Und wo kommt das Kinderbett hin? Ins Schlafzimmer paßt es nicht rein, das muß auch ins Wohnzimmer. Den Weihnachtsbaum kann sie dann vergessen, der sorgt jetzt schon dafür, daß man sich hier kaum noch umdrehen kann. Und wenn sie in den Supermarkt will, muß sie mit dem Kinderwagen erst einen Kilometer laufen und begegnet womöglich dem Terminator.

O nein, dachte ich, sie müssen hier raus, sie brauchen eine

größere Wohnung, näher zur Uni, mit Geschäften gleich um die Ecke. Da müssen wir was zulegen, Achim und ich. Und was ist eigentlich mit Daniels Eltern, von denen weiß ich noch gar nichts, die müssen sich auch beteiligen, schließlich war ihr Sohn auch daran beteiligt, dieses Durcheinander anzurichten. Rucksackreisen! Wie soll man denn ordentlich verhüten, wenn man alles, was man zum Leben braucht, in einem Rucksack bei sich trägt? Das habe ich doch schon immer gesagt.

Aber auch wenn sie hier herauskommen, dachte ich, und es größer und bequemer haben, und das läßt sich machen, das ist nicht das Problem, an dem wirklichen Problem ändert sich nichts. Und da läßt sich auch nichts machen. Sie wird das Kind bekommen, und das ist was Schönes, weiß Gott, aber sie wird auch etwas verlieren, von dem sie noch gar nicht richtig weiß, daß sie es hat.

Ein Schlüssel drehte sich im Schloß der Wohnungstür. »Hallo, Agnes«, sagte Daniel fröhlich. Es hatte ihm offenbar auch gutgetan, daß Jessica seine Hand gehalten und ihn angelächelt hatte.

»Ihr müßt hier raus«, sagte ich, »es ist viel zu klein für euch und das Kind.«

»Ich weiß nicht«, sagte er und sah sich um, als wolle er meine Angaben überprüfen.

»Wir helfen euch dabei, Achim und ich. Finanziell, meine ich. Was ist mit deinen Eltern?«

»Ich weiß nicht«, sagte er, und sein Gesicht verlor die Fröhlichkeit.

»Wissen die überhaupt schon davon?«

»Nein.«

»Wann willst du es ihnen denn sagen?«

»Ich weiß noch nicht. Mal sehen.« Er blickte sich wieder um, aber diesmal sah er aus, als suche er einen Fluchtweg.

»Gibt's da Schwierigkeiten?«

Er zog die Schultern hoch. »Mal sehen«, sagte er, »ich –«

Ich riß meinen Mantel vom Haken und stürmte an ihm vorbei, durch die Tür und durch den Flur zum Aufzug. Wenn ich ihn noch einmal *Ich weiß nicht* hätte sagen hören, hätte ich etwas getan, was ich noch nie getan hatte. Ich wußte nicht, was, aber ich wußte, es wäre etwas Schreckliches gewesen. Ich drückte heftig auf die Knöpfe des Aufzugs, auf alle Knöpfe, sie leuchteten eilfertig auf, aber der Aufzug kam nicht. Ich rannte die Treppen hinunter und zog mir im Laufen den Mantel an.

Ich ging die Stadtautobahn entlang, bis ich zum Einkaufszentrum kam. Lauter Läden in Beton. Ich wanderte herum und sah in die Schaufenster, wie ein Mensch, der nicht weiß, was er kaufen soll. Ich war ein Mensch, der überhaupt nichts mehr wußte. In einem der Schaufenster war Plastikgeschirr ausgestellt, in außergewöhnlichen Formen und ausgefallenen Farben. Achim, dachte ich. Ich rufe Achim an, Achim muß kommen.

Ich suchte nach einer Telefonzelle, und ich fand auch sofort eine. Es war eine für Behinderte, riesengroß, mit einem niedrig angebrachten Apparat. Ich sah mich um, aber es war kein Behinderter zu sehen, der sie vielleicht hätte benutzen wollen. Außerdem war ich auch ein bißchen behindert. Ich wollte in meine Tasche greifen, aber sie war nicht da, natürlich nicht, sie war noch in der Wohnung. Ich konnte nicht zurückgehen in die Wohnung und dort vielleicht Daniel treffen, und Daniel würde wieder sagen *Ich weiß nicht, mal sehen.*

Ich ging in das Geschäft mit dem Plastikgeschirr im Schaufenster. »Ich muß unbedingt telefonieren«, sagte ich zu der Frau hinter dem Ladentisch, »ich habe nur überhaupt kein Geld dabei. Aber meine Tochter kriegt ein Kind.«

»Na denn«, sagte die Frau und wies auf ein grünes Telefon, das neben ihr im Regal stand. Ich beeilte mich, hinter den Ladentisch zu kommen, und hob den Hörer ab. Die Telefonnummer, Achims Telefonnummer. »Ich muß erst die Auskunft anrufen«, sagte ich. Die Frau nickte. »Und es ist

ein Ferngespräch. Nach Hannover. Er wohnt in Hannover.«
»Machen Sie's kurz«, sagte die Frau. Sie war bezaubernd.
Sie hatte ein knochiges Gesicht und einen Damenbart, und
sie war bezaubernd.

»Geben«, sagte Brigitte.

»Hallo, Brigitte«, sagte ich, »hier ist Agnes. Kann ich
Achim mal sprechen?«

»Das geht jetzt schlecht«, sagte sie, »er ist gerade draußen, mit den Kindern. Ruf doch heute abend noch mal an.«

»Nein. Ich will ihn jetzt sprechen.«

»Das geht jetzt wirklich nicht, Agnes. Heute ist sein letzter
freier Tag, und die Kinder –«

»Er hat noch ein Kind«, sagte ich, »hol ihn sofort.«

Sie tat es. Sie sagte kein Wort mehr und tat es. Erstaunlich.
Ich benehme mich wie der letzte Mensch, und sie tut einfach,
was ich sage. Unglaublich.

»Ja, was ist denn, Agnes?«

»Jessica kriegt ein Kind, Achim.«

»Ja, das weiß ich doch. Und?«

»Sie liegt im Krankenhaus.«

»Ja, ich weiß«, sagte er ungeduldig. »aber das ist doch geklärt. Es ist alles in Ordnung. Oder hat sich was Neues ergeben?«

»Nein«, sagte ich. »Nichts Neues. Bitte komm, Achim.«

»Das geht jetzt wirklich nicht«, sagte er, »ich habe keine
Zeit.«

Ich sah zu der Frau mit dem Damenbart. Sie nickte mir zu,
als wolle sie sagen, na denn.

»Achim«, sagte ich, »wenn du nicht kommst, fange ich
sofort an zu schreien und höre nie wieder auf.« Ich hatte
noch nie eine Drohung ausgesprochen, in meinem ganzen
Leben nicht, und dies war kein guter Anfang. Es war eine erschreckend leere Drohung. Es konnte ihm völlig egal sein, ob
ich in einem Haushaltswarengeschäft in Hamburg anfing zu
schreien. Er war in Hannover. Er hörte es nicht.

Achim schwieg. Ich schwieg auch, denn es gab nichts mehr zu sagen. Ich konnte nur noch anfangen zu schreien.

»Na gut«, sagte er, »ich komme.«

»Achim!« Erstaunlich. Unglaublich. Ich benehme mich wie der letzte Mensch, und schon tun alle, was ich will.

»Okay, okay«, sagte er, »wo bist du?«

»Ich weiß nicht«, sagte ich. »In einem Haushaltswaren-geschäft.«

»Ohlmüller und Söhne«, sagte die Frau.

»Ohlmüller und Söhne.«

»Aha«, sagte er. »Und wo wohnst du?«

»Bei Jessica und Daniel.«

»Aha«, wiederholte er. »Paß auf, Agnes. Du nimmst dir jetzt ein Taxi und fährst ins Hotel. Hotel Regina. Ich lasse Zimmer reservieren.«

»Ich habe aber kein Geld.«

»Das macht der Portier. Ich sage ihnen, sie sollen auch deine Sachen holen. Ist Daniel in der Wohnung?«

»Ja.«

»Gut«, sagte er. »Ich bin so bald wie möglich da.«

»Er kommt«, sagte ich zu der Frau. Sie nickte.

»Ich komme auch«, sagte ich, »ich meine, ich komme wie-der und zahle Ihnen das Gespräch. Bestimmt.«

»Ist schon gut«, sagte sie. »Na denn.«

14. Kapitel

Der Chefarzt kam aus dem Zimmer, in dem Jessica lag. »Ah, Dr. Geben«, er reichte Achim die Hand. »Kollege?«

»Na, ja«, sagte Achim. »Industrie. Forschung.«

Der Chefarzt sah ihn fragend an.

»Grundlagenforschung. Ein zentrales Problem. Wir gehen es von einer ganz neuen Seite an. Vielleicht, daß man so weiterkommt –« Er wirkte sehr bescheiden. Und sehr bedeutend. Das kann er phantastisch. Es war klar, daß es mindestens um den Impfstoff gegen Aids ging oder um die Pille gegen Krebs. Oder um beides. Mindestens.

Der Chefarzt blickte weiter fragend und sehr interessiert.

»Man kann nur noch gar nichts sagen. Das wäre viel zu früh«, sagte Achim entschuldigend. »Leider. Aber Sie wissen ja, wie das ist.«

Der Chefarzt nickte. Er wußte, wie das ist. Dr. Schüttler drückte das Kinn herunter und machte ein ernstes Gesicht. Er wußte auch, wie das ist. Nur Schwester Bettina sah Achim an, wie man einen Menschen ansieht, der unangebrachterweise plötzlich Kaninchen aus dem Hut zieht, Kaninchen aus Plüsch mit Glasaugen, nicht mal echte.

Der Chefarzt räusperte sich. »Also, die Tochter«, sagte er. »Sie brauchen sich nicht zu beunruhigen. Kein Grund zur Sorge.« Er wiederholte all die schönen Worte, die Dr. Schüttler schon gesprochen hatte, nur daß er es mit lauter, sonorer Stimme tat. »Wir behalten sie noch ein paar Tage hier, dann kann sie nach Hause. Frisch und munter. Und in sechs Monaten sehen wir sie wieder, auch frisch und munter.« Er wartete auf das Lächeln.

Wir lächelten. »Wunderbar«, sagte Achim. »Noch eines, Herr Professor. Ich weiß, Einzelzimmer sind rar, und Sie haben schwerere Fälle. Aber unsere Tochter braucht ja vor al-

469

lem Ruhe. Die Kosten übernehmen wir. Ließe sich da was machen?«

»Na, mal sehen«, sagte der Chefarzt in einem Ton, der anzeigte, daß sich da was machen ließ. Er gab Achim wieder die Hand, nickte mir zu und öffnete schwungvoll die Tür zum nächsten Zimmer.

»Also wirklich, Achim«, sagte ich kopfschüttelnd, als der letzte Weißkittel im nächsten Zimmer verschwunden war.

»Was hast du denn?« fragte er. »Du wolltest doch, daß sie ein Einzelzimmer kriegt. Soll mich der Teufel holen, wenn es nicht geklappt hat.«

Es hatte geklappt. Die Visite war kaum vorbei, da kam schon eine Schwesternschülerin und fing an, in Jessicas Schrankfach zu stöbern und ihre Sachen in die Reisetasche zu packen. Ich wartete im Gang, ich traute mich nicht ins Zimmer, ich hatte ein schlechtes Gewissen. Die Frauen da drinnen könnten alle ein Einzelzimmer brauchen, dachte ich, und Frau Riemann brauchte noch viel mehr als das, aber sie haben keinen Vater oder Ex-Mann, der eine Schlange ist und ein Aal, wendig und listig, und außerdem Kaninchen aus dem Hut ziehen kann. Es ist so verdammt unfair.

Doch als ich das Zimmer sah, in das Jessica gebracht wurde, mit den gelben Vorhängen und van Goghs Sonnenblumen an der Wand, und als ich sah, wie Jessica den Walkman in der Schublade des Nachttisches verstaute und sich zurücklegte und uns glücklich ansah, wie wir alle drei um ihr Bett saßen, was wir noch nie getan hatten, weil dafür kein Platz gewesen war, da verschob ich meine Schuldgefühle auf später. Ich ging hinunter ins Blumengeschäft und kaufte zwei schöne Sträuße, und dann ging ich in den Zeitungsladen und kaufte alle Zeitschriften, von denen man annehmen konnte, daß sie nichts Aufregendes enthielten, und außerdem einen Donald-Duck-Sammelband. Wenn sie als Kind krank gewesen war, war es ihr Trost und ihre Freude gewesen, daß sie so viele Donald-Duck-Hefte bekam, wie sie nur wollte.

Diesmal schien es sie vor allem zu freuen, daß Achim und ich gemeinsam an ihrem Bett saßen. »Ihr müßt aber nicht die ganze Zeit hier rumsitzen«, sagte sie schließlich zufrieden, als es schon lange dunkel war.

»Deswegen waren wir eigentlich gekommen«, sagte Achim.

»Ja, schon. Aber es wird doch langweilig für euch. Macht euch lieber einen schönen Abend. Du könntest Mama zum Essen einladen.«

Sie kuppelt, dachte ich. Auf eine irrwitzige, kindliche Weise kuppelt sie tatsächlich ein bißchen.

»Na gut«, sagte Achim, »wenn du willst. Und Daniel bleibt ja hier.« Er küßte sie. »Bis morgen, meine Kleine. Ich komme noch mal vorbei, bevor ich fahre.«

»Du mußt mich nicht zum Essen einladen«, sagte ich, als wir den Gang entlang gingen. Wenn man ihn nicht alleine entlang ging, wirkte er gar nicht so dunkel und bedrückend. Der rote Streifen an der Wand fing nachgerade an, mir zu gefallen.

»Warum nicht?«

»Ich muß nur vorher noch baden«, sagte ich.

Seit ich im Hotel wohnte, badete ich jeden Tag, auch zweimal, wenn es ging. Achim hatte eine Suite reservieren lassen, mit einem Salon, wie der Portier, der mich hinaufgeführt hatte, es genannt hatte, mit dicken, weichen Sofas, wallenden Vorhängen, riesigen Blumensträußen und üppigen Obstschalen, zwei Schlafzimmern mit ebenfalls riesigen Betten und zwei Bädern. Meines war in rosa Marmor gehalten und hatte eine runde Badewanne, die in den Boden eingelassen war. Ich hatte noch nie in einer Suite gewohnt, noch nie ein rosa Marmorbad gehabt, noch nie in so einer Badewanne gebadet. Das mußte man nutzen.

Das Schaumbad, das das Hotel bereitgestellt hatte, duftete wunderbar und produzierte kräftigen Schaum. Das Hotel hatte auch zwei Plastikenten bereitgestellt, und ich schob

471

den Schaum zu Bergen und machte eine kleine Fläche frei, einen Bergsee, auf dem sie schwimmen konnten. Es waren schöne Plastikenten, in einem umwerfenden, schillernden Rosa, ohne Nähte und scharfe Kanten. Die würden Achim interessieren, dachte ich, aber wahrscheinlich hat er selber welche drüben, und vielleicht sind sie sowieso von ihm. Achims Firma stellt Plastikwaren her, und Achim ist der Leiter der Entwicklungsabteilung. Achims Firma ist Marktführer in Europa, sie stattet die Weltraumstationen aus, sie hat es dahin gebracht, daß auch feine Leute Plastikgeschirr kaufen, wegen der besonderen Formen und der ausgefallenen Farbgebung, und Achim hat letztes Jahr den Colani-Preis für innovatives Design bekommen. Er ist ständig mit Grundlagenforschung beschäftigt, mit zentralen Problemen, und geht sie von einer ganz neuen Seite an.

Ich stupste eine der beiden Enten an, so daß sie mit der anderen zusammenstieß und sich dann um sich selbst drehte. Ich dachte an das Gesicht des Chefarztes. Ich hatte wahrscheinlich auch nicht viel gescheiter ausgesehen, damals, wenn Achim es mal wieder geschafft hatte, daß ich genau das dachte, was ich denken sollte, und genau das tat, was ich tun sollte.

Ich tupfte Schaumhäubchen auf die Köpfe der Enten, so daß sie aussahen wie Grenadiere, und wie Grenadiere gingen sie aufeinander los und warfen einander um und tauchten unter und verloren ihre Schaumhäubchen. Mir fiel ein, wie ich in der Klinik gelegen hatte, nach Jessicas Geburt, und jedesmal, wenn Achim das Zimmer betrat und ich sein Gesicht sah und er mich küßte und das Baby betrachtete, hatte ich gedacht, wie glücklich ich doch war. Ich hatte alles, den Mann, den ich liebte, das Kind, das ich mir gewünscht hatte, und nun konnte das Leben beginnen. Ich wußte nicht, daß ein Teil meines Lebens gerade dabei war aufzuhören, noch bevor er richtig begonnen hatte.

Ich tauchte die Enten unter Wasser, immer wieder, aber sie

kamen immer wieder hoch und schwammen weiter, mit diesem unzerstörbar fröhlichen Gesichtsausdruck. Ich drehte an dem Griff, der den Abfluß öffnete. Jetzt ist es aus mit der Fröhlichkeit, jetzt kippt ihr um und landet auf dem Trockenen.

Ich stieg aus der Wanne, trocknete mich flüchtig ab und zog den üppigen rosafarbenen Frotteebademantel an, den das Hotel bereitstellte. Ich ging hinüber in den Salon, wo Achims Kopf auf der Lehne des Sofas zu sehen war.

»Ich kann heute nicht mehr runter ins Restaurant«, sagte ich.

»Ich auch nicht«, sagte er. Er trug auch den Frotteebademantel. Seiner war braun. »Ich habe uns was aufs Zimmer kommen lassen.« In der Fensternische stand ein weißgedeckter Tisch mit Tellern und Schüsseln, die mit silbernen Kuppeln zugedeckt waren oder auf Rechauds standen, in denen Flämmchen brannten. »Komm her«, sagte er, »laß uns einen Schluck Champagner trinken.« Er griff nach der Flasche, die im Eiskübel auf dem Sofatisch stand.

Ich setzte mich in den Sessel, wir stießen an, und Achim sagte: »Darauf, daß alles wieder gut ist.« Wir tranken. Es schmeckte sauer und nach Gruft.

»Nichts ist gut«, sagte ich, »gar nichts.«

»Was willst du denn noch? Du hast doch gehört, was die Ärzte sagen. Und mit der Wohnung, da hast du recht, sie brauchen was anderes. Ich kümmere mich darum, ich bin ja oft hier, wir finden ohne weiteres was. Alles ist in Ordnung.«

»Nichts ist in Ordnung«, sagte ich, »gar nichts.«

»Ich weiß nicht, was du willst.« Er schüttelte unwillig den Kopf.

»Wie kann sie das nur tun?« sagte ich. »Mit zwanzig ein Kind kriegen! Was ist mit ihrem Studium? Wie soll sie das noch schaffen? Und was ist mit ihrem Leben? Wie soll sie das schaffen? Sie versaut sich doch alles!«

»Wie redest du denn?« sagte Achim. »Du hast es doch genauso gemacht. Wo hat sie das wohl her? Hast du das schon vergessen? Bei dir war's doch auch so!«

»Eben«, sagte ich, »eben. Deswegen rede ich ja so.«

»Willst du mir wirklich erzählen, daß du dir alles versaut hast, weil du mich geheiratet und Jessica gekriegt hast?« Er war nicht nur sehr erstaunt, er sah auch sehr verletzt aus. So hatte er noch nie ausgesehen. »Das ist doch nicht dein Ernst, das kann doch nicht wahr sein!«

Ich schlug mit den Fäusten auf die Lehnen des Sessels. »Ach, Achim, so einfach ist das nicht.«

»Wie ist es dann?«

Ich nahm noch einen Schluck von dem Gruftgetränk. Das wußte ich auch nicht so genau.

»Es ist so«, sagte ich, »also ... wie soll ich das sagen – du wirst erwachsen und gehst von zu Hause weg und bist das erste Mal allein, für dich, nicht mehr zu zweit oder zu dritt, als Kind mit deinen Eltern, du bist ein Mensch für dich, weißt du, allein, auf deinen zwei Füßen, du stehst für dich, nur für dich, ja?« Er nickte, verständnislos. Ich verstand es auch noch nicht. »Und dann kriegst du ein Kind, und dann bist du nicht mehr für dich, dann bist du gleich wieder zu zweit. Und das immer, ständig, immer denkst du für jemanden mit und fühlst für jemanden mit, nie mehr nur für dich allein. Du hast kein Leben für dich, du hast ein Leben für zwei. Und das nicht nur ein paar Tage lang, sondern für eine lange Zeit, fünfzehn, achtzehn, zwanzig Jahre lang. Es hat nichts damit zu tun, daß du weniger Zeit hast, wenn du Kinder hast, das ändert sich ja, wenn sie älter werden, du bist nicht mehr rund um die Uhr beschäftigt, du hast wieder mehr Zeit für dich. Das ist es nicht. Du bist für zwei da, das ist es, du bist für zwei verantwortlich, davon kommst du nicht weg, das ist so ein Gefühl hier drinnen, ich kann's dir nicht erklären. Das ändert sich erst wieder, wenn dein Kind erwachsen ist und weggeht von dir und auch ein Mensch für sich ist, alleine, auf seinen zwei Füßen. Verstehst du, was ich meine?«

»Mhm«, machte er.

»Es ist nicht schlimm, daß es so ist, versteh mich richtig«, sagte ich, »es ist in Ordnung, es ist gut so. Und ein Kind zu haben, ist so was – ach, das ist es einfach wert, da braucht man gar nicht drüber reden. Aber nicht gleich, weißt du? Dazwischen müßten ein paar Jahre sein, wo du für dich sein kannst, wo du erst mal allein bist, als einzelner Mensch, vier, fünf Jahre vielleicht, das reicht ja. Wo du nur für dich da sein kannst. Und das wird sie nun auch nicht haben, genau wie ich. Das wird sie erst wieder haben, wenn sie vierzig ist. Genau wie ich.«

Achim nickte. »Da ist was dran. Ich glaube, ich verstehe, was du meinst.«

Ich griff nach dem Champagnerglas. »Gib her«, sagte er, »der ist ja schon ganz warm. Du kriegst ein frisches.« Er holte eines an der pompösen Bar und goß es voll. »Hier.«

Diesmal schmeckte es besser, nicht so nach Grab. Meine Hände zitterten ein bißchen. Sonst war ich ganz ruhig.

»Und da kann man gar nichts machen, oder?«

»Nein, da kann man nichts machen«, sagte ich, »das ist nun so. Bei mir hört es auf, bei ihr fängt es an.« Ich war doch nicht so ruhig. Ich weinte.

Achim ließ mich weinen. Er blieb einfach sitzen, wo er saß, und ließ mich weinen, ohne daß ich das Gefühl hatte, daß ihm unbehaglich war oder daß er ungeduldig wurde. Das hatte er schon immer ganz gut gekonnt. Diesmal weinte ich gerne. Mir wurde immer leichter zumute.

»So, Murkelchen«, sagte er schließlich, »jetzt reicht's, oder? Glaubst du, du kannst jetzt aufhören?«

»Oh, Achim.« Mir wurde noch leichter und ganz warm. Er hatte Murkelchen zu mir gesagt. Murkelchen! Das Zauberwort, der süße Klang. Das hatte er früher immer gesagt, wenn er mich trösten wollte.

»Komm her, Murkelchen«, er streckte den Arm aus. Ich kam zu ihm aufs Sofa, und er legte den Arm um mich, und ich lehnte den Kopf an seine Schulter. Mir wurde immer leichter. Ich kann es ja jetzt, dachte ich, das war mir gar nicht klar. Ich kann jetzt wieder für mich sein, nur für mich. Nur meine Sachen machen, nur mein Leben leben, nur für mich. Mensch, Agnes. Das ist doch was. Einfach mal nur für dich da sein. Unglaublich. Unvorstellbar.

»Na, Großmutter?« sagte Achim.

»Wie kommst du auf Großmutter?« fragte ich.

»Das wirst du doch jetzt.«

Ach, du lieber Himmel, das habe ich ja ganz vergessen, dachte ich. Ich werde Großmutter. Tatsächlich. Wie interessant. Wie aufregend. Darüber muß ich morgen mal nachdenken. Oder übermorgen. Eins nach dem anderen.

»Großmutter, warum hast du so große Augen?« fragte Achim und küßte mich auf die Nasenspitze.

»Damit ich dich besser sehen kann«, sagte ich und küßte ihn aufs Kinn. »Und warum hast du so große Hände, Großvater?«

»Damit ich dich besser streicheln kann.« Er nahm mich fester in den Arm und strich mir über den Rücken.

»Mhm. Und warum hast du so einen großen Mund, Großvater?«

»Damit ich dich besser küssen kann.«

»Mhm.«

»Komm rüber ins Bett«, sagte er nach einer Weile.

»Ins Bett? Aber das ist so weit weg.«

»Dann komm auf den Fußboden.«

»Aber der ist so hart. Was hast du gegen das schöne, weiche Sofa?«

»Genau das«, sagte er, »es ist so weich. Meine Bandscheiben. Nun komm schon, Agnes.«

Ich hatte gehofft, ich würde ein Abteil für mich alleine haben, aber kurz vor der Abfahrt öffnete sich die Tür, und ein Mann sagte fröhlich: »Guten Morgen.«

Ich streifte ihn mit einem Blick, murmelte etwas und ließ meine Füße da, wo sie waren, auf dem Sitz des gegenüberliegenden Fensterplatzes. Er machte keine Anstalten, sie von dort zu vertreiben, er verstaute seinen Koffer und richtete sich auf dem Platz am Gang ein, mit Bewegungen, die so fröhlich und unternehmungslustig waren wie seine Stimme. Der Zug setzte sich in Bewegung. Ich lehnte mich zurück und machte die Augen zu. Ach, wie war mir wohl zumute.

Ich hatte noch drei Tage lang alleine in der Suite gewohnt. Als Achim fuhr, hatte ich zurückgehen wollen in die kleine Wohnung, aber er hatte gesagt: »Willst du wirklich wieder in diese Bude? Bleib doch hier.«

»Das kann ich nicht bezahlen«, hatte ich gesagt.

»Keine Sorge. Das zahlt die Firma.«

»Aber das kannst du doch nicht machen, Achim!«

»Die schreiben mir unten schon die richtige Rechnung«, hatte er gesagt. »Mach dir keine Gedanken.«

»Aber das merken die in der Firma doch, wenn du gar nicht selber in Hamburg bist.«

Er hatte gegrinst. »Solange meine Grundlagenforschung so gut läuft, kontrollieren die meine Spesenabrechnungen nicht. Das fehlte noch.«

Achims Schlafzimmer war in Beige und Braun gehalten, das dazugehörige Bad auch. Anscheinend hielten sie sich hier an die Devise, Rosa die Dame, Braun der Herr, denn der braune Bademantel war noch viel umfangreicher als der rosafarbene und eindeutig für einen Mann gedacht. Was machen die bloß, überlegte ich, wenn zwei Frauen eine Suite mieten oder zwei Männer? Gibt es auch gleichgeschlechtliche Suiten, nur in Rosa oder nur in Braun?

Ich schlief abwechselnd in Achims oder in meinem Bett, ich nahm mein Morgenbad zwischen rosa Marmor, passend zur Morgenröte, und mein Abendbad zwischen braunem, passend zur Farbe der Dunkelheit. Ich bewunderte die Blumensträuße, die immer frisch waren, und roch an den Rosen und Lilien, ich aß die Obstschalen, die immer gefüllt waren, leer, und ich trank jeden Abend ein Piccolofläschchen Champagner aus dem Barkühlschrank, das anderntags wieder frisch gefüllt an seinem Platz stand.

Ich ging zurück zu der Frau im Haushaltswarengeschäft und bezahlte das Telefongespräch und erzählte ihr, daß alles geregelt sei und in Ordnung, und sie sagte: »Na denn«, und: »Machen Sie's gut«, als ich ging. Das mache ich, dachte ich, darauf kannst du dich verlassen.

Zwischendurch saß ich bei Jessica und sorgte dafür, daß auch sie frische Blumen hatte und gefüllte Obstschalen, und kaufte ihr Bücher und Parfüm und duftende Seife und schöne Nachthemden und einen seidenen Morgenmantel. Nachthemden und Morgenmantel würde sie in sechs Monaten wieder sehr gut brauchen können. »Laß doch, Mama«, sagte sie, »du hast mir zu Weihnachten schon so viel geschenkt.« Aber ich ließ mich nicht abhalten, ich wollte sie noch mal richtig versorgen, bevor sie dran sein würde mit dem Versorgen.

Ich ließ sie in Ruhe und brachte nichts zur Sprache, was sie oder ihren Muttermund hätte aufregen können. Dafür redete ich mit Daniel, ich sagte ihm, es täte mir leid, daß ich ihn so angefahren hätte an jenem Nachmittag und daß ich mich nicht einmischen wolle, aber ob er sich's nicht überlegen wolle, das mit der größeren Wohnung, und später auch mal mit Jessica sprechen?

Doch ja, sagte er, das wolle er, das sehe er nun auch so, Achim und er hätten schon darüber geredet, sie würden sich darum kümmern, ich brauchte mir keine Sorgen zu machen.

Das kann ich nicht mehr hören, dachte ich und wurde beinahe wieder wütend, einer muß sich doch Sorgen machen, wenn ich es nicht tue, tut es keiner, obwohl es Grund genug gibt, sich Sorgen zu machen. Wo wären wir denn jetzt, wenn ich mir keine Sorgen gemacht hätte? Möglicherweise genau da, wo wir jetzt sind, sagte meine innere Stimme spitz.

»Und daß sie mir kein Stück anrührt, wenn ihr umzieht«, sagte ich, »versprich's mir.« Ich überlegte. »Am besten komme ich überhaupt her zum Umzug.« Ich hatte gerade gesagt, ich würde mich nicht einmischen. Das hatte ich doch gerade gesagt, oder?

»Auf keinen Fall«, sagte Daniel, »das brauchst du nicht, mach dir bloß keine Umstände, das ist gar nicht nötig. Sie rührt keinen Finger. Versprochen. Ich schwöre es dir.« Er würde sein letztes Hemd dafür geben, daß ich nicht kam, das war klar.

Ich hatte gelacht. »Ist ja gut«, hatte ich gesagt, »ich komme nicht, ich verspreche es. Du brauchst dir keine Sorgen zu machen.«

Er war so erleichtert gewesen, und danach hatten wir es richtig nett gehabt miteinander. Ich öffnete die Augen, weil der Zug plötzlich ganz langsam fuhr, und sah direkt in das Gesicht des Mannes, der schräg gegenübersaß. Er lächelte mich an. Ich lächelte nicht zurück, ich kniff die Lippen zusammen, wandte den Blick weg und sah aus dem Fenster. Nichts da, mein Lieber, dachte ich, mach dir keine falschen Vorstellungen, Anlächeln und Ansprechen und solche Sachen sind nicht mehr im Programm.

Der Himmel war grau, und eine dünne Schneedecke lag auf dem flachen Land, den Buschreihen zwischen den Feldern und den Bauernhöfen aus Backstein. Ganz hübsch eigentlich, diese Farben, dachte ich, das Grau des Himmels, der weiße Schnee und das Backsteinrot. Krähen saßen auf den Dächern oder staksten auf ihre bezaubernd unbeholfene Art über die Felder. Ich liebe Krähen.

Kommt gar nicht in Frage, mein Lieber, dachte ich, das mit der Männersuche ist vorbei, und finden muß ich auch nicht unbedingt einen. Ich bin gerade so satt und warm und

479

zufrieden. Richtig zufrieden. Richtig glücklich. Ja, eigentlich bin ich sogar richtig glücklich.

Ich dachte daran, wie ich in Achims Bett aufgewacht war. Es lag näher zum Sofa im Salon als meines, und so waren wir hier gelandet. Er war schon wach, er lag da und sah zur Decke, und dann sah er zu mir und lächelte und streckte den Arm aus, und ich kroch rüber und kuschelte mich an ihn. So lagen wir lange beieinander und sagten nichts und taten nichts, es gab nichts zu tun oder zu sagen, und ich glaube, ich dachte auch nichts.

Wir bestellten das Frühstück aufs Zimmer und frühstückten im Bett, und dann ging jeder in seine Badewanne und badete, und Achim packte seine Reisetasche, und wir fuhren zu Jessica, und dann brachte ich ihn zum Bahnhof. Es war ein weiter Weg dorthin, es war unsinnig und überflüssig, daß ich mitfuhr, um den ganzen weiten Weg mit dem Taxi zurück zu machen, aber wir fanden beide nicht, daß es unsinnig und überflüssig war.

Unsere gemeinsame Nacht war in einer Hinsicht nicht sehr bewegt gewesen. Um Achims Bandscheiben stand es wirklich schlimm, er würde sich operieren lassen müssen, schon bei der kleinsten falschen Bewegung bekam er unerträgliche Schmerzen und war zu nichts mehr zu gebrauchen, und damit das nicht passierte, achteten wir darauf, daß er sich nur vorsichtig und auf keinen Fall falsch bewegte.

Aber das hatte nichts ausgemacht, denn alles andere war sehr bewegend gewesen. Frank fiel mir ein, viel später, als Achim eingeschlafen war, und mein Kopf wieder einschaltete und sich ans Denken machte. Frank, der Buchhändler, der Bekanntschaftsanzeigenaufgeber, der Momentesammler. Von den Momenten, in denen man alles hat, hatte er gesprochen, in denen Leben stattfindet, wirkliches Leben. Ich fand es immer noch blöd, wie er es ausgedrückt hatte, aber ansonsten hatte er nicht unrecht gehabt. Ich hatte sie gerade erlebt, diese Momente, hatte alles gehabt, und jede Menge Leben hatte stattgefunden. Und das mit einer Intensität und so viel Gefühl, daß es Frank bestimmt gefreut hätte.

Und das ausgerechnet bei uns beiden, dachte ich und betrachtete Achims Gesicht. Er war ganz entspannt, und seine Falten traten stärker hervor als sonst, wenn er sich unter Kontrolle hatte. Und man sah auch deutlicher, wie dünn und grau seine Haare geworden waren. Ausgerechnet wir! Nicht mehr die Jüngsten und schon gar nicht die Schönsten. Alte Ex-Eheleute und werdende Großeltern. Vielleicht ist es das. Vielleicht ist es das Großelternwerden, das solche Momente hervorruft. Werden Sie Großeltern, dann findet wirkliches Leben statt. Hm. Kein Tip, den man weitergeben kann. Er ist so schwer zu befolgen.

Die Abteiltür wurde mit einem Ruck geöffnet. »Die Fahrkarten, bitte«, sagte der Schaffner.

»Gibt's hier nur den Speisewagen?« fragte der Mann gegenüber. »Oder kann man sich auch was holen?«

»Ja, sicher«, sagte der Schaffner, »im Barwagen. Gehen Sie nur immer in Fahrtrichtung.«

»Kann ich Ihnen was mitbringen?« fragte der Mann.

Ich sah ihn das erste Mal richtig an. Er war blond und blauäugig und überhaupt nicht mein Typ. »Nein, danke.«

»Wirklich nicht?«

»Wirklich nicht«, sagte ich. »Ich habe gar keinen Hunger.«

Ich sah ihm zu, wie er die Tür öffnete. Er war außerdem groß und schlank. Nein, ich habe keinen Hunger, dachte ich. Ich bin so satt. Und mir ist so warm und wohl zumute. Ich brauche nichts. Ich habe alles.

Ich richtete mich wieder in meinem Sessel ein. Die Sonne war herausgekommen, eine blasse Wintersonne, aber das Licht, das auf den beschneiten Feldern lag, war warm und freundlich.

Eigentlich müßte ich Schuldgefühle haben, dachte ich. Es ist nicht richtig, mit einem verheirateten Mann ins Bett zu gehen. Das habe ich noch nie getan, grundsätzlich nicht, aus Prinzip nicht. Mag sein, daß dies ein Sonderfall ist, wir waren ja auch mal miteinander verheiratet, und wir bekommen demnächst ein Enkelkind. Trotzdem, verheiratet ist verheiratet. Ich horchte wieder in mich hinein, aber nichts rührte sich. Selbst meine innere Stimme, die sonst wegen der geringsten Kleinigkeit kreischend auf mir herumhackt, schwieg beharrlich. Na, dann nicht. Man soll's nicht zwingen. Es wäre ja auch jammerschade, wegen so was Schönem Schuldgefühle zu haben. Obwohl das eigentlich ein besonders guter Grund wäre. Je schöner, desto mehr Schuldgefühle. Jetzt hör aber auf, Agnes. Hör auf zu kritteln. Gönn's dir. Du bist satt und zufrieden, dir ist warm und wohl zumute, und du hast alles. Außer Schuldgefühlen. Was für ein Luxus. Gönn's dir.

Der Mann kehrte zurück. In der Hand hielt er einen überdimensionalen Plastikbecher, und aus den Taschen seines Jacketts ragten in Plastik verpackte Baguettes. Er lächelte mir Gott sei Dank nur kurz zu, machte es sich auf seinem Sitz bequem, klappte das Tischchen auf, breitete seine Schätze aus und aß behaglich. Ich sah vorsichtig hinüber. Diese kleinen Baguettes mit ihren Schinken- und Käsescheiben, die an den Rändern hervorsahen, machten einen guten Eindruck. Tomaten waren anscheinend auch drauf. Nicht schlecht, dachte ich. Vielleicht hole ich mir auch so was. Nachher. Daß die Seele satt ist, muß ja nicht heißen, daß der Körper nichts zu fressen kriegt. Mein Magen gluckerte bestätigend.

Der Mann stopfte die Plastiktüten in die komische kleine Abfallschublade zwischen den Sitzen und kramte in seiner Reisetasche. Er förderte eine Tafel Schokolade zutage, die er vorsichtig auspackte und in Riegel brach. Er beugte sich rüber und hielt sie mir hin. »Bitte«, sagte er, »das mögen Sie bestimmt.«

Ich wollte nicht unhöflich sein, nahm einen Riegel und biß

hinein. Es schmeckte wunderbar. Schnaps, Halbbitterscho-
kolade und Zuckerkruste. Ganz was Rares, diese Kruste.

»Mhm«, machte ich.

»Die ist gut, nicht?« sagte er. »Williamsbirne. Und vor allem die Kruste, die findet man kaum noch. Cognacbohnen
mit Zuckerkruste gibt es überhaupt nicht mehr.«

Sieh mal einer an, dachte ich, noch was Rares. Ein Mann,
der gerne Schnapsschokolade ißt und Cognacbohnen und
der weiß, wie schwierig es ist, welche mit Kruste zu finden.

»Ja, nicht wahr?« sagte ich. »Ich liebe diese Kruste. Besonders bei Cognacbohnen. Ich verstehe nicht, daß sie da
keine mehr reintun.«

Er lachte. »Man findet selten Menschen, die überhaupt
wissen, was so eine Kruste ist, geschweige denn, daß sie ihren Wert zu schätzen wissen. Also lassen Sie uns brüderlich
teilen.« Er reichte mir zwei weitere Riegel, und ich zierte
mich nicht und nahm sie und aß sie sofort auf. Dann legte
ich die Füße wieder hoch und machte die Augen zu. Er
brauchte nicht zu glauben, daß ich ihm wegen drei Riegeln
Schokolade nun voll zur Verfügung stand. Auch nicht, wenn
es Schnapsschokolade mit Zuckerkruste war.

Tu doch nicht so großartig, sagte meine innere Stimme.
Vor nicht allzulanger Zeit hättest du ihm ganz und gar zur
Verfügung gestanden, freiwillig und von selbst und ganz
ohne Schnapsschokolade. Du hättest dich danach gedrängt.

Gott sei Dank, daß ich mich nicht mehr danach drängen
muß. Wie schön ist das. Kein Suchenmüssen mehr. Kein
Findenmüssen mehr. Keine Anstrengung mehr, keine Verzweiflung. Keine Farbe im Gesicht, kein Kajal, kein Lipgloss mehr. Kein Mann für alles. Keine Taube in der Hand.
Kein gar nichts. Bloß ich. Auf meinen zwei Füßen. Ganz für
mich allein. Nur für mich allein. Nur für mich leben. Nur
für mich sorgen. Für kein Kind sorgen. Das brauche ich
nicht mehr. Und sich auch keinen Mann ins Haus holen,
für den man sorgen muß, kaum, daß das Kind fort ist, für

das man gesorgt hat. Nichts da. Für mich sein, Zeit und Raum für mich haben. Mhm. Das Rainer-Prinzip. Was für eine phantastische Idee. Zur Nachahmung wärmstens empfohlen.

Die Abteiltür öffnete sich. »Personalwechsel, die Fahrkarten, bitte.« Es war eine Schaffnerin, auffallend hübsch, mit langen blonden Haaren und goldenen Ringen an allen Fingern, sogar am Daumen. »Wir haben Verspätung. Wegen Ihrer Anschlußzüge achten Sie bitte auf die Durchsagen.« Sie sah auf die Fahrkarten. »Ach, München. Da haben Sie ja noch Zeit. Und bis dahin haben wir vielleicht aufgeholt.«

»Auch nach München?« fragte der Mann und lächelte mich an.

Nun komm schon, Agnes. Sei nicht so hochfahrend, steig runter von deinem hohen Roß. Bloß weil du keinen Mann für alles mehr willst, brauchst du diesen netten Kerl nicht zu behandeln, als hätte er die Pest. Sei höflich. Der freie Mensch ist höflich.

»Ja«, sagte ich und lächelte zurück. »Ich wohne in München.«

»Ich war noch nie da«, sagte er. »Es ist das erste Mal. Es wird wirklich Zeit, München kennenzulernen.«

»Das ist aber nicht die beste Jahreszeit, die Sie sich da ausgesucht haben.«

»Darauf hatte ich keinen Einfluß«, sagte er. »Ich fahre zu einem Kongreß.«

Ein Kongreß, aha, dachte ich, sehr gut. Eine Örtlichkeit mit hoher Kennenlernquote. Und du willst ja anscheinend jemanden kennenlernen, wenn mich nicht alles täuscht.

»Und was ist das für ein Kongreß?« fragte ich. Ich war sehr höflich.

»Der Kongreß für Humanistische Psychologie.«

Aha. Der Kongreß für Humanistische Psychologie. Ach du lieber Himmel, der Kongreß für Humanistische Psychologie! Der ist ja übermorgen. Da habe ich mich auch angemeldet. Wegen der hohen Kennenlernquote. Die brauche ich nun nicht mehr. Und Humanistische Psychologie kann ich schon. Was mache ich denn jetzt? Einfach nicht hingehen? Aber die Tagungsgebühren sind so hoch, und die kriege ich sicher nicht zurück.

Ich musterte ihn. Ist er Psychologe, überlegte ich. Oder Arzt? Nein, Arzt ist er bestimmt nicht, eher Psychologe. Oder Sozialpädagoge, das kommt am ehesten hin. Er hat so was Praktisches und Unprätentiöses, so was ganz und gar nicht Eingebildetes.

Er hatte auch was von einem Gedankenleser. »Aber ich bin kein Psychologe«, sagte er, »ich bin Pfarrer.«

Ein Pfarrer, ach nein. Ich musterte ihn genauer. Er trug einen dunklen Rollkragenpullover, ein graues Jackett und silbergraue Kordhosen, die noch ganz steif und offensichtlich neu waren. Er sieht gar nicht aus wie ein Pfarrer, dachte ich. Einen Pfarrer stelle ich mir anders vor. Obwohl, Pfarrer müssen ja auch mal Zivil tragen. Sie können nicht dauernd in diesem schwarzen Gewand mit dem Wagenrad um den Hals oder den zwei weißen Läppchen am Kragen herumlaufen. Schon gar nicht im Intercity nach München.

Er verstand meinen zweifelnden Blick falsch. »Seelsorge ist natürlich nicht dasselbe wie Psychotherapie«, sagte er, »aber ich finde, wir können viel von den Psychologen lernen, besonders von der Humanistischen Psychologie. Die Gesprächsführung nach Rogers zum Beispiel, und diese Wahrnehmung am Rande des Bewußtseins, von der Rogers spricht –« Er unterbrach sich. »Aber entschuldigen Sie, das interessiert Sie sicher nicht.«

»Doch, doch«, sagte ich, »ich bin nämlich Psychologin.«

»Dann kommen Sie auch zum Kongreß?«

»Ich weiß noch nicht«, sagte ich, »vielleicht.«

Das freute ihn, und er zeigte es ganz unbefangen. Er ist eigentlich wirklich nett, dachte ich. Und seine Augen sind auch gar nicht so blau, eher graublau. Und seine Haarfarbe spielt sehr ins Dunkelblonde, man könnte beinahe sagen, ins Hellbraune.

Wir sprachen nun lange über Seelsorge und Psychotherapie, über Unterschiede und Gemeinsamkeiten, es war ein weites Feld, und ein interessantes, man konnte ewig darüber reden, und das sagte er schließlich, die Zeit würde knapp, der Zug käme bald an, ob wir nicht beim Kongreß weiter darüber reden wollten, nicht tagsüber natürlich, das Programm sei ja dichtgedrängt, aber abends vielleicht mal, bei einem Glas Wein oder einem Bier?

Na, Herr Pfarrer, dachte ich, du bist doch bestimmt verheiratet, das seid ihr doch alle. Und die Frau Pfarrer sitzt daheim, mit den Kindern und der Kirche, und bügelt deine Kragen, Wagenrad und Läppchen, und du fährst nach München und amüsierst dich mit humanistischen Psychologen. Und Psychologinnen.

Er war wirklich gut im Gedankenlesen. »Ich bin nicht verheiratet«, sagte er, »und auch sonst nicht gebunden. Dann hätte ich Sie nicht gefragt.« Seine Augen, die mich ernsthaft ansahen, waren eigentlich überhaupt nicht blau, sondern richtig grau.

Ich schämte mich angesichts seiner Ernsthaftigkeit fast, solche Gedanken gehabt zu haben. »Ja, gut«, sagte ich, »gerne.«

Er freute sich einmal mehr, er konnte das richtig gut, sich freuen, und dann murmelte er etwas von Telefonieren und Händewaschen und verschwand im Gang.

Warum nicht, dachte ich. Kein Mann für alles, das muß ja nicht heißen, überhaupt keine Männer. Im Gegenteil. Wenn es kein Mann für alles sein muß, ist alles viel einfacher. Das hat Lea doch mal gesagt, oder? Da hat sie sicher recht. Und man muß auch nicht unbedingt ins Bett. Wenn es kein Mann für alles sein muß, muß das auch nicht sein. Das würde ich jetzt sowieso nicht wollen, nach der Nacht mit Achim. Das muß überhaupt mal ein Ende haben, dieses dauernde Ins-

Bett-Gehen mit Männern. Es waren ein bißchen viele in der letzten Zeit, erst der Industriemann, dann der Mann, mit dem es nicht klang, dann Stefan, jetzt Achim. Das läuft ja auf häufig wechselnden Geschlechtsverkehr hinaus. Obwohl, man muß den Nachholbedarf in Rechnung stellen, nach all den Jahren mit Rainer auf Sparflamme. Und kann man den Mann, mit dem es nicht klang, überhaupt zählen? Nur zweimal und ohne Klingen? Und Achim? Das war nur einmal. Aber es hat geklungen, und wie. Komm, Agnes, drück dich nicht. Keine Milchmädchenrechnungen. Miteinanderschlafen ist Miteinanderschlafen. Einmal ist einmal. Und das mit Achim, war das vielleicht keinmal?

Na gut. Aber man könnte das jetzt auch mal anders machen. Einfach nur ein Glas Wein trinken mit einem Mann und ein gutes Gespräch führen. Kein Bett, kein gar nichts. Das wäre doch was. Was ganz Neues. Was Schönes. Obwohl es auf Dauer wahrscheinlich genauso unmöglich ist, mit einem Mann nicht ins Bett zu gehen, wie einen für alles zu finden. Mal sehen. Ich probiere es aus. Das kann ich ja jetzt. Ich muß ja nichts. Ich kann einfach mal machen, was ich will.

Er kam zurück. »Und wann und wo treffen wir uns?« fragte er.

»Wieso?« fragte ich. Ich war noch ganz in die Überlegung versunken, ob es auf Dauer möglich war, mit einem Mann nicht ins Bett zu gehen. Ich sah in sein eifriges Gesicht. Am liebsten hätte ich ihn gefragt, wie er darüber dachte. Eigentlich mußte er dafür sein, er war ja Pfarrer. Aber auf Dauer sind Pfarrer wahrscheinlich auch nur Männer.

»Beim Kongreß, meine ich.«

Wir brauchten einige Zeit, um uns darauf zu einigen, daß wir uns am ersten Kongreßtag um zwölf in der Eingangshalle treffen würden.

Der Zug fuhr langsam. Ich sah zum Fenster hinaus: »In ein paar Minuten sind wir da.«

Ich stand auf und langte nach meinem Koffer, der in der

Gepäckablage lag. »Lassen Sie mich das machen«, er griff danach und stellte ihn mir schwungvoll vor die Füße.

»Jetzt haben Sie sich ganz schmutzig gemacht«, sagte ich. Der Ärmel seines Pullovers war hochgerutscht, und auf seinem Unterarm war ein schwarzer Fleck. »Warten Sie, ich habe ein Papiertaschentuch.«

»Das ist kein Schmutz«, sagte er.

Ich sah auf seinen Arm. Es waren erfreulich wenig Haare darauf. Ich mag so stark behaarte Männer nicht. »Doch«, sagte ich.

Er räusperte sich. »Es ist eine Tätowierung.«

Sieh mal einer an, dachte ich. Ein tätowierter Pfarrer.

»Was ist es denn?« Ich konnte es nicht erkennen.

»Es ist die Taube«, sagte er, »die Taube der Friedensbewegung. Da war ich damals sehr aktiv, und in meiner jugendlichen Begeisterung ... Man kann so was ja jetzt wegmachen lassen. Aber ich finde, man sollte zu dem stehen, was man mal getan hat.«

Ich sah genauer hin. Wenn man es wußte und ein wenig Phantasie aufbrachte, konnte man die Taube erkennen. Ich fing an zu lachen, ich lachte und lachte, und dann legte ich meine Hand auf seinen Arm. Es war ungehörig und aufdringlich, aber ich konnte nicht anders. Einmal die Taube in der Hand.

»Was ist?« fragte er. Er war verwirrt und verlegen und schob schnell den Ärmel wieder hinunter. »Warum lachen Sie?«

»Nicht über Sie«, sagte ich, »bestimmt nicht. Entschuldigen Sie. Es hat gar nichts mit Ihnen zu tun.« Das erzähle ich dir ein andermal, dachte ich. Vielleicht.

Der Zug hielt.

SERIE PIPER

Gaby Hauptmann

Suche impotenten Mann fürs Leben

Roman. 315 Seiten. SP 2152

Wer seinen Augen nicht traut, hat richtig gelesen: Carmen Legg meint wörtlich, was sie in ihrer Annonce schreibt. Sie sucht den Traummann zum Kuscheln und Lieben – der (nicht nur) im Bett seine Hände da läßt, wo sie hingehören. Die Anzeige entpuppt sich als Knüller, und als sie schließlich in einem ihrer Bewerber tatsächlich den Mann ihres Lebens entdeckt, wünscht sie, das mit der Impotenz wäre wie mit einem Schnupfen, der von alleine vergeht.

Gaby Hauptmann ist das Kunststück gelungen, das Thema »Frau sucht Mann« von einer gänzlich anderen Seite aufzuziehen und daraus eine fetzige und frivole Frauenkommödie zu machen, die kinoreif ist.

»Mit Charme und Sprachwitz wird der Kampf der Geschlechter in eine sinnliche Kommödie verwandelt.«

Schweizer Illustrierte

Eine Handvoll Männlichkeit

Roman. 332 Seiten. SP 2707

Das kann noch nicht alles gewesen sein, meint Günther, wohlsituiert und aus den besten Kreisen. Am Abend seines sechzigsten Geburtstags faßt er einen nachhaltigen Beschluß: Eine neue Frau muß her! Auf seiner großartigen Geburtstagsparty sticht ihm die nichtsahnende Linda, die junge, attraktive Freundin des Bürgermeistersohns, ins Auge, das Gegenmodell zu seiner perfekten Frau Marion. Frei nach dem Motto: Hauptsache, er steht, setzt Günther alles daran, Linda herumzukriegen. Außerdem trifft er die notwendigen Vorbereitungen, sein beträchtliches Vermögen vor Marion in Sicherheit zu bringen. Doch Marion kommt ihm auf die Schliche und setzt ebenso unerwartet wie durchschlagend zur Gegenwehr an. Gaby Hauptmann weiß, was Männer mögen – und Frauen gerne lesen.

Gaby Hauptmann

Die Lüge im Bett
Roman. 315 Seiten. SP 2539

Eigentlich will Nina Sven so schnell wie möglich loswerden. Ausgerechnet der ist aber Chef des Fernsehsenders, bei dem sich Nina ihre Brötchen verdient. Deshalb erscheint ihr der Drehtermin in Brasilien wie ein Geschenk des Himmels – *die* Chance, was für die Karriere zu tun und nebenbei auf andere Gedanken zu kommen. Doch wie so oft im Leben kommt alles ganz anders. Hals über Kopf verliebt sich Nina in den smarten Nic: Ihr Puls klopft, ihr Herz rast – nur Nic scheint es nicht zu merken. Als Nina entdeckt, wem seine Gefühle gelten, ist es schon zu spät ...

Mit leichter Hand und sprühendem Witz schickt Gaby Hauptmann ihre hellwache und erfrischend durchtriebene Heldin Nina in einen Dschungel der Gefühle.

Nur ein toter Mann ist ein guter Mann
Roman. 302 Seiten. SP 2246

Gaby Hauptmann hat eine listige, rabenschwarze Kriminalkomödie geschrieben: einen frechen und hinterhältigen Roman über eine Witwe, die eine Ehe lang im Schatten ihres mächtigen Mannes stand. Eine Frau, die auf dem Weg zu sich selbst nicht nur ein paar Verehrer unter die Erde bringt, sondern vor allem mit ihrem verstorbenen Gatten abrechnet.

Die Meute der Erben
Roman. 318 Seiten. SP 2933

Wie die Geier fallen Anno Adelmanns geldgierige Töchter in die Villa des alten Herrn ein. Es ist sein 85. Geburtstag, Grund genug, die treue Familie zu spielen. Doch die Sympathien des liebenswürdigen und galanten Anno, einst Großindustrieller, gelten der attraktiven Ina und ihrer kleinen Tochter Caroline. Eine Heirat bahnt sich an – und der Krieg mit der Meute der Erben wird fürchterlich. Doch Ina hat die stärkeren Waffen.

SERIE PIPER

SERIE PIPER

Sabine Friedrich

Das Puppenhaus
Ein Roman mit Morden.
391 Seiten. SP 2545

Was tut eine Frau, wenn ihrem Mann zu Sex als erstes die Begattungsrituale von Leguanen einfallen? Und wenn sie dazu noch ins oberfränkische Nest Neuendorf verschlagen worden ist? Doris Bering, Tierarztgattin, kinderlos und chronisch frustriert, verkriecht sich auf dem Dachboden ihres Einfamilienhauses und bastelt nur noch an ihrer Puppenvilla. Aber dann zieht die rothaarige Lea nebst ihrer zweijährigen Tochter Laura ins Haus gegenüber und bietet ein echtes Kontrastprogramm: eine mysteriöse Vergangenheit, esoterische Rituale und eine fatale Anziehungskraft auf Männer. Von nun an geht's rund in Neuendorf. Schamanengesänge erschallen, Gattinnen werden rebellisch, gräßliche Witwen kommen endgültig, fade Männer beinahe zu Tode. Und irgend jemand macht sich heimlich an Doris' Puppenhaus zu schaffen. Sabine Friedrich legt mit dieser Kriminalkomö-

die ein äußerst schwungvolles und witziges Debüt vor, das frechen Frauen jeden Altes aus dem Herzen spricht.

»Es ist ein ernsthaftes Mutmacherbuch für Einfamilienhausfrauen Ende Dreißig und gleichzeitig eine Satire darauf.«
taz

Die wunderbare Imbißbude
Ein Roman mit Mordabsichten.
169 Seiten. SP 2772

Yvonne Bartsch ist Köchin aus Leidenschaft und Imbißbudenbesitzerin, die ihren Kunden im Lagerraum auch andere Freuden bereitet ... Das ruft natürlich Gerd, ihren Ehemann auf den Plan, der ihr den Spaß verderben will, Yvonne greift drastisch, aber erfolglos zur Gegenwehr, wandert dafür ins Kittchen – und kommt wegen guter Führung bald wieder frei. Eine herrlich schräge Ehekeilerei, bei der Yvonne am Schluß ganz groß rauskommt.

Carmen Rico-Godoy

Perfekte Frauen haben's schwer
Roman. Aus dem Spanischen
von Volker Glab.
196 Seiten. SP 1576

Der Horror einer ganz »norma-
len« Ehe: Carmen und Antonio. Sie zweimal, er einmal geschieden. Jeder hat aus seiner
früheren Ehe Kinder mitgebracht. Sie ist Journalistin, er
Geschäftsmann. Sie ist emanzi-
piert, er ist ein Pascha mit gele-
gentlichen Anfällen von Softie-
Allüren. Wenn er krank ist,
muß alles stehen und liegen
bleiben. Wenn sie krank ist,
wird's schon irgendwie gehen.
Wenn er Seelenwehwehchen
hat, ist ihr mitfühlendes Ohr
gefordert, wenn sie platzt, sind
ihre Gefühle ihr eigenes Problem.

»In unverblümt direkter, oft
witziger Sprache nennt die Autorin die Dinge beim Namen.«
Rhein-Neckar-Zeitung

So nicht, mein Lieber
Roman. Aus dem Spanischen
von Volker Glab. 160 Seiten.
SP 2010

Unglücksfrauen leben besser
Roman. Aus dem Spanischen
von Volker Glab.
166 Seiten. SP 1906

Nach dem großen Erfolg von
»Perfekte Frauen haben's
schwer« jetzt ein neuer, haar-
sträubend-lebensnaher Roman
der Autorin: Antonio, Carmens dritter Ehemann, hat ihr
ein letztes Mal das Wochenende vermiest, weil er an einem
Samstag das Zeitliche segnete.
Doch endlich kann die flotte
Endvierzigerin tun und lassen,
was sie will: nachts ausgiebig frühstücken, hemmungslos
fernsehen, ganz eigene Wege
gehen. Die führen sie über ex-
zessive Tage und Nächte in Paris nach Buenos Aires, wo sie
einem Mann begegnet, der
nicht nur ihren Hang zum
Chaos teilt, und schließlich zurück nach Spanien. Hier hat
Carmens Tochter, die offensichtlich genauso zu Katastrophen neigt wie die Mutter, eine
Überraschung parat...

»Eine heitere Satire auf das
Leben alleinstehender, beruf-
lich erfolgreicher Frauen.«
Das Neue Blatt